安徽师范大学文学院学术文库（第三辑）

U0746933

魏晋南北朝诗论史

WEIJIN NANBEICHAO SHILUN SHI

梅运生 著

安徽师范大学出版社

·芜湖·

责任编辑：房国贵
装帧设计：丁奕奕　欧阳显根

图书在版编目(CIP)数据

魏晋南北朝诗论史/梅运生著.—芜湖:安徽师范大学出版社,2016.12(2017.11重印)
(安徽师范大学文学院学术文库.第三辑)
ISBN 978-7-5676-2385-9

Ⅰ.①魏…　Ⅱ.①梅…　Ⅲ.①古典诗歌–诗歌史–研究–中国–魏晋南北朝时代
Ⅳ.①I207.209

中国版本图书馆CIP数据核字(2016)第005867号

本书由安徽高校省级学科建设重大项目资助出版

魏晋南北朝诗论史

梅运生　著

出版发行：安徽师范大学出版社
　　　　　芜湖市九华南路189号安徽师范大学花津校区　　　邮政编码：241002
网　　址：http://www.ahnupress.com/
发 行 部：0553-3883578　5910327　5910310(传真)　E-mail:asdcbsfxb@126.com
印　　刷：虎彩印艺股份有限公司
版　　次：2016年12月第1版
印　　次：2017年11月第2次印刷
规　　格：700 mm×1 000 mm　　1/16
印　　张：28　插　页：2
字　　数：432千字
书　　号：ISBN 978-7-5676-2385-9
定　　价：88.00元

梅运生与夫人于邦敏（右一）

梅运生夫妇2009年11月于中国台湾

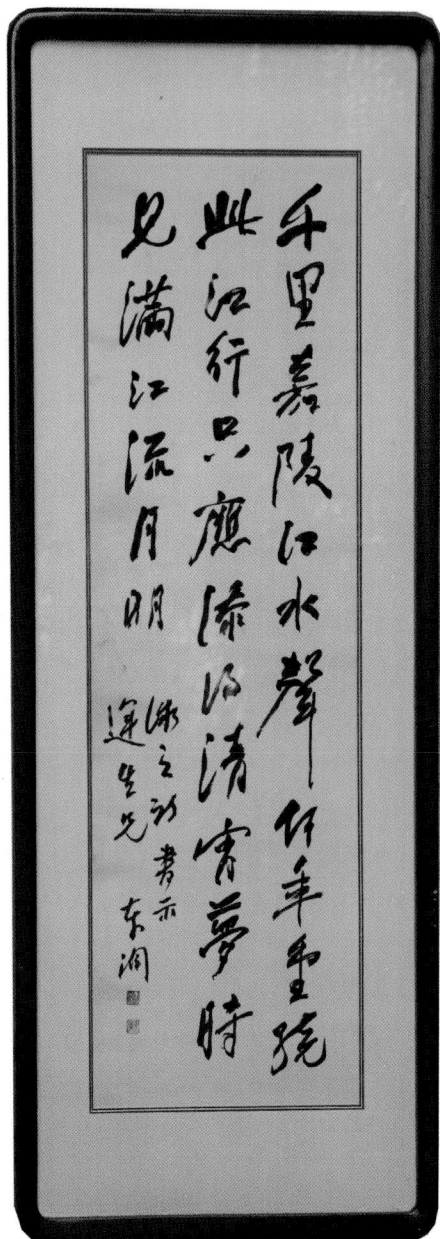

朱东润先生赠言

千里嘉陵江水声，何年重绕此江行。只应添得清宵梦，时见满江流月明。

微之诗，书示运生兄。东润

梅运生教授八十寿辰

后排左起：李平，杨柏岭，贾宗普，陶礼天，彭玉平，夏成俊

梅运生夫妇与亲属

左起：梅怡红，王君梅，于邦敏，梅翰云，梅运生

总　序

安徽师范大学文学院的前身是1928年建立的省立安徽大学中国文学系，是安徽省高校办学历史最悠久的四个院系之一。1945年9月更名为国立安徽大学中文系，1949年12月更名为安徽大学中文系，1954年2月更名为安徽师范学院中文系，1958年更名为合肥师范学院中文系，1972年12月更名为安徽师范大学中文系，1994年10月更名为安徽师范大学文学院。这里人才荟萃，刘文典、陈望道、郁达夫、朱湘、苏雪林、朱光潜、周予同、潘重规、宗志黄、张煦侯、卫仲璠、宛敏灏、张涤华、祖保泉、余恕诚等著名学者都曾在此工作过，他们高尚的师德、杰出的学术成就凝固成了我院的优良传统，培养出了一大批出类拔萃的各类人才。

文学院现设有汉语言文学、汉语言、秘书学、汉语国际教育等4个本科专业，文学研究所、语言研究所、古籍整理研究所、美育与审美文化研究所、艺术文化学研究中心等5个研究所（中心）。拥有中国语言文学博士后科研流动站，中国语言文学一级学科博士点，中国语言文学、艺术学理论两个一级学科硕士学位点；设有中国古代文学等10个硕士学位二级学科授权点和学科教学（语文）、汉语国际教育两个专业学位点；有1个安徽省A类重点学科（中国语言文学），3个安徽省B类重点学科（中国古代文学、汉语言文字学、中国现当代文学)；1个国家级特色专业建设点(汉语言文学专业)，1个国家级教学团队（中国古代文学），两门国家级精品课程（文学理论、大学语文)，1个省级刊物（《学语文》)。

文学院师资科研力量雄厚，现有在岗专任教师82人，其中教授28人，副教授35人，博士55人。2010年以来，本学科共主持省部级以上科研项目100项，其中国家社科基金项目28项（含重大招标项目和重点项目各1项），获得省部级以上奖励9项。教师中，有国家首届教学名师1人，享受国务院特殊津贴12人，皖江学者3人，二级教授8人，5人入选省级学术和技术带头人，6人入选省级学术和技术带头人后备人选。

走过八十多年的风雨征程，目前中文学科方向齐全，拥有很多相对稳定、特色鲜明的研究领域。唐诗研究、古代文论研究、儿童语言习得研究、古典文献研究、宋辽金文学研究、词学研究、当代文学现象研究、古典诗歌接受史研究、梵汉对音研究、句法语义接口研究等在全国居于领先地位或在学术界有较大影响。特别是李商隐研究的系列成果已成为传世经典，国务院学位委员会委员、北京大学教授袁行霈先生说，本学科的李商隐研究，直接推动了《中国文学史》的改写。

经过几代人的薪火相传，中文学科养成了严谨扎实的学术传统，培育了开拓创新的学术精神，打造了精诚合作的学术团队，形成了理论研究与服务社会相结合、扎根传统与关注当下相结合、立足本位与学科交融相结合、历代书面文献与当代口传文献并重的学科特色。

21世纪以来，随着老一辈学者相继退休，中文学科逐渐进入了新老交替的时期，如何继承、弘扬老一辈学者的学术传统，如何开启中文学科的新篇章，成了摆在我们面前的迫切任务。基于这一初衷，我们特编选了这套丛书，名之为"安徽师范大学文学院学术文库"，计划做成开放式丛书，一直出版下去。我们认为，对过去的学术成果进行阶段性归纳汇集，很有必要，也很有意义，可以向学界整体推介我院的学术研究，展现学术影响力。

现在奉献的是第三辑，文集作者既有年高德劭的退休老师，也有年富力强的年轻学者，学科领域涵盖中国文学、语言学、美学、逻辑学等，大致可以反映文学院学术研究风貌的历史传承与时代新变。

　　我们坚信，承载着八十多年的历史积淀，文学院必将向学界奉献更多的学术精品，文学院的各项事业必将走向更悠远的辉煌！

储泰松

二〇一五年十二月

序

　　梅师的这部《魏晋南北朝诗论史》,原为合著《中国诗论史》中的第二编①,因为相对独立完整,而且除词学研究外,梅师对中国文论的研究主要为中古诗学,毕生心血所得,集萃于斯。是故梅师生前,我们都建议他将之辑出单独出版。可以说,这部《魏晋南北朝诗论史》乃是梅师的代表作,在扎实的文献考辨和已有的丰富研究基础上,厘正廓清了许多存在问题,在总体的学术大判断上,实事求是,以自己的研究所得为裁断,突出强调了中古诗学主要都"尊奉、沿用和发扬儒家诗学的风、雅体制"。这就与诸多研究论著不同,成为20世纪以来中古文论研究的代表性成果,并取得了新的重要成就。

　　魏晋南北朝,历来又被史家称为中古时期。《概说》开篇就对其研究的时代、对象及其突出特点略加表述:"自汉献帝建安元年(196),曹操迎汉帝迁都许昌,操朝政,为汉魏易祚之始,下至隋文帝开皇九年(589)灭陈,南北统一,前后凡三百九十三年,史家称之为中古时期。中古时期是中国历史上的大分裂、大变动的时代,与之相对应的诗学也出现了前所未有的变化:由两汉时代的经学附庸一变而蔚成大国,诗歌创作与理论批评呈现出崭新的面貌和繁荣的景象。尤其是诗歌理论批评上所取得的成就,像曹丕的《典论·论文》倡文学批评,陆机的《文赋》论创作过程,开一代风气之先,而具有总结性的泛诗学巨著刘勰的《文心雕龙》和具有开创性的评诗专著钟嵘的《诗品》,更是被后人奉为这个领域内'勒为成书之初祖也'(章学诚《文史通义·

---

①霍松林,漆绪邦,梅运生,等.中国诗论史[M].合肥:黄山书社,2007.是书上册第二编《魏晋南北朝诗论》,第134—456页,约37万字。

·1·

诗话》)，后之论诗者也常难以为继。"①这一时期的文史哲研究，历来为学界关注的最为重要的对象，研究文献的积累，可谓浩瀚；又如刘勰《文心雕龙》与锺嵘《诗品》，解析不易，其对后代文论影响尤巨；而从20世纪现代学术研究开端以来，仅就文论研究成就而言，亦是名家辈起，杰著迭出，令后来研究者"也常难以为继"。梅师和我在此说的这两个"难以为继"，皆非虚言，可谓是中古诗学研究的双重难关。是书在近四十万字的篇幅中，包括概说和八章主体内容：曹魏诗论一章，魏晋诗论一章，南北朝诗论六章——其中文笔论与声律说一章、以"南北朝诗论派别的分野"为题分为上下的通论二章，以刘勰《文心雕龙》为"泛诗学巨著"进行独特研究的上下二章，论"评诗专著"的锺嵘《诗品》一章，体制宏大而论述较为完备。虽以诗论为研究对象，但基本上全面关照了中古文论的文学思想与理论批评。《中国诗论史》之长篇《后记》论曰："中国之所以是诗的国度，不仅因为诗歌本身的发源早，数量多，质量高，还因为诗歌对其他文学体裁，诸如散文、骈文、戏曲、小说等，都有很深的影响和渗透作用，诗歌浸润了整个中国古代文学，形成了整个中国古代文学的诗化的特点。这是中国古代文学有别于世界其他国家文学的一个明显的特点，也是一大优点。……与此相联系，在中国古代文论中，对诗歌的评论，也是起始最早，数量最多，质量最高，而且诗论对其他文体的理论，从概念、范围到一些重要理论命题的形成，其影响也都是显而易见的。这与西方文论以戏剧、小说理论批评为主体所形成的特点，有明显的不同。因此，抓住了中国的诗论，也就抓住了中国文论的牛鼻子，也有助于登堂入室，探本求源，更深层次进入中国文论。"②该《后记》乃漆绪邦先生所撰，不过其所论自当为该书三位著者的共同看法；类似论点，梅师也有过表述。如果说《中国诗论史》可以视为一部独特的中国文学批评史，那么梅师的《魏晋南北朝诗论史》，就是以"诗论"为主涵盖其余的一部独特的魏晋南北朝文学批评史，具有鲜明的特点。中古时代，政局上的大变动，导致思想文化上的诸种因缘和合，玄学或曰"新道家"勃然而生，以"道"诠"儒"之法成为一时风气；

---

① 下文引言，一般均直接用是书的"概说"、章节名。

② 霍松林，漆绪邦，梅运生，等.中国诗论史[M].合肥：黄山书社，2007：1295.

还有道教的振兴和佛教从依附玄学而走向独立并日益中国化的繁盛;而儒家名教仍为"六朝"之纲常,在玄学思想的影响下,儒道释三教在激烈的斗争中形成交融会通的思想面貌。自隋唐迄于明清,历代思想家和文学理论批评家对中古玄学乃至道释二教之影响,置评不一,争议纷呈;而以儒家仁义之道为道统并强调这种道统与文统之"血缘"关系者,如韩愈直至宋元明清的理学家与诸多文论家们,致力弘扬儒家诗教传统,对玄学以及道释二教之破坏纲常名教,批判尤烈。20世纪以来,在西学东渐我国的文化进程和近代化与现代化的历史发展中,思想文化界与学术界大力提倡民主与科学,反传统成为风潮。具体到中古文论的研究上,玄学被视为儒教的反叛,也为学界所关注并致力诠释。尤其是1927年鲁迅先生发表《魏晋风度及文章与药及酒之关系》一文后,所谓"曹丕的一个时代可说是'文学的自觉时代',或如近代所说是为艺术而艺术(Art for Art's Sake)的一派"①的论断,多为文论研究界所认可,抑或归因于玄学之功,儒学与玄学关系的研究更加复杂化,学界乃至出现相互对立或差异甚大的诠释,一些论著中更出现将"文学的自觉"之论断,直接变"果"为"因",作为论析中古文论的先在之理据;而玄学以及佛教与道教思想,对"为文之用心"影响较为显著,作用亦大,遂使论者亦或过于强调玄学思想的新变与影响,置仍为纲常之名教于儒学衰敝一语中而多所忽略其思想意义。究竟如何论断中古诗学的主要思想和精神,研究者自可从不同侧重点乃至思想文化立场做出自己的评判,而且具体问题还当具体分析,自亦无可厚非;不过,其中存在一个如何诠释才更为贴切史实的问题。梅师经过多年对中古诗学文献的倾心研究,早在1996年就发表了《士族、古文经学与中古诗论》这篇重要论文,该文最后说:"'法自儒家有,心从弱岁疲。'杜甫在《偶题》中自言其从小就殚精锐思于儒家诗法。当然,这也是从诗的体制立论所作出的概括。所以在这首诗中,他把'汉道''骚人'及'邺中奇''江左逸'都囊括在他所致力学习的儒家诗歌美学传统之内。今之论者,常把诗歌美学排斥在儒家诗学之外,把儒学衰微作为中古诗学兴盛和

---

① 魏晋风度及文章与药及酒之关系[M]//鲁迅.而已集.北京:人民文学出版社,1973:84.

诗论大发展的前提,这符合中古诗论发展的实际情况吗?"①梅师在这篇论文中已经基本表述了他对中古诗论研究的大判断,不赞同至少在具体的中古诗学上那种主张以玄学思想为主流的论断。这篇论文全部的理论表述也都融入是书的《概说》之中。《概说》考论精谨,基本上反映了是书其后各章研究的主要结论,明确表达了是书的理论构架。本序拟结合《概说》所论,再联系其后各章的具体研究,解读是书的著述大意并结合是书的基本内容略加评述,以之为导读之用。

是书《概说》在论述中国诗学著作体系的建构和分类时明确指出:"是否可以先做出这样的评判:从决定事物性质的主导倾向看,中古时期一些重要的诗论著作,除极少数外,绝大多数都是尊奉、沿用和发扬儒家诗学的风、雅体制。而风、雅体制,正是《毛诗序》中所确立的。《诗经》的毛氏《序》《传》,居古文经学之首。可以这样说:这一时期一些重要诗论家理论体系的建构,是以古文经学思想为指导的。玄学作为有益的思想资料被吸收,它和缘情、饰采一样,成为这一体系中新的有机组成部分。儒、玄与这一新的诗论体系的关系,如果借用玄学论争中'体''用'二字来表述,大体上可以用'儒体玄用'四个字加以概括。"这就是梅师是书对中古诗学所作出的大判断的具体表述,是书的著述大意主要在此。

(一)《概述》基本归总了中古诗学的基本内容,分析了门阀士族的兴起、特征及其在思想文化上的好尚与审美追求等问题,研究了玄学有关名教与自然之争、言意之辨、才性四本论等重要问题,说明了玄学思想对诗学的作用,进而重新检讨古文经学、玄学与诗学的关系以及诗歌创作的繁荣与诗体日尊的现象,得出中古诗学"大多数都是尊奉、沿用和发扬儒家诗学的风、雅体制"的论断。

关于门阀士族的兴起、特征及其在思想文化上的好尚与审美追求的问题。《概说》研究指出中古时期的门阀士族作为地主阶级一个特殊阶层,有如下几个特征:第一,以姓氏和血缘关系为纽带,联结和形成经济实力和政治

---

① 梅运生.士族、古文经学与中古诗论[J].安徽师大学报(哲学社会科学版),1996,24(3):285—295.

势力很强大的宗族。第二,世积文儒,位居清要。客观分析说:"所谓'世积文儒''人人有集',所写包括诗赋及经学、玄学、史学、子书等各类著作。玄学的兴起与风行是这一时期最特出的现象,正始玄学的创始人王弼、何晏等都有专著、专论面世。但士族文士远非一边倒于玄学,注解儒家的经典,也是一大热门,像东海王朗、王肃父子都是以经学名家,王朗'皓首穷经',王肃的古文经学,在魏晋南朝时称显学。前引琅邪王筠,自言'爱《左氏春秋》',又注《尚书》三十卷。筠先祖王弘,以礼仪传家著称当世。'世积文儒'就是对此类以经学传家现象的概括。至于对诗学好尚风气之炽烈,更是这个时期士族文士所特有。从名列锺嵘《诗品》的诗人看,仅在南朝时代,陈郡谢氏和琅邪王氏两大士族入品的诗人就有十三人之多,其中多数在上品和中品。像谢灵运、谢朓等,更是彪炳诗史的名诗人。士族文士对诗的特殊好尚,是促进这一时期诗学发展与繁荣的一个重要原因。"这就强调了士族"世积文儒"的以经学传家现象和对诗学好尚风气。第三,性尚通脱,重视自我。分析指出:"这是某些士族文士习性上的特征。通脱有率真旷达的含意,既表现在行为上,也表现在思想上。就行为言,他们任性而为,兴尽则止,嗜酒吃药,放荡不羁,不拘于常礼。……士族文士重视个人的价值,不愿过多地接受常规礼教的约束,这与士族地主的庄园经济实力强大和政治上相对独立于中央王朝有关。所谓魏晋时代人性的自觉,实质上是士族文士人格意识的觉醒和独立意识的增强,这与汉代儒家章句之学规范下的文士习性是大不相同的。……重视表现自我,这是文学自觉的重要内涵。"又具体指明:"士族地主思想上的通脱,也只是一定程度上摆脱汉代士人对章句经学和常规礼仪的拘泥,没有也不可能从根本上否定孔教。孔教的核心点是纲常名教和礼乐刑政,这是建筑在中国封建社会经济基础上的上层建筑,士族门阀作为地主阶级的一个特权阶层,也必须依赖名教来维系统治。他们的异端思想不过是将道、释等思想引入孔教之中,或从一个新的角度来阐释孔教。新的经学是如此,玄学的本质亦复如此。"第四,侈情与奢华。"这也是士族文士习性上的特征,并进而形成特有的审美情趣。侈情是在情感上率性任真,是通脱在情思领域内的表现。……'情之所钟,正在我辈'正反映一些士族文士率情任真较为普遍的心态。这与后汉士人矫情和伪饰大不相同,发而为诗,就有'长于情理'与'以气质为体'的区别。重视率情、钟情和侈情,是中古诗学变革的内在动因。"通过对士族地主的奢华习性的分析后指出:"士族地主这种被服华艳的生活习性,同时也形成了重视华丽之美和秀丽之美的审美心态,由物及人,由人及文,似乎是这种审美趣味发展、演进和相依相存的环链。士族文士品鉴人物,除重视人格美外,同时也非常重视形态美。这是这个时代重视形式美的另一种表现。对男人评头论足,在中国漫长的封建社会里是极少见的,但在魏晋南朝时却是一种风尚。……中古时代骈文、诗歌和辞赋非常重视词采的声色之美,正是士族文士爱好形式美在文学领域内的表现。"进而得出这样令人信服的结论:"缘情与饰采是中古诗学的两大特征,两大成就,都与士族文士重情与豪华的习性而形成的审美心态和审美趣味相关联,而不是玄学或经学的直接派生物。"注重问题的辨析而明其实际是非,再由此升华为理论思考,为是书研究的重要特点。

关于古文经学、玄学与诗学的关系。《概说》论析道:"经学、玄学、钟情与饰采,是构成中古诗学思想和艺术特征的四要素,都缘于门阀士族的思想和艺术好尚,其中起主导作用的仍是经学。"抓住这四大要素进行分析,是抓住了问题的要害的。文中特别说明了经学和经学思想的区别,所谓经学,主要是指《诗》《书》《易》《礼》《春秋》及《论语》等儒家经典所宣扬的纲常名教之学。"这是支撑着中国封建社会的精神支柱,贯穿并渗透在封建制度的机体之中并与之相终始";而阐释儒家经典的经学思想,却发生了多次大变化:"从西汉董仲舒的'天人感应'学说到东汉的谶纬之学,是统治汉代的经学思想,属今文经学,到魏晋时则为古文经学所取代。"经学今古文最重要的区分,是对儒家经典解说的思想和方法有别,"古文经学是以通训诂、举大义为研究经书的主要方法,反对今文经学谶纬迷信和繁琐解说。"古文经学兴起后又分化为两大学派:即活跃在南方荆州的宋衷、王肃学派和在中原地区居统治地位的马融、郑玄学派。"郑玄能融合经学古今文的研究成果而集其成,王肃学派宗马(融)反郑(玄),时出新意。他们都发展了两汉的古文经学,是一种新的经学思想。"通过研究分析指出:"把一种经学思想的衰落说成是经学的衰落,把今文经学的衰落当成儒学的衰落,这是较为流行的观点,但这是不准确的,也不符合实际情况。"又指出:"玄学的产生也是今文经学衰落的直接派生物。这可以从何晏、王弼开创玄学的历程中获得验证。……何、王融合儒道,以道释儒,从儒学中衍生出玄学。所谓'以无为本',即以'无'为万有存在的依据,因而是'体',是'自然',而万有(包括名教)都是'末',是'用'。根据'有无相生''体用不二'的原则,自然派生出名教,名教则必须法自然。名教法自然,实为一种新的治术,即无为而治,这就为士族阶级相对独立于中央王朝自在自为开拓了空间。"接着对玄学所讨论主要问题——从上述的基本论断出发,进行了分析,也突出强调了玄学乃至佛学的思想方法对中古诗学的深刻作用:其中有两点值得重视,一是客观分析并指明玄学影响下,存在对儒家诗教的背离现象;二是关注并认可佛学思想方法对诗学存在一定的影响。梅师认为:名教与自然之争,一直是玄学论争的中心论题;尤其如阮籍、嵇康的贵无和任自然,常常是和名教相对立,"其'任自然'的深层含意,是追求人格的独立和率性任真的精神自由,即所谓'越名任心'。反映在诗学上,是'师心以遣论'和'使气以命诗'(《文心雕龙·才略》)。这与儒家诗、乐教化理论是有所背离的。"又如僧肇的《不真空论》,综合贵无和崇有两派的题义,"援佛入玄,他的所谓'中道论',实际上就是儒家'折衷'说的思想方法在佛学和玄学中的具体运用。"特别分析说明:"《文心雕龙·论说》篇批评'滞有'和'贵无'两派都是'徒锐偏解,莫诣正理',他所认同的似乎就是佛学中这种'中道'义的。"又指出,玄学对中古诗学的影响是多方面的,既有很积极的因素,也有消极的影响,玄学论争中一些重要论题对诗学的渗透,如言意之辨、才性四本论等,这些分析论述都是细微而深刻的。

关于诗歌创作的繁荣与诗体日尊的现象分析。梅师指出:在缘情与饰采并重的思想作用下,魏晋南朝诗歌创作走向繁荣,其中尤以建安、正始、太康、元嘉和永明五个时代最为兴盛,体现出一种诗体日尊的历史发展趋势,而其时出现的文笔之辨与永明声律论,就是其在理论批评上的反映。除了《概说》简要分析外,正文第三章专门讨论了"文笔之辨和诗的声律说"问题。关于文笔之辨,通过研究说明:"自魏至晋文笔连称日见增多,说明以文采华饰作为文章的这一重要审美特征……不断向笔体渗透,使趋向于应用文字性质的笔体也成为一种美文。文笔连称向南朝宋文笔之辨的过渡,其意并不在于为笔体争独立地位,从而便于选家和目录学家区分这两类性质有异的文体,而主要是在辨明文难于笔、文优于笔和文高于笔,使有韵之文驾凌于无韵之笔之上。至于齐梁间开始出现的诗笔之辨,并不是如有的论者所言是文笔之辨的一种异称,而是在有韵之文中更突出诗的地位。这是从魏晋以来爱诗重诗的风气日益兴盛的必然结果。南朝的文笔之辨到诗笔之辨,从一个侧面反映了其时诗学影响日大和诗体日尊的现实"。是书在第三章第一节"文笔之辨与诗学日尊"中,详细论述了上述论点,认为:"文笔之辨兴盛于南朝,但文笔之称则始于汉魏。文笔之辨也并非在南朝终结时就戛然而止,从此销声匿迹,而是向起于齐梁大体上迄于中唐的诗笔之辨方向发展,最后为中唐下至宋代的诗文之辨所取代。从此诗文之别就成为评论家、选家和目录学家用以辨析中国正统文学两大类别的概称。清纪晓岚主编《四库提要》,在集部后以'诗文评'类来统括中国全部文论著作的书目。"可见:从文笔之称到文笔之辨,再到诗笔之辨,直至诗文之别,是"贯穿中国两千多年文学史、文论史的一条有迹可寻的发展线索。把握这条主线,就很清楚地看到中国诗学、诗论在中国文学、文论中所处的重要位置。"又分析说:"从文笔之辨、诗笔之辨所表现出的重文轻笔和重诗轻笔的发展趋势看,其所呈现出的是诗学的独立和诗学主导地位的被认定,同时也带来了对诗歌的因内而符外的审美特质认识的深化。南朝的文笔之辨既不可能为阮元等为复兴骈体文提供论据,因为从一定意义上说,骈体文也是在受到诗学偏重形式美影响下的产物;它也不是如今之论者所言是纯化了文学的含意,确立了纯文学的地位……从确切的意义上说,只是纯化了诗的含意。"接着,具体考辨确立上述的论断,厘正了现有关于这一重要问题研究的偏失。可以说,这一考辨结论,乃是从诗论史研究角度对文笔之辨这一中古诗学问题所取得的重要收获。

关于永明体与声律论问题。认为"永明体是在南齐永明时代所产生的一种崭新诗体的名称,以四声制韵和严限声病为主要特色。它的产生与盛行,大体上与诗笔之辨同步,都是在重视有韵之文特别是重视诗美的风气下的产物。"从文笔之辨到诗笔之辨和永明体的产生及其论争看,这可视为中古诗学"日新其业"的一种表现,与主张者是否违背儒家的风雅体制精神并无必然的因果关联。是书在第三章第二节"永明体与声律论"中也有诸多新的考辨结论,如关于四声的创立与其时转读(翻译)佛经的关系问题,陈寅恪先生在《四声三问》中说:"故中国文士依据及摹拟当日转读佛经之声,分别定为平、上、去之三声,合入声共计之,适成四声。于是创为四声之说,并撰作声谱,借转读佛经之声调,应用于中国之美化文。"梅师通过历史考察指出:"陈先生之论,很精辟。所论其时士俗各阶层转读佛经、唱诵经呗新声的广泛需求,以及梵文三声的参照系数。这可以视为对于汉字的审字定音和创立四声起了某种推动作用。四声之说恰成于永明,我们是不能忽视这一重要的促成因素的。但汉字不是拼音文字,其审字定音所依赖的是早已施行并行之有效的反切法……四声的创立,是中古声韵学的研究水到渠成的结果,虽然我们不能轻忽其间某些重要的促成因素。"另外,文中对沈约等人以及刘勰与锺嵘关于声律问题不同贡献的仔细辨析,也能发人所未发。把永明体与声律论,放在中国诗论史的历史长河中进行研究,分析其历史意义,认为这是与"文笔之辨"特别是与"诗笔之辨"同步,是对"有韵之文"的重视,从某种意义上说,这是中国诗学发展史上一重要关键和一重大转折。因为这把汉语言文字的声韵美自觉地加以理论批评研究,并将其体现在诗中,成为诗歌创作和其他各体的文学创作的一大特色,且有别于西方文学。

(二)关于中古诗论家理论体系的建构和中古诗论史的具体内容,从本末体用的方法论原则出发,划分为四大类型加以分析评判,以期做到"振叶以寻根,观澜而索源"。

《概说》最后在讨论中古"诗论著作体系的建构与分类"时,首先说明:"直接影响中古诗学美学特点的士族文士的政治思想好尚和审美追求,古文经学与玄学产生的背景、儒道之争的实质以及多数文士以玄礼双修为时髦,玄学对诗学有诸多积极的影响,但古文经学在政治文化思想领域内仍居主导地位等,这些特点,在诗学领域内特别是在诗歌理论批评的论著中是如何反映的,是否与上述论断相契合,这就需要具体辨析最能代表中古诗论特色和最高成就的专论和专著的理论体系,并把握其主导的思想倾向。"又说明:"体"与"用"原是一对重要的哲学范畴,运用于政治或诗论中,含意是不一样的,不能混同。《毛诗序》所建立起来的风雅体制,就是后代许多诗论家所遵循的'体',它与功用论密不可分,且往往体现在功用论上。……曹丕所言'夫文本同而末异','本'即'体','末'即'用',他重视'末',也强调'本'。同理,陆机的创作理论是'用',崇风雅,言文用则是'体',虽然他重在言'用'兼及于'体',但'用'受'体'制约并服务于'体'。刘勰的《原道》《征圣》《宗经》诸篇,在阐明'体',而文体论、创作论等数十篇则在明'用'。锺嵘评诗,探源《风》《骚》,在尊'体',具体品评则是'用'。中古诗论家在'用'上有了重大的丰富、发展、变化和创新,于'体'当然也有相应的丰富和发展,如把风雅体制升华而成美学风格和审美境界,但其基本核心点并未改变,这就决定了中古诗论的基本性质。名家的才性说,玄学的'言不尽意'、舍形求神、清通简要的文风等,如同缘情、饰采一样,都属于'用'或应用于'用'。和汉人诗论相较,其异同处也可称之为'本同而末异'的。"要理解梅师所说的体用论内涵,才能理解是书对中古诗论史所分析的四大类型说。这是把儒家的风雅精神与讽谏功用等都视为"体",而把诗学论著讨论创作、文体、风格、修辞等等都视为"用",这是一种很独特的判断和诠释(所谓诗学的体用论),是故认为曹丕的文学体用观,集中体现在曹丕所言"夫文本同而末异"这句话上,而其"本"就是曹丕《典论·论文》所谓"盖文章,经国之大业,不朽之盛事"。这一理解,或切近曹丕的原意。又如把《文心雕龙》前五篇"文之枢纽"大体归结为"体"。所以,"本着诗学的这种体用观……评述古文经学对中古诗论在本体论上的巨大影响和决定性的作用,玄学的积极影响和推动作用,是以明'体'为前提的。"其四大类型的研判,就是建立在这个基本的理论认识和研究的基础上的。

第一种类型,如上所述,具体以曹丕《典论·论文》、陆机《文赋》、刘勰《文心雕龙》和锺嵘《诗品》为代表,主要从总体上判定中古诗论史"以尊奉风、雅体制,本之雅什、兼重缘情绮丽和声色之美这一类型为主体。其论著最多,

序

成就最大,除……二曹、陆机和刘、锺五大名家外,还包括魏晋期间建安七子的诗论,陆云的批评论,左思、皇甫谧的赋论,挚虞、李充的文体论以及葛洪的诗赋理论等。南朝时著名的《昭明文选》的编者萧统的诗论,强调新变但不忘本之雅什的沈约、萧子显及萧绎的诗论也属此类。沈约、萧子显都是著名的历史学家,善于用历史的眼光,总结诗史的得失及其新进展。由南入北、虚实兼重的颜之推的诗论也应列入这一类。上述各家论诗的侧重点都不一样,角度有别,成就也各异。虽然他们在不同程度上尊重传统,但也都比较重视研究新变,把诗艺美的新进展放在重要位置,因而能总结和反映出这一时期诗学上的新成就并与汉人划界。"认为:"中古诗论,从曹、陆到刘、锺,以得风人之致为旨归,是一脉相承的。风雅精神不但集中体现在功用论上,而且被升华为崇高的风格美。"是书对此论析和研究,致力最深,有许多新见,对学术界有关研究具有一定的纠偏作用。

　　是书第一章"曹魏诗论"第一节为"曹丕、曹植的诗论",并兼及建安诸子的诗论。在分析曹植的诗论时说:"我们知道,汉人是从政治功利性谈诗美的价值的,《毛诗序》言:'雅者,正也,言王政之所由废兴也。''颂者,美盛德之形容,以其成功告于神明者也。'曹植将《雅》《颂》从经学中剥离出来,将其视为诗,视为必须师范的诗美的典范。这既是对汉人以功利说诗的背离,也可以说是为儒家诗歌美学的发展开辟了新的途径。这正是在诗学自觉意识主导下重新认识诗美价值所结出的硕果,尔后儒家诗歌美学的发展似乎就是沿着这条途径前进的。这是曹植对中古诗学另一重要贡献。"在分析徐幹诗论时说:"《中论》是一部阐发儒家义理之作,《四库提要》言其'大都阐发义理,原本经训,而归之于圣贤之道,故前史皆列为儒家',其中与诗歌批评理论有关的有两点,其见解可与曹氏父子之论相印证。"这两点就是"言君子修身要有'自见'之明"和"兼重德艺的文质观"。是书第二章"两晋诗论",其第一节为"陆机与两晋诗论"。《概说》已经对陆机《文赋》多有精彩考论,本节更做了详细分析,其中特别指明:"'诗缘情而绮靡'这一诗学新语的提出,曾引起历代说诗者诸多争议,对其意义和价值的评判,至今似乎还未有较为统一的认识。……今之论者,几乎是异口同声地对此大加赞美,说这是摆脱了儒家诗教的束缚;或者说是陆机虽重儒教,但不自觉地偏离了诗教轨道,这是其时儒教衰落的风气所致,所贬所褒,都是缘于未言'止乎礼义'一语。其实,这是一种误解。陆机区分十种文体,是就其表现特色的相异点而言的,而对十体文章还要有共同的规范,此即所谓'虽区分之在兹,亦禁邪而制放'。"又申明:"可见陆机论诗,是在坚持儒家诗教的基础上,同时吸收了庄玄之学思维新成果,依据诗歌创作的新进展,把诗歌美学理论提高到一个新的前所未有的境界。南朝以及唐代的诗学,都在不同程度上受到他的影响;刘勰、锺嵘以及沈约、萧统等诗歌理论,也是在这一基础上,沿着这条道路,再进行新的开拓。"还特别通过考述说明,不能把当时崇尚"清通简要"的学风与陆云主张"清省"的诗学审美情趣混为一谈,认为"陆云的'清省'则受到张华诗学的影响,……锺嵘《诗品》评其诗'其源出于王粲,其体华艳',王粲诗是'文若春花',以秀丽著称。受到张华影响的谢瞻、谢混、袁淑、王微和王僧达五人诗,《诗品》言其诗'殊得风流媚趣'。文秀词艳、风流媚趣等都是张华也就是陆云的'清省'这一审美范畴题中应有之义,而与把握要义、析理简要、语简意明的'清通简要'的学风无涉。"又引唐长孺《读〈抱朴子〉推论南北学风的异同》所谓"现在传世二陆著作均与玄谈无关"的考辨结论为证,最后总括说:"二陆的诗歌理论和审美情趣所反映的是晋初新的诗学发展倾向,他们的理论成就代表了当时新的诗学的理论成果。二陆新诗学就其思想主要倾向看,应是仍属于儒家诗学的范围,虽然他们也吸收了庄玄之学的新的思维成果,作为其理论有机组成部分。"是章此节和下节,又通过对左思、皇甫谧的赋论,挚虞、李充的文体论以及葛洪的诗赋理论,说明"左思的辞赋观念是在承接汉人赋论的基础上有新的开拓。其所承接之处主要是两点:一是认为赋是'古诗之流',讽谕鉴戒是赋之立意之所在;二是以'丽以则'来规范赋的内容,除立足于讽谕外,铺陈和词采华美为辞赋创作的主要特色。左思论赋最特异之处是在承认赋是'古诗之流'的前提下,区分诗与赋在文体上的差别,论证辞赋应重在体物,而体物则必须'依本''本实',不能虚拟。"通过对皇甫谧《三都赋序》等考论,说明"皇甫谧赋论最特异之点和最重要的贡献,在于他从赋体表现特点生发,突出强调赋的'极美''尽丽'的审美价值,这反映了魏晋时期士族文士对诗学的新的审美要求,从而与汉人论诗划界。值得注意的是,他在阐明这一新的审美要求时,又与传统的儒家诗学功用论紧密地联系在一起。……从而为儒家诗学的发展开辟了一条新的途径。当然,建安时代的曹丕、曹植的批评论,已经开创了诗学新风尚,但是他们都没有像皇甫谧那样,同时举起儒家诗学的社会功用论的旗号。稍后的陆机和东晋的葛洪以及南朝的刘勰、锺嵘等,大体上都是沿着这条道路向前推进,并在诗学理论上做出更深更广的开拓。"而挚虞的诗学,"虽然深受汉儒论诗的影响,有不少地方都本着扬雄的见解,诗学观念偏于保守"。又研究指出:"东晋文士,好玄好儒,有时虽有其倾向性,但用玄用儒,却不一定泾渭分明。深好庄玄之学的庾亮、孙绰,同时推许渗透了儒家诗学思想的诗赋,是不足为奇的,今之论者,对此似乎也不应太执着。"研究葛洪和李充诗论时,说明"葛洪在德行与文章、古与今、丽与质等问题上,虽然是突破了儒家的某些传统的观念,但其见解仍属于儒家诗学体系范围之内。因为他始终恪守着诗教和诗的社会功用论,从不逾矩。"李充评诗,"既推重风人之旨,也很赞赏文采美。"这些研究考述,都在在证明了魏晋时期这些重要的理论批评家和诗论著作,"绝大多数都是尊奉、沿用和发扬儒家诗学的风、雅体制"这一学术大判断。

是书除最后三章专论刘勰《文心雕龙》和锺嵘《诗品》外,第四、五章"南北朝诗论派别的分野"也结合具体诗论家和诗论著作,论证了南北朝时期的诗论史的发展中也是"绝大多数都是尊奉、沿用和发扬儒家诗学的风、雅体制"这一论断。第四章第二节"本之雅什,兼重缘情——沈约、萧子显与萧绎"中,论沈约时说:"批评了玄言诗,提出了'同祖《风》、《骚》'的命题,体现了他的诗学宗尚。汉儒评诗,是以《风》《骚》为旨归,'六义''四始',诗用、诗美,都是以《风》《骚》为权衡,而玄言诗渗透了庄玄思想,是与《风》《骚》传统亦即与儒家诗学相背离的。沈约的褒贬之间,正是表现了他的诗学思想的倾向性。"其论檀道鸾时说:他"兼重《诗》《骚》的传统,在南朝诗论史上,自有其领先的意义,这从檀论与裴子野所论相比较可见。裴论重《诗》而轻《骚》,对汉赋以下除建安诗歌外,几乎全部否定;而檀论兼祖《诗》《骚》,将汉赋以下除玄言诗外,都归属于《诗》《骚》的传统,分别予以肯定。……南朝的本之雅什,兼重缘情绮靡并批评玄言诗风的论诗派别,檀道鸾是导夫先路的。沈约之论,显然受到檀论的影响。"其论萧子显时说:"倡导新变,也只是萧子显论诗一个很突出之点,而不能囊括其全部诗论。他论诗的总的纲领是:'吟咏规范,本之雅什;流分条散,各以言区。'这是萧子显纵论诗史时所提出的总的要求。"其论萧绎时说:"从《金楼子·立言篇》中的区分四学以及在批评末俗学风中,分析出萧绎并非重文轻质,而是兼善文质;以下再从他在《内典碑铭集林序》中对文与质、华与体、约与润等诸多对立范畴之间的关系,按照中和的原则加以处理和论述,这使我们更能看清他的审美原则的思想倾向性。"萧绎的诗学观点,是远师陆机,近承刘勰、萧统、刘孝绰,"萧统、萧绎的诗歌美学,是与刘勰评文的审美原则相一致的。概而言之,都是本之雅什,兼重缘情绮靡"。第五章专论萧统及其《文选》、颜之推与北朝的诗论。梅师研治中国文论,尤重选本批评,是故对萧统编选的《文选》和徐陵编选的《玉台新咏》这种总集性的选集,亦多所用力,指出:"中古文论家表露自己的文论见解,大体上是运用两种形式:一是直接地形诸文字,以理论的形态呈现,像曹丕的《典论·论文》和锺嵘的《诗品》等;一是间接地把自己的艺术见解、审美意识寄寓于所编选的他人所作的文学作品内,以选本的面目出现,像第四章介绍的徐陵《玉台新咏》和本章所述的萧统《昭明文选》。前一种是属于逻辑思维,使人认知;后一种则属于形象思维或情感思维,使人感知。中国文人,自幼就从习作诗文起步,所以首先进入他们视野的,就是一些名家的选本,长期随伴、反复阅读以至于在自己的习作中予以模拟的,也是这些选本中所录的名家的范作,所以选本对文人影响之广、影响之大和影响之深远,是超过文心、文则、诗话、词话之类的理论著作的。"又引鲁迅先生《选本》一文的观点加以佐证①。在"萧统与《昭明文选》"一节中,是书研究创见亦多,如分析指出:《昭明文选》作为中国最早的保存完整又最为著名的一部大型的诗文选集,入选诗文共七百六十四篇,分为三十七大类,而以诗赋为主体。赋类子目十五,诗类子目二十三,合为五百零八篇,篇数占全书近三

---

① 选本[M]//鲁迅.集外集.北京:人民文学出版社,1973:112—114.

分之二。自周至梁跨时七代八百余年,其间名家及其优秀之作,大都收集于内"。"萧选对后世的影响,主要是在所选的作品上,通过所选作品,来影响读者的审美意识。"批评说:"当代的某些美学著作,评及萧选时,往往只强调其尚丽、'多丽'和'感官愉悦',而对其'风教'的一端,则言是'一种不得不作的说教',这是不顾及所选之文仅对其某些论述作片面引申的结果。"通过将自建安至齐梁诸名家诗在萧书中入选的情况与刘、锺之评及徐陵之选比较,说明其间是有同有异的。萧统"既充分肯定古质今丽、踵事增华的诗歌发展趋势,在审美好尚上也能气骨与流丽兼重。从其选文看,曹植入选诗文三十九篇,其中诗二十六首;陆机入选诗文一百一十九篇,其中诗五十一首;谢灵运入选之诗则是三十九首。陆、谢入选之诗均超过曹植。永明诗人谢朓入选诗文二十三篇,其中诗二十一首;沈约入选诗文十七篇,其中诗十三首。沈、谢入选之诗也超过了建安七子之冠冕的刘桢和王粲(两人各十首)。萧统选诗,不薄古今,不拘泥于一端,能兼容并蓄,以具有审美的包容性为特色,其去取间似以风格雅正、构思新巧、文词多丽为权衡。继居东宫的萧纲,命徐陵编《玉台新咏》,虽也是以'弥尚丽靡'见称,但侧重于淫靡和艳情,所以徐选所取,多数是萧选所弃的诗作。……这两种选本的区分,在传统诗学里是崇雅正和尚郑声的不同,在审美情趣上,因而也就有了很大的差别。"通过扎实的研究,说明:"以诗学为基本点,反视其选文标准,有些传统的看法,就值得商榷了。……阮元所言'必沉思、翰藻,始名之文,始以入选也'这段话,运用于'以立意为宗'的各体应用文,是恰当的,于诗赋则不完全吻合。'综缉辞采'和'错比文华'的'翰藻'美,从广义的意义上说,是可以适用于体物言情的诗赋的;但从史传的赞、论、序、述中总结出偏重于理性思维的'沉思',就与生于缘情,通过想象、神与物游的艺术思维有所不同了。萧统在选文时,对这两者的区分,应是明确的。"上述引论,对学界的一些流行的研究结论进行了纠正,涉及的都是重要问题,是值得令人珍视和反思的。其论颜之推时说:在北国诗歌论坛一片寂寥之中略显异彩的是颜之推的诗论,"从其诗学观点看,他是崇尚儒家诗学的,同时也好尚诗艺美,其意也在把这两者完美地结合在一起,因而也属于刘勰、锺嵘和萧统等论诗派别的,当然各自的侧重点和深广度都不相同。颜氏诗论的最大特色，是侧重于针对南北朝后期诗坛的情况而发的，由于其自身的特殊经历，使他能同时熟悉南北两地诗歌创作和评论情况，有较多的北朝诗坛例证和对比论述，因而视野比较开阔，论述也带有某种总结意味，这在南朝诗论著作中是见不到的。随着大统一的即将到来，颜氏的诗论，可以视为开启隋唐人总结南北朝诗学的先河，虽然颜之推本人不一定有这种自觉。"所论很好地分析了颜之推诗论在诗论史上的独特贡献和地位。

至于是书最后三章专论刘勰《文心雕龙》和锺嵘《诗品》，更是注重分析说明了其"尊奉、沿用和发扬儒家诗学的风、雅体制"的思想特点，这在《概说》中就作了精要的论述。如说："成书于齐梁间的《文心雕龙》和《诗品》，虽在不同程度上受玄学观念及其思辨方式的影响，但以风、雅体制作为其立论的基本原则是一致的，而刘书尤甚。刘氏以儒学为论文立论的基点，在其书《序志》篇有详尽的说明……刘勰宗儒的文艺观，在他的申言中是如此清晰而无一点含糊不清之处。验之于所著，亦复如此……刘勰生于玄、佛盛行之际，他确实吸取了玄、佛某些思想资料和词语……但都纳入了他的儒学文论体系之中"。论锺嵘《诗品》说："锺嵘的诗论，虽未标宗经，但受儒学的影响也很明显，宗奉风雅体制贯穿前后。"而"探源《风》《骚》，是锺氏辨明各家诗体特色的一条重要途径，也是尊体的一种表现"。另外，"再从对待《风》《骚》两系诗人的态度看，似乎都在'掎摭利病'，各有褒贬，且上品之中不乏《楚辞》一系的诗人，但在具体评价中，确实又表现了某种重《风》抑《骚》的审美倾向。《诗品序》言：'昔曹、刘殆文章之圣，陆、谢为体贰之才。'被推许为诗国圣贤的曹植、刘桢、陆机和谢灵运四大诗人，其源都出自《国风》。……锺氏评诗，崇尚渊雅，以雅正与否界别《风》《骚》。他有感于齐梁诗坛上《国风》一系后继无人，被时人所嗟讽的名家鲍照、谢朓、沈约等都是'颇伤清雅之调'的《楚辞》一系的诗人。锺嵘将他们一律放在中品，以表明其对风雅精神的重视和想扭转齐梁诗风的写作意图。"由此说明："《诗品》从溯流别、评风格到定品第，无不在一定程度上受到他所尊奉的风雅体制的制约……锺嵘诗论体系的归属，还能作其他判别吗？"以上论断在是书第六、第七章专论《文心雕龙》和第八章专论锺嵘《诗品》中,有更为全面的分析,这里限于篇幅,就不再引述。

第二种类型是"在本体论上即形而上的道体上深受玄学的影响,形而下即具体运用则仍是服务或服从于儒学。这可以用'玄体儒用'四个字来概括。正始期间阮籍、嵇康的乐论就属于此类。"第三种类型是"明文用,反对缘情绮靡,要求以经史律诗,此派可以裴子野的《雕虫论》为代表。创作上与之对应的是萧梁时有一定影响的裴子野、刘之遴等'了无篇什之美'的古体诗派。西魏至北周初期,苏绰在宇文泰的支持下,作《文诰》,倡质木无文的《尚书》体,反对与抵制南朝的绮靡文风,也属于此类。……苏绰等复古,重在笔体,但也影响到诗。"第四种类型是"轻艳诗论,高标'无忝于雅颂,亦靡滥于风人',公然自外于儒家诗学,并与之划界。萧纲的《与湘东王书》《诫当阳公大心书》和徐陵的《玉台新咏序》是此派诗论的代表,创作上与之对应的是以轻艳为主要特色的梁陈宫体诗,现存的以梁代宫体诗为选编对象的《玉台新咏》,集中反映了此派诗人及其论者的审美好尚。"这三种次要类型的具体研究分析,与第一种主要类型即"尊奉、沿用和发扬儒家诗学的风、雅体制",在中古诗论史上交互发展,这就是这部《魏晋南北朝诗论史》"著述大意"和基本内容。

(三)是书在研究方法上和具体研究的创新收获上也是值得很好总结的,限于篇幅,略举数例以明之。

《概说》中有一段总结性的话:"从玄儒思想及诗艺美在诗论体系建构中所处的地位立论,我们把中古诗论概分为上述四种类型,其中以本之雅什、兼重绮靡为主体,这是尊重诗论史的事实,并非以之为褒贬。事实上各类诗论既以各自特色相区别,又以各自成就相辉映。本之雅什、兼重缘情绮靡一派各名家诗论,把儒家诗学升华为一种风格美和意境美,并在辅之以多种诗艺美上做出了不同的贡献,使这一时期的儒家诗学进入了诗歌美学的新境地。阮、嵇的乐论,越名任心,第一次建立起以老庄思想为本体的音乐理论体系,突破了儒家诗乐理论用群体意识规范个体的某些藩篱,张扬了个性,并能使人思维开阔,自致远大。裴子野重视建安风骨的复古诗论,既对锺嵘以建安风力为旨归的诗论有所启示,又是唐代以复古为革新的陈子昂诗论的先声。即使是萧纲和徐陵所倡导'放荡'和轻艳的诗论,也具有突破儒家诗教对诗家过分束缚的意义,并使诗歌在声韵和词采上更趋流丽。"我们认为总体上这样概括中古诗论史的全貌,是成立的,论断是坚实的。梅师做出中古诗学主要都"尊奉、沿用和发扬儒家诗学的风、雅体制"的大判断,这与20世纪80年代以来,重新风行学界的所谓"新儒家"思想并非一回事,也与本世纪以来迄于当下逐渐为学界所认同的积极提倡我国人文学科本土化的思想路径并非一回事;今天看来,其间或有诸多契合,那只是梅师在其具体研究领域通过扎实文献研究而得出的他认为符合史实的结论而已。梅师对中古诗学思想和精神所做出的大判断,也确实蕴含思想文化立场的坚持和价值判断,只是他致力完成的是中古诗论史本身的研究,在这种具体研究中,怀有向上一路的追求和志趣,例如非常重视和主张弘扬儒家的比兴讽谏传统和诗教精神以及儒家的风骨理想志趣等,从而使其学术研究中蕴涵思想,而义理分析乃是出自于文献考论。是书考论、义理剖析,纠偏厘正,新见独出;所发颇能切理厌心,令人解渴。例如《概说》中对陆机《文赋》"玄览"一词所做的文本与历史语境的分析,就是一例:"《文赋》的中心论题是研究创作的用心。'恒患意不称物,文不逮意'是全文力图解决的理论命题,并非申言'意不称物,文不逮意'。观物是意称物之始,'伫中区以玄览',就是对所写事物要深观明察。《文选》李善注引《老子》'涤除玄览'释其意,不一定符合原意。陆机曾作《羽扇赋》,赋中也用过'玄览'一词:'昔者武王玄览,造扇于前……'《羽扇赋》以主客问答式虚拟宋玉和诸侯的对话,宋玉使用了与众不同的羽扇,遭到众诸侯的嘲笑和责难。上引即诸侯之言,认为不符合周武王造扇的古制。这显然是言武王圣哲,能深观明察,后人的智慧是不能超越的,其'玄览'意与《文赋》所用同。唐武则天召文士编类书百卷,也以'玄览'名书,这与《羽扇赋》所言'武王玄览'意同,都是深观明察意,与畅玄体无没有关系。"这就与后文赞同唐长孺先生所谓"现在传世二陆著作均与玄谈无关"考辨结论,前后印证。

再如,对徐陵《玉台新咏》有关考论说:"《玉台》的编纂,是受命于萧纲。……据《陈书·徐陵传》及《梁书》的有关纪、传记载,徐陵于太清二年(548)炎暑季节出使北魏,侯景亦于同年八月起兵反叛,陵不得回京城,转去江陵依湘东王萧绎。此后的徐陵,再也没有机会与在京城的萧纲及其父徐摛晤面了。《玉台》的编纂,只能在此以前,即萧纲仍为太子之时。今存宋本《玉台》所录萧纲诗,前标'皇太子圣制'可证。但宋本《玉台》在编纂人前标徐陵入陈后的官衔,当是后之刻书者所追加,不能作为成书年代的证据。又,据《梁书》本纪载,萧纲在侯景入城后即被囚禁,其诗风也迥异于前……这位行将被杀的皇帝,其为文已不再放荡,诗情诗兴也与轻艳绝缘了。所谓'端悫人不妨作浪子语',还须有特定的生活环境和心境的条件才有可能,晚年追悔的话头,大概是有鉴于萧氏落难时的遭际而作的一种臆测吧?其实,此时的萧纲,社稷垒卵,个人生命也朝不保夕,根本无心追及于此了。《玉台》不可能是萧纲晚年追悔之作,当然也不大可能成书于徐摛受到梁武帝责让后不久,因为其时武帝责让之声言犹在耳,徐勉等执政又敢于直言,下情基本上能上达,萧纲等是不敢为自己辩护而编纂此书的。那么成书于大同年间(535—547)是较为可信的。"又说:"'玉台新咏',本意应是宫体新诗之意,但其所选还包括汉魏以来的古体诗及乐府民歌,这大概是'以大其体'的结果。……徐陵既然是受命于萧纲,意在张扬宫体,又以'玉台新咏'命名,那么他们心目中的宠物仍在宫体新诗。从第七卷、第八卷开始选录的萧纲、徐陵和庾信等宫体之作,应是全书的中心和主体之所在。……我们研究《玉台》这部诗选,应在明其用心的情况下,把侧重点放在第七、八卷及其以下的宫体诗派的诗作所显现出的诗学观点和审美情趣,至于其书使古之名篇得以留传以及一些史料价值,那只不过是副产品而已,并非编纂人的初衷。"

又如,萧绎诗论思想的分析以及其与萧纲的关系考辨,也颇令人信服。萧绎言诗以明道为根本的诗学观点,"萧统、萧绎兄弟在诗学中所阐述和推崇的美学思想,也就是孔子一再倡导的用中取和即中和的审美原则。"既然萧绎的诗学见解与乃兄萧纲有如此的不同,那么萧纲在《与湘东王书》中,为什么将乃弟引为同调呢?这是因为萧绎并非是一个言行一致之人,与其性格和处境都有关系:"昭明去世后,萧纲入主东宫,萧绎虽然也好尚诗歌的缘情和词采的声色之美,但'性不好声色',对于'止乎衽席之间'的宫体诗,似乎也不以为然。但为了投合东宫新主人之所好,就违心地追随其后,成为宫体诗人群体中一个重要成员,从而获得萧纲的信赖,并被引为同道,这从萧纲的《与湘东王书》中所述可证。说他的诗歌理论与创作实践相矛盾是可以的,因为从他的一生立身行事看,在关键时候,都是行不顾言的,虽然他在'立言'时,提出'学道不行谓之病',要求'言顾行,行顾言',言与行相一致。说他的诗学思想前后有变化,则似乎依据不足。因为体现在《金楼子》一书中的学术观点和诗学意识前后是一致的,而这部书可以说是他的代表作,是他最为看重的,也是他一生心血的结晶。"

又如,皇甫谧是否作《三都赋序》问题的考辨,认为"我们不能用《晋书》所弃的资料来证《晋书》所记之误,说《三都赋序》不是皇甫谧所作。""皇甫谧作《三都赋序》是否可靠,现在很关键性的一个问题是左赋写成的时间。对于这个问题,现有的史料的记叙,几乎相差二十余年。"通过研究说:"左思于及冠之时至而立之年完成《三都赋》,是有可信的旁证史料佐证的。《咏史》(其一)自言其'弱冠弄柔翰''作赋拟《子虚》',说明其作赋起笔较早,自视很高,也很自信。这与《晋书》本传所记'造《齐都赋》,一年乃成,复欲赋《三都》'是相一致的。……左思于太康初年撰成《三都赋》是可以论定的。那么《晋书》《世说新语》以及《昭明文选》所录皇甫谧为之作序事,就很难否定。而陆机于太康末年仍言'须其成,当以覆酒瓮耳',这只能是他人虚饰的不实之言。《晋书》的作者多文学之士,好猎奇,而不顾及所叙自相矛盾。"

又如,关于萧统《文选》的编撰问题,"萧统是《文选》的编纂者,这在《梁书》《南史》及《隋志》中都有明确的记载,萧统的《文选序》也有清楚的表述。由于是书规模宏大,选文精审,后人每疑其非出自一人之手,进而推测东宫众学士中有人参与,并实指以文才深受太子信爱的刘孝绰以及王筠等最有可能。"通过考辨说明:"据《梁书·刘潜传》,刘孝绰两个胞弟刘潜(孝仪)和孝威在安北晋安王萧纲的掾属任上丁母忧,时间也始于中大通元年。这也就是说,刘孝绰在为太子仆后不久即丁母忧。昭明于中大通三年(531)四月病逝,其时刘孝绰兄弟正在服丧期间。如果《文选》的成书定在中大通元年至二年,这正是刘孝绰服丧期间,因而根本不可能参与其事的。从现存的各种史料推断,《文选》的编纂,只能是出于萧统之手。没有可靠的史料证据,我们是不应轻易地侵犯萧统的著作权的。"

又如,梅师对刘勰与《梁书·刘勰传》的考辨,论析诸多重要问题,并以此切入《文心雕龙》的研究,在学界产生了重要影响,取得重要成就。主要考论辨析了三大重要问题:第一,首先指出考察刘勰的生平、思想和著作思想,除应重视其现存的著作外,还须依据《梁书·刘勰传》,这已是多数《文心雕龙》研究者的共识。"但为什么必须要遵循此传所叙,则言之甚少,以至在对刘勰及其论著的研究中,往往不重视该传所叙身世、生平以及不同阶段相异的人生价值追求与其著作之间的联系;有的旁搜远绍,看似富博,但却与此传所述事迹发展的逻辑线索相抵牾。刘勰及其论著研究中一些重大的分歧,往往也由此而生发。"申明"此传之所以最可信,是因为出自曾任梁代史官的姚察之手。姚察与刘勰,都有兼宗儒释的人生经历,刘氏应是姚氏比较熟悉的前辈并乐于为之认真作传的人物"。而且"将李延寿的《南史·刘勰传》与姚书刘传相比照,更可见姚作的可靠性。《南史》刘传全系抄撮删削《梁书》原传而后成,没有增添任何新史料。究其原因,很有可能与姚察已将刘勰主要史料搜集无遗有关"。第二,从《梁书·刘勰传》评刘勰及其著作。"据姚察所叙,刘勰的一生,经历了由积极入世、为官作宰到坚决遁入空门、超凡脱俗的人生转折,其思想和著作也发生了由宗儒到宗释的质的变化。这前、后期对人生价值的不同追求,在姚书刘传中都留下了有迹可寻的历史演进的逻辑线索。"至于"刘书写于何时,姚察并未明言,但他采用传统写史常用的倒叙手法,在叙其仕历后用一'初'字,来追述仕宦以前的事:'初,勰撰《文心雕龙》五十篇……'由此可以判定姚察是言刘书写于天监初起家为官之前。再证之以刘序申言其年逾而立梦随孔子后即开始著述,这与姚书所记刘勰在婚娶之年依僧祐并与之聚居,积十余年才起家为官事,这两者在时间上也是吻合的。"特别是"姚书录刘序叙其书写作缘起时,描述了其幼年和青年时代曾做过两个极具神奇色彩的梦,意味颇深长。……在刘勰看来,文苑艺场是'敷赞圣旨'仅逊于注经的另一重要领域,是亟待运用仲尼之道深入开发的一片邓林,于是宗经论文就成为刘勰在权衡缓急得失后的最佳选择。姚书录其后梦,正是意在说明此书创作的指导思想之所在。"而"刘勰最后是归心佛释。以最坚决的态度遁入空门,与天监初年相比,其人生追求发生了根本性的转折,这在姚书刘传中有明确的记载。其转折过程,也留下可资探索的迹象。此传在末叙结局情况时,有些话是很值得寻绎的:'然勰为文长于佛理,京师寺塔及名僧碑志,必请勰制文……文集行于世。'这'然勰为文长于佛理'一句话,是紧接着沈约评《文心雕龙》'深得文理'后的行文转折,这转折语显然是出自姚察的评判。从下文的叙述语看,史家评判所依据的是两条:一是'京师寺塔及名僧碑志,必请勰制文'。前文已述,姚察在青年时代,就很有可能亲眼目睹过这些石勒碑志。二是姚察在读过刘勰文集后对其集中文章内容特点所获得的认知,文集中当然也会选入上述碑志。"通过如上仔细的考辨,说明《文心雕龙》以儒家思想为指导的问题,就更加信实。第三,关于刘勰对萧统的影响问题的考论。"关于刘勰与昭明太子萧统的关系,姚书刘传中曾叙其数次兼任东宫通事舍人,言:'昭明太子好文学,深爱接之。'论者常结合《文选》的选文与《文心》中所推许的作家作品有许多相合之处,认为两人的文学志趣投合,进而推论出《文选》的选文定篇是深受刘勰的影响,甚至有言刘氏参与了《文选》的编撰。这些推论,在《文心》的研究者中,颇有影响,但疑窦颇多,是很难坐实的。刘勰对萧统,到底有无影响,在哪些方面、多大程度上给予影响,仍是值得认真研究的课题。"对此,通过考辨,有力说明刘勰参与编撰《文选》说,是颇为可疑的。首先,"从刘勰的东宫官职看,东宫通事舍人一职,虽属清选,但在太子属官中,地位是较低的。据《宋书》《南齐书》的《百官志》,东宫的属官分二十五类,各门类例设的官员共一百一十余人。级别最高的是太子太傅、太子少傅和总领太子属官的太子詹事。其次是家令、率更令和太子仆,号称太子三卿。三卿后是太子洗马、中庶子、庶子和门大夫等。……刘勰在东宫所任的官职就是名列一班的东宫通事舍人,在等级森严的宫廷中,这最低班级的官员,是很难直接与太子交往的。"其次,"从刘勰与太子关系看……论者常引此与前引太子对刘勰'深爱接之'相参照,认为刘勰就是被'引纳才学之士'中的重要成员,参与讨论和编撰《文选》，也就事在必然了。但是遍观《梁书》各传就会得知，当年被萧统引纳的才学之士中，刘勰并不一定名列其中，至少可以肯定不是其中的重要成员。……所受到的'深爱接之'，并非是独有的，且程度、分量以及表现形式也都不算很突出，我们是不能据此推论出他参与了《文选》选文的讨论和编撰。"再从"刘、萧的年龄差距和《文选》的编纂时间看，刘勰比昭明年长三十五岁以上，《文心雕龙》成书后并'负书候（沈）约于车前之日，大体上就是昭明出生之时。"而"后期的刘勰，偏爱佛理，学术思想志趣虽然已不在此，但他在而立之年所写的体大思精、前无古人的诗学巨著《文心雕龙》，对于在青少年时代就爱好文学的萧统，仍会有极有益的启示，这应是昭明对刘勰'深爱接之'最重要的原因。"

又如，关于锺嵘《诗品》的研究，在梅师20世纪80年代初出版《锺嵘和诗品》一书时，说明"约生于宋明帝刘彧泰始二年（466）"，并特别加注说明"生年很不确切"[①]，其后，学界研究取得了重大进展，出版了数种代表性论著，而研究论文就更多。其中，对锺嵘生年的考论，也多有论断，梅师对一些考辨结论提出质疑："从《南齐书·礼志》……记载看，齐高帝于建元四年（482）正月，首次诏立国学，提出置生的人数、入学者父祖官职级别以及学生的年龄和地域的界限等条件，但这次立学因萧道成病逝而未施行。第二次诏立国学是在三年后的齐武帝永明三年（485）正月，入学的条件和三年前的要求相同，从'其年秋中悉集'看，是生员满额和如期开学了。《梁书》和《南史》本传均言，'嵘永明中为国子生'。今之论者多引证上述记载，认定锺嵘在永明三年入国学，并根据当时国子生入学年龄的界限，推断锺嵘的生年就在宋泰始二年至七年（即466—471）之间，但这一被今人普遍认同的大体上的考定，仍不是很可信的。"接着，对此"不可信"的理由做了精心的考论："因为'永明三年'与'永明中'并不是一个等同的时间概念。《梁书·良吏传》记丘仲孚'永明初，选为国子生'（《南史》丘传记载同）。由于南齐永明三年前未立国学，那么丘传中的'永明初'，应是永明三年。而锺传所言'永明中'，就不是永明三

---

① 梅运生.锺嵘和诗品[M].上海：上海古籍出版社，1982：12.

年,而应是永明五年或六年了(永明为齐武帝萧赜的年号,前后共十一年)。又《南史·徐勉传》言勉'年十八,召为国子生'。《梁书·徐勉传》言勉'大同元年卒,时年七十'。大同元年为535年,从这个卒年推算,徐勉入国学,也应在永明初年。国子生入学,还有个修业时间和更替的问题。齐梁间国子生并无统一的修业和结业的年限,最快的一年内即可射策,如获高第,就能起家为官。至于更替和纳新,则是通过荐举、选拔和召补等形式进行的。永明三年,一次性的置生并录入二百人,是开创性的盛举,并不是定期性的常例。其后陆续选补的国子生,也未受'十五以上,二十以还'的年龄限制。《南史·谢几卿传》,记谢'年十二,召补国子生'。谢几卿为谢超宗之子,超宗被杀在永明元年,时几卿年八岁,年十二,应是永明五年。可见谢几卿也是在永明中(即永明三年立学后)为国子生的。入学时,国子监祭酒王俭受文惠太子之命,亲自策试经义后才录取。锺嵘在永明中入国学,其程序与谢几卿相比,应无二致。据《梁书》和《南史》各传的记载,在永明中入国学的,还有萧洽、江革和诸葛勔诸人。确认锺嵘入国学的时间为永明五年或六年,入学年龄可以起点为十二岁,以此来推算他的生年,应在宋泰始三年至元徽五年(469—477)之间,而不是上限为466年,下限在471年之前了。"此考在他人不疑处置疑,细心发掘文献,重加考据,结论也具有说服力。是故梅师在相距他的《锺嵘和诗品》二十五年后出版的《中国诗论史》中,对锺嵘的生年其实仍然给出的是"很不确切"的结论,只是一个时限的大概推断,足见其当年的谨慎和研究的功力。又如,是书对锺嵘《诗品》的"滋味"说问题,也做了进一步辨析说明,也较不少学者所论为通达合理。学术研究尤其是属于"史"的研究,其创见创新与自然科学研究的发明或思想的独断、理论的构建是不同的,是要以具体历史文献为依据,以实事求是为目的;能够实事求是、更好地贴近史实的研究就是最好的创见创新。是书考论,发他人所未发或辨正旧说者尚多,上文所述,举例说明而已。

　　刘彦和云:"文果载心,余心有寄。"梅师今春已逝,以此著成一家之言,可以不朽矣。痛失恩师,然我知师之心有寄在此耳。为师之大著撰序,唯恐不能得师之意,又出版社催促甚急,不能从容评述,遂采取一种笨办法,就是所谓"将核其论,必征言焉"。故前文引述是书之论甚多,颇未能精简;间或置评,解读亦或不够确切,敬请读者批评指正;至于梅师本意,还当以是书所论为是。略说是书著述大意与内容梗概如上,谨以之为序。

陶 礼天

2016年12月27日

目　　录

概　说

自汉献帝建安元年(196),曹操迎汉帝迁都许昌,操朝政,为汉魏易祚之始,下至隋文帝开皇九年(589)灭陈,南北统一,前后凡三百九十三年,史家称之为中古时期。中古时期是中国历史上的大分裂、大变动的时代,与之相对应的诗学也出现了前所未有的变化:由两汉时代的经学附庸一变而蔚成大国,诗歌创作与理论批评呈现出崭新的面貌和繁荣的景象。尤其是诗歌理论批评上所取得的成就,像曹丕的《典论·论文》倡文学批评,陆机的《文赋》论创作过程,开一代风气之先,而具有总结性的泛诗学巨著刘勰的《文心雕龙》和具有开创性的评诗专著锺嵘的《诗品》,更是被后人奉为这个领域内"勒为成书之初祖也"(章学诚《文史通义·诗话》),后之论诗者也常难以为继。寻绎本时期诗论的特色及其取得巨大成就的原因,不能不首先对此时期政治、经济和文化的主宰者士族文士予以瞩目。

一、门阀士族的兴起、特征及其在思想文化上的好尚与审美追求

中国的门阀士族,萌生于东汉末期,形成发展于魏晋南朝,至隋唐而逐渐衰落,有明显的时代属性。东汉封建经济的发展,伴随着土地大兼并,各地涌现出无数强宗豪族,他们田连阡陌,富甲一方,各自建立与发展了相对独立的庄园经济,其中一些世积文儒和世代为官的高门望族,就成为"郡望姓氏"和"四海通望",其声誉和影响从州郡扩张到全国。加之东汉皇朝为了选官的需要,在中央办太学,在州郡则大兴官学和私学,入学的都是各级官吏和富豪地主的子弟,于是在官僚地主的子弟中造就了大批大批的士人群(在汉桓帝时,太学生已达三万余人),这就加速了士族地主这样一个特殊阶

・ 1 ・

层的形成。云集在首都洛阳城内的一大批已经为官、准备为官和争取为官的士族地主，在东汉末年形成了一股具有影响力的政治势力。他们强烈地要求相应的政治地位，参与并影响朝廷的政治。其时皇帝腐败无能，皇权被削弱，在中央把持政权的是宦官与外戚，这两股势力互为水火，政治更加黑暗，各种矛盾日益激化，汉皇权以至于整个地主阶级的统治都处于危机之中。首先感受到危机迫近的是士族地主，但是他们在那时还没有主宰政局的权利，只有依附于外戚官僚，与更为黑暗的宦官统治相对抗。他们操纵了朝野的舆论，充分发挥议政的威力，其势锐不可当。《后汉书·党锢传序》云："逮桓灵之间，主荒政缪，国命委于阉寺，士子羞与为伍。故匹夫抗愤，处士横议。遂乃激扬名声，互相题拂，品核公卿，裁量执政。"他们攻乎异端，互相激励和标榜，其中领袖人物被称为"三君""八俊""八顾""八及""八厨"等，为广大士人和市民所仰望。但朝廷不容，宦官切齿，屡遭残酷镇压，杀头、抄家、囚监、流放，演成一幕又一幕的"党锢之祸"的惨剧。他们则不屈不挠，愈演愈烈，前后达二十余年之久，这是士族地主群体初露头角并有辉煌表现的时代。在黄巾军大起义几乎倾覆刘汉王朝时，也就是这一大批代表着地主阶级政治利益和经济利益的士族地主，主动地积极地对起义军进行无情地镇压，从而显示出自己的能量，并在镇压中壮大自己的实力。《后汉书·宦者传》载汉灵帝怒斥宦官张让等私通黄巾军时说："汝曹常言党人欲为不轨，皆令禁锢，或有伏诛。今党人更为国用，汝曹反与张角通，为可斩未？"由此可见士族地主的政治态度以及在镇压起义军时所处的地位。尔后汉室溃弱，群雄蜂起，三国纷争，他们以自己的庄园和州郡为基地，扩充武力，小则筑坞以自保，大则跨州连郡，成为割据一方逐鹿中原的诸侯，多数则成为各方诸侯强有力的支持者。曹操的"唯才是举"，所举大都是这个阶级有实力、有才能的人物。曹丕的"九品中正制"，则是进而确认他们有政治、经济的特权，门阀士族制度从此就定型化了。曹丕的初衷，也许还包含有想把士族的清议纳入他的选举制度之中和直接管辖之下，以避免汉末那种"处士横议"、朋党攻讦的失控状态，为他选用人才提供一种组织制度的保证。但实行的结果，因为从中央到地方的中正官员，都为名士官僚所操纵，门第的差别，就成为品第高下的主要依据,而才能品行的优劣反而成为从属的东西。于是就出现了"上品无寒门,下品无士族"(《晋书·刘毅传》)和"世胄蹑高位,英俊沉下僚"(左思《咏史诗》)这样一些严重的弊病。西晋少数有识之士,也深知其弊,认为这是曹魏政权的"权时之制,未见得人"(《晋书·刘毅传》),但门阀制度在西晋时代进一步巩固和加强了。东晋和南朝政权,也在以王、谢为首的南渡百家士族把持之下。究其原因,就是因为这个阶级具有雄厚的经济实力和巨大的政治思想文化的影响,各个朝代的君主,即使非士族出身,其政权都必须依赖他们的支持,才能建立、稳定、巩固和发展。

中古时期的门阀士族作为地主阶级一个特殊阶层,有如下几个特征:

第一,以姓氏和血缘关系为纽带,联结和形成经济实力和政治势力很强大的宗族。他们在社会政治生活中的地位也十分特殊:一方面高踞于平民以至于一般庶族地主之上,在地主阶级中出现"士庶天隔"这种异常情况;另一方面对所属王朝似乎也保持着一定的独立性和高贵的地位,并不完全是依从关系。改朝换代了,他们的政治经济地位仍不变,一个士族官僚可以在几个朝代延续任高职,无忠贞死节的道德可言,这和汉代的宗族地主的情况大不相同。由于这种政治经济的特殊地位,使他们在社会政治生活中有很高的声望和影响。

第二,世积文儒,位居清要。这是士族门阀最重要的外在特征。前者是指书香门第,文化传家;后者是言官居清要的文职,祖先位至三公、九卿者则门第更为显赫,以武功居高位者则不在其列。构成士族称谓的这两个条件是缺一不可的。士族,又称世族、世胄等。以"士"冠族,是以文人学士自诩并以此为贵;世族、世胄则是文官清职,代代相继,这就是所谓"爵位相继,人人有集"。就王、谢两大士族言,据《隋书·经籍志》集部著录,琅邪王氏有文集者二十人,陈郡谢氏有文集者十二人,这是隋唐间集录的数字,在当时行世的远不止此数。《南史·王筠传》载:"史传称安平崔氏及汝南应氏并累叶有文才,所以范蔚宗云'崔氏雕龙',然不过父子两三世耳,非有七叶之中,名德重光,爵位相继,人人有集如吾门者也。沈少傅约常语人云:'吾少好百家之言,身为四代之史,自开辟以来,未有爵位蝉联,文才相继如王氏之盛也。'汝等仰观堂构,思各努力。"沈约属吴兴沈氏士族一系,又是齐、梁时政要和文坛领袖,他赞扬琅邪王氏文才之盛是一种舆论导向。王筠引其言以自重,并劝勉子弟继续努力,也是风气所致。中古时期的士族文士是独领风骚的,既是文化思想的占有者,也是文化思想的创造者和主导者。寒庶文士,虽才富文艳,学积五车,也只能作为华胄的附庸。

所谓"世积文儒""人人有集",所写包括诗赋及经学、玄学、史学、子书等各类著作。玄学的兴起与风行是这一时期最突出的现象,正始玄学的创始人王弼、何晏等都有专著、专论面世。但士族文士远非一边倒于玄学,注解儒家的经典,也是一大热门,像东海王朗、王肃父子都是以经学名家,王朗"皓首穷经",王肃的古文经学,在魏晋南朝时称显学。前引琅邪王筠,自言"爱《左氏春秋》",又注《尚书》三十卷。筠先祖王弘,以礼仪传家著称当世。"世积文儒"就是对此类以经学传家现象的概括。至于对诗学好尚风气之炽烈,更是这个时期士族文士所特有。从名列锺嵘《诗品》的诗人看,仅在南朝时代,陈郡谢氏和琅邪王氏两大士族入品的诗人就有十三人,其中多数在上品和中品。像谢灵运、谢朓等,更是彪炳诗史的名诗人。士族文士对诗的特殊好尚,是促进这一时期诗学发展与繁荣的一个重要原因。

第三,性尚通脱,重视自我。这是某些士族文士习性上的特征。通脱有率真旷达的含意,既表现在行为上,也表现在思想上。就行为言,他们任性而为,兴尽则止,嗜酒吃药,放荡不羁,不拘于常礼。《世说新语》中《任诞》《简傲》诸篇记载的事例很多,阮籍居丧无礼,刘伶病酒逛妻都是其例。正始名士蔑视礼教、放浪形骸的某些极端的表现,固然包含有对司马氏政权用礼教诛除异己行为的一种抗争,但同时也可视为士人人格意识的觉醒。性尚通脱是魏晋文较为普遍的风尚,为尔后许多文士所乐道,所效尤。所以这不是一时的策略行为,而是一种习性的表现。士族文士重视个人的价值,不愿过多地接受常规礼教的约束,这与士族地主的庄园经济实力强大和政治上相对独立于中央王朝有关。所谓魏晋时代人性的自觉,实质上是士族文士人格意识的觉醒和独立意识的增强,这与汉代儒家章句之学规范下的文士习性是大不相同的。《世说新语·品藻》篇云:"桓公少与殷侯齐名,常有竞心。

桓问殷：'卿何如我？'殷云：'我与我周旋久，宁作我。'"桓温与殷浩同为东晋大士族，后都出将入相，风云一时，年少时同有令名，但各不相服。殷的才干实不如桓，但殷重视和突出自我这番话，时人引以为美谈。由此可见其时士人人格意识的增强和对自我价值的肯定。重视表现自我，这是文学自觉的重要内涵。

通脱表现在思想上，正如鲁迅先生所说："思想通脱之后，废除固执，遂能充分容纳异端和外来的思想，故孔教以外的思想源源引入。"经学思想的变化和玄学的风行，就是士族文士思想通脱的结果，学术文化以及诗学上呈现异彩也得益于这思想通脱。当然，士族地主思想上的通脱，也只是一定程度上摆脱汉代士人对章句经学和常规礼仪的拘泥，没有也不可能从根本上否定孔教。孔教的核心点是纲常名教和礼乐刑政，这是建筑在中国封建社会经济基础上的上层建筑，士族门阀作为地主阶级的一个特权阶层，也必须依赖名教来维系统治。他们的异端思想不过是将道、释等思想引入孔教之中，或从一个新的角度来阐释孔教。新的经学是如此，玄学的本质亦复如此。

第四，侈情与奢华。这也是士族文士习性上的特征，并进而形成特有的审美情趣。侈情是在情感上率性任真，是通脱在情思领域内的表现。圣人是有情还是无情，曾是玄学的论题，谈家的口实。何晏主圣人无情，王弼主圣人有情。王弼说："圣人茂于人者神明也，同于人者五情也。神明茂，故能体冲和以通无；五情同，故不能无哀乐以应物。然则圣人之情，应物而无累于物者也。"所谓"应物而无累于物"，汤用彤解释说："无累于物者，乐而不淫，哀而不伤，亦可谓应物而不伤。"哀乐不淫不伤，适得中和。这就是说，圣人有情，但不侈情，这是玄学家的理想人格所要求的，但其时很多士族文士，不但主有情，而且倡侈情，把自己和圣人区别开来。《世说新语·伤逝》篇载："王戎丧儿万子，山简往省之，王悲不自胜。简曰：'孩抱中物，何至于此！'王曰：'圣人忘情，最下不及情，情之所钟，正在我辈。'简服其言，更为之恸。""情之所钟，正在我辈"正反映一些士族文士率情任真较为普遍的心态。这与后汉士人矫情和伪饰大不相同，发而为诗，就有"长于情理"与"以气质为体"的区别。重视率情、钟情和侈情,是中古诗学变革的内在动因。

奢华主要表现在士族地主奢侈豪华的生活上,养成了一种习性,进而形成了特定的审美心态和审美定势,并影响到整个社会风气。中国封建地主阶级,特别是其上层,绝大多数都是奢华的。但相对而言,汉代的士大夫还比较朴实,特别是在他们中间提倡俭朴廉洁。汉代的察举制度之一是举孝廉,即孝亲和廉朴才能被荐举为官,俭朴廉洁也就成为社会时尚。魏晋以来情况大不相同。高门士族竞相斗富比奢,炫耀市朝。晋丞相何曾"性奢豪,务在华侈,帷帐车服,穷极绮丽","食日万钱,犹曰无下箸处"。其子何劭,位列三公,"衣裘服玩,新故巨积。食必尽四方珍异,一日之供以钱二万为限"(上引均见《晋书·何曾传》),骄奢更过乃父。影响所及,竞相穷极绮丽。石崇与王恺争富,晋武帝乃王恺之甥,暗中助恺,在当时也成为美谈。下及南朝,其风不衰,大诗人同时也是大士族官僚的谢灵运,也是"性奢侈,车服鲜丽,衣裳器物,多改旧制,世共宗之,咸称谢康乐也"(《宋书·谢灵运传》)。"世共宗之",其影响就不仅在士族上层了。士族地主这种被服华艳的生活习性,同时也形成了重视华丽之美和秀丽之美的审美心态,由物及人,由人及文,似乎是这种审美趣味发展、演进和相依相存的环链。士族文士品鉴人物,除重视人格美外,同时也非常重视形态美。这是这个时代重视形式美的另一种表现。对男人评头论足,在中国漫长的封建社会里是极少见的,但在魏晋南朝时却是一种风尚。《世说新语·容止》篇对此有大量的记载,如称美男子卫玠为"璧人",赞裴楷为"玉人"。晋简文帝司马昱"轩轩如朝霞举",王恭"濯濯如春月柳",魏明帝使后弟毛曾与夏侯玄共坐,时人谓"蒹葭倚玉树"。还有掷果潘安,看杀卫玠,都传为美谈。士人对容颜美的鉴赏,甚至置礼仪于不顾。如王濛仪容修好,"每览镜自照,曰:'王文开(濛父王讷字)那生如馨儿?'时人谓之达也"(《世说新语·容止》注引《语林》)。礼重讳言父祖之名,王濛自我欣赏,直呼其父名字,时人不以为非礼,还以为"达",爱美风气之盛,由此可见一斑。更有甚者,身犯重典,只因风姿秀美就可免受诛戮。东晋苏峻之乱,朝廷几被倾覆,事平,陶侃说:"苏峻作乱,衅由诸庾,诛其兄弟,不足以谢天下。"但大士族官僚庾亮兄弟"风姿神貌,陶一见便改观,谈宴竟日,爱重顿至"(《世说新语·容止》),竟因此免罪。陶侃系东晋一代名臣,谢安曾赞其"陶公虽用法,而恒得法外意"(《晋书·陶侃传》)。这个"法外意",大概是包括审美趣味的投入吧!中古时代骈文、诗歌和辞赋非常重视词采的声色之美,正是士族文士爱好形式美在文学领域内的表现。

缘情与饰采是中古诗学的两大特征、两大成就,都与士族文士重情与豪华的习性而形成的审美心态和审美趣味相关联,而不是玄学或经学的直接派生物。

二、古文经学、玄学与诗学

经学、玄学、钟情与饰采,构成中古诗学思想和艺术特征的四要素,都缘于门阀士族的思想和艺术好尚,其中起主导作用的仍是经学。在玄学风行的年代里,儒家经学确有所削弱,但这是相对于两汉"独尊儒术",经学处于一统天下的情况而说的。经学作为统治阶级的主要统治思想,其地位并未从根本上发生动摇,在文化思想领域内也是如此。玄学的挑战,成为经学思想变化的一种推动力量,加速了古文经学代替今文经学的过程;玄学的论争与发展,如名教与自然之争,崇有与贵无之辨,经学往往是制衡的因素。中古文化思想发展史表明:是经学融合并代替了玄学,而非相反。

经学和经学思想是有区别的。所谓经学,主要是指《诗》《书》《易》《礼》《春秋》及《论语》等儒家经典所宣扬的纲常名教之学。这是支撑着中国封建社会的精神支柱,贯穿并渗透在封建制度的机体之中并与之相终始,所谓"天不变,道也不变"。但阐释儒家经典的经学思想,却发生了数次大的更换。从西汉董仲舒的"天人感应"学说到东汉的谶纬之学,属今文经学,到魏晋时则为古文经学所取代。经学今古文之分原是所依据的文本不同、书体有异而别名,前者是隶体书写的秦汉时流行本,后者是西汉时出土用大篆体书写实为先秦时的古本。但经学今古文最重要的区分还是解说的思想和方法有别,古文经学是以通训诂、举大义为研究经书的主要方法,反对今文经学谶纬迷信和繁琐解说。古文经学之所以能取代今文经学,是由于其时上层统治失序,统治基础削弱,促使士族文人对此前的经学思想进行反思的结果,同时也说明迷信虚妄已经维持不了原有的皇权统治,而破碎章句也不足以禁锢士人思想。统治阶级迫切需要新的经学思想来维系统治,古文经学应运一跃而居主导地位,并在学术争鸣中又分化为两大学派:即活跃在南方荆州的宋衷、王肃学派和在中原地区居统治地位的马融、郑玄学派。郑玄能融合经学古今文的研究成果而集其成,王肃学派宗马(融)反郑(玄),时出新意。他们都发展了两汉的古文经学,是一种新的经学思想。王肃学派凭借其政治势力(王是司马昭的岳父)在魏末及西晋时期占统治地位,而郑玄新经学在东晋南北朝时期则更为风行,后经孔颖达的解说在唐代处于独尊的地位。郑、王新经学共同点一是都能博采众说,不拘于一家之法和一师之说。一部经学可以有多种义疏和讲疏,学术思想较为自由,这是士族文士所追求的学术风气。另一共同点是宗奉儒家经典所阐释的礼乐刑政和纲常名教,为当政皇朝制礼作乐和创立典章法度提供理论依据和操作规范,这是维系士族地主统治的生命线,是不能偏离的。把一种经学思想的衰落说成是经学的衰落,把今文经学的衰落当成儒学的衰落,这是较为流行的观点,但这是不准确的,也不符合实际情况。

玄学的产生也是今文经学衰落的直接派生物。这可以从何晏、王弼开创玄学的历程中获得验证。《晋书·王衍传》说:"魏正始中,何晏、王弼等祖述老、庄,立论'以为天地万物皆以无为本'。无也者,开物成务,无往不存者也,阴阳恃以化身……故无之为用,无爵而贵矣。"何晏撰《论语集解》,王弼撰《周易注》,《周易》和《论语》是儒家最重要的原典,何、王融合儒道,以道释儒,从儒学中衍生出玄学。所谓"以无为本",即以"无"为万有存在的依据,因而是"体",是"自然",而万有(包括名教)是"末",是"用"。根据"有无相生""体用不二"的原则,自然派生出名教,名教则必须法自然。名教法自然,实为一种新的治术,即无为而治,这就为士族阶级相对独立于中央王朝自在自为开拓了空间。

名教与自然之争,一直是玄学论争的中心论题。因为这不仅反映出士族文人某种习性要求,也直接关联到现实政治中的名教统治。阮籍、嵇康的贵无和任自然,常常和名教相对立。嵇康提出的"越名教而任自然"这一激进的论题,实为对司马氏以名教罗织士人罪名的一种抗争,倒不一定是为了否定名教。寻绎阮、嵇的自然观,似乎更多的是侧重于人性自然上。其"任自然"的深层含意,是追求人格的独立和率性任真的精神自由,即所谓"越名任心"。反映在诗学上,是"师心以遣论"和"使气以命诗"(《文心雕龙·才略》)。这与儒家诗、乐教化理论是有所背离的。

"越名教而任自然"的论题以及元康时期一些士族文士,以任自然为名,行放浪形骸纵欲享乐之实,使名教统治发生了危机,于是玄学中就用崇有论来纠偏,以强调名教的重要性。郭象撰《庄子注》,对"有"这个范畴做了新的界定,认为"有"有抽象的和具体的双重属性。抽象的"有"体现在具体的万有之中,是万有存在的依据,因为其有自性、自生、自化的特质。万有生生不息,就是自身独化的结果。这就是自然,顺其自然,就是内圣外王之道。这名教即自然的论断,既可以说是无为之治,也可以说名教之治就是无为之治。这两者合而为一,在治术上也就有了更大的回旋余地。

至于僧肇的《不真空论》,综合贵无和崇有两派的题义,提出了不应执着于"无"也不应执着于"有"的非有非无论,意在进一步泯灭有无、体用和名教与自然之间的界限,使之更为协调、和谐与圆通无碍。僧肇援佛入玄,他的所谓"中道论",实际上就是儒家"折衷"说的思想方法在佛学和玄学中的具体运用。《文心雕龙·论说》篇批评"滞有"和"贵无"两派都是"徒锐偏解,莫诣正理",他所认同的似乎就是佛学中这种"中道"义的。东晋以后的一些士族官僚,常常是玄礼双修,既治国,又谈玄,既遵循名教,崇尚孝道,又重视人格独立和追求精神自由,就是这种"中道"义的具体运用。魏晋至南朝的士族文士尊儒或者谈玄,往往都是你中有我,我中有你的。

玄学对中古诗学的影响是多方面的,既有很积极的因素,也有消极的影响。玄学重视精神和天才,尊重个性,而诗学是一项意蕴精微的精神活动,给个人的天才和创造提供了最广阔的用武之地,又极能体现个性特征。从这个意义上说,诗学的发展与玄学风行有密切相连的一面。玄学重在得意,重视理论思辨,尤其是思不尚同,雅好通过互相诘难,深析事理,获得新见。玄学清谈中论辩之风十分盛行,对魏晋至南朝良好的文学批评风气的形成,起了极有益的作用。当然,中古的理论批评的风气并不是从清谈时起始的,早在玄学产生以前的建安时代，曹丕、曹植兄弟提倡积极的文学批评，已开风气之先。但正始后玄学家的理论好尚，大规模的析理精微的主客论辩，听众常多至数百人至数千人，这不但促进了玄学的发展，对诗学领域内批评风气的形成，也有积极的影响。而良好的批评风气正是诗歌创作繁荣和诗学理论建树的催化剂。北朝的诗学特别是理论批评的滞后，也应与缺少批评风气的促进有关。

玄学的影响还表现在玄学论争中一些重要论题对诗学的渗透，如言意之辨、才性四本等，其中尤以言意之辨为最。

言不能尽意说最早的倡言者是庄子。其言见于《庄子》之《外物》《天道》诸篇。《易·系辞》中也记有"言不尽意"和"圣人立象以尽意"的话头。言能否尽意，在魏末及魏晋易代之际为道家以及略早于道家的名家所共同乐道。欧阳建著《言尽意论》，说钟会、傅嘏和蒋济等都信奉言不尽意。至于"立象以尽意"问题，王弼在《周易略例·明象篇》中虽然言及，但他侧重要求的是不应执著于言、象，而在于"得意"："得意在忘象""得象在忘言"。魏末道家坚定的信奉者荀粲进而认为理之微者意之精者不是言、象所能表达的："象外之意，系表之言，固蕴而不出矣。"（《三国志·魏书十·荀彧传》注）

道家否定言、象能表达精意微理，意在否定儒家经书的神圣性，但言、象、意三者关系的论述，已远远超出儒道之争的范围，涵盖并影响着需要借助语言文字表达的所有学科的相关论题，诗学当然也在其中。

言意之辨包含着言不尽意和得意忘言两个命题。上引荀粲的"象外之意，系表之言""蕴而不出"之言，属于前者，所侧重强调的是言、象不能尽意的一面。陆机《文赋》在论述文学创作中"意称物"和"文逮意"全过程后，对于在创作中必须"因宜适变"，在理论上又很难加以规范和精确的表达时，就用了《庄子》中的"轮扁语斤"的典故加以概括。这是言不尽意论首次在创作论中的运用。刘勰《文心雕龙·神思》篇言："至于思表纤旨，文外曲致，言所不追，笔固知止。至精而后阐其妙，至变而后通其数，伊挚不能言鼎，轮扁不能语斤，其微矣乎。"既言达意之难，也强调知意之不易。达意则有赖于知意，认为只有"通其数"，才能"阐其妙"，把言意之辨在创作理论上的运用又深入了一步。至于刘勰对"兴""隐"复意重旨的阐释和锺嵘对"兴"体的"文已尽而意有余"的界定,都是运用言不尽意说对诗学审美范畴的新的解说。

得意忘言是言意之辨的另一命题。王弼所言"寻言以观象""寻象以观意",从中可见言是明象的,象是存意的,言、象、意三者可以合而为一。这就为意象这一重要审美范畴的构成与产生起了某种奠基作用,但王弼之论重在"得意",而"得意"之途是"忘言""忘象"。晋代占统治地位的玄言诗,没有文采,无论意象,应该说就是这种忘言忘象进而非言非象理论影响下的产物。不过,从认识论的角度说,得意而忘言忘象,无非是由表及里,由粗及精,由言、象及意,进入佳境的一种飞跃,而不应执着和停滞在言、象的表层。这对于批评鉴赏理论是有指导意义的。刘勰《文心雕龙·知音》篇说:"观文者披文以入情,沿波讨源,虽幽必显",所说也包含这个道理。

才性四本说对诗学的影响也是多方面的。锺会等贯穿着才性说的才性四本论,是缘起于对曹操的人才偏至思想的四种解说,总其归途,是为其时不拘一格举人才提供理论依据。诗人被称为"才子",当然也可以探讨其才性的特点和成才的原因。曹丕将乃父的人才偏至思想运用于文学批评,在《典论·论文》中首倡"文气"说,以此解说建安七子风格的差异。刘勰《文心雕龙·体性》篇对体与性关系的论述和锺嵘《诗品》对诗体特点的界定与品评,应该说都与才性说影响有关。前者将文章体貌之异归之于作者先天性的"才"与"气"和后天性的"学"与"习"四端,这不但创造性地解说文章体异的多种主观成因,丰富了才性说的内涵,而且进一步提出"摹体以定习,因性以练才",以此要求作者在定体过程中,遵循一定的途径和规范来发挥主观能动性。后者立论于对诗歌体貌的辨析,并从诗体的因与革以及诗人的才性和社会遭际等探索成因。凡此均可视为才性说在诗歌理论中创造性地运用并有突出建树的范例。

三、诗歌创作的繁荣与诗体日尊

在缘情与饰采两股美学思想清流灌溉下,魏晋南朝诗歌大放异彩。其间诗人辈出,华章珠联,在诗坛上出现前所未有的盛况。其中尤以建安、正始、太康、元嘉和永明五个时代,在诗史上更具有突出的位置。

建安诗歌经历了由"汉音"到"魏响"的转折,清人沈德潜说:"孟德诗犹是汉音,子桓以下,纯乎魏响。"(《古诗源》卷五)"曹公古直"(《诗品》评语),仍属"汉音","诗赋欲丽"(《典论·论文》),则就"纯乎魏响"了。建安诗歌以尚绮丽即以"魏响"开中古诗学新风气,更以风骨与丹采完美结合彪炳诗坛,为后代所师范。正始诗歌亦差可踵武,阮籍、嵇康则以"使气以命诗"和言近旨远显示出自己的特色。太康诗坛上群星灿烂,"张、潘、左、陆,比肩诗衢"(《文心雕龙·明诗》),"并结藻清英,流韵绮靡"(《文心雕龙·时序》)。元嘉和永明诗坛更是声色大开。元嘉时以谢灵运为代表的山水诗奇峰突起,彻底改变了永嘉平淡之体,锺嵘誉之为"譬犹青松之拔灌木,白玉之映尘沙,未足贬其高洁也"(《诗品》),由宋入齐,周颙、沈约善识声韵,立四声,沈约、谢朓等将四声运用于五言诗的写作,创永明体,显示出中国诗歌特有的声律美。这些都是沿着"诗缘情而绮靡"的道路所进行的新开拓,诗歌艺术形式美也就日臻完善了。

从诗体形式看,各类诗体也在争奇斗艳。四言诗中兴,成就远远超过汉代。"五言居文词之要",独秀众品。七言之作则是新的开创并奠定了基础。中国诗史上古体和近体两大门类,在这一时期内不但已具规模,且成果辉煌。魏晋古诗,是唐以后的人学习的典范;齐梁间的近体诗,则是中国格律诗发展的源头,为后人所宗奉。

铺陈体物的汉大赋,至魏晋南朝亦抒情化和诗化,向诗靠近,几成诗中的一类。其时文笔之辨,诗与赋均属于"文",以言情饰采为能事。诗美的影响,不但形诸有韵之文,也渗透到无韵之笔。其时对诗美的爱重,是促进诗美辉煌的直接推动力。

从文笔之辨到诗笔之辨和永明体的创立及其论争,是对当时诗坛产生广泛影响的两件大事,也是中古诗学思想发展史上的重要一环。寻绎其发展轨迹,解读其内涵,对于认识中古诗学的特性及其所处的重要地位,是大有裨益的。

文笔之辨始于南朝宋,但文笔对称和文笔连称已见于两汉魏晋著作,自魏至晋文笔连称日见增多,说明以文采华饰作为文章的这一重要审美特征,已日益受到文士的喜爱,在有意无意间不断向笔体渗透,使趋向于应用文字性质的笔体也成为一种美文。文笔连称向南朝宋文笔之辨的过渡,其意并不在于为笔体争独立地位,从而便于选家和目录学家区分这两类性质有异的文体,而主要是在辨明文难于笔、文优于笔和文高于笔,使有韵之文凌驾无韵之笔之上。至于齐梁间开始出现的诗笔之辨,并不是如有的论者所言是文笔之辨的一种异称,而是在有韵之文中更突出诗的地位。这是从魏晋以来爱诗重诗的风气日益兴盛的必然结果。南朝的文笔之辨到诗笔之辨,从一个侧面反映了其时诗学影响日大和诗体日尊的现实,而诗歌创作的兴盛和诗学理论批评的建树,也可以视为文笔之辨到诗笔之辨所带来的硕果。

永明体是在南齐永明时代所产生的一种崭新诗体的名称,以四声制韵和严限声病为主要特色。它的产生与盛行,大体上与诗笔之辨同步,都是在重视有韵之文特别是重视诗美的风气下的产物。永明体的代表人物为沈约,但沈约的《四声谱》是在周颙的《四声切韵》的启示下写成的。沈约、谢朓等进而将四声运用于五言诗的创作,从而形成了永明体。虽然对汉语声韵规律的探讨和对诗歌声韵协调的追求,早在汉魏至两晋时代已经开始了,并不断取得进展,但对汉语声韵学和诗歌声韵美的探求,常两水分流,殊途而不能同归。沈约、谢朓等既是名诗人,又谙声律,在永明时“盛为文章”和“盛为文章谈义”风气的推动下,终于将两者结合起来,创造出能体现汉语声韵之美的新体诗。

沈约的声律理论包括以四声制诗和严防声病两部分内容。四声制诗又包含声调的协调和韵类的谐和两个方面,前者为“气类均调”,即调平仄,后者为“宫商韵切”,即四声切韵。运用反切法区分字的声纽、调质和韵类以及双声叠韵,以此来协调五言诗的声韵,这是从正面言说在调声押韵上如何以四声入诗。所防“八病”,其中平头、上尾、蜂腰、鹤膝四种,均属同声病,即声调上不协调;大韵、小韵则是韵病,即触犯了隔字叠韵的禁忌;正纽、傍纽则是纽病,错在隔字双声,这是在出现声病后,指出犯病的性质及其改正的方法。从反切入手正面的积极的调声方法和消极的防病措施的结合,就是沈约的声律论的内容。永明声病说是从调声和防病两个方面在五言诗十字之文中颠倒相配上下功夫,使之声韵谐和。这是在近体诗起始阶段的艰苦摸索中所取得的极为有价值的成果,是中国诗歌由古体向律体以及词、曲转折的一大关键,椎轮大辂之喻,还不足方其功绩。

运用声律理论对历代诗人之作进行批评,为诗歌评论提供一个新的视角,这是沈约的声病说对诗学的另一贡献。《宋书·谢灵运传论》总结诗史,认为"芜音累气"即四声不谐是前此诗作的通病,即使偶有"高言妙句,音韵天成,皆暗与理合,匪由思至",也是偶然的巧合,而不是自觉运用声律的结果。此言遭到陆厥和北魏甄琛的论难。沈约一一进行答辩,双方在论辩中对声律理论及其美学价值的认识又深入一步。至于刘勰《文心雕龙·声律》篇对声律理论的专题论述和锺嵘《诗品序》对永明体"务为精密"致"使文多拘忌"的批评,都各有所见。前者侧重阐述声律论的意义及其美学价值、声与韵的界别以及调声难于谐韵等,丰富了声律理论的内涵。后者主要针对永明体行时后所产生的流弊进行批评。正视和克服这些弊病,能以声传情,是有助于诗作声情并茂的,虽然这不一定就是锺嵘批评的初衷。

永明体流行后在北朝诗坛上也产生了很大的反响。这见于由北齐入隋刘善经的《四声指归》。刘书不但对北魏、北齐多种声律著作进行了评介,还对自永明体产生以来南、北两朝声律之作进行了系统的品评,其中不乏中肯之见,可以视为永明体在入唐以前的一次总结。

刘勰在《文心雕龙·通变》篇中曾说:"文律运周,日新其业。"从上述诗歌创作繁荣的景象以及从文笔之辨到诗笔之辨和永明体的产生及其论争看,这既可视为中古诗学"日新其业"的一种表现,也可归结为"日新其业"的一种结果,诗歌创作的繁荣和诗学思想的论争,必然呼唤着理论批评并表现在理论批评上。诗歌理论批评日益深入和诸多建树,则是中古诗学"日新其业"的另一种表现和另一成果。下面从理论体系建构的角度,对本时期诗歌理论批评的诸多建树,分类撮要予以概释。

四、诗论著作体系的建构与分类

前面已述直接影响中古诗学美学特点的士族文士的政治思想好尚和审美追求,古文经学与玄学产生的背景,儒道之争的实质以及多数文士以玄礼双修为时髦,玄学对诗学有诸多积极的影响,但古文经学在政治文化思想领域内仍居主导地位等,这些特点,在诗学领域内特别是在诗歌理论批评的论著中是如何反映的,是否与上述论断相契合,这就需要具体辨析最能代表中古诗论特色和最高成就的专论和专著的理论体系,并把握其主导的思想倾向。因为只有把握其总体,才能见部分与总体、部分与部分之间的联系及其各自所处的位置,避免产生以点代面所谓"未能振叶以寻根,观澜而索源"(《文心雕龙·序志》)的差错。

是否可以先做出这样的评判:从决定事物性质的主导倾向看,中古时期一些重要的诗论著作,除极少数外,绝大多数都是尊奉、沿用和发扬儒家诗学的风、雅体制。而风、雅体制,正是《毛诗序》中所确立的。《诗经》的毛氏《序》《传》,居古文经学之首。可以这样说:这一时期一些重要诗论家理论体系的建构,是以古文经学思想为指导的。玄学作为有益的思想资料被吸收,它和缘情、饰采一样,成为这一体系中新的有机组成部分。儒、玄与这一新的诗论体系的关系,如果借用玄学论争中"体""用"二字来表述,大体上可以用"儒体玄用"四个字加以概括。

"体"与"用"原是一对重要的哲学范畴,运用于政治或诗论中,含意是不一样的,不能混同。哲学的本体论探讨宇宙的本源,玄学的"无",古文经学家王充所言的"气"即属此。政治学领域内的"体",应是政治体制,晚清保皇党人所言"中学为体,西学为用",就是此意。《毛诗序》所建立起来的风雅体制,就是后代许多诗论家所遵循的"体",它与功用论密不可分,且往往体现在功用论上。唐孔颖达本《毛诗序》区分诗的"六义"(风、雅、颂和赋、比、兴)为"三体""三用"(《毛诗正义》),宋朱熹划"六义"为"三经""三纬"(《诗集传》),元杨载别"六义"为"三体""三法",并言"此诗学之正源,法度之准则"(《诗法家数》),都是对儒家诗学体用观的阐发。以此来检验中古的文论和诗论,并未发现有大的背离。曹丕所言"夫文本同而末异","本"即"体","末"即"用",他重视"末",也强调"本"。同理,陆机的创作理论是"用",崇风雅,言文用则是"体",虽然他重在言"用"兼及于"体",但"用"受"体"制约并服务于"体"。刘勰的《原道》《征圣》《宗经》诸篇,在阐明"体",而文体论、创作论等数十篇则在明"用"。锺嵘评诗,探源《风》《骚》,在尊"体",具体品评则是"用"。中古诗论家在"用"上有了重大的丰富、发展、变化和创新,于"体"当然也有相应的丰富和发展,如把风雅体制升华而成美学风格和审美境界,但其基本核心点并未改变,这就决定了中古诗论的基本性质。名家的才性说,玄学的"言不尽意"、舍形求神、清通简要的文风等,如同缘情、饰采一样,都属于"用"或应用于"用"。和汉人诗论相比,其异同处也可称之为"本同而末异"的。

本着诗学的这种体用观,以下侧重撮要评述古文经学对中古诗论在本体论上的巨大影响和决定性的作用,玄学的积极影响和推动作用,是以明"体"为前提的。

开中古文学自觉新时代的曹丕的文学体用观,集中体现在曹丕所言"夫文本同而末异"这句话上。"本"是什么?《典论·论文》言:"盖文章,经国之大业,不朽之盛事。"前者用以治国,后者借以成名,后者有赖于前者,这是功用论也就是本体论上的共同点,其他才性异区、文体区分、风格有别等都属于"末异"。曹丕在"本""末"论述上都做出了贡献。他非常重视"末",充分论述"末异",但丝毫未忽视"本","末"是服务于"本",受到"本"的制约,从"本""末"的区分可见。就"本同"说,文章不朽也就是立言不朽,曹丕的《与王朗书》有更完整的表述:"人生有七尺之形,死为一棺之土,唯立德扬名,可以不朽;其次莫如著篇籍。""立德扬名"即立德立功,"著篇籍"就是立言,这三者都可不朽。"三不朽"原出自《左传》(襄公二十四年):"太上有立德,其次有立功,其次有立言。"《左传》属古文经学,在两汉受到今文经学家的排斥,不得立博士,古文经学行时后才受到尊奉。上引这段话见于鲁叔孙豹与晋范宣子的答问。范氏世代执晋国柄,而晋又是中原霸主,范宣子认为范氏这种世代显赫的权位,是可称为"死而不朽"的。叔孙豹回答说:"此之谓世禄,非不朽也。鲁有先大夫曰臧文仲,既没,其言立,其是之谓乎?"臧文仲立言,见诸《左传》的主要是政治外交辞令,其学识渊博,见解深刻,一百多年后叔孙豹称赞他身虽死而言立,所以不朽。从《左传》这段记述看,叔孙豹虽然提出前代的"三不朽"格言,但着重强调立言不朽。《典论·论文》所言文章不朽,也是侧重于立言的。曹丕把"立言"延伸为"文章""篇籍",并把诗、赋著作也囊括在内,这是他的新见,对提高诗、赋的地位和促进文学的发展确实起了推动作用。不过我们也应正视,曹丕所说的"文章"是包括四科八体的,诗、赋两体列在最后,他是更为重视经学和政论文章的。《论文》中列举立言不朽的事例是西伯演《易》和周旦制《礼》。建安七子中能得到立言不朽美誉的是徐幹,因为徐"著《中论》二十篇,成一家之言,辞义典雅,足传于后,此子为不朽矣"(《与吴质书》)。曹丕对自己的著作最为重视的是《典论》而不是诗、赋。是书五卷二十篇,《论文》只是其中一篇,而多数篇章是总结前代政治得失的。此书被刻石立于太学门前并亲自给太学生讲授,足见曹丕是想以《典论》传世不朽的。缘起于《左传》的立言不朽是曹氏兄弟、陆机兄弟及刘勰等发愤著书的精神动力。立言之所以不朽,就是因为文章有益于治国,而"文章,经国之大业"云云,是缘于古文经学《毛诗序》的,《毛诗序》认为诗用于"经夫妇,成孝敬,厚人伦,美教化,移风俗","用之邦国"是"正始之道,王化之基"。这不就是治国之大业吗? 当然,曹丕的文章治国论内涵要丰富得多,但无实质的变化。汤用彤说:"盖于文有两种不同之观点:一言'文以载道',一言'文以寄兴',而此两种观点均认为'文'为生活所必需。前者为实用的,两汉多持此论,即曹丕《典论·论文》亦未脱离此种观点之影响,故他以文章为'经国之大业',而后韩愈更唱此论也。"①曹丕论文在本体论上仍受到儒学的影响是有迹可寻的。

陆机是江东大士族,父祖显宦,经学传家。其《文赋》所论,集中反映了魏晋士族思想和审美好尚。从体用关系看,是以儒家诗学为主导,也少量吸收玄学的思想资料,尽管他在学术观点上是反对玄学的。

《文赋》的中心论题是研究创作的用心。"恒患意不称物,文不逮意"是全文力图解决的理论命题,并非申言"意不称物,文不逮意"。观物是意称物之始,"伫中区以玄览",就是对所写事物要深观明察。《文选》李善注引《老子》"涤除玄览"释其意,不一定符合原意。陆机曾作《羽扇赋》,赋中也用过"玄览"一词:"昔者武王玄览,造扇于前……"《羽扇赋》以主客问答式虚拟宋玉

① 魏晋玄学听课笔记[M]//汤用彤.魏晋玄学论稿.北京:生活·读书·新知三联书店,2009:279.

和诸侯的对话,宋玉使用了与众不同的羽扇,遭到众诸侯的嘲笑和责难。上引即诸侯之言,认为不符合周武王造扇的古制。这显然是言武王圣哲,能深观明察,后人的智慧是不能超越的,其"玄览"意与《文赋》所用同。唐武则天召文士编类书百卷,也以"玄览"名书,这与《羽扇赋》所言"武王玄览"意同,都是深观明察意,与畅玄体无没有关系。

《文赋》在论述"若夫随手之变,良难以辞逮"时,引用了《庄子》轮扁语斤的寓言:"是盖轮扁所不得言故,亦非华说之所能精。"但这仅限于"随手之变"部分,不是创作论的主体,更不是指整体。就主体说,他详尽地研究和阐明了以文逮意的理论,是言能尽意论者;就有限部分说,他吸收和运用了《庄子》的"言不尽意"的资料,说明创作中诸如"丰约之裁,俯仰之形"等在理论上是无法说清也不能悉说的问题,创作者要善于"因宜适变",才能曲尽其妙。这就丰富了这一创作论命题的内涵。

以"体"制"用",也贯穿在文体论中。《文赋》在提出"诗缘情而绮靡"及赋、颂等十体文章各有不同的特色后归纳说:"虽区分之在兹,亦禁邪而制放。要辞达而理举,故无取乎冗长。"这是对十体文章的共同规范。"理举"是指"文、武之道"和诗教的内容,"禁邪制放"就是要严禁、制止"放辟邪侈"。此言出于《孟子·梁惠王上》:"无恒产而有恒心者,惟士为能。若民,则无恒产,因无恒心。苟无恒心,放辟邪侈,无不为已,及陷于罪。"这段话另见于《孟子·滕文公上》,都是说治民之道,不能使民走上不守封建礼义以至于犯罪的道路。"放辟邪侈",王力解释说:"放,放荡。辟,同'僻',指行为不正。邪,和'辟'同义。侈和'放'同义。这里'放辟邪侈'泛指一切不守封建社会'规矩'的行为。"陆机以"邪"兼"辟",取"放"合"侈","禁邪带放"即禁、制"放辟邪侈"。陆机要求包括诗、赋在内的十体文章"亦禁邪而制放",也就是要止乎礼义,设了礼义的大防。"诗缘情而绮靡"与"亦禁邪而制放"是互相衔接的完整的命题,比起《毛诗序》所论"发乎情,止乎礼义"的命题,有了丰富和发展,但无本质意义上的区别。"诗缘情而绮靡",反映了新时代多数士族文士对诗歌的共同的审美要求,突出了诗歌最重要的美学特征,并且第一次铸成新语。"亦禁邪而制放"是化用孟子的旧语,以此来规范和制约前者。孟子的话比《毛诗序》是更有权威性的。那种认为陆机是"发乎情,不必止乎礼义"的倡导者的见解,无论是前人因此加罪抑或是今人因此加冕,都非知言。

　　成书于齐梁间的《文心雕龙》和《诗品》,虽在不同程度上受玄学观念及其思辨方式的影响,但以风、雅体制作为其立论的基本原则是一致的,而刘书尤甚。刘氏以儒学为论文立论的基点,在其书《序志》篇有详尽的说明:"齿在逾立,则尝夜梦执丹漆之礼器,随仲尼而南行。旦而寤,乃怡然而喜。大哉圣人之难见也,乃小子之垂梦欤! 自生人以来,未有如夫子者也! 敷赞圣旨,莫若注经,而马、郑诸儒,弘之已精;就有深解,未足立家。唯文章之用,实经典枝条;五礼资之以成,六典因之致用,君臣所以炳焕,军国所以昭明,详其本源,莫非经典。而去圣久远,文体解散,辞人爱奇,言贵浮诡,饰羽尚画,文绣鞶帨,离本弥甚,将遂讹滥。盖《周书》论辞,贵乎体要;尼父陈训,恶乎异端;辞训之异,宜体于要。于是搦笔和墨,乃始论文。"刘勰宗儒的文艺观,在他的申言中是如此清晰而无一点含糊不清之处。验之于所著,亦复如此,列为全书的"文之枢纽"诸篇,集中阐明文学与儒学的依存关系和以经驭文的论文原则,并由此而概括和提炼出"文能宗经,体有六义"对各体文章都普遍适用的六项审美要求。《原道》篇把文学的起源和生成囊括在"道沿圣以垂文,圣因文而明道"两句话内,构成"道—圣—文"和"圣—文—道"互相依存的两个公式。"道"既是出发点,又是归结点;"圣"(周公、孔子)是中介,能体道而为文(经书),又能因文(经书)以明道,这个"道"当然是儒家之道;为圣人所作能体道明道的"文"(经书)是至高无上的,既是后世各体文章的源头,又是后世为文的典范,从而构成了文原于道,为文要"征圣""宗经"的儒家文论的理论模式,这就是《原道》《征圣》《宗经》三篇的主要内容。《正纬》篇疾谶纬之虚妄,是集中批判今文经学的,表明他对古文经学的信奉;《辨骚》篇是辨析《楚辞》与经书的异同,是倚雅、颂以驭楚篇的。以上诸篇,是全书的"纲",也在阐明其"体"。刘勰抓住这个"体",居高临下,对历代作家各种文体的创作分体分题进行总结和评价,从中提炼和升华出一系列的理论命题、理论范畴和审美原则。譬如列在文体论之首的《明诗》篇,开宗明义即引用《尚书·尧典》《毛诗序》《论语》等经书有关论述来界定诗义。其中有"诗者,持也,持人情性"之说,以"持"释诗,出自《诗纬·含神雾》(见孔颖达《郑玄诗谱序正义》引),但刘氏做了"持人情性"的新解说,诗是以修养人们的情性,规范人们的行为的,这是对《毛诗序》所言诗的教化作用的一种具体阐释,是很有意义的。此例既可见刘勰论诗是本着儒家诗学的,还可见刘勰和郑玄一样立足于古文经学,兼收今文经学的一些有益的见解。至于文体论各篇所褒贬的历代作家各种文体之作,也都是立足于宗经,以"体有六义"那六项审美要求相权衡的。譬如《乐府》篇中批评"魏之三祖"某些乐府诗是"志不出于淫荡,辞不离于哀思,虽三调之正声,实韶夏之郑曲也"。刘勰对曹氏父子的诗作是包含贬义的。所以《风骨》篇所列范作是潘勖的《策魏公九锡文》和司马相如的《大人赋》,而不是建安代表作家三曹七子之作。在刘勰看来,潘文"思摹经典""典雅逸群",相如赋志在讽谏,命意高雅,两文都能"熔铸经典之范""确乎正式",所以"风清骨峻"。今人析风骨,往往回避上述两文,而与建安之作直接联系起来,这是不符合刘勰原意的,是无视于刘氏宗经的文艺思想的结果。且"风骨"的提出,原是包含情意和辞义两方面的审美要义,这也是立足于诗教和书教,并用以针砭时弊的。《风骨》篇说:"《诗》总六义,风冠其首,斯乃化感之本源,志气之符契也。""《周书》云:'辞尚体要,弗惟好异。'盖防文滥也。"在界定和阐述这个审美范畴的内涵和形成过程时说:"怊怅述情,必始乎风;沉吟铺辞,莫先于骨。""结言端直,则文骨成焉;意气骏爽,则文风清焉。""练于骨者,析辞必精;深乎风者,述情必显。""风骨"作为刘勰论文一个重要的审美范畴,实际上是《宗经》篇所言"体有六义"那六项审美要求的提炼和延伸,是儒家诗学一项重要成果。刘勰生于玄、佛盛行之际,他确实吸取了玄、佛某些思想资料和词语,如《神思》篇所言"思表纤旨,文外曲致,言所不追,笔固知止""伊挚不能言鼎,轮扁不能语斤,其微矣乎",就有言不尽意的内容。其他如《比兴》篇对兴体的界定,《隐秀》篇对隐体的分析,也含有对言不尽意的生发,但都纳入了他的儒学文论体系之中,其书被后人誉为"体大思精"之作,也有赖于此。

钟嵘的诗论,虽未标宗经,但受儒学的影响也很明显,宗奉风雅体制贯穿前后。《诗品序》所言诗缘于心物感应并受"气"的主宰,所谓"气之动物,物之感人,故摇荡性情,形诸舞咏",即来自荀子的《乐论》和汉人所写的《乐记》及《毛诗序》。荀子和东汉古文经学家王充以"气"为物质基因的宇宙构成论,成为锺氏诗歌起源论的理论依据。

探源《风》《骚》是锺氏辨明各家诗体特色的一条重要途径,也是尊体的一种表现。清人章学诚对此给予极高的评价:"论诗论文而知溯流别,则可以探源经籍,而进窥天地之纯,古人之大体矣。"(《文史通义·诗话》)这里所言的"古人之大体",就是宗经体制。

再从对待《风》《骚》两系诗人的态度看,似乎都在"掎摭利病",各有褒贬,且上品之中不乏《楚辞》一系的诗人,但在具体评价中,确实又表现了某种重《风》抑《骚》的审美倾向。《诗品序》言:"昔曹、刘殆文章之圣,陆、谢为体贰之才。"被推许为诗国圣贤的曹植、刘桢、陆机和谢灵运四大诗人,其源都出自《国风》。其中尤其是对曹植的赞许,达到了无以复加的程度:"嗟乎! 陈思之于文章也,譬人伦之有周孔,鳞羽之有龙凤,音乐之有琴笙,女工之有黼黻。俾尔怀铅吮墨者,抱篇章而景慕,映余晖以自烛。故孔氏之门如用诗,则公幹升堂,思王入室,景阳、潘、陆,自可坐于廊庑之间矣。"曹植之所以在诗国中有如此至高无上的地位,就是因为其诗"情兼雅怨,体被文质"。"文质彬彬"本是孔门的君子风范,被锺氏移植为对诗体的美学规范和审美要求,"情兼雅怨"即"怨而不怒",含蓄深致,这是风人之旨,也是诗教的要义。锺氏评诗最高的审美范畴——建安风力,即以此为内核。锺氏评诗,崇尚渊雅,以雅正与否界别《风》《骚》。他有感于齐梁诗坛上《国风》一系后继无人,被时人所嗟讽的名家鲍照、谢朓、沈约等都是"颇伤清雅之调"的《楚辞》一系的诗人。锺嵘将他们一律放在中品,以表明其对风雅精神的重视和想扭转齐梁诗风的写作意图。

《诗品》从溯流别、评风格到定品第,无不在一定程度上受到他所尊奉的风雅体制的制约,他甚至将他那个时代士族文士所特别赏好的润饰丹采,也归之于《国风》的传统,把明显受到玄学影响的"言在耳目之内,情寄八荒之表"的阮籍诗,系之于《小雅》,称之为"洋洋乎会于风雅"。锺嵘诗论体系的归属,还能作其他判别吗?

综上所述,中古诗论,从曹、陆到刘、锺,以得风人之致为旨归,是一脉相承的。风雅精神不但集中体现在功用论上,而且被升华为崇高的风格美。曹植在《前录自序》中说:"故君子之作也,俨乎若高山,勃乎若浮云。质素也如秋蓬,摛藻也如春葩。泛乎洋洋,光乎皓皓,与雅、颂争流可也。"曹植是锺嵘称之为孔氏之门用诗已入室的最杰出的诗人,他的贡献就在于把风雅精神熔铸而成诗歌风格,在意境美上有辉煌的成绩和突破,并在诗赋论中加以总结,从而与汉人纯功用诗论划界,与经学分途。尔后陆机及刘、锺等正是继承这个传统并加以发扬光大,那种认为儒家诗论只与政治功用论结亲而与美学绝缘是不确切的。但儒家诗歌美学是受"体"制约的"用",不能背离"体",也不能游离于"体"之外而自行其是。拿曾被称为"三用"的"六义"中的兴、比、赋"三义"说,刘、锺的"比兴之义",都吸收了玄学的言不尽意论,加进"文已尽而意有余"和"情在词外"等内涵,从而构成了实际上已包含有"味外味"诗的特有美感,即诗的滋味。但他们仍沿着"主文而谲谏""温柔敦厚"的路子,要求"讽兼比、兴",使诗"婉而成章,称名也小,取类也大",取小象以明大义,从而能得"讽谕之致"。这个"用"是与"体"合一的。以"体"为主,体用结合,以《毛诗序》为代表的汉人诗论如此,以二曹、陆机和刘、锺为代表的中古诗论亦复如此。虽然在"体"与"用"特别在"用"的内涵上有了很大的丰富和发展,如抒情成分浓厚了,审美意识增强了,艺术表现形式也多样化了,其中包括吸收了玄学等思想养分,但以风雅体制为核心这一本质特点并未异化,所以仍属儒家诗论体系的范围。

本着这种诗学的体用观,这一时期诗论家理论体系的建构可划分为四种类型,以尊奉风、雅体制,本之雅什、兼重缘情绮丽和声色之美这一类型为主体。其论著最多,成就最大,除上述二曹、陆机和刘、锺五大名家外,还包括魏晋期间建安七子的诗论,陆云的批评论,左思、皇甫谧的赋论,挚虞、李充的文体论以及葛洪的诗赋理论等。南朝时著名的《昭明文选》的编者萧统的诗论,强调新变但不忘本之雅什的沈约、萧子显及萧绎的诗论也属此类。沈约、萧子显都是著名的历史学家,善于用历史的眼光,总结诗史的得失及其新进展。由南入北、虚实兼重的颜之推的诗论也应列入这一类。上述各家论诗的侧重点都不一样，角度有别，成就也各异。虽然他们在不同程度上尊重传统，但也都比较重视研究新变，把诗艺美的新进展放在重要位置，因而能总结和反映出这一时期诗学上的新成就并与汉人划界。

第二种类型是在本体论上即形而上的道体上深受玄学的影响，形而下即具体运用则仍是服务或服从于儒学。这可以用"玄体儒用"四个字来概括。正始期间阮籍、嵇康的乐论就属于此类。阮籍认为"乐"依"天地之体"，以自然为本体，"五声""八音"都是"自然"的体现。"乐"之用最高境界是使人心境平淡和顺，臻于自然，使上下、尊卑、男女、君臣各守其位，和谐相处，达到儒家"乐"教去欲息争，以礼节乐，以乐致礼的目的。

嵇康的《声乐哀乐论》以"声"与"心"为二物立论，"八声""五音"都本之自然，并能体现自然之"和"，这个具有本体意义的"和音"是无常的也就是无限的，无哀乐之情可言。声无哀乐而心有哀乐，无常之声可以引发多种不同的哀乐之情；乐之用在于体验到自然之"和"音，使上下和泰；衰世则遵循儒家乐教来移风易俗。阮、嵇乐论在本体论上的建构，是"越名教而任自然"这一玄学命题的具体运用，体现了对无为而治的向往和个性精神自由的追求，但通过乐教来移风易俗、维系名教之治也融合在这一命题之中。

这里还需要说明的是李充、葛洪曾提出过"道本儒末"和"内道外儒"的问题，是否也可划入这第二种类型呢？回答是否定的。因为李充在《学箴》篇所言"圣教救其末，老庄明其本"的"本末"说，是对治学哲学和人生哲学要义的概括。所谓"明其本"，就是用老庄的无为思想"塞争欲之门""救礼教之弊"。至于文体论和诗学领域内，他是推重诗教的讽谕之义的。葛洪在其《抱朴子·外篇自叙》中言"其《内篇》……属道家，其《外篇》……属儒家"的"内道外儒"说，似乎也是对人生哲学要义的概括，并未贯彻到论文中来。其诗学见解和李充一样，仍是属于本之雅什、兼重绮丽的一类。

第三种类型是明文用，反对缘情绮靡，要求以经史律诗，此派可以裴子野的《雕虫论》为代表。创作上与之对应的是萧梁时有一定影响的裴子野、刘之遴等"了无篇什之美"的古体诗派。西魏至北周初期,苏绰在宇文泰的支持下,作《文诰》,倡质木无文的《尚书》体,反对与抵制南朝的绮靡文风,也属于此类。深受苏绰复古影响的柳虬作《文质论》,认为"时有古今,非文有古今",为提倡古质,反对今丽张目。苏绰等复古,重在笔体,但也影响到诗。

第四种类型是轻艳诗论,高标"无存于雅颂,亦靡滥于风人",公然自外于儒家诗学,并与之划界。萧纲的《与湘东王书》《诫当阳公大心书》和徐陵的《玉台新咏序》是此派诗论的代表,创作上与之对应的是以轻艳为主要特色的梁陈宫体诗,现存的以梁代宫体诗为选编对象的《玉台新咏》集中反映了此派诗人及其论者的审美好尚。

从玄儒思想及诗艺美在诗论体系建构中所处的地位立论,我们把中古诗论概分为上述四种类型,其中以本之雅什、兼重绮靡为主体,这是尊重诗论史的事实,并非以之为褒贬。事实上各类诗论既以各自特色相区别,又以各自成就相辉映。本之雅什、兼重缘情绮靡一派各名家诗论,把儒家诗学升华为一种风格美和意境美,并在辅之以多种诗艺美上做出了不同的贡献,使这一时期的儒家诗学进入了诗歌美学的新境地。阮、嵇的乐论,越名任心,第一次建立起以老庄思想为本体的音乐理论体系,突破了儒家诗乐理论用群体意识规范个体的某些藩篱,张扬了个性,并能使人思维开阔,自致远大。裴子野重视建安风骨的复古诗论,既对钟嵘以建安风力为旨归的诗论有所启示,又是唐代以复古为革新的陈子昂诗论的先声。即使是萧纲和徐陵所倡导"放荡"和轻艳的诗论,也具有突破儒家诗教对诗家过分束缚的意义,并使诗歌在声韵和词采上更趋流丽。

捃摭各派各家诗论的利病得失,详见于后面各章各节的评论。

第一章　曹魏诗论

　　曹魏时代,上始建安,下至正始(196—249),约半个世纪。这半个世纪,经历了从汉魏易代向魏晋易代的转移,是政治上剧烈变动时期,在文学史上则被称为进入了自觉时代。

　　所谓文学的自觉,就是视文学为独立的存在物,有其自身的独特价值。这种价值被认识,被认同,为作家们在创作中所自觉追求,这就是文学的自觉。文学自觉作为一种新的观念形态,更主要地体现在文学思潮上,体现在文学理论批评意识上。文学的自觉当然是以文学的大量存在为前提,但对其存在价值的认识,却常常落后于它所产生的年代。

　　作为中国文学主体的诗歌,在两汉时代,已数度辉煌后又上升到一个新的阶段。汉赋、汉乐府作为汉代文学的代表作,云蒸霞蔚,姿态万千,拥有广大的作者群体和日益众多的读者群体。但占统治地位的诗学观念,仍承袭着周人的意识,不是把诗视为一种纯艺术,视为诗人情感和审美的载体,而是视为经学的附庸,视为讽政和教化的一种手段。当然,汉儒说诗,也言及"吟咏情性"的一面,但这个"情"必须受到"志"的调节和主导,受到儒家理想怀抱的制约和规范。在汉儒眼里,诗当然不是张扬个性的,而是同化个性的,甚至是制约个性的。就总体来说,在汉末建安前,诗学意识仍处于不自觉的状态之中。

　　中国真正意义上的诗学自觉,是从建安时代起始的,经历了魏晋时代认识的发展,至南朝方告完成。建安时代诗学意识的变化,可以从仲长统的"见志"诗中见其一斑。

仲长统(180—220),生活在汉末建安中,是一位政治家、学者和诗人。作为政治家,他写了一部《昌言》,提出了针砭政治以救时弊的十六法,十六法包括复井田、抑兼并、急农桑、敦教学、信赏罚和核才势等。作为诗人,他有《见志诗》二首,其二曰:"大道虽夷,见几者寡。任意无非,适物无可。古来缭绕,委曲如琐。百虑何为,至要在我。寄愁天上,埋忧地下。叛散五经,灭弃风雅。百家杂碎,请用从火。抗志山栖,游心海左。元气为舟,微风为柂。翱翔太清,纵意容冶。"两者相比,其政见不过是以儒学为主的"百家杂碎"的综合,并带有复古主义的倾向;而其诗歌,虽名为"见志",却不是政见的载体和义疏,而是突出自我,张扬个性,抒发一己之愤慨,用浪漫主义的形式,形象地表达了要求摆脱各种精神枷锁的愿望,追求思想上能自由翱翔的一种新的精神境界,可以视为一篇诗意化的个性解放宣言。《后汉书》中还记载其"欲卜居清旷,以乐其志"。其所乐之志是"与达者数子,论道讲书,俯仰二仪,错综人物。弹南风之雅操,发清商之妙曲……"在仲氏看来,诗是用来陶冶性情的,而不是美刺现实,这就与汉人言诗大异其趣了。值得注意的是,这种把政见和诗学视为二途,在当时并未被视为异端,而是得到认同,受到赞赏:"尚书令荀彧闻统名奇之,举为尚书郎,后参丞相曹操军事。"(《后汉书·仲长统传》)仲长统年岁小于曹操而略长于曹丕,主要生活在曹丕即位当政前。虽然仲氏在曹魏政权中政治地位并不高,在诗学领域内,也不是很有影响的人物,唯其如此,其新的诗学意识,正可以视为其时诗学的自觉具有某种普遍性的征兆。

文学的自觉是一种新的观念形态,表现在诗乐理论上,是文学批评新风气的开创和诗乐理论意识的觉醒,并在上述两方面有诸多的创获和建树,这集中体现在曹丕、曹植的文学批评论和阮籍、嵇康的乐论上。尤其是前者,在魏晋南北朝及其以后的诗学领域内,产生了极其深远的影响。

第一节　曹丕、曹植的诗论

代表着曹魏时代诗论最高成就的是二曹的诗学批评论。这批评论的形成，又是与其时诗学自身价值被普遍认同和被广泛推崇分不开的，是其时诗人们在创作中追求诗艺美、重视创作个性并在实现诗的独特价值上较短量长风气下的产物。这就是说，二曹的诗论，既是其时诗学自觉的派生物，又是诗学自觉最集中的体现。

寻绎曹魏时代诗学自觉的缘起及其所受到的最直接的影响和推动，不能不首先推源和归功于曹魏政权的开创者和缔造人曹操。曹操是开一代风气的人物，邺下文士集团的形成以及这个集团文学新风气和诗学新观念无不来自曹操。曹丕兄弟的诗歌创作和理论批评意识，也深受乃父政治哲学文化思想和诗学观念的直接影响。所谓曹丕的时代，实际上是曹操时代的延伸。曹操对曹魏诗论开创性的贡献，至少有如下三点：其一，重在抒发一己之情怀，体现出他所特有的创作个性和审美追求。他将汉末古诗弥漫着的叹老嗟贫的忧生之嗟，一变而为"不戚年往，忧世不治"的英雄壮歌。孟德诗中也有政治性很强的"史诗"，但都渗透着处乱世欲反之正的英雄思想和他所特有的慷慨苍凉、气韵沉雄的基调。曹丕论诗，极为重视诗人的体气特色，所谓"文以气为主，气之清浊有体"（《典论·论文》）。他所提出的这一命题首先使他获得强烈感受的应是乃父诗歌那种充满了生命力震撼的创作个性。齐梁间诗论家所提出的"风骨"和"建安风力"，似乎也是以魏武诗风为轴心来概括那一时代风格的主要特色的，虽然齐梁间诗论家常以曹植、刘桢诗为这一时期诗风的代表，但曹、刘风力实缘此而生。其二，曹操的人才偏至思想和不拘一格举人才的政策，既网罗了很多诗人，还进而使他们扬长抑短。这既繁荣了创作，又促进了批评，并使两者相得而益彰。曹植《与杨德祖书》说："然今世作者，可略而言也。昔仲宣独步于汉南，孔璋鹰扬于河朔，伟长擅名于青土,公幹振藻于海隅,德琏发迹于此魏,足以高视于上京。当此之时,人人自谓握灵蛇之珠,家家自谓抱荆山之玉,吾王于是设天网以该之,顿八纮以掩之,今悉集兹国矣。"曹操在"文学蓬转"之乱世,网罗并集中全国才士于邺下,使他们唱和切磋,为建安诗学的发展与繁荣提供了条件。曹丕又依据并运用其父人才偏至的思想于文学批评,提出了"文非一体,鲜能备善"的新见解,引导诗人们扬长避短,并克服文人相轻的陋习,从而形成了前所未有的文学批评新风气。其三,曹操在治国用兵中要求僚属进直言的法令,对曹丕兄弟在文学领域内倡导批评提供有益的启示和积极的推动。魏武《求直言令》:"吾充重任,每惧失中。频年已来,不闻嘉谋,岂吾开延不勤之咎邪?自今以后,诸掾属治中、别驾,常以月旦各言其失,吾将览焉。"(《三国志·魏书·武帝纪》注)曹操这种推诚求失的态度,给曹丕兄弟和建安文士以深刻的影响。曹丕在《典论·自叙》篇记其与邓展论剑时,就提出"夫事不可自谓己长"的论说,因为只知己长,不知己短,就是无自知之明的表现;且所知之长,常并非真长,那就更是蔽于自见了。曹植则言:"世人著述,不能无病。"(《与杨德祖书》)就进而要求诗人在创作中应重在见己之所短。凡此,均可视为受到乃父在政治思想领域内求失精神的影响和启示。

曹氏兄弟积极地倡导了文学批评,形成了新的批评风气,这既推动了创作,又促进了理论思维,结出了理论硕果。这种批评风气还对魏晋南朝诗学领域产生了极为深远的影响。曹丕兄弟在文学批评领域内这种新的开拓及其所取得的成就,在诗论史上,是应该大书一笔的。

曹丕(187—226),字子桓,曹操次子。建安十六年(211)为五官中郎将,副丞相;建安二十二年(217),立为魏太子;建安二十五年(220),父死,嗣位为丞相,魏王;同年,代汉为魏文帝。

曹植(192—232),字子建,丕之同母弟,小丕五岁,建安十六年(211),封平原侯。因才华出众,深受父亲宠爱,几被立为太子。后失宠,父死,遭在位之兄与侄的猜忌与迫害,太和六年(232),虽晋爵为陈王,终忧戚以殁。

曹丕兄弟后期政治境遇虽大不相同,但在汉末建安中于文学批评上都是一代开风气的人物,具有某些相同的主观素质和客观条件。

第一，文化素养很高，都是学殖丰厚的学者。曹丕《典论·自叙》言："余少诵诗、论，及长而备历五经、四部、《史》、《汉》、诸子百家言，靡不毕览。"《三国志·文帝纪》亦言："又使诸儒撰集经传，随类相从，凡千余篇，号为《皇览》。"由此可见其好学之笃和阅读面之广。曹丕不但博览群书，还积极从事著述和学术活动。《三国志》本纪注引王沈《魏书》："故论撰所著《典论》、诗、赋，盖百余篇，集诸儒于肃城门内，讲论大义，侃侃无倦。"还将所著赠吴帝孙权和张昭，进行学术交流。曹植的情况亦类似。《三国志》记其"年十岁余，诵读诗、论及辞赋数十万言，善属文"。魏明帝曹叡曾赞其"自少至终，篇籍不离手，诚难能也"。曹植不但学富五车，见识亦过人。《三国志·王粲传》注引《魏略》记邯郸淳见曹植，植与之纵论古今的情况："与淳评说混元造化之端，品物区别之意，然后论羲皇以来贤圣名臣烈士优劣之差，次颂古今文章赋诔及当官政事宜所先后，又论用武行兵倚伏之势……坐席默然，无与伉者。及暮，淳归，对其所知叹植之材，谓之'天人'。"总之，曹丕兄弟都有很高的学术文化修养和浓厚的理论兴趣，这是他们在诗学理论批评上有所建树的重要条件。

第二，他们都是名显当代、垂芳后世的著名诗人，而曹植的诗名尤盛。锺嵘《诗品》以植诗为冠冕群彦的"建安之杰"，又进而奉为诗国的圣哲。今存诗约七十余首，以新体五言诗居多。魏文的诗作数量也不少，《诗品》言其"所制百许篇"，当是齐梁时所存五言诗篇数。今仅存诗四十余首，还是四、五、六、七言及杂言诗的总汇，其中《燕歌行》是现存最早最成熟的七言诗。曹氏兄弟诗才的高下和诗作的成就，历代的评价虽不尽一致，但他们都深明创作甘苦，对诗知之甚深，因而对诗歌的评论都能深切著明，中其肯綮。

第三，两人都是邺下文士集团的核心成员，又都体貌英俊，与其时著名诗人关系都很密切。《文心雕龙·时序》篇说："自献帝播迁，文学蓬转，建安之末，区宇方辑。魏武以相王之尊，雅爱诗章；文帝以副君之重，妙善辞赋；陈思以公子之豪，下笔琳琅；并体貌英逸，故俊才云蒸。"《诗品序》亦言："降及建安，曹公父子，笃好斯文；平原兄弟，郁为文栋；刘桢、王粲，为其羽翼。次有攀龙托凤，自致于属车者，盖将百计，彬彬之盛，大备于时矣。"数以百计的诗人聚会,盛况空前。二三百年后,刘、锺叙及其事,礼赞之情,仍流于言表。在邺下诗人中,无可争议的领袖当然是曹操,但曹操经国事繁,虽雅好诗章,但不可能沉湎其间。与众文士诗酒唱和、切磋诗艺的,是作为"副君"和公子的曹丕、曹植兄弟,他们于是成为这个文士集团中实际的领袖人物了。二曹当时都未直接承担军政重任,曹丕应是"监抚余闲,居多暇日"(萧统《文选序》)。曹植亦是"公子不及世事,但美邀游"(谢灵运《拟魏太子邺中集诗序》)。于是公宴赋诗,侍座谈艺,就成为他们生活中一项重要内容了。邺下文士聚会时形成一种很浓郁的文学氛围,参与者都沉浸在创作、鉴赏和品评的审美愉悦之中。曹丕后来回忆往事,对此仍留恋不已,其《与吴质书》说:"昔日游处,行则同舆,止则接席,何曾须臾相失?每至觞酌流行,丝竹并奏,酒酣耳热,仰而赋诗,当此之时,忽然不自知乐也。"聚会何等频繁,关系又何其密切。"酒酣耳热,仰而赋诗",丝竹并奏,高谈娱心,朋友之情,似乎已超越了君臣之义。共同的诗学审美好尚,把他们团聚在一起,这种氛围,正是促进诗歌创作繁荣和批评兴盛的最好的土壤。从二曹留传下来的书信看,两人与邺下文士平素都有文字交往,信中除叙友情,论风物,品评物议和纵谈古今外,还较多地涉及在创作上讥弹得失、掎摭利病以至润饰文字。二曹现存的很重要的理论批评的文章,有的就是当年所写的书信,这说明曹氏兄弟体貌英俊,领袖群彦,既有君臣之义,也包含了在创作上切磋得失的诗友之情。正是这种相知之深的诗友之情,成为使批评得以深入的重要条件。

第四,曹氏兄弟对于提倡批评以促进创作有很强的使命感和责任心,将其视为经国之大事和立言的一端,放在很重要的位置上。这种使命感和责任心,就是文学自觉意识集中的表现。他们对批评的意义及其创作的作用认识得很深刻,对批评的正确与否的分寸把握得很准确。充分利用其领袖群彦的有利位置,全力以赴地提倡批评,并进行批评实践,从而改变了"文人相轻,自古而然"的自我标榜拒绝批评的陋习,诗坛风气为之一变,并影响深远。他们的举动,也为后起者所嗟慕,所师范。梁太子萧纲想改变大同年间京师的诗风所做的努力,就是一例。其《与湘东王书》言:"文章未坠,必有英绝,领袖之者,非弟而谁?每欲论之,无可与语,思吾子建,一共商榷。"萧纲以曹丕自拟,以其弟湘东王萧绎为曹子建,萧氏兄弟想师范曹氏兄弟,通过批评,倡导新变,来改革齐梁诗坛上他们所不满意的诗风。由于主客观条件不同,特别是针对性有别,在诗论史上所起的作用当然也不可同日而语(详见后论)。但可以看到曹氏兄弟在建安时代倡导批评形成了新的风气在诗论史上所产生的反响是强烈的。

曹丕的文论代表作是《典论·论文》,另有《与吴质书》《与王朗书》等。曹植的文论代表作是《与杨德祖书》,另有《前录自序》、《薤露行》诗和《王仲宣诔》等。二曹的文论代表作中心论题是相同的,都是文学批评,反对故步自封和文人相轻。从现存的材料考察,植《书》写作的时间略早于丕《论》。为尊重史的发展的时间顺序,故下文在叙述上先植《典论》而后丕《与杨德祖书》。

《与杨德祖书》说:"仆少小好为文章,迄至于今二十有五年矣。"(下文引此书,不再注明出处)曹植生于初平三年间(192),向下顺延二十五年,就是建安二十一年(216)。《典论》写于何时,史书无明确记载,据《艺文类聚》卷一六载卞兰的《赞述太子表》言,成书是在为太子时。卞兰是曹丕的母亲卞后的侄儿,是二曹的表兄弟,所记时间应是可信的。曹丕在建安二十二年(217)被立为太子,建安二十五年(220),操死,继位为魏文帝。《典论》的成书,应在217—220年之间,比植《与杨德祖书》迟一至四年。《与吴质书》写于建安二十三年(218),也比植《与杨德祖书》迟两年。《与杨德祖书》说:

> 世人著述,不能无病。仆尝好人讥弹其文,有不善者,应时改定。昔丁敬礼尝作小文,使仆润饰之。仆自以才不过若人,辞不为也。敬礼谓仆:卿何所疑难?文之佳恶,吾自得之,后世谁相知定吾文者邪!吾尝叹此达言,以为美谈。昔尼父之文辞,与人通流,至于制《春秋》,游夏之徒乃不能措一辞。过此而言不病者,吾未之见也。

"世人著述,不能无病。"包括他自己在内所有文人之创作,都概莫能外,这是全文立论的基石。因此"好人讥弹其文",欢迎别人的批评,就是题中应有之义。"有不善者,应时改定。"对个体来说,借助批评者的眼光,发现文病,及时改正,这有利于提高个人的写作水平;对群体来说,互相学习,取长补短,就会繁荣创作。"建安之杰""下笔琳琅"的曹植是这样认识的,也是这样做的,"仆尝好人讥弹其文"。他的好友丁敬礼也持有相同的态度,所以特加标举。丁氏请求润饰文章,他则"自以才不过若人,辞不为也"。这虽然是谦让之词,也许还有所顾忌。丁氏进而敦请:此事既可使原作者获益——"文之佳恶,吾自得之",又无损于润饰者——"后世谁相知定吾文者邪!"以此来解除曹植的顾虑。态度如此恳切,曹植深受感动,十分赞赏,认为这是一种达言和美谈,应该大力提倡。在曹植看来,即使圣贤如孔子,他的文章也是与人斟酌过的。所引源出于《史记·孔子世家》:"孔子在位,听讼文辞,有可与人共者,弗独有也。至于为《春秋》,笔则笔,削则削,子夏之徒不能赞一辞。"孔子的史笔,是否请人润饰过,一点也不能改动,这里姑且不论,但孔子的文笔,是有人参与修订的,并非他人不能措一字。基于此,孔子对春秋时郑国的外交辞令能集群体的智慧讨论润饰,非常赞赏。"子曰:'为命,裨谌草创之,世叔讨论之,行人子羽修饰之,东里子产润色之。'"(《论语·宪问》)孔子有"四忧",其一是"不善不能改",还提出"三人行,必有我师"(《史记·孔子世家》)。孔子是中国早期的文人相师的提倡者和实践者。孔子尚且如此,他人更概莫能外了,"过此而言不病者,吾未之见也",提倡批评具有普遍意义也就在此。

曹植的命题又是有针对性的,是有感而发的。当时的文士,并非都有此认识;对待批评,更不是每人都像丁敬礼一样抱着欢迎的态度。建安多数文士,情况恰与此相反。"然今世作者,可略而言也。昔仲宣独步于汉南,孔璋鹰扬于河朔,伟长擅名于青土,公幹振藻于海隅,德琏发迹于此魏,足下高视于上京。当此之时,人人自谓握灵蛇之珠,家家自谓抱荆山之玉。""然此数子犹复不能飞轩绝迹,一举千里也。"上述六人,除杨修外,都是曹丕文中所提出的建安七子中的人物,是知名度很高且很有成就的一代作家,曹植也一一给予充分肯定。他们自视就更高了,"人人自谓握灵蛇之珠,家家自谓抱荆山之玉"。隋侯珠、卞和玉都是独一无二的稀世珍宝,诸子以此自拟,实际上就是自许独领风骚,当然不会认为别人有能力弹射其文了。但在曹植看来,诸子虽都是一时之俊,还不能算是"飞轩绝迹,一举千里"的良骥。他们之作,也不是无瑕可指的,且各有所长,亦有所短,其中陈琳的情况和表现,就更为典型。"以孔璋之才,不闲于词赋,而多自谓能与司马长卿同风,譬画虎不成,反为狗也。前书嘲之,反作论盛道仆赞其文。夫钟期不失听,于今称之,吾亦不能妄叹者,畏后世之嗤余也。"这段话,曾引起论者激烈争辩,贬之者说:"好一位标准的'文人相轻'的才子!不以诚意待人而出之以'嘲',使人误以为真,又在背地里骂人。陈孔璋比起他来,实在老实得多了。"甚至认为这封信的全文都"是令人难以卒读的自尊自大的文字"①。褒之者则为之辩解说:"陈琳对曹植的批评置若罔闻,反而变本加厉地在背后说曹植不是批评而是赞扬他的辞赋,此种招摇撞骗的行径难道能令人容忍吗?曹植出于无可奈何的带有自卫性质的反批评,怎能算是背地里骂人?陈琳公开造谣有理,曹植辟谣反击有罪,这是什么王法!"②贬之者固然失之偏颇,难以使人信服,辩之者也不一定符合作者的本意。"嘲"有讽刺意、讥笑意,是一种幽默、含蓄、善意的批评。曹丕也曾以书嘲陈琳,以书嘲刘桢。这说明二曹与诸子,既有君臣主从之别,又有一种文友关系,平时相处中不是很森严的。"不以诚意待人"云云,是太言重了。

曹植评陈琳是两点论的:"孔璋鹰扬于河朔""以孔璋之才,不闲于词赋"。仅指出对词赋这种文体的写作,是其所短。但陈琳自视很高,认为赋作也"能与司马长卿同风",植以书嘲之,期待他对自己有个正确的估量。曹植委婉的嘲讽未能产生预期的效果,为避免混淆视听,不得不从正面予以揭示:"譬画虎不成,反为狗也。"如实地指出其赋作和司马相如的差距。画虎类犬的批评是直率的,也很尖锐,这说明曹植对待文学批评的态度是很严肃的,视为一种"立言"和不朽的事业,如果虚美,就会混淆当代视听并贻误后世。这在他的信中有很清楚的表述:"夫钟期不失听,于今称之,吾亦不能妄叹者,畏后世之嗤余也。"批评者要有使命感、责任感,不能虚美,投作者之所

---

①论曹植[M]//郭沫若.郭沫若全集.历史编:第四卷.北京:人民出版社,1982:112.
②曹植的文学理论[M]//钟优民.钟优民文集.长春:吉林人民出版社,2009:271.

好,使批评庸俗化,这是曹植的文学批评论中一项重要的内容。

文学批评的严肃性和科学性,还要求批评者尊重和爱护作者,运用正确的方法,对创作进行客观而公正的评价,促进作者改进文病,繁荣创作。任意噬点,随意否定,纵马在文艺苗圃里驰骋,只会毒化文人间的关系,摧残文学创作,其为害尤烈。曹植对此最为反感,这表现在他对刘季绪批评的批评上。

"刘季绪才不能逮于作者,而好诋诃文章,掎摭利病。昔田巴毁五帝、罪三王、訾五霸于稷下,一旦而服千人。鲁连一说,使终身杜口。刘生之辩,未若田氏;今之仲连,求之不难,可无息乎!"刘季绪为汉末作家,《三国志·魏书·曹植传》注引挚虞《文章志》曰:"刘季绪名修,刘表子,官至东安太守。著诗、赋、颂六篇。"刘季绪是如何诋诃文章的,现已无从查考,但曹植类比为战国时齐之田巴,这却是有案可查的。事见《史记·鲁仲连邹阳列传》引《鲁仲连子》云:"齐辩士田巴,服狙邱,议稷下,毁五帝,罪三王,服五伯,离坚白,合同异,一日服千人。有徐劫者,其弟子曰鲁仲连,年十二,号千里驹。往请田巴曰:'臣闻堂上不奋,郊草不芸,白刃交前,不救流矢,急不暇缓也。今楚军南阳,赵伐高唐,燕人十万,聊城不去,国亡在旦夕,先生奈之何?若不能者,先生之言,有似枭鸣,出城而人恶之。愿先生勿复言。'田巴曰:'谨闻命矣'……巴终身不谈。"从这段记载的事实看,田巴的辩词是对历史上的著名人物三王、五帝和春秋五霸的肆意诋毁,予以全盘否定,其使用的方法是公孙龙和惠施所常用的"离坚白""合同异"的诡辩术。坚硬和色白是石的属性,是依附石而存在的,把"坚""白"与"石"分离开来作为独立存在的实体来论证,从而否定事物内在的同一性和依存性。事物的属性是有同有异的,而且常以其异显示其差别和特色,"合同异"就是强调其同一性和依存性,而无视其差异和特色。这两种命题都是各执一端,把某一方面的特质绝对化,作为孤立的存在而予以强调,这是一种形而上学的片面的论证方法。田巴否定三王、五帝和春秋五霸的方法,就是把他们某一方面的缺点和问题孤立起来,加以强调,夸大其一点来否定其全面,用部分来否定全体。使田巴终身杜口的鲁仲连的说词,不是在这个命题内与之周旋,而是跳出这个命题之外,要求田巴用他的论题来解决齐国危在旦夕的严峻的形势和军事压力,田巴当然无能为力,他的诡辩术可以用来夸夸其谈,但不能解决实际问题,就只好免开尊口了。刘季绪好诋诃文章,也可以说是一种文学批评,但这是一种田巴式的批评,是攻其一点,不及其余,这种批评,只能起破坏作用,是有百害而无一利的。曹植以极其严厉的态度予以批评,正见其识力,虽然他提出只有才能比作者高的人才有批评资格的论断,是有失偏颇的。因为刘季绪的诋诃文章,是抑人以崇己,仍是文人相轻的表现,并非只是才能不足的问题。

曹植还指出,影响批评成败的,还受制于批评家的审美好尚。"人各有好尚:兰茝荪蕙之芳,众人所好,而海畔有逐臭之夫;《咸池》《六茎》之发,众人所共乐,而墨翟有非之之论,岂可同哉!"这实际上是要求批评者培养自己的审美能力,才能进入批评领域,这是很有见地的。刘勰论"文势"时,曾引用过曹植的另一段论述(原文今佚):"陈思亦云:'世之作者,或好繁文博采,深沉其旨者;或好离言辨白,分毫析厘者;所习不同,所务各异。"(《文心雕龙·定势》)审美好尚的差异,不但影响作者美的建构,同样也影响批评者的审美趋向。魏晋南朝文论家对此阐述较多,曹植亦有筚路蓝缕之功。

曹植又言:"夫街谈巷说,必有可采;击辕之歌,有应风雅,匹夫之思未易轻弃也。"街谈巷说,农歌轩议,匹夫之思,常为士大夫所不屑。曹植贵为公子,位在藩侯,在接受批评上有如此心胸,提出这样的见解,实属难能可贵,由此更见其对文学批评的重视,排除各种偏见,不遗余力予以倡导。

综上可见,曹植的《与杨德祖书》在建安时代首倡文学批评。他以"世人著述,不能无病"这个具有普遍性的大前提,推断出对每位作者都适用的应"好人讥弹其文"的结论。在批评中既反对虚美,使批评庸俗化;又反对肆意诋诃,把作者一棍子打死。重视批评的科学性和客观性,反对主观的随意性,要求批评家有使命感和责任感,把文学批评视为一种"立言"和不朽的事业,慎重地予以对待。这些都是曹植《与杨德祖书》中值得珍视的内容,也是他批评论体系中的精华,对后代产生了广泛而有益的影响。《文心雕龙·知音》篇说:"陈思论才,亦深排孔璋,敬礼请润色,叹以为美谈,季绪好诋诃,方之于田巴,意亦见矣。故魏文称'文人相轻'非虚谈也。"刘勰把曹植论证的事例,都纳入他"文人相轻"的框架内,这虽出自一位大批评家之口,但并非知音之谈。

至于曹植对诗学的审美要求,则较为集中地体现在其《前录自序》一文中:"故君子之作也,俨乎若高山,勃乎若浮云,质素也如秋蓬,摛藻也如春葩。泛乎洋洋,光乎皓皓,与雅、颂争流可也。余少而好赋,其所尚也,雅好慷慨,所著繁多。虽触类而作,然芜秽者众,故删定别撰,为前录七十八篇。"

《与杨德祖书》曾言:"今往仆少小所著辞赋一通相与。"以"教使刊定"(杨修复信语,见《三国志·魏书·曹植传》裴注引)。此《序》又申言"余少而好赋",并从"所著繁多"的辞赋中,亲自删定七十八篇为"前录",可见他对辞赋的爱重。赋,本是古诗之流,是汉魏期间诗体中一种最重要的体裁。曹植对诗赋的审美好尚,首先体现在"雅好慷慨"一语上,慷慨即悲慨,是一种发自内心带有悲壮意味的抒情质素。诗中的慷慨,为曹操所开创,并成为建安诗人处乱世欲反之正的共同的咏叹调。曹植诗《薤露行》:"怀此王佐才,慷慨独不群。"使命感、受压抑、怀才而不能施展的痛苦是曹植后期诗歌的重要特色,为植诗所特有。从"雅好慷慨"到"慷慨独不群",既是曹植对自己诗歌创作审美好尚的一种总结,也反映了建安诗人在创作中的共同追求。

"摛藻也如春葩"是曹植对诗赋创作的另一项重要的审美要求,从曹植赞美王粲诗"文若春花,思若泉涌"(《王仲宣诔》)和吴质诗"文采委曲,晔若春荣"(《与吴质书》)看,重视诗赋的文采秀美,是建安时代年轻诗人共同的审美好尚,这也应是曹丕《典论·论文》提出"诗赋欲丽"这一新的诗学命题的依据。

有所不同的是植文还将"质素也如秋蓬"作为"摛藻也如春葩"的一种铺垫、一种前提。"质素也如秋蓬"是要求诗的内质即情意上的质朴纯正,"素"是纯朴而无杂染。《庄子·刻意》:"素也者,谓其无杂也。""秋蓬"是指秋天蓬草所开的白花,以喻诗的意质洁白纯正,无矫情和伪饰。文若春花和质素秋蓬的双向要求和两者完美的结合,就是曹植诗学的文质观。

至于"俨乎若高山,勃乎若浮云……泛乎洋洋,光乎皓皓"诸多比拟,则是从立体的、动态的多种角度形容诗赋表达显现出来的应具有的美学风貌，一种多姿的、崇高的、雄浑和壮丽的风格美的境界，一种能与"雅、颂争流"的诗美的境界，这就与汉人说诗大异其趣了。我们知道，汉人是从政治功利性谈诗美的价值的，《毛诗序》言："雅者，正也，言王政之所由废兴也。""颂者，美盛德之形容，以其成功告于神明者也。"曹植将雅、颂从经学中剥离出来，将其视为诗，视为必须师范的诗美的典范。这既是对汉人以功利说诗的背离，也可以说是为儒家诗歌美学的发展开辟了新的途径。这正是在诗学自觉意识主导下重新认识诗美价值所结出的硕果，尔后儒家诗歌美学的发展似乎就是沿着这条途径前进的。这是曹植对中古诗学另一重要贡献。

曹丕的《典论·论文》也是以提倡批评为主旨的。

评价《典论·论文》，有一种视角常常被忽视，即作者写作本文的缘起。他所切入的角度，似乎未引起评论者足够的重视。他所构成的批评论的体系，也因此常常被拆散开来而不能以原貌呈现。评价其文，就难免喧宾夺主了。

曹丕针对当时普遍存在着的"文人相轻"的现象提出他的批评论题。"文人相轻"是文人间一种非正常的关系，它直接影响着文学创作和理论批评，使创作和批评都停滞不前。"世人著述，不能无病"，曹植是从创作现象入门，从正面提出一个带有普遍性的论题，要求文人们应该"好人讥弹其文"；曹丕则是对事情已走向反面出现了消极现象进行批评，要求文人们要有自知之明，不要相轻。曹丕与曹植的论述是同一论题的两面，着眼点都是提倡开展积极的文学批评。

"文人相轻，自古而然。"曹丕开门见山，直接提出问题。"文人相轻"，既是文人的致命弱点，也是文人之间常见的现象。班固与傅毅，文在伯仲，在东汉章帝时都是以"文雅显于朝廷"（《后汉书·傅毅传》），"而固小之"，讥其"下笔不能自休"，这是古人的例子。今建安七子，情况又如何呢？曹丕说："斯七子者，于学无所遗，于辞无所假，咸以自骋骥騄于千里，仰齐足而并驰，以此相服，亦良难矣。"他们既是无所不学的学者，又是具有独创性的作家，是当时很有成就的文士。曹丕的这个评价已是很高了,而他们的自视则更高,"咸以自骋骥骤于千里,仰齐足而并驰"。个个都认为自己是最善飞驰、最有脚力的良骥,能飞轩绝迹,一举千里,过都越国,蹶于历块,而他人在比驰中只能是瞠乎其后。这是曹丕介绍七子的自我评估,并持批评态度,亦即曹植所言"然此数子犹复不能飞轩绝迹,一举千里也"。"齐足""并驰"不是"并驾齐驱"意。《尔雅》训"齐"为"疾"。齐足即疾足,是最有脚力的快马,《文选》李善注引毛苌《诗传》:"田猎齐足,尚疾也。"也是训"齐"为"疾"。陈琳《答东阿王笺》:"况于驽马,可得齐足。""齐足"与"驽马"对称,其意更明显。"并驰"是比驰,有争先意。田猎追捕猎物,要争先恐后的。所以下文接着说:"以此相服,亦良难矣。"每人都自视很高,所以互相不服气,这就是文人相轻。二曹对七子的评价,在下述两点上是一致的,即充分肯定他们的才能和成就并指出他们有自视太高的毛病。就后一点说,曹植还针对陈琳的表现,做具体而微的批评。

文人之间为什么会互相轻视呢?从认识论上说,曹丕认为,其一是"善于自见",其一是"暗于自见"。"善于自见"就是善于显露自己的长处,而且"各以所长,相轻所短"。"暗于自见"即无自知之明,看不到自己的短处,甚至把短处看成长处,"家有敝帚,享以千金"。总而言之,是"谓己为贤"。这些都是无自知之明的表现。作家们如果都"暗于自见",就会拒绝批评并失去参照系,就不可能形成一种自我调整、自我更新的内部机制,创作水平就会处于停滞状态;如果都只"善于自见",不能发现他人的长处并对之做出公平的评价,也就不能形成一种健康的舆论风气,文学的发展就会失去外部环境的制约和推动的力量。所以,"文人相轻"对文学的发展是极为不利的,也会使理论批评处于停滞状态。

文人们为什么会有"善于自见"和"暗于自见"的毛病呢?曹丕又进一步指出:这是因为没有审己度人的能力。"盖君子审己以度人,故能免于斯累而作论文。""审己度人"就是能正确地估量自己和全面地看待他人,特别是能发现自己的缺点和看到别人的优点,并认为这是具有君子道德和风度的表现。曹丕把认识论上的问题和品德修养问题联系起来,亦即和文德问题联系起来,这是很有见地的。反对"文人相轻",提倡文人要重视德行,至今仍有启示意义。

为什么"文人相轻"没有道理呢? 曹丕用两点理由予以论证:其一是文体不同,所习各异,所能有别;其二是文气不同,才性异区,风格各一。文体论和文气说是作为两条重要的论点来支撑其反对"文人相轻"这个中心论题的。

就文体论说,"文非一体,鲜能备善"。这个"体",既指体裁,也指体貌,即各体的风格特色。"奏议宜雅,书论宜理,铭诔尚实,诗赋欲丽。"四科八体,体貌各异。每位作家,一般只能通其一体,"此四科不同,故能之者偏也;唯通才能备其体"。但通才是极少见的,甚至是没有的。拿建安诸子说,王粲、徐幹长于辞赋,陈琳、阮瑀是表章书记的一代作手,刘桢"五言诗之善者,妙绝时人"(《与吴质书》),"孔融气盛于为笔"(《文心雕龙·才略》),"然于他文,未能称是"。陈琳"不闲于辞赋,而多自谓能与司马长卿同风",那是"暗于自见"的表现。就各体文章写作情况看,建安诸子,都各有所长,各有所能,亦各有所短,各有所不能。"各以所长,相轻所短"是没有道理的。曹丕的"文非一体,鲜能备善"的论述,具有普遍性的意义,对历代作家都能适用。如唐李白、杜甫是诗国的圣哲,无与伦比,但所作辞赋就不能与汉赋名家抗衡。章太炎说:"李白赋《明堂》,杜甫赋《三大礼》,诚欲为扬雄台隶,犹几弗及。"(《国故论衡·辨诗》)曹丕的文体论是作为批评论一个论据提出来的,对他的立论是有力的支持。

至于文体论本身,曹丕将"文章"从经、史、子书中分离出来,又将诗赋作为"文章"的四科八体中的一科两体,使其处于相对独立的地位,并以"丽"作为其共同的审美特征,这不仅使诗赋在建安文学中的重要地位得以确认,也为诗赋按照其本身的审美要求进一步发展、走向辉煌开辟了道路。当然,早在汉代,诗赋已经成为一种独立的文体,刘向、刘歆父子校群书而别七略,其一就是"诗赋略"。从班固的《汉书·艺文志》"诗赋略论"看,班固虽然强调诗赋的讽谕之义,但也并未排斥丽词,这与扬雄的"诗人之赋丽以则,辞人之赋丽以淫"(《法言·吾子》)的褒贬立论点是一致的,即诗赋应是"丽"与"则"的结合,并以"则"为主体。曹丕则以"诗赋欲丽"来概括和突出诗赋的审美特点,这是汉人所未曾言的,确与汉儒之论有别。这应是建安诗人创作上的尚丽之风在理论上的反映,是其时诗学自觉意识的一种表现。

曹丕提出了"诗赋欲丽"的新命题,这是否就意味着与儒家诗学相背离呢?今之论者,几乎都做了肯定的回答,但这恐怕还有待商榷。因为这里还仅涉及诗赋的"本同末异"的"末异"一面,至于其"本"的内涵并未做出界定。前文曾言及卞兰写过《赞述太子表》,此《表》后还附有卞所作赋、颂各一文,对当时已立为太子的曹丕的道德文章大加颂扬。曹丕作《答卞兰教》,就涉及赋、颂两体质地的内涵:"赋者,言事类之因附也。颂者,美盛德之形容也。故作者不虚其辞,受者必当其实。""事类之因附",即《文心雕龙·事类》篇所言"据事以类义,援古以证今",这是说卞赋引先贤帝王事进行赞美符合赋体用典的规定性。"宣上德而尽忠孝"(班固《两都赋序》),正是汉儒所论赋体的两种政治功用之一。"颂者,美盛德之形容",这是《毛诗序》对颂体经典性的界定,为曹丕所引证。至于言卞兰赋、颂有虚美之处,那只是一种谦词,而且也无损于对赋、颂两体内质的界定。《答卞兰教》写于《典论》同时或稍后,可以视为其论文体的一种补充。又,《北堂书钞》引曹丕评屈原、司马相如赋,也涉及赋体内涵的要求:"或问:'屈原、相如之赋孰愈?'曰:'优游案衍,屈原之尚也;穷侈极妙,相如之长也。然原据托譬喻,其意周旋,绰有余度,长卿、子云,意未能及已。'"曹丕既言屈原和司马相如之赋在艺术表达上各有特色,又论屈赋的托谕讽谏为相如、子云所不及。后者显然是从"抒下情而通讽谕"(班固《两都赋序》)立论的,可见曹丕虽然提出了"诗赋欲丽"的新命题,但并未排斥诗赋的颂美和讽刺。被称誉为"颂六经以崇儒"(卞兰赞语)的曹丕,是没有也不可能和儒家诗学绝缘的。只不过是在他的很严肃的学术著作中,突出诗赋的艺术形式美的特点,作为区别与他体文章的主要标志,从而把汉儒侧重于诗赋的社会政治学升华为侧重于诗歌美学。这就是以二曹为代表的建安诗人诗学意识进步的一种表现。

关于文气说。这是用以反对文人相轻的第二个论据。曹丕认为,作家的禀赋不同,才性有别,显现于文中的风格也就各有特色。因此不能崇己以抑人,不能"会己则嗟讽,异我则沮弃"(《文心雕龙·知音》)。"文以气为主",这是个全新的理论命题。气是什么?为什么能主宰文?气是作家与生俱有的禀气、体性和才华等主体特质,融会到文章中的文气,就是个人特有的文风,近似我们所说的个人风格。在曹丕看来,这种文风是由作家的气质决定的,是与生俱来不可改变的。"气之清浊有体",作家的气质有清与浊和偏清偏浊的不同,表现在文章中就有清丽、飘逸、沉着、厚重,有阴柔之美、阳刚之美等分别。以建安诸子说,由于他们的质素和才性的不同,在文风上就形成了各自的特色,各有所长,亦有其所短。譬如徐幹擅长著论,因其"独怀文抱质,恬淡寡欲",所以为文"辞义典雅",有"彬彬君子"之风,这是其所长。徐幹又"长于辞赋",但"时有齐气",文风舒缓不明快,又是其所短。"仲宣独自善于辞赋,惜其体弱,不足起其文,至于所善,古人无以远过。"(《与吴质书》)"体弱"即气弱,缺少阳刚之气,情意伤感,不能振起其文。"元瑜书记翩翩,致足乐也",是言阮文风格潇洒,给人以特殊的美感。谢灵运言其有"优渥之言"(《拟魏太子邺中集诗序》),张溥称其能"优游述作"(《汉魏六朝百三家集题辞》),大体上都是说阮的随性适分的作风和品性决定其文风。至于说"孔璋章表殊健,微为繁富",则是说陈琳的章表风骨健壮,文词则稍过增饰,与其人有外露好胜的品性有关。他如"应场和而不壮,刘桢壮而不密,孔融体气高妙,有过人者,然不能持论,理不胜辞,至于杂以嘲戏,及其所善,扬、班之俦也",都是说这三人文章风格的特色,所长与所短,其长与短都与他们的性格、素质有某种联系。要而言之,文气说是曹丕作为其批评论的一个论据提出来的,是他的批评体系中一个有机环节,对其反对文人相轻这一中心议题也是个有力的支持。

　　当然,文气说本身有其独立的理论价值,在文学批评史上很引人注目。其所引起的反响,甚至超过本文的中心论题,这恐怕是曹丕始料未及的。"文以气为主",这是中国文学理论批评中的一个特殊的命题,是曹丕深入研究作家的创作特色,并进而从作家主体素质上追寻形成这种特色的原因所取得的一项新的理论成果。他把中国古代哲学中一个重要的范畴和命题引进到文学批评中来。古代的哲人认为宇宙的万事万物都是由元气构成的,此即所谓的元气一元论。人也是气构成的,气有清浊,人的气质也因而有差异。曹丕则把作家们文章特色的不同,归之于人的性分差异所致,归之于气,从而把其时品评人物政治才能差异的哲学依据引进到文学批评中来。文气说的提出,是文学理论批评研究中的一次质的飞跃。先秦两汉诗论家谈"诗言志",认为作家情志的产生是由于不同的时代、不同的社会、不同的区域和不同的政治作用的结果,一句话,诗歌的发展是由外因促成的。曹丕则把对诗学异质的研究从外因的轨道转向内因的轨道。应该说这是对先秦两汉的文学思想一次大胆的重要的突破,中国诗学的理论批评,由此而进了一大步,理论上也有了新的进展,虽然这是曹丕倡导文学批评反对文人相轻的副产品。文学理论与文学批评是相辅相成、互相促进的。

曹丕"文气"说的"气",其哲学渊源和依据是什么,还需稍作探索。先秦两汉时作为哲学范畴的"气",大致有两种内涵:其一言"虚",与"道"同位,是宇宙万物的本体;其一言"实",是宇宙万物生成的基因。《老子》言:"道生一,一生二……万物负阴而抱阳,冲气以为和。"(四十二章)"道冲而用之或不盈,渊兮似万物之宗。"(四章)"冲"古字为"盅"。《说文》:"盅,虚器也。"老子以"气"与"道"同位,用"虚"释之,以"道冲""冲气"为万物最高的抽象,这显然不是曹丕"文气"说的哲学依据。把"气"视为充斥于宇宙的实有并成为构成万物的基因,是汉代及玄学产生前汉魏之际普遍奉行的一种哲学观念。东汉王充所论之"气",即属于此类,"人禀气于天,气成而形立"(《论衡·无形》)。"禀气有厚泊,故性有善恶。""气有少多,故性有贤愚。"(《论衡·率性》)人性是善是恶,本是儒家传统的论题,章太炎《辨性》篇言"儒者言性者有五家",王充是属于"善恶以人异,殊上中下"这一家的。他引气析性,为其将人性分善恶寻找理论依据。东汉举孝廉,重德行、善恶以及贤愚,大体上都是用以界定品性的,所以王充的人性论与东汉人才论政策相一致。汉末魏初,政治情况发生了重大变化,曹操基于"治平尚德行,有事赏功能"的认识,提出"唯才是举"(《求贤令》)的新政策,选官用人把才能放在第一位,于是鉴别士人才能的特点,就成为时人研究的新课题。刘劭的《人物志》,就是以区别才性以量才授职为其中心论题的。刘劭认为,人之才性偏至是由于禀气不同所致,所谓"人禀气生,性分各异",刘劭的禀气说虽然与王充所论有所不同,一则辨才性,一则析德行,但都是以"气"为构成基因,是元气一元论哲学思想的产物。据《三国志·魏书·刘劭传》,刘于建安中初仕计吏,"黄初中为尚书郎,散骑侍郎",曹丕所阅《皇览》,刘劭是主要编撰者,从这些任职看,应是和曹丕很接近的。曹丕提出"文以气为主",认为文士禀气不同,文章的风格也随之有别,而所禀之气又是先天性的,"虽在父兄,不能以移子弟",其立论点和刘劭所论完全一致。刘劭的生卒年和《人物志》成书的时间虽都不可确考,从他历仕曹魏祖孙四代情况看,主要活动则在魏文帝和明帝两代。任职较重要在朝廷上产生重大影响的是在魏明帝曹叡时代,他的一些重要的学术著作和文学作品,也都写于这个时期。譬如"景初中,受诏作《都官考课》",为考察官员政绩订立条例,《人物志》的写作,似应在此前后不久,即在青龙至景初间(233—239),为朝廷选官提供依据。这就是说,《人物志》成书晚于《典论》十年以上,其禀气说受到曹丕之论的影响。至于傅嘏、锺会等才性四本的论辩,又在其后,都是魏之三祖人才思想、人才政策影响下的产物。曹魏时期学风不同,是以正始前后为分界,前者尚实,后者崇虚,曹丕的"文气"说是与玄虚之谈了不相涉的。

综上可见,曹丕用以反对"文人相轻"的两种论题,尤其是"文气"说,确有其理论深度,理论思维色彩上也加强了,体系也较为严密,这比曹植所论高出一筹,但是两人都能从不同的角度和侧重点同时提倡积极的文学批评,都起了开一代文学批评风气之先的作用。魏晋南朝文学创作和文学批评(诗歌创作和批评是其中的主体)新局面的形成以及诗学理论上的新建树,从一定程度上说,就是这种新的批评风气作用的结果。从史的角度说,二曹对诗学的功绩,首先体现在这一方面。

除了曹丕、曹植,建安诸子亦有论诗的言论传世。建安文士中最受曹丕赞赏的是徐幹。"唯幹著论,成一家言。"(《典论·论文》)"著《中论》二十篇,成一家之言,辞义典雅,足传于后,此子为不朽矣。"(《与吴质书》)《中论》是一部阐发儒家义理之作,《四库提要》言其"大都阐发义理,原本经训,而归之于圣贤之道,故前史皆列为儒家",其中与诗歌批评理论有关的有两点,其见解可与曹氏父子之论相印证。

其一,言君子修身要有"自见"之明:"明莫大于自见,聪莫大于自闻,睿莫大于自虑。"(《中论·修本》)这与曹丕所言"文人相轻"是缘于"暗于自见",只有君子能明于自见,才能"审己以度人"同。《中论·核论》篇说:"故君子之于道也,在彼犹在己也。苟得其中则我心悦焉,何择于彼;苟失其中,则我心不悦焉,何取于此。故其论也,遇人之是则止矣。遇人之是则犹不止,苟言苟辩,则小人也,虽美说何异乎鴂之好鸣,铎之喧哗哉!"论道评事,贵在"得中","得中"亦即求是,君子要勇于弃己之非而认同人之是,并斥责那些"遇人之是则犹不止",以"苟言苟辩"的"美说"为能事的人为小人。这是其《中论》的核心之点,大概是本着曹操"每惧失中"之言而论证的吧!徐幹这种能弃己之非而悦人之是正是二曹提倡文学批评所要求的。他的"中论"作为一种重要的方法论原则为刘勰在辩证和融合前人之论的异同时所采用。"唯务折衷"为刘氏在《文心雕龙》中建立起"笼罩群言"的诗论体系所遵循。在中古诗论建构中曾起过重要作用的循中思想,早在建安时期已经为论者所重视。

其二,兼重德艺的文质观。《中论·艺纪》篇说:"艺者,德之枝叶也;德者,人之根本也。"这和曹丕的文章"本末"论是一致的,虽然一是从治国而言,一是从修身立论。"通乎群艺之情实者,可与论道;识乎群艺之华饰者,可与讲事。"诗赋是群艺中地位重要的一体,其情实即讽谕,当然可以通于治国之道;能认识到诗赋之华饰不可或缺的人,才有资格谈论诗赋。"可与讲事"即可与之谈艺事。强调诗赋之华饰,也就是"诗赋欲丽"。道与艺的关系徐幹有时称之为质文兼备。"既修其质,且加其文,文质若然后体全。"(《中论·艺纪》)这就是徐幹也是二曹在诗学中的文质观。

文质关系问题,在建安诸子中曾引起过争议。阮瑀和应场都写过《文质论》,两文都从治国修身立论,但可以通于诗学。阮瑀是承接汉人的观点,重质而轻文。他说:"丽物苦伪,丑器多牢。华璧易碎,金铁难陶。"意谓美文无补用。应场则反驳说:"若夫和氏之明璧,轻縠之袿裳,必将游玩于左右,振饰于宫房,岂争牢伪之势、金布之刚乎?""明璧""轻縠"可以华饰宫房,娱乐耳目,美化生活,给人们带来审美愉悦,无须用耐用、坚刚来衡量其价值。其结论是:泥于质则"知质之不足",兼重于文,则"文若之有余"。这和徐幹的文质兼具说是一致的。很有趣的是曹丕在七子中,不但简拔徐幹,也很看重应玚。《与吴质书》说:"德琏(应玚字)常斐然有述作之意,其才学足以著书,美志不遂,良可痛惜。"可见曹、应在学术观点和诗学旨趣上是很相投合的。其实,即使在理论上有重质轻文倾向的阮瑀,在创作实践上,也是兼重文采美的。"元瑜(阮瑀字)书记翩翩,致和乐也。"(《与吴质书》)这种应用文体如果没有艺术美和文采美,如何能给曹丕以审美愉悦呢? 兼重文质的诗学观,在建安诗人中应是相同的。

在建安文士中,繁钦的以悲为美的诗歌鉴赏观,是应该提及的。钦字休伯,素有文名,长于书记,兼善诗赋,曾为丞相主簿,与曹丕过从甚密。钦在《与魏文帝笺》中,叙歌妓车子与黄门鼓吹温胡竞唱歌曲。车子能"潜气内转,哀音外激,大不抗越,细不幽散,声悲旧笳,曲美常均","遣声抑扬,不可胜穷,优游转化,余弄未尽。暨其清激悲吟,杂以怨慕,咏北狄之遐征,奏胡马之长思,凄入肝脾,哀感顽艳","同坐仰叹,观者俯听,莫不泫泣殒涕,悲怀慷慨"。歌者与听众产生强烈的共鸣,都是以悲为美,悲怀慷慨,这与建安诗人发慷慨之音的主旋律同。钦书也给曹丕带来了愉悦,在《答繁钦书》中说:"披书欢笑,不能自胜。"并称近得歌女王琐又胜过车子,能"窈而悲吟,哀声激切","声协钟石,气应风律","固非车子喉啭长吟所能逮也"。由此可见,建安诗人发慷慨之音的审美基调,是深受其时民间歌曲以悲为美审美情趣的影响。锺嵘《诗品序》说:"三祖之词,文或不工,而韵入歌唱,此重音韵之义也。"这种诗乐合一的传统,为建安时代文人诗歌和民间歌曲互相渗透互相影响提供了条件。

繁钦所言鉴赏中的"哀感顽艳",本是言悲歌能"凄入肝脾",听者无论是"顽"(愚者)抑或是"艳"(智者)都同样深受感动。晚清况周颐作《蕙风词话》,引以释他所推崇的"重、拙、大"词格。钱锺书曾批评说:"顽、艳是指人物,非状声音,乃谓听者无论愚智美恶,均为哀音所感。"况氏引为品藻之词,是"强作解事，与夫不求甚解同"。但钱锺书又言，这是况氏独特的感悟处，是"得杜撰受用"，虽"终身不易可也"。这说明后人引用前人的理论范畴和命题，可以注入新的内涵，赋予另一层含意，这正是中国诗学理论范畴发展的独特的规律，从这一侧面也说明，建安诗论对后代诗学的影响是深远的，形式也是多样的。

纵观中古诗论发展史，建安以至于曹魏时代诗论对后代的影响，首推曹丕、曹植兄弟提倡的文学批评所形成的新风气。魏晋至南朝时期，文人相师成为美谈，相互诘难也习以为常。文人间这种既相诘难又相师的风尚，对繁荣诗歌创作和促进理论批评的发展，提供了极为有利的文化氛围和推动力量。这有不少史例可证。如《南史·任昉传》记王俭请任昉改定自己的文章并加赞叹事，成为文坛上的佳话。"乃出自作文，令昉点正。昉因定数字。俭拊几叹曰：'后世谁知子定吾文！'"王俭出身于南朝首席大士族，是士流景慕的政界贵要，文坛宗师。他居然能恭身下问，奉僚属任昉为文师，请他点正自己的文章，这是非同凡响的。而王俭引誉之言，正是上引曹植赞叹为"达言"和"美谈"的丁敬礼的话。《梁书·王筠传》记沈约与王筠相互请对方评定自己的诗赋，亦属此例。又《南齐书·文学·陆厥传》，记陆厥诘难沈约声律之论，更能证明其时文坛上盛行勇于批评的风尚。永明体的首倡者沈约作《宋书·谢灵运传论》，申言独得声律之秘，"自骚人以来，此秘未睹"。陆厥作《与沈约书》与之论辩，文中引曹丕、刘桢、陆机以及范晔的有关论述，证明"前英已早识宫徵，但未屈曲指的，若今论所申"，"而云'此秘未睹'，近于诬乎！"信中还多次引用了曹植《与杨德祖书》中所言"好人讥弹""世人著述，不能无病"等，以证明前人论述未能尽善尽美的原因。其时沈约已位至尚书，年过五十，在政界和文坛上都是显赫人物，而陆厥年仅二十余，是少傅府幕佐，是"位末名卑"的小人物。但他却敢于在声律论这样重大的问题上与"士流景慕"的权威人物争辩，尖锐地批评他过于自诩，言过其实以至于对前贤"近于诬"。沈约则是很认真地做了答辩，修改了某些见解，使这一重要问题在理论上得到澄清和更趋完备，凡此都是一代风气使然。王俭、陆厥同时引用曹植之言以立论，证明了这种新风气渊源所自。

北朝文坛上的风气,显然与此有别。颜之推的《颜氏家训·文章篇》说:"江南文制,欲人弹射,知有病累,随即改之,陈王得之于丁廙也。山东风俗,不通击难,吾初入邺,遂尝以忤人,至今为悔,汝曹必无轻议也。"这里所说的"江南"就是当时的南朝,而所谓"山东",则是指北朝。颜之推是由梁入北齐、北周的文士,亲身感受到南北文风的巨大差异,并以自己入北后的教训告诫生活在北周的子弟,不要轻于议论别人文章的长短,以免遭人诟病。颜氏的话,不但可以说明直到南北朝后期,南北文风仍然存在着重大差异,而且也说明了南朝文坛上的新风气,正是曹丕、曹植兄弟提倡文学批评时所开创。

第二节　阮籍、嵇康的乐论

正始时期,学术思想发生了重大转折,前此重在名法、名理之学;后此则转尚玄学。前此尚实,名辩之学,是对形而下的具体的名实关系的研究,以循名责实;后此由实尚虚,从有名到无名,进入形而上的本体论的探求。曹魏期间这种学术思想的变化,是以正始时期为分水岭的,学术思想由尚实到崇虚,既影响到当时的政治生活,也反映到诗乐理论中来。

一个时代学风的尚实或者是崇虚,当然是指居于主导地位的学术思想而言的;从哲学思想上的有名到无名,也并非必然有此转折,而是有一定条件促成的,这个条件,就是政治环境和政治气候的变化。由于正始时期是魏晋易代的转折,玄学最重要的代表人物何晏、王弼、阮籍、嵇康都与曹魏政权有一定联系,何晏、嵇康又为司马氏所杀。从这些现象看,似乎是司马氏崇尚儒学,反对玄学,而拥曹的学者,则以玄学为武器,通过反儒来指向司马氏政权。那么正始时期的玄儒之争就成为魏晋政权对立的一种反映,但实际情况远比此错综复杂。

我们知道,提倡儒学,申斥浮华,是魏明帝曹叡即位后一贯的政策措施。据《三国志·魏书·明帝纪》,太和二年和四年,两次下诏"尊儒贵学",以

"宣明圣道"为"王教之本",选举则以"学通一经"为"擢其高第"的条件,"其浮华不务道本者,皆罢退之"。太和六年,又根据司徒董昭的疏陈,"发切诏,斥免诸葛诞、邓飏等"。据《三国志·魏书·曹爽传》,何晏也是这次被斥免的"浮华"之士。所谓"浮华",本是政治用语,主要是指结党标榜,邀名进趣,哗众取宠,炫耀市朝之士,同时也包含那些放言玄远,追求浮虚,以立异之论取声名的人。何晏就曾受到这种指责。《三国志·魏书·方技·管辂传》记管辂与何晏、邓飏谈《易》之卦爻辞,管主象数学,而何、邓则以义理言《易》,双方话不投机。裴松之注引《辂别传》言管辂批评何晏:"说《老》《庄》则巧而多华,说《易》生义则美而多伪;华则道浮,伪则神虚。"管论就是从反浮华立论来反对何晏之《老》《庄》和《易》理之学的。终魏明帝之世,何晏等一直受到压抑,或被罢黜,或置之冗官。好《老》《庄》之言者在当时虽也大有人在,但不能风行。魏明帝去世后,年仅八岁的齐王曹芳即位,翌年,改元正始。其时曹爽当政,起用了昔日视为"浮华"之士的何晏、邓飏、丁谧等为腹心,执掌朝柄。在曹魏皇权相对削弱的这正始十年时间,何晏、王弼所开创的玄学,在"位重山岳,势若雷电"(《三国志·魏书·方技传》管辂语)的何晏倡导下,得以风行一时,这就是魏晋学风发生重大转折的背景。在这种风气感召下,司马懿之子司马师也被卷入其内,并在清谈中成为享有盛名的人物。《三国志·曹爽传》注引《魏氏春秋》曰:"初,夏侯玄、何晏等名盛于时,司马景王亦预焉。晏尝曰:'唯深也,故能通天下之志,夏侯泰初是也;唯几也,故能成天下之务,司马子元是也;唯神也,不疾而速,不行而至,吾闻其语,未见其人。'盖欲以神况诸己也。"何晏是把司马师视为谈玄能入神并仅次于己的第二号人物。这也是发生在魏正始年间的事。

正始玄学有一重要特点,就是祖述《老》学,倡无为之治,为改革政治制度服务。《晋书·宣帝本纪》言"曹爽用何晏、邓飏、丁谧之谋……屡改制度"。《三国志·王凌传》注引《汉晋春秋》记王广之言,也说曹爽、何晏等"变易朝典,政令数改"。正始改制究竟改了些什么,前史均言之未详,但多持批评态度。《晋书·宣帝本纪》引"时人为之谣曰:何、邓、丁,乱京城"。《汉晋春秋》引王广之言,也批评其"所存虽高而事不下接,民习于旧,众莫之从",并言"何平叔虚而不治"。从王广的这些批评用语看,何晏等所实行的很可能是黄、老的无为之治,但措施不力,不接于事,不切于行,不合于时,因而"众莫之从"。王广是司马懿政敌王凌之子,其言应是可信的。所以司马懿一旦发动政变,夺取政权,所改制度也随之被取消,"修先朝之政令,副众心之所求","而百姓安之"。正始改制随着何晏等被杀而寿终正寝了,但玄学未因此而销声匿迹,而是由《老》学向《庄》学方向发展,士人宅心玄远所追求的是人格独立和心灵自由。这就是正始以后以阮籍、嵇康为代表的玄学的思想倾向。

就执政后的司马氏对待玄学人士的态度看,他们在夺取政权时所杀戮的是拥曹的政敌和拒绝归附并被认为是潜在的敌人,而不问这些政敌是属于儒家还是道家。夏侯玄是因为参与以李丰为首的反司马懿的未遂政变而被夷三族,嵇康被杀也是因为锺会诬告其举兵应毋丘俭并坚决拒绝与司马氏政权合作有关。而与阮籍、嵇康并列为竹林七贤的山涛、王戎以及元康时期的玄学代表人物王衍,仕晋均位至三公。看来有晋一代中央王朝对待"浮华"之士的态度,远比魏明帝曹叡宽容,这既说明两晋时代高门华族在政治生活和文化生活中已处于主导地位,而追求人格独立和精神自由已成为多数士族文士的向往;同时也说明不涉及政治改制的玄学,对朝廷的集权并不造成直接的危害。这就是正始以后的玄学仍然得以流行并能继续发展的原因。

再就正始后阮、嵇有关名教与自然关系论述的情况看,如果说何晏、王弼所提出的名教应建立在自然的基础上的见解意在为正始改制提供哲学依据,那么阮籍、嵇康推崇自然高于名教的言论,实为士人个体提供一种人生哲学。这就是说,阮、嵇的"自然",更多地倾向于人性自然,也就是重在倡导一己之率性任真。所以嵇康之"越名教而任自然",与其所言之"越名任心"含意是相同的。而所谓"越名教",也并非真正意义上反对名教之治,而是反对来自外在的礼教形式上对一己之真性情的诸多制约,从而把率性任真从心理层次落实到生活层面,并与世俗的一切矫情伪饰相抗衡,这就是魏晋风度的实质。

阮籍、嵇康的乐论,也包含了精神自由的追求和理想人格本体论的建构。他们第一次援道入儒，从自然本体论的高度，对音乐的本质和作用做出新的阐发。虽然阮籍的《乐论》和嵇康的《声无哀乐论》受玄学的渗透程度不尽相同，前者可能是阮氏早期或中期的作品，似乎在阐释儒家的《乐记》，因而脱胎于儒家乐教之处比较明显；后者则是嵇氏有意针对儒家乐教某些理论进行反驳，逻辑性强，理论上也比较严密，但两者都以自然为音乐的本体，为审美的最高归宿是相同的。他们都意在超越有限，追求无限，以无限反观并服务于有限，这就与一些儒体玄用之作在理论建构上有所不同。阮、嵇之作都是乐论，诗与乐虽各有其质的规定性，但中国早期的诗与乐又有互相融合的一面，故对阮、嵇的乐论在此作专节评述，虽然嵇康曾将诗与乐截然分开过。

阮籍（210—263），字嗣宗，陈留尉氏（今河南尉氏）人，阮瑀之子。少好《诗》《书》，有济世志，并慕孔子贤弟子颜回、闵子骞之为人。又好学深思，文章瑰丽，志气宏放，傲然不群，且任性不羁，喜怒不形于色，思想上则经历了由宗儒到老年深好老庄的转变。博学多识、老于世故的"兖州刺史王昶请与相见，终日不开一言，自以不能测"（《晋书·阮籍传》，下引同）。正始初年，已进入而立之年的阮籍，声名颇著。太尉蒋济辟为掾，不应，经友劝谕才就吏，又辞病归；复召为尚书郎，又以病免；曹爽辅政，召为参军，也以病辞，看来阮籍也不愿与何晏等共事。正始年间，阮籍在官场上应举与归病之间多次反复，倒很像东汉末年一些名士的作风。曹爽、何晏等被杀后，阮籍先后为当政后的司马氏父子兄弟高级幕僚，并被封为关内侯、散骑常侍，卒官于步兵校尉，故世称阮步兵。其时魏晋易代，"天下多故，名士少有全者，籍由是不与世事，遂酣饮为常"，又任性不羁，"不拘礼教"，"由是礼法之士疾之若仇"。"然发言玄远，口不臧否人物"，加之对司马氏政权采取不即不离的态度，依违之间处理尚得当，所以能全身远祸。在此处境下，虽能苟全性命，但怀才不能使，内心是异常痛苦的。"时率意独驾，不由径路，车迹所穷，辄恸哭而返。"其愤懑和积蓄，都发露于文章中。

阮籍是正始时期最著名的诗人，著有《咏怀诗》八十余首，赋以《清思赋》为代表。阮籍也是魏晋之际著名的玄学家之一，反映他玄学思想的著作有

《通易论》《通老论》《达庄论》《大人先生传》等。锺嵘在《诗品》中评其五言诗的成就及其审美特点时说："可以陶性灵,发幽思,言在耳目之内,情寄八荒之表,洋洋乎会于风、雅,使人忘其鄙近,自致远大。"锺品对其诗旨遥深、儒道融合特点的概括,也适合评其文。《乐论》中以道释儒、玄儒结合所建构起来的理论框架,可以看出阮籍中前期的儒家思想向晚年庄玄思想过渡的轨迹。

关于《乐论》的写作背景及时间问题,有论者"疑此文乃阮籍为高贵乡公散骑常侍时奉命讲《礼记》或与诸儒论辩之作"。这虽属推测之词,但确有其可能性。据《三国志·三少帝纪》,高贵乡公曹髦好学有思理,即位后常深入太学,与诸儒博士就《周易》《尚书》《礼记》等儒家典籍中一些论题进行论辩。又,该本纪裴松之注引《魏氏春秋》和傅畅《晋诸公赞》言曹髦常集王沈、荀颛等近臣讲宴东堂,述礼典,叙前朝君主得失,并属文论。现在的问题是其时身为散骑常侍的阮籍,是否也参与这些论辩和讲宴。《晋书·王沈传》有条记载,对于考察这个问题以及阮籍中期的思想颇有参考价值。该传言王沈于"正元中(254—256)迁散骑常侍、侍中、典著作,与荀颛、阮籍共撰《魏书》,多为时讳,未若陈寿之实录也"。王沈和荀颛都是儒者,又都是主动投靠于司马氏门下的亲信和权臣,其政治和思想倾向,当然不能与阮籍相提并论,其书"多为时讳",这里也姑且不论。就阮籍与王沈、荀颛不同为魏朝少主的重要近臣说,既然能奉命共同写作《魏书》,当然也就可能一起参与东堂的经书讲论,所以《乐论》写于此时是作为一篇备问的讲稿或与诸儒论辩之作是很可能的。而况阮籍其时正在参与撰写《魏书》,中国正统的史官文化是渗透着儒家思想的,很难想象一个在《大人先生传》中否定君主制度和揭露儒者的人,同时又在为圣君贤臣树碑立传。这就是说阮籍在正元、甘露年间参与撰写《魏书》时,仍基本上是个儒者。这是《乐论》从正面阐释儒家《乐记》的思想基础,其时阮籍的年龄大约在四十五至五十岁之间。阮籍从儒家思想彻底转变为道家思想,最后甚至否定君主制度,大约是在受到曹髦被杀这一重大政治事件刺激以后。

《乐论》假"刘子"与"阮先生"主客问答的形式,就儒家乐教中的"移风易俗,莫善于乐"的质疑,从一个新的角度上加以评释。

> 夫乐者,天地之体,万物之性也。合其体,得其性,则和;离其体,失其性,则乖。昔者圣人之作乐也,将以顺天地之体,成万物之性也。故定天地八方之音,以迎阴阳八方之声,均黄钟中和之律,开群生万物之情气。故律吕协则阴阳和,音声适而万物类,男女不易其所,君臣不犯其位,四海同其观,九州一其节。奏之圜丘而天神下,奏之方岳而地祇上。天地合其德,则万物合其生,刑罚不用,而民自安矣。
>
> 乾坤易简,故雅乐不烦;道德平淡,故无声无味。不烦则阴阳自通,无味则百物自乐。日迁善成化而不自知;风俗移易而同于是乐:此自然之道,乐之所始也。

这开头的两段,是对音乐的本体、音乐的本质特征和音乐的社会作用、音乐的风格等做了总的评述。音乐的社会作用和它的质的规定性以及风格特征等,是由其本体所决定的,这个本体就是自然之道。圣人本之自然之道,合"天地之体,万物之性"来制礼作乐,施之于民,就能移风易俗。那么什么是"天地之体,万物之性"呢?从阮籍的有关论述看,实指自然万物物质多样性的统一。这统一,包含有两层含意:一是和谐的结合,一是有序的排列。两者的结合,就是万物一体,也就是自然之道。音乐的创作,就必须依据这体性的原则,并由这本体论所派生。就万物的和谐结合看,阮籍在《达庄论》中对万物一体做了更清楚的表述:

> 天地生于自然,万物生于天地。自然者无外,故天地名焉。天地者有内,故万物生焉。当其无外,谁谓异乎?当其有内,谁谓殊乎?……是以重阴雷电,非异出也;天地日月,非殊物也。故曰:自其异者视之,则肝胆楚越也;自其同者视之,则万物一体也。

物虽楚越,合则肝胆,自然是日月雷电物质多样性的统一,是密切相连而不可分割的,这就如同人的五官四肢,各司其职,各有其形态,但绝不能"断割肢体""残生害性"。这是"万物一体"的第一层意思。其二,万物在结合过程中,是排列有序的。《乐论》中说:"故八音有本体,五声有自然。其同物者以大小相君,有自然故不可乱,大小相君故可得而平也。""大小相君",就是物与物之间排列有序,自然而不可乱,也不可妄易,这就如同人的五官四肢各有常数各有常位一样。万物多样性的统一,有序的结合,成为密切而不可分的一个整体,就是阮籍所说的"天地之体,万物之性",也就是他所说的"自然之道",而"自然之道,乐之所始也",则是结论,即音乐由此而派生。阮籍受老、庄之学中自然之道的启示,把物质多样性结合和有序联系的见解,推之于音乐的建构,并进而影响、协调和卫护当时的封建的等级制度,这就是阮籍用以论证音乐能移风易俗的一个重要论据。

> 若夫空桑之琴,云和之瑟,孤竹之管,泗滨之磬,其物皆调和淳均者,声相宜也,故必有常处;以大小相君,应黄钟之气,故必有常数。有常处,故其器贵重;有常数,故其制不妄。贵重,故可得以事神;不妄,故可得以化人。其物系天地之象,故不可妄造;其凡似远物之音,故不可妄易。雅、颂有分,故人神不杂;节会有数,故曲折不乱;周旋有度,故俯仰不惑;歌咏有主,故言语不悖。导之以善,绥之以和,守之以衷,持之以久。散其群,比其文,扶其天,助其寿,使其风俗之偏习,归圣王之大化。先王之为乐也,将以定万物之情,一天下之意也,故使其声平,其容和,下不思上之声,君不欲臣之色,上下不争而忠义成。

这与自然合一的音乐,不但有节、有序、有数、有位,而且"其声平,其容和"。这乐声的平和自若,平淡无味,也是本之于自然,此即所谓"乾坤易简,故雅乐不烦;道德平淡,故无声无味。不烦则阴阳自通,无味则百物自乐。日迁善成化而不自知,风俗移易而同于是乐"。音乐移风易俗的形式是润物无声,潜移默化,"日迁善成化而不自知",其功用则是巨大的,"使其风俗之偏习,归圣王之大化",使"下不思上之声,君不欲臣之色,上下不争而忠义成",

而这正是儒家乐教所要达到的目标。

阮籍基于对自然万物多样性和统一性朴素的唯物论的见解与老庄之学中自然之道相联系,从而建构起音乐的本体,并由此而论证音乐的本质、社会作用和风格特色等。所以自然之道是这一理论体系的哲学基础,是阮籍的乐论不同于传统的儒家乐论关键之所在。有论者以为两者并无什么区别,这里不妨与《礼记·乐记》稍做比较,以见其立论基点上相异处。

《乐记》开头数段论音乐的起源,认为乐生于心,由心感物而成。"凡音之起,由人心生也。人心之动,物使之然也。""心",是指人的情感,"物",主要是人事社会。不同的情感可以产生不同的音乐,不同的人事社会反作用于人们的情感,音乐也因之而异,乐教就是基于乐与政通。

> 凡音者,生人心者也。情动于中,故形于声;声成文,谓之音。是故治世之音安以乐,其正(政)和;乱世之音怨以怒,其正(政)乖;亡国之音哀以思,其民困。声音之道,与正(政)通矣。

这段话,《毛诗序》几乎全文引录,成为后世儒家诗乐政教论的经典之谈。而心物感应说,也成为后世说诗者论因情生景、触景生情和缘情写景的理论渊源之所在。《乐记》中这种心物感应说的音乐本源论与阮籍《乐论》本诸自然之道的本体论,立论基点是不相同的。后者显然是吸收了老庄自然之道和玄学中的体用说建构起来的。虽然两者都归结到音乐移风易俗的教化作用,但这只能说是殊途而同归。当然,《乐记》中也多次提到"乐者,天地之和也","大乐与天地同和"。这似乎也是把音乐与天地自然本体相联系,但这实际上只是一种比拟,是说音乐所达到的和境与天地之和相似。什么是"天地之和"?《乐记》有自己的解释:

> 地气上陈,天气下降,阴阳相摩,天地相荡,鼓之以雷霆,奋之以风雨,动之以四时,暖之以日月,而百物化兴焉。如此,则乐者,天地之和也。

　　所谓天地之和是言天地阴阳日月风雨之交互作用以化生万物,音乐之化民也有同于此,并不是说天地之化物同时也化生了音乐。"和"又称"中和",本是先秦哲学家经常使用的一个重要范畴,原指异质同构,相生相济。先秦儒家有鉴于诗乐有巨大的感化人心的作用,因而又把"和"或"中和"作为诗乐审美的最高境界,加入了以礼节和与审一以定和的内涵,使君臣上下尊卑贵贱按照礼制的规定融合无间。《乐记》与阮籍的《乐论》都是从这个意义上运用这个范畴的,是音乐功用的归宿,而不是产生音乐的本始,所以不能把"和"或"中和"与阮籍所言的自然之道相提并论。

　　我们说阮籍乐论的性质,在本体论上属于道家,在移风易俗的功用论上,崇雅正,去淫靡,"君臣不犯其位","上下不争而忠义成"则基本上属于儒家,其理论建构体系是道体儒用,但这并不是说,在功用论上和传统的儒家乐论完全没有差别。事实上由于本体论立论点的不同,在审美价值趋向上必然带来一些差异。譬如阮籍基于老子清净无为的思想和审美情趣,要求乐声宁静、简易、平淡、无味,所谓"至乐使人无欲",以此来塞争欲之门,从而使君臣不犯,上下相安,尊卑有序,这就和儒家要求以礼节欲,使之和顺者不同。正因为他主张乐声平和自若,所以他不但反对淫声,而且强烈地反对哀乐,反对各种各样有异于平和之声的怪声异音。我们知道,孔子言乐,是哀、乐并举的,只是要求以不淫、不伤为度,汉儒论乐,也不排斥哀乐,但已稍加贬抑,这从将《诗三百》中的怨愤之音称之为变风变雅可见。自汉末至曹魏,由于世积乱离的社会变化,士庶对诗乐的审美情趣也发生了重大的转移,普遍以悲为美,"哀感顽艳"的审美命题,正是这个时代化生的。这既是时世使然,也是审美的一种深化。阮籍反对哀音,当然是针对此而发的。可以视为他对现实中制造大量悲剧哀音的统治者的一种批判,也可以说是基于老庄思想对原始的朴素的人情谐美关系的一种理想追求,但这终究是不现实的,是一种倒退。

　　综上可见,阮籍的《乐论》,第一次在诗乐理论范围内以道统儒,运用老庄自然之道作为音乐的本体,来论证音乐移风易俗的社会功用,并以平和自若作为音乐最高的审美追求,建立起儒道兼综的乐论体系,在中古诗乐理论发展史上写下了新的一页。但从这一理论体系本身来考察,我们还不能说这是一篇逻辑严密有深度的成熟的乐论著作。在综合儒道过程中,理论的针线并不很绵密,有时出现破绽。譬如说,论述作为音乐本体的自然之道时,其中包含有万物有序、大小相君的排列。这万物一体中大小相君体现在音乐中的有节有序,在移风易俗的乐教中就能使人上下不争,各安其位。这就是说,体现自然之道的音乐,就兼有礼与乐相结合的功能,既能臻和,也能别异。但是在论述礼与乐的关系时,又十分强调儒者所言礼与乐不能偏废的见解,反复论证"礼废则乐无所立",言用与论体发生矛盾,是儒道思想结合不严密的表现。又如在论述到礼与乐应与时俱变时,申言"五帝不同制,三王各异造",这是儒家乐论中一个重要的见解。《乐记》说:"五帝殊时,不相沿乐;三王异世,不相袭礼。"儒家认为音乐生于心物感应,并与治政相通,那么乐与时应就是必然的结论。《乐论》既然认为音乐本诸万物一体,这一体的自然之道,就很难说有什么变易可言。肯定音乐应与时变,就与体论不协调,而况又申言"但改其名目,变造歌咏,至于乐声,平和自若"。这既有所变又有所不变,变化了的歌咏与不变的风格,既很难互相适应,又未阐明个中原委,理论说服力也不强。但从音乐理论发展史上看,这恰又为明心与声为二物,声无哀乐而哀心有主的二分法提供中介,成为其中不可或缺的一环,所以仍有其意义。而后者,正有待于嵇康的《声无哀乐论》去完成。

嵇康(223—262),字叔夜,谯郡铚(今安徽宿县)人,祖籍会稽上虞(今浙江绍兴)。本姓奚,因避怨迁铚而改姓。家世儒学,兄喜,为礼法之士,仕晋为扬州刺史、太仆、宗正。康被杀后,嵇喜为之传。言康"少有俊才,旷迈不群","学不师授,博洽多闻,长而好老、庄之业,恬静无欲","善属文论,弹琴咏诗,自足于怀抱之中"。看来其成长的道路、修业爱好,与其兄嵇喜不同。但从这篇传记看,两人友好之情还是深笃的。据白化文、许德楠《阮籍嵇康年表》引《北堂书钞》著录《嵇康集》有云,康曾著《游山九咏》,魏明帝曹叡异其文,擢为浔阳长,时在景初二年(228),康年十六,从此进入仕途。正始后,大约因为嵇康才俊人秀,颇有声名,被选为魏武帝孙女穆王曹林女长乐亭主婿,迁郎中,并拜中散大夫,后世称嵇中散。大约在正始末年,嵇康寓居河内之山阳县(今河南辉县山阳镇),与阮籍、向秀、山涛、王戎等共为竹林之游,世称竹林七贤。竹林之士都深好老、庄,饮酒谈玄,旷达不羁,又都是能文之士,在当时很有声誉。虽然他们并没有很明显的政治倾向,但似乎对政坛上的动态很敏感。据《晋书·山涛传》,涛于"曹爽之事"前二年,即与其友人石鉴说,司马懿卧病,是韬晦之策。《晋书·阮籍传》亦言籍在此前一年,亦辞去曹爽幕府之职,"时人服其远识"。史籍所记这两件事不一定是偶合,而很有可能是他们在竹林之游清谈时曾经涉及的话题。山涛既然能与其友人并仍在朝任要职的石鉴谈论此事,为什么不能与和他朝夕相处的竹林友人言及呢? 山涛、阮籍都因此采取了相应的对策,年岁较轻涉世不深的嵇康是否也预知此事呢? 史无记载,不能妄测。但有一点是很清楚的,就是他未卷入。司马懿杀戮政敌,手段极为凶残,据《晋书·宣帝本纪》载,其"诛曹爽之际,支党皆夷及三族,男女无少长,姑姊妹女子之适人者皆杀之"。其后杀曹彪,"悉录魏诸王公置于邺,命有司察,不得交关"。作为与魏王公联姻的嵇康并未受到株连,这说明嵇康与魏皇室当政者在政治上没有什么瓜葛。关键是在司马氏当政后的态度。竹林七贤此后在政治态度上发生了分化:山涛、王戎在入晋后都位至三公,阮籍有"忧生之嗟",其与司马氏父子兄弟所采取的是貌合神离的态度,历任幕府里高职,后"虽去佐职,恒游府内,朝宴必与焉",始终与之周旋。为郑冲写劝进文,与王沈等合写《魏书》,都是"貌合"的表现,所以虽"礼法之士疾之若仇,而帝(司马昭)每保护之",不但保全了性命,而且位居较高的官职。向秀在嵇康被杀后,也不得不持此态度。嵇康与他们都不同,虽然不是公然对抗,但是采取了坚决不与之合作的态度,不但神离,也不愿貌合,究其原因很可能是与其思想性格和人生态度有关。高平陵事件后,嵇康与朝野人士一样,显然是受到很大的震动,面临着政治抉择,并由此引起了诸多矛盾心理,《卜疑》所叙面对险恶的世情以及何去何从难于决定的疑虑,很可能就是其时诸多矛盾痛苦的心理反映。此文仿屈原《卜居》的体式,假宏达先生之口将其诸多交煎在内心深处的疑问,卜之于太史贞父。这很尖锐的十四个问题中,第一个就是对朝廷政局应持何种态度:"吾宁发愤陈诚,谠言帝廷,不屈王公乎?将卑懦委随,承旨倚靡,为面从乎?"从这一疑问词语的感情色彩看,他实际是不肖于后者,既不愿像山涛、王戎那样"承旨倚靡",也不愿步阮籍之后而"委随""面从"。但他似乎也不想"发愤陈诚,谠言帝廷",与司马氏正面对抗,而是采取"隐德潜让"、不与世情的第三条路,即所谓"方将观大鹏于南溟,又何优于人间之委曲"。嵇康之所以持此态度,是与他所处的环境及身世思想和性格有关,当然庄子对其人生态度的影响也在起作用。后者姑置不论,就前者言,论者有以为嵇康因与曹魏皇族联姻,对司马氏篡权必然强烈不满,因而采取了对抗的态度。《三国志·王粲传》裴松之注引《魏晋世语》言镇南将军毋丘俭于正元二年(255)起兵反叛时,嵇康"欲起兵应之",并言这是嵇康被杀的一个重要原因,但这是不确的。首先在时间上不符合(嵇康被杀是在景元三年,距正元二年已过去了七年),裴松之曾据此予以驳正。事实上嵇康官中散大夫,这是可以不视事的冗官,既无事权,更无兵权,如何起兵?前文已言,嵇康与和他联姻的皇族是很疏远的,没有政治权力上的瓜葛,他不可能把自己和家族的命运与这个皇族的兴衰联系在一起。而况自魏晋至南朝,易代相承,世族文士崇尚孝道而看轻名节,在易代之际能殉难旧朝的官吏是极为罕见的。魏末反司马氏的多半是权力斗争,而不是为了忠于旧朝。《晋书》叙及嵇康被杀原因时,是说钟会以此事相诬谮,这是比较审慎的态度。但嵇康为什么不能像阮籍那样勉强去附就而"委随""面从"呢?看来除了受庄子思想的影响轻视爵位以全真保性外,还有可能受"门户"观念即家庭道德影响。这从吕安的事件中可见一斑。吕巽、吕安兄弟反目,嵇康为什么要居中调解呢?此事颇值得注意。二吕本都是嵇康的朋友,吕巽居然奸淫了弟妻,这引起了吕安的愤怒,意欲告发乃兄的丑行。疾恶如仇的嵇康,居然劝阻了吕安,理由就是要保护吕氏家族门户的面子。其《与吕长悌绝交书》中说,吕安"诚忿足下,意欲发举。吾深抑之……盖惜足下门户,欲令彼此无恙也"。但是吕巽包藏祸心,两面三刀,密表反诬吕安不孝,并将嵇康也牵连进去。钟会则趁机诬谮,特别言嵇康是"卧龙",即潜藏的政敌(司马懿当年韬晦时,也有人称他是"伏兽"),司马昭最后才起了杀心。《晋书·嵇康传》说,嵇康被杀后,"海内之士,莫不痛之。帝(指司马昭)寻悟而恨焉"。为什么会后悔?除了感到有失人心外,就是深知嵇康并不是他潜在的政敌,不是什么"卧龙",而只是一个不肯与之合作的避世者。

嵇康的"门户"观念,当然更主要表现在对自己家族成员的态度上。从他现存的著作看,他不但孝顺母亲,与兄长友于深笃,对子女也关怀备至,这从其被杀前在狱中所写的《家诫》中可见。从吕安给嵇康的信中看,他与妻室长乐亭主也琴瑟好合。重视"门户"的思想和不执着于对皇朝的名节,这是魏晋至南朝易代相承之时士大夫中较为普遍的道德风尚。嵇康也是如此。正是在这种道德思想支配下,他既不会忠于曹魏,与司马氏正面对抗,也不会投身于自己妻子家族政治对手的门庭,哪怕是"委随""面从"也不愿。《与山巨源绝交书》就是公然表态不愿与之合作。令人颇感费解的是山涛"议以自代"的意图并未实现,嵇康本可置之不理,即使事在进行中,也可委婉地拒绝,或逃避山林,采取拖延的策略,为什么一定要采取这坚决的态度公然决裂呢?这就与他刚烈之气和"好尽之累"不吐不快的性格有关了。这封信并不是针对山涛而发的——因为山涛仍然是他的好友,嵇康被杀后仍关照着嵇康年幼的子女——而是针对司马氏家族的,所以引起了曾经想辟嵇康为幕僚的司马昭的愤怒,并招来了杀身之祸。嵇康的悲剧,从主导方面说,当然是黑暗政治颠倒是非以迫害正直人士的社会悲剧,从另一个角度说,未尝不可说也是性格悲剧。因为他本无意于反对司马氏,即使身入狱中,也还未想到自己会因此被杀,这从他受拘禁时所写的《幽愤诗》可见。诗中幻想出狱后要远离政治以归隐山林,"采薇山阿,散发岩岫,永啸长吟,颐性养寿"等种种打算。刚正而善良的嵇康的不幸遭遇,更加重了这一悲剧幽愤而悲凉的色彩。

嵇康是一位著名的诗人,杰出的散文家、音乐艺术家和哲学家,在艺林中是较为少见的多才多艺的人物。诗是四言优于五言,五言诗亦被钟嵘《诗品》列在中品,置之高流。钟嵘称赞其诗说:"托谕清远,良有鉴裁。"即言其托物讽谕,寓意深远,并很有洞察力,缺点是"过为峻切,讦直露才",意谓过于直露,不能含蓄深致。这个评语,大体上也适用于其四言诗。刘勰在《文心雕龙》中言其"清峻"和"兴高"也是此意。诗如其人,这也是其思想性格因内而符外的表现。

嵇康更长于论说文,并以此著称于世。《三国志·王粲传》裴松之注引《魏氏春秋》言:"康所著诸文论六七万言,皆为世所玩咏。"今存九篇,多属政论性和哲理性的散文,其中以《声无哀乐论》和《与山巨源绝交书》为最有名。前者是乐论,带有很深刻的哲理性;后者是书信体的应用文,政论意味很浓。嵇康的散文,逻辑严密,气势宏放,词锋凌厉,而又能剖析入微,其反复论难之处,亦如水之就下,有沛然无能御之的气势。在中国文学史上,嵇康的文名是大于诗名的。

《声无哀乐论》就音乐与情感的关系做了专题论述,认为音乐既不能表达作者或弹奏者的哀乐之情,也不能从对应关系上直接影响到受听者的情感。音乐与情感的关系涉及儒家乐教的立论基础,所以这篇文章就有了某种针对性。如果说阮籍的《乐论》还是属于从阐释儒家的《乐记》的角度立论,那么嵇康此文,就带有唱反调的性质了。前文曾言,儒家乐论的核心内容是声与政通,即音乐既能反映政治的盛衰,也能对政治产生影响,这就是乐教能移风易俗的问题。《声无哀乐论》假东野主人答秦客的问难,就是从移风易俗的问题切入进行反驳,虽然文章的最后归结点也还是音乐应如何实现其社会作用问题,但论述的角度和侧重点则有所不同。由于儒家的乐教是以音乐能体现情感和影响情感为中介为前提的,所以文中主客交互论难和反复申说的中心内容就是音乐与情感的关系问题,声无哀乐既是全文论述的主体,也是核心点之所在,从声无哀乐推其所由,由本及末,就必须首先从本体论的角度加以阐明。所以音乐的本体论、音乐与情感的关系以及音乐的社会作用问题,就是全文所论述的三个要目,这三者又有其内在的联系,为叙述方便起见,下面分别予以评说。

关于音乐的本体及其特质问题,《声无哀乐论》(下引该文,不再注明出处)言:

　　夫天地合德,万物贵生。寒暑代往,五行以成。故章为五色,发为
　　五音。音声之作,其犹臭味在于天地之间,其善与不善,虽遭遇浊乱,其
　　体自若而不变也。岂以爱憎易操,哀乐改度哉?

稽康从宇宙生成论的高度,谈音乐本体的形成。所谓"天地合德,万物贵
生",即其《太师箴》一文所言"浩浩大素,阳曜阴凝,二仪陶化,人伦肇兴"之
意,这是从汉儒元气生成论谈阴阳二气交合及五行化生产生天地自然和人
类万物。至于五色、五音、五味,则是这"天地合德"、万物化生的表现形式,
其本质特点是"其体自若而不变也",既不受时代兴衰的影响,也不因人们哀
乐之情而改变。这种表述,已从汉儒的宇宙生成论向玄学的自然本体论过
渡。那么,评论事物为何必须由末推本、从本述末呢?《明胆论》在回答吕子
指陈其论事不切要处,好"引浑元以为喻"的批评时做了说明:

　　夫论理性情,折引异同,固寻所受之终始,推气分之所由,顺端极
　　末,乃不悖耳。今子欲弃置浑元,据摭所见,此为好理纲目而恶持纲
　　领也。

这顺端极末,举纲张目,是稽康论文方法论的要义。正是基于此,其论乐从
天地、自然、阴阳、五行的生化推论出五色、五音以至五味都是以自然为本
体,此即所谓"夫推类辨物,当先求之自然之理"之意。至于"五色有好丑,五
声有善恶,此物之自然耳",是指声音有善恶而无哀乐,正是从自然本体论生
发而得出的结论。这里所言的"善恶"和"善与不善",也就是好听不好听,这
是对声音的一种价值评判,其中不涉及情感质素。稽康正是从声音以自然
为本体立论,来割断传统所论音乐与情感的直接的对应联系,这是稽康论音
乐性质的一个重要的出发点,也是他的《声无哀乐论》的最重要的理论依
据。稽氏此论,虽然有把音乐等同于自然音响的欠缺,所谓"岂复知吹万不
同,而使其自已哉!"但同时也为有限的声音能引发多种感人力量提供可能。
　　声音既然以自然为本体,作为一种客体存在而与主观哀乐之情无涉,那

么它与人们主观之情是否还有联系呢？如果没有，那么其价值何在？如果还有，那又是一种什么样的联系，又如何实现这种联系？这就涉及音乐的最高境界是和域以及声音之无常这一重要特点了。这是嵇康乐论中最值得珍视的部分，也是他既不同于传统的乐论，也有异阮籍的乐论最具有新见的地方。

嵇康论乐，以"和域""平和"为音乐的最高境界，是各类乐器各种乐调共同的追求。"和"是自然所派生的，是音乐本体的具体内涵。"音声有自然之和，而无系于人情。克谐之音，成于金石；至和之声，得于管弦也"，"五味万殊，而大同于美；曲变虽众，亦大同于和。美有甘，和有乐，然随曲之情，尽于和域；应美之口，绝于甘境"。什么是"和"？"和"本是指异质同构而成新质。嵇氏在《明胆论》中言：

> 五才存体，各有所生，明以阳曜，胆以阴凝，岂可为有阳而生阴可无阳邪？虽相须以合德，要自异气也。

这金、木、水、火、土和明与胆等质的生成，虽然是以一气为主以成其体，但都是异气同构，相须以生。这"相须以合德"就是"和"。嵇文中所言"宫商集比""声音和比""声音克谐"和"克谐之音"等，都是言"和"。"和"也就是"善"。至于其言"若资偏固之音，含一致之声"，则就不是"和"，而是"同"，"同"就是"不善"，也就是"恶"。"和"作为一个很重要的范畴，常为先秦以来哲学家所沿用所称道，并以之作为音乐最高的审美境界，但赋予构成音乐之和的诸异质的内涵及其所侧重则有所不同。譬如儒家所推重的和境，是个体与群体的结合，上下尊卑有序的和谐，以礼节和与审一以定和。阮籍《乐论》中的"和"，也包含了这方面的内容，但他更为推重的是风格的平和、平淡、简易、无味，体现了道家的审美要求。嵇康所言的"和"，内涵更为丰富和复杂，表现了他对音乐特点的认识更为深入。其所论除了也包含上述儒道两家对音乐的某些审美意向外，似乎更侧重从音乐形式的构成入手，来论述和把握音乐的审美特点，阐明不同类型的乐器和不同地区的曲调都具有相异的美学内涵,其所进入的"和域",也是不同层次的审美境界;但作为音乐的"和",又具有共同的而不同于诗以及其他艺术形式的美学特点和最高层次的审美领域。

> 琵琶筝笛,间促而声高,变众而节数;以高声御数节,故更形躁而志越。犹铃铎警耳,钟鼓骇心;故闻鼓鼙之音,思将帅之臣。盖以声音有大小,故动人有猛静也。琴瑟之体,间辽而音埤,变希而声清,以埤音御希变,不虚心静听,则不尽清和之极,是以听静而心闲也。夫曲用不同,亦犹殊器之音耳。齐楚之曲多重,故情一;变妙,故思专。姣弄之音,挹众声之美,会五音之和。其体赡而用博,故心役于众理;五音会,故欢放而欲惬。……然皆以单、复、高、埤、善、恶为体,而人情以躁、静、专、散为应。……此为声音之体,尽于舒疾……曲变虽众,亦大同于和……且声音虽有猛静,猛静各有一和,和之所感,莫不自发。

稽康在这里详细地分析了琵琶、筝笛、钟鼓、琴瑟等"殊器"和"齐楚之曲"与"姣弄之音"等"殊曲"都各有不同的声音特点,受听者也产生相异的心理反应。所谓"声音有大小,故动人有猛静也","然皆以单、复、高、埤、善、恶为体,而人情以躁、静、专、散为应"。从"声音虽有猛静,猛静各有一和"的叙述看,各殊器、殊曲之音以及单、复、高、埤、大、小、舒、疾等也应各有一和。这声音之和与和之间,应是有差别的。这应是稽氏所论声音之和的第一个层次的范围。稽康又言:"然随曲之情,尽于和域。""曲变虽众,亦大同于和。"这不同声音的共同之和,应是音乐的第二个层次也就是最高层次的和域。第一层次的和域,是指异音之协调。以弹琴为例,稽康在《琴赋》中说:

> 及其初调,则角羽俱起,宫徵相证,参发并起,上下累应。踸踔磥硌,美声将兴,固以和昶而足耽矣。

角羽、宫徵的参发累应,就是和音,这种美声,使听者获得美感愉悦,这是音乐的基本功能和第一要义。"八音会谐,人之所悦,亦总谓之乐。然风俗移易,本不在此也。"所以和声也就是谐声、美声,使听者感到好听,获得愉悦,而不是在思想上受到教育。声音的多样性并以美声愉悦作为各类音乐所共有的基本功能,这是嵇康赋予和音的第一层含意,也是他深于乐的一种表现。

"和"的更深层次的含意是音乐的多义性,这是基于"音声之无常"而得出的结论,是嵇康论声无哀乐最重要的论据,因而也是他论乐重点之所在,在理论上颇多创获,发前人之所未发。首先嵇康认为名物之名,因时空不同而有差异,各有不确定性,因而声音是无常的。

> 因事与名,物有其号。哭谓之哀,歌谓之乐,斯其大较也。然乐云乐云,钟鼓云乎哉?哀云哀云,哭泣云乎哉?因兹而言,玉帛非礼敬之实,歌舞非哀乐之主也。何以明之?夫殊方异俗,歌哭不同。使错而用之,或闻哭而欢,或听歌而戚,然而哀乐之情均也。今用均之情,而发万殊之声,斯非音声之无常哉?

"今用均之情,而发万殊之声",这是嵇康用以论证"音声之无常"的第一层意思。所论事与名、物与号确实因时空不同而相异,这从古今中外不同的语类和相异的方言中物同声异的事例中可证。但这无碍于事物之名号与事物之情在各自的时空范围内仍是相对应的,并且约定俗成,为特定的时空范围内的人们所认同。这就是说,哀乐之名虽异而哀乐之情实仍在。而况不同时空的人还可以用译异均其同异,这正如秦客所难:"八方异俗,歌哭万殊,然其哀乐之情,不得不见也。"道理很明显:事物之名异,不能证明事物之实不存,所以不能用声音之无常名来论证声无哀乐。

嵇康所论"声音之无常"的第二层含意是"和声无象",即声音之无常意,也就是声音含意之不确定性,并进而言其有包涵性和引发性。为了论证这一点,他将音乐与诗歌这两种艺术形式加以区分。

　　　　然声音和比,感人之最深者也。劳者歌其事,乐者舞其功。夫内有
　　　悲痛之心,则激切哀言。言比成诗,声比成音。杂而咏之,聚而听之,心
　　　动于和声,情感于苦言,嗟叹未绝,而泣涕流涟矣。夫哀心藏于内,遇和
　　　声而后发;和声无象,而哀心有主。夫以有主之哀心,因乎无象之和声,
　　　其所觉悟,唯哀而已。岂复知吹万不同,而使其自已哉。

所谓"和声无象",也就是和声不能明意。王弼在《周易略例·明象》篇中论述
言、象、意三者关系时说:"意以象尽,象以言著。"言是明象的,象是出意的,
所以"和声无象",也就是和声不能以意明。在嵇康看来,音乐与诗歌两种艺
术在表达上所运用的物质形式是不同的:"言比成诗,声比成音。"诗是语言
组合的,语言既能明象,也能出意。"夫内有悲痛之心,则激切哀言。言比成
诗。""情感于苦言,嗟叹未绝,而泣涕流涟矣。"用语言写诗,既可表达情意,
也能以情动人。音乐则不同,"声比成音",众声协调即可成为音乐。这音乐
又出自金石、管弦等乐器,"克谐之音,成于金石;至和之声,得于管弦也"。
金石、管弦等都是物之自然,所以"声音有自然之和,而无系于人情"。和声
因而是无象的,不同于言为心声的诗。

　　为了论证和声无象,音乐不能直接表达主观情意,嵇康还进一步提出并
辨明"心之与声,明为二物",二物"殊途异轨,不相经纬"。

　　　　夫声之于音,犹形之于心也。有形同而情乖,貌殊而心均者。何以
　　　明之? 圣人齐心等德,而形状不同也。苟心同而形异,则何言乎观形而
　　　知心哉? 且口之激气为声,何异于籁龠纳气而鸣耶? ……器不假妙瞽
　　　而良,龠不因惠心而调。然则心之与声,明为二物。二物之诚然,则求
　　　情者不留观于形貌,揆心者不借听于声音也。察者欲因声以知心,不亦
　　　外乎。

嵇康以形与心乖为喻,来说明声与心原为二物,人不能观形以知心,因而也
不能听声以揆情,从而证明声无哀乐。这种比喻虽然不能说没有道理,但却

不免有以偏概全之憾。因为形也可能有某种变化,其中因表情不同而形态发生变化的就不能说与心没有联系。声音的情况也有类似之处。

声与心既然明为二物,音乐又不同于言为心声的诗歌,那么声与心就没有一点瓜葛了吗? 嵇康的用意显然不是这样的。所谓和声无象,实言其能涵盖万象;言乐无意,但能含一切之意;言声无哀乐,却能引发万殊的哀乐。这是嵇康乐论中最可注意之处。

> 夫会宾盈堂,酒酣奏琴,或忻然而欢,或惨然而泣;非进哀于彼,导乐于此也。其音无变于昔,而欢戚并用,斯非吹万不同耶? 夫唯无主于喜怒,亦应无主于哀乐,故欢戚俱见。若资偏固之音,含一致之声,其所发明,各当其分,则需能兼御群理,总发众情耶? 由是言之,声音以平和为体,而感物无常;心志以所俟为主,应感而发。

所谓"心志以所俟为主",是言人之喜怒哀乐之情,是遇事接物而产生的,是先存于心,"至哀乐自以事会,先遘于心",并非听乐后而生发的。就音乐与情感的关系说,是先有情感后有音乐,情感不能形诸音乐,音乐也不能使听者产生某种情感。从这个意义说心之与声,"殊途异轨,不相经纬",声的本身是无哀乐可言的,但这只是声与心关系的一面,更为重要的一面是声之于心有巨大的感发作用。人们深藏于内的哀乐之情,常有赖于和声的引发才能释放殆尽。"直至和之发滞导情,故令外物所感,得自尽耳",而且"至和之声,无所不感",这是音乐最高层次的美感价值之所在。嵇康引酒酣奏琴、欢戚并用的常见事例加以说明,是很有说服力的。其《琴赋》对琴声之"感物无常"还有更为具体的描述。

> 是故怀戚者闻之,则莫不憯懔惨凄,愀怆伤心,含哀懊咿,不能自禁;其康乐者闻之,则欨愉欢释,抃舞踊溢,留连烂漫,嗢噱终日;若和平者听之,则怡养悦愉,淑穆玄真,恬虚乐古,弃事遗身。是以伯夷以之廉,颜回以之仁,比干以之忠,尾生以之信,惠施以之辩给,万石以之讷

慎。其余触类而长,所致非一。同归殊途,或文或质。总中和以统物,
咸日用而不失。其感人动物,盖亦弘矣!

这里的描述,正可为"至和之声,无所不感"作注脚,与酒酣奏琴、欢戚并用的
引例互相发明,都意在阐明音乐之和的更深层次的含意和更高层次的价值
之所在。

稽康在文章中反复地辩说声无哀乐,"声音有自然之和,而无系于人
情",同时又论证"声音和比,感人之最深者也"。其意在说明音乐本身,并不
包含感情因素,但却可以"发滞导情""兼御群理,总发众情"。否定前者,正
是为了肯定后者;以前者为论题,为论述的重点,但归结点则在后者,所谓
"斯义久滞,莫肯拯救,故令历世滥于名实"。"斯义久滞"就滞在儒家的乐教
所论"声音莫不象其体,而传其心","风俗之盛衰,皆可象之于声音"。稽康
认为,从认识论的角度说,这种看法也是褊狭的:"若资偏固之音,含一致之
声,其所发明,各当其分,则焉能兼御群理,总发众情耶?"儒者论乐,大谈声
与政通,看起来似乎在抬高音乐的地位,但稽康认为,这种"各当其分"的偏
固之见,实际上是大大局限了音乐的功能,而历世之士都囿于传统之见不能
自拔,使这"久滞之义"历千百年而无一点改变。所以不破除前者,就不能开
启后者,这就是稽康在乐论上先破后立、既破又立所遵循的逻辑线索。

为什么稽康在乐论上能突破传统的看法,改变了"久滞之义"并提出了
新见呢?除了他作为有很深造诣的音乐家长期的音乐实践能深于乐外,就
是受老庄和玄学的思想启示。这两者又是相互促进的。稽康作为贵无派的
玄学名家,是以越名教而任自然为标榜的,其乐论正是超越了儒教的以哀乐
之情为中介的声与政通,而以无系于人情的自然之和为音乐的本体。这既
可见越名教而任自然在音乐理论上的运用,也可以从这个例子中看到这一
著名命题之所由来及其具体内涵。从方法论看,稽氏在具体论述中,由末推
本,举纲张目,超越有限以追求无限,并由无限反观和囊括有限等,都显示出
浓厚的玄学思辨色彩。思不尚同而又雅好"师心遣论"的稽康,正是运用了
这新的认识论和新的思辨方法,在自己最熟悉的专业内突破了传统之见,获

得了新的认识。"至和之声,无所不感""兼御群理,总发众情"以及"和之所感,莫不自发"等,都是对音乐审美理论很深刻的阐发,可与诗学中的"诗无达诂""言有尽而意无穷"等命题相辉映,两者都是运用老庄及玄学观念于诗乐审美研究中的重要创获,在阐发接受美学中别开生面。

嵇氏乐论所受到的老庄及玄学思想影响,当然不仅是在本体论和方法论上,也包括功用论,不过在功用论上他所持的是兼综儒道的立场。由于他无法摆脱基于正统观念所形成的儒家乐教深层次的思想影响,在叙述功用论问题上为了兼顾传统的看法,有时难免和前论相矛盾而不能自圆其说。

嵇康在音乐的功用论问题上,根据政治情况的不同,大体上将其划分了高下有别的三个层次。首先他和阮籍一样,特别推崇声音的和平自若之体,与无为之治、简易之政以及由之产生的纯朴的民风相辉映。声音之和与政治之和、民心之和相感发,所谓"和心足于内,和气见于外","凯乐之情,见于金石,含弘光大,显于音声也"。理想政治感化了民心,纯化了民风,必然反映在音乐上,"乐之为体,以心为主。故无声之乐,民之父母也"。阮、嵇都以之为乐化的最高境界,也是他们意在超越现实的一种政治向往和审美追求。

"先王用乐之意"即儒家的正统乐教,是嵇康用以移风易俗的第二个层次的内容。由于嵇氏特别推崇以和心感应和乐、"以心为体"的无声之教,而立足于配合由上而下的刑政治民所实行的由外而内的礼乐化民的儒家乐教,在嵇康看来,当然是抑由其次了。关键问题在于《声无哀乐论》全文的主旨似乎是在针对儒家的移风易俗的乐教逐条进行反驳,以声无哀乐之情来否定实行乐教的可能性,而这里又在阐述和肯定"先王用乐之意",肯定移风易俗的必要性,这不就与前论相抵牾吗?我们寻绎嵇氏文章之用意,似乎并不像有的论者所言,是立论于全盘否定儒家的乐教,认为其不可取;而是立论于音乐是以自然为体,从其构成的艺术形式和审美特点出发,阐明用其直接感化民情之不可能。"不可取"是基于主观的好恶,"不可能"是缘于客观的条件,这两种判断是有区别的。前面已论,嵇康曾将诗与乐做了明确区分:和声无象而诗以象明。在嵇康看来,乐的直接教化是必须与言为心声的诗密切结合才有可能,所谓"正言与和声同发",即是此意。《毛诗序》说:"雅者,正也,言王政之所由废兴也。政有小大,故有小雅焉,有大雅焉。"所以"正言",就是风、雅之诗。不但乐与诗结合,而且乐与礼、乐与舞以及与礼让的实践等都必须结合进行,才能行之有效:

> 丝竹与俎豆并存,羽毛与揖让俱用,正言与和声同发。使将听是声也,必闻此言;将观是容也,必崇此礼。礼犹宾主升降,然后酬酢行焉。于是言语之节,声音之度,揖让之仪,动止之数,进退相须,共为一体。君臣用之于朝,庶士用之于家。少而习之,长而不怠,心安志固,从善日迁。然后临之以敬,持之以久而不变,然后化成。

嵇康在这里不厌其烦地将儒家的诗乐相结合的教化程序,长时期的学与习坚持不懈的过程和获得成功的条件等都一一详细描述,同时还津津乐道儒家理想化的采诗观风使声与政通的制度。凡此都可见他对儒家的乐教仍很看重,虽然他倡言声无哀乐,反对儒者所言"声音莫不象其体,而传其心",其所强调的,只不过是重视音乐自身的特点,要求把乐与诗、乐与礼结合起来进行教化而已。

对待郑声的态度问题,是嵇康所论乐教功用论第三个层次的内容。他对郑声的态度似乎很矛盾,一方面称"郑声是音声之至妙",这动听的妙音,又近似他所描述的"姣弄之音":"姣弄之音,挹众声之美,会五音之和。其体赡而用博,故心役于众理;五音会,故欢放而欲惬。"这"体赡而用博""心役于众理",亦即"能兼御群理,总发众情",能从有限进入无限,这正是和音中的上乘。由此推论,郑声近似于姣弄之音,是应该赞许的。但另一方面在谈功用论时,他又认同儒者之见,将郑声等同于淫声,"妙音感人,犹美色惑志",要求放郑声,"无中于淫邪",加以贬抑。嵇康在论声无哀乐时,曾区分声与心为不相经纬的二物;但他在谈郑声时,却时时将声与心相经纬,而且以心论声,以心代声。对美妙之音评价前后抵牾,正说明他还未完全摆脱儒者之见,对音乐美感价值的评判,还缺乏完全的自觉性。

综上可见,嵇康的《声无哀乐论》和阮籍的《乐论》一样,都是以自然为本体,从本体论生发,来阐明音乐的特质、审美价值和社会功用等。他们都是比较自觉地运用庄玄的哲学思想于音乐理论的探讨,建立起玄体儒用的理论框架和儒道兼综的乐论体系,在中古诗乐理论领域内,别开生面,其中尤以嵇康的乐论因含蕴较深广而影响尤为深远。

　　嵇论中最突出之点,是"声音之无常"与"和声无象"命题的提出。他从音乐与情感的关系这一重要问题切入,首先将声与心、客体与主体严格区分开来,切断传统所论两者之间的直线联系;然后充分论述客体对不同主体辐射性的影响。"心之与声,明为二物"的论述,既为"和声无象"这一重要命题奠定了基础,也弥合了阮论中言乐体不变而又与时俱变的矛盾。和声有象,本是传统的习见,钟子期识高山流水之音,成为善知音者的美谈。"和声无象"则是嵇康的新见。"至和之声,无所不感"又是"和声无象"的必然归结,是"声音之无常"的表现。乐无常情,而能"总发众情";乐无常意,却能"兼御群理";乐无常象,却能涵盖和引发万象。这是运用玄学中本末、有无、体用之说于音乐理论研究所得出的新结论,也是把玄学的哲理落实到一个很具体的专业论题中并加以创造性发挥的一个生动的例证。声无哀乐所包含的很深刻的哲理及其很强烈的思辨色彩,使其在玄学思辨中成为最具有代表性的论题之一,成为从东晋至南朝长盛不衰的"言家的口实"。《世说新语·文学》篇说:"旧云,王丞相过江左,止道声无哀乐、养生、言尽意三理而已。然宛转关生,无所不入。"所谓"宛转关生,无所不入",就是说能从这里很自然地引发出并深入其他论题,从而能把玄学的哲理纵横申说,阐发殆尽,这正是清言者所乐道的。从艺术的审美角度说,"和声无象"可与诗家所言的"象外之象"相媲美,有异曲同工之妙,都是对中国诗艺审美特点极为深刻地阐发。中国诗学中意境说的形成,正是从这里起始的。

第二章　两晋诗论

　　两晋诗学，上承汉魏，下启南朝，诗赋的创作和理论批评，又有了新的发展和变化，诗学的自觉性进入了一个新的层次。

　　晋代诗学的自觉，首先表现在对诗赋作用的异乎寻常的重视，把诗赋的价值提高到前所未有的程度。兹引《晋书·卷九十二列传第六十二·袁宏》记宏作《东征赋》，因记载失漏引起了轩然大波事以见一斑：

> 后为《东征赋》，赋末列称过江诸名德，而独不载桓彝……温知之甚忿，而惮宏一时文宗，不欲令人显问，后游青山饮归，命宏同载，众为之惧。行数里，问宏云："闻君作《东征赋》，多称先贤，何故不及家君？"宏答曰："尊公称谓非下官敢专，既未遑启，不敢显之耳。"温疑不实，乃曰："君欲为何辞？"宏即答云："风鉴散朗，或搜或引，身虽可亡，道不可陨，宣城之节，信义为允也。"温泫然而止。宏赋又不及陶侃，侃子胡奴尝于曲室抽刃问宏曰："家君勋迹如此，君赋云何相忽？"宏窘急，答曰："我已盛述尊公，何乃言无？"因曰："精金百汰，在割能断，功以济时，职思静乱，长沙之勋，为史所赞。"胡奴乃止。

袁宏为东晋著名诗人，锺嵘评其诗为中品，其《东征赋》颂美过江诸名贤，因未列桓彝、陶侃之名，就引起了其子桓温、胡奴的仇视，险遭杀身之祸。此事从一个侧面反映了其时上层社会政治生活中一种新的审美趋向：美事要凭借美文来流传；美文如不及美事，当事者则引以为耻。这种价值取向使以美文为能事的诗赋，更具有突出的社会地位并日益受到士人们的垂青。这种审美好尚，也成为促进诗赋创作及其理论批评的一种推动的力量。袁宏是东晋后期人，但此事所反映的是晋代的风气。西晋初年，左思名籍寒微，因作《三都赋》而名重于时，"洛阳为之纸贵"，可见其时名赋流传之快和流传之广。青年文士陆机、陆云由吴入洛，名播京城，这并不是由于他们的政治、军事的才干和业绩，而是因为他们诗学的才华和创作的成就，这些都是爱美的社会风气使然。晋代诗赋创作的繁荣和理论批评的兴盛，都与这种风气密切关联。

从史的发展线索看，西晋初年，由于灭吴带来了全国大统一和相应的经济文化的发展，诗学上也一度出现了相当繁荣的所谓"太康中兴"时代。锺嵘《诗品序》言："太康中，三张、二陆、两潘、一左，勃尔复兴，踵武前王，风流未沫，亦文章之中兴也。"锺氏是特指五言诗的，辞赋及其他诗体的创作，亦复如此。在上述八位名家中，被称为"太康之英"的陆机，声名最盛，《晋书·陆机传》称其"远绍枚(乘)马(司马相如)，高蹑王(粲)刘(桢)，百代文宗，一人而已"。陆机的文名，历东晋、南朝至唐代而不衰，由此亦可见太康诗学的历史地位。

与创作的发展和繁荣相一致，诗歌理论批评也呈现异彩。左思、皇甫谧的赋论，陆机、陆云的诗论和赋论，涉及的论题都较多。其中创作论的成就更突出，因而与建安之论有别。表现在诗论中的审美意识，左思、皇甫谧尚实，陆机尚巧、贵妍和谐声，陆云文贵清省等，也都各标其是，各得其趣。其中陆机的《文赋》比较深入而系统地研究了前代诗赋名作，探讨了他们的创作用心，总结了创作上利害得失的种种表现及其原因，是此时期诗论中结出的最重要的硕果；至于"诗缘情而绮靡"这一重要命题的提出，更是概括和升华了诗歌美学的要义，体现了中古时代对诗歌审美的总趋向。

由于创作的繁荣和文士们对文章的普遍重视，集结和选编以诗赋为主体的各体文章，以满足广大文人们观摩和习作的需要，不但成为可能，而且有了必要，文章选集的编纂这一新的事业，就应运而生。诗赋选本集中体现了选家的审美意识，名家选本对文士的影响，往往超过了一些诗论著作。大体上与陆机同时的挚虞，是中国选本开创时期最著名的选家，他所选编的《文章流别集》三十卷，虽已失传，但从后人的辑佚以及现存的诗史资料看，他的诗学观点在当时以及后代都有相当广泛的影响。

东晋的诗歌创作和诗坛风气发生了重要转折。《世说新语·文学》篇刘孝标注引《续晋阳秋》言：

> 自司马相如、王褒、扬雄诸贤世尚赋颂，皆体则《诗》《骚》，傍综百家之言。及至建安，而诗章大盛。逮乎西朝之末，潘陆之徒虽时有质文，而宗归不异也。正始中，王弼、何晏好《庄》《老》玄胜之谈，而世遂贵焉。至过江，佛理尤盛，故郭璞五言始会合道家之言而韵之，询及太原孙绰转相祖尚，又加以三世之辞，而《诗》《骚》之体尽矣。询、绰并为一时文宗，自此作者悉体之。至义熙中，谢混始改。

《续晋阳秋》把西晋末年至东晋末年百年诗史归结为两次大转折：首先是孙绰、许询以老、庄之言及"三世之辞"入诗，改变了前此的"体则《诗》《骚》"的创作原则；东晋末年，以谢混为起始的山水诗人，又开始转变玄言诗的创作风气，回到缘情饰采的老路。这两次转折，可以说是否定之否定，自此以后，诗歌的创作仍沿着《诗》《骚》创作道路向前发展，虽日新其业，但"宗归不异"。

"有晋中兴，玄风独振"（沈约《宋书·谢灵运传论》）的风气，强烈地渗透到诗歌创作，玄言诗统治东晋诗坛达百年之久。由于其诗"理过其辞，淡乎寡味"（锺嵘《诗品序》），南朝诗论名家，时有批评，反映在诗歌理论批评上情况则有所不同。虽然至今还未见有用庄玄的观点总结玄言诗的创作经验或揣摩其利病的专论文章，但从南朝宋刘义庆《世说新语》及梁刘孝标注所引各书，记录了东晋士人一些评诗之言。他们摘句赞赏意境深远之作，倡导清通简要的文风，为南朝以来文士们所乐道，这对南朝诗学的发展，产生了积极有利的影响。

至于李充的《翰林论》及葛洪的《抱朴子》所涉及的诗赋理论，大体上都是本着体法《诗》《骚》的原则。葛洪是书,虽多道家之言,但其论诗则是讽谕与词采并重。他称颂古诗,主张恢复汉儒的评诗传统,但同时又认为今胜于古,对陆机的华美诗赋大加赞赏。葛洪的诗学观点,可以视为对以陆机为代表的西晋诗论传统的某种承接。从陆机到葛洪,应是两晋诗论史上的一条主线,而"宗归不异",则是他们论诗共同的倾向。

第一节 陆机与西晋诗论

陆机在中国文学史和中国诗歌理论批评史上的地位都是很突出的。他上承两汉之风、雅,下开六朝之声、色与缘情,在诗赋创作与理论批评上交相辉映,相得益彰。在诗论史上,最著名的文心即诗心的研究,即从其首始。

陆机(261—303),字士衡,吴郡吴县(今江苏苏州)人,世为江东大士族,祖父逊为东吴丞相,父抗为大司马,均有大功于吴。又机的从曾祖陆绩,为汉末著名经学家,从叔凯为左丞相,是东吴后期耿直重臣,是以史臣言其"祖考重光,羽揖吴运,文武奕叶,将相连华"(《晋书·陆机陆云传论》)。吴亡,机两兄晏、景均战死,机与其弟云(字士龙)回归故里,时机年二十,云年十九。兄弟二人闭门读书近十年。晋太康末年,二陆应武帝司马炎求贤令北上洛阳求仕进,以文才流誉京城,受到太常张华的赞赏和荐举,进入仕途。机历任祭酒、太子洗马、著作郎、尚书中郎、中书郎等职,云亦历官太子舍人、郎中令、尚书郎、太子中书舍人和中书侍郎等职。永宁元年(301),机、云依附成都王司马颖,颖表机为平原内史,云为清河内史,故世称陆平原和陆清河。太安二年(303),成都王颖讨伐长沙王司马乂,机为后将军、河北大都督,兵败被谗,为颖所杀,云亦同时遇害。陆机政治进取心甚切,但政治、军事才能均不及父祖,加之身事敌国,得不到充分的信任,又不识时务,主动卷入"八王之乱",其兵败遭谗被害,亦在情理之中。

二陆的成就,主要在文学创作和理论批评上,其著作卷帙繁富。葛洪《抱朴子》言:"吾见二陆之文百许卷,似未尽也。"后大都散佚,今人辑佚二陆集各十卷,是依据宋明以来辑录本编纂整理而成,远非全貌。陆机文名很高,从现存文集看,诗赋成就较高,论文抑又其次。政治论文中似不应再称道的是《五等诸侯论》。该论所赞美的是晋初所实行的分国土建诸侯的分封制。陆机从先秦儒家典籍里为之找根据,唱赞歌。正是这个分封制,使各诸侯王国拥兵自重,从而导致了"八王之乱""五胡乱华",中原处于长期分裂混战之中,生民十不遗一。陆机兄弟以及其时许多名士相继被杀,从终极原因看,也是这种分封制带来的恶果。这对陆机来说,是很具有讽刺意味的,今人似可不必以此文来归美陆机了。陆机写出并很看重这篇歌颂分封制的文章,说明他受儒家思想影响很深。文集中还有一些阐述儒家观点的文章,而对老庄的人生观则颇有微词,其中《七征》是很有代表性的。此文虚拟"玄虚子"(道)和"通微大夫"(儒)的对话,后者以美食、华居、安邦、经国等七件事来教导前者,极力美化儒者的享乐生活和所进取的事业。"玄虚子"俯首恭听,并说"甚哉,鄙人之惑也……谨闻命于王孙",完全被儒者所说服、所感化。《晋书》称其"伏膺儒术,非礼不动",并非虚谈。陆机的儒家思想多半来自其祖考的诗礼传家的家学渊源,并在他的诗学理论体系中占有某种主导地位。但入洛前后的陆机兄弟,同时又都在积极地学习和吸收中原地区新学的积极成果,其中包括诗学中的言情饰采和玄学中的思辨哲学等,从而使其诗学呈现新貌,并代表了当时的最高水平。

诗重言情与饰采,晋初已开其先,并非从陆机起始。早在太康初年,一代文宗张华,诗作就情采并茂,入洛后的陆机兄弟,都深受其影响。陆云《与兄平原书》(其十一)中说:"往日论文,先辞而后情,尚洁而不取悦泽。尝忆兄道张公父子论文,实欲自得,今日便欲宗其言。""辞",命题,指文意一以贯之。《荀子·正名》:"辞也者,兼异实之名以论一意也。"洁,简洁。"悦泽",润饰秀丽。而"往日",当指与张华晤面前,亦即在江南的时日。陆云往日所持的先意而后情,尚简洁而不重文采的文章学观点,正是对陆氏的将相门第和经学世家重实用文风的直接承继。"诵先人之清芬",以父祖道德文章为楷模的陆机,也不可能不受此家学文风的影响,而这正与"其体华艳"和"儿女情多"的张华诗学审美意识相反。张华比二陆年长三十岁,素为二陆所推重。兄弟二人论诗说艺,时引张言为他山之石。陆机常以此言规范乃弟,足见他早已"宗其言",并在创作实践中远远地走在张华的前面,成为一代绮丽诗风强有力的代表者。但从诗学思想发展史上看,流韵绮靡的晋初诗风,又是改造和培育二陆诗风的最好土壤,是陆机诗学观点渊源之所在。

《文赋》是陆机的代表作。此文虽泛论十体之文,但是以诗赋为主体,可以视为中国诗论史上最早出现的长篇专题论文。其写作的时间,已无法确考,且颇多歧义。依上文分析,此赋不可能写于他而立之年前在吴闭门读书期间。其时"先辞后情"的二陆,是与赋中的诗学观点相背离的。杜甫所言"陆机二十作文赋"(《醉歌行》),其中"文"与"赋"互文同义,是文章的泛称,而非特指。《文赋》也不可能写于入洛之初,陆机只有在诗学观点彻底转换后并在创作经验上有相当积累时才有可能写出此文。据现存材料推测,此赋大约写于元康九年(299)至永宁二年(302)春,即陆机三十九岁至四十二岁之间。元康八年至九年,陆机任著作郎,著作郎职司撰史,能遍观秘书省府库藏书。《文赋》言:"游文章之林府,嘉丽藻之彬彬。慨投篇而援笔,聊宣之乎斯文。""文章之林府",应是指有丰富藏书的秘书阁。据《晋书·职官志》,元康二年,诏命著作郎隶属秘书省,统管中央藏书。左思作《三都赋》,自以为所见不博,即访著作郎张载,并求为秘书郎亦可证。陆机曾作《晋帝纪》四卷和《晋书断限议》,均成于其任著作郎时(见《北堂书钞》引王隐《晋书》)。陆机远离故土,客居京城为官,能"游文章之林府",遍观群书,只有任著作郎才能提供这个条件。他沉潜其间,欣赏佳作,含英咀华,有感于才士写作的用心,才有此写作冲动。他自言指陈前人作文得失之所由,是"操斧伐柯""取则不远",如不身在"文章之林府","取则"也无此方便。《文赋》是要在博览群书后才能动笔,所以成文于元康九年或更后是可能的。再从陆云的《与兄平原书》所提供的材料看,其下限也不可能迟于永宁二年(302)春。因为陆云在信中评及《文赋》,而陆云的信,又是写在永宁二年春以后不久。其《岁暮赋序》云:"余祇役京邑,载离永久。永宁二年春,忝宠北郡,其夏又转大将军右司马于邺都。"时成都王司马颖进位大将军,镇守邺都,陆云被其任命为右司马。从陆云此赋的序文看,此前兄弟二人共聚京城,永宁二年春陆云离开洛阳，其夏至邺城，兄弟分仕两地，并开始了书信往还。现在《与兄平原书》共三十五封，应是从永宁二年夏至第二年秋陆机为河北大都督时这一年多一点的时间内写成的，并且是按照时间的前后顺序排列。前两封信，谈到"一日上三台"事，"三台"即魏武在邺城西北所建的金兽、铜雀、冰井三台。陆云的《登台赋序》云："永宁中，参大府之佐于邺都，以时事巡行邺宫三台。"赋中描述了炎夏的景象，可证此赋作于夏季，亦即陆云于永宁二年夏刚到邺城之时，而云书前两封言及"一日上三台"事，也应在此时写出。云书的第八封信，评述到《文赋》，应是永宁二年夏以后或者就是其年夏秋之间写出的。信中说："兄顿作尔多文，而新奇乃尔，真令人怖，不当复道作文。"所谓"顿作尔多文"云云，是惊叹其兄在很短时间内写出这么多的好文章。"多文"，是指信中所叙的《述思赋》《文赋》和《感逝赋》等六篇文章，六文的写作时间也应是很接近的，《感逝赋》即《叹逝赋》，其《序》自言时"年方四十"，即写于永康元年间（300）。《述思赋》中写到离别之情，当写于永宁二年（302）春兄弟离别后，那么《文赋》写于此时（即陆机四十二岁时）也不是没有可能的。论者有的依据《叹逝赋》的写作时间，推断出《文赋》成于陆机四十岁前，最多不超过四十一岁，认为此后陆机已卷入政治斗争之中，又要处理繁忙的军政事务，无心顾及文事，但这个推论不一定符合陆机的思想和创作的实际情况。考成都王讨伐长沙王是在太安二年（303）八月，十月陆机兵败被杀，前后不过三个月，此前数年，陆机都在忙于创作，似乎从未中断。入洛后的陆机，怀有"志匡世难"和立言不朽两大志愿，长期孜孜以求，至死还以未完成子书为憾。永宁元年（301），因赵王伦兵败受株连，差一点被杀，后获救，随即投靠成都王颖，官爵不断升迁，创作上又进入高潮。云书第二十一封言："兄文章已显一世，亦不足复多自困苦。适欲白兄，可因今清静，尽定昔日文，但当钩除，差易为功力。"第三十二封又言："兄不佳，文章已足垂不朽，不足又多。"陆云在信中所写这些话，从一个侧面证明了陆机在拜将前年余内，正埋头写作，成篇很多。他对乃弟的"不足复多自困苦"的劝告，似乎并未接受。今存《豪士赋》，据《文选》李善注，为陆机在齐王司马冏败亡后即太安二年（303）春所作，其时距陆机兵败被杀只有半年多时间了。再从陆云的

《与兄平原书》看,这三十多封信几乎都是叙述兄弟二人阅读、讨论、修改对方的新作和评论诗文。而其时八王之乱,正彼伏此起,从洛阳至邺城,硝烟弥漫。二陆也即将承担军事重任,却并不专心于军事方略,仍沉醉于艺事,终于兵败被杀。这对陆机兄弟个人来说,确实是一个悲剧;但陆机始终沉潜于诗艺,不为他事所扰,终于为后人留下这篇极有深度的诗论著作,这又是件幸事。由此亦可证,《文赋》成于永宁二年(302)春稍前是可能的。

《文赋》是以创作论为主体,其中心论题是研究为文之用心兼及文体的特点、作文之得失及文章之功用等。其所谓"文",是以诗赋为主体的。陆机工于诗赋,陆云《书》(其十九)云:"兄诗赋自与绝域。"《文赋》中所反映出的创作观念和审美意识,也主要是针对诗学而言的。此文写作的缘起及文中的要点,见于文前的小序(下引《文赋》不注明出处):

> 余每观才士之所作,窃有以得其用心。夫其放言遣辞,良多变矣。妍蚩好恶,可得而言。每自属文,尤见其情。恒患意不称物,文不逮意,盖非知之难,能之难也。故作《文赋》以述先士之盛藻,因论作文之利害所由,他日殆可谓曲尽其妙。至于操斧伐柯,虽取则不远,若夫随手之变,良难以辞逮。盖所能言者,具于此云尔。

《文赋》所总结的理论,主要是得之于对"才士之所作"的深刻体验,"窃有以得其用心"。所谓"操斧伐柯","斧"即"先士之盛藻","柯"(斧柄)即其所作《文赋》,是比量取则于"才士之所作"而成的,同时也包含自己长期创作实践的体会,是"每自属文,尤见其情"的。其《遂志赋序》亦言:"余备托作者之末,聊复用心焉。"这是自言其作品成之于其用心。属文既有赖于用心,也有助于获得"才士之所作"的用心,并能升华为具有普遍意义的理论,以利于他日写作时更善于用心,以"曲尽其妙"。这"用心",也就是创作构思。

创作之用心集中到一点上,就是解决物、意、文三者之间的关系,诗人的创作欲念是由于观物的引发并通过感物、体物,然后形诸文。陆机把创作全过程概括为"意称物"和"文逮意"六字诀,用以纲领其创作论的要义。

观物是意称物的起始。"伫中区以玄览",就是言对万物的深观明察。《文选》李善注引《老子》"涤除玄览"和河上公注言"心居玄冥之处,览知万物,故谓之玄览",论者常据此论定陆机的创作论是深受老庄之学的影响。但李善的注释不一定符合作者的原意。陆机的《羽扇赋》也用过"玄览"一词:"昔者武王玄览,造扇于前,而五明安众,世系于后,各有托于方圆,盖受则于箑蒲。舍兹器而不用,顾奚取于鸟羽?"《羽扇赋》是虚拟宋玉与诸侯有关羽扇与箑蒲优劣的对话,用以反对古朴,提倡新妍。上引就是诸侯对羽扇的质疑,意谓箑蒲之扇,本是圣哲之君武王所创造。运用羽扇,则有违古训。这"武王玄览",就是言其所见深远,后人不能高出其上,而非心居玄冥,体无畅玄。《文赋》所用"玄览",与此意同,都有深观明察意。陆机之前,曹植也用过"玄览"一词:"玄览万机,兼才备艺。"(《卞太后诔》)就是赞其母对国家大事都能所见深远。陆机之后,唐女皇武则天亦以"玄览"名其所阅类书。《玄览》一百卷(见《旧唐书·则天皇后本纪》《新唐书·艺文志》和《旧唐书·经籍志》),本是武则天召命其文士所编,类似曹丕所阅《皇览》。武氏不以"皇览"而以"玄览"名书,很有可能是对陆机的"武王玄览"之意的袭用。因为她所建新朝也以"大周"命名,并以开国和贤明之君自居,可见武后所用"玄览",也是深观明察意,与心居玄冥无关。"玄览"一词有多义,钱锺书说"皆不必睹'玄'字而如入玄冥,处玄夜也"。我们释名以彰义,既应因文以明义,还可知人论世以见其义,对于"立片言而居要"、"警策"性的词语,更应慎重考察。

陆机主要活动在西晋元康之世,其时承接正始玄学的代表人物是王衍,与之相对抗的则以裴頠为代表。陆机是站在裴頠一边反对元康之时的虚诞之风的。这见于《三国志·裴潜传》注引裴"松之案陆机《惠帝起居注》称:'頠雅有远量,当朝名士也。'又曰:'民之望也。'頠理具渊博,赡于论难,著《崇有》《贵无》二论,以矫虚诞之弊。文辞精当,为世名论。"《惠帝起居注》是陆机为著作郎时所作,全书已佚,裴松之所引,正可见陆机当日反玄虚之风的倾向性。裴頠的《崇有论》说:"心非事也,而制事必由于心,然不可以制事以非事,谓心为无也。匠非器也,而制器必须于匠,然不可以制器以非器,谓匠非有也。"(《晋书·裴頠传》引)这就是说,有是生于有,而非生于无。这母体之"有",既是指"心"与"匠"本身就是客体存在物,也包括这母体之"有"在派生新生之"有"前览知、孕育和创造的全过程。《文赋》言:"遵四时以叹逝,瞻万物而思纷。悲落叶于劲秋,喜柔条于芳春。"这是从玄览万物进而到感物的具体阐释,这不是"心居玄冥"所能获得的。陆机的《演连珠》(四十五)又言:"图形于影,未尽纤丽之容;察火于灰,不睹洪赫之烈。是以问道存乎其人,观物必造其质。"观物要直观事物的本貌和发展变化中的状态,要造其质,察其真谛,不能根据影像和陈迹去推想。览物要深观明察,亦是此意。陆机论创作构思,"玄览""瞻万物"是创作的起始。构思的要求是"意称物",这是神与物游、心与物交合的结果,构思中出现了灵感,也被称为"兹物"。凡此,都与裴𬱟的"制事必由于心",不可"谓心为无"的观点完全一致。我们可以这样说,裴论是陆机创作论的哲学依据。

如果说陆机论意称物,是基于有生于有,而非生于无,"玄览""瞻万物"是要对所写之物深观明察,与心居玄冥、畅玄体无无关;那么他在论文逮意时,是否吸收了玄学中的言不尽意的内容呢?回答是肯定的,但要加以分析,分清主次。《文赋》言:

> 若夫丰约之裁,俯仰之形,因宜适变,曲有微情。或言拙而喻巧。或理朴而辞轻,或袭故而弥新,或沿浊而更清,或览之而必察,或研之而后精。譬犹舞者赴节之投袂,歌者应弦而遣声。是盖轮扁所不得言,亦非华说之所自精。

轮扁语斤的故事出于《庄子·天道》篇,意在说明圣人之书(儒家的经典)只能传达意之粗者(糟粕),而意之精者(精华)是不可以言传的。前引荀粲持言不尽意论,以六经为圣人之糠秕,即以此为口实。陆机之言,有异于此。"恒患意不称物,文不逮意",并非申言文不能逮意,而是意在说明,艺术表达是一大难题,创作中必须努力解决才能写出好文章,理论上要认真总结和说明。"普词条与文律,良余膺之所服。练世情之常尤,识前修之所淑。"这就是针对艺术表达而言的。他所总结的词条文律以及据此而判别古往今来创作上的得失,都是意在金针度人,告知如何才能更有效地以文逮意。但陆机同时又说,艺术表达中的所有问题,不是靠掌握了词条文律后就能全部解决的,像"丰约之裁,俯仰之形"以及"言拙喻巧"等行文中的艺术处理问题,要靠作者的艺术素养和临文时的匠心巧思。这正如轮扁所言,是得之于心而应之于手,是没有什么规律可循的,所以不能尽言,言也不能尽意。综观陆机所论,从创作理论表述说,词条文律中的大者、要者、精者,都是可以条分缕析,表述清楚的,对创作也具有指导意义。至于艺术表达中的小者、巧者、妙者,则需要"因宜适变",不能拘泥于一端,其变化情况也难于悉说,所以是言不尽意。但这仅限于"随手之变"的有限部分,不是艺术表达论的主体,更不是全体。就主体说,他详尽地研究和阐明以文逮意的种种理论,是言尽意论者;就有限部分说,他吸收和运用了老庄的言不尽意的思想资料,说明在艺术表达上常常必须因宜适变,不要受固定程式的束缚,从而使其理论更为严密和完备。我们不能不分主次,以偏概全,将陆机创作论的成就都归之于老庄和玄学思想影响的结果。

陆机以"意称物"和"文逮意"来概括和论述创作的全过程,在物、意、文三者关系中,意是中心的一环,创作用心是关键。这用心,刘勰称之为"文心",后人也有称之为"诗心"的,文心和诗心,今人统谓之艺术构思。陆机论艺术构思,至少包含如下三点重要内容,即缘情、想象和虚构。

缘情。诗赋之作,都缘起于人生哀乐之情。陆机对此感受最深,陈述也最多。其《叹逝赋》云:"乐陈心其如忘,哀缘情而来宅。"《思归赋》云:"悲缘情以自诱,忧触物而生端。"前者悲亲友凋零,后者是怀归忧思。两赋都缘起于情,并直接使用"缘情"一语。其《怀土赋序》又云:"余去家渐久,怀土弥笃。方思之殷,何物不感? 曲街委巷,罔不兴咏;水泉草木,咸足悲焉。"《文赋》言:"瞻万物而思纷""悲落叶于劲秋,喜柔条于芳春",就是对这观物生情、情随物感的理论陈述。所以意与物的关系,是以情意为主的,有了深情和挚感,才有创作的欲念和冲动,而睹物生情,移情于物,使物我融合,则有赖于兴发感动。"思涉乐其必笑,方言哀而已叹。""信情貌之不差,故每变而在颜。"饱含着作者情意和生命意识的形象,就是来之于作者情意的渗透和兴发感动的产物。"播芳蕤之馥馥,发青条之森森。"具有高度审美价值的优美诗作,也是作者创造性的寓情于物的结果,所以缘情不但是创作的起始,也贯穿于创作的始终。意称物的"意",既是创造性的,又是充满激情的。文思,本质就是情思,这是《文赋》所明白昭示的。

诗重言情,汉人已开其端。《毛诗序》标"诗言志",其中就包含吟咏情性的内容,但其要义是在于讽谏朝政,颂美匡恶。《汉书·艺文志》言:"感于哀乐,缘事而发""哀乐之心感,而歌咏之声发",但这也与观民风、知政教有联系。与王政兴废无直接关联的士大夫的穷通哀乐,是不可咏也不必咏的。至于劳动者"饥者歌其食,劳者歌其事",也只限于一事一物的感发。魏晋以来文士们的诗赋之作,已突破了上述汉人所设的言情藩篱,其中有不少涉及个人的穷通出处和宇宙人生意义的思考。陆机的《大暮赋序》云:"夫死生是得失之大者,故乐莫甚焉,哀莫深焉。使死而有知乎,安知其不如生;如遂知耶,又何生之足恋? 故极言其哀,而终之以达,庶以开夫近俗云。"《吊魏武帝文》则是慨叹哀伤柔情对人生具有普遍性,即使是叱咤一生"摧群雄而电击"如曹操者,亦复如此。陆机对魏武临终前语私情的慨叹,则是加深了对人情意的复杂性和多样性的新认识。魏晋诗赋中对生命意义的探讨和慨叹,往往从人生有限和宇宙无穷中求得达观和解脱。这些富于哲理性的情思,是缘情的更深层次的内容。《文赋》所言玄览万物,就是把一事一物的单向感发,扩张和辐射到延绵的历史长河和无限广阔的大千世界中去,眼界自大,视野自宽。可见陆机的玄览感物,是对汉人感物咏志说的重要发展。

想象。重视想象的作用,是陆机谈构思的第二个重要内容。而且此论是前无古人的,可以说是陆机的独创。如果说陆机论观物的视点是放眼世界,玄览万物,那么他的感物、体物和称物,也在尽量拓宽思路,展开想象。其《演连珠》(八)云:"鉴之积也无厚,而照有重渊之深;目之察也有畔,而视周天壤之际。何则? 应事以精不以形,造物以神不以器。"创作中的观物照形,是不能仅靠目力的。因为即使顶天立地,居高临下,"仁中区以玄览",所见也是极有限的。把超越时空的万千事物尽收眼底,则有赖于"精"与"神"的作用,也就是神驰之思。《文赋》论想象,有一段相对集中的描述:

其始也,皆收视反听,耽思傍讯,精骛八极,心游万仞。其致也,情瞳昽而弥鲜,物昭晰而互进。倾群言之沥液,漱六艺之芳润,浮天渊以安流,濯下泉而潜浸。于是沉辞怫悦,若游鱼衔钩而出重渊之深;浮藻联翩,若翰鸟缨缴而坠曾云之峻。收百世之阙文,采千载之遗韵,谢朝华于已披,启夕秀于未振。观古今于须臾,抚四海于一瞬。

想象是由观物到感物、体物和称物的思维过程,是极具创造性的思维活动。起始前要"收视反听",澄心凝思,虚静其心,不为物扰,精神高度专一。进行时"耽思傍讯""精骛八极,心游万仞",精神离开形体而迅速飞驰,并无限延伸,上天入地,不受任何时间和空间的限制,所以活跃性、飞驰性、瞬间性和涵盖性都是想象思维的特点。其结果是"情瞳昽而弥鲜,物昭晰而互进",新的意象和构成意象的生动素材,就纷至沓来,鱼贯而入作者的脑际,或者是如深渊钓鱼、峻云缴鸟一样,被作者所猎获。"谢朝华""启夕秀",新鲜的意象就推陈而出,呈现在眼前。从终极意义说,想象最本质的特点是创造性。想象当然不是天马行空、无所凭借的胡思乱想,它离不开诗人脑中所储存的极为丰富的旧资料,但绝不是对以往见闻的简单追忆,而是运用已有的直接和间接所获得的知识进行再创造。艺术想象所进行的上天入地的思维活动,就是运用旧的表象重新构造和展现新的艺术画面,或赋予旧表象以新的生命意义。想象之"想",又是通过"象"来进行,并与"象"相融合,具有具体性和可感性的特征,所以今人又称之为形象思维,与论证、推理、判断的逻辑思维有别。想象思维渗透了诗人的审美意识,具有美感的特征:"播芳蕤之馥馥,发青条之森森。粲风飞而猋竖,郁云起乎翰林。"所以这也能给诗人带来极大的审美愉悦。陆机论构思,对想象的特色做了多方面的描述和阐释,说明其是深知创作用心的。

虚构。凭虚构象,是陆机论构思的另一个重要内容,是与艺术想象相依存的。创作观念从依实到凭虚,经历了一个发展过程。自两汉至西晋的创作思想,所提倡的是崇实主真,纪事直达,这是史书的写作观念直接影响到诗赋创作意识的结果。班固评司马迁:"自刘向、扬雄博极群书,皆称迁有良史之才,服其善序事理……其文直,其事核,不虚美,不隐恶,故谓之实录。"(《汉书·司马迁传赞》)尽管诗赋与史传的写作殊途,自楚辞至汉赋,已包含有大量的神话、幻想、想象、夸张和虚构的成分,但诗赋评论者仍赞美实录,以真与实为权衡。与陆机同时的左思,所作《三都赋》就自炫其皆"依其本""本其实",所写皆有案可查(详见下文《左思的赋论》)。其赋在京城被争相抄阅,洛阳为之纸贵,这可见其时创作风尚于一斑。陆机则异于此,"课虚无以责有,叩寂寞而求音",从虚无处生有,在空寂中得音,就是凭虚构象,而非临帖摹写,依本图貌,实录所见。如何虚构?离形得似,求其不似之似是其一法。《文赋》言:"虽离方而遁圆,期穷形而尽相。""方圆",前人大都释为"规矩",即创作规律和法则,据此释谓创作要曲尽其妙,可不必受固定程式约束。王元化在《文心雕龙创作论》中否定旧训,做出了新解,颇符合作者的原意:"《文赋》所用'方圆'一词,是颇接近于尹文的'命物之名'的。《尹文子上编》云:'名有三科,法有四呈。一曰命物之名,方圆黑白是也……'根据尹文所指出的名的三种逻辑意义来看,命物之名是属于具体的……'方圆'这个词在古汉语中本有泛指物名之义。陆机正是在这个意义上,用'方圆'一词来代表文学的描写对象。"而"离方遁圆"也就意谓"方者不可直言为方,而须离方去说方;圆者不可直言为圆,而须遁圆说圆。我国传统画论中经常提到的'不似之似',也就是'离方遁圆'的另一种说法。"所谓"不似之似",也就是能离形得似,重在神似。上引其《演连珠》中所言"应事以精不以形,造物以神不以器""观物必造其质"云云,都是重视神似的表现。见微知著,以少总多,也是离形得似、突出神似的创作途径。《文赋》言:"笼天地于形内,挫万物于笔端。""函绵邈于尺素,吐滂沛乎寸心。"这种寸心滂沛、咫尺万里的显现,就是"以精不以形""以神不以器"运用于创作上的结果,是重在突出内在的神情和气势而不重在模拟外在的形似的表现。当然,陆机很强调得精用神,但这并不等于说他完全不重视形与器,无视于形似,而是意在以有限之形来显现出无限之神。其《演连珠》(三十四)云:"示应于近,远有可察,托验于显,微或可包。是以寸管下傃,天地不能以气欺;尺表逆立,日月不能以形逃。"寸管候气,立表测影,古人用以知季节的变迁和时间的推移,陆机用以论证以近察远和验显包微的道理。艺术表达上以少总多、见微知著亦情同此理。所以"离方遁圆",并非是蔑弃方圆,无视方圆,有时就是为了穷其方圆,使其"不能以形逃"。"虽离方而遁圆,期穷形而尽相。""相",是质地,与"象"异义。《诗·大雅·棫朴》:"追琢其章,金玉其相。"《传》:"相,质也。"穷形尽相与写照传神同义。离方说方、遁圆说圆的虚构,期在于穷形尽相,传神写照,艺术创作上的"笼天地于形内,挫万物于笔端",既缘起于上天入地的想象,而又完成于镂刻于无形的重新构象。陆机所言的意称物,并非是对事物摄像式的复写,而是一种创造性的形象思维。

综上可见,陆机论创作,把缘情、想象和虚构,作为"意称物"和"文逮意"这一创作全过程的中心内容加以阐释,说明创作用心之所在,这是深得创作论的真谛的。这三者,正是今人所言的艺术构思。陆机能有见于此,从而把创作思维中的艺术构思与记事直达的非艺术构思区别开来,把以诗赋为主体的文学创作与非文学创作区别开来,这是陆机对创作理论最主要的贡献之所在。对文学创作之用心异乎寻常的关注和集中探讨,也是文学自觉性进入更高层次的表现。陆机论述了艺术构思的基本特征及其在创作过程中所起的决定性的作用,这在中国诗学理论发展史上,具有某种转折甚至于划时代的意义。章学诚的《文史通义·文德》篇说:"古人论文,惟论文辞而已矣。刘勰氏出,本陆机氏而昌论文心。"这就是说从关注文辞到瞩目于文心,是中国文学研究一次重要的发展,而其间转折,是从陆机起始的。钱锺书在《管锥编》中更言:"机于文之'妍蚩好恶'以及源流正变,言甚疏略,不足方刘勰、锺嵘;而于'作'之'用心'、'属文'之'情',其惨淡经营、心手乖合之况,言之亲切微至,不愧先觉,后来亦无以远过。"刘勰论"神思",表述虽更为周备,但大体上未出陆机所论范围。至于萧子显说:"属文之道,事出神思。"(《南齐书·文学传论》)萧统亦言:"事出于沉思,义归于翰藻。"(《文选序》)"神思"与"沉思",均是为文之用心,即艺术构思。上引正可见陆氏之论至齐梁时已被广泛认同。揭示文学创作的关键在于"用心",而"用心"又是以缘情、想象和虚构为主要内容,这是中国诗学理论发展进入新阶段的标志。陆机对此有首始之功,《文赋》的主要贡献亦在此。

《文赋》除集中论创作构思外,还涉及文体论、功用论、灵感论及行文之利害得失等与创作论有关的论题,也颇多新见,兹以诗赋之论为中心,择要予以评述。

拿文体论说,区分十种文体,是对曹丕的四科八体说的发展。这固然由于创作的发展带来了理论的变化,同时也是因为立论的角度不同,使后者的区分更为细致和准确。曹丕从"文气"说立论,言作者对文体的好尚是由于内在的文气所决定,八体被概括为四科,区分宜粗不宜细,这就为不能兼善说提供论据。陆机从创作构思着眼,把握物、意、文三者的关系,不同的文体,称物不同,内容与应用有别,表述和风格也随之而异了,区分也就务求细密,以此证明"其为体也屡迁",以至于"体有万殊"。曹、陆言文体,粗细不同,详略有别,其原因大概出于此。

"诗缘情而绮靡,赋体物而浏亮。"诗、赋被列在十体文章之前,与曹丕列于末位,恰成鲜明的对照。陆机突出诗、赋的地位,不仅表明,他所论之"文",是以诗、赋为主体的;同时也说明,诗赋的体貌特色,可以而且应该辐射到各体之文中去,为各体文章所共有。前文已论及,陆机界别文体,是以"意称物"和"文逮意"两端来显示其特色。概而言之,即兼意与文两方面。"诗缘情而绮靡。""缘情"为"意","绮靡"为文;"赋体物而浏亮","体物"为"意","浏亮"为文。诗主缘情,已见前言。"绮靡",注家蜂起,见仁见智。陈柱《讲陆士衡文赋自记》云:"绮言其文采,靡言其声音。"此说之所以可信,因为较为符合作者之原意,兹证之于《文赋》:"其会意也尚巧,其遣言也贵妍。暨音声之迭代,若五色之相宣。虽逝止之无常,固崎锜之难便。苟达变而识次,犹开流以纳泉。如失机而后会,常操末以续颠。谬玄黄之秩叙,故淟涊而不鲜。"陆机重视文采美和声韵美,在《文赋》有多处落墨:"藻思绮合,清丽芊眠","播芳蕤之馥馥,发青条之森森","谢朝华""启夕秀"之喻,"琼敷""玉藻""丽藻"和"集翠"之词,无不是垂青于文采之华美的表现。至于"暨音声之迭代,若五色之相宣"云云,则是专门阐述应有声韵美的。诗的语词间声韵的协调,如同绘画时五色的调配一样重要;五色调配不当,就会"淟涊而不鲜",颜色很难看;五音不谐适,则会"踯躅于燥吻",佶屈聱牙。陆机是在中国诗歌中提倡声韵谐适的先觉者,《文赋》所论,开永明体重视声律论的先河。正如陆厥《与沈约书》中所质疑的:"岨峿妥帖之谈,操末续颠之说,兴玄黄于律吕,比五色之相宣,苟此秘未睹,兹论为何所指邪?"(《南齐书·陆厥传》)《文赋》总是把文采和声韵并列而强调:"炳若缛绣,凄若繁弦。"前句喻文,后句喻声。"文徽徽以溢目,音泠泠而盈耳",前者言美文,诉诸视觉,后者言美声,来之于听觉。陆机还以音乐为喻,言诗美要应、和、悲、雅、艳五者完美结合,其中应与和是指声,"异音相从谓之和,同声相应谓之韵",刘勰在《文心雕龙·声律》篇即依据前人之论做此概括,而艳则专指华丽的文词。既然陆机在文中从多角度、多层次并列强调文采美与声韵美之重要,不可或缺,那么他在用"缘情而绮靡"之"绮靡",对诗之形式美做更高层次的理论抽象时,我们有什么理由说陆机的原意是用为同义复词,仅指文词的精美而不及音声之谐适呢?

赋,曾被称为"古诗之流"。刘勰以"原始以表末,释名以章义"来诠释文体,界定赋义为"铺采摛文,体物写志"(《文心雕龙·诠赋》),这也是兼及情志与文采两端的。前文已引述陆机多次言写赋起于缘情,其论创作构思、缘情与词采的声色之美的要求,是涵盖以诗赋为主体的各体文章的,而非专指作诗。陆机以"体物而浏亮"释赋,既是依据传统的见解,界别和区分其有异于诗体的特色,同时还赋予了某种新的内涵。"体物",即状物以言情;"浏亮",则有清新明丽之意。这是对以冗长和浮艳见称的赋体的一种制约和修正。《四溟诗话》言:"浏亮非两汉之体。"诚然。所以"体物而浏亮",并不是与"缘情而绮靡"异质,而是在"缘情而绮靡"共性要求下,在表达上和风格上显示出赋体新的个性特色。陆机区分其他各体文章的特点,大体上也可以作如是观。

"缘情而绮靡"已如上所述,可以视为陆机所论各体文章的共同特色,那么他对诗的这种义界的价值和意义,应该如何评价呢?他将诗的这些特质渗透到各体文章之中的这种现象,我们又应该如何认识呢?这在中国诗论史上,都是备受瞩目的问题。朱自清在《诗言志辨》一书中,考察了先秦两汉以来诗的这个命题发展和变化的情况时提出："《文赋》第一次铸成'诗缘情而绮靡'这个新语。"此语之所以具有崭新的意义，是因为前此无人有此界说，是陆机依据诗歌发展的新进展——新的内容、新的面貌所作的最新的概括，而且其准确性和完整性甚至后人也很少有人能出乎其上。我们知道，古老的"诗言志"的命题，是中国诗论的开山纲领，汉人释"诗言志"，已加进了"吟咏情性"的内容，但这一命题仅有情志而不及文采美，当然是不完备的。曹丕释文体，提出"诗赋欲丽"的新概念。以"丽"评诗，突出了诗的美，这是诗评史上的重大进展，但似乎偏重于诗的形式美，未及内质，也稍嫌笼统。"诗缘情而绮靡"之所以值得珍视，就是因为个中既吸收了前此命题中的精华要义而无遗漏，又囊括了体现诗歌创作最新进展的新质素。以缘情取代情志作为诗的内质，避免了情志不分或理过其情；对"丽"则析而言之为"绮靡"即词采的声色之美，"绮靡"合而言之还可视为诗之形态的美好，诗之形式美也就包容无余了。这其中尤其是"音声之迭代"一语即词语中的音节谐适问题，更是对汉语诗律美最早的重大发现和倡导。一百八十余年后，越过晋、宋至齐，永明体才开始流行。所以"诗缘情而绮靡"一语，是陆机用极其精炼的语句凝聚了前此诗学理论中的精思要义，又融合了当时诗歌创作处于萌芽状态的新因子，其中包括他自己的诗思独创。这一诗学的新命题，既是总结性的，又有前瞻性，体现了中古诗歌发展的方向。朱自清在叙述陆机在形成这一诗歌命题过程时，用了"铸成"和"第一次铸成"这有分量的词语，确实有见于这一新语来之不易。但朱书重在阐述"诗言志"的形成和发展，坐标落在"诗言志"上，对陆机这一新语的价值和意义的估量，似乎略嫌不足。

　　从诗论的角度说，创立诗的新命题，并第一次铸成新语，只是陆机对诗学贡献的一个重要方面；把缘情与词采的声色之美的诗的素质贯穿在所论的各个论题之中，以之来规范各体文章，使之受到诗美的渗透，这是陆机对诗学贡献另一层次的内容。创作构思说和文体说已见前述，作文五要和文章五病以及灵感说等，亦复如此。如以"其会意也尚巧，其遣言也贵妍，暨音声之迭代，若五色之相宜"，即以构思及词采的华美和词语的谐适作为写好文章的第一要义。立警策、出秀句以及剪裁、模拟得当等,也是写好文章的要目。警策和秀句本身就是能使文词生色的细目,拟古要以真情和文词创新为前提,剪裁则务求细密,以词达为准绳,都是以情真词新为权衡的。至于指瑕五病,以音乐为喻,所谓不应、不和、不悲、不雅和不艳,其喻体之意就是指情意和声音。文词上出了问题:不应、不和,指音色不协调;不悲,指情意不真,不能感人;不雅,指情意和风格不纯正;不艳,则是指歌词不美,体现了陆机审美理想的应、和、悲、雅、艳五者完美的结合。实际上就是他的“缘情而绮靡”的诗歌美学的具体化,也可以说是一种丰富和发展。指瑕文病,使之适用于各体文章,这实际上是对各体文章提出了诗化的要求。

如果说,熔铸“诗缘情而绮靡”这一新语,是陆机的独创,那么将诗歌美学运用于各体文章的创作,使之诗化,则远非陆机起始。中国自古曾被称为诗国。中国古代的诗歌,不但起始早,数量多,质量高,而且对随后出现的各体文章,都有明显的渗透作用。这也就是说,中国早期广义的文章,都有某种诗化倾向。尽管一些宗经论者对文体的研究,往往都力图探源于六经,但对各体文章都有不同程度影响的是《诗经》《楚辞》以及乐府民歌。汉大赋向抒情小赋转变,散文向骈体发展,都是诗化的明显迹象。东汉文士到建安诗人都起了促进作用,但他们对此还没有很自觉的和清醒的意识,理论上也没有做出明确的表述,曹丕将诗赋列在八体之末,就是证明。陆机虽然在建功立业上孜孜以求,也想写出子、史之作以立言不朽,但他在本质上仍是诗人,加上他自身的怨愁遭遇,所以比较容易接受建安、正始、太康以及乐府民歌新的诗学审美情趣,致力于缘情、饰采以及声韵谐适等的体验和传达。陆机是以善为新声著称的。陆云《与兄平原书》言:“兄诗赋自与绝域,不当稍与比较。张公(华)昔亦云,兄新声多之,不同也。”“古今之能新声绝曲者无过于兄。”“新声”,也就是其体华艳之作,是言情兼有词采声色之美。张华本是西晋华艳诗体的倡导者,陆机则是以其特有的才华,青出于蓝而胜于蓝,成为太康新诗最杰出的代表。陆机不但“诗赋自与绝域”,走在同时代诗人的前面,而且开出骈偶一途,加速了各体文章诗化的进程。《文赋》用诗歌的质素规范各体文章的创作,正是他力图提高诗的地位并进而倡导诗化的表现。陆机这种泛诗学的观念,既概括西晋前文学发展的事实,也体现了此后中国文学发展的方向。南朝至唐代,文笔之辨特重于文,诗笔之辨特重于诗,就是这种重诗的风气使然。唐以后的古文,明清以来的小说和戏曲,都在不同程度上受到诗学的渗透。诗化倾向是中国文学的重要特点,也是一大优点,陆机在《文赋》中首先予以揭示,并有较为集中的申述,这正见其识力和理论上的概括力。

"诗缘情而绮靡"这一诗学新语的提出,曾引起历代说诗者诸多争议,对其意义和价值的评判,至今似乎还未有较为统一的认识。清人沈德潜批评其"先失诗人之旨"(《说诗晬语》卷上),最先背离了诗教的传统。纪昀则更进一步指出,诗的本旨应是"'发乎情,止乎礼义'二语","知发乎情而不必其止乎礼义,自陆平原'缘情'一语,引入歧途,其究乃至于绘画横陈,不诚已甚欤?"(《云林诗钞序》)清人认为南朝诗风柔靡,是陆机倡导缘情而不言止乎礼义的结果。这种指责,是有失偏颇的。今之论者,几乎是异口同声地对此大加赞美,说这是摆脱了儒家诗教的束缚;或者说是陆机虽重儒教,但不自觉地偏离了诗教轨道,这是其时儒教衰落的风气所致,所贬所褒,都是缘于未言"止乎礼义"一语。其实,这是一种误解。陆机区分十种文体,是就其表现特色的相异点而言的,而对十体文章还要有共同的规范,此即所谓"虽区分之在兹,亦禁邪而制放"。"禁邪而制放",在前文《概说》中已申言,即严禁和制止"放僻邪侈",而"放僻邪侈"一语则出于《孟子·梁惠王上》,是泛指一切不守封建礼义的行为。所以"禁邪而制放",也就是设了礼义的大防,而且语气比"止乎礼义"更严厉。可见言陆机只谈缘情而不说止乎礼义,是对其所述语意体察不周的结果。陆机所言"情"或"缘情"都是要求有所规范、有所制约的,而从未提倡过率情而发。其《演连珠》(四十二)云:"烟出于火,非火之和;情生于性,非性之适,故火壮则烟微,性充则情约。是以殷墟有感物之悲,周京无伫立之迹。"《演连珠》是一种辞丽而文约,假喻以达旨,颇合古诗兴讽之义的文体。这一首涉及两个问题,即情与性的关系以及纵情会产生什么样的结果,后者还涉及诗对此应如何表达。就情与性关系说,"性"是生之质,是人生之理,在人生中应起主导作用;而"情"则是性之欲,应该受到

"性"的制约。《文选》李善注："夫性者生之质,情者性之欲,故性充则国兴,情侈则国乱。二主皆弃性而纵欲,所以灭亡也。"就二主弃性而身死、国灭情况说,《文选》刘孝标注："殷墟,谓纣也;周京,幽王也。弃性逐欲,遂令身死,国家为墟。故微子视麦秀而悲殷,周大夫见禾黍而悲感者也。"微子悲殷墟麦秀之歌,见《史记·宋徽子世家》;周大夫愍周京无仡立之地,见《诗·王风·离黍》,都是悲其事而讽谏其君,避免重蹈历史覆辙,这也是诗教的要义。

《文赋》言文用:

> 伊兹文之为用,固众理之所因。恢万里而无阂,通亿载而为津。俯贻则于来叶,仰观象乎古人。济文武于将坠,宣风声于不泯。途无远而不弥,理无微而不纶。配沾润于云雨,象变化乎鬼神。被金石而德广,流管弦而日新。

"济文武于将坠,宣风声于不泯",这是文章作用最精辟的概括。《论语·子张》记子贡回答卫公孙朝问言孔子无所不学和学无常师时说:"文武之道,未坠于地。在人,贤者识其大者,不贤者识其小者,莫不有文武之道焉。夫子焉不学,而亦何常师之有?"子贡认为孔子所学习和力行的文武之道,散落于人间,并未失传,是孔子将其发扬光大,并不是得之于他人的传授。陆机则进而要求通过文章使文武之道永不中断。风声,即诗教。《毛诗序》:"风,风也,教也;风以动之,教以化之。"陆机要使诗的教化讽谕作用长盛不衰。至于"配沾润于云雨"和"流管弦而日新"云云,则是把诗教和诗乐的审美功用融为一体了。仅有"缘情而绮靡"一端,是不能使诗歌发挥这些作用的。

从《文赋》有关诗的论述看:论文用,突出了诗教的价值;析文病,批评了悲而不雅;言"诗缘情而绮靡""亦禁邪而制放"又是不可少的制约。可见陆机论诗,是在坚持儒家诗教的基础上,同时吸收了庄玄之学思维新成果,依据诗歌创作的新进展,把诗歌美学理论提高到一个新的前所未有的境界。南朝以及唐代的诗学,都在不同程度上受到他的影响;刘勰、钟嵘以及沈约、萧统等诗歌理论,也是在这一基础上,沿着这条道路,再进行新的开拓。

陆云的诗论,见于其《与兄平原书》(三十五)及若干诗赋序言。所论深广度虽远不及乃兄,但也不乏精要之言,间亦有可观之处。

前文已言,云《与兄平原书》写于两人被害前约一年半的时间内,信中十之八九都是与乃兄研讨所作文章事,兼评及前代和当代人之作,小至一字一音的推敲,大则对所评之作在对比中作简要的评判。陆云也以诗律文,其评文之言,也可以视为诗论。前文曾引其自言诗学前后期转折情况:前期是先理后情,重简洁而不取文采润饰;后期则先情后理,理在情中,尚简约而兼取文饰,这是陆云自述其评文从文章学的观点向诗学观点转变的情况。这转变,固然受到张华的影响,而与乃兄朝夕切磋潜移默化的作用则更为直接。

从陆云后期的诗论看,他确实是很重视言情的,作于永宁二年(302)的《岁暮赋序》云:"自去故乡,荏苒六年,惟姑与姊,仍见背弃。衔痛万里,哀思伤毒。而日月逝速,岁聿云暮。感万物之既改,瞻天地而伤怀,乃作赋以言情焉。"对此赋写作的情况,其《与兄平原书》(三十四)言:"顷哀思,更力成《岁暮赋》,适且毕,犹未大定,自呼前后所未有,是云文之绝无。又忆兄常云:'文后成者,恒谓之佳。'"陆云颇以《岁暮赋》自许,自言是"前后所未有""云文之绝无",而所以能成功,就是因为他倾注了对姑、姊的怀念和哀思之情,并经过了一年多的修改,"力成"而后定。可见他对情思于成文的重要性多么看重。其他如赞美其兄《述思赋》"流深情至言",批评其《答少明诗》,亦未为妙,省之如不悲苦,无恻然伤心言";言王粲赋除《初征》《登楼》"甚佳"外,"其余平平,不得言情处"。凡此,都是立论于言情的表现。除缘情外,陆云还颇重言理,重视情与理合。其《登台赋序》云:"登高有感,因以言崇替。""崇替"即兴废之道。这是陆云登魏武在邺城所建三台,惊崇台宫阁之凌霄,叹兰堂紫庭之芳蔚,感魏禅晋代物是人非之变化,悟崇替兴废之有道,这既是言情,也是在明理。《机云别传》言:"云亦善属文,清新不及机,而口辩持论过之。"(《三国志·吴书·陆逊传》注引)陆云较之乃兄,在诗论意识以及诗体好尚上都体现出某种尚理的倾向。陆机雅好新声绝曲,今集中诗三卷,除少量四言外,都是五言体新诗,其中乐府、拟乐府和拟《古诗》占三分之二。陆云则颇好古声,今集中诗也是三卷,其中除极少数五言外,几乎全是四言体诗。又特爱颂体，认为诗"与颂虽同体，然佳不如颂"(《与兄平原书》二十五)。其《盛德颂》云："歌咏所以宣成功之烈，诗颂所以美盛德之容，是以闻其声则重华之道弥新，存其操则文王之容可睹。"这些都是本着儒家的诗学见解，推崇颂体诗的价值。有的四言诗还有意模仿雅诗体制，并自作小序，注明颂美之所在，所谓首章标其目，卒章见其志，与《毛诗序》评诗一脉相承。西晋初年，五言新声已逐渐取代四言旧体而风行于诗坛。陆机全力趋新，并以此成为太康之英；陆云虽也颇好新声，但仍不忘情于四言旧体。二陆都雅好缘情，但在情与志的偏尚上有某种差异。

　　文贵清省是陆云在风格好尚上与乃兄最显著的不同点。云《与兄平原书》(十一与二十一)言："云今意视文，乃好清省，欲无以尚，意之至此，乃出自然。张公在者必罢，必复以此见调。""张公文无他异，正是清省无烦长，作文正尔自复佳。""清省"是"清"与"省"组成的复合词，"省"即简约，"无烦长"，这是对前期"尚洁"的承接。"清"则清新、清妙、清美、清靡、清工、清绝和清利之意，这些也是他评诗的用语，"清"与"省"是异质同构，既互相制约，又相得益彰。这两者关系中"省"似乎是基础，而"清"则又是不可或缺的前提。如评其兄文：《文赋》甚有辞，绮语颇多。文适多，体便欲不清。"(《与兄平原书》八)"兄文章之高妙绝异，不可复称言。然犹皆欲微多，但清新相接，不以此为病耳。若复令小省，恐其妙欲不见，可复称极。"(《与兄平原书》十一)从"文适多，体便欲不清"之语看，似乎是能"省"才能"清"，"清"是从省约中洗练而出。但他同时又说："清新相接，不以此为病"，这就与批评"适多"有矛盾了，因为"清新相接"，也是"适多"的一种表现。对此刘勰以为是陆云出于友爱之情为其兄护短："云之论机，亟恨其多，而称清新相接，不以为病，盖崇友于耳。"(《文心雕龙·熔裁》)但刘勰此评不一定符合陆云之意，因为云文紧接着说："若复令小省，恐其妙欲不见。""小省"则有损于入妙，这正是言"清新相接"之不可少，是对兄文的审美价值更进一层的肯定。所以"不以为病"云云，并不是出于私爱的一种维护，而是基于其诗学审美意识的品评。从陆云铨文之言看，他确实憎恶烦长，尤其是缺乏清新之美的冗长："有作文惟尚多，而家多猪羊之徒，作《蝉赋》二千余言，《隐士赋》三千余言，既无藻伟,体都自不似事。"(《与兄平原书》二十一)"藻伟",有时又称"高伟",主要指词语有高绝、俊伟之美,迥异于一般的家常用语。陆云认为文章并不是以多取胜,他讥刺写《蝉赋》这样一些内容单薄的咏物小赋,居然写出洋洋数千言,就很可笑,既不合体例,又用语平庸,语不惊人,文字虽多,只不过是"家多猪羊之徒"而已,是不足珍的。但是多而且美者可以例外,"多而如兄文者,人不餍其多也。"(《与兄平原书》十八)多而且美,"清新相接",终究不能等同于"清省",陆云虽然认同前者,但更好尚后者。其评兄文有时也不无微词,如称"《文赋》甚有辞,绮语颇多。文适多,体便欲不清。"(《与兄平原书》八)"兄《丞相箴》小多,不如《女史》清约耳。"(《与兄平原书》二十二)其自作文,更是除烦去滥,力求清约:"《九悲》《九愁》,连日钞除,所去甚多。"(《与兄平原书》十一)

憎恶烦多,提倡省约,这并不等同于尚少,陆云认为少而不精者也是很不可取的。对比乃兄陆机,他常自称为贫俭家,自愧家贫少佳物:"见兄作,又欲成贫俭家。"(《与兄平原书》五)"才不便作大文,得少许家语。"(《与兄平原书》十)"贫家佳物便欲尽,但有钱谷,复羞出之。而体中殊不可以思虑,腹立满,背便热,亦诚可悲。"(《与兄平原书》二十一)既憎多,又恨少,乍看似有矛盾,但可统一在"清省"这一审美范畴内。憎多,是憎其烦多,鄙弃家多猪羊、谷物;恨少,是愧无家珍,缺少精品。前者应去其烦多,微多,使文章"瑰铄""清新""新奇"以至能"高言绝兴"和"高远绝异";后者则应尽力易"猪羊""钱谷""家常语"为佳物和珍品。能兼顾这二者,就是既新美而不烦长,这也是"清省"一词的要义。

尚洁而兼取悦泽,是陆云对"清省"这一审美范畴另一铨释,或者说这是"清省"范畴提出的前因或依据。洁,指文字干净流利。悦泽,词采光华润泽,使人赏心悦目。"悦泽"一语,可能最早出现于《周易·参同契》:"熏蒸达四肢,颜色悦泽好。"这"悦泽",指肌肤丰泽红润。《参同契》旧题汉魏人作,惜《周易》爻象附会道家炼丹说,为丹经之祖。陆云移用为诗学审美范畴,指词采色泽秀美,前引云《与兄平原书》言云自述"往日论文……尚洁而不取悦泽",这"往日论文",当是指入洛之前。"尚洁而不取悦泽",即喜爱文字简洁而不看重修饰文采,这显然是文章学的见解。但现在情况不同了:"复作《逸民赋》,今复送之,如欲报称。久不作文,多不悦泽,兄为小润色之,可成佳物,愿必留思。"(《与兄平原书》三)《逸民赋》大约写于《登台赋》同时或稍前,即晋永宁年间(301—302),所反映的是其后期的美学思想。陆云从前期"不取悦泽"到现在自愧"多不悦泽",并想力求使之悦泽,其诗学观念在这一点上发生了根本性的转折。云《与兄平原书》(十三)云:"尝闻汤仲叹《九歌》。昔读《楚辞》,意不大爱之。项日视之,实自清绝滔滔,故自是识者。"《九歌》在《楚辞》中以词采华美秀丽著称。刘勰说:"《九歌》《九辩》,绮靡以伤情。"(《文心雕龙·辨骚》)昔日"尚洁而不取悦泽"的陆云,对此是"意不大爱之",今重读之,感受却完全不同:"实自清绝滔滔。"这当然不是因汤仲的赞叹而改变,而是由于其诗学观念变化的结果。从中可见,"清绝滔滔",也就是"悦泽"之意,其与"清绮""清美""清妙"以及"清工靡靡"一样,都是指词采清新秀美。陆云评诗,还很重视"出语""出言"等。如云《与兄平原书》其四、其五云:"《祠堂颂》已得省,兄文不复稍论,常佳。然了不见出语,意谓非兄文之休者。""《刘氏颂》极佳,但无出言耳。""出语""出言"即出乎其类,拔乎其萃之语,近似于《文赋》所言"立片言以居要"之"警策",出语好即能以简驭繁,清工醒目,所以"出语""出言"是可以涵盖在"清省"这一审美范畴之内的。

　　陆云雅好清省,其与陆机在诗学审美意识上的投合点和相异处,又主要表现在哪些地方呢? 前文已言,陆机倡缘情绮靡,兼重词达理举,陆云与之同。云《与兄平原书》评兄文:"省诸赋,皆有高言绝兴,不可复言。……兄顿作尔多文,而新奇乃尔,真令人怖,不当复道作文。"《与兄平原书》(八)"兄文章之高远绝异,不可复称言。"《与兄平原书》(十一)"兄诗赋自与绝域,不当稍与比校。"《与兄平原书》(十九)"古今之能为新声绝曲者,无又过兄。"《与兄平原书》(二十一)赞叹仰慕之情,溢于言表。又常引他人之言推重乃兄之文,云《与兄平原书》(二十九、三十一)言:"君苗……见兄文,辄云'欲烧笔砚',以为此故,不喜出之。""其人推能见文不可言,作文百余卷,不肯出之。"崔君苗,是曹志的女婿,"曹志,苗之妇公,其父及儿皆能作文"。曹志,是曹植之子,所以崔君苗夫妇是有家学渊源,是诗学传家的。云《与兄平原书》中常言："兄文章已显一世""文章已足垂不朽"等。凡此,都可见陆机在当时诗坛上已经有巨大的影响,而陆云也引以为荣。相比之下,陆云则自惭不足,既常以贫俭家自喻,也多次寄文请乃兄代为"润色""损益":"复作《逸民赋》……兄为小润色之。"(《与兄平原书》三)"作《登台赋》……愿小有损益,一字两字,不敢望多。"(《与兄平原书》十五)这既是请求,也是一种信赖。这种信赖,不但反映出兄弟俩友于深笃,也是基于诗学审美趣味的投合,夸大二陆诗学观念相异处,与事实是不相符的。

但二陆的诗学审美意识确有其相异处,主要表现在一则爱好繁富,一则颇尚省净,虽然两人都以清新秀丽为诗美的准则。所以陆机喻文:"播芳蕤之馥馥,发青条之森森。"以"清丽芊眠,炳若缛绣"为诗美之能事。雅好清省的张华,虽赞其大才,然亦"讥其作文大冶"(《世说新语·文学》篇注引)。而陆云虽然颂美其"兄诗赋自与绝域""无不为高",然亦言其有"微多""小多"。陆云好尚清省,以文洁词秀为高,修改中重视除烦去滥,而陆机则以清虚婉约,"每除烦而去滥"为一文病。二陆这种差异,固然与才思的丰竭之别有联系,所谓"士衡才优,而缀辞尤繁;士龙思劣,而雅好清省"(《文心雕龙·熔裁》)。其体性有别,可能也是一成因。陆机体阳刚之气,发言慷慨,清厉有风格;陆云禀性文静,清正谦和,内直而外柔。表现在诗风上,"陆机才欲窥深,辞务索广,故思能入巧而不制繁;士龙朗练,以识检乱,故能布采鲜净,敏于短篇"(《文心雕龙·才略》)。"辞务索广",故夸目尚奢,以繁富为能;"布采鲜净",则惬心贵当,以清省为高。二陆文风好尚的差异是存在的,但就整个诗学审美情趣看,这也只还是大同中的小异。

不能把陆云的"清省"和南朝"清通简要"的学风和某种认知特点混为一谈。《世说新语·赏誉》篇引钟会评语:"裴楷清通,王戎简要。"该篇还引钟会目王戎言:"阿戎了解人意。"注引王隐《晋书》:"戎少清明晓悟。"所谓"裴楷清通",《三国志·裴潜传》注引:"谢鲲为《乐广传》,称楷隽朗有识具,当时独步。"可见清通简要,是指感悟认知一种独特的能力和清明俊爽的风度。《世说新语·文学》篇言:"褚季野语孙安国云:'北人学问渊综广博。'孙答曰:'南人学问清通简要。'支道林闻之曰:'圣贤固所忘言,自中人以还,北人看书如

显处视月,南人学问如牖中窥日。'"刘孝标注云:"支所言但譬成孙、褚之理
也。然则学广则难周,难周则识暗,故如显处视月;学寡则易核,易核则智
明,故如牖中窥日也。"这里所说的"清通简要"实际上是指善于把握要义的
治学方法和析理明晰、语简意明的学风和文风。南人这种学风,是在清谈辩
难中形成的,受到老庄清虚守一思想的影响;这与源于汉儒家法在繁琐考证
中显示出"渊综广博"的"北人学问",确实不同。但这只是一种学风和文风,
与陆云所倡导的包含有清绮高绝、清新相接等诗学审美内涵的"清省"不是
一回事。陆云的"清省"则受到张华诗学的影响,云《与兄平原书》对此已言
明:"张公文无他异,正是清省无烦长,作文正尔自复佳。"(二十一)张华是晋
初的著名诗人,是博物君子,是以言实即善谈历史典故和文物制度见称,而
非以言虚见长。锺嵘《诗品》评其诗"其源出于王粲,其体华艳",王粲诗是
"文若春花",以秀丽著称。受到张华影响的谢瞻、谢混、袁淑、王微和王僧达
五人诗,《诗品》言其诗"殊得风流媚趣"。文秀词艳、风流媚趣等都是张华也
就是陆云的"清省"这一审美范畴题中应有之义,而与把握要义、析理简要、
语简意明的"清通简要"的学风无涉。

　　总之,二陆的诗歌理论和审美情趣所反映的是晋初新的诗学发展倾向,
他们的理论成就代表了当时新的诗学的理论成果。二陆新诗学就其思想主
要倾向看,应仍属于儒家诗学的范围,虽然他们也吸收了庄玄之学的新的思
维成果,作为其理论有机组成部分。今人唐长孺在《读〈抱朴子〉推论南北学
风的异同》一文中说:"而现在传世二陆著作均与玄谈无关。"该文又引《抱朴
子》佚文:"陆君(机)深嫉文士放荡流遁,遂往不为虚诞之言,非不能也。"据
此唐文进而判断:"足见葛洪所见之陆机作品全部也是'不为虚诞之言'
的。"①这位历史学家这一判断应该是很慎重也是很有力的。当然,二陆"不
为虚诞之言",并不等于说他们的论著没有吸收融合庄玄之学的积极的思维
成果。陆机诗论的分析已见前论。陆云言其"好清省,欲无以尚,意之至此,
乃出自然"(《与兄平原书》十一)的"自然"说,赞美其兄文"清妙不可言""高
言绝兴,不可复言"等,也包含有言不能尽意和言有尽而意无穷之意。这些

---

①唐长孺.魏晋南北朝史论丛[M].北京:生活·读书·新知三联书店,1955:369—370.

蛛丝马迹,都可以视为陆云在建构其诗学范畴和理论命题时,吸收和融合了庄玄的思维成果,也可以说这也是他的诗学审美意识所留下的时代烙印。而这,也是中古儒家诗学得以发展的重要条件和所显示出的一重大特色。

左思、皇甫谧和挚虞的赋论。

左思(249? —308?),字太冲,山东临淄人。西晋著名诗人,《三都赋》和《咏史》为其力作,前者构思十年而后成,名动当时,"洛阳为之纸贵"(《晋书·左思传》)。其赋论见诸《三都赋序》。

> 盖《诗》有六义焉,其二曰赋。扬雄曰:"诗人之赋丽以则。"班固曰:"赋者,古诗之流也。"先王采焉,以观土风。见"绿竹猗猗",则知卫地淇澳之产;见"在其版屋",则知秦野西戎之宅。故能居然而辨八方。然相如赋《上林》,而引"卢橘夏熟";扬雄赋《甘泉》,而陈"玉树青葱";班固赋《西都》,而叹以"出比目";张衡赋《西京》,而述以"游海若"。假称珍怪,以为润色。若斯之类,匪啻于兹。考之果木,则生非其壤;校之神物,则出非其所。于辞则易为藻饰,于义则虚而无征。且夫玉卮无当,虽宝非用;侈言无验,虽丽非经。而论者莫不诋讦其研精,作者大氐举为宪章,积习生常,有自来矣。
>
> 余既思摹《二京》而赋《三都》,其山川城邑,则稽之地图;其鸟兽草木,则验之方志;风谣歌舞,各附其俗;魁梧长者,莫非其旧。何则?发言为诗者,咏其所志也;升高能赋者,颂其所见也。美物者贵依其本,赞事者宜本其实;匪本匪实,览者奚信?且夫任土作贡,《虞书》所著;辨物居方,《周易》所慎。聊举其一隅,摄其体统,归诸诂训焉。

《三都赋》是以蜀、吴、魏三国都城为题材,铺陈蜀都(成都)、吴都(苏州)和魏都邺城(今河北临漳)山川之险固,城郭之壮丽,土产之特异,文化之久远,经国之体制等,作者因主客之辞,各言其长,而正之以魏都,折之以王道,归之于魏晋华夏之正统。京都赋本是汉人传统性的大题材,左思生活于三国后魏晋转替的西晋时代,皇朝及其京城的变动给赋家提出新的京都赋的课题,历史呼唤大手笔。《三都赋》的意义及其在当时所引起的轰动效应,是与这个大的历史背景分不开的。作赋者的理论观点,也因之产生了广泛甚至很深远的影响。

左思的辞赋观念是在承接汉人赋论的基础上有新的开拓。其所承接之处主要是两点:一是认为赋是"古诗之流",讽谕鉴戒是赋之立意之所在;二是以"丽以则"来规范赋的内容,除立足于讽谕外,铺陈和词采华美为辞赋创作的主要特色。左思论赋最特异之处是在承认赋是"古诗之流"的前提下,区分诗与赋在文体上的差别,论证辞赋应重在体物,而体物则必须"依本""本实",不能虚拟。"发言为诗者,咏其所志也;升高能赋者,颂其所见也。"这就是说,诗是抒写情志的,重在写意、写真情;赋是描述其所见的,意在再现事物的本貌。诗与赋所取题材和写作方法都是不同的。基于这种认识,他指名批评了两汉名家一些赋作失实之处。"考之果木,则生非其壤;校之神物,则出非其所。"认为这些不实的描写,违背了"丽以则"的原则,使赋美而无用,不能起劝诫的作用:"且夫玉卮无当,虽宝非用;侈言无验,虽丽非经";"匪本匪实,览者奚信?"左思认为,汉赋中这些失实无征的描写,在诗学中流弊很广:"而论者莫不诋诃其研精,作者大氐举为宪章,积习生常,有自来矣。"在他看来,这些被后人奉为宪章但有害于辞赋的创作传统,应该加以扭转。左思总结自己《三都赋》创作经验,提出了新的创作观念,就是有鉴于此而发的:"其山川城邑,则稽之地图;其鸟兽草木,则验之方志;风谣歌舞,各附其俗;魁梧长者,莫非其旧。"这就是所谓"美物者贵依其本,赞事者宜本其实"的创作原则。这也就是说,赋的铺采摛文,是必须以实有其事其物为依据,在描写真实的基础上进行,这就与汉人论赋有差异了。扬雄说:"诗人之赋丽以则,辞人之赋丽以淫。"(《法言·吾子》)这是把汉赋和《诗经》加以对比所做的概括,其意在扬《诗》抑赋。在扬雄看来,铺陈状物,"极丽靡之辞",必然会没有讽谕之义。"丽以淫"就成为辞赋与生俱来的痼疾,是不可救药的。汉人的赋作也几乎一律被贬抑为"辞人之赋",他本人也因此"辍不复为"。扬雄以《诗》律赋,否定了汉赋铺采摛文、"宏侈巨衍"所显现出的特有的美学价值,也就否定了辞赋存在的意义,否定了汉代诗学发展的新景观。作为汉代著名的大赋家,当然也同时否定了自己。这是他后期坚持与发展了儒家诗学落后保守性一面的结果。

左思和扬雄不同,认为汉赋的毛病并不在于铺陈中的"侈"与"丽",而在于所状之物不是实地所有。汉赋的"丽以淫",病因在丽以虚,治疗的药方是丽以实。要在包罗和考核实有的基础上,通过宏衍和文饰进入"丽以则",使辞赋的诗学价值、历史文献价值和借鉴意义完美结合。左思在长达十年的创作过程中,特别致力于对三个都城实有事实的调查和考订,即因此。左思崇实主真,指摘汉赋的失实,当然不一定都是妥当的,但其立意在弘扬辞赋,这就与扬雄以《诗》律赋,意在贬低以致取消辞赋的观点不同。其赋论,是属前瞻性的,是辞赋理论的新发展。

以强调写真实和再现所见为主要内容的左思赋论,显然是受到汉人重视"实录"的史学观念的影响,但赋是"古诗之流",与史殊科,不能让诗学同时分担史学的职责。以史律赋,既不合适,同时也很难做到。钱锺书《管锥编》第三册一二四条评及左思《三都赋序》曾言:"左思自夸考信,遂授人以柄。"他引用前人诸多批评,指出《吴都赋》中所言"俞骑",《蜀都赋》中所列之"龙目",皆非其地所有;《吴都赋》描写"大鹏缤翻,翼若垂天",也是"虚而无征""侈言无验"的,是属于"诡激夸大"的"词人之语"。钱氏言:"词赋之逸思放言与志乘之慎稽详考,各有所主,欲'美物依本,赞事本实',一身两任,殊非易事。"诗、史殊途,不相替代,也不能兼顾。左思对以虚构为特征的诗赋的创作观念认识是不足的,而同时代的陆机,在《文赋》中已提出"课虚无以责有,叩寂寞而求音"的虚构之论,以及"虽离方而遁圆,期穷形而尽相"的舍形求神之说。左思的征实说是受班固观念的影响。他似乎还未把诗学和经学完全分离开来,《三都赋序》引《诗》《书》《易》写作事例为其写实论作依据可证。但从左思的创作实践来考察,其《咏史》(其一)言:"著论准《过秦》,作赋拟《子虚》",《子虚》赋中的"子虚""乌有",本是虚拟,而非实有。这就是说他作赋学习司马相如,也是有虚拟的。《三都赋》中所出现的"逸思放言"和"诡激夸大"之词,正是"作赋拟《子虚》"的必然结果。左思的赋论及其与创作实践的矛盾,似乎可说明,魏晋时期与经学相分离的诗学自觉的道路,是曲折的而非直线前进的。

当然,左思的"依本""本实"的辞赋创作理论,是要求对实有事物进行铺陈和文饰,而不只是如实记叙,这就是说左思只是在诗学中引进了史学的方法论,而不是以史笔取代赋笔。《三都赋序》所率先提倡的写真实论,在两晋以至于唐代诗学中,也产生了相当大的影响。与左思同时的皇甫谧作《三都赋序》,卫权为之作《三都赋略解序》,都充分地肯定了这一创作原则。前引桓彝之子桓温,陶侃之子胡奴对袁宏的《东征赋》的问难,也是基于这一点。中唐的白居易写《新乐府》,其创作原则之一是"其事核而实,使采之者传信也"(《新乐府序》)。到晚唐,以提倡诗之"味外味"著称的司空图,也认为"题纪"之诗与抒情之作在写作方法上应是有区别的,"然题纪之作,目击可图,体势自别,不可废也",并自称其近作"《虞乡县楼》及《柏梯》二篇",写景真切,"即虞乡入境可见也"(上引均见《与极浦书》)。"目击可图"与"入境可见"都是言写景状物,应真切如绘,再现所见。可见由左思所开创的"依本""本实"的写真实论在"题纪"和叙事类诗赋创作理论中,也是不可或缺的一途。

皇甫谧(215—285),字士安,自号玄晏先生,定安朝那(今宁夏固原)人,后汉太尉皇甫嵩曾孙。西晋名儒,博学多识,屡征不仕,享有高名,所著诗赋及史传著作,除《晋书》所录数篇专论外,他多失传。《三都赋序》赖《文选》收录得以流传,但此文是否为皇甫氏所作,至今仍颇有争议。《世说新语·文学》篇所录和《晋书·左思传》都持肯定意见,并言左赋能迅速流传和誉满洛城,是与皇甫谧作《序》称颂分不开的。持否定意见的首见于梁刘孝标注《世说新语·文学》篇引《左思别传》文,其中有数小段对左思的为人和为文都有贬抑:"思为人无吏幹而有文才,又颇以椒房自矜,故齐人不重也。""思造张载,问岷、蜀事,交接亦疏。皇甫谧西州高士,挚仲洽宿儒知名,非思伦匹。刘渊林、卫伯舆并早终,皆不为思赋序注也。凡诸注解,皆思自为,欲重其文,故假时人名姓也。"所谓"颇以椒房自矜"云云,是指责左思因其妹左芬被晋武帝纳为贵嫔而以皇亲傲世,为齐人所不喜。至于言左思"欲重其文,故假时人名姓"事,不但断然否定了皇甫谧等曾为左赋作序注,而且斥其欺世盗名了。这些指摘,是恶意的,也是失真的。据《晋书·后妃传》,左芬是以文才"为贵嫔,姿陋无宠,以才德见礼。体羸多患,常居薄室"。其兄左思,位不过秘书郎,且专意典籍,不好交游,这能谈得上"以椒房自矜",恃宠傲物吗? 所谓"皇甫谧西州高士,挚仲洽宿儒知名,非思伦匹",似乎也不好这样说。皇甫谧确实出自高门,是名宦的后代,但"居贫,躬自稼穑""就乡人席坦受书,勤力不怠"。这师从的乡人席坦,就非名门宿儒;挚虞固然博学儒雅,文词富赡,而左思亦家世儒学,才富文丽,为何就不能伦匹呢? 皇甫谧、张载、刘逵以及卫权为《三都赋》作序、注事,正是《晋书·左思传》引述的主要内容,唐人作《晋书》,是以臧荣绪的《晋书》为蓝本,兼吸收诸家史传而成的。臧氏虽属南齐人,但其书完成在刘宋时期。王隐的《晋书》,也言及皇甫谧为左赋作序事。王隐主要生活在东晋初年,其书是续其父王铨之作,所以"西都旧事,多所请究"(《晋书·王隐传》)。至于卫伯舆为左赋序注事,据《三国志·卫臻传》裴松之注按,卫臻有烈、京、楷三子,伯舆即卫楷之子:"楷子权,字伯舆,晋大司马汝南王亮辅政,以权为尚书郎……权作左思《吴都赋》叙及注,叙粗有文辞,至于为注,了无所发明,直为尘秽纸墨,不合传写也。"权在司马亮辅政时为尚书郎,时为永平元年(291)。"权作左思《吴都赋》叙及注",即今之《三都赋略解》及《序》,裴松之评价了卫氏之叙注的得失,"叙粗有文辞,至于为注,了无所发明",但并未辩说或质疑其为伪作。这实际上也就是认同了卫权为左赋写过叙注。卫权的序文明其写作缘起,就言及皇甫谧为左赋作序和张载、刘逵作注事。上引可见两晋及宋、齐史学名家对皇甫谧为左赋作序事都持肯定意见。对此持否定意见的《左思别传》是出自何人之手? 其"凡诸注解,皆思自为"的论断,到底有无事实依据? 现因该书失传而无从考知,从该传言左思"颇以椒房自矜,故齐人不重也"的叙述看,该书的作者很可能就是齐人,即左思故乡之人。再从《咏史》诗看,左思是蔑视门阀豪右的:"高眄邈四海,豪右何足陈! 贵者虽自贵,视之若埃尘!"这种态度,必然招致高门华族的仇视。而这带有诽谤性质的《左思别传》,也就很有可能出自当地的士族豪右人士之手了。饶有兴趣的问题是引用《左思别传》语以反驳《世说新语·文学》篇有关左思作赋记叙的刘孝标,也是出自青齐望族,是"淄右名种"(张博《汉魏六朝百三家集题辞》)。北国沦陷后,刘孝标曾沦为北魏鲜卑贵族的奴隶,但他逃回江南后仍能以士族的门第受到齐梁皇朝的礼遇。刘孝标一生坎坷的遭遇颇值得人们同情，但从他引用《左思别传》语评价左思看，他的士族意识是很强烈的，而且率性而言，主观色彩很浓。指出《左思别传》出自怨谤者之口的是清代著名诗人王士禛："《别传》不知何人所作，定出怨谤之口，不足信也。"（《古夫于亭杂录》卷三）很巧合的是王士禛也是山东人。《左思别传》之所以不足信，还在于盛行于魏晋间的"别传"的这种史书的体例，并不是正史，不要求征实，而近似于小说家言，戏剧性和传奇性都很强。王瑶说过："别传之体，盛行于魏晋间，《三国志》裴注及《世说》刘注，征引最多。""许多历史的故事都被传说给戏剧化了，《三国志》注及《世说》注所引的一些别传之类的记载，常常有夸大失实的地方。例如《世说新语·文学》篇注引《左思别传》各事，严可均辑《全晋文》附考证云：'别传失传，《晋书》所弃，其可节取者仅耳'，就是一个例子。"（《中古文学史论集：拟古与作伪》）我们不能用《晋书》所弃的资料来证《晋书》所记之误，说《三都赋序》不是皇甫谧所作。

至于今人就唐人所著《晋书》的资料，对这个问题提出的质疑，也需要做认真的辨析。譬如说，《三都赋》成书的时间与皇甫谧所享年寿是否相一致。这就是说，皇甫谧在生前能看到《三都赋》，否则就谈不上为之作《序》了。《晋书·左思传》在这个问题的记叙是自相矛盾的，不能自圆其说。《晋书·皇甫谧传》言其"太康三年（282）卒，时年六十八"，左思作是赋的起始时间是在移家京城之后，历时十年而后成。"造《齐都赋》，一年乃成。复欲赋《三都》，会妹芬入宫，移家京师，乃诣著作郎张载访岷、邛之事，遂构思十年……及赋成，时人未之重，思自以其作不谢班、张，恐以人废言。安定皇甫谧有高誉，思造而示之，谧称善，为其赋序。"（《晋书·左思传》）从左思的写作经历看，《咏史》（其一）云："弱冠弄柔翰……作赋拟《子虚》。"二十岁开始写赋，《齐都赋》一年乃成。大约年二十余，移家京城，开始写《三都赋》，《晋书·后妃传》言左芬入京，是在泰始中

(269?)。"芬少好学,善缀文,名亚于思,武帝闻而纳之。泰始八年,拜修仪。"①(由此推知左思兄妹的生年是在249年前后和253年左右)如果说左思赋《三都》是在泰始八年或稍前动笔,那么精心构撰十年,至太康元年或二年(281)即可完稿,皇甫谧为之作序,在时间上是吻合的。为《三都赋》作注的张载、刘逵和卫权三人卒年虽都不详,但据现有的史料考察,他们大体上都经历过八王之乱,其卒年至少在晋惠帝永平元年(291)以后。为《魏都赋》作注的是张载。《晋书·张载传》言"长沙王乂请(载)为记室督,拜中书侍郎……称疾笃告归,卒于家"。长沙王乂当政是在太安年间(302—303)。为吴、蜀二都赋作注的是刘逵。刘逵在赵王伦当政时为侍中。《晋书·傅祗传》说:"及伦败,齐王冏收侍中刘逵……黄门郎陆机……付廷尉。"伦败是在永宁元年(301)。至于为《三都赋》作《略解》的卫权,前文已言他在永平元年(291)为尚书郎。如果《三都赋》完稿于太康初年,那么张、刘、卫三人都是有时间为之作注的。而刘孝标注引《左思别传》言"刘渊林、卫伯舆并早终,皆不为思赋序注也"的这些话,都是不实之词。但《晋书·左思传》有一条记叙与上述《三都赋》成书的时间是相抵牾的,即陆机扬言将以左赋覆瓮之说:"初,陆机入洛,欲为此赋,闻思作之,抚掌而笑,与弟云书曰:'此间有伧父,欲作《三都赋》,须其成,当以覆酒瓮耳。'及思赋出,机绝叹伏,以为不能加也,遂辍笔焉。"前文已言,陆机兄弟入洛,是在太康末年,如果其时左赋尚在写作中,那么在太康三年已经去世的皇甫谧,当然也就没有可能为其作《序》了。皇甫谧作《三都赋序》是否可靠,现在很关键性的一个问题是左赋写成的时间。对于这个问题,现有的史料的记载,几乎相差二十余年。刘孝标注引《左思

① 左思兄妹的生卒年都无从确考,只有根据有关的史料推算。左思《咏史》诗(其一)言:"弱冠弄柔翰,卓荦观群书。著论准过秦,作赋拟子虚。"这说明他在及冠之年,即年方二十之时,已读书很多,很有学识,政论和辞赋的写作起点都很高。又,《晋书·左思传》言:"造《齐都赋》,一年乃成。复欲赋《三都》,会妹芬入宫,移家京师。"又据《晋书·后妃传》,左芬是在泰始中(269?)以文名被选入宫的,"泰始八年(272),拜修仪"。古代少女出嫁是在及笄之年(即十五六岁),但考虑到左芬是以才而不是以貌被选入宫的,"芬少好学,善缀文,名亚于思,武帝闻而纳之"(《晋书·后妃传》)。左芬入宫时,文名已传于世,当已过及笄之年了。假如左芬是在十七岁入宫,她的生年应是253年,拜修仪之年,应是年方二十。左思如果是在二十岁时随妹入京,他的生年应是249(?)年。

别传》言："齐王冏请为记室参军,不起,时为《三都赋》未成也。后数年,疾终。其《三都赋》改定,至终乃止。"齐王冏当政,是在太安元年(302)。据《晋书》记载,左思是在"张方纵暴都邑,举家适冀州,数岁,以疾终"。张方是河间王颙手下干将,官至右将军和大都督,其纵暴洛阳,是在太安二年至永兴二年(303—305)。左思举家适冀州,应在此期间。数年后以疾终,其卒年似应在308年左右,而不应是305年前后。如果左思真的是至死才改定《三都赋》,那么不但皇甫谧为之作序成为不可能,张载、刘逵和卫权为之作叙注也无从谈起。"凡诸注解,皆思自为,欲重其文,故假时人名姓也"的推论,自然可以成立了。

但是《三都赋》在左思死前才改定之说,亦即这篇赋写成历时近四十年,这当然是不可信,也是不可思议的;就是陆机在入洛后扬言在左赋写成时予以覆瓮的高论,这史料是否真实,也很值得怀疑,因为此时离左思动笔写《三都赋》,已经近二十年了。考察一下左、陆年龄的差距,对于评估这则史料的可信度,可能是有帮助的。左思大约比陆机大十一岁,当他在及冠之年欲赋《三都》之时,陆机只有十岁。其时,左思移家京城,潜心著述,精心构撰,十年赋成。陆机"年二十而吴灭"(《晋书·陆机传》),前此十年,吴国内有孙皓的暴政,外有强敌大军压境,在这内忧外患下承担军国重任的陆机之父陆抗,东征西讨,疲于奔命,忧郁以终。陆机年仅十四而为吴牙门将,与诸兄弟分领其父之兵,走上了抗敌的前线。两个哥哥陆续战死,机、云兄弟虽以年幼而苟全性命,但在家与国天地大翻覆的情况下,其遭际和心境是可想而知的。在二十岁左右的陆机,大概是没有心思在作大赋的才能上与左思较短量长吧? 当陆机惊魂已定,治愈国破家亡的心灵创伤,闭门读书十年后游宦京城,想在立功立言上一显身手时,已经是而立之年;而左思早已写好了《三都赋》,并且进入了不惑之岁了。刚入洛的陆机,听说左思已作《三都赋》,仍表示不屑一顾,而当其读完该赋后,则"绝叹伏",这是可能的;而言其时左赋未成,陆氏扬言"须其成,当以覆酒瓮"之说,则是虚夸之谈,是不足信的。

左思于及冠之时至而立之年完成《三都赋》,是有可信的旁证史料佐证的。《咏史》(其一)自言其"弱冠弄柔翰""作赋拟《子虚》",说明其作赋起笔较早,自视很高,也很自信。这与《晋书》所记"造《齐都赋》,一年乃成,复欲赋《三都》"是相一致的。左思兄妹于冠、笄之年入京城,乃兄开始实现其写作的宏愿时,而"少好学,善缀文,名亚于思"的左芬,也进入了她一生中的创作高潮时期。《晋书·后妃传》记芬于泰始十年(274)杨皇后逝世时,献长篇诔文。咸宁二年(276),武帝纳悼后,又受诏作颂文。两文均录于左芬本传中,其事其时也与《武帝本纪》所叙相一致。而左思的撰作,其时应是进入第五到第六个年头,也是创作高峰期。所谓"构思十年",是包括创作运思,铺采摘文,访问张载,阅读史料,"稽之地图","验之方志",以及"门庭藩溷皆著笔纸,遇得一句,即便疏之"等。这十年是创作全过程所用去的时间,而不仅是创作运思,也不可能用十年时间苦思冥想而不着墨。十年是一个漫长的时间,张衡的《两京赋》三首,也是用了十年时间。十年辛苦不平常啊!现在还没一则可信的史料,能旁证左思作是赋用去了十年以上的时间,更不用说用去了二十年甚至于四十年时间了。左思于太康初年撰成《三都赋》是可以论定的,那么《晋书》《世说新语》以及《昭明文选》所录皇甫谧为之作序事,就很难否定。而陆机于太康末年仍言:"须其成,当以覆酒瓮耳",这只能是他人虚饰的不实之言。《晋书》的作者多文学之士,好猎奇,而不顾及所叙自相矛盾。清人赵翼说:"论《晋书》者,谓当时修史诸人皆文咏之士,好采诡谬碎事,以广异闻。"(《十二史札记》卷七)陆机的"覆瓮"之言,大概也是为了"以广异闻"而采择来的。

对左思《三都赋》很赞赏并应邀为之作序的皇甫谧的赋论,其基本观点当然与左思有许多共通之处,但视野更为开阔,论述也更为完整、全面。如果说左论侧重言所写应征实可考并以此一端来统辖全体,所谓"聊举其隅,摄其体统,归诸诂训焉"。而皇甫谧所论,则是对赋的界说、主要特点、价值以及赋的产生、发展史和作赋应遵循的原则等,做了较为全面、系统和扼要的评述。此文应是中国古代第一篇专题论赋的"诠赋"之作,在中古诗论上占有一席较为重要的地位,因此本书对存有争议的此文作者的考辨,用去了较多的笔墨。

皇甫谧认为,赋是古诗之流,在表现方法上又不同于诗,是"不歌而颂",

"因物造端,敷弘体理,欲人不能加也。引而申之,故文必极美;触类而长之,故辞必尽丽。然则美丽之文,赋之作也"(下引皇甫谧是序,不再注明出处)。其界定赋义,首先认定辞赋必须是"美丽之文"而且还须"极美""尽丽"。铺陈华美,是辞赋最重要的外在特征;"纽之王教,本乎劝戒",则是辞赋立意之所在,这两者都不可偏废。这里最引人注目的是对辞赋应具词采美的强调。中古诗论家都提出对诗赋的审美要求,早在建安时代,曹丕就明确提出了"诗赋欲丽"的命题,曹植也有过"文若春花"的赞语。皇甫谧在此基础上,依据辞赋的题材和表达上的特点,"因物造端,敷弘体理,欲人不能加也",要"引而申之""触类而长之",所以词采的铺陈,就能够而且必须做到"极美""尽丽"了。陆云为鼓励乃兄陆机作大赋,也提到过左思《三都赋》这方面成功的经验:"又思《三都》,世人已作是语,触类长之,能事可见。"(《与兄平原书》十九)所谓"世人已作是语",大约是指皇甫谧在这篇序文中所概括的大赋的写作特点如"触类而长之"之类的话,已被读者所认同并在世人中流传。陆云认为作大赋的"能事",主要也就在此。所以他多次在信中鼓励乃兄步《二京》《三都》之后,拟作以京都为题材的大赋,以传后世。当然陆机由于兵败被杀的遭遇没有来得及实现乃弟的祈愿,但对诗赋之体贵在华艳的看法和皇甫谧并没有两样。《文赋》中还提出了"赋体物而浏亮"的命题,"浏亮"是清彻明朗之意,这是针对汉大赋晦涩、板滞而发的,是对赋体的一种新的审美要求,这就比皇甫谧仅强调词采美丽一个方面又深入了一步。

皇甫谧所言的"极美""尽丽"与"纽之王教,本乎劝戒"的两个方面,是可以互相依存而相得益彰的,并不是强调了前者就必然淹没了后者,也不是重视了后者就应当排斥前者。扬雄所批评的"辞人之赋丽以淫"的"淫"是过分和失中之意。所谓"丽以淫",也就是对"极美""尽丽"的一种贬语。汉儒把"丽以则"和"丽以淫"对立起来,实际就是抵制和排斥"丽以淫"。曹丕评诗赋,突出一个"丽"字,开始修正汉儒论诗强调政治功用论排斥审美性的见解。皇甫谧则进而言辞赋应"极美""尽丽",并明确要求与"纽之王教,本乎劝戒"完美结合在一起,这实际上是言辞赋应用最完美的艺术形式来体现儒学政治功用论的内容。其与尔后陆机将"诗缘情而绮靡"和"亦禁邪而制放"

并举一样,都是儒家诗学在西晋时期新发展的标志。刘勰《文心雕龙·诠赋》篇对赋体的界定为"铺采摛文,体物写志",实际上也是皇甫谧所言赋应"极美""尽丽","敷弘体理"和"本乎劝戒"诸端做最简要和最精确的概括。

基于传统的见解,皇甫谧认为赋起源于《诗经》,是"六义"的一种,古诗之流;形成兴起于战国:"至于战国,王道陵迟,风、雅寖顿。于是,贤人失志,辞赋作焉。"王道缺而赋作,是先秦儒家诗学的基本观点,皇甫谧以之解释赋体兴起的时代政治的成因。"纽之王教"也就成为赋中必备之义。这失志的贤人中,首推荀子、屈原,其"遗文炳然,辞义可观",词意俱佳,是辞赋之首。继作者"宋玉之徒,淫文放发,言过于实",意竭而词奢,华言失实,有乖"风、雅之则"。这褒贬之间,寓意存焉。

继屈原之后,汉代的辞赋名家贾谊、司马相如、扬雄、班固、张衡、马融、王延寿等则承接这个传统,"初极宏侈之辞,终以约简之制,焕乎有文,蔚尔麟集,皆近代辞赋之伟也"。虽然"长卿之俦"时有虚夸失实之处,但终能以"极宏侈之辞"和"约简之制"相依存,从而不失为辞赋中的英杰。从上述的评论中可见,皇甫谧主要依据"极美""尽丽"和"本乎劝戒",即词与意的两端及两者的珠联璧合来评判历代辞赋家的得失。虽然他也重视词意征实的一面,但只不过是用来对"极宏侈之辞"的一种制约,而不是像左思那样,以考实的一端,"摄其体统",把辞赋的得失,都"归诸诂训"。这正是皇甫谧赋论不同于左论并高于左论的地方。正是由于这种立论的角度的不同,所以皇甫谧论赋史,能高瞻远瞩,探源溯流,对两汉时代著名的赋家及其代表作一一给予肯定,从而使人们第一次对西晋以前的辞赋发展史有一个较为完整和全面的认识。左思仅以失实的一端来批评前人的名作,其意当然为突出自己在这方面的成就。但评介他人之作,攻其一点而不及其余,管中窥豹,是难见全豹的。皇甫谧则有异于是。虽然他也批评了司马相如等人的辞赋有这方面的欠缺并在辞赋史上产生过不良的影响,"长卿之俦,过以非方之物,寄以中域,虚张异类,托有于无。祖构之士,雷同影附,流宕忘反,非一时也",但这仅是白玉之瑕,无害于其整体之美。他们之作,仍是"焕乎有文,蔚尔麟集,皆近代辞赋之伟也"。这应是持平之论。

皇甫谧评介左赋,既充分肯定其时代的现实的政治意义,也赞美了其在表现上重视征实所取得的成就:"作者又因客主之辞,正之以魏都,折之以王道。其物土所出,可得披图而校;体国经制,可得按记而验。岂诬也哉!"前者赞美了左赋鲜明的思想倾向性,"言吴、蜀以擒灭比亡国,而魏以交禅比唐、虞。既以著逆顺,且以为鉴戒"。这实际上就是歌颂了晋承魏统,华夏为一。《三都赋》是为西晋大统一唱赞歌的。而后者则是认同左思之论,认为此赋在艺术表达上以征实为主要特色,加以标举。这种征实,不仅是"山川城邑"和"鸟兽草木"等"物土所出",还包括三国治政得失的"体国经制"。而这后一点,对"纽之王教,本乎劝戒"则更为重要。左思以征实自诩,但对其价值的认识似乎并未达到这样的高度。皇甫谧从肯定和赞美左赋所表现的华夏一统的思想倾向性和艺术表达上重在征实这两个方面来评述其所取得的成就,这两者,又具有某种因果联系。这种评述,应该说是把握了左赋之要义的持平之论,也是很深刻的见解。从赋学思想的继承关系说,皇甫氏与左氏的赋论,又都受到班固思想的影响,班固的《两都赋》言:"义正乎扬雄,事实乎相如。""义正"与"事实"并举以及这两者互相依存的见解,正是皇甫氏和左氏论赋的一个重要的立论点。与之同时在写作上则略后的陆机,似乎侧重承继了司马相如的赋学思想,在理论上倡导虚构和艺术夸张。看来"义正"和"事实"并不一定具有内在的必然的联系,因为赋学是诗学的组成部分,不能和史学等同。

综上可见,皇甫谧赋论最特异之点和最重要的贡献,在于他从赋体表现特点生发,突出强调赋的"极美""尽丽"的审美价值,这反映了魏晋时期士族文士对诗学的新的审美要求,从而与汉人论诗划界。值得注意的是,他在阐明这一新的审美要求时,又与传统的儒家诗学功用论紧密地联系在一起。他界定赋义,探求赋体的起源,都一本于汉儒,但他遗弃了汉儒抬高诗的社会价值、排斥诗的审美价值的见解,化解了扬雄所言的"诗人"和"辞人"、"丽以则"和"丽以淫"之间的对立。"极美""尽丽"的"丽以淫"和"纽之王教"的"丽以则"不但可以并行不悖,而且可以相得益彰,皇甫谧第一次把这两者结合在一起,做出了虽然简单但却相对完整和明确的表述,从而为儒家诗学的

发展开辟了一条新的途径。当然,建安时代的曹丕、曹植的批评论,已经开
创了诗学新风尚,但是他们都没有像皇甫谧那样,同时举起儒家诗学的社会
功用论的旗号。稍后的陆机和东晋的葛洪以及南朝的刘勰、锺嵘等,大体上
都是沿着这条道路向前推进,并在诗学理论上做出更深更广的开拓。皇甫
氏在理论上的成就当然不能与上述后继者同日而语,但是使中古诗学走出
汉儒以社会功用论排斥其审美价值的死胡同,使诗学走向更加自觉的道路,
皇甫谧的赋论作为西晋前期的首倡者,其椎轮大辂之功是不可没的。其在
中古诗论发展史上的地位,也主要是有见于此。至于说这是魏晋前期一篇
比较完整的赋论,对刘勰《文心雕龙·诠赋》篇"原始以表末,释名以章义,选
文以定篇"论赋的程序,有某种前导或者是启示作用,那是抑又其次了。

挚虞(? —311),字仲洽,京兆长安(今陕西西安)人。父模,魏太仆卿。
虞于晋武帝泰始年间举贤良入朝为官,历武帝、惠帝、怀帝三朝,仕宦至光禄
勋、太常卿,为晋名臣。曾典校官书,朝廷礼仪典章,多赖考订,后陷战乱,以
饿馁终。虞少师事皇甫谧,博学多识,著作多种。《文章流别集》及所附志、
论,是其代表作。《晋书》言:"虞撰《文章志》四卷……又撰古文章,类聚区分
为三十卷,名曰《流别集》。各为之论,辞理惬当,为世所重。"《文章志》和《流
别集》似乎是内容各别的两种著作。《隋书·经籍志》亦言,虞有《文章志》四
卷,《文章流别集》四十一卷,下注言:"梁六十卷,志二卷,论二卷。"《文章流
别集》不但附有"论",还附有"志"。这"论"即《晋书》所言"各为之论",而
"志"是否即其《文章志》,因为两书已佚,已无从考知。从后人所辑佚的材料
看,《流别集》是以前代诗赋为主体的诗文汇集,分体编录,是中国最早也是
较完备的总集;而论,则是对所录文体源流的评论和文体的界说;志,则主要
是对作家的评介并录其所著篇目,带有文士评传的性质。从这些内容看,虞
书较之梁代萧统所编《昭明文选》不但更为完备,而且兼有评论。这评论,又
比较得当,《晋书》言其书"辞理惬当,为世所重",可见当时在文士中的影
响。《文章流别集》的问世,较之《昭明文选》早二百余年,这在总集的编纂史
上,也应大书一笔的。

据辑存的材料看,虞书所录和所论文体至少包括颂、诗、赋和哀辞等十

余种,其中多数属于诗的分体。他第一次集中选录西晋以前主要是汉魏时期的各体文章,长达数十卷,区分其类别,并在理论上界定各文体的内涵,辨析其源流正变及其作用,以专著的形式出现,这些都是前无古人的。

《流别论》论文章:"文章者,所以宣上下之象,明人伦之叙,穷理尽性,以究万物之宜者也。王泽流而诗作,成功臻而颂兴,德勋立而铭著,嘉美终而诔集。祝史陈辞,官箴王阙。"(下引《流别论》不再言明出处)这是总论文章的起源。各体文章既缘起于政教,又反映政教并作用于政教。三位一体,侧重突出其颂美的内涵,评述其价值作用。其中最值得注意的命题是"假象穷理"说,所谓"宣上下之象"、"究万物之宜"以"穷理尽性",这是吸收汉人易象学的内容以释诗。假天地万物之形以穷理尽性,也就是假象以尽意,这实际上已经涉及诗学的形象化的特点。从表现形式上的特点把诗学与经学、史学及哲学相分离,这应是其时诗学自觉性的另一表现。挚虞选编文章,多侧重于诗体而不及经、史、子等纯学术著作,其意也因有见于此。

挚虞论诗,特别赞美颂体的价值:"后世之为诗者多矣,其称功德者谓之颂,其余则总谓之诗。颂者,诗之美者也。古者圣帝明王,功成治定而颂声兴。"颂之美,就是因为其歌颂古圣帝明王的功德,能为当代以至于后世帝王提供治国的样板,能起某种激励作用。这是颂美对于治政的主要功能之所在。基于此,他评述了两汉众多的颂诗,辨析了颂体与风、雅及赋体之别,指名批评了"颂形""颂声"而不重在颂德之作。《晋书》言其"上《太康颂》以美晋德",其创作实践和批评观点是相一致的。以颂德为诗之美,即以善为美,这既见其对诗歌的价值取向和审美意识的底蕴,也反映了他想做晋室贤臣的良苦用心。突出诗歌的颂德之美,也能说明这种理论产生的时代——即《流别集》的写作时间,很有可能就在太康年间,而不在晋惠帝、怀帝社会分崩离析之时。从诗学观念说,以颂为诗之美,这是对汉儒以美刺区分风雅正变思想的继承和新的发展,至于其谈诗之三言、四言、五言、六言、七言、九言各体,均探源于《诗经》,以四言为正,以五言、七言新体诗为"备曲折之体""于俳谐倡乐多用之"等,均可见其诗学意识偏于保守。后世以宗经为论诗之旨者,也多受其影响。

挚虞评赋:"赋者,敷陈之称,古诗之流也。古之作诗者,发乎情,止乎礼义。情之发,因辞以形之;礼义之旨,须事以明之,故有赋焉。所以假象尽辞,敷陈其志。"挚虞认为,赋是诗的一体,但是两者又有所不同。诗是重在言情的,是有感而发,要"因辞以形之",这是对《毛诗序》所言"情动于中而形于言"的阐发;而赋是侧重于明理的,所以"须事以明之"。而"假象尽辞,敷陈其志",就成为赋有异于诗的主要特点。这显然是根据赋的内容和表现特点所做出的新概括。诗、赋同源异流之说,对于说明赋的特点,虽略嫌简略,但颇得要领。当然,挚虞谈诗、赋同源异流,不是重在言其"异",而是重在言其"同",重在以诗律赋。本着汉儒的见解,挚虞论赋史,把赋大别为"古诗之赋"和"今之赋"两大类,加以褒贬。认为前者是"以情义为主,以事类为佐",荀子、屈原和贾谊是典范;后者是"以事形为本,以义正为助",司马相如以下,当然都属于这个范畴了。是以"情义为主"还是以"事形为本"是挚虞界别古今之赋最重要之点。而以事形表现情义,就是他对辞赋所做的界定和规范。挚虞认为:今之赋颠倒了主次,在情、义、事、类这组成辞赋四要素上都有所偏颇,产生了"四过"之病:"夫假象过大,则与类相远;逸辞过壮,则与事相违;辩言过理,则与义相失;丽靡过美,则与情相背。此四过者,所以背大体而害政教,是以司马迁割相如之浮说,扬雄疾'辞人之赋丽以淫'也。"挚虞论赋,不但以诗律赋,而且是古非今,以古律今。他指陈"四过",也就是对扬雄"辞人之赋丽以淫"之"淫"的具体界说。所谓"淫",亦即"失中"和过头之意。由此可知,赋之"铺陈""敷陈""丽"以及"引申""触类"诸端,主要是指其艺术表现上的"假象""逸辞""辩言"和"丽靡"四者。挚虞显然认为这四者是宾,而情义即赋的内容是主。这四者的运用,只能是为了显现和突出情义,而不能铺采摘文,以引申、触类和演绎为能事,喧宾夺主,从而淹没了情义,那样就是"背大体而害政教"了。"四过"之言,说明挚虞论体,是重在"省"而不喜欢"烦",要求"易"而不追求"险"。这种审美追求,就与其师皇甫谧以"极美""尽丽"为辞赋之能事大相径庭了。从诗学发展观说,汉大赋铺陈中"四过"之处,虽然并不都是很可取的,但确实包含了许多艺术经验的积累。挚虞予以否定,显然是不可取的。诗歌的发展,本是由简及繁,由质趋华,所谓踵事增华,变本加厉。挚虞以古律今,与诗歌美学发展的总趋势是相背离的,与魏晋诗赋日趋华丽的风尚也不相协调。从这一点说,与其师皇甫谧赋论相较,是倒退了一步。但虞以诗律赋,以情义为本,其中很重要的一点,是提倡发扬骚体赋的传统,认为“《楚辞》之赋,赋之善者也,故扬子称赋莫深于《离骚》。贾谊之作,则屈原俦也”。这种评论,是很中肯很可取的。魏晋辞赋的发展,并非沿着汉大赋“四过”的路子前进,而是向抒情小赋转化。从这一点说,挚虞的赋论,又反映了辞赋发展的一种趋势,体现了中国诗学发展重视抒情性这一主流。这较之左思、皇甫谧赋论,又高出一筹。

综上可见,挚虞的诗学,虽然深受汉儒论诗的影响,有不少地方都本着扬雄的见解,诗学观念偏于保守。但他在集录文章上,开了总集类这一体例的先河。《四库提要·集部·总集类》言:“故体例所成,以挚虞《流别》为始。”《流别集》的出现,既反映了汉魏期间以诗赋为主体的各体文章创作上的繁荣,也为选编者汇成总集提供可能;而更为重要的是适应了其时广大文士观摩和习作文章的迫切需求,为他们提供便利的条件,以免索检之劳。由此亦可见,由魏及晋,士林中诗学好尚的风气正日趋炽烈。《流别集》的流行,对于提高文士们的鉴赏能力和审美情趣,都会有潜移默化的作用,其影响的范围,往往大于一些著名的文论著作。至于挚虞对各种文体的理论阐释和对作家作品的评论,其诗学观点虽然偏于保守,但他能紧扣各种文体的特点,做了较为系统、较为深入的理论阐释,有一定的理论深度并有自得之见。所以不但当时为世所重,而且对后世也产生了较为广泛的影响。譬如他在论赋时,第一次提出“事类”这个范畴,认为作赋应“以情义为主,似事类为佐”。刘勰作《文心雕龙》,为“事类”立专篇,很有可能受其启示。因为刘文所论内容和挚虞之言有许多相近之处。所以南朝一些重要的诗论家,如刘勰、锺嵘等都对挚虞之书给予肯定性的评价。明人张博说:“《流别》旷论,穷神尽理,刘勰《雕龙》、锺嵘《诗品》,缘此起议,评论日多矣。”(《汉魏六朝百三家集·挚太常集题辞》)挚虞之书,不但在总集类中处于开创者的地位;其论、志之著,在两晋南朝时代,也起了导夫先路的作用。

第二节　东晋评诗的风气与葛洪、李充的诗论

东晋偏安江左,但南渡士族清言谈理之风仍有增无减。"因谈余气,流成文体。"(《文心雕龙·时序》篇)玄言诗一度很风行,在思辨之风和思不尚同的思想影响下,诗歌理论批评和艺术鉴赏,也提出一些新的见解,出现一些新的审美风气,这反映在《世说新语》的有关条目上。至于葛洪的《抱朴子》,其内篇,谈养生等,属道家;其外篇,言及诗赋理论,基本属儒家诗学范畴,和陆机之论一脉相承;李充的《翰林论》,所评时人颇以为怪。葛、李之言,与其时论诗风气不甚合拍,但各有其自得之见,也有一定体系和理论深度,对南朝诗论有一定的影响。

东晋百余年间,在文化思想界,庄玄思想占有某种统治地位。《世说新语·文学》篇言:"旧云,王丞相过江左,止道声无哀乐、养生、言尽意三理而已,然宛转关生,无所不入。"王丞相即王导。他是南渡百家大士族的首领,东晋王朝的实际开创者。他在经营这半壁江山的时候,同时也在领导着士族沙龙清谈玄理。所谓"声无哀乐、养生、言尽意三理",本是正始以来玄学论争中的三个重要命题,至此已成为融合、贯穿和带领所有玄学论题的一个纲领,成为环环相生一些新的命题的生长起点。所谓"宛转关生,无所不入",大约就是此意。晋代的统治地盘是大大缩小了,但士人们玄学的论题却扩大了,深入了。刘勰言:"自中朝贵玄,江左称盛,因谈余气,流成文体。是以世极迍邅,而辞意夷泰,诗必柱下之旨归,赋乃漆园之义疏。"(《文心雕龙·时序》)对当时玄学风靡的情况和进一步渗透到诗赋创作领域的严重程度,做了精确的概括和深入的分析。但令人颇感惊异的是,较为系统地总结玄言诗的创作经验,以倡言诗应"贵道家之旨"的诗论著作,却一篇也未出现,这大约与一些言不能尽意论者,不重视立言以传世有关。我们从记录魏晋时期士族文士趣闻逸事的著作中,却不难看到东晋时期诗学爱好的某些

新风尚和审美情趣多元化的情况。如《世说新语·文学》篇记："简文称许掾云：'玄度五言诗，可谓妙绝时人。'"玄度，许询字。询曾被辟为司徒掾，未就，本书各篇仍记时人称其为"许掾"。简文，是东晋简文帝司马昱，尤善玄言，与玄言诗代表作家许询友善。《世说新语·赏誉》篇记其与许询在风恬月朗之夜在曲室中造膝长咏达旦，并说："玄度才情，故未易多有许。"简文以帝王之尊，对玄言诗如此倾倒，可见其时的风气。玄言诗另一代表人物孙绰，《世说新语·品藻》篇记其与简文帝对话，品评当代名人的玄学修养，并自炫吟咏玄胜高出于他们："托怀玄胜，远咏《老》《庄》，萧条高寄，不与时务经怀，自谓此心无所与让也。"这些"莫不寄言上德，托意玄珠"（沈约《宋书·谢灵运传论》）的玄言诗，虽兴极一时，终因其有"理过其辞，淡乎寡味……皆平典似《道德论》"（锺嵘《诗品序》）的欠缺，自宋齐以后遭到否定和遗弃，走向败落。

　　反映在诗赋批评鉴赏方面，其中虬龙片甲，则很有可取。《世说新语·文学》篇："庾子嵩作《意赋》成。从子文康见，问曰：'若有意邪？非赋之所尽；若无意邪？复何所赋！'答曰：'正在有意无意之间。'"子嵩，庾敳字，好《老》《庄》，仕晋为吏部郎。《晋书》言："敳见王室多难，终知婴祸，乃著《意赋》以豁情，犹贾谊之《鵩鸟》也。"《鵩鸟赋》是贾谊谪居长沙时情怀忧伤，作赋以《老》《庄》齐死生、等祸福思想排遣忧愁。《意赋》也是庾敳"终知婴祸"，意在"豁情"，以求解脱。文康是庾敳的堂侄庾亮的谥号，他对《意赋》提出的"有意"与"无意"的问难，就是本着言不尽意论的命题的，庾敳的"正在有意无意之间"的回答，深契意在文外之旨。该书同篇记阮孚激赏郭璞《幽思篇》诗句"林无静树，川无停流"，并言："泓峥萧瑟，实不可言。每读此文，辄觉神超形越。"则是由玄对山水进入到山水哲理诗引发出诗外遐想。这些，都有助于诗学意境理论的生成和深化。

　　东晋的诗歌创作和批评鉴赏，当然并非全受玄学清言"因谈余气"的影响，所作也不都是"理过其辞"，以庄玄哲理为旨归的。与孙绰、许询大体同时的著名诗人袁宏，以《咏史》诗和《东征赋》《北征赋》名动当时，被誉为"当今文章之美，故当共推此生"（《晋书·文苑传》）。袁宏以历史和现实的重大事件和著名人物为题材的诗赋，都是咏实而非言虚，其进退之间，也是以正统的史官文化的尺度为权衡的。

即使一些深信玄理和爱好清言的文士,其诗学好尚,往往也出现多样化的倾向,而不拘一格。与王导齐名并以文采风流著称的一代名相谢安,弱冠即以善清言闻名,执政后亦申言谈玄无妨治政。他雅好论诗,对诗艺有很高的艺术鉴赏水平。其谈诗论艺,不但不受传统观念的束缚,且能依据诗歌本身的特点,自出新意,独具只眼,发人深省。谢安对诗学的审美好尚,也深深影响了陈郡谢氏家族的子侄辈及其后代。《世说新语·言语》篇载:"谢太傅寒雪日内集,与儿女讲论文义。俄而雪骤,公欣然曰:'白雪纷纷何所似?'兄子胡儿(朗)曰:'撒盐空中差可拟。'兄女(道蕴)曰:'未若柳絮因风起。'公大笑乐。(道蕴)即公大兄无奕女,左将军王凝之妻也。"又,《世说新语·文学》篇载:"谢公因子弟集聚。问:'《毛诗》何句最佳?'遏(谢玄小字)称曰:'昔我往矣,杨柳依依;今我来思,雨雪霏霏。'公曰:'讦谟定命,远猷辰告。'谓此句偏有雅人深致。"这两则记事,都是记谢氏家族内部诗艺沙龙的场面特写,所言说的实为对诗学的审美感受。第一则记谢安与子侄辈在"论文讲义"之时,适逢大雪,即兴联句,把"论文"和赏雪联系起来,通过作诗来赏雪,其中以才女谢道蕴"未若柳絮因风起"句尤为胜出。以柳絮喻雪花,不但形似,写出了大雪的氛围,而且以春色拟冬景,写出了飞雪的动态美,表现了赏雪者的愉悦心境,使人产生了更多的遐想。风飘柳絮谢家雪,成为千古诗坛佳话。谢家父子雪日联句,才逸而文秀,自然而欢快,较之汉武帝于柏梁台君臣联句,群臣各依据自己之职守拼凑成句,既拘谨而又生硬,不知胜出几筹。

评"《毛诗》何句最佳?"当是记谢家"论文讲义"的另一次盛会,《毛诗》本是汉儒传《诗》齐、鲁、韩、毛四家之一种。《诗》三百篇以何句为佳?《毛传》当然有自己的定评,当是《周南》的第一篇,亦即居十五国风之首的用以赞美"后妃之德"的"关关雎鸠,在河之洲"吧!但年轻的谢玄,却以《小雅·采薇》末章"昔我往矣,杨柳依依;今我来思,雨雪霏霏"为首选。《采薇》本是写戍边士卒在返家途中回顾征战之苦和思家之切,"昔我"四句,通过不同景色的描绘,既写了出征和罢戍时序的不同,也衬托出戍卒相异的哀乐心境。谢玄虽然未说明此句为何为最佳,但至少我们可以看出他是认为诗应以言情而非以明理为主,情与景融合才能胜出。这样的审美体验,与谢道蕴以柳絮喻飞雪衬托出赏雪者欢快的心境,有异曲同工之妙。至于谢安以《大雅·抑》"讦谟定命,远猷辰告"句为最佳,《晋书·列女传·王凝之妻谢氏》记谢道蕴以《大雅·烝民》"吉甫作诵,穆如清风;仲山甫永怀,以慰其心"句为最佳,都是以"雅人深致"相推许。汉儒认为,雅诗是正声,是"言王政之所由废兴"(《毛诗序》),而大雅,更是关系王政废兴之大者,这是纯政治功利论诗。"雅人深致"即"雅致",主要是指典则、温顺、深厚、高洁、开阔和落落大方,这是一种风格美。把纯功利论诗升华为诗的风格美,始于曹植。谢安叔侄评诗,似乎也向往和追踪此意。

庾亮和谢安对庾阐《扬都赋》得失的争论,反映出东晋诗赋评论界已经形成了一种新的批评风气。《世说新语·文学》篇载"庾仲初作《扬都赋》成,以呈庾亮。亮以亲族之怀,大为其名价,云可三《二京》、四《三都》。于此人人竞写,都下纸为之贵。谢太傅云:'不得尔,此是屋下架屋耳。事事拟学,而不免俭狭。'"庾阐的《扬都赋》,从庾亮的评价看,是可以和张衡的《二京赋》和左思的《三都赋》相比拟的,这是从赞美意义上说的。《二京赋》写西京长安和东京洛阳,共两篇;《三都赋》则是以魏、蜀、吴三国都城为题材,共三篇。所谓"三《二京》、四《三都》"即言《扬都赋》可以合《二京》为三,合《三都》为四,意谓可以方驾张、左的名赋。庾亮性好《老》《庄》,是东晋的重臣,他对庾敳的《意赋》提出质疑,即依据言不尽意论;而想为《扬都赋》"大为其名价"又是与《二京》《三都》相比价。而张、左之作的价值趋向,是以儒学为权衡的。谢安以"屋下架屋"之喻,提出反驳,并不一定就是反对传统的京都赋的思想倾向,而是意在反对模拟,提倡创新。这在创作理论上,是具有开创性的。在这一点上,谢安的见解不但高出于庾阐、庾亮,也高出于左思和陆机、陆云兄弟。"三《二京》"这类赞誉的语式,也不是庾亮的首创,而是来之于张华。张评左思《三都赋》,即言"此《二京》可三"(见《世说新语·文学》篇)。庾亮袭用之,也是一种"拟学"。谢安的"屋下架屋"的批评,似乎对此寓有贬意。

再从庾亮对《意赋》和《扬都赋》之评论所持的不同立意看,用玄用儒似乎是按需取用的,价值取向上并不很执着。这种情况不仅仅反映在性好

《老》《庄》的庾亮身上,孙绰的表现亦类此。《世说新语·文学》篇言:"孙兴公云:'《三都》《二京》,五经鼓吹。'"刘孝标注:"言此五赋,是经典之羽翼。"这是对两赋的推许。《晋书》言绰"绝重张衡、左思之赋,每云:'《三都》《二京》,五经之鼓吹也。'"孙绰是东晋最著名的玄言诗作家,其评论却"绝重""折之以王道"的张、左的赋作。表面看起来,这似乎很矛盾,甚至不可思议,而实际上,却是其时名士一种风流、一种本领的表现,也是其时论诗多元化,不执着于一理的一种景观。这种情况,在名士清言中也所在多有。《世说新语·文学》篇载:"许掾年少时,人以比王苟子,许大不平。时诸人士及于(按:应为"支")法师并在会稽西寺讲,王亦在焉。许意甚忿,便往西寺与王论理,共决优劣,苦相折挫,王遂大屈。许复执王理,王执许理,更相覆疏,王复屈。许谓支法师曰:'弟子向语何似?'支从容曰:'君语佳则佳矣,何至相苦邪?岂是求理中之谈哉?'"玄学的清言能否胜出,不在于理之是非与正误,而在于能否使对方屈服。所以主客问难,客理既已难倒主理,还可以主客置换,客方可以持已劣败的主理,再难原已胜出的客理。许询与王修清言,许询正是用主客倒置、正反互换的论辩,以屈王修,以此证明自己高出于对方。所谓"理中之谈",是在谈中泯灭理与理之间的界限,这是谈家的最高境界。《世说新语》同篇记阮修答王衍的"《老》《庄》与圣教同异"之问说:"将无同。"意即两者没有什么不同。这是"理中之谈"的典范,阮修也因之获得官爵,"辟之为掾"。东晋文士,好玄好儒,有时虽有其倾向性,但用玄用儒,却不一定泾渭分明。深好庄玄之学的庾亮、孙绰,同时推许渗透了儒家诗学思想的诗赋,是不足为奇的,今之论者,对此似乎也不应太执着。

从《世说新语·文学》诸篇所涉及的诗赋创作和评论情况看,并不一定就是"莫不寄言上德,托意玄珠",而是审美思想比较活跃,审美情趣多元化。看重明理者有之,追求缘情者亦有之;以形似为美者有之,以传神为高者亦有之。诗思的观念比较自由而不固执,思路比较开阔而不狭窄,有些片断的论诗见解也很精辟和深刻,反映出这一时期论诗的风气。这种好思辨思想的形成和审美思想比较自由,不能说与其时玄学风行没有一定关系。

葛洪(283—363)[①],字稚川,自号抱朴子,丹阳句容(今江苏句容)人。父悌仕晋为邵陵太守。洪幼尚儒学,因军功为伏波将军,后仕官至司徒府谘议参军。晚年笃信道教,辞官至广州罗浮山,以炼丹终。著有《抱朴子》内外篇。自言:"其内篇言神仙方药……属道家;其外篇言人间得失,世事臧否,属儒家。"(《外篇自叙》)文学是言人间世事的,当然也就属于儒家的领地了。外篇中《钧世》《尚博》《辞义》《应嘲》《百家》和《文行》等,就包含有一些论文衡艺之言。

葛洪的哲学思想虽比较复杂,但明确提出了"道本儒末"的命题,这与《抱朴子》一书内道外儒的结构是一致的。葛洪的"道"包含有老、庄的思想,但更主要的是道教的内容,所以他反对当时玄学的虚诞之风。《抱朴子·内篇·道意》言:"道者,涵乾括坤,其本无名。论其无,则影响尤为有焉;论其有,则万物尚为无焉。"《畅玄》篇言:"得之者贵,不待黄钺之威;体之者富,不须难得之货。"这与"何晏、王弼等祖述《老》《庄》,立论以为'天地万物皆以无为本。无也者,开物成务,无往不存者也……故无之为用,无爵而贵矣'"(《晋书·王衍传》)的记述,似乎没有什么两样。但葛洪所言之"无",更侧重于思想道德修养的层面,即老子所言的无欲无争,以全身远祸。如《道意》篇说:"人能淡默恬愉,不染不移,养其心以无欲,颐其神以粹素……则不请福而福来,不攘祸而祸去矣。"《外篇·嘉遁》篇亦言:"盖至人无为,栖神冲漠,不役志于禄利,故害而不能加也。"葛洪的立身行事,似乎也是遵循着这条思想原则的。所以葛洪所言之"无",并不是从本体论上立论,而是侧重于谈"无"之"用"。其书外篇言"有",更重在言"有"之"用",与本体论上的"无"没有什么关联。至于其论"道"的那些玄远夸饰之言,只不过是为道家神仙鬼怪之谈张目而已,并无什么深意。其"道本儒末"之说,也与魏晋玄家所论异趣。

《抱朴子》外篇诸篇所论之"文"是指广义之文章,不是专指诗赋,甚至主要不是指诗赋,但是也包括诗赋在内。其所论文的一些重要原则,涵盖并适用于诗学;而所论他体的文章,也包含有诗学的因素。从诗论史的角度说,

---

① 葛洪的生卒年有多说:283—363(81岁);283—343(61岁);寿不及六十岁。今依王明著《抱朴子内篇校释》(增订本)。

评述葛洪的文论,是不可或缺的一环。葛洪论文,最可注意的是两点:其一,德粗文精论,对文章的创作与鉴赏的精深处和特异处,做了很精辟的论述;其二,今胜于古论,从文章反映社会的深广度、表现形式的丰富性和多样性以及词采增饰的必然性等方面,论述文章今优于古是已成的事实和历史的进步。这两点都突破了儒家论文的见解,而且适用于论诗。

从德粗文精看,葛洪是重视德行的。其评诗论文,常以有助于教化为旨归。"立言者贵于助教,而不以偶俗集誉为高。"(《应嘲》)"助教",就是有助于以德化民。文章的价值,既体现在德行上;文章的地位也与德行同等重要。"文章之与德行,犹十尺之与一丈,谓之余事,未之前闻。""文章虽为德行之弟,未可呼为余事也。"(《尚博》)这是对重德轻文的传统的儒家思想的反驳。

为什么德与文亦即文与道之间的关系是属于伯仲之间,处于同等重要地位,而不是主从关系呢?葛洪也以鱼筌之喻做了说明:"筌可以弃而鱼未获则不可以无筌;文可废而道未行则不得无文。"(《尚博》)这就是说文与道的关系,是因果关系。"果"是归结点,固然很重要,但无"因"也就不可能产生"果",所以他认为这两者是同等的重要。鱼筌之喻,本出自庄周,《庄子·外物》篇就用"得鱼忘筌"之喻,以明"得意"应"忘言"。王弼的《周易略例·明象》引《庄》释《易》,进而言"得意"可以"忘言"和"忘象"。"忘言""忘象"也就是可以"无文"了。葛洪显然是针对此意提出了批评。儒家是较为重视文采美的,但较之德行,则等而下之。孔子就有"行有余力,则以学文"(《论语·学而》)之言,认为文章是诗人之余事,即缘于此。葛洪对以文章为余事的批评,就是有鉴于此而发的。他认为两者处于同等重要的地位,就是对儒家传统的信条"太上有立德……其次有立言"(《左传·襄公二十四年》)做了修正,用以强调文章的重要,突出文章的地位,而这又与其时士族文士重文的风气是完全一致的。

德粗文精论是葛洪对重文的思想做的发挥。对文章创作和鉴赏中精微奥妙之处,葛洪做了较深入的剖析和强调,表现了他对文学特点的新认识和理论思维的重视。《尚博》篇在回答褒源而不应贵流,崇本而不当珍末的问题时说:"本不必皆珍,末不必悉薄。譬若锦绣之因素地,珠玉之居蚌石,云雨生于肤寸,江河始于咫尺尔。"这"锦绣之因素地"等四个比喻,意在说明,文章虽源于道,但又极大地丰富和发展了原初的道。以绚丽多姿的形态呈现出道,重道必须重文,而重文也就是重道,所以对精致之文,理应珍视。文与道体现在一个士人身上,就是德行与文章的修养了。葛洪认为判别两者的高下,也是文难于德的。《尚博》篇说:"德行为有事,优劣易见;文章微妙,其体难识。夫易见者粗也,难识者精也。夫唯粗也,故铨衡有定焉;夫唯精也,故品藻难一焉。"这就是对德粗文精这一命题的说明。但这并不是说文章就高于德行,而是说判别一个人文章与德行的高下得失,难易是有别的。因为士人的正与邪、忠与奸、诚与伪以及贤与不肖等,都会通过具体事情表现出来,比较容易识别;而文章如行云流水,变化万千,其中深与浅、高与卑等,此文章与彼文章,得与失常在锱铢毫芒之间,不是深识者是很难言其特色并判别其高下的。

再从创作的角度看,更可见文章的精微奥妙:"若夫翰迹韵略之宏促,属辞比事之疏密,源流至到之修短,蕴藉汲引之深浅。其悬绝也,虽天外毫内,不足以喻其辽邈;其相倾也,虽三光熠耀,不足以方其巨细;龙渊铅铤,未足譬其锐钝;鸿羽积金,未足比其轻重。清浊参差,所禀有主。朗昧不同科,强弱各殊气……斯伯牙所以永思钟子,郢人所以格斤不运也。"(《尚博》)这里已涉及运思行文之逸与窘,步韵节奏之宏与狭,用典切事之疏与密,内涵发掘之深与浅,境界呈现之露与浑,既可以间入毛发。也可以囊括天地,有时失之毫厘,差之千里。至于作者禀气不同,清浊有别,风格殊异等,这些都是"文章微妙,其体难识"的表现。知音之难遇,就是基于创作的微妙,文章的精深。这里对文精的阐释,已经涉及包括诗赋在内的文学创作中的构思、表达以及批评鉴赏中许多具体而微的问题,所论都能见其对文的重视,而且知之甚深的。

葛洪在总结汉魏和晋代才士之作的成就时进而说:"或有汪涉玄旷,合契作者,内辟不测之深源,外播不匮之远流,其所祖宗也高,其所绅绎也妙,变化不系滞于规矩之方圆,旁通不凝阂于一涂之逼促。是以偏嗜酸碱者,莫能知其味;用思有限者,不能得其神也。夫应龙徐举,顾盼凌云;汗血缓步,呼吸千里。而蝼蚁怪其无阶而高致,驽蹇患其过己之不渐也。若夫驰骤于诗论之中,周旋于传记之间,而以常情览巨异,以褊量测无涯,以至粗求至精,以甚浅揣甚深,虽始自鬈龇,讫于振素,犹不得也。"(《尚博》)这段论述,是对汉魏以来的子书以及一些专题论文的总结和评赞,其中包括王充的《论衡》、曹丕的《典论》、陆机的《文赋》和陆云的《陆子》等。汉魏以来的学术著作,涉及面很广,文学理论是其中重要组成部分。《抱朴子·外篇》中有不少地方论述到了这一时期文学理论的成就。这是葛洪文论的一个重要特色,具有开创性。"清浊参差,所禀有主。朗昧不同科,强弱各殊气。"这不是对曹丕的"文气"说的阐释和生发吗?"变化不系滞于规矩之方圆,旁通不凝阂于一涂之逼促。"不是对陆机《文赋》中的"离方遁圆"和"因宜适变"论的运用和绅绎吗? 其他如反对贵古贱今、贵远贱近,评述偏才与通才,文味、文病以及巧心、拙目等,我们都可以在王充、二曹、二陆的论著中找到相应的论题。尤其可贵的是葛洪对此做了很高的评价,认为他们的论著对前人之作既有继承,也有发展,而且是在更高层面上的继承和发展。"其所祖宗也高,其所绅绎也妙""义深于玄渊,辞赡于波涛""内辟不测之深源,外播不匮之远流"。称赞他们视野开阔,气魄宏大,如"应龙徐举,顾眄凌云;汗血缓步,呼吸千里",蝼蚁怪其高,驽蹇疾其速,那是不足为怪的。对于这些深美富博的论著和具有神思及深味的文章,挈瓶之徒和浅识者,终其一生也是不能窥其妙的。葛洪所赞美的汉魏以来的群言,侧重指子书。这"深美富博之子书"既是具有独立见解的一家之言,又包含有文、史、哲等多方面的内容,文学和诗学理论,当然也包括在内。曹丕非常看重自己的《典论》,并盛赞徐幹的《中论》,就是重理论也就是重子书的表现,而其《论文》就是《典论》中的一篇。所以重视文学理论,是把重文升华到理论层面,进入到更高的层次。《尚博》篇批评了"或贵爱诗赋浅近之细文,忽薄深美富博之子书"的现象,那是针对其时忽视理论著作而发的,并不能证明葛洪就轻视诗赋创作。《晋书》即言其"所著碑诔诗赋百卷",即可说明他的诗赋创作和他的文论一样,也是有所成的,是一位诗人兼理论批评家。

我们还须提及的是,葛洪在"文人相轻,自古而然"的风气里,如此肯定和赞美前代文士的论著,是非常难能可贵的。他对以曹、陆为代表的魏晋文学理论的一些重要内容的吸收、阐发和高度评价,在东晋以至于南朝,都比较少见。南朝的一些文论大家评及前人之作,常常是贬多于褒。魏晋文论远远高出于秦汉之处,没有引起人们足够的重视。葛洪所论,更弥足珍贵,这在中国文论研究发展史上,是值得书写一笔的。虽然葛洪是意在驳正当时不重视理论思维的学风,对魏晋时代每家论著涉及文论内容的得失进行具体而微的评说也有所欠缺。

再就今胜于古说。这是从文章的古质今丽和丽优于质得出的结论。如果说德粗文精论是就德行和文章两者在隐与显、难与易诸方面做了横向的比较,那么今胜于古论则是对文章的发展变化即古质今丽做了纵向的考察。葛洪认为,今胜于古是历史发展的必然和历史的进步,既表现在物质生活上和自然科学领域内,也体现在精神生活上和人文科学的范围里。但长期以来,人们乐意在物质生活上接受历史进步的成果,而在人文科学内却是古非今。对这种不正常的情况,葛洪通过对比做了强烈的抨击:"古者事事醇素,今则莫不雕饰。时移世改,理自然也。至于鞼锦丽而且坚,未可谓之减于蓑衣;辎轩妍而又牢,未可谓之不及椎车也……若舟车之代步涉,文墨之改结绳,诸后作而善于前事,其功业相次千万者,不可复缕举也。世人皆知之快于曩矣,何以独文章不及古邪?"(《钧世》)其实,文章也是今胜于古的,只不过是文士们深受儒家的信而好古和述而不作的思想影响,以耳代目、人云亦云和视而不见罢了。葛洪进而论证文章今胜于古之处:"今诗与古诗,俱有义理,而盈于差美。方之于士,并有德行,而一人偏长艺文,不可谓一例也;比之于女,俱体国色,而一人独闲百伎,不可混为无异也。"古诗是善,今诗是美而且善;古诗是质素,今诗则"素以为绚",是质地纯朴而又绚丽多彩。诗赋的今胜于古,就在于古质而今丽。《钧世》篇还列举两汉和魏晋诗赋名篇与《诗经》中有关的篇什做具体的比较,以证今胜于古:"《毛诗》者,华彩之辞也,然不及《上林》《羽猎》《二京》《三都》之汪涉博富也。""若夫俱论宫室,而奚斯《路寝》之颂,何如王生之赋《灵光》乎?同说游猎,而《叔畋》《卢铃》之诗,何如相如之言《上林》乎?并美祭祀,而《清庙》《云汉》之辞,何如郭氏《南郊》之艳乎？等称征伐，而《出军》《六月》之作，何如陈琳《武军》之壮乎？则举条可以觉焉。近者夏侯湛、潘安仁并作《补亡诗》，《白华》《由庚》《南陔》《华黍》之属，诸硕儒高才之赏文者，咸以古诗三百，未有足以偶二贤之所作也。"诗赋如此，文亦如之。"且夫《尚书》者，政事之集也，然未若近代之优文诏策军书奏议之清富赡丽也。""优文诏策军书奏议"这类政治应用文也能"清富赡丽"，就是两汉以来诗学的渗透使之诗化的结果。葛洪认为，今之"清赡富丽"的政治应用文高出于质朴无华的古之《尚书》，就是肯定和赞美诗向散文渗透这一发展倾向。所以"词赡富丽"是葛洪认为今胜于古、今诗高于古诗的出发点。

批评贵古贱今，认为今胜于古，这当然不是葛洪首先提出的。王充的《论衡》已倡言在先。但王充崇实疾虚，仅对"育华""饰辞"，对铺采摛文的汉赋持否定态度。葛洪之论，有异于是，他显然是另有承接。古质今丽，丽优于质之言，始见于陆机。其《羽扇赋》言："夫创始者恒朴，而饰终者必妍。是故烹饪起于热石，玉辂基于椎轮。"《文赋》中着力赞美的是构思新巧、词采华茂、音韵和谐的新声绝曲，把古朴无华、"雅而不艳"视为一种文病。这些都包含有今胜于古、华丽优于朴质的思想。对陆机诗学思想赞美有加的葛洪，接过这个论题，做了更专深的研究和阐述。他以赡丽富博的艺术标准，把汉儒奉为经典的《诗经》《尚书》放在魏晋文章之下，这些石破天惊之论，是既"伏膺儒术"、又雅好新声的陆机所不会说的，也是不敢说的。葛洪对儒家的信条能有如此的突破，可能归功于他同时又是一位科学家，具有实事求是的科学思想的指导，而其时玄学风行，思不尚同的思想风靡学界也在起作用。而葛洪的审美好尚，也是自魏晋以来绮丽的诗风浸染的结果。总之，葛洪的诗学见解，仍是一代风气使然。

当然，葛洪在德行与文章、古与今、丽与质等问题上，虽然是突破了儒家的某些传统的观念，但其见解仍属于儒家诗学体系范围之内。因为他始终恪守着诗教和诗的社会功用论，从不逾矩。"不能拯风俗之流遁，世途之凌夷，通疑者之路，赈贫者之乏，何异春华不为看粮之用，苣蕙不救冰寒之急？古诗刺过失，故有益而贵；今诗纯虚誉，故有损而贱也。"（《辞义》）

"夫制器者珍于周急，而不以采饰外形为善；立言者贵于助教，而不以偶俗集誉为高。"（《应嘲》）前文曾言，今诗胜于古诗；这里又说，今诗不及古诗。乍看起来，似乎是前言不顾后语，实际上赋予"今诗"的内涵前后是不相同的。前言"今诗"特指两汉魏晋一些诗赋名篇，如司马相如的《上林》赋、左思的《三都》赋和潘岳的《补亡诗》等。在葛洪看来，这些诗赋名篇，既能讽政，又词赡富丽。较之《毛诗》，在词采美上胜出一筹，所谓"方之于士，并有德行，而一人偏长艺文……比之于女，俱体国色，而一人独闲百伎"。至于后文所言之"今诗"，当是指魏晋诗坛上一些徒具华美的词采而无义理的诗赋短篇，像侍宴、奉和、颂德和应酬之作以及单纯性写景之文。如果用他的比喻逆向推理，那就是方之于士，虽长艺文，但无德行；比之于女，虽闲百伎，但不体国色，也就今不如古了。有时候，他又将宏博之子书与浅近之诗赋相较量，褒扬前者而贬抑后者，也是基于这种审美评判。《尚博》篇说："或贵爱诗赋浅近之细文，忽薄深美富博之子书，以磋切之至言为呆拙，以虚华之小辩为妍巧，真伪颠倒，玉石混淆，同《广乐》于《桑间》，钧龙章与卉服。悠悠皆然，可叹可慨者也！"论者有以为葛洪最推重子书，对诗赋有所轻忽，其实不然。前文已言，他既褒誉能刺过失的古诗，更赞赏那些寓有深意又具文采美的两汉至魏晋的诗赋华章，认为后者的价值超过前者。所谓"诗赋浅近之细文"，也不是言诗赋篇章短小，不能表达深意，因而不及子书。因为积少可以成多，小中可以见大。《尚博》篇曾反驳说："或云小道不足观，或云广博乱人思，而不识合锱铢可以齐重于山陵，聚百十可以致数于亿兆。群色会而衮藻丽，众音杂而《韶》《濩》和也。"《毛诗》以及《韶》《濩》《广乐》都非长篇，夏侯湛、潘岳所作《补亡诗》也是短章，古与今这两类诗乐同时受到他的推重，就是因为这些诗乐能助教化、刺过失、具义理；他高度评价王充的《论衡》，自己也全力以赴地写作《抱朴子》，也是有见于此。以助教化的见解评价诗赋以及各体文章的高下得失，正是基于儒家诗学观点的表现。

当然，葛洪的诗学观点不同于汉儒。代表汉儒的诗学见解的是扬雄，他只肯定古诗的醇素，否定汉赋的雕饰，把"丽以淫"和"丽以则"完全对立起来。葛洪则不同,他认为今诗的雕饰华美,是时世发展的必然,古质今丽、踵事增华是历史的进步,"丽以淫"和"丽以则"是可以而且是必须结合在一起的。这种儒家诗学的新界定,也并非起始于葛洪,西晋的陆机对此已有较完整的表述。《文赋》一方面言诗、赋要"缘情而绮靡""体物而浏亮",其结采连华,如"藻思绮合,清丽芊眠,炳若缛绣,凄若繁弦",亦若"播芳蕤之馥馥,发青条之森森"。但词采富丽,也要受到严格的规范和制约,其言文用:"济文武于将坠,宣风声于不泯。"要防微杜渐,则称"亦禁邪而制放",即止乎礼义。词丽与文用,两者是不可偏废的。葛洪的诗学见解,与陆机是一脉相承的。《晋书·陆机传》引葛洪赞语有云:"机文犹玄圃之积玉,无非夜光焉,五河之吐流,泉源如一焉。其弘丽妍赡,英锐漂逸,亦一代之绝乎!"这主要是针对陆机的诗赋的成就所写的赞语,而非言其子书。陆机虽有写作子书的打算,但未形诸笔墨。葛洪对陆机的以诗赋为主体的思深而词丽的文章做如此高度的赞美,这在东晋时代也是较为少见的。由此亦可见,葛洪并非偏爱子书,轻视诗赋。他确实批评过"以虚华之小辩为妍巧"的文风,对此甚至感到深恶痛绝而又无可奈何。在《世说新语》中,我们可以看到东晋文士中是存在着以片言立异、以小辩哗众的普遍风气。不好交游,以著书为业的葛洪,是不愿侧身其间,与之较短量长的。从这个角度说,他确实是一个与时俗异趣的人。但是他的诗学观念,以儒家的讽谕为立足点,兼取弘博富丽的艺术美,并使两者完美地结合起来,这正是自魏晋至南朝儒家诗论发展的主线,从曹丕、曹植、陆机到刘勰、钟嵘,所论日臻完善。葛洪之论,也是其中重要的一环,而不是偏离这条主线的旁敲侧击者。至于他所反复阐述的今胜于古,古质而今丽的诗学进化论以及诗味说、禀气说等,在南朝以至于唐代诗论中都产生过影响,成为萧统、萧绎、刘勰以及司空图的诗论中的重要话题。

李充(生卒年不详),字弘度,江夏钟武(今河南信阳附近)人,幼尚刑名,深抑浮虚。丞相王导辟为掾,转记室参军。据《晋书》言:"征北将军褚裒又引为参军。"褚为征北将军在晋穆帝永和二年至五年(246—249)。后应充求除剡令,遭母忧,服阕,为大著作郎,累官至中书侍郎,卒于官。李充的哲学思想,与葛洪有类似之处,在《学箴》篇中,明确地提出了"道本儒末"的命题:"圣教救其末,《老》《庄》明其本,本末之途殊而为教一也。"所谓"救其末",就是"行仁义""复礼克己";所谓"明其本",就是以"明无为""塞争欲之门",以去其"利仁义""害仁义"之心。(上引《学箴》语,均见《晋书》)所以他的"明其本",是为了"救其末",为了更好地"行仁义",为儒学服务。大抵在《老》《庄》风行的年代里,儒者也常引其言以为饰,从葛洪、李充之言看,这也是东晋时儒、道结合的一种形式。

李充在为大著作时,有鉴于典籍混乱,乃校编图书,以类相从,创立甲、乙、丙、丁四部,以五经为甲部,史书为乙部,诸子为丙部,诗赋为丁部。后世以经、史、子、集四部类别图书,即起始于此。充著述多种,属于文论范围的,有《翰林论》多卷(《隋志》三卷,另注:"梁五十四卷"),已散佚。从辑存的十余则看,属文体论的著作,与挚虞的书相似。《玉海》引《中兴书目》言:"《翰林论》二十八篇,论为文体要。""为文体要",即按体论文,也就是界别文体的特点,言各体产生的原委,兼举优秀作品以示例。南朝人对此书的评价都不甚高,刘勰言:"《翰林》浅而寡要。"(《文心雕龙·序志》)锺嵘则称:"李充《翰林》,疏而不切。"(《诗品序》)都是批评其未能明"体要"。

从今人所辑存的及锺嵘《诗品》所引的条文看,其诗学观点,亦间有可采之处。如评应璩诗:"应休琏五言诗百数十篇,以风规治道,盖有诗人之旨焉。"(《文选·百一诗》李善注引)应诗意在讥刺时事,虽颇诙谐,但多用古语,没有什么文采。应曾持其诗遍示当事者,"咸皆怪愕,或以为应焚弃之"(《文选》李善注引《楚国先贤传》)。李充从诗应讽谏的儒家诗学立论,充分肯定其思想价值,并得到南朝诗论家的普遍认同。其"百一"体亦为南朝诗人所师法。《诗品》置应诗于高流,赞其"指事殷勤,雅意深笃,得诗人激刺之旨",就是对李评的申说。

李充评诗,既推重风人之旨,也很赞赏文采美。如评潘岳诗:"潘安仁之为文也,犹翔禽之羽毛,衣被之绡縠。"(《初学记》二一引)《诗品》评潘岳诗亦引其言:"《翰林》叹其翩翩然之有羽毛,衣被之有绡縠,犹浅于陆机。"
"《翰林》笃论,故叹陆为深。"所谓意深,就是指雅意深笃。李充认为,潘诗
文美,陆诗文美兼有深意,以雅意深笃与否来判别陆、潘诗的次第。锺嵘称
"陆才如海,潘才如江",并以"陆机为太康之英,安仁、景阳为辅"。此类评
判,引李充之言是一重要的论据。潘、陆的高下,在东晋诗坛上是颇有争议
的问题。《世说新语·文学》篇载:"孙兴公云:'潘文烂若披锦,无处不善;陆文
若排沙简金,往往见宝。'"孙绰(314—371)是玄言诗代表作家,与李充大体
同时或略后,他扬潘抑陆,与李充之意见相左。寻绎其原因,这种审美趣味
的差异,当是两人对玄、儒思想的体认有所不同有关。孙绰为一代玄言诗的
宗主,文风尚清通简要,故激赏潘诗的清绮浅净;李充宗儒,对文繁理富的陆
诗则更为看重。对潘、陆不同的判别中,显示出他们对诗学审美倾向的
差异。

　李充评诗,还有一特点,即评及当代诗人。锺嵘《诗品》评郭璞诗引李充
书:"《翰林》以为诗首。"此言不见于后人辑佚之文,但颇值得注意,因为自永
嘉至永和后诗坛上是平淡典则而无文采的玄言诗占统治地位。《世说新语·
文学》篇注引《续晋阳秋》言:"(许)询、(孙)绰并为一时文宗,自此作者悉体
之。"在诗坛上一边倒的风气下,李充敢于标举郭璞为诗首,这是需要有卓识
和理论勇气的。朱东润先生说:"至其论及南渡以后,独推郭璞之诗,只眼独
具,千秋定论,虽吉金片羽,弥自足珍矣。"(《中国文学批评史大纲》)刘勰言:
"景纯艳逸,足冠中兴。"(《文心雕龙·才略》)锺嵘则称郭诗:"始变中原平淡
之体,故称中兴第一。"(《诗品》)都是缘始于"《翰林》以为诗首"的。以郭璞
为诗首,是立论于否定玄言诗。南朝的诗论家对玄言诗大抵持批评态度,寻
其渊源,当是从《翰林》首始的。

　又,李充评木华赋:"木氏《海赋》,壮则壮矣,然首尾负揭,状若文章,亦
将由未成而然也。"(《文选》李善注引)木赋状大海之壮丽,傅亮《文章志》言:
"木玄虚为《海赋》,文甚俊丽,足继前良。"(《文选》李善注引)但李充认为,木
赋文虽壮美,但"首尾负揭,状若文章",不合体制。负揭,《庄子·胠箧》:"负
匮揭箧,担囊而趋。"意谓大盗入室,前箱后袋,一同担走。此喻木赋前言后

语,内含过厚,且语句短,节奏快,是文章的写法,中间的铺陈却不足,这就如同窃贼担着前箱后袋急忙逃走一样。这是从赋体应优游铺陈的体制特征立论的,批评《海赋》是一篇未成体的赋。这种批评,很风趣,也是别具一格的。李充仅存的诗论,颇有新见,惜百不存一,是一憾事。

第三章　诗学日尊与诗体的律化

——文笔之辨和诗的声律说

中国自古被称为诗国。中国古代的诗歌,不但起始早,数量多,质量高,而且对他体文章都有渗透作用。这就是说,在中国诗歌美学的影响下,各体文章都有诗化的倾向。这是中国文学有异于西方文学的一大特点,也是一大优点。自《诗经》、《楚辞》、汉赋、汉乐府到魏晋五言诗,诗的体裁日臻完备。对诗体内涵的界定,晋人就用"诗缘情而绮靡"的新语代替汉人的"诗言志"的旧说。"绮靡"就是诗的声音、词采之美。用陆机的话解释,那就是"遣言也贵妍,暨音声之迭代,若五色之相宣"(《文赋》)。从对音声"逝止之无常"的艰难探索,到"浮声""切响"的自觉运用,这就形成了永明体;诗的声色之美向他体文章的渗透,文笔之辨也就随之出现,并不断深化,向诗笔之辨发展。文笔之辨与诗的声律说,是在南朝诗体日尊和诗学日益繁荣的背景下产生的;它的出现,就更进一步推动诗歌创作和理论的发展,并结出丰硕的果实。

第一节　文笔之辨与诗学日等

文笔之辨兴盛于南朝,但文笔之称则始于汉魏。文笔之辨也并非在南朝终结时就戛然而止,从此销声匿迹,而是向起于齐梁大体上迄于中唐的诗笔之辨方向发展,最后为中唐下至宋代的诗文之辨所取代。从此诗文之别就成为评论家、选家和目录学家用以辨析中国正统文学两大类别的概称。

清纪晓岚主编《四库提要》,在集部后以"诗文评"类来统括中国全部文论著作的书目。可见:文笔之称→文笔之辨→诗笔之辨→诗文之别,是贯穿中国两千多年文学史、文论史的一条有迹可寻的发展线索。把握这条主线,就很清楚地看到中国诗学、诗论在中国文学、文论中所处的重要位置。目录学家和文选家只不过是对这种发展趋势的认同和遵从,而不是因为选家为区分文体的便利才别立两目的。

　　从文笔之辨、诗笔之辨所表现出的重文轻笔和重诗轻笔的发展趋势看,其所呈现出的是诗学的独立和诗学主导地位的被认定,同时也带来了对诗歌的因内而符外的审美特质认识的深化。南朝的文笔之辨既不可能为阮元等为复兴骈体文提供论据①,因为从一定意义上说,骈体文也是在受到诗学偏重形式美影响下的产物;它也不是如今之论者所言是纯化了文学的含意,确立了纯文学的地位,因为今之所言的叙事文学中诸多体裁,如小说、戏曲、传记文以至于叙事诗等,在当时都是被排斥在外的,而仅限于抒情诗赋。按照现代的文学观念来界别,这是很不完备的。所以从确切的意义上说,只是纯化了诗的含意。南朝文笔之辨的发展,从一定意义说,是为唐诗的发展和繁荣准备了条件。所以从中国诗论发展史上看,文笔之辨和诗笔之辨,才是更应该特别予以关注的。考察文笔之辨的发展过程,是有助于加深对这一问题的认识的。

一、文章、笔札、文笔连称与笔体趋向独立

　　刘勰《文心雕龙·总术》篇说:"今之常言,有'文'有'笔'……别立两名,自近代耳。"刘书写于齐末,他所指的"近代",当是指刘宋时期。这就是说,文笔之别在南朝初期,已为文士们所言及了。别立两目,虽然起始并盛行于

---

　　① 清阮元重新提出文笔问题,其意在为《文选》学张目,以复兴骈体文。其《研经室文集》载有《学海堂文笔策问》,以其子阮福《拟对》附后。又自制《文韵说》阐明他对文笔的见解,认为刘勰所言"无韵者笔,有韵者文"(《文心雕龙·总术》),这"韵"不仅是指句末叶韵,句中的四声相间,亦属有韵之文。据此推论,《文选》所载,全是有韵之文,但这是不符合刘勰原意的。《文心雕龙·声律》篇:"属笔易巧,选和至难。""选和"就是调四声,使之异音相从,可见在南朝,笔体是要谐声的,其与"文"的区分,就在于叶韵与否。《文选》所选是"文""笔"两体,其中属于笔体的骈文,是要协调四声的。这在当时只能称为"笔",不能称为"文"。阮元父子曲为解说,意在压倒桐城派古文,为复兴骈体文造舆论。

南朝,但文笔称谓,却开始很早,大体上是由文章演化而来的,即"文章→文笔统称→文笔异称"。那么,什么是文章呢?《文心雕龙·情采》篇说:"圣贤书辞,总称文章。"这虽是刘勰宗经的话头,但确实符合孔子对"文"意的一种界定。《论语·述而》篇说:"子有四教,文、行、忠、信。"邢昺《疏》云:"'文'谓先王之遗文。""先王之遗文",不就是"圣贤书辞"吗?但梁萧绎的看法则有所不同。《金楼子·立言篇》说:"古人之学者有二,今人之学者有四。夫子门徒,转相师受,通圣人之经者,谓之儒。屈原、宋玉、枚乘、长卿之徒,止于辞赋,则谓之文。"萧绎把"儒"与"文"区别开来。"通圣人之经"的称"儒",只有屈骚汉赋才称"文",这大体上符合汉武帝独尊儒术后多数文士偏重于以辞赋为文章的见解。屈赋是抒情诗,汉赋是古诗之流,汉人所言之文章,是侧重于以诗赋为主体的。班固的《两都赋序》,称自西汉武帝至成帝时司马相如等辞人所作辞赋"千有余篇",为"大汉之文章"。《汉书·艺文志》上承刘向、刘歆父子"总群书而别七略"的分类法,把诗赋和六艺、诸子等类区别开来,赋是"感物造端,材知深美",乐府民歌则是"感于哀乐,缘事而发",这些都是诗的特质。在汉人眼里,诗赋都是属于诗学的范围的。汉人重视文章并偏重以诗赋为文章,承接和发展了孔子尚文和重诗的观念,而义界更为明确。但汉人也常运用广义的文章的概念,把学术著作以及一些政治应用文也称为文章。《汉书·艺文志》称秦始皇焚书为"燔灭文章",而秦始皇所焚烧的主要是儒家经籍、诸子著作以及各国史记。而汉人所搜集、整理和论列的篇籍,其中包括皇帝的诏策、朝臣的奏议等单篇政治应用文,当然都属于兴文章之盛举了。以"艺文"名"志",其意即在此。《汉书·扬雄传赞》称雄"欲求文章成名于世",扬雄所作的文章,除辞赋外,还有《太玄》《法言》等学术著作。我们从《汉书》看,汉人所言之文章,虽以辞赋为主体,但也包括学术著作以及诏策、奏议等后世称为"笔"的政治应用文。

笔,本是书写的工具,是文房四宝之一。《汉书·司马相如传》:"请为天子游猎之赋,上许,令尚书给笔札。""笔札",即笔和纸,这是笔的本意。《史记·孔子世家》:"笔则笔,削则削,子夏之徒不能赞一辞。""笔"由名词活用为动词,作书写或记叙解,这与后世"文笔之辨"的"笔",含意和词性都不同。把已成的篇籍或某些文体称为"笔"也见于汉人的著作。《汉书·楼护传》言楼护"与谷永俱为五侯上客,长安号曰:'谷子云笔札,楼君卿唇舌。'言其见信用也"。谷永以善写奏章著称。《汉书》录其名奏四篇,"笔札"即奏章的代称。"长安号曰"云云,是言此语是引自长安市民的谚语。从《艺文志》也收录奏议等篇目看,那么作为奏议代称的"笔札",也就是文章中的一体了。综上可见,"文"和"文章"的称谓,起始很早,可见诸先秦的典籍;"笔札"作为奏议的代称,是"文"或"文章"中的一体,至少在西汉成帝时已经出现了。

　　文笔连称和文与笔对称大约始于东汉时代。王充《论衡·超奇》篇:"周长生者,文士之雄也。在州为刺史任安举奏,在郡为太守孟观上书,事解忧除,州郡无事,二将以全……长生死后,州郡遭忧,无举奏之吏,以故事结不解,征诣相属,文轨不尊,笔疏不续也。岂无忧上之吏哉?乃其中文笔不足类也。""文轨",文道。"文轨不尊"即不尊文章(或文学)。"笔疏""文笔",是周长生等所写的书牍和奏章的代称。王充论文是崇实尚用的,所以特别推重谷永、周长生等政治应用文,称他们是文人、文儒和鸿儒,高于只会解经作章句的儒生。王充认为,居上位者尊文学,朝廷和州郡才有好笔疏。笔疏是尊文的派生物,不但是文章中的一体,而且是具有高价值的文章。王充的文学观与班固有所不同,他很看重奏疏,对辞赋则有所非议,但仍受前汉文士重视文采美的影响,把笔疏纳入"文""文学""文章"的范围,强调书疏的文饰,称之"文笔"。王充的文笔说虽与南朝人文笔之辨不同,但也显示出笔体之文与诗赋之文有相异处,这应是向南朝的文笔之辨迈出了第一步。

　　范晔著《后汉书》,也曾以笔札代文书。《后汉书·曹褒传》:"寝则抱笔札,行则诵文书。""笔札"与"文书"互文见义。曹褒家世庆氏礼,毕生致力修礼制仪。这"笔札""文书",应是指前代典范的书疏以及礼仪篇籍的代称。考《后汉书》各传,诗赋、奏议以及学术著作,都可统称为"文"或"文章"。《桓谭传》言桓"能文章",桓所著文章就包括诗赋、书奏及《新论》。范晔虽视奏议为文章,但更重以诗赋为文章的主体。其书特立《文苑传》,传主二十二人,绝大多数是诗赋作家。被王充高度赞赏有文笔之美的谷永,却未能侧身于范书的文苑之内;在王充书中再三致意的周长生(名树),谢承的《后汉书》列有专传(见《北堂书钞》七三引),在范书的《文苑传》中,也不见踪影,这大概与范晔作为南朝宋人,有重文轻笔的思想倾向有关。

又,曹操的《选举令》:"国家旧法,选尚书郎,取年未五十者,使文笔真草,有才能谨慎……""文笔",当是指会写书疏等应用文,这是入选的重要条件之一,并申言,这是"国家(汉朝)旧法"。牟准的《魏敬侯卫觊碑阴文》,记卫之"著述、注解、故训及文笔甚多",把"注解、故训"和"文笔"区分开来。《三国志·魏书·卫觊传》,言觊"以文章显",所写是书疏及"魏官仪",而未言及其善诗赋,那么觊之"文笔",应是指代书疏等后世称为"笔"的应用文。

综观汉魏人的论著(范晔的《后汉书》所依据的史料,是东汉官修的《东观汉记》,所反映的仍是汉人的见解),以"笔札""文笔"指代杂体文章的并不多见,汉人是以诗赋特别是大赋作为文章的主体。铺采摛文的大赋,无论是"丽以则"或者是"丽以淫","丽"是不可少的因素。"丽"在词语上要有文采美,文句也要整饰以至于对称。在词句上这些审美要求,影响了汉代文士们的写作,包括诗赋以外的文体以及学术著作的写作,都在不同程度上受到影响。扬雄、班固、张衡、桓谭和蔡邕等辞赋名家在杂体文章的写作中重视文饰的示范,更起了推波助澜的作用。东汉文章开始注重骈俪,就是以"文"饰"笔"的表现,或者说是辞赋化的一种结果。日益增多的既受诗赋写作的影响又有别于诗赋的诸多文体,需要有个合适的代称,于是"笔札""文笔"等指代称谓就开始被选用,并在两晋以后被广泛认同。这既是重视文饰属于广义的"文"的范畴,又有别于诗赋的"文笔"连称,就是中古时期"文笔"说的起始。

由文笔连称向文笔之辨过渡是两晋时代"文笔"说的新进展。由于魏晋诗歌的发展,特别是"五言之作,独秀众品"新景观的呈现,使诗歌创作更具有活力。这"会于流俗"的五言新作,首先影响到辞赋的创作,使之向抒情小赋转化,与诗歌靠近;诗学中重视文饰的审美兴趣,同时也更强烈地影响到辞赋以外的他体文章的写作。两晋时代各体文章进一步向骈俪化发展,就是这种影响加强的表现。被汉人偶尔作为指向称谓的"笔札""文笔",这期间使用的频率则日益增多。由文笔连称向文笔之辨发展,也日见明显。

从《晋书》的记叙看，合"文笔"为一词的计有十一例，《文苑传》中有四例，另有七例散见于其他专传，此外还有"名笔""杂笔""才笔"等异称。从《文苑传》外所记七例看，"文笔"连称几乎都是作为杂体文章的指代称谓。《侯史光传》："光儒学博古，历官著绩，文笔奏议，皆有条理。"侯的"文笔"是指代奏议外的杂体文章的。《杨方传》："著《五经钩沉》，更撰《吴越春秋》并杂文笔，皆行于世。"杨的"杂文笔"就是杂体文章的代称。《王鉴传》："鉴少以文笔著称"，"鉴弟涛及弟子戣，并有才笔"。鉴的"文笔"以及其弟与侄的"才笔"都是杂体文章的代称。"才士"是指有才华的文士，"才笔"亦即"文笔"。《范坚传》记坚"博学善属文"，其子启"才义显于当世""父子并有文笔传于世"。这"文笔"，也是指代杂体文章的。《蔡谟传》："文笔议论，有集行世。"《习凿齿传》："博学洽闻，以文笔著称。"蔡以奏疏鸣世，习则"善尺牍议论"。两传的"文笔"，都是指代书疏等应用文字。《袁乔传》："乔博学有文才，注《论语》及《诗》，并诸文笔行于世。"这"文笔"与两部经书章句并列，也是指代杂体文章的。以上"文笔"七例，"才笔"二例，均是指代各杂体文章，因为九人中无人善作诗赋。"文"与"才"是用以修饰"笔"的，说明这些"笔"都含有"文"的因素，受诗赋的影响，都具有文采美，都属广义的文章。《文苑传》四例，其中有三例内含有点不同。《成公绥传》言绥"所著诗赋杂笔十余卷行世"。绥既善诗赋，兼能作书疏，"杂笔"，就是指代后者。这与前七例同。《张翰传》言翰有"文笔数十篇行世"。翰为西晋诗人，有"江东步兵"之称，著有《首丘赋》及杂诗等，并有集二卷。其"文笔"应是兼指诗赋和杂体文两类。"文"是指诗赋，"笔"是指杂体文，"文笔"是"文"与"笔"两个范畴的并列连称，与前此的"文笔"是以"文"饰"笔"，"文"是"笔"的定语不同。《曹毗传》的情况亦类此："凡所著文笔十五卷，传于世。"毗能诗赋，兼善论说文体，《扬都赋》及其名论《对儒》都是他的代表作，其"文笔"就是指代上述两类文章，是两个概念的合称。《袁宏传》称宏"文章绝美"，"累迁大司马桓温府记室"。"温重其文笔"，著"诗赋诔表等杂文凡三百首，传于世"。宏为东晋著名诗人，其《东征赋》《北征赋》和《三国名臣颂》等都名闻当世。其"文笔"，也就是指诗赋和诔表等杂文两类文章的连称。

《晋书》中别有两例"言""笔"对举而不及"文"。《乐广传》:"广善清言而不长于笔,将让尹,请潘岳为表。岳曰:'当得君意。'广乃作二百句语,述己之志,岳因取次比,便成名笔。时人咸云:'若广不假岳之笔,岳不取广之旨,无以成斯美也。'"潘岳的"名笔"就是他代乐广所作的《让河南尹表》。《挚虞传》:"东平太叔广枢机清辩,广谈,虞不能对;虞笔,广不能答。更相嗤笑,纷然于世云。""清辩",即清言,太叔广能清谈,挚虞善表章疏论,是"虞笔"之所指。"笔"与"言"的不同,不仅是指口头语言和书面文字的区别,而且是有无文饰的不同。"广乃作二百句语",这也是书面文字,只是因为没有文采,所以被称为"言"。可见具有文采美是笔体的重要条件,所以晋人有时把杂体文直称之"文笔"。

上引各例证均见于《晋书》,此书虽出自唐人之手,但其主要依据是南齐臧荣绪的《晋书》。而文士们创作的情况,则是直接取材于唐初尚存的两晋人的文集,这从《晋书·葛洪传》所列著作目录与《抱朴子·外篇自序》所言相同可证。所以上引各条都应出自晋人的记叙,所反映的是晋人的见解。从前引"文笔"连称十条例证看,大体可分为两类:前七例的"文笔",主要是指代章表书记论说等杂体文的,"文"用以饰"笔",是"笔"的定语,标明笔体文章应具文采美;《文苑传》"文笔"连称三例,是诗赋和杂体文两类文章的合称,"文笔"是两个名词并列的联合词组,代表这两类文体,各有所归属。前一个"文笔",说明诗赋的创作对他体文章的渗透和影响日益加深,或者说,他体文章的称谓还要冠以"文"的头衔来显示自己;而后一个"文笔",则是标明代表两类文体,虽关系密切,但各自独立,不相依附。两例"言""笔"对举,也能说明笔体已趋于独立。南朝的文笔之辨,就是从这里起始。

文笔问题的提出和文笔之别之所以需要辨明,其中很关键的一条,就是诗赋地位的提高和诗赋的创作在各体文章中的主导作用日益加强所致。这两个问题是互相依存的,都受到其时士人审美情趣的制约。我们可以从魏晋士人论文的旨归及其变化获得验证。曹丕的《典论·论文》论文章的四科八体,诗、赋两体名列最后,"丽"作为诗赋的主要特征而不及他体。西晋陆机论文,情况就发生了重大的转变。《文赋》论文章十体,其中前七体,即诗、赋、碑、诔、铭、箴、颂,在南朝被称为"文",后三体为论、奏、说,则归属于"笔",这十体又可合称为"文"或"文章"。从排列顺序看,被后人称为"文"的七体名列在前,被称为"笔"的三体则置身于后,在顺序安排中已经反映出重文轻笔的倾向。诗、赋两体放在最前列,把曹丕所列文体次第完全颠倒过来。这不能完全归结为曹、陆对文体的审美好尚不同,而是由于从魏晋以来诗、赋地位急剧提高,在文论中终于被肯定下来。更值得注意的是,陆机把缘情、想象以至于虚构等这些本属于诗赋创作构思的要求,作为为文之用心的首要问题加以论述和强调,用以涵盖上述十体文章,使其具有普遍意义。"或藻思绮合,清丽芊眠。炳若缛绣,凄若繁弦。""其会意也尚巧,其遣言也贵妍,暨音声之迭代,若五色之相宣。"尚巧、贵妍和谐声这些本属于诗赋创作的美学要求,现在已成为各体文章共同的和必要的审美规范了。曹丕在建安时代提出了"诗赋欲丽"的新命题,到了西晋陆机手里,一变而为文章欲丽了,而且"丽"的内涵还更为丰富。其间相隔前后还不到七十年。魏晋以至于南朝诗学上审美要求的发展和更新以及对他体文章影响之大,由此可见一斑。南朝的文笔之辨到诗笔之辨,也就是在诗学日新其业的背景上产生的。

二、文笔之辨与诗笔之辨

明确地提出辨析文笔之别并见诸篇籍的,应始于南朝宋。这见于范晔的《狱中与诸甥侄书》:"性别宫商,识清浊,斯自然也。观古今文人,多不全了此处;纵有会此者,不必从根本中来。言之皆有实证,非为空谈。年少中,谢庄最有其分。手笔差易,文不拘韵故也。吾思乃无定方,特能济难适轻重。所禀之分,犹当未尽。但多公家之言,少于事外远致,以此为恨。亦由无意于文名故也。"笔异于文,首先是不拘于行韵,这个"韵",应是指韵脚,即诗赋颂赞等叶韵之处,而不是指宫商平仄。范晔以"性别宫商,识清浊"自诩,但他在被杀前却以未能以文名世而自恨,足见不是以句中平仄定文笔之别。更何况其时对声律规律除个别诗人稍有体会外,多数人对此还没有认识,更谈不上应用了。那又何以去判别文笔呢? 所以行文押韵与否,是范晔区分文笔的首要依据。而"文不拘韵"的"文",是指广义的文章,拘韵之文和不拘韵之笔都包括在内。范晔在区分文章内的有韵之文与无韵之笔时,进而说为文拘韵难,不拘韵易。"手笔差易",是笔易于文的,而这正是其时重文轻笔的一重要依据。"但多公家之言,少于事外远致。"这是范晔对自己一生所作文章类别的一种总结,也可以视为其区分文笔的另一标准。"公家之言",是指实用性的文章;"事外远致",则是指寄情思于物外的诗赋。范晔"耻作文士""无意于文名",一生角逐政治,追求政治名利,终因参与政变而被杀,临刑前,却因未能以诗赋留名后世而后悔,这是很滑稽的。范晔的《后汉书》,足可以传世不朽,其中一些论赞,也是有韵之文,但仍悔未作诗赋,以此成文名,足见其时所谓"文",是以诗赋为主体的,文笔之辨正是在诗赋美文声望日益提高的背景上出现的。突出以诗赋为主体的"文"的位置,是文笔之辨真正的起因和归结点。

与范晔同时而年岁稍长的颜延之,也有区分文笔的言论。这见于《宋书·颜竣传》:"太祖(刘义隆)问延之:'卿诸子谁有卿风?'对曰:'竣得臣笔,测得臣文。'""笔"是指书疏等政治应用文,"文"则主要是指诗。颜延之和谢灵运都以诗擅名江左,并称颜、谢。又,《宋书·颜延之传》记刘劭弑父自立,颜长子竣为宋武帝刘骏写声讨檄文,"劭召延之,示以檄文,问曰:'此笔谁人所造?'延之曰:'竣之笔也。'又问:'何以知之?'延之曰:'竣笔体,臣不容不识。'"这段话,连用了三个"笔"字,都是指颜竣所写的檄文。颜檄是一篇骈体文,可见实用性的无韵而有文采美的骈文,是属于笔体。

对文笔两体做出明确义界的是刘勰。成书于南齐末年的《文心雕龙》,其《总术》篇云:"今之常言,有'文'有'笔',以为无韵者'笔'也,有韵者'文'也。夫文以足言,理兼《诗》《书》,别目两名,自近代耳。颜延之以为:'笔'之为体,'言'之文也;经典则'言'而非'笔',传记则'笔'而非'言'。请夺彼矛,还攻其盾矣。何者?《易》之《文言》,岂非'言'文;若'笔'为'言'文,不得云经典非'笔'矣。将以立论,未见其论立也。予以为:发口为言,属翰曰'笔';常道曰经,述经曰传。经传之体,出'言'入'笔','笔'为'言'使,可强可弱。六经以典奥为不刊,非以'言''笔'为优劣也。""今之常言"云云,说明起始于刘宋时期的文笔之辨,在齐末已被众多的文士所普遍认同和习用,并有很明确的义界,即以有韵为"文",无韵为"笔"。这个"韵",特指韵脚。文中对颜延之进而区分"笔"与"言",以经典为"言",提出反驳。颜延之认为"'笔'之为体,'言'之文也",这个见解,并无新奇之处。因为晋人已有此看法,前引《晋书·乐广传》言乐广长于"言",潘岳长于"笔",岳依据广"二百句语"之意写成《让河南尹表》,成为"名笔",就是因为此表"藻思绮合",具有文采美。乐广的"二百句语","清言"则无文采。汉魏以来,文笔连称,也是标明"笔"有文采美。颜延之的大胆之处,就是把这个义界具体落实到儒家经典上。"经典则'言'而非'笔'",把经典排斥在文章之外,这就和刘勰论文探源经籍相背离了。其实,刘勰也是主张"笔"应有文采美的,其书论文,就包括"文"与"笔"两大类别,《序志》篇说:"若乃论文叙笔,则囿别区分。"书中文体论共二十篇,自《明诗》至《谐讔》十篇为有韵之文;自《史传》至《书记》十篇为无韵之笔。在具体品评作家时,也常用"文"与"笔"分指其在文体上的不同的擅长。《才略》篇云:"孔融气盛于为笔,祢衡思锐于为文。"《时序》篇言:"庾(亮)以笔才逾亲,温(峤)以文思益厚。"但刘勰论文,确与颜延之有原则区别,这区别点就在于宗经问题上。南朝人文笔之辨中的重"文"倾向,言笔之辨中的重"笔"倾向,是把词采、声韵等艺术形式美放在第一位的。颜延之把无文采的儒家经典视为"言",并以"言""笔"分优劣,这是刘勰所绝对不能认同的。刘勰认为,经书是"恒久之至道,不刊之鸿教",不能和一般的文笔之作等量齐观,以文采的多少、强弱分优劣的。他进而认为儒家经典是各体文章的源头,后世的文、笔两体都是从那里起根发脉而来,所谓"百家腾跃,终入环内者也"。他还提出"文能宗经,体有六义"(上引均见《宗经》篇),从经书中总结出六项审美原则,作为规范各体文章创作的依据,怎会认同把经书等而下之,放在笔体之下呢?但是刘书仍是按照南朝文笔之辨的义界和原则来区别文体,在全书结构安排上,"文"居"笔"先,诗、赋两体位居首列,体现出重"文"甚于重"笔"的思想。《声律》篇言:"属笔易巧,选和至难;缀文难精,而作韵甚易。"这仍然是言"文"难于"笔"的,因为"文"不但要作韵,而且要选和,而"笔"只要选和就行了。至于从"剖情析采"以下各篇所提出的一些重要审美原则,所熔铸的一些新的美学范畴,无不是从以诗赋为主体的有韵之文中总结出来,用以规范各体文章的创作,以之评价各家之作的得失。诗歌美学在中古文论中的主导地位、巨大的成就和多方面的影响,在刘书中更加突出地显现出来,虽然他是以宗经立意为前提条件的。

文笔之辨在梁代开始向诗笔之辨发展,以直接突出诗的地位。梁元帝萧绎《金楼子·立言篇》所论,很具有代表性:

> 古人之学者有二,今人之学者有四。夫子门徒,转相师受,通圣人之经者,谓之儒。屈原、宋玉、枚乘、长卿之徒,止于辞赋,则谓之文。今之儒,博穷子史,但能识其事,不能通其理者,谓之学。至如不便为诗如阎纂,善为章奏如伯松,若此之流,泛谓之笔。吟咏风谣,流连哀思者,谓之文。而学者率多不便属辞,守其章句,迟于通变,质于心用。学者不能定礼乐之是非,辨经教之宗旨,徒能扬榷前言,抵掌多识,然而挹源知流,亦足可贵。笔退则非谓成篇,进则不云取义,神其巧惠,笔端而已。至于文者,惟须绮縠纷披,宫徵靡曼,唇吻道会,情灵摇荡。而古之文笔,今之文笔,其源又异。……潘安仁清绮若是,而评者止称情切,故知为文之难也。曹子建、陆士衡,皆文士也,观其辞致侧密,事语更明,意匠有序,遣言无失,虽不以儒者命家,此亦悉通其义也。遍观文士,略尽知之。至于谢元晖,始见贫小,然而天才命世,过足以补尤。任彦升甲部阙如,才长笔翰,善辑流略,遂有龙门之名,斯亦一时之盛。

萧绎认为,"文"与"笔"是今人之学四科中的两类,是从古人之学"文""儒"两科之一"文"中分化出来的。"不便为诗"和"善为章奏"互文见义,意谓会写章奏而不长于写诗。伯松,张竦字,王莽当政时,因巧奏阿附而封侯。《汉书·王莽传》记长安民谣曰:"欲求封,过张伯松;力战斗,不如巧为奏。"这是贬义,但也说明张竦是善为章奏之文的。阎纂,疑为阎缵,纂与缵古字通。《晋书·阎缵传》记缵舆棺诣阙上书而闻名于世。张与阎都无诗赋之作,全句谓善为章奏之文的,今人概称为"笔"。而"吟咏风谣,流连哀思者,谓之文",这个"文"特指言情的诗歌,其中包括乐府民歌。《金楼子·自序篇》云:"余六岁解为诗,奉敕为诗曰:'池萍生已合,林花发稍稠。风入花枝动,日映水光浮。'因尔稍学为文也。"这也是以诗为"文"的。萧绎名为文笔之辨,实为诗笔之辨,在具体论述中又增添了新的内容,从有韵、无韵之分进而以言情与否来界别"文""笔"。"文"难"笔"易,是萧绎辨别"文""笔"的另一层含意。"笔退则非谓成篇,进则不云取义,神其巧惠,笔端而已。""篇",是诗之异名。元稹的《乐府古题序》:"《诗》讫于周,《离骚》讫于楚,是后诗之流为二十四名。""篇"就是其中之一。"笔"既不能与"辞致侧密""意匠有序"和"流连哀思"的诗篇相媲美,也不能与"博穷子史"通其理,取其义的子、史之作相埒若。一般说来,只是在文字表达上的"神其巧惠"而已,因而相对来说,是较为容易做到的。而"为文之难",则须"绮縠纷披,宫徵靡曼,唇吻遒会,情灵摇荡",即须词采华茂、声韵和谐与感人的情意三者完美结合。曹植、陆机、潘岳和谢朓等都因诗才受到萧绎的赞誉,这些都反映了其时对诗的重视。萧绎对"甲部阙如,才长笔翰,善辑流略"的任昉也赞誉有加。"甲部"即经部。前引李充校图书,分甲、乙、丙、丁四部,以五经为甲部。"流略",九流、七略,泛指各种篇籍。此言任昉没有经传著作,但"才长笔翰",学识渊博,在当时声名很高,文士登其门者,谓之登龙门。可见在齐梁时代,"笔"名很高的人,也是很被看重的。但较之于诗名,还要稍逊一筹。从萧绎总的评述看,他重"文"甚于重"笔"的倾向,比刘宋时期更为明显。

萧绎的兄长梁简文萧纲,则是直接以诗笔代文笔。他在为太子时曾在《与湘东王(萧绎)书》云:"近世谢朓、沈约之诗,任昉、陆倕之笔,斯实文章之冠冕,述作之楷模。"先诗后笔的次第,说明在他的心目中,也是轻重有别的。信中自言对诗有特殊的爱好:"性既好文,时复短咏。虽是庸音,不能阁笔。有惭伎痒,更同故态。"他论文的审美趣味是偏爱于言情和具有文采美的诗歌。他以萧绎为曹植,自视为曹丕,想和乃弟一起改变当时文坛上他所不满的诗风。萧氏兄弟论文先诗后笔的次第以及对诗歌的特殊爱好,在梁代影响是很大的。

长于笔翰并居于龙门要津的任昉,对自己的文名也有所不满,这从另一个侧面反映了其时重诗轻笔的风气。《南史·任昉传》言昉"既以文才见知,时人云：'任笔沈诗'，昉闻甚以为病。晚节转好著诗，欲以倾沈"。锺嵘《诗品》亦言："彦升少年为诗不工，故世称'沈诗任笔'，昉深恨之。"任昉在梁时享有高名，被称为"任君"。"任笔沈诗"，正言其在笔体上独领风骚，但他不以为荣，反而"甚以为病"，还"深恨之"，这就是因为其时诗名远高于笔名的缘故。有趣的是《南史·沈约传》又记言："谢玄晖善为诗。任彦升工于笔。约兼而有之，然不能过也。"沈诗不及谢诗，但约并未以此为病，这似乎成了反证。其实沈约是计较文名的，在声律问题上，自诩"独得胸矜，穷其妙旨"（《梁书·沈约传》），为此不惜与陆厥反复论辩。在数典豫栗事，犯颜梁武帝而不顾，并引来杀身之祸。这些都与卫护诗名有关。上引《南史·沈约传》那段话，在《梁书·沈约传》中也有同样的记载，这很可能是沈约去世后的一种新评判。在梁代前期和中期，沈约的诗名是高于谢朓、江淹和范云的。锺嵘曾对此表示不满："观休文众制，五言最优……永明相王爱文，王元长等皆宗附之。约于时，谢朓未遒，江淹才尽，范云名极故微，故约称独步。"（《诗品》）《诗品》成书于沈约去世之后，其时约名仍盛，故锺嵘有此辨正。谢居沈先，应在此以后。《与湘东王书》是萧纲写于其为太子后（531年5月后），离沈约谢世已近二十年了。"谢朓、沈约之诗"，这谢先沈后的排列，反映了这一时期诗坛上的新评价。沈约在世时为一代辞宗，就是因其诗名高于侪辈。笔名不及任昉，那是无关紧要的。上引萧纲、萧绎有关诗前笔后的言论，正是齐永明时相王萧子良及竟陵八友爱文即重诗风气的新发展。

沈约与任昉的高下，在北齐又引起争议，这与诗笔之辨有关，也是诗论史上有趣的话题。《颜氏家训·文章篇》："邢子才、魏收俱有重名，时俗准的，以为师匠。邢赏服沈约而轻任昉，魏爱慕任昉而毁沈约，每于谈宴，辞色以之。邺下纷纭，各有朋党。祖孝征尝谓吾曰：'任、沈之是非，乃邢、魏之优劣也。'"邢长于诗，颇受南朝诗风的影响，魏则偏爱笔翰及辞赋而轻视诗。《北齐书·魏收传》："收以温子升全不作赋，邢虽有一两首，又非所长，常云：'会须作赋，始成大才子。'唯以章表碑志自许，此外更同儿戏。"诗贵于笔，已被南朝文士所认同，这从任昉诗名不及沈约而"甚以为病"可证。而邢诗魏笔在北齐却一时难分高下，且"更相訾毁，各有朋党"（《北齐书·魏收传》），足见北朝对诗的爱重尚不及南朝。但祖珽一锤定音："任、沈之是非,乃邢、魏之优劣也。"用任、沈之优劣,判邢、魏之高下。南朝言沈诗任笔,既是说各有所长,次第亦在其中。那邢、魏之甲乙,也就等同于此。《北齐书·魏收传》又云:"初,河间邢子才⋯⋯与收并以文章显,世称大邢、小魏,言尤俊也。""大邢小魏",是指邢俊于魏,非言邢长于魏。这些,都反映了齐梁间重诗轻笔的风气(赋也在诗之下)也影响及北朝。

综上可见,汉魏两晋的文笔连称到南北朝的文笔之辨和诗笔之辨,其意义就在于从一个侧面反映了其时诗学日益繁荣,诗体地位日尊和诗学影响日益增大的现实。文笔连称是诗学的审美意识不断向笔体渗透使笔体相习相应而成为美文①,并与"文"合而言之,都可称为文或文章。文笔异称,其意主要不在于使笔体争得独立地位,可与"文"平起平坐,从而有助于选家和目录学家区分和概括两类性质有异的文体,而主要是在辨明文难于笔、文高于笔,使有韵之文驾凌于笔体之上,这是文笔之辨的实质之所在。清阮元重新拾起这个老论题,以骈体为"文",以散体为"笔",就是为了承袭、运用和突出这层含意,以复辟骈体文并压倒桐城派古文。今之论者,对文笔之辨的这层含意很少言及,不予重视,这是有背于南朝文士辨明文笔之别的初衷的。同理,诗笔之辨则是进而在有韵之文中突出诗的地位,这是从魏晋南朝爱诗重诗风气日盛的必然结果。裴子野《雕虫论》云:"自是闾阎少年,贵游总角,罔不摈落六艺,吟咏情性。""于是天下向风,人自藻饰,雕虫之艺,盛于时矣。"这是刘宋时期的情况。钟嵘《诗品序》言:"故词人作者,罔不爱好。今之士俗,斯风炽矣。才能胜衣,甫就小学,必甘心而驰骛焉。""观王公缙绅之士,每博论之余,何尝不以诗为口实?"萧梁时期的风尚,由此可见一斑。对诗歌美学好尚的普及和日益升温,这就是诗笔之辨出现的背景。把诗笔之辨与

---

① 诗的审美艺术不断向笔体渗透,这可以从《文心雕龙·声律》篇对"文"与"笔"在制韵和调声方面的要求获得验证:"属笔易巧,选和至难;缀文难精,而作韵甚易。""选和"就是调声,使之四声相间,这本是永明体诗人在五言诗写作中开始运用的。所谓"一简之内,音韵尽殊;两句之中,轻重悉异"(沈约《宋书·谢灵运传论》)。《文心雕龙》成于南齐末年,离永明时不过十余年,永明诗作所要求的"浮声""切响",已经在"属笔"中广泛运用了。可见诗的艺术向笔体渗透的速度是惊人的,或者说笔体吸收诗艺美之快捷,是前所未有的。

文笔之辨等量齐观是不确切的,只要感受到南朝文士对诗歌有特殊爱好的那种风气,就不难明了他们在有韵之文中突出诗体地位的用意。魏晋南朝诗歌美学及其理论批评的兴盛与发展,是与文笔之辨和诗笔之辨同步进行的。两者互相促进,并在理论上结出丰硕的果实。

第二节　永明体与声律论

永明体的产生与盛行,大体上是与文笔之辨特别是与诗笔之辨同步,都是在重视有韵之文特别是重视诗的这一文化风气的背景上的产物。魏晋以来无数诗人对诗的艺术美孜孜以求,才有可能将其时语言学家和诗人所发现的汉语声韵理论运用于诗歌创作,把汉语言文字的声韵美体现在诗中,这就使得中国诗歌的艺术形式进入了一个新的境界。它不但直接构成了唐以后的律诗律赋,宋以后词曲的艺术结构和语言特色,而且还间接地影响了古体诗赋以至骈文与散文以及小说戏剧的创作,形成了中国文学特别是中国诗学有异于西方文学和诗学的一大特色。从某种意义上说,永明体及其所倡导的声律论,是中国诗学发展史上的关键和一重大转折,学习和研究中国诗学史的人,不能不予以特别关注。

一、永明体及其成因

关于永明体的名称、内涵、产生的背景及其代表人物,《南史·陆厥传》有简要的记叙:"(永明)时盛为文章,吴兴沈约、陈郡谢朓、琅邪王融以气类相推毂。汝南周颙善识声韵,约等皆用宫商,将平上去入四声,以此制韵,有平头、上尾、蜂腰、鹤膝。五字之中,音韵悉异;两句之内,角徵不同,不可增减,世呼为'永明体'。"永明体是一种诗体的名称,以产生于南齐武帝萧颐的永明(483—494)时代而定名,四声制韵和严限声病为其主要特色。从"五字之中,音韵悉异"两句话看,至少在起始时间是运用于五言诗的,其代表人物是沈约、谢朓和王融。产生永明体的背景和直接的成因,是其时"盛为文章"即写诗的风气很盛行;声韵学的研究成果被运用,也是必备的条件。但仅有声韵学研究的成果而不能被诗学所吸收和运用,也是不能产生永明体的,而一些永明体的研究者往往只重视声韵成就的因素,轻忽五言诗发展的需要和重诗风气的强有力的推动,这是很不全面的。自东汉末年以来,五言诗的发展,经历了建安、太康和元嘉三个高峰,由宋末到齐梁又呈新貌,其时习作新体五言诗,成为一种时尚,所有的文士几乎乐此不疲。永明体首倡者沈约,就是以擅长五言诗驰名当时,主盟诗坛。《诗品》卷中评及沈约:"观休文众制,五言最优……永明相王爱文,王元长等皆宗附之……故约称独步……见重闾里,诵咏成音。""永明相王爱文"是指齐竟陵王萧子良开西邸,招文学,沈约、谢朓、王融、范云、任昉以及后为梁武帝的萧衍等均被招纳,世称"竟陵八友"。"王元长等皆宗附之","约称独步",正见其在"八友"中的地位;"见重闾里,诵咏成音",则是言约诗也受到民间下层文士的普遍爱好。长于笔翰的任昉,努力作诗,想在诗名上与沈约一较高低,但他"动辄用事",与长于声律的沈约相比,只能退居其次。沈、任诗名之争,既可见其时重诗的风气,更可见声律较之于用典,更受时人的垂青。沈约言:"作五言诗者,善用四声,则讽咏而流靡;能达八体,则陆离而华洁。"(《答甄公论》,见《文镜秘府论·天卷·四声论》)追求诗的声韵美,既是约诗独步当时诗坛的重要原因,也是沈约倡导声病说的目的和推动力之所在。

与"永明末盛为文章"相表里,品评诗歌的风气也很盛行。《南齐书·刘绘传》:"永明末,京邑人士盛为文章谈义,皆凑竟陵王西邸。绘为后进领袖,机悟多能。时张融、周颙并有言工,融音旨缓韵,颙辞致绮捷,绘之言吐,又顿挫有风气。时人为之语曰:'刘绘贴宅,别开一门。'言在二家之中也。""文章谈义",应是指其时文士间辞辩和谈吐中声韵的应用以及对五言诗的品评。张融、周颙和刘绘三人在鉴赏和谈吐中,各有不同的声气表现和音节美的追求,从而形成了"缓韵""绮捷"和"顿挫有风气"三派。张融为诗,自诩能以声传情,在《门律自序》中,自言其文以"传音振逸,鸣节竦韵"见长,并言从其文的缓音逸响中,能见其"性入清波,尘洗犹沐"的超俗情意。临终前还告诫其子多读父书,"况父音情,婉在其韵"(上引均见《南齐书·张融传》),可见其对声韵的重视。"周颙善识声韵。"周颙是永明时最为重要的声韵学家,著有《四声切韵》行于时。《文镜秘府论》引刘善经《四声指归》言："宋末以来,始有四声之目,沈氏乃著其谱论,云起始周颙。"据此可知沈约的声病说及其所著《四声谱》,都缘于周氏的《四声切韵》。又,唐皎然《诗式·明四声》言："近自周颙、刘绘流出,宫商畅于诗体,轻重低昂之节,韵合情高。"可见周颙不但有声韵学专著,而且还和刘绘等畅用于诗体,所作能"韵合情高",那么他们在"文章谈义"时,有声韵美的追求,就很自然了。"文章谈义",当然不限于善识声韵之士,朝廷的显贵也卷入其中。钟嵘曾对当时谈家蜂起,品评淆乱很不满,并言："随其嗜欲,商榷不同。淄渑并泛,朱紫相夺,喧议竞起,准的无依。近彭城刘士章,俊赏之士,疾其淆乱,欲为当世诗品,口陈标榜,其文未遂,感而作焉。"(《诗品序》)"淄渑并泛,朱紫相夺,喧议竞起,准的无依"的情况,正从一个侧面反映其时重诗和爱诗风气之盛和广大读者参与意识之强,其中当然不乏以音节谐美与否来品评诗歌的得失。"顿挫有风气",并以四声"畅于诗体"的刘绘,"欲为当世诗品,口陈标榜,其文未遂"。如果写成的话,宫商情韵当是其书重要的内容,与钟嵘的《诗品》会有异其趣的。以五言诗的创作和评论为主体的"永明末盛为文章"和"盛为文章谈义",是四声平仄得以发现并畅用于诗体的直接成因,没有五言诗艺术结构的变化和声韵美的新需求,永明体的产生是不可想象的。

中国诗歌的发展,大体上经历了与音乐合及与声律谐的两个发展阶段和两种存在形式。《诗》"三百五篇,孔子皆弦歌之"(《史记·孔子世家》),说明早在先秦时代,诗与乐的关系是如影随形,合而为一的,诗歌连称,即缘于诗乐合一的传统。《毛诗序》释诗："情发于声,声成文谓之音。"郑玄笺注："声谓宫、商、角、徵、羽也。声成文者,宫商上下相应。"宫、商、角、徵、羽本是古人研究和总结乐调的高低而分成的五个音阶,诗句要与乐调相协,形成节奏美,才能"声成文"。这是汉人对诗乐合一所做的具有权威性的解释。魏晋以后,情况有了重大的变化,文人的诗作成为独立于音乐之外的文学门类,是专供诵读、吟咏,而不是配乐歌唱的。诗脱离了乐调,除承继传统合韵的要求外,还必须与汉语言文字固有的声调相协调,才能在吟诵时表现出诗的声韵美。这是魏晋以来诗人和汉语声韵学家长期追求的目标,而永明体也就是在这一问题上取得突破性的进展。诗歌脱离了乐调而与汉字声调相协调,句末的合韵也同时要有相应的更动。这就有赖于汉字声韵学研究的成果,特别是平上去入四声的发现,这是个前提条件。周颙的《四声切韵》就提供了这个条件。沈约依据周书撰成《四声谱》,把四声和以声制韵的规律应用于诗歌创作,从而形成了永明体。周书已失传,据刘善经的《四声指归》和《南史·陆厥传》,均言声韵起始于周颙。《南史·周颙传》亦言周"始著《四声切韵》,行于时"。"始著"者,是开创之作也;"行于时"者,被时人广泛采用之谓也。周颙对于永明体形成所做的贡献,可与沈约并驾齐观。

　　四声切韵的发现以及将这一理论运用于诗歌创作,虽然到了宋齐年间才有突破,这是水到渠成,但前此众人引水和筑渠之功亦不可没。辨析汉语文字的声韵和诗声的谐合,是众多的语音学家和诗人长期追求的目标。语音辨析和诗声的谐合这两条线似乎在平行发展,其进展也有迹可寻。从辨析字音看,声、韵、调是组成汉字的三音素,即今之所谓声母、韵母和声调。汉字中有声同而韵不同的,有韵同而声不同的,有声韵相同而调不同的,有调同而声韵不同的,有声、韵、调都不相同的。这是协调声韵者所应该知道的。但古人对此的认识也有一个过程。《诗经》中出现了双声叠韵词,汉赋中大量运用了双声叠韵的修辞手段,《诗经》《楚辞》及汉人辞赋中不少篇章有隔句押韵的情况,这说明其时文士已经注意到汉字有声韵的不同,并利用声韵的关系写作诗赋,修饰词语,增强表现力。《韩非子·外储说》言古之教歌者有徐呼、疾呼之分;何休《公羊传》注同一字音,有长言、短言之别;高诱注《淮南子》字音,有缓气、急气之异;汉人的注经,也有一字多音的注释。这些都说明先秦两汉文士已经意识到字音有声调的差异。在双声叠韵大行于时的时候,训诂学者在审字定音时也开始用反切法代替直音法和读若法。《颜氏家训·音辞篇》云:"孙叔然(炎)创《尔雅音义》,是汉末人独知反语,至于魏世,此事大行。"王利器的《颜氏家训集解》引郝懿行言:"反语非起于孙叔然,郑康成(玄)、服子慎(虔)、应仲远(劭)年辈皆大于叔然,并解作反语,具见《仪礼》《汉书注》,可考而知。余尝以为反语,古来有之,盖自叔然始畅其说,而后世因谓叔然作之尔。"反切法始于东汉末年,这见于郑玄所注《仪礼》和颜师古注《汉书》所录应劭、服虔音注,但其时是以直音为主,反切偶一为之。魏孙炎作《尔雅音义》,推而广之,反切法才大行于世。反切定音是将上字声母与下字韵母相契,其审定字音远比直音法、读若法准确,而声调则依据韵母定质。魏时反切法盛行,说明其时声、韵、调的辨析已前进了一大步。魏李登的《声类》、晋吕静的《韵集》,应是最早的包含声调研究的专著。《隋书·潘徽传》言:"李登《声类》、吕静《韵集》,始判清浊,才分宫羽。""清浊""宫羽",正是齐梁后士人用以区分声调的概念。唐封演的《闻见记》言:"魏时有李登,撰《声类》十卷,凡一万一千五百二十字,以五声命字,不立诸部。"《魏书·江式传》云:"吕忱弟静别放故左校令李登《声类》之法,作《韵集》五卷,宫、商、角、徵、羽各一篇。"李、吕之书,均是"以五声命字",以乐调宫、商、角、徵、羽五个音程,划分五声。两书已失传,不可确考。《潘徽传》又言,吕书"全无引据,过伤浅局,诗赋所颂,卒难引用"。刘善经《四声指归》亦言:"吕静之撰《韵集》,分取无方。"可见五声命字,与齐梁时四声切韵不相吻合,无法在诗赋中应用,原因是适用于乐律的五音,不能与汉字声调相契合。直到周颙著《四声切韵》,以四声分目,并以声切韵带来了韵部的变化,沈约、谢朓等竟陵文友将周氏之论用于诗作,才创立了永明体。周颙由宋入齐,在宋明帝时颇受亲幸,其研究四声,很可能起始于宋末。刘善经《四声指归》言:"宋末以来,始有四声之目。"此言可证至少在刘宋后期,语音界四声分目已经确立了。

那么以四声入诗和诗的声病说,为何至永明时才能集其成呢?这里涉及字的声韵研究的进展和以声入诗的过程这两个问题,以及这两者之间的结合。从汉字声韵研究的条件说,反切定音是很关键的一步,因为字的调质是由韵母来确定的。在字的声与韵有了准确的界定下,字的调质的差异也就同时呈现出来,只不过是四声还是五声不大明确而已。李登的"五声命字"和吕静的五音集韵,应该是都包含有声调的归类和以声切韵的尝试。《隋书·经籍志》载晋张谅撰《四声韵略》二十八卷,张书已佚,其"四声"所指已不可考,但仅从书名看,晋时已有四声之目了。以五声抑或以四声命字和切韵,已有不同的见解,从中还可见其时包括声调在内的声韵学研究的盛况,但从现有的材料看,这些研究并未引起其时诗人强烈的关注。虽然魏晋诗人也在探索声韵和谐的问题,但与声韵学研究似乎是两水分流,没有汇合到一起,而宋齐间周颙的声韵著作却在诗人中产生轰动效应。魏晋间和宋齐间声韵学的研究产生了完全不同的后果,这种现实很值得深思。究其原因,固然与从声调的研究到正式确立平上去入四声和以声切韵,需要有一个过程;同时把四声自觉地运用于诗作,也是不可少的条件,而况以声命诗也不是一蹴而就,需要有个调合和适应的过程。

简略地研究一下魏晋以来诗人追求声韵和谐所走的道路,对于认清这个问题也许是有益的。题名葛洪,疑为梁吴均所撰的《西京杂记》,载有司马相如论作赋,其中有"一宫一商,此赋之迹也"之言,这实为齐梁人的认识,不能作为汉人已明宫商错综之理的依据。或称声律起始于曹植,释慧皎《高僧传》一三《经师论》云:"始有魏陈思王曹植,深爱声律。""原夫梵呗之起,亦肇自陈思。始著《太子颂》及《睒颂》,因为之制声,吐纳抑扬,并法神授。今之皇皇顾惟,盖其风烈也。"梵呗之起,是否肇自陈思,且姑置不论,即使是陈思首倡,也不能证明其已知声律,因为梵呗是歌唱,是五音相协调,这与永明体讲字的声调是两回事,慧皎显然是把五音和四声相混淆了。萧梁时也曾有诗人和学者有此差错。同时代的锺嵘,则对这两者做了明确的界分。《诗品序》言:"昔曹、刘殆文章之圣,陆、谢为体贰之才,锐精研思,千百年中,而不闻宫商之辨,四声之论。……尝试言之:古曰诗颂,皆被之金竹,故非调五音无以谐会。若'置酒高堂上''明月照高楼',为韵之首。故三祖之词,文或不工,而韵入歌唱,此重音韵之义也,与世之言宫商异矣。"锺嵘对永明体是持反对态度的,但他区分了"韵入歌唱",重视五音谐合的建安乐府与齐梁间重视字的声调的协调在诗体上是不同的,这种区别就是前者用乐调,后者用声调。慧皎之言是不能证明植首倡声律的。以曹植为代表的建安诗人所追求的"文若春花""诗赋欲丽",主要是指诗形秀美和词采华丽。虽然他们在诗句的声音美上也做过努力,所成主要是在词句的自然和谐上,亦即锺嵘所说的"清浊通流,口吻调利"。曹植确有些诗句颇能符合后之声律要求,沈约认为这是"暗与理合,匪由思至"(《宋书·谢灵运传论》),这是符合实际情况的。声调规律在建安时代还远未被发现,更不可能成为其时诗人自觉的追求。从他们的诗作"暗与理合"的情况看,他们在协调声韵使之自然和谐上已有很可观的实绩;从声韵发展史上看,"暗与理合"是通向全由思至的目标不可或缺的一步,当然,这两者是不能混同的。

在中国诗论史上,第一次对诗赋声韵协调提出明确要求的是西晋陆机。《文赋》界定诗义,把声音美作为诗的重要特征之一。"诗缘情而绮靡",陈柱言:"绮言其文采,靡言其声音。"这是符合陆机原意的。《文赋》"论作文之利害所由"有云:"暨音声之迭代,若五色之相宜。虽逝止之无常,固崎锜之难便。苟达变而识次,犹开流以纳泉;如失机而后会,恒操末以续颠。谬元黄之秩叙,故淟涊而不鲜。"其论谴言选词之艰难时说:"始踟蹰于燥吻,终流离于濡翰。"这显然是在诉说选词用语由生涩到流利的过程。这些都可以互证,说明陆机所言之"音声之迭代",是指字的声调而非乐调。他很明显地意识到了声律协调的重要性,要求诗人对此要有自觉的积极的追求。但从"虽逝止之无常"这句看,他还没有掌握声调的规律,还只是在摸索中求其谐合;从声律理论发展史看,陆机之论算是朝向目标迈出很重要的一步。两晋时代声律理论未能沿着陆机所探索的道路进一步发展,很可能是未能与其时声韵的研究密切结合,或者是知音者稀,"彼众我寡,未能动俗"所致。

南朝刘宋时对声律的研究知名于时的,《诗品序》评永明体提到三人,其中只有范晔、谢庄颇识声律,颜延之所云"律吕音调",其实是乐调,颜氏是把四声和五音混为一谈的。这是钟嵘引用永明体倡导者之一王融的评议,是颇具权威性的。前引范晔的《狱中与诸甥侄书》言:"性别宫商,识清浊,斯自然也。"他是以能自如地掌握宫商平仄而自诩的,所谓"言之皆有实证,非为空谈",但未见其列举的实证,因而也就无法知其认识的深度和运用的情况。比范晔年少二十余岁的谢庄、王融也言其颇识声韵。《南史·谢庄传》言:"王玄谟问庄:'何者为双声,何者为叠韵?'答曰:'玄护为双声,确碻为叠韵。'其捷速若此。"熟知双声叠韵,即能明声、韵、调。范文澜注《文心雕龙·声律》篇云:"谢庄深明声律,故其所作《赤鹦鹉赋》,为后世律赋之祖。"总之,范晔、谢庄虽粗识声律,但范不是诗人,在创作上没有实证,谢庄则紧随颜延之后，更醉心用典。《诗品序》言："颜延、谢庄，尤为繁密，于时化之。故大明、泰始中，文章殆同书钞。"颜、谢所倡导的用典的风气，一直影响到刘宋末期以至齐梁时代，所以宋末虽有四声之目，但以声入诗，似乎还未提到日程上来。

宋齐间发现四声是与字的声韵的辨析更精密有密切关系的，而反切定音和造双声叠韵大行于时，就是字音的声、韵、调的辨析日趋准确的表现。《金楼子·杂记上》言及反切法在齐梁间流行的盛况时说："俗士非但文章如此，至言论尤事反语。何僧智者，尝于任昉坐赋诗，任云：'卿诗可谓高厚！'何大怒曰：'遂以我为狗号！'""高厚"切音为"狗"（上声厚韵），"厚高"切音为"号"（平声豪韵），任是以反语讥"其诗不类"。《南齐书·五行志》云："文惠太子起东田，时人反云：'后必有癫童。'果由太孙失位。""东田"反切为"癫"（平声先韵），"田东"反切为"童"（平声东韵）。"癫童"后应文惠长子昭业，因行无道，旋失帝位。从上例看，反切定声，其中就包含有定调，因为一纽可以有四声（包括无声字），视其反切的韵类而定位。"高厚"也可以切音"够（平声侯韵）好（上声皓韵）"，"东田"也可以切音为"殿（去声霰韵）童""殿统（去声宋韵）"。两例用反切作谐语、谶语，去此取彼，取贬去褒，说者因声寓意，听者循声会意，没有歧义和误解，说明其时反切定声已为广大士人（包括俗士）所熟知，而熟练、准确而自如地运用反语，是以熟悉韵类和调质为前提条件的。永明诗人正是运用反切定音、声纽字的组合以及双声叠韵的关系来定调质和协调诗句的声韵的。

四声的创立与其时转读（翻译）佛经的关系又如何呢？陈寅恪先生在《四声三问》中说："故中国文士依据及摹拟当日转读佛经之声，分别定为平、上、去之三声，合入声共计之，适成四声。于是创为四声之说，并撰作声谱，借转读佛经之声调，应用于中国之美化文。""南齐武帝永明七年二月二十日，竟陵王子良，大集善声沙门于京邸，造经呗新声。实为当时考文审音之一大事。在此略前之时，建康之审音文士及善声沙门讨论研究必已甚众而且精。永明七年竟陵京邸之结集，不过此新学说研究成绩之发表耳。此四声说之成立所以适值南齐永明之世，而周颙沈约之徒又适为此新学说代表人之故也。"(《清华学报》第九卷第二期)陈先生之论,很精辟。所论其时士俗各阶层转读佛经、唱诵经呗新声的广泛需求,以及梵文三声的参照系数。这可以视为对于汉字的审字定音和创立四声起了某种推动作用。四声之说恰成于永明,我们是不能忽视这一重要的促成因素的。但汉字不是拼音文字,其审字定音所依赖的是早已施行并行之有效的反切法。四声也是汉字固有的存在物,这正如王融所言:"宫商与二仪俱生。"(《诗品序》引)"二仪俱生"指自然天成,亦即言这是客观的存在,那迟早终会被发现,而况如上文所述,自魏晋以来,声、韵、调的研究,时有新的进展。以五音命字、四声命字以至于三声命字,就是这种探索并有进展的记录。从这个意义上说,四声的创立,是中古声韵学的研究水到渠成的结果,虽然我们不能轻忽其间某些重要的促成因素。

创立四声与形成永明体,是有密切联系但又不能等同的两回事。前者为后者提供了必备的声韵学条件,而五言诗的发展在艺术表达上的新需求,则又是后者得以产生的更为直接的成因。没有这种新需求,即使有四声之目,也是很难形成永明体的。萧子显在《南齐书·文学传论》中说:"习玩为理,事久则渎,在乎文章,弥患凡旧。若无新变,不能代雄。"追求新变的审美意识,在其时诗人中是较为普遍的心态。中古诗歌的发展,在文采、对偶、用典等艺术方法都各擅胜场后,对声韵的追求,就成为诗坛上新变的趋势。所以当周颙的《四声切韵》这部语音学专著问世后,就迅速地被诗人们吸收和采用,于是士林景仰,慕而扇之,就形成为左右诗坛的大气候。上引《南史·陆厥传》言沈约、谢朓、王融等"以气类相推毂","气类",指声气,即声调。"毂"是轴心。老子言:"三十辐共一毂。"意谓他们以声韵为轴心而旋转,同声相应,同气相求,迅速形成以声入诗的新流派。唐人《封演闻见记》则进而说:"永明中,沈约文词精拔,甚解音律,遂撰《四声谱》……时王融、刘绘、范云之徒,皆称才子,慕而扇之,由是远近文学转相祖述,而声韵之道大行。"所以谈永明体的成因,是不能离开五言诗发展的新趋势和新需求的。

二、沈约的声病说

前文曾言,周颙首创四声,而以声入诗则成于沈约。沈约是永明体的代表人物,是这一流派众多诗人的轴心。沈氏涉及声韵问题的著作有《宋书·谢灵运传论》《四声谱》以及有关论辩之作,如《答陆厥书》《答甄公书》等。这些论著涉及永明体声律说的内容、价值、地位以及用声律理论评判前代诗歌的得失等。这些,都是前无古人的,在同时代人物中,也是仅有的。正是由于这些条件,才使他在永明诗派中跃居首位,成为他们中间的核心人物。与王融、谢朓大体同时,关系密切而年岁稍晚的锺嵘,对声律说首倡者的问题提出了另一种说法:"王元长创其首,谢朓、沈约扬其波。"但这只是一条孤证。王融是否首创声律,现已无从确考。其所撰《知音论》,并未写成,影响也极有限。他宗附沈约,在诗才和诗名上都远不及沈、谢,青年时(27岁)就被杀,他是不能成为这一诗派的首领人物的。谢朓成名较晚,中年(36岁)罹祸,在政坛和文坛上都未处于主宰者的地位,而且只有创作而无理论专著面世,影响也受到限制,在创作实践上虽然成就最高,后来诗名也很大,但仍不能说他是永明体的创始者。只有沈约年寿最高(享年73岁),主盟诗坛时间最长,在声律理论以及创作上都取得较突出的成就,尤其是在理论上,因而影响也最大。所以隋唐人谈永明体,是褒是贬,都归之于沈约,而沈约也以此自诩。沈氏之论,应是评价永明声律理论的主要依据。

沈约的声律理论,简言之,就是将平上去入四声运用于五言诗的制韵和谐声。《宋书·谢灵运传论》言:"夫五色相宜,八音协畅,由乎玄黄律吕,各适物宜。欲使宫羽相变,低昂互节,若前有浮声,则后须切响。一简之内,音韵尽殊;两句之中,轻重悉异。妙达此旨,始可言文。"这是沈约对五言诗在声律方面的要求及其价值所做的最简明的概括。所谓"宫羽相变,低昂互节",是言调质的变化,即后世所言的平仄相间,而"浮声""切响"云云,是字音的轻重,这也是调质的变化。这声调相间的要求,是限于五言诗的"一简"(一句)和两句之内的声韵的协调。中国近体诗和词曲有很完备和极严格的声律规范,正是从这"一简""两句"的要求起始的。沈约认为,诗之谐声,就如同绘画调色和音乐调声一样重要,所谓"妙达此旨,始可言文"。把"宫羽相变,低昂互节"具体化,落实到所有的诗句之中,这就涉及四声能否总括众声以及如何总括众声的问题。对此,当时还有不少人心存疑虑。北魏定州刺史甄琛即提出问难:"若计四声为纽,则天下众声无不入纽,万声万纽,不可止为四也。"(《文镜秘府论》天卷《四声论》引)甄氏不知四声一纽是沈约区分四声的具体方法,把纽(声母)的归类与字声的归类混为一谈,而四声恰可以统括万声万纽的。刘善经的《四声指归》引沈约的《答甄公论》言:"昔神农重八卦,卦无不纯;立四象,象无不象。但能作诗,无四声之患,则同诸四象。四象既立,万象生焉;四声既周,群声类焉。"(《文镜秘府论》天卷)所谓"四象",是指金、木、水、火四种物质,万物万象都由此构成。此即《易系辞》所言"两仪生四象,四象生八卦"。沈氏用此比喻说明四声可以总括群声,是万字万声的一种归类,而不等同于万字万声。刘善经的《四声指归》,也有其意相同的阐释:"万声万纽,纵如来言。但四声者,譬之轨辙,谁能行不由轨乎?纵出涉九州,巡游四海,谁能入不由户乎?四声总括,义在乎此。"沈氏以四象喻四声,四象可以生万象,四声也可统群声;刘氏则以轨辙和门户喻四声,是人们出入的必经之地。四声不但可以统声,而且可以统韵,对韵部做新的归类,四声切韵即指此,并以此进而协调声纽和韵部之间的关系。

那么写作五言诗,如何去具体辨析和协调声韵呢?周颙的《四声切韵》已佚,不能知其究竟。《文镜秘府论》天卷所摘引的《调四声谱》,据王利器的校注引任学良的考证,即沈约依据周书所撰的《四声谱》。从所引录之文看,沈氏就是运用反切法及四声关系,把同纽字区分为正纽反切和傍纽反切两类。同纽字有四声关系的为正纽;无四声关系的为傍纽。正纽中又区分四字一纽(即同纽四字,恰为平上去入四声)和六字一纽(因入声字少,两组同纽字共一入声字,即六字总归一入)。将正纽、傍纽及非纽声字横竖交叉相配,组成双声叠韵,以此作为协调声韵和防止声病的依据。

兹引录该《谱》最后一段文字,并略加评释,以见其一斑。

    绮琴 良首 书林
    钦伎 柳觡 深庐
    释曰:竖读二字互相反也,傍读转气为双声,结角读之为叠韵。曰绮琴,云钦伎,互相反也,绮钦、琴伎两双声,钦琴、绮伎二叠韵。上谐则气类均调,下正则宫商韵切。持纲举目,庶类同然。

以上十二字分为六组,每组两字既非双声,也不是叠韵,此即所谓"竖读(横排则为横读)二字互相反也"。但"傍读(横排为竖读)为双声",如"绮钦"为溪纽,"琴伎"为群纽,"良柳"为来纽,"首舓"为审纽,"书深"为审纽,"林庐"为来纽,都是双声字。"结角(交叉)读之为叠韵",如"绮伎"为纸韵,"钦琴"为侵韵,"良舓"为阳韵,"柳首"为有韵,"书庐"为鱼韵,"林深"为侵韵,均为叠韵字。进而则依据反切上字谐声纽,依反切下字切其韵类。此即所谓"上谐则气类均调,下正则宫商韵切"。关于"上谐""下正"句,任学良注引安然释云:"其反音者,连呼两字为一音,但低昂依下,轻重依上,上下相和,以发诸响。"(王利器《文镜秘府论校注》引)"低昂""轻重"均为调质。由此可知,永明时对声调的判别和协调,不但要依据韵母定调,所谓"低昂依下""当韵即见",也还要注意声纽的音素,即所谓"轻重依上",以此来协调诗句的声韵。永明言病犯,其中有两病即属纽病,与此谱所述完全一致。这说明永明时的声律要求与四声二元化定型后相比,既是很琐细,也更为苛严。

　　这"气类均调"和"宫商韵切"云云,既是五言诗遣词下字时追求的目标,也是"将平上去入四声,以此制韵"的具体内容,即要求协韵和谐声两个方面都要以四声律之。就协韵说,要以四声切韵,对韵部做新的归类,以此来规范诗句的韵脚。在永明以前,诗歌也是两句一韵,但四声可以通叶。刘师培在《中国文学教科书》中说:"上古之时,音韵重浊,无四声之分,至齐梁之间始有四声之别。"叶韵区分四声,这是永明以声制韵的一项内容。梁曹景宗作《华光殿侍宴赋竞病韵》诗,可为一证。《南史·曹景宗传》言"景宗(伐魏)振旅凯入,帝于华光殿宴饮连句,令左仆射沈约赋韵。景宗不得韵……求作不已。诏令约赋韵。时韵已尽,唯余竞、病二字。景宗便操笔,斯须而成。其辞曰:'去时儿女悲,归来笳鼓竞。借问行路人,何如霍去病。'帝叹不已。约及朝贤惊嗟竟日,诏令上左史"。沈约掌韵字,以去声"敬"韵为限。其时多人作诗后,此韵部仅存"竞""病"二字,曹景宗即以此两字为韵脚,即席连句而为一绝。曹本一介武夫,却能以四声韵部即席赋诗,且"斯须而成",诗也很可观。可见在梁天监时,四声韵部以及每韵部所包含的文字已为流俗及广大文士所熟悉和掌握。

沈约的"以声制韵",不仅是叶韵分四声,而且还包括一韵两句十字之间的声调的协调。而后者似乎更难把握,也是沈约调声用力之所在。因为五言绝句叶韵,仅限于两个同声韵字的选定;而一韵十字协调四声,就涉及所选用的九个字的调声的权衡。所以这是较为困难的,正如沈约所言:"十字之文,颠倒相配,字不过十,巧历已不能尽,何况复过于此者乎?"(《答陆厥书》)刘勰对诗的声与韵协调中的难与易之问题,也有精到的论述:"异音相从谓之和,同声相应谓之韵。韵气一定,则余声易遣;和体抑扬,故遗响难契。"(《文心雕龙·声律》)写诗时只要选定了韵部,同声韵其他字都可以选来叶韵,所以"余声易遣";而在十个字中协调四声,则必须依据字的声、韵逐字确定调质,所以是"遗响难契"。沈约的贡献和他的自诩,也就在这里。那么沈约又是如何在"十字之文,颠倒相配"上,使之"异音相从"呢?从上引《四声谱》看,他主要就是运用反切法及双声叠韵的关系,组成正纽(四声一纽和六声一纽)、傍纽和非纽声字,在摸索中"颠倒相配",使之四声协调。这是中国律诗艰难的起始阶段的情况。在四声二元化(即平仄)未定型前,这种调声的方法,仍具有开创意义,而且这是正面的调声的方法,而不是消极的防病措施。《文镜秘府论》引崔融撰《唐诗新定诗格》,中有《声谱》一节,仍然是沿着沈约的路子在"傍纽"字及"纽声"字组合上完善这种调声措施。当然,较四声二元化,这种方法是很原始的。

为了防止调声时在"颠倒相配"中出现差错,沈约在撰《四声谱》同时,又提出防止"八病"之说。或言《陆厥传》仅言"四病"(平头、上尾、蜂腰、鹤膝),"八病"之说则出自唐人。从现有材料看,沈约虽未明言"八病",但说过"八体"。前引其《答甄公论》就说过"能达八体"云云,这"八体"即为"八病"。《文镜秘府论》西卷《论病》:"泊八体、十病、六犯、三疾,或文异义同。"可见"体""病""犯""疾"都是"文异义同"的病犯之名。所以沈约所言"八体",也就是"八病"。唐人常言"八病"起始于沈约,这也可资佐证。如卢照邻说:"八病爰起,沈隐侯永作拘囚。"(《南阳公集序》)皎然说:"沈休文酷裁八病,碎用四声。"(《诗式》)沈约的严防"八病",是为了防救在运用四声时有可能出现的差错。用《谱》和救病,是相辅相成的。所谓"八病",除了上述四病外,还有"大韵""小韵""傍纽""正纽",这见于北宋李淑的《诗苑类格》所载(魏庆之《诗人玉屑》引)。《文镜秘府论序》说:"沈侯、刘善之后,王、皎、崔、元之前,盛谈四声,争吐病犯,黄卷溢箧,缃帙满车。"可见从永明至中唐,谈病犯的著作很多,加之后人又各有自己的解说,所以常常是人言言殊。现依据《文镜秘府论》西卷《论病》一节,参之以沈约的论述加以鉴别,以期获得永明时"八病"说的真貌。

平头,上尾。

《文镜秘府论》言:"平头诗者,五言诗第一字不得与第六字同声,第二字不得与第七字同声。同声者,不得同平上去入四声,犯者为犯平头。""上尾诗者,五言诗中,第五字不得与第十字同声,名为上尾。"这是指五言诗两句中句首和句尾二字所犯的同声病。前者是句首同声,后者是句尾同声。所谓"平头""上尾"是举一声以概四声,其他三声相同者,也属此种病犯。只有"第五(字)与第十(字)故为同韵者,不拘此限",亦即首句入韵者,不算上尾病。这与沈约所言"若前有浮声,则后须切响""两句之中,轻重悉异"的原则合。后人对此也无甚异议。

蜂腰,鹤膝。

《文镜秘府论》言:"蜂腰诗者,五言诗一句之中,第二字不得与第五字同声。言两头粗,中央细,似蜂腰也。""鹤膝诗者,五言诗第五字不得与第十五字同声。言两头细,中央粗,似鹤膝也。""蜂腰""鹤膝",只是一个比喻。前者喻两头粗,中间细,病在两头;后者喻两头细,中间粗,病在中间。《文镜秘府论》又引沈约言:"五言之中,分为两句,上二下三,凡至句末,并须要杀。""杀",即煞。杀字,结尾、收笔。意谓五言的第二字和第五字都是句末字,要注意声调上的煞尾,不能与前字同声,要异音相从。"鹤膝"系指五言诗四句一组而言的,即第五字不能与十五字同声,也就是第一句末不能与第三句末同声。这与第一句末不能与第二句末同声的上尾病同属一等病犯,是最为忌讳的。据《文镜秘府论》所载,这"五字制蜂腰,十五字制鹤膝",是王斌所首倡,与沈约的十字之内的病犯说有异。王斌也是南齐永明时人,著有《五格四声论》,行于时。沈约的原说,已不可确考。据郭绍虞先生的《永明声病说》《蜂腰鹤膝解》等论文所引《蔡宽夫诗话》言,认为沈约所说的蜂腰鹤膝,是"出于双声之变","若五字首尾浊音,而中一字清,即为蜂腰;首尾皆清音,而中一字浊,即为鹤膝"。这近似乎律体定型后所犯的孤平孤仄的差错。蔡宽夫之言,虽未明其所出,但应有其所据。王斌以十五字制鹤膝,突破了沈约的在十字之文颠倒相配中所产生的病犯说,自有其意义。尔后刘善经、元兢等隋唐声韵学名家亦依此阐释,足见其影响亦颇大。

以上四病,平头、蜂腰最为禁忌;上尾、鹤膝次之;大韵以下的四病,则属于较轻的病犯。

大韵,小韵。

《文镜秘府论》言:"大韵诗者,五言诗若以'新'为韵,上九字中,更不得安'人''津''邻''身''陈'等字,既同其类,名犯大韵。""小韵诗,除韵以外,而有迭相犯者,名为犯小韵病也。""大韵"病意谓五言诗两句从第一至第九字,都不得与第十字(韵脚)同一韵部。如上引"新""人""邻""身""陈"等字都属于平声"真"部,韵脚用"新"字,一至九字就不能用同韵的"人""邻""身""陈"等字,否则即犯大韵。但"故作叠韵,此即不论",即有意用叠韵词,如"真人""陈珍"以及"人人""陈陈"等叠字修辞,均不作病犯。"小韵"则是除韵脚字外,九个字内均不得用两个或两个以上同韵部的字。大小韵的区别是两句诗内一至九字中有无与韵脚同韵,有一字以上同韵者为大韵;虽与韵脚不同韵,但这九个字中有两个字或两字以上同一韵部,即为小韵。由于声调是由韵母定质的,犯大小韵既是同声,又是同韵,这就使得"异音相从"成为不可能,所以成为病犯。

傍纽,正纽。

《文镜秘府论》言:"傍纽诗者,五言诗一句之中有'月'字,更不得安'鱼''元''阮''愿'等字,此即双声,双声即犯傍纽。亦曰:五字中犯最急,十字中犯稍宽。""正纽者,五言诗'壬''衽''任''入',四字为一纽;一句之中,已有'壬'字,更不得安'衽''任''入'等字。如此之类,名为犯正纽之病也。""傍纽"又称大纽，"正纽"又称小纽。古之声纽，即今之声母，所谓"傍纽"，即五言诗的五字或十字中，不能隔句双声。上引"月""鱼""元""阮""愿"五字，都是同纽字，在《广韵》中属"疑纽"。如五字中已有"月"字，则隔字时不能安"鱼""阮""元""愿"等"疑纽"字。连结两个同纽字，即为双声，"若不隔字，而是双声，非病也"。中间隔字同纽，声调不协调，就是病犯。"正纽"中的"四字一纽"，即同组四字分属平、上、去、入四声。上引"壬""衽""任""入"同属《广韵》"日纽"，"壬"为平声，"衽"为上声，"任"为去声，"入"为入声。如一句诗中已有"壬"字，则不能隔字安"衽""任""入"等四声一纽字。"傍纽"（大纽）与"正纽"（小纽）之别，就其性质说，后者是四字一纽或六字一纽中（内含四声）纽字犯禁，故称"正"；前者旁及同纽中非四声一纽字，故为"傍"。就范围说，后者仅限于同纽中四声字，数量少，故曰小；前者囊括所有的同声纽字，数量多，故曰大。傍纽与大纽，正纽与小纽，是异名而实同的。

以上平头、上尾、蜂腰、鹤膝四病，均属于声病，即声调上不协调；大韵、小韵则是韵病，即不能隔字叠韵；傍纽、正纽是纽病，亦即不能隔字双声。韵病和纽病也就是刘勰在《文心雕龙·声律》篇所指陈的"双声隔字而每舛，迭韵杂句而必睽"，从而造成了声韵上不协调。由于永明时运用反切法确定字的调质，即"低昂依下，轻重依上"，"上谐则气类均调，下正则宫商韵切"，但声纽与韵类的乖舛，也直接关联声调的协调。沈约的《四声谱》，特别致力于傍纽、正纽和双声、叠韵的组合，其意即在此。因为只要熟练地掌握了反切、声纽和韵类，在声韵的组合上，一般就不会触犯禁忌，即使偶尔犯禁，校正起来也较为容易。用《谱》和禁病互相为用，也就在此。

永明声病说对中国律诗的形成是有重大贡献的，既奠定了基础，提供了条件，也明示了发展的道路和方向。唐人律体在完成四声二元化为平仄后，在"异音相从"以求"和"上有了新的突破，平仄相间的律则、以简驭繁，使繁琐的"八病"成为陈说。唐人又通过上下联的黏缀，使"一简之内""两句之中"的一句一联的四声相间，一变而为二联、三联、四联以至于排律之间的平仄协调，使律诗定型化。唐宋人回眸永明体，常常不屑一顾，什么"沈休文酷裁八病，碎用四声，故风雅殆尽"（皎然《诗式》），"所谓蜂腰鹤膝者……尤可笑也"(《蔡宽夫诗话》),几乎是一片责难声。其实,如果没有将《四声切韵》用之于诗作,并提出异音相从和同声相应的声韵要求,没有沈约在永明初起时提出的轻重、清浊、低昂、浮声、切响等对应要求所显示的二元化的启示,没有沈约等在制《谱》时对四字一纽和六字一纽的发现和组合,没有在一简之内和两句之中的四声协调以及用《谱》和防病等摸索过程,唐人律诗定型为平仄二元化是不可想象的。这种艰难的探索,又是承接前人在声韵学上研究所积累的成果和无数诗人在诗声协谐上所取得的经验的基础之上,依据汉字声韵的特点,历刘宋末至齐永明数十年间孜孜以求所获得的新进展,而不是一些什么善声沙门转读佛经,参照梵文三声合入声而为四声,从而一蹴而就的。永明声病说是中国诗歌由古体向律体向词曲发展的一大关键,椎轮大辂之喻,还不足明其功绩。今人评永明体,多褒其四声而贬其八病,这亦非通人之谈。

三、永明声律批评及其论争

以沈约为代表的永明声律说在中国诗学上具有开创性的地位,已见上述。运用声律理论于诗学批评,也始于沈约。《宋书·谢灵运传论》在论述和肯定历代诗人的创作成就和各自的特点后说:"虽清辞丽曲,时发乎篇;而芜音累气,固亦多矣。""芜音累气"就是四声不谐,犯了声病。把"芜音累气"作为前此诗作的通病,这完全是新观点和新视角,在永明之前,是不可能被提出的。沈约以知音者自居,当仁不让,以此为新标准,对诗史作一新的总结。

> 若夫敷衽论心,商榷前藻,工拙之数,如有可言。夫五色相宣,八音协畅,由乎玄黄律吕,各适物宜。欲使宫羽相变,低昂互节,若前有浮声,则后须切响。一简之内,音韵尽殊;两句之中,轻重悉异。妙达此旨,始可言文。至于先士茂制,讽高历赏,子建函京之作,仲宣霸岸之篇,子荆零雨之章,正长朔风之句,并直举胸情,非傍诗史。正以音律调韵,取高前式。自骚人以来,多历年代,虽文体稍精,而此秘未睹。至于高言妙句,音韵天成,皆暗与理合,匪由思至。张、蔡、曹、王,曾无先觉;潘、陆、谢、颜,去之弥远。世之知音者,有以得之,知此言之非谬。如曰

不然,请待来哲。

从"前有浮声,则后须切响"的标准看,沈约列举了曹植的《赠丁仪王粲》诗"从军度函谷,驱马过西京",王粲的《七哀》诗"南登霸陵岸,回首望长安",孙楚的《征西官属送于陟阳侯作诗》"晨风飘歧路,零雨被秋草",王赞的《杂诗》"朔风动秋草,边马有归心"等诗句,认为这些诗不但写真情实感,有自己独特的感悟,而且也因为音韵协调而高出前人一筹。但沈约同时又说这种音韵谐合,只是偶然的巧合,而不是对声律规律自觉把握的结果,所谓"高言妙句,音韵天成,皆暗与理合,匪由思至"。最后的结论是"自灵均以来……此秘未睹","张、蔡、曹、王,曾无先觉;潘、陆、谢、颜,去之弥远"。对于生长在"法先王""言必称三代"的文化传统氛围内的文人说,这些话是石破天惊之论,甚至有点离经背道,但却是符合实际情况的。此文在诗学批评史上也因此而特别引人注目。

沈约的自诩和是今非古,在当时引起的反响是很强烈的。即使对诗的声韵美很重视的文士,对此也有保留甚至提出反对意见。青年诗人陆厥就是其中的代表。其《与沈约书》云:"但观历代众贤,似不都暗此处,而云'此秘未睹',近于诬乎?""自魏文属论,深以清浊为言;刘桢奏书,大明体势之致,岨峿妥帖之谈,操末续颠之说,兴玄黄于律吕,比五色之相宜。苟此秘未睹,兹论为何所指邪? 故愚谓前英已早识宫徵,但未屈曲指的,若今论所申。""意者亦质文时异,今古好殊,将急在情物,而缓于章句。情物,文之所急,美恶犹且相半;章句,意之所缓,故合少而谬多。义兼于斯,必非不知明矣。""论者乃可言未穷其致,不得言曾无先觉也。"陆厥是南齐永明时代"好属文,五言诗体甚新变"(《南齐书·陆厥传》)的青年诗人。从信中看,他也是赞同诗歌声律化,应是属于永明体新诗派的,同时他也认为古人的诗作在音律上大多不协调,所谓"掩瑕藏疾,合少谬多"。此见解与沈约之言并无大的差异,但对"合少谬多"的归结点即原因的分析,就与沈约之见大相径庭了。沈约认为这"合少"只是偶然的巧合,是"暗与理合,匪由思至"。从运思合律的要求看,此前是"曾无先觉"的。陆厥则引用曹丕、刘桢、陆机和范晔的有关论述,证明"前英"已早识宫徵,只是因为"急在情物",以意为先,所以在诗的章句即声韵协调上"未屈曲指的,若今论所申"。陆厥的批评是很尖锐的,他不仅指责沈约诬蔑前贤以夸大己功,所谓"引其不了不合之暗,何独诬其一合一了之明乎","而云'此秘未睹',近于诬乎?"同时也涉及对永明体的评价问题,即应该给予什么样的历史地位:是前无古人的变革和创新,还是在沿袭中的发展? 前文已申言,四声的发现和以声入诗,并不是凭空出现的,是有一个由量变到质变的长期探索和发展的过程。陆机和范晔等的认识和论述,只能说是处于量变阶段,永明体的出现,才是在质的方面的突变,是由古体到近体转变中的一大关键。沈约未能略述前英对此探索的经历和功绩,似乎有所欠缺,但从事物性质的质的规定性来看,说前人"此秘未睹",也没有什么大错。陆厥似乎在全面地考察以声韵入诗的发展过程,但却粗率地把两个阶段等量齐观,未能辨析其间质的不同,从而得出"前英已早识宫徵"的错误结论。

针对陆厥的问难,沈约在《答陆厥书》中,对此做了辩解和补充说明。

　　宫商之声有五,文字之别累万。以累万之繁,配五声之约,高下低昂,非思力所举,又非止若斯而已也。十字之文,颠倒相配,字不过十,巧历已不能尽,何况复过于此者乎? 灵均以来,未经用之于怀抱,固无从得其仿佛矣。

　　自古辞人,岂有不知宫羽之殊,商徵之别? 虽知五音之异,而其中参差变动,所昧实多,故鄙意所谓"此秘未睹"者也。以此而推,则知前世文士,便未悟此处。

沈约在答辩中把能识知文字声调有差异和以声入诗这两个问题区分开来,前者是声韵学,后者则属于诗学,这两者,前人都未臻尽善。就文字的声韵说,前人虽知有"宫羽之殊,商徵之别",但是只知其概,不知其详,即不能对数以万计的文字一一辨析其"高下低昂"的调质。所谓"宫商之声有五",这

"宫商"原是指古之乐调宫、商、角、徵、羽五音程,这里用作区分文字调质的概称。无论是用五声抑或用四声以约万声,都必须以能识别每个字的声调为前提,而这恰是前人所未详的。"虽知五音之异,而其中参差变动,所昧实多。"不明了每个字声的调质的变化,如何在运思遣字时驱逐声势呢? 这是"曾无先觉"的第一层意思。再就以声入诗说,那就更是前人所未经意了,而这恰又是很难的。"又非止若斯而已。十字之文,颠倒相配,字不过十,巧历已不能尽,何况复过于此者乎?"在两句五言诗内,字的声调颠倒相配使其音韵悉殊,已经很难,更何况是一首五言诗和长篇诗赋呢? 以此来检验古人的诗作,就能发现,自"灵均以来,未经用之于怀抱"。即使有一两首诗的诗句能谐声协韵,但同一作者所写的他诗则未能称是,"以《洛神》比陈思他赋,有似异手之作",这不是不明声律,只是"暗与理合,匪由思至"是什么? 这是"曾无先觉"的第二层含意。正是从这两层意思看,推"知前世文士,便未悟此处",所以说前人"此秘未睹"。沈约的答辩词,就其主要方面说,是能言之成理,有一定说服力的,从而维护了永明体在中国律体诗词中的开创者的地位,同时也使我们明了中国律诗在起始时是五言诗两句十字之文中的颠倒相配上,碎用四声和酷裁八病是其创作中的一大特色。

《答陆厥书》在一个重要的观点上对他自己做了修正,即声律问题在诗学中到底应处于何种地位。《宋书·谢灵运传论》过分强调谐声在作诗中的重要性,所谓"妙达此旨,始可言文",不通声律,就不是诗。这当然是过头话,把谐声强调到不恰当的地位。《答陆厥书》接受了陆氏关于古人未谐声律,是由于"急在情物,而缓于章句。情物,文之所急……章句,意之所缓"的见解,补充论述了声律说不是古人不能为,而是"圣人不尚","此盖曲折声韵之巧,无当于训义,非圣哲立言之所急也。是以子云譬之'雕虫篆刻',云'壮夫不为'"。这又回到汉儒的保守的诗学观点上来了,将"声韵之巧"视为从属于圣哲立言的雕虫小技,从而在根本上修正了"妙达此旨,始可言文",以"声韵之巧"作为评诗的首要标准的观点。这很可能是慑于传统文化思想的压力一时的违心之言,但过与不及,都不可能正确估量"声韵之巧"在诗歌美学中的价值和地位。

"巧为声韵"是否确实是"圣人不尚","非圣哲立言之所急"呢？沈约在《答甄公论》中,对此又有所修正。"甄公"是北魏定州刺史甄琛,与沈约大体同时而分仕南北两朝,在声律问题上与沈约意见相左,著有《磔四声》。刘善经《四声指归》引其法难沈约的《四声谱》是"不依古典,妄自穿凿",并言:"若计四声为纽,则天下众声无不入纽,万声万纽,不可止为四也。"(《文镜秘府论》天卷引)"万声万纽"云云,正说明其不知声纽为何物。沈约的《答甄公论》云:

> 昔神农重八卦,卦无不纯;立四象,象无不象。但能作诗,无四声之患,则同诸四象。四象既立,万象生焉;四声既周,群声类焉。经典史籍,唯有五声,而无四声。然则四声之用,何伤五声也。五声者,宫商角徵羽,上下相应,则乐声和矣;君臣民事物,五者相得,则国家治矣。作五言诗者,善用四声,则讽咏而流靡;能达八体,则陆离而华洁。明各有所施,不相妨废。……是以《中庸》云:"圣人有所不知,匹夫匹妇犹有所知焉。"斯之谓也。

沈约在这封答辩信中,依经立意,反驳了对其"不依古典,妄自穿凿"的批评,并对四声的价值做了新的阐述。其一,四声不同于五声,前者是声调,后者是乐调,各有所用,不能互相代替,也不相妨碍。而当时的确有不少人对此混淆不清,有的人以古之五声反对今之四声,有的人则企图把今之四声纳入古之五声。沈约的明确界说以及各有其用的论述,对于反对错误的见解和澄清错误的认识是有利的。其二,对四声入诗的美学价值做了新的表述。南朝的文人诗,已与音乐相脱离,成为独立于音乐的文学作品。欣赏诗歌,由演唱而为讽咏,诗人的创作也因此要极重视字声的轻重、清浊、高下、低昂等音节美的调配,讽咏时诗句才能流靡调利。其实,早在西晋时,陆机已深切感到这一点。《文赋》说:"始踟蹰于燥吻,终流离于濡翰。"那时字声的调配,还是逐字合节,如"崎锜而难便"的。四声的发现和以声入诗,才使这个过程成为自觉的行动,"善用四声,则讽咏而流靡;能达八体,则陆离而华洁"。经过调声和防病后的诗歌,具有既参差而又流靡之美,这是沈约对诗的声律美所做的直接而完整的表述。这比前此用五色相宣、八音调畅之类的比拟要准确得多。其三,永明体的新制,由于没有经典的凭借而常受到非难。这离经背道之嫌是沈约最难应付的。在《答陆厥书》中,说这是圣人所不尚的雕虫小技,是有其不得已而言之的苦衷。在这封信中,他引用了《周易》的"八卦""四象"以及四时等,来附会四声,意在和文王、周公、孔子之论挂钩。但更为重要的是他引用了《礼记·中庸》及郑玄注语"圣人有所不知,匹夫匹妇犹有所知焉",来回答那些关于圣哲为何对此缄默不语的原因,这是沈约在其被反复问难中,好不容易找到来自经书的可以引用作为反驳的理论依据。

成书于南齐末年的《文心雕龙》,内设《声律》专篇,所论涉及声律的起源、功用、调声的方法,并列举前代的诗作在声韵上的得失。刘勰是声律说的拥护者和阐述者,但他在永明后"盛谈四声,争吐病犯"的风气下,所论不但未及八病,也未直接言及四声,甚至一字未写永明体和沈约、谢朓等,这很可能与刘氏宗经的诗学思想有关。《声律》篇在"原始以表末"探讨声律的起源时,绕过永明体,直接与宫、商、角、徵、羽"五音"联系起来,因为这是经典所载,"先王因之以制乐歌"的,而声律则是"五音"的自然延续,是其派生物。这样既可以贯彻其宗经论文的原则,也可以回避永明体创始者所遇到的种种诘难。声调和乐调当然也有可类比之处,但性质和内涵是各不相同的,各有其产生的原因和存在的依据,应是了不相涉的。

《声律》篇可取之处,是在于他对诗学的新生事物特有的敏感,积极的支持,并对当时在声韵上所取得的成就及其美学价值有独特的感悟,还相应地做出了理论阐述和概括。这些理论,从一定程度说,还避免了声律初起时碎用四声和拘忌声病的局限。

　　凡声有飞沉,响有动静。双声隔字而每舛,迭韵杂句而必睽;沉则响发而断,飞则声扬不还,并辘轳交往,逆鳞相比;遇其际会,则往蹇来连,其为疾病,亦文家之吃也。夫吃文为患,生于好诡,逐新趣异,故喉唇纠纷;将欲解结,务在刚断,左碍则寻右,末滞而讨前。则声转于吻,玲玲如振玉;辞靡于耳,累累如贯珠矣。是以声画妍蚩,寄在吟咏;吟咏滋味……穷于和韵。异音相从谓之和,同声相应谓之韵。韵气一定,则余声易遣;和体抑扬,故遗响难契。属笔易巧,选和至难;缀文难精,而作韵甚易。虽纤意曲变,非可缕言。然振其大纲,不出兹论。

刘勰从辨析"声有飞沉"和"响有动静"起步,把沈约所言的调声和防病问题统一在一起,其论述的角度和侧重点也有所不同。沈约从正面阐述其调用四声和防止八病诸多的方法和原则。刘勰所言的调声,是"左碍而寻右,末滞而讨前"的。其所言防病,是"双声隔字而每舛,迭韵杂句而必睽"的,即不能隔字双声,杂句迭韵。这些在当时都属于常识性的问题,无甚深意。刘勰对声韵不谐原因的分析是"夫吃文为患,生于好诡,逐新趣异,故喉唇纠纷"。这当然有一定的道理,因为把好新求异放在第一位,作为最重要的审美追求,谐声退居其次,那就必然受到影响。但是新词奇句如果善于驱遣,能"横空盘硬语,妥帖力排奡"(韩愈《荐士》诗),也是可以驯服的,关键问题是驾驭语言文字的才力和调声之有术。当然,刘勰之防诡异,又是与他的宗经思想有联系的。

《声律》篇所论最可宝贵之点,是在于把永明时以声切韵的问题做了明确的界分,提出声与韵既内涵不同,操作过程中难易也有别。"异音相从谓之和,同声相应谓之韵。韵气一定,则余声易遣;和体抑扬,故遗响难契。""和"的范畴的提出与界定以及与韵的区分,对声律理论的完善是有贡献的,这澄清了永明时声与韵有时混同并在理论上产生某种模糊。明了选"和"难于制韵,对于诗人的创作应侧重于"异音相从"也有一定的指导意义。诗的声韵之美,所谓"玲玲如振玉""累累如贯珠"云云,主要是在吟咏中体现出来的,声韵学的美学价值,也就在此,刘勰也给予明确的界说。

刘勰运用声律理论评及历代诗作,则不尽如人意。其选文定篇,列举前代诗人的得失云:"陈思、潘岳,吹籥之调也;陆机、左思,瑟柱之和也。"意谓陈思、潘岳诗是"吹籥之调""无往而不壹",声与诗是谐合的;而陆机、左思诗则是"瑟柱之和"，是"有时而乖贰"，声与韵时有乖离。其实，如前所论，在永明之前的曹、潘、陆、左的多数诗作，是没有也不可能声律谐协的。这说明刘勰虽知"声有飞沉，响有动静"，但对累万文字中"参差变动，所昧实多"。隋人刘善经的评价和批评，看来是很中肯的："此论（按：指《声律》篇）理到优华，控引弘博，计其幽趣，无以间然。但恨连章结句，时多涩阻，所谓能言之者也，未必能行者也。"（《四声指归》，《文镜秘府论》天卷引）理论上某些擅长和操作实践上的短处，在所论中也能反映出来。

成书于梁天监年间的锺嵘《诗品》，对永明体是持反对态度的，这见于其《诗品序》：

> 昔曹、刘殆文章之圣，陆、谢为体贰之才，锐精研思，千百年中，而不闻宫商之辨，四声之论。或谓：前达偶然，不见。岂其然乎？尝试言之：古曰诗颂，皆被之金竹，故非调五音无以谐会。若"置酒高堂上""明月照高楼"，为韵之首。故三祖之词，文或不工，而韵入歌唱，此重音韵之义也，与世之言宫商异矣。今既不被管弦，亦何取于声律耶？……王元长创其首，谢脁、沈约扬其波，三贤或贵公子孙，幼有文辩，于是士流景慕，务为精密，襞积细微，专相陵架。故使文多拘忌，伤其真美。余谓文制，本须讽读，不可蹇碍，但令清浊通流，口吻调利，斯为足矣。至平上去入，则余病未能；蜂腰鹤膝，闾里已具。

锺嵘的批评，主要是针对沈约的某些言论以及声病说在当时诗坛上产生一些不良影响而发的。"或谓：前达偶然，不见。"意指有人认为前达只是偶然符合声律，其实并不熟悉声韵规律。这是对《宋书·谢灵运传论》中一段话的概括："自灵均以来，多历年代，虽文体稍精，而此秘未睹。至于高言妙句，音韵天成，皆暗与理合，匪由思至。张、蔡、曹、王，曾无先觉；潘、陆、谢、颜，去之弥远。"前引陆厥的批评，也是针对这几句话。不过，锺嵘与陆厥，立论点各不相同。陆厥认为，这是不实之词，是"近于诬"。意即前人已明宫商，只是"未穷其致"，"未屈曲指的，若今论所申"，因而不能"诬其一合一了之明"。

锺嵘则能认识到古之五音与"世之言宫商异"。但认为古人诗要被之管弦,配乐歌唱,所以要五音协调;今人诗歌是"本须讽读",只要"清浊通流,口吻调利"就行了,既不须谐五音,更不用调四声。锺嵘的偏颇,主要缘于对四声不熟悉,即所谓"平上去入,则余病未能",不知道善于调四声,就能增加诗句的音节美,就更能"清浊通流,口吻调利",从而有利于吟咏讽读。刘善经批评说:"嵘徒见口吻之为工,不知调和之有术。"(《四声指归》,《文镜秘府论》天卷引)这个批评是有道理的。锺嵘的诗歌美学观点是重长歌骋情和穷情写物,其所倡导的"自然英旨"和"真美",核心点是要求诗人真实而自然地表达情意。而永明体诗人,除极个别如谢朓者外,都未把言情放在首位,在提倡调声和防病的时候,也未强调以声传情。离情而言声,是永明体的通病,所以锺嵘的批评,也有其积极意义。要求以声传情,当是声律论后继者努力的方向。

永明声病说在南北朝文坛上反响都是很大的。锺嵘的批评所提到的问题,正从一个侧面反映出齐梁间诗坛上盛用四声、争吐病犯的热烈的情况。北魏、北齐对四声的追求,还有过于此。刘善经《四声指归》云:"从此之后,才士比肩,声韵抑扬,文情婉丽,洛阳之下,吟讽成群。及徙宅邺中,辞人间出,风流弘雅,泉涌云奔,动合宫商,韵谐金石者,盖以千数,海内莫之比也。郁哉焕乎,于斯为盛!乃瓮牖绳枢之士,绮襦纨绔之童,习俗已久,渐以成性。假使对宾谈论,听讼断决,运笔吐辞,皆莫之犯。"(《文镜秘府论》天卷引)北朝的声韵著作,据《四声指归》所引,有北魏常景的《四声赞》,北齐阳休之的《韵略》,李概的《音韵决疑》等。至于由北齐入隋的刘善经所著《四声指归》,更是对隋以前声律发展史带有总结性的著作,很多有关史料都赖以保存。至于南北朝一些文士对此持激烈反对意见的,著书立说,加以批评,这也从反面证明了永明体在当时影响之大。学术上的批评与反批评,不但能促进这种诗体和学说的完善,而且争论的本身,同时也就在扩大影响。唐代四声二元化和近体诗的定型,正是永明体不断完善,水到渠成的必然结果。

第四章　南北朝诗论派别的分野(上)

南朝诗坛上文采纷陈,流派间出。理论是创作的总结和反映,亦是朱非紫,各有所见。理论和创作常表现某种对应性。梁代萧子显曾对当时诗坛上存在着三种诗体流派做了概括和批评,并分析其渊源所始。这对于我们观察和概括南北朝诗论的派别分野也有某种启示。萧子显在《南齐书·文学传论》中说:"今之文章,作者虽众,总而为论,略有三体。一则启心闲绎,托辞华旷,虽存巧绮,终致迂回。宜登公宴,本非准的。而疏慢阐缓,膏肓之病,典正可采,酷不入情。此体之源,山灵运而成也。次则缉事比类,非对不发,博物可嘉,职成拘制。或全借古语,用申今情。崎岖牵引,直为偶说。唯睹事例,顿失清采。此则傅咸五经,应璩指事,虽不全似,可以类从。次则发唱惊挺,操调险急,雕藻淫艳,倾炫心魂,亦犹五色之有红紫,八音之有郑卫,斯鲍照之遗烈也。""三体"之分,主要是言其风格之异,其中包括诗的节奏、词采、句式以及情意的内含和情意的表达方式等所显示出来的不同的特色。其一是华旷舒缓,典正而不入情。萧氏认为此体源出于谢灵运,实际是承接和发展了大谢诗的短处。此体虽影响很大,但在理论上则未见有人予以申说。其二是在南朝诗坛上有一定影响的用古语申今情的古体诗派。其诗侧重于政治讽谕,以明文用。萧氏认为此体源出于魏晋诗人傅咸和应璩。其在理论上的反映,应是裴子野的《雕虫论》。其三是以雕藻淫艳为特色并具有民歌的言情风味的鲍照、汤惠休式的美文。梁陈间萧纲、徐陵等某些诗论,可以类从。这诗家的"三体",都是萧子显所不满的,在用语中都带有贬意。他心目中的得体之作是"三体之外"的一体:"俱五声之音响,而出言异句;等万物之情状,而下笔殊形。吟咏规范,本之雅什;流分条散,各以言区。"(《南齐书·文学传论》)"吟咏规范,本之雅什",这是对诗的风貌、形式以及诗的情志的要求;而"出言异句""下笔殊形"云云,则是将诗的情意物化为诗美的质素,体现出多样性。南朝多数的诗论著作,像锺嵘的《诗品》、刘勰的《文心雕龙》、萧统的《昭明文选》以及沈约、萧子显、萧绎和北朝的颜之推等的诗论,都可以归入此类。当然,他们所论各有所重,各有所长和各有特色。

将萧子显所论诗体与南北朝众多的诗论著作相比附、相对应,大体上也可分为三派:其一,明文用,以经史律诗;其二,宫体与"文章且须放荡";其三,本之雅什,兼重缘情绮靡。如果从"通"与"变"的关系立论,这三派又可这样区分,即只"通"不"变"、弃"通"重"变"和既"通"且"变"。所谓"通",是指对传统的诗学特别是儒家诗学的某种继承;而"变"则是变异和创新。崇尚新变,是南朝诗坛上的主要风气。萧子显说:"若无新变,不能代雄。"(《南齐书·文学传论》)这概括了其时多数诗人和诗论家共同的向往和追求,但由于他们对"通"的态度不同,所以我们不能把他们归于一派。南朝诗论在总体上所取得的成就,不但高出于汉,也大大超过了魏晋。从一定意义上说,这与他们重视新变,立言上重视新意有一定的联系。

第一节 古体、今体与宫体之界别与论争

在南朝诗坛上,曾活跃过古体诗派、今体诗派和宫体诗派。古体诗派是以裴子野为代表;今体诗派最有成就的是谢朓、沈约等人,其声律理论已见上述;而宫体诗派的代言人则是萧纲和徐陵。他们各有其创作主张和审美要求,古体诗派是反对今体诗的,而宫体诗派自认为是今体诗的承继者,只不过是更趋艳情新绮而已,所以宫体诗派的批评矛头是直接指向古体诗派的。古体与今体、宫体与古体之间的论争,是南朝诗论史中一项重要内容。

一、古体：明文用，以经史律诗

南朝的诗学，步魏晋绮丽的余波，奔腾向前，其势已不可阻挡。永明体即今体的创立和流行，诗的声、色之途大开，追求诗的艺术美已成为一种新时尚，但反对这种发展倾向的也大有人在。最有代表性的当数裴子野及其古体诗派的诗人集团。其见解存于裴著《宋略》(今仅有佚文)。

裴子野(469—530)，字几原，山西闻喜县人。河东望族，家世史学。曾祖松之注《三国志》，祖骃著《史记集解》，两书均为史学名著。子野历仕齐、梁两朝，曾官著作郎、中书侍郎和鸿胪卿等职。著作多种，以《宋略》二十卷享盛名，原书已亡佚，唐《通典》、宋《文苑英华》摘存有"总论""选举论"等数条。《文苑英华》所录裴氏《雕虫论》，即存于《通典》中"选举论"的条目中，都是录自于《宋略》①。今存《宋略》的"总论"中，自言其写作缘起："子野生乎泰始之季，长于永明之年，家有旧书，闻见又接，是以不用浮浅，因宋之新史为《宋略》二十卷。"《梁书》中也有大体相同的记叙。所谓"家有旧书"，是指其曾祖松之于宋元嘉时所著刘宋史稿及所存有关史料。而"因宋之新史"，当是指沈约所著《宋书》已行于世。裴氏对其"剪截繁文，删撮事要"，同时又依据其家藏旧书及闻见所得进行补充和更正，从而勒成一部刘宋简要的信史。梁天监初，此书已在朝廷中广为流传，徐勉、周舍和沈约等政要，"咸称重之"。范缜的推荐奏表，也特别提到这部书。由此推知，其成书当在梁天监前，也有可能成于齐永明末或稍后，应早于锺嵘的《诗品》，也有可能略早于刘勰的《文心雕龙》。从裴氏的论诗见解，可以看出其时史家对诗学也有异乎寻常的兴趣；裴、刘、锺对诗歌赏好异情，也从一个侧面反映出其时文士在诗学观念上的论争。

现存《雕虫论》，疑非裴氏原题，现依据唐《通典·选举四·杂议论上》，录全文如下：

①据日本学者林田慎之助《裴子野〈雕虫论〉考证》，认为《通典》卷一四和卷一六有关"选举"的两项论述，都录《宋略》，而卷一六所录另一条"论文"(即《文苑英华》中的《雕虫论》)，其"论旨的内容和展开的方法，与其他两条具有共同的特征，当然也应该是属于《宋略》的一部分了"。

宋明帝聪博好文史，才思朗捷，省读书奏，号七行俱下。每国有祯祥，及行幸宴集，辄陈诗展义，且以命朝臣。其戎士武夫，则托请不暇，困于课限，或买以应诏焉。于是天下向风，人自藻饰，雕虫之艺，盛于时矣。又论曰：

古者四始六义，总而为诗，既行四方之风，且彰君子之志，劝善惩恶，王化本焉。而后之作者，思存枝叶，繁华蕴藻，用以自通。若夫悱恻芬芳，楚骚为之祖；靡漫容与，相如扣其音。由是随声逐响之俦，弃指归而无执。赋歌诗颂，百揆五车，蔡邕等之俳优，扬雄悔为童子。圣人不作，雅郑谁分。其五言为诗家，则苏、李自出，曹、刘伟其风力，潘、陆固其枝柯。爰及江左，称彼颜、谢，箴绣鞶悦，无取庙堂。宋初迄于元嘉，多为经史，大明之代，实好斯文。高才逸韵，颇谢前哲，波流同尚，滋有笃焉。自是间阎少年，贵游总角，罔不摈落六艺，吟咏情性。学者以博依为急务，谓章句为专鲁。淫文破典，斐尔为曹，无被于管弦，非止乎礼义。深心主卉木，远致极风云，其兴浮，其志弱，巧而不要，隐而不深。讨其宗途，亦有宋之遗风也。若季子聆音，则非兴国，鲤也趋室，必有不敦。荀卿有言："乱代之征，文章匿采。"斯岂近之乎！

录自《宋略》的这段论文，是纯粹意义上的诗论。钱锺书先生在《管锥编》中言："裴子野《雕虫论》。按此论为诗而发，非概论文体。观造端：'古者四始六艺，总而为诗。'又下文……莫不专指诗歌。"裴文主要是针对宋齐间文士们崇尚诗学的风气而发的，所谓"自是间阎少年，贵游总角，罔不摈落六艺，吟咏情性"，就是对当时少年学子大都弃经习诗现象的不满，并归咎于宋明帝的爱好和提倡："于是天下向风，人自藻饰，雕虫之艺，盛于时矣。"从以史为鉴说，裴氏自有其用心，也有历史依据，但这并非是南朝重诗的主要成因。诗歌由质趋丽，是诗史发展的必然，同时也适应着人们对诗学审美发展的新需求，加之主宰中古文化的多数士族文士生活习性和审美趣味的需求，更使诗作日趋精丽而不可逆转。生活在这一时代的皇帝，同样受到诗美的熏陶。他们中间有人再予提倡，就更起推波助澜的作用。但南朝各代皇帝也有不长于诗,不爱雕虫,但雕虫之艺,仍盛于其时,西晋的情况就是如此。可见这并非仅是"有宋之遗风"。

"世习儒史,苑囿经籍"(《梁书·裴子野传》)的裴子野,很不满意这采丽竞繁的宋齐诗风,想以儒史经籍进行规范。他把诗美和诗用对立起来,取消诗美的独立意义,突出强调诗的社会政治功用,重新回到把诗学作为经学附庸的汉儒评诗的立场上去。裴氏在回顾和总结诗史时说:"古者四始六义,总而为诗,既行四方之风,且彰君子之志,劝善惩恶,王化本焉。"这是对《毛诗序》基本思想的一种概括,以此为立论点,对屈、宋以下除曹、刘为代表的建安诗人外,都持否定的态度。首先他把"君子之志"和个人的感愤抒怀严格加以区分:"彰君子之志"者必"行四方之风",能"行四方之风"者即为雅诗。《毛诗序》言:"言天下之事,形四方之风,谓之雅。雅者,正也,言王政之所由废兴也。"要求诗人有国史的眼光,明王政得失之迹并形之于诗,这就与基于个人的遭际而感愤抒情者有原则区别了。同时枝叶必须依附于根本,服从于诗的指归,即一切诗的词采和艺术形式美,都必须服务于"王化之基",否则就是"淫文破典,斐尔为曹"了。

基于这个标准来观察诗史,楚骚与汉赋都有问题。"悱恻芬芳,楚骚为之祖;靡漫容与,相如扣其音。"前者未"行四方之风",后者有枝叶而无根本,这两者都使后人"弃指归而无执"。屈骚悱恻言情,用以自通,开创了以诗赋抒怀的先例,背离了"行四方之风"的传统,为后代以诗赋美文抒愤懑的诗人所师法。而思存枝叶的汉人辞赋,则借用扬雄和蔡邕某些偏激的言论,一概予以否定。裴氏评楚骚、汉赋,用史家的眼光,从王朝政治功利出发,无视诗赋本身的特点及其审美功能,不但与魏晋南朝绝大多数诗论家的观点有所背离,即使与汉人诗学意识相比,在某些地方也有所后退。

裴论评魏晋南朝诗,最值得注意的一点是他肯定了建安诗歌:"曹、刘伟其风力。"曹、刘,应是指曹植和刘桢,以他们两人为建安诗人的代表。"风力"既是言其风格的特点,也是一种价值评判,这是中国诗论史上第一次运用"风力"一词来概括建安诗歌的精神品格,并与曹、刘诗直接联系起来。从"行四方之风"以"彰君子之志"的论述看,他所首肯的当是建安诗歌所反映的时代沧桑、生民疾苦以及诗人要求建功立业和收拾旧山河的志趣和愿望。这应是"曹、刘伟其风力"的内涵。钟嵘《诗品》,标举建安风力,以曹植、刘桢为建安诗歌最杰出的代表。虽然裴、钟在立论的角度上和审美好尚上多有不同,但不能说没有相通之处。

至于西晋太康时的陆机、潘岳,刘宋元嘉时的颜延之、谢灵运,在裴氏看来,都属于弃本逐末之俦,他们的诗都是"固其枝柯""箴绣鞶帨",是不能登大雅之堂的。裴子野最为痛心疾首的还是宋齐间弃经习诗的风气,士人们以"博依"即竞驰文华为急务,以斐然成章相好尚,所作能发乎情而不能止乎礼义,"淫文破典",与经学相背离。对刘宋以来的山水诗,裴氏也深感不满。"深心主卉木,远致极风云",这本是山水诗人的审美心态,但裴子野以关心王道、政教的"君子之志"来衡量,就是"志弱""兴浮",是"巧而不要,隐而不深"。甚至他还用荀子的话说,这是乱世之音,是用美丽的文采掩盖着邪恶,所以必须加以摈弃和驳正。

考察裴氏所论,有几点值得注意:其一,裴论是针对宋明帝倡导写诗从而引起士人弃经习诗的普遍风气而发的,这是从史家的角度考察王朝政治得失,以鉴往规来。从王朝的政治大局说,习诗显然不是治政的根本和急务。裴氏之见,与汉末的杨赐、蔡邕的言论颇相似,但南朝重诗的风气,较之桓灵之时开鸿都门学则有以过之,史家的忧虑,不能说没有道理。但是重诗和以诗取士对诗学的发展和诗艺的精进,则大有裨益。裴氏之论,显然是不合时宜,对诗艺的发展,也起了有害的作用。其二,再从诗学本身看,他突出诗用,贬抑诗美,要求恢复汉儒六义四始的原则,使诗歌附丽经义,这是一种倒退的和比较褊狭的政治功用论,是不可取的,也是行不通的,但他并非主张完全取消诗艺美。赞扬曹、刘风力,即是一例。他所写的《咏雪》《答张成皋诗》和《寒夜直宿赋》等,也写了山水风云景物,并非"了无篇什之美",只不过是借景以抒发政治情思。他抨击齐梁诗偏于绮靡一端,也是有针对性的,言虽偏激,但也并非毫无意义。从诗论史的角度看,裴论也可以说是唐代陈子昂、韩愈和白居易等反对齐梁诗风的先行者。其三,裴子野以及表荐子野的范缜,都是古体诗的作家和倡导者。钟嵘《诗品》评范缜:"希古胜文,鄙薄俗制,赏心流亮,不失雅宗。"这是言范诗偏好古体,鄙薄俗体(即行时的永明体),质胜于文,以雅体为宗。这与裴子野的诗歌审美情趣完全一致。《梁书·裴子野传》言:"子野为文典而速,不尚丽靡之词,其制作多法古,与今文体异,当时或有诋诃者,及其末皆翕然重之。"这"法古"而"与今文体异"之文,《梁书·刘之遴传》称之为"古体",而梁代的"今体",就是尚声律的永明体,又称近体。裴子野等抵制今体作古体,就是将其理论付诸创作实践,从理论到创作双管齐下反对当时愈益丽靡的今体诗风。我们从其受到"诋诃"到"及其末皆翕然重之"的过程看,其背时流而作的古体,是走过一条很艰难的道路,并取得一定的成功的。据《梁书》裴传及《刘之遴传》等记载,这"翕然重之"并参与古体诗创作集团的人,除范缜外,还有刘之遴、刘显、殷芸、顾协、谢征等一批"连职禁中"、执掌朝廷书诏职责颇有地位的官员,并有一定的能量。裴、范等古体之作在梁代前中期的诗坛上已形成一股气候。梁太子萧纲的《与湘东王书》,针对当时诗坛上的风气,把批评的主要矛头指向学裴的古体诗派,就透露了这方面的信息。萧纲批评裴诗"质不宜慕",没有文采美,此语是深中其弊病的。齐梁间以裴子野为代表的复古之风最终未能形成大气候,是与这一诗派从理论到创作上都有重大欠缺有关。但他们在永明体风行的年代里,高举复古的旗帜,为古体诗争一席地盘,后为唐代陈子昂等承接。在中古诗学发展史上,这一家之言,仍有其历史地位。

二、宫体:轻艳与"文章且须放荡"

与裴子野诗论相对立的,是反对以经籍律诗,提倡任情而作的宫体诗派,其代表人物是萧纲和徐陵。

萧纲(503—551),字世缵,梁武帝第三子,中大通三年(531)立为太子,太清三年(550)侯景杀梁武帝,强立为傀儡皇帝,不久被杀,后人追谥为简文帝。有文集百卷,今多不存。萧纲幼即爱诗,为太子后更偏好轻艳。《梁书·简文帝本纪》言其入主东宫时,"引纳文学之士,赏接无倦,恒讨论篇籍,继以文章……雅好题诗,其序云:'余七岁有诗癖,长而不倦。'然伤于轻艳,当时号曰'宫体'"。萧纲一生特别看重诗歌,赞赏言情写景之作,"伤于轻艳"云云,主要是在入主东宫以后。他的诗学观念前后期也有所不同,影响较大的是他后期独树一帜的宫体诗论。

《答张缵谢示集书》，写于二十五岁时，属于前期诗论："纲少好文章，于今二十五载矣。窃尝论之，日月参辰，火龙黼黻，尚且著于玄象，章乎人事，而况文辞可止，咏歌可辍乎？不为壮夫，扬雄实小言破道；非谓君子，曹植亦小辩破言。论之科刑，罪在不赦。"萧纲从人文与天文相依存的关系立论，说明人文不可或缺，这本是当时流行的见解。但所谓"人文"，按照传统的说法，主要是指礼义典章制度，萧纲却把诗歌作为人文的主体，并以此为依据，将曾有轻视诗赋言论的扬雄、曹植，付之科刑，正其典刑。这虽然是一时带有嘲讽意味的话，但也可见他对此种言论是深恶痛绝的。从萧纲这段话中，我们至少可以看到他对诗歌的重视是异乎寻常的。

诗歌的地位既如此崇高，其作用和价值又何在呢？《答张缵谢示集书》进而说："至如春庭落景，转蕙承风；秋雨且晴，檐梧初下；浮云生野，明月入楼。时命亲宾，乍动严驾；车渠屡酌，鹦鹉骤倾。伊昔三边，久留四战；胡雾连天，征旗拂日；时闻坞笛，遥听塞笳；或乡思凄然，或雄心愤薄。是以沉吟短翰，补缀庸音，寓目写心，因事而作。"这段话是自言其写诗的经历，是因事有感而作，所感之事主要涉及这位青年藩王两个方面的生活经历与感受：一是良辰美景、亲朋侍宴时赏心说目的欢乐；一是镇守边郡、征战拓地时的雄心壮志和间有思乡的复杂心境。曾在萧纲幕府任记室的钟嵘，其《诗品序》言："嘉会寄诗以亲，离群托诗以怨"，"或负戈外戍，杀气雄边"，叙诗思何其相似。这"征旗拂日""雄心质薄"，不也是"行四方之风""彰君子之志"吗？可见萧纲在入主东宫前，虽然很强调诗歌的崇高地位，但其基本的诗学观念，与时人相比，并无很特殊之处。集中反映萧纲的诗学新见解的《与湘东王书》和《诫当阳公大心书》等，都写在其为太子时，其时他在突破儒家诗学的藩篱上迈出了很重要的一步，从尚声律的今体诗向兼重艳情的宫体诗方向发展。《梁书·庾肩吾传》言及此种诗风及《与湘东王书》写作背景时说："初，太宗（萧纲）在藩，雅好文章士，时肩吾与东海徐摛，吴郡陆杲，彭城刘遵、刘孝仪、仪弟孝威，同被赏接。及居东宫，又开文德省，置学士，肩吾子信、摛子陵、吴郡张长公、北地傅弘、东海鲍至等充其选。齐永明中，文士王融、谢朓、沈约文章始用四声，以为亲变，至是转拘声韵，弥尚丽靡，复逾于往时。时太子《与湘东王书》论之曰……"所论主要是针对当时在京师诗坛上颇有影响的古体诗风。

　　比见京师文体，懦钝殊常，竞学浮疏，争为阐缓。玄冬修夜，思所不得。既殊比兴，正背风、骚。若夫六典三礼，所施则有地；吉凶嘉宾，用之则有所。未闻吟咏情性，反拟《内则》之篇；操笔写志，更摹《酒诰》之作；迟迟春日，翻学《归藏》；湛湛江水，遂同《大传》。何既拙于为文，不敢轻有掎摭。但以当世之作，历方古之才人，远则扬、马、曹、王，近则潘、陆、颜、谢，而观其谴辞用心，了不相似。若以今文为是，则古文为非；若昔贤可称，则今体宜弃；俱为盍各，则未之敢许。

　　又时有效谢康乐、裴鸿胪文者，亦颇有惑焉。何者？谢客吐言天拔，出于自然，时有不拘，是其糟粕。裴氏乃是良史之才，了无篇什之美。是为学谢则不届其精华，但得其冗长；师裴则蔑绝其所长，惟得其所短。谢故巧不可阶，裴亦质不宜慕。故胸驰臆断之侣，好名忘实之类，方分肉于仁兽五，逞邻克于邯郸，入鲍忘臭，效尤致祸。决羽谢生，岂三千之可及；伏膺裴氏，惧两唐之不传。故玉徽金铣，反为拙目所嗤；巴人下里，更合郢中之听。阳春高而不和，妙声绝而不寻，竟不精讨锱铢，核量文质。有异巧心，终愧妍手。是以握瑜怀玉之士，瞻郑邦而知退；章甫翠履之人，望闽乡而叹息。诗既若此，笔又如之。徒以烟墨不言，受其驱染；纸札无情，任其摇襞。甚矣哉，文之横流，一至于此！至于近世谢朓、沈约之诗，任昉、陆倕之笔，斯实文章之冠冕，述作之楷模。张士简之赋，周升逸之辩，亦成佳手，难可复遇。

萧纲批评的矛头主要是指向以裴子野为代表的古体诗派，也兼及有玄言诗遗风的学谢灵运的诗派。从诗体和诗意两个方面加以批评，所谓"懦钝""浮疏""阐缓"，是指裴、谢诗俭约、舒缓、板滞等风格特色，这是与他所好尚的流丽、轻艳的诗风大异其趣的，也与他所推重的谢朓、沈约的秀丽流美的今体诗不同。而《内则》《大传》，均是《礼记》的篇名，前者是言妇女的礼仪守则，后者则是说子孙对父祖的孝敬之道。《酒诰》是《周书》的篇名，是周公在灭商后假成王之命所颁布的戒酒令；《归藏》则是古《易》之一，是言宇宙人生哲理的。这些都是缘情写景的诗歌，是不应该依经立意，设礼义之大防，甚至还要囊括宇宙人生的哲理的思考。在萧纲看来，这些都是不可取的，也违背风、骚和"比兴"的传统。他所推举的风、骚、"比兴"，当然不是裴子野所阐释的关于王道政教的儒学大义，而是从纯诗学的角度肯定其抒情写景及形象化的表现手法。萧纲是反对以儒学入诗的，当然他也不满理过其辞的玄言诗遗风。从纯化诗歌美学内涵看，萧纲的批评，是有其意义的。但诗歌是不能也不可能排斥诗人的思想和情趣的，这种思想和情趣也必然渗透在诗的意境之中，给予读者以不同的审美熏陶，这是谈诗的纯美和不受拘束论者无法回避的。

对于诗歌创作是师古抑或是依今的看法上，萧纲的见解也与裴子野以及刘勰、锺嵘等完全不同："但以当世之作，历方古之才人，远则扬、马、曹、王，近则潘、陆、颜、谢，而观其遣辞用心，了不相似。若以今文为是，则古文为非；若昔贤可称，则今体宜弃；俱为盍各，则未之敢许。"这段话立论于写诗必须创新，开辟诗界的新天地。认为古之才人之所以在诗史上留名，就是因为他们"遣辞用心，了不相似"，也就是各不相师的。今之诗人当然也应该如此。对于古今诗的评价是：既不能说今之诗歌都是好的，古之诗歌都不足道；也不是说只有昔贤值得称道，今之诗人都一无是处；更不是说师古师今可以各从其志，各取所需，而是侧重强调要另辟蹊径，也就是说要立足于新变，"遣辞用心，了不相似"。所以不必步趋古人，因为古人也都是在变易前人后才享有盛名的。基于这个论断，那么当代诗坛上学谢灵运和裴子野的诗风，就必须予以坚决反对的了。更何况今之学谢、学裴者，只能得其所短，而失其所长。在萧纲看来，"谢客吐言天拔，出于自然"，其"巧不可阶"，这是无法学的；"裴氏乃是良史之才，了无篇什之美"，其诗"质不宜慕"，是根本不应该学的。如果步趋谢、裴，"决羽谢生，岂三千之可及；伏膺裴氏，惧两唐之不传"，不但学不到谢诗之巧夺天工，就是裴氏经史之长，也后继无人了。萧纲认为,现在诗界对此执迷不悟,鄙弃绮靡,专尚阐缓,颠倒妍蚩,混淆黑白,使诗人和说诗者都望而却步,"故玉徽金铣,反为拙目所嗤;巴人下里,更合郢中之听。阳春高而不和,妙声绝而不寻,竟不精讨锱铢,核量文质。有异巧心,终愧妍手。是以握瑜怀玉之士,瞻郑邦而知退;章甫翠履之人,望闽乡而叹息"。这是有害于诗之美的,是影响诗歌的发展的,是必须予以匡正的。按照萧纲的意图,诗歌应该是什么样的形态,又如何走向正道呢?"近世谢朓、沈约之诗,任昉、陆倕之笔,斯实文章之冠冕,述作之楷模。"可见萧纲虽反对师古,但却提倡师今。"谢朓、沈约之诗",就是宗尚声律美的永明体;"任昉、陆倕之笔",他们的应用文亦用骈体,使之四声相间。这两者都属今体文。萧纲所倡导的宫体诗,是在声律谐调、文字流美的基础上进而向艳情方向发展,所谓"至是转拘声韵,弥尚丽靡,复逾于往时"(《梁书·庾肩吾传》)。所以永明体的传统是不能丢的,是必须卫护的,但是现今京师的诗界却有不少文士在"决羽谢生"和"伏膺裴氏",企图阻滞或者改变齐梁间从今体到宫体诗歌新变的方向,这就使得萧纲痛心疾首,不能容忍。"徒以烟墨不言,受其驱染;纸札无情,任其摇襞。甚矣哉,文之横流,一至于此!"愤慨之情,溢于言表。如果说,萧纲在昔日居藩时,诗学意识还处于变化之中,虽偏好绮靡,但似乎还不是很自觉;身边虽也集聚一些赏好相同的文士,但身居一隅,无暇也无力影响京城的诗风。现在情况不同了,身居东宫,如众星捧月;监抚有暇,能兼及文事。与东宫学士在宫体诗方面创作实践,使他在诗学上的审美意识更明确和更坚定了。从信中看,似乎还有一种责任感,使他必须站出来攻乎异端,是朱非紫,使诗歌向他所认可的轻艳绮靡方向发展。同时他还把希望寄托在自认为与其审美趣味有投合点的异母弟湘东王萧绎身上,"思吾子建,一共商榷。辩兹清浊,使如径渭;论兹月旦,类彼汝南。朱丹既定,雌黄有别。使夫怀鼠知惭,滥竽自耻。譬斯袁绍,畏见子将;同彼盗牛,遥羞王烈"。他以萧绎为曹植,自比为曹丕,希望两人能像曹氏兄弟在建安时代一样,领袖诗坛,提倡批评,改变一代诗风。虽然萧纲的政治地位和曹丕有相似之处,但在诗坛上所起的作用,远不能和曹丕相比拟,更何况萧绎并不是他的志同道合的追随者。

　　萧氏这封信,以坚决反对复古和维护新变为其论诗的宗旨,与裴子野所论恰成鲜明的对照。两人各执一端,都有其片面性。从因与革、通与变的关系说,诗歌的创作,总是有因有革,有通有变的。杜甫说:"后贤兼旧制,历代各清规。"(《偶题》)这是通达之论。萧纲认为,诗人都应"遣辞用心,了不相似"。这话从诗人们的创作构思、艺术表达和语言技巧等都应有自己的独创性说,是完全正确的,但以此为依据,否认向传统学习的必要性,那就有失偏颇了。事实上历代的名诗人虽各有其创新之处,但无不很认真地向传统学习,在融会前人之长的基础上进行创新,在创新中还会留下与前人某些相似的痕迹。锺嵘品诗,溯源别流,即以此为依据。萧纲为了强调新变,轻忽以至于抹煞师承与博通,其与裴子野的以古为则、否定新变一样,都不利于诗艺的发展,因而都是不可取的。

　　萧纲论诗,否定复古,提倡新变,其用意似乎更侧重于反对依经立意上。《诫当阳公大心书》对此有正面的论述,发而为惊世骇俗之论。

　　　　汝年时尚幼,所阙者学。可久可大,其唯学欤? 所以孔丘言:"吾尝终日不食,终夜不寝,以思,无益,不如学也。"若使墙面而立,沐猴而冠,吾所不取。立身之道与文章异,立身先须谨重,文章且须放荡。

萧大心被其祖父梁武帝封为当阳公,是在中大通四年(532),时年八岁。萧纲为其代写《为子大心让当阳公表》。诫子书当在此后,也就是说写在萧纲被立为太子后。从上引《全梁文》所辑存的佚文看,信的重点是在劝学,兼及立身之道与文章事。言文章也是为了反衬立身之重要,并非专意教子为文放荡的。而这"文章"是特指诗的。萧纲在这不经意的对比中,正好反映出他对平素为人和为诗抱着不同的态度。明张溥在《汉魏六朝百三家集题辞》评及《梁简文集》有云:"《诫当阳书》:'立身须谨重,文章须放荡',是则其生平所处也。"这个评判应该说是很准确的。在萧纲看来,为人和写诗是可以分别对待的两回事,用他的话说"所施则有地","用之则有所"。所谓"立身先须谨重"，从上引之文看，首先是好学，同时还要将所学指导立身行事，其中当然包括礼义法度和伦理道德等，这些都是不能逾矩的。"放荡"是指不受约束之意，主要是指可以不要拘守礼义道德的规范。《与湘东王书》指责京师的古体诗派受制约于"六典三礼"的不当，正好可为"放荡"一语作注脚。当然这里所言的"文章"，是不能包括笔体的，只能是指诗，因为表章书记诏策等政治应用文也须要谨重，那是不能任意放荡的。"谨重"与"放荡"词意相反，立身与为诗的相异处也就鲜明突出。立身谨重说是属于正统的规范，这里姑置不论；文章放荡说是言人之不敢言，是石破天惊之论，引起后人特别的关注，最值得注意。自汉儒论诗，高标君子之志，最下也要止乎礼义，千百年来几乎被奉为宪章法典，很少有人敢轻易超越雷池一步。魏晋南朝的说诗者，即使有人心非其说，也很少有人敢于正面撞车，其中有些人在强调诗的缘情绮靡质素时，对政教说也只是做淡化处理。而敢于公然与之相对抗的，就是"文章且须放荡"这一诗论命题。其意义就在于突破儒家诗教的大防，因而在中古诗论史上具有重大意义。从诗学的角度说，诗歌本是诗人审美情趣的艺术结晶，是诗人此时此地感物兴会的产物，是极富有个体性生命内涵和活力的机体。如果将一种外在的群体意识和道德说教掺入进去，进行规范和制约，诗中就会缺少感人心弦的力量。诗人写作必须有真情实感，有真情才有真诗。文章放荡说解除了诗人必须受到正统思想的规范和制约，为诗能任情而发开了绿灯。中国的言诗者，大抵有两种不同的观点：一为言志明道，一为寄兴感怀。萧纲反对依经立意，主张放荡其情意，显然是属于后者。诗人的感兴，本来就是多方面的，没有必要也大可不必都与言志明道联系在一起。萧纲所论，从积极意义上说，是对诗歌创作的一种解放。问题在于其冲破"言志"说藩篱后指归何在，他的意图是什么？我们还必须进而考察他立论的背景和真实的意图，这就不能不与他身居东宫爱好艳诗、提倡宫体联系起来了。

宫体之作，首创于徐摛，萧纲深受其影响，进而形成其诗学观念，并形诸理论。《梁书·徐摛传》："摛……属文好为新变，不拘旧体户。……会晋安王纲出戍石头……以摛为侍读……王入为皇太子，转家令，兼掌管记，寻带领直。摘文体既别,春坊尽学之,'宫体'之号,自斯而起。"徐摘是在萧纲年仅七岁时即受梁武帝的委派为纲侍读,后二十余年,一直在其幕府专任执掌文翰的要职,未离左右。徐摘的诗学趣味,很自然地使从幼童到青年的萧纲受到熏陶。《梁书》载萧纲自称"七岁有诗癖,长而不倦",所作"伤于轻艳",被称为"宫体",其深受徐摘的影响,是有迹可寻的。前引《梁书·庾肩吾传》言东宫学士之作,较之永明体,则"转拘声韵,弥尚丽靡",这"轻艳""丽靡""春坊尽学之"的"宫体",多以美女的色相和男女艳情为题材,并协以词采声律之美的诗作,因出自东宫诗人之手而得名。萧纲不但爱写而且也激赏此类作品,其《答新渝侯和诗书》云:

> 垂示三首,风云吐于行间,珠玉生于字里;跨蹑曹、左,含超潘、陆。双鬓向光,风流已绝;九梁插花,步摇为古。高楼怀怨,结眉表色;长门下泣,破粉成痕。复有影里细腰,令与真类;镜中好面,还将画等。此皆性情卓绝,新致英奇。故知吹箫入秦,方识来凤之巧;鸣瑟向赵,始睹驻云之曲。手持口诵,喜荷交并也。

新渝侯即萧映,是梁武帝十一弟始兴王萧憺之子,萧纲的堂兄弟。两人情趣较投合,关系密切。《全梁文》载纲与映书有三函,此函是称赞映所奉赠的三首诗的。诗今不存。从信中看,所写系春闺好女服饰、艳态、弹奏及愁思等,形态描绘极逼真,这正是宫体诗的类型。萧纲对此大加赞赏,称之为"此皆性情卓绝,新致英奇",其成就已超越前代名诗人曹植、左思、潘岳、陆机之作,可见其审美情趣之所在。《隋书·经籍志》言:"梁简文之在东宫,亦好篇什,清辞巧制,止乎衽席之间;雕琢蔓藻,思极闺闱之内。"这就进而对性生活涉及某种暗示了。所以章太炎说:"简文变古,志在桑中。"(《国故论衡·文学总论》)这话是一点不错的。萧纲反对古体,提倡放荡,其意是为倡导宫体的艳情之作服务的。这就是说,萧纲之论,在突破儒家诗教礼义之大防上是有限的,仅止于两性之间的道德规范上,且趣味也较为低级。

萧纲作为一代储君,其排斥古体,张扬宫体诗,也不是随心所欲,无所顾忌和心想事成的。"春坊尽学之"的宫体诗,在东宫学士中占有统治地位,但同时倾动了朝野,反应强烈,引起了当代皇帝梁武帝的直接干预。《梁书·徐摛传》言:"高祖闻之怒,召摛加让。"这在当时是一严重事件。幸亏徐摛能博通五经,兼善释典,又善于应对,才使"高祖意释",化险为夷。但乃父的动怒及责让,对萧纲的心理影响肯定是很大的。这说明宫体诗由于太子的提倡,"春坊尽学之",在东宫学士中很风行,但在京师诗坛上并未占到正统的地位,在正规的严肃的场合下,萧纲也还不得不违心地重弹诗教的旧调。《昭明太子集序》中所表达的见解,即是一例:"文籍生,书契作,咏歌起,赋颂兴。成孝敬于人伦,移风俗于王政,道绵乎八极,理浃乎九垓。赞动神明,雍熙钟石,此之谓人文。"歌咏赋颂作为人文的主体,是用以成孝敬、厚人伦、移风俗和兴王政的。这种非常正统的儒家诗教的见解,出自于"志在桑中"的萧纲之口,是令人惊奇的。这篇序文中,赞美昭明太子有十四大德行,不但立身为人很谨重,为文也谨守旧则,不越雷池一步。"至于登高体物,展诗言志……言随手变,丽而不淫",是一点不放荡的。萧纲在正规的场合下所写的冠冕堂皇的文章,正说明儒家诗学在当时仍处于正统的地位,尽管不是诗学的主流。

宫体诗另一重要作家是徐陵,他受萧纲之命,编选《玉台新咏》,维护和张扬宫体之作,在诗论史上很值得注意。

徐陵(507—583),字孝穆,东海郯(今山东郯城西南)人,徐摛之子。梁中大通三年后,徐氏父子都在东宫任职,陵被选为东宫学士,深受萧纲的信爱。后仕陈任尚书左仆射等要职,并为陈时"一代文宗"。徐陵深受乃父的影响,好新巧轻艳,与庾信同为宫体诗的著名作手,号徐庾体。有文集三十卷,已散佚。明清人所编的文集,都是从唐宋类书中收集其遗文而成的。《玉台新咏》(下称《玉台》)是中古时期很重要的一部诗歌选集,在中国诗学史上享有盛名。

《玉台》的编纂,受命于萧纲。唐人刘肃《大唐新语》有云:"梁简文帝为太子,好作艳诗,境内化之,浸以成俗,谓之宫体。晚年改作,追之不及,乃令徐陵撰《玉台集》,以大其体。""晚年改作"云云,考之史实,并不完全可信。

据《陈书·徐陵传》及《梁书》的有关纪、传记载,徐陵于太清二年(548)炎暑季节出使北魏,侯景亦于同年八月起兵反叛,陵不得回京城,转去江陵依湘东王萧绎。此后的徐陵,再也没有机会与在京城的萧纲及其父徐摛晤面了。《玉台》的编纂,只能在此以前,即萧纲仍为太子之时。今存宋本《玉台》所录萧纲诗,前标"皇太子圣制"可证。但宋本《玉台》在编纂人前标徐陵入陈后的官衔,当是后之刻书者所追加,不能作为成书年代的证据。又,据《梁书》记载,萧纲在侯景入城后即被囚禁,其诗风也迥异于前:"初,太宗见幽絷,题壁自序云:'有梁正士,兰陵萧世缵,立身行道,终始如一,风雨如晦,鸡鸣不已。弗欺暗室,岂况三光,数至于此,命也如何!'又为《连珠》二首,文甚凄怆。"这位行将被杀的皇帝,其为文已不再放荡,诗情诗兴也与轻艳绝缘了。所谓"端悫人不妨作浪子语",还须有特定的生活环境和心境的条件才有可能,晚年追悔的话头,大概是有鉴于萧氏落难时的遭际而做的一种臆测吧!其实,此时的萧纲,社稷垒卵,个人生命也朝不保夕,根本无心追及于此了。《玉台》不可能是萧纲晚年追悔之作,当然也不大可能成书于徐摛受到梁武帝责让后不久,因为其时武帝责让之声言犹在耳,徐勉等执政又敢于直言,下情基本上能上达,萧纲等是不敢为自己辩护而编纂此书的。那么成书于大同年间(535—547)是较为可信的。《隋书·文学传序》言:"梁自大同以后,雅道沦丧,渐乖典则,争驰新巧。简文、湘东,启其淫放;徐陵、庾信,分道扬镳。其意浅而繁,其文匿而采,词尚轻险,情多哀思……"大同年间,是梁代由盛转衰一大转折。其时武帝年老昏愦,佞佛弥笃,数次舍身,大政委于善于迎合的朱异。《梁书·朱异传论》云:"而异遂徼宠幸,任事居权,不能以道佐君,苟取容媚。及延寇败国,实异之由。"这十余年间,老皇帝一心事佛,执政者又"苟取容媚",这正是萧纲及东宫年轻的学士徐陵、庾信等大力写作宫体诗的最好的时机。《隋书·文学传序》所论应是有所依据的。为宫体诗张目的《玉台》编纂于此时,是最有可能的。

《玉台》十卷,一至八卷,为汉魏至梁代五言诗,九卷为歌行体,十卷为两韵四句的五言诗,即五言绝句。所选均以女性生活和男女爱情为题材。"玉台"本是宫廷的代称,曹植《冬至献袜履表》:"拜表奉贺,并献文履七量,袜若干副。茅茨之陋,不足以入金门,登玉台也。""玉台新咏",本意应是宫体新诗之意,但其所选还包括汉魏以来的古体诗及乐府民歌,这大概是"以大其体"的结果。正因为扩大了编选的范围,使得古代一些优秀诗篇如《孔雀东南飞》等得以保存,一些诗作的归属问题也可借此订正,加之又是一部诗歌选集,因而为历代治诗者所注目。但徐陵既然是受命于萧纲,意在张扬宫体,又以"玉台新咏"命名,那么他们心目中的宠物仍在宫体新诗。从第七卷、第八卷开始选录的萧纲、徐陵和庾信等宫体之作,应是全书的中心和主体之所在。而所选汉魏以来的诗歌,只不过是想说明此体古已有之,从而能对"信而好古"的正统的责难有所反驳,或者说是以此求得扩大其生存空间的一种屈就。这对于一个很强烈地反对师古、标榜新变的论诗者来说,是有其不得已而为之的苦衷。我们研究《玉台》这部诗选,应在明其用心的情况下,把侧重点放在第七、八卷及其以下的宫体诗派的诗作所显现出的诗学观点和审美情趣,至于其书使古之名篇得以留传以及一些史料价值,那只不过是副产品而已,并非编纂人的初衷。

梁大同年间在诗坛上独标一帜的宫体派诗学的审美意识,比较集中地体现在徐陵的《玉台序》中。这是一篇奇文,从内容到写法上都与前此的诗论序跋不同。萧统的《文选序》,以编者自任,直接申言其编选的缘由和编选的义例,而徐《序》则讳言是其书的编者,将编选权让于其虚拟的宫廷丽人,自己是站在第三者的立场上代为作序,加以赞赏和推举而已。这是魏晋以来文士们代妇言情写作手法的袭用。《序》的前段写丽人所居"金屋"等雕饰之辉煌,其体态"细腰""纤手"之姣好,"阅诗敦礼"、才德兼备之人品,吹弹歌舞技艺之精妙,宠倾后宫之幸遇,加之还是"妙解文章,尤工诗赋""新制连篇""清文满箧"之才女,真可谓品貌才艺俱佳,"其佳丽也如彼,其才情也如此","倾国倾城,无对无双"。这段对虚拟的丽人编者才貌的描述与赞美,实为宫体诗赋的复制。运用骈文的形式,大量运用典故来衬托,从中可以看出宫体派诗人对女性美观察的视角和表现的形式。以青年女性为欣赏对象,对其形态、生活起居和装饰等做惟妙惟肖的描摹,在诗艺表达上固然有了新的增进和积累,但像"东邻巧笑,来侍寝于更衣;西子微颦,将横陈于甲帐"等带有性暗示的描写,就带有某种挑逗性。用王国维的话说,这是一种"眩惑",而非美。宫体诗人对女性美的描写所表现出来的审美趣味并非是很高雅的。《序》的下段则是言丽人闲居多暇,无捣衣、织锦之劳,在博戏游乐之闲于徐,而特属意于编撰艳歌:

> 既而椒房宛转,柘馆阴岑,绛鹤晨严,铜铺昼静。三星未夕,不事怀衾;五日犹余,谁能理曲。优游少托,寂寞多闲。厌长乐之疏钟,劳中宫之缓箭。轻身无力,怯南阳之捣衣;生长深宫,笑扶风之织锦。虽复投壶玉女,为欢尽于百骁;争博齐姬,心赏穷于六著。无怡神于暇景,惟属意于新诗。可得代彼萱苏,微蠲愁疾。

> 但往世名篇,当今巧制,分诸麟阁,散在鸿都。不藉篇章,无由披览。于是燃脂暝写,弄墨晨书,撰录艳歌,凡为十卷。曾无参于雅、颂,亦靡滥于风人,泾渭之间,若斯而已。于是丽以金箱,装之宝轴。三台妙迹,龙伸蠖屈之书;五色花笺,河北胶东之纸。高楼铅粉,仍定鲁鱼之文;辟恶生香,聊防羽陵之蠹。云飞六甲,高擅玉函;鸿烈仙方,长推丹枕。至于青牛帐里,余曲既终;朱鸟窗前,新妆已竟。方当开兹缥帙,散此绨绳,永对玩于书帷,长循环于纤手。岂如邓学《春秋》,儒者之功难习;窦传黄老,金丹之术不成。固胜西蜀豪家,托情穷于鲁殿;东台甲观,流咏止于《洞萧》。娈彼诸姬,聊同弃日;猗与彤管,丽矣香奁。

"曾无参于雅、颂,亦靡滥于风人,径渭之间,若斯而已。"这几句话,既是对所选诗的定位、评价,亦有维护之意。"参",愧对。"无参于雅、颂",即无愧于雅、颂,可与雅、颂并列,这是就其价值功能说的。"亦靡滥于风人","风人",诗人,特指《诗经》的作者。曹植《求通亲亲表》:"是以雍雍穆穆,风人咏之。"刘勰《文心雕龙·明诗》篇:"自王泽珍竭,风人缀采。""风人"也可释为民歌作者或乐府民歌。钟嵘《诗品》评谢惠连诗:"又工为绮丽歌谣,风人第一。"但徐文以"雅、颂"与"风人"对举,互文见义,似不应作他释。"靡"与上句"无参于雅、颂"之"无"同义,即不滥于风人。"滥",浮辞,有淫滥之意。陆机《文赋》:

"每除烦而去滥。"扬雄《法言》:"辞人之赋丽以淫。""滥"与"淫"同义,指词采过分华美。此句意谓,宫体诗华丽的词采也没有超过风诗。"泾渭之间,若斯而已",宫体与《诗经》相比,不过如此,意谓这两者可以等量齐观,没有什么差别。这似乎是对来自儒者责难的一种回答。但是《诗经》和专咏美女生活为能事的宫体诗,从价值功能和诗的体式说,都是有差别的。徐陵磨灭两者之间的界别,认为可以等量齐观,那是另有评判标准在。这个标准就是诗的娱乐性,可以排愁解忧,带来了审美愉悦。在徐陵看来,宫体诗描摹"倾国倾城,无对无双"的美女之美,可供玩赏,比起学习那些枯燥的儒家经典和深奥的老庄哲理,既易为而又有趣。"至于青牛帐里,余曲未终;朱鸟窗前,新妆已竟。方当开兹缥帙,散此绿绳,永对玩于书帷,长循环于纤手。岂如邓学《春秋》,儒者之功难习;窦传黄老,金丹之术不成。"甚至比起朗读那"含飞动之势"的王延寿《鲁灵光殿赋》和"穷变于声貌"的王褒《洞萧赋》,也胜出好多。"固胜西蜀豪家,托情穷于鲁殿;东储甲观,流咏止于《洞萧》。"两赋止于美物,而艳歌则专咏丽人。"娈彼诸姬,聊同弃日;猗与彤管,丽矣香奁。"讽咏娈姬与情人的嬉戏和赠与,是可以弃日忘忧的。引用《诗·邶风·静女》"彤管"之吟以为证,并提出反诘,是不无揶揄意味的,而这又正是"亦靡滥于风人"的注脚。

徐陵用娱乐性和愉悦性的审美功能,作为评判宫体诗的价值尺度,并以之与儒者的雅、颂王道政教说相抗衡。文中还进而说:"岂如邓学《春秋》,儒者之功难习",这艳歌的优越性,不仅是"无参于雅、颂",还大有含跨、凌轹之意。对于正统的儒家诗学,这当然是一种大胆的挑战。所以徐陵称宫体为"无参于雅、颂,亦靡滥于风人"之言,与萧纲的"文章且须放荡"说一样,在诗学领域内,都具有反传统的性质。但这种反传统的意义又是极有限的,因为萧、徐之论,都是为张扬宫体诗服务的,而宫体诗又是以东宫太子和贵族文士的眼光来观赏和表现女性美的,其中还不乏类似色情的暗示。而美女(即使贵为后妃)在宫廷中被视为一种尤物,当成玩赏的对象,正是封建制度牢笼所致。从这个角度说,这批诗人不但不反对使女性受到处于屈辱地位的制度,而且还在享受和赞赏礼教制度的赐予。对宫廷丽人的形态和服饰美的种种展示,是不能与真实表现宫女的生活和情感如谢朓的《玉阶怨》同日而语的,虽然宫体诗在文学性和声律美上所取得的进展我们也不能轻忽。对于宫体诗及其倡导者反传统的言论在诗论史上,也应给予恰当的评价。

具有讽刺意味的是,这位在梁代是宫体诗最重要的倡导者的徐陵,死时被陈代宫体诗的继承者陈后主谥为"章伪侯"。"章伪"者,彰明其伪也。《南史·徐陵传》:"初,后主为文示陵,云他人所作。陵嗤之曰:'都不成辞句。'后主衔之,至是谥曰章伪侯。"这与梁武帝萧衍谥沈约为"隐",言其"怀情不尽曰隐"同出一辙,都是君主利用谥法发泄平素所积蓄的不满。陈后主叔宝,是宫体诗的继承者,"多有才艺","偏尚淫丽之文"(《陈书》)。其示陵之"文",很可能就是艳诗。徐陵嗤其文"都不成辞句",并非是言其文字不通,而是对这种淫丽之诗的不满,这就与徐陵对宫体诗态度的转变有关系了。了解徐陵根底的陈叔宝,就更加心怀不满,才给予这个恶谥。饱经乱离后的徐陵,入陈后已不再好尚宫体诗了,这是有史料可推证的。《陈书·徐陵传》言:"自有陈创业,文檄军书及禅授诏策,皆陵所制,而《九锡》尤美,为一代文宗。""世祖、高宗之世,国家有大手笔,皆陵草之。其文颇变旧体,缉裁巧密,多有新意。"其中没有片言涉及其仍作艳诗,与陈代宫体诗的倡导者太子陈叔宝也保持距离。与徐陵经历大体相同,由梁入陈后也身任重职,年岁也同样老大的江总,却成为陈后主最亲密的狎客。《陈书·江总传》评其"能属文,于五七言尤善,然伤于浮艳,故为后主所爱幸"。《陈书》是由姚思廉依据其父姚察的旧稿编纂而成的。姚察也是由梁入陈,与徐陵、江总同朝为官,且以文才相知,关系密切。《陈书》对徐、江的评述,应是很可信的。徐陵入陈后不再好尚宫体以及《陈书》尖锐地批评陈后主及江总等人的艳诗,都说明了在陈代末期宫体诗再度风行的年代里,儒家的诗学观念仍有很大的影响,还是处于正统的地位。

第二节 本之雅什,兼重缘情绮靡

——沈约、萧子显与萧绎

上述宪章诗教,提倡依经立意的古体诗派和重在轻艳、反对诗歌与政教结缘的宫体诗派,在南朝的诗坛上都有一定的影响,而后者在梁、陈后期影响更大,但在整个南朝以至于在中国诗论史上,其影响则相对较小,他们的理论成果也不多。在诗歌理论上有突出的建树,在南朝诗论史上处于主导地位的是把两者有机结合起来的诗论派别。探源风、骚,重在研究诗情诗艺的新造诣,是这派论诗的共同的趋向。其中最突出的代表是刘勰、锺嵘和萧统,强调新变但不忘本之雅什的沈约、萧子显、萧绎和北朝的颜之推等,也可以归入此类。他们的成就各异,论述的侧重点也不一样,但都比较重视诗歌创作上的新进展和诗艺表现上的新变化,把探讨诗艺美放在重要位置。在他们的诗论著作中,能总结和反映这一时期诗歌创作所取得的多方面的成就,并升华出一种理论,显示出时代的特色,从而与汉人和魏晋人的诗论划界。刘勰的《文心雕龙》和锺嵘的《诗品》拟作专章评介,萧统的《文选》和颜之推的《颜氏家训》中有关诗论,也在第五章中分节叙说。本节拟对沈约、萧子显和萧绎的有关诗学论著,分别做一简要的评述。

沈约(441—513),字休文,吴兴武康(今浙江省德清县武康镇)人,江南士族,父祖仕宋,本人历仕宋、齐、梁三代,官至尚书令。沈约博学多才,是齐梁间最著名的史学家、诗人和诗论家,同时又是诗坛领袖,政界显要。有文史著作近十种,三百余卷,另有文集百卷。所著多数已散佚,今存《宋书》百卷,文集是后人所辑佚。

沈约是永明体的创始者和代表作家,其声律论已见上述。《宋书·谢灵运传论》还系统地论述了自周秦至刘宋时代诗赋发展变化的概况,逐一评及前代最著名的诗人,带有评述诗史的性质,这是前此的正史及其他著作中所没有的,具有开创性,从中也较为集中地反映了他的诗学观点:

民禀天地之灵,含五常之德,刚柔迭用,喜愠分情。夫志动于中,则歌咏外发。六义所因,四始攸系;升降讴谣,纷披风什。虽虞、夏以前,遗文不睹,禀气怀灵,理无或异。然则歌咏所兴,宜自生民始也。

周室既衰,风流弥著。屈平、宋玉导清源于前;贾谊、相如振芳尘于后,英辞润金石,高义薄云天。自兹以降,情志愈广。王褒、刘向、扬、班、崔、蔡之徒,异轨同奔,递相师祖。虽清辞丽曲,时发乎篇;而芜音累气,固亦多矣。若夫平子艳发,文以情变,绝唱高纵,久无嗣响。至于建安,曹氏基命,二祖、陈王,咸蓄盛藻,甫乃以情纬文,以文被质。自汉至魏,四百余年,辞人才子,文体三变。相如巧为形似之言,班固长于情理之说。子建、仲宣以气质为体,并标能擅美,独映当时,是以一世之士,各相慕习。源其飙流所始,莫不同祖风、骚;徒以赏好异情,故意制相诡。降及元康,潘、陆特秀,律异班、贾,体变曹、王,缛旨星稠,繁文绮合,缀平台之逸响,采南皮之高韵,遗风余烈,事极江右。有晋中兴,玄风独振,为学穷于柱下,博物止乎七篇。驰骋文辞,义殚乎此。自建武暨乎义熙,历载将百,虽缀响联辞,波属云委,莫不寄言上德,托意玄珠,遒丽之辞,无闻焉尔。仲文始革孙、许之风,叔源大变太元之气。爰逮宋氏,颜、谢腾声,灵运之兴会标举,延年之体裁明密,并方轨前秀,垂范后昆。

这一大段文字,涉及诗的起源与诗教的依存关系,并进而全面总结和论述刘宋以前诗史发展变化的情况。沈约认为,"民禀天地之灵","灵",是精灵、灵气、精神。民居"三才"之中,禀天地之心,是灵气之所钟。因而也就有了仁、义、礼、智、信"五常"之德和喜、怒、哀、乐之情。这情与德的结合,就是"志",发而为诗,就与"六义""四始"相关联。周诗风、雅、颂就是这样产生的,"遗文不睹"的虞、夏之前的诗,也理应如此。"歌咏所兴,宜自生民始也",这是结论。关于诗歌的起源问题,这禀气怀德说,与《毛诗序》所论是有区别的。《毛诗序》认为,诗歌的产生,是由于情志的外发,而诗人情志的形成,则是受到外界政治的影响。不同的政治,就产生不同的诗歌,其社会政治作用也因之而异。沈约则认为,诗歌的产生,是生民性情的结晶,是"禀气怀灵"的产物,因此有了人类就有了诗,"宜自生民始也"。而人之性情,又含有"五常"之德,性灵所钟的诗歌,也就必然与"六义""四始"相攸系了,这样就把诗的起源直接导向诗的教化作用。沈约的"禀气怀灵"说,把诗歌生成的原因,归之于主观,这与《毛诗序》把诗歌的产生受制约于客观的政治环境有所不同,但都与"六义""四始"的诗教说相联系,则是一致的。这"民禀天地之灵"的"三才"说,本是《易经》的话头,被南朝诗论家所普遍接受,作为论诗的特质的一重要依据。《易·说卦》:"是以立天之道,曰阴曰阳;立地之道,曰柔曰刚;立人之道,曰仁曰义;兼三才而两之,故《易》六画而成卦。"《易经》并列言"三才"各有不同的两大特征,是为说卦服务的。沈约的"民禀天地之灵",合"三才"而一之,人居"三才"的中心地位,强调诗人的主体意识是天地性灵之所钟,突出诗心、文心在创作中处主导地位。而后刘勰对此做了进一步的发挥:"仰观吐曜,俯察含章,高卑定位,故两仪既生矣。惟人参之,性灵所钟,是谓三才。为五行之秀,实天地之心。"(《文心雕龙·原道》)《诗品序》言:"气之动物,物之感人,故摇荡性情,形诸舞咏。照烛三才,晖丽万有,灵祇待之以致飨,幽微借之以昭告。动天地,感鬼神,莫近于诗。"锺嵘也是把诗的起源和诗的作用联系起来,把性情说和"三才"说贯穿其中。刘、锺之言,在不同程度上都是受沈约之论的影响。《易·说卦》所言"立人之道,曰仁曰义"和沈约之论"民禀天地之灵,含五常之德",都是以儒家思孟学派人性本善为立论依据的。但沈约同时也认为,人的性情还需要节制和规范,以之作为禀气含德说的补充。这就与汉儒诗乐教化说相一致了。《宋书·乐志》言:

　　民之生,莫有知其始也。含灵抱智,以生天地之间。夫喜怒哀乐之情,好得恶失之性,不学而能,不知所以然而然者也。怒则争斗,喜则咏歌,夫歌者,固乐之始也。咏歌不足,乃手之舞之,足之蹈之,然则舞又歌之次也。咏歌舞蹈,所以宣其喜心,喜而无节,则流淫莫反;故圣人以五声和其性,以八音节其流,而谓之乐。故能移风易俗,平心正体焉。

"和"本是中国古老的哲学范畴,原意是侧重于阐述异质同构的重要性,孔子及其继承人如荀子等则要求以礼节和,赋予"和"以新的内涵,以之作为诗乐教化理论的组成部分。沈约的"以五声和其性,以八音节其流",用以"移风易俗,平心正体",就是对诗乐教化说的一种阐发和倡导。这也是由于他是一位史官文化的述作者的地位所决定的。

指出沈约的诗乐起源说直接导向了诗乐教化论,这也仅只是明其诗乐理论的性质说的。明确这一点之所以有必要,是因为有的论者往往只见其重视对诗艺美特别是声律说的阐释和倡导,而忽视以至于企图改变其诗论性质的归属。融合在史官文化中的沈约诗论,是没有也不可能与儒家诗学相背离的。当然沈约对诗歌理论上的贡献,并不是在体系上的建构,而是对诗艺美有某些独特的体会。这诗艺美,除声律论外,就是对诗情、诗体重要性的认识以及用情文相生的观点来评价历代诗体的变化。这就与要求依经立意,把诗意和诗艺对立起来的古体诗派完全不同了。

刘勰在《文心雕龙·情采》篇中曾就情文关系的问题提出一个重要命题,即"情者文之经,辞者理之纬",以标明情意在诗中的主导地位。这一重要命题,其实在沈约的论述中,已经予以揭示:"甫乃以情纬文,以文被质。"这是评述建安诗歌的成就时所下的结论。"以情纬文",就是以情意为经,以文采为纬。沈约正是以情意和文采以及情文相经纬的观点来评述历代诗歌的发展与变化的。就情意说,一是"情志愈广",拓宽了抒情的渠道,开拓了抒情写志的新领域。汉人辞赋既是祖述了屈、宋的楚骚,又开创了体物写志的新形式。汉赋名家之间,"异轨同奔,递相师祖",各自呈现出自己的新面貌。二是情变引起文变。他特别心仪于张衡的诗赋和建安诗歌,即因乎此。"若夫平子艳发,文以情变,绝唱高纵,久无嗣响。至于建安,曹氏基命,二祖、陈王,咸蓄盛藻,甫乃以情纬文,以文被质。"沈约的"以情纬文"、情文相生、情文相映的论述,较之范晔的"以意为主,以文传意"的见解,似乎更胜一筹。范氏在《狱中与诸甥侄书》云:"常谓情志所托,故当以意为主,以文传意。以意为主,则其旨必见;以文传意,则其词不流。然后抽其芬芳,振其金石耳。""以意为主,以文传意",也就是意在笔先。这对于指导"笔"体的写作,无疑是正确的,而且很深刻。但从范氏所言"常耻作文士""手笔差易,文不拘韵"等语看,他所言之"文",虽也包括"笔"体,但似乎更侧重于诗赋之作。诗赋,尤其是诗,本是一种情绪文学,诗人情思风发,连类无穷,复意重旨,多层呈现。如果意在笔先,主题先行,就会大大限制诗人的才思和兴会感发。"文以情变""以情纬文",似乎更符合诗人创作之旨。沈约又言:"感而后思,思而后积,积而后满,满而后言,若斯而已哉。"(《梁武帝集序》)这"思"就是指情思,是触物感发而来,自然生成,不待立而自至。这一如陆机所言:"来不可遏,去不可止。""思风发于胸臆,言泉流于唇齿,纷葳蕤以馺遝,唯豪素之所拟。"(《文赋》)文随情生,情文相生,有时也无法辨其先后,这是对"以情纬文"更为具体的描述。以情论诗,是沈约论诗一个很重要的特点。

沈约论六代诗史,以诗体的发展和变化,作为其史论的主要线索和论述的轴心,所谓"自汉至魏,四百余年,辞人才子,文体三变。相如巧为形似之言,班固长于情理之说,子建、仲宣以气质为体"。这个"体",主要指诗赋所显示出的风格特色,常常表现在质与文,即诗艺和诗意两个方面。后人常言质文代变,也是此意。司马相如的辞赋,在体物上追求形似,描写逼真;班固的辞赋,在写志上长于阐明情理,以理节情,内涵很深;曹植、王粲诗以气质为体,即慷慨不群、遒劲有力。这与裴子野、锺嵘所言建安诗歌的"风力",刘勰所言的"风骨"有相似之处,都是用以概括和代表建安诗歌的风格特点的。相如的"形似",班固的"情理",子建、仲宣的"气质",文质不同,本是包含有个性特点的文体特征;但同时又代表了一个时期的风格趋向,又具有某种群体性。这是因为他们"并标能擅美,独映当时,是以一世之士,各相慕习"之故。在沈约看来,"自汉至魏"的"文体三变",是同源而异流的。既是"同祖风骚""递相师祖""各相慕习",有其相互承传的共同之处,又是"文以情变",质文代变,各有独创,"异轨同奔"。所以,以体别诗,使这一时期的诗歌发展史,成为诗体变化史。再从两晋至刘宋二百余年诗史看,也是文体三变的。潘岳、陆机的"缛旨星稠,繁文绮合",是以词采富丽为主要特色的;东晋的玄言诗,则是"莫不寄言上德,托意玄珠",以平淡的语言,阐释老庄的哲理;而"爰逮宋氏,颜、谢腾声,灵运之兴会标举,延年之体裁明密",诗风又为之一变。"兴会标举",指谢灵运诗逸兴高远,秀句迭出;"体裁明密",指颜延之诗雕文饰采,用事繁密,诗句整饬。这也都是称赞颜、谢诗体即风格的独特成就。自两晋至刘宋的文体三变,除东晋玄言诗外,其他两变,也都包含有"同祖风骚"和"递相师祖"以及"各相慕习"的内容。拿潘岳、陆机说,他们既"律异班、贾,体变曹、王",完全不同于汉、魏诗风;但同时又是"缀平台之逸响,采南皮之高韵",吸收了汉、魏诗体的某些特长,从而形成了自己的"缛旨星稠,繁文绮合",亦即举体华丽的诗体特色。其间是有因有革,有通有变的。

沈约论诗史,批评了玄言诗,提出了"同祖风骚"的命题,体现了他的诗学宗尚。汉儒评诗,是以风、骚为指归,"六义""四始",诗用、诗美,都是以风骚为权衡,而玄言诗渗透了庄玄思想,是与风、骚传统亦即与儒家诗学相背离的。沈约的褒贬之间,正是表现了他的诗学思想的倾向性。当然南朝批评玄言诗,倡导风骚传统,并非从沈约起始,刘宋时期的檀道鸾已开其先,其《续晋阳秋》云:

> 自司马相如、王褒、扬雄诸贤,世尚赋颂,皆体则诗骚,傍综百家之言。及至建安,而诗章大盛。逮乎西朝之末,潘、陆之徒虽时有质文,而宗归不异也。正始中王弼、何晏好《庄》《老》玄胜之谈,而世遂贵焉。至过江,佛理尤盛,故郭璞五言始会合道家之言而韵之,(许)询及太原孙绰转相祖尚,又加以三世之辞,而诗骚之体尽矣。询、绰并为一时文宗,自此作者悉体之。至义熙中,谢混始改。(檀书已佚,上文转引自《世说新语·文学》刘孝标注引)

檀道鸾第一次评述中古时期诗赋发展史。从所述内容看,似乎重在评述两汉至西晋诗赋与东晋的玄言诗的不同,前者"皆体则诗骚""宗归不异";后者则尽变"诗骚之体"。至于汉人与建安诸子以及潘、陆之作风格相异处,则几乎没有提及。檀道鸾兼重诗骚的传统,在南朝诗论史上,自有其领先的意义,这从檀论与裴子野所论相比较可见。裴论重诗而轻骚,对汉赋以下除建安诗歌外,几乎全部否定;而檀论兼祖诗骚,将汉赋以下除玄言诗外,都归属于诗骚的传统,分别予以肯定。裴子野晚于沈约,更晚于檀道鸾,他弃置檀、沈之论于不顾,高语复古,反对新变,创立古体诗派。南朝的本之雅什,兼重缘情绮靡并批评玄言诗风的论诗派别,檀道鸾是导夫先路的。沈约之论,显然受到檀论的影响。但檀论重在探源,轻忽区分流别;沈约则侧重研究新变,以体别诗,使不同时期不同的历史阶段的诗歌风貌得以较清晰地呈现出来,这对于诗论史来说,更具有意义。但沈约虽研究新变,还未能触及历代诗歌发展变化的多方面的和更深层的成因,而都归之于"源其飙流所始,莫不同祖风骚;徒以赏好异情,故意制相诡",这似乎很不全面。这赏好异趣、风格相异的见解,陆机已言之在先,《文赋》云"夸目者尚奢,惬心者贵当,言穷者无隘,论达者唯旷"即指此。但这只是一种成因,社会文化思想发展的某种趋向,常常是诗体形成的更深层的原因。刘勰所言:"文变染乎世情,兴废系乎时序。"(《文心雕龙·时序》)时代的风气和好尚,常常能决定诗人的赏好和情趣。沈约言表而未能及里,应是其不足处。

沈约作为今体诗的创导者,本也应"赏好异情",有其独特的审美好尚的。其赞美谢朓诗:"调与金石谐,思逐风云上。"(《伤谢朓》)表现了他对声律的好尚和意境高远的追求。颜之推《颜氏家训·文章篇九》引"沈隐侯曰:'文章当从三易:易见事,一也;易识字,二也;易读诵,三也。'邢子才常曰:'沈侯文章,用事不使人觉,若胸臆语也。'深以此服之。"钟嵘《诗品》评沈约诗:"见重闾里,诵咏成音。"凡此,均能见其诗以平易流美见长并常以此为则。沈约评诗,偏好声律谐美和文字流易,但并未影响到对诗史上他体长处的赞赏。譬如谢灵运诗也有浮疏阐缓之短,颜延之诗则有错采镂金、雕绘满眼之讥。沈约则推其所长,忽其所短,不以一己之偏好为权衡。虽然他有时也过高地评估了声律学的价值,遭到时人的诟病,但就总体来看,所评仍能见其史家的心胸和眼光,对诗歌的审美,有很大的包容性,而不局限于一端。沈约的以体别诗、以体论诗,是他纵论诗史中很关键的一环,这对刘勰、钟嵘和萧子显等都有一定的影响和启示,当然他们在所论的领域内,也都各有自己的开拓。

萧子显(489—537),字景阳,南兰陵(今江苏常州西北)人,齐豫章文献王萧嶷之子,齐高帝萧道成之孙,七岁封宁都县侯,官拜给事中。入梁后,受宽宥,降爵为子,后逐渐受到梁武帝和太子萧纲的宠信,官至国子祭酒、侍中和吏部尚书。子显好学,善属文,著作颇丰,是梁代著名的史学家和诗人,著有史书多种,二百余卷,文集二十卷,多散佚。今存《南齐书》五十九卷,诗近二十首。子显虽是史学名家,却深好诗学,其《自序》言:"追寻平生,颇好辞藻,虽在名无成,求心已足……少来所为诗赋,则《鸿序》一作,体兼众制,文备多方,颇为好事所传,故虚声易远。"他以《鸿序》赋自负,亦以此赋驰名当时,惜已不存。萧子显的诗学见解,较为集中地体现在《南齐书·文学传论》中。萧史成书于其为邵陵王友之前,沈约为尚书令之后,大约在天监十年前后,晚于沈约写成《宋书》近三十年。沈、萧的两篇传论,都是纵论古往今来的诗作,持论在基本点上也有相通之处,都是以体别诗。而萧氏更侧重于结合诗歌审美创造的特殊性和诗人才性的差异对诗体形成的影响,来论述诗歌的发展和变化,使诗史的评述进入更深的层次:

> 文章者,盖情性之风标,神明之律吕也。蕴思含毫,游心内运,放言落纸,气韵天成。莫不禀以生灵,迁乎爱嗜,机见殊门,赏悟纷杂。若子桓之品藻人才,仲洽之区判文体,陆机辨于《文赋》,李充论于《翰林》,张视摘句褒贬,颜延图写情兴,各任怀抱,共为权衡。
>
> 属文之道,事出神思,感召无象,变化不穷。俱五声之音响,而出言异句;等万物之情状,而下笔殊形。吟咏规范,本之雅什;流分条散,各以言区。若陈思"代马"群章,王粲"飞鸾"诸制,四言之美,前超后绝。少卿离辞,五言才骨,难于争骛。桂林湘水,平子之华篇,飞馆玉池,魏文之丽篆。七言之作,非此谁先。卿云巨丽,升堂冠冕;张、左恢廓,登高不继,赋贵披陈,未或加矣。显宗之述傅毅,简文之摛彦伯,分言制句,多得颂体……五言之制,独秀众品。习玩为理,事久则渎,在乎文

章,弥患凡旧。若无新变,不能代雄。建安一体,《典论》短长互出;潘、陆齐名,机、岳之文永异。江左风味,盛道家之言,郭璞举其灵变,许询极其名理。仲文玄气,犹未尽除,谢混情新,得名未盛。颜、谢并起,乃各擅奇;休、鲍后出,咸亦标世。未蓝共妍,不相祖述。

上文分论自两汉至刘宋以诗赋为主体的各体诗歌的创作和理论批评的发展史。既分体(体裁)论诗,也依体(体式、风格)用诗,重在突出各自有异于前代、不同于他人的创新之处,并且结合诗歌审美创造的特殊性加以论述。萧氏认为,诗歌本是诗人性灵情感的物化,精神的律动,诗人审美心理的艺术结晶。诗的生命基因,缘于诗人的气质、禀赋和审美趣味等多种质素的融合。此即所谓"莫不禀以生灵,迁乎爱嗜"。而"放言落纸,气韵天成",则是言诗人之审美主体孕育和转化而为诗之生命客体,是属于瓜熟蒂落的自然过程,没有也无需外力的参入。以"气"论文,阐述诗人才性气质禀赋的先天性,从而决定诗的风格的独特性,这始于曹丕;以"气韵"论画,认为绘画的方法首在以形传神,使之飞动有生气,这见于谢赫的《古画品录》。萧子显把这两者结合起来,提出一个"气韵天成"的命题,意在说明诗之生命的呈现,既有诗人才性、气质的烙印,又是诗人的审美意识的直接渗透,是诗美的外在体现。这种体现,不须外力,不必雕琢,是自然生成的,状溢于目前,是动态的、可感的,以此来论证诗人诗美的创造,自有其相异处的内在根据。萧子显论诗,与陆机、刘勰一样,把艺术构思放在首位,"属文之道,事出神思",但陆机、刘勰谈文心,论神思,侧重于论艺术想象,谈意称物,言神与物游。而萧子显则专言"游心内运"及内运后的意象之变化多端:"感召无象,变化不穷。"神思侧重于内思而不及物,是意在说明创作思维的个体性和独特性,"俱五声之音响,而出言异句;等万物之情状,而下笔殊形"。这是为强调诗体的个性化的论述服务的。萧子显和沈约一样,同是以"体"别诗,但沈约所言之"体",偏于群体性。譬如沈约论建安诗,是言"子建、仲宣以气质为体";言潘岳、陆机诗,则是"潘、陆特秀","缛旨星稠,繁文绮合"。视曹、王为一体,潘、陆为一体。萧子显之论,则有异于是,"建安一体,《典论》短长互出;

潘、陆齐名,机、岳之文永异"。所谓"短长互出",是既论七子各有所长,各有所短,也评及七子间风格之差异,如同"机、岳之文永异"一样。评述诗体个体性的差异,是萧子显论诗的一个特点,较之沈约以"体"别诗,群分而气同,又前进了一步。至于论及诗体相异的原因,萧子显也和沈约一样,认为这是诗人审美好尚不同所致。沈约说:"徒以赏好异情,故意制相诡。"萧子显也言:"莫不禀以生灵,迁乎爱嗜。"这诗人间不同的"爱嗜"似乎也与各自禀气不同有关,把审美好尚与体性的形成直接联系起来。在萧子显看来,这"禀以生灵"的"爱嗜",不但决定了其创作的态势,也影响到他们理论批评的趋向。所谓"机见殊门,赏悟纷杂",也是"迁乎爱嗜"后的选择。"若子桓之品藻人才,仲洽之区判文体"云云,就是因为他们的"爱嗜"有别,影响到他们对评论对象的选择和认识角度的变化,"各任怀抱,共为权衡"。

随着魏晋以来诗歌的发展与繁荣,为适应创作和鉴赏的需要,诗歌理论批评的著作,也往往间出,曹丕、陆机、挚虞、李充等的论著,是其中的佼佼者。齐梁间从史的角度对这些论著系统地加以评述,也时有所见。刘勰的《文心雕龙·序志》篇、钟嵘的《诗品序》,对此均有评及。所评的范围较萧氏之论还稍广,并且能显示其优劣。但刘、钟之论的侧重点都是批评其欠缺,所谓"各照隅隙,鲜观衢路",从而在对比中突出他们自己著作的特点和长处,这难免有抑人以扬己之嫌。萧氏则兼收并蓄,不言其所短,这与在理论上主张各擅胜场和在创作上赞赏"朱蓝共妍"一样,都是为其全文所论重在创新和立异服务的。萧子显用以贯穿其全部评述的一个重要论断,就是"习玩为理,事久则渎,在乎文章,弥患凡旧。若无新变,不能代雄"。前两句只是一个比喻,"理"即"理惑",本是佛家语,言久习其理而迷于理。"渎",轻慢,言常习其事则生厌烦,用以说明诗赋的创作要有创新,不能炒剩饭,老调重弹。为了论证"代雄"有赖于"新变",萧氏进而回顾和评述了自建安至刘宋的各体诗歌以及各体文章的发展史,诗歌自四言体、五言体、七言体以及辞赋、碑、铭以及表章等杂体文章发展变化的情况,用以说明只有新变才能代雄。萧氏对诗体发展史的论述,并不是很准确的和得当的。譬如魏晋的四言诗,魏武雄居首位,嵇康继之,曹植、王粲是五言诗作手,四言则非其所长。至于五言诗的创始者,李陵虽有五言之目,但早已见疑于后代了。萧子显对诗体变化史的评述,固然有可商榷之处,但较之沈约所论六代诗史,确实变换了角度,因而也就有了新意。尤其是从各体诗作中突出新体五言诗的价值和地位:"五言之制,独秀众品。"这认识更具有前瞻性。综上可见,萧子显论诗歌的四言、五言、七言体的变化,与其论历代名诗人风格相异、各有所长以及诗论家评诗的立论的角度不同也各有所成一样,都是为其推举新变服务的。或者说,诗歌创作和理论批评的推陈出新和日新月异的史实就是他"若无新变,不能代雄"结论的由来。推崇新意和新体,在南朝除少数属于古体诗派的诗人外,几乎是绝大多数的诗人和诗论家的共同追求。萧子显所论,极有代表性。

当然,倡导新变,也只是萧子显论诗一个很突出之点,而不能囊括其全部诗论。他论诗的总的纲领是:"吟咏规范,本之雅什;流分条散,各以言区。"这是萧子显纵论诗史时所提出的总的要求。"本之雅什",亦即是檀道鸾所言的"体则诗骚",沈约所言的"同祖风骚",是各体诗歌创作的共同规范,这是不可变的。至于"流分条散,各以言区",即诗体、诗艺、诗美及语言的运用等,则是可以变的,而且是必须变的,不能陈陈相因。没有创新,就不能代雄,这已见前论,但新变必须在"本之雅什"的前提条件下进行。离开这个共同的规范,创新就不足取了。譬如言东晋玄言诗,"江左风味,盛道家之言",使"诗骚之体尽矣"。从诗体发展史说,这是最大的新变,理应受到赞赏。但是萧子显说:"谈家所习,理胜其辞,就此求文,终然翳夺。"从表面文字看,似乎在言清谈家是不能同时成为诗人的,而实则是言理过其辞的玄言诗会有理障,是不可取的"翳夺",是一种障蔽,是无法卒读的。如果说,这里批评玄言诗"理胜其辞",还是从诗艺美即诗之"芬藻丽春"立论的;那么他尖锐指责鲍、休美文的遗风,那就完全是为儒家诗学张目了。鲍、休诗以绮靡华丽见长,自成一体,在刘宋时与颜、谢诗鼎足而三。从创新的角度说,本应得到肯定,在诗史上已有自己的地位,并产生了影响。"休、鲍后出,咸亦标世",应指此。但从"吟咏规范,本之雅什"立论,则必须给予批评:"发唱惊挺,操调险急,雕藻淫艳,倾炫心魂,亦犹五色之有红紫,八音之有郑卫,斯鲍照之遗烈也。"在儒家诗学的话语中,用这种批评的语言,已经是很尖锐的了。鲍照、汤惠休的诗歌,成就悬殊,诗风也有异,锺嵘品诗,曾予以区别对待,并指出,休、鲍并论,是出于颜延之的忌怨。其评惠休诗时曾引羊曜璠语云:"是颜公忌照之文,故立休、鲍之论。"(《诗品》)颜延之对鲍照批评他的诗过于雕琢而有所不满,所以"立休、鲍之论"加以贬抑,予以回敬。萧子显与鲍照,显然不可能有这种过结,但他不仅休、鲍并论,而且以鲍代休,直接指陈鲍照的余风对当代诗坛所产生的不良影响,表达了他对淫靡诗风的憎恶,从中可见他对儒家诗学信守的程度,也可据此推知他对梁代中期后风行的宫体诗的态度。

萧子显信守儒家诗学,还可以从他的辞赋创作实践中获得验证。《鸿序赋》是萧子显最得意之作,沈约评之为"可谓得明道之高致,盖《幽通》之流也"(《梁书·萧子显传》引)。萧赋已佚,但班固的《幽通赋》尚存(见《昭明文选》卷十四),从中可得知其仿佛。《幽通赋》以明道述志为主旨,述士大夫一己之穷通出处所应持的态度,其中有言"复心弘道,惟圣贤兮","舍生取谊,以道用兮"。陆机评班赋:"优游清典","班生彬彬,切而不绞,哀而不怨矣"(《遂志赋序》),也就是言其优游典雅,进退出处俱得中和之道。沈约说萧氏的《鸿序赋》为"《幽通》之流""得明道之高致",也就是赞其和班赋的思想趋向、审美旨趣相一致。萧子显和班固、陆机、沈约等都一样,是中国史官文化的创造者和代表者,他们的文化思想,都渗透了儒家的思想意识;但他们同时又能以诗赋名家,重视诗艺美的创造和变革,并力图把风、雅和诗艺美结合起来,把政治功用论升华并体现在风格美中,从而丰富和发展了儒家诗学的审美内涵。正是基于这后一点,他们就和那些主张依经立意、要求通而不变的古体诗派划分了界限。

萧子显和沈约一样,都是以"体"论诗,主张诗体的变革,而最后都归美于今体诗的创作。沈约要求以声律入诗,以此来规范新体诗的创作;萧子显则对今体诗的风格特色,做了较为全面地审美规范。他在批评了前人之"三体"对当今诗坛所产生的影响后,直陈了他对新体诗的审美要求:"三体之外,请试妄谈。若夫委自天机,参之史传,应思悱来,勿先构聚。言尚易了,文憎过意,吐石含金,滋润婉切。杂以风谣,轻唇利吻,不雅不俗,独中胸怀。"(《南齐书·文学传论》)"天机",主要指创作灵感。陆机《文赋》:"方天机之骏利,夫何纷而不理。思风发于胸臆,言泉流于唇齿……"灵感的通塞,是不可强求的,"应思悱来,勿先构聚",亦是此意。"天机",当然也包括禀赋、才性等先天性的主观因素的参与,具有个性化的特点。"史传",即史书,"传"是史之记载。"参之史传",是指对史传记载的学习,"本之雅什""多识前仁"都有赖于此。在萧子显看来,诗赋的创作,先天性的灵感与才性是主要的,后天性的学习和规范,也是不可少的,所谓"学亚生知",意即在此。这种不尚思功的创作主张,他曾以自己创作中的体会加以验证。其《自序》云:"若乃登高目极,临水送归,风动春朝,月明秋夜,早雁初莺,开花落叶,有来斯应,每不能已也。""每有制作,特寡思功,须其自来,不以力构。"这种应物而感,不能自已,须其自来,不尚思功的艺术构思,是与其好尚自然、流易的语言风格有密切联系。前引"言尚易了,文憎过意",即言重达意,不事增饰。"吐石含金,滋润婉切。杂以风谣,轻唇利吻",则指声韵谐调、语言流利。平易、自然、谐声、流利、婉柔、滋润,正是萧子显所好尚和所推重的诗歌风格。谢朓诗亦以清丽流美见长,曾自称"好诗圆美流转如弹丸"(《南史·王筠传》)。前引沈约论诗,亦尚平易,可见这是永明体的共同特色。子显所论,体现了今体诗的新时尚。

萧绎(508—554),字世诚,小字七符,自号金楼子,南兰陵(今江苏常州西北)人。梁武帝萧衍第七子,初封湘东王,历任会稽太守、丹阳尹、荆州刺史等要职。侯景陷京城,授命都督荆、雍、湘等九州诸军事以讨景,事平,即位于江陵,改元承圣(552)。三年后,被西魏所俘,旋被杀。绎少有文才,雅好诗赋,又勤学不倦,博极群书,聚书十四万卷。所学涉及面广,兼通儒、释、道,著述数十种,近四百卷,另有文集五十卷,是位多产的作家和学者。所著遇乱多散佚,现仅存《金楼子》残本,文集为后人所辑佚。

萧绎于文章很看重诗歌,这见于前章文笔之辨。所言诗难于笔、诗优于笔以及对诗歌所做的明确的界说,都是从辨析文体、区分文笔所得出的结论。但他所界定的诗,所谓"绮縠纷披,宫徵靡曼,唇吻遒会,情灵摇荡"(《金楼子·立言篇》),包括词采、声律和情感三者,还只是诗的内涵的组成部分,是有别于笔体的特点之所在。如果把"诗"界分为"文"与"质"两大组成部分,那么词采、声律和情感三者,只是属于"文"的范畴,即属于诗艺、诗美的部分,而不包括其质地的规定性。这就如同陆机《文赋》言"诗"——"缘情而绮靡",只是说这是"诗"区别于他体文章的特点,再加上各体文章的共同点——"亦禁邪而制放",才是陆机所界定的"诗"的内涵的整体。这也如同沈约、萧子显以"体"论诗一样,诗的风格特色和声韵和谐,也只是他们界定诗美的一个重要方面,再加上"本之雅什"和"同祖风骚",才是他们论诗的全部。萧绎对诗的质地的规定性是如何界说的呢? 这需要从他论"学"中加以考知。《金楼子·立言篇》谈文、笔之别,是在把今之学分为四目——经、史、文、笔后再言其间界别的,而他对诗的内质的界定也就包含在对这四者共同的规范之中,集中体现在他对当时四学末俗批评的话语之内:

> 夫今之俗,搢绅稚齿,闾巷小生,学以浮动为贵。用百家则多尚轻侧,涉经纪则不通大旨,苟取成章,贵在悦目。龙首豕足,随时之义;牛头马髀,强相附会。事等张君之弧,徒观外泽;亦如南阳之里,难就穷检矣。射鱼指天,事徒勤而靡获;适郢首燕,马虽良而不到。夫挹酌道德,宪章前言者,君子所以行也。是故言顾行,行顾言。原宪云:"无财谓之贫,学道不行谓之病。"末俗学徒,颇或异此。或假兹以为技术,或狎之以为戏笑。若谓为技术者,犁轩眩人,皆技术也;若以为戏笑者,少府斗获,皆戏笑也。未闻强学自立,和乐慎礼,若此者也。口谈忠孝,色方在于过鸿;形服儒衣,心不则于德义。既弥乖于本行,实有长于浇风。一失其源,则其流已远。与其不陨获于贫贱,不充诎于富贵,不畏君王,不累长上,不闻有司者,何其相反之甚!

萧绎把经术、子史、文和笔统称为"学",所谓"古人之学有二""今人之学有四"云云,即指此。今人之学又是古人之学发展变化而来,虽别立四目,但仍归于"学"。"学"贵在有本有源,当代俗学失去了根本,以"浮动为贵"。表现形式之一是追求形式美,"多尚轻侧""贵在悦目",而不顾及实用,如一张漂亮的弓,"徒观外泽",却不能用于射。表现形式之二是求新猎奇,引事失义,"龙首豕足,随时之义;牛头马髀,强相附会"。东拼西凑,所成只会是四不像的怪物;究其原因,就是为学失去根基,不能"挹酌道德,宪章前言",以至于"用百家则多尚轻侧,涉经纪则不通大旨",路头一差,则愈骛愈远。"射鱼指天,事徒勤而靡获;适郢首燕,马虽良而不到。"这就是所谓"一失其源,则其流已远"。如果把为学当成一种逗人戏笑的技艺,那就自外于君子,把自己等同于吹、弹、打、斗以博取他人一笑的臧获艺人。改变这种末俗浇风之方,就是治本,要求为学者"强学自立,和乐慎礼",以明礼习乐为指归。他还引用孔子的学生原宪的话:"无财谓之贫,学道不行谓之病。"意谓治此病者不但要学道,而且要行道,要"言顾行,行顾言"。包括诗、笔在内的四学,都要以明道为本,这就是萧绎对这一论题的结论。

萧绎言诗以明道为根本的诗学观点,在其评谢朓及曹植、陆机等人诗中也有所反映。"至于谢玄晖,始见贫小,然而天才命世,过足以补尤。"以"贫小"讥评谢朓诗,在南朝绝无仅有,唐以后也极为少见。这使人想起南宋朱嘉称"永嘉四灵"为"白小":"譬如泰山之高,它不敢登;见个小土堆子,便上去,只是个小!"(《朱子语类》卷一二三)意谓"四灵"胸中无学问,眼界不宽;诗义不深,意境不厚。再加上"四灵"长于白描,故以"白小"讥之。萧绎作为一位心则德义、胸中有数万卷书的学者和诗人,他在读谢朓诗时有一种高瞻远瞩的审视的眼光,因而出现"贫小"这种独特的感受。六百年后,朱熹以"白小"嘲讽水嘉四灵诗,也许就是从萧绎评小谢诗的用语中获得的启示。当然萧氏也称赞了小谢的诗才所创造的诗艺美,可以补救他在诗意上的不足。但这与乃兄萧纲评谢朓诗的赞语——"斯实文章之冠冕,述作之楷模"相比,还是不可同日而语,两者的立论点显然是不同的。

至于评及曹植、陆机以及潘岳的诗,用语就完全不同了:"曹子建、陆士衡,皆文士也,观其辞致侧密,事语坚明,意匠有序,遣言无失,虽不以儒者命家,此亦悉通其义也。"所评是个独特的角度,着眼点不在于以"体"别诗,而是摘取、概括曹陆诗某些共同的长处。"辞致侧密,事语坚明",是指辞理细密,引事用语明白而得当。"辞"与理和气骨有联系,这是儒学的传统。《文心雕龙·序志》篇:"周书论辞,贵乎体要。"《风骨》篇言:"沉吟铺辞,莫先于骨,故辞之待骨,如体之树骸。""侧密",是言有独特的细密。前此论者,也有"子建明练,士衡沉密"之言(见《文心雕龙·事类》篇引)。"意匠有序,遣言无失",则是言运思井然有序,意象安排得体,遣言用语没有差失。在萧绎看来,在构思表达上能做到这些,就是学有根基,心则德义,宪章前言的结果。所以从其诗看曹、陆,"虽不以儒者命家,此亦悉通其义也"。把曹、陆诗之长,与他们通悉的儒学直接联系起来了。其评潘岳,则对其时评者深致不满,亦颇有新意:"潘安仁清绮若是,而评者止称情切,故知为文之难也。"诗以道情,言情至于"切",已属不易,但情有雅、郑、清、艳之分。清,指纯正高洁。《文心雕龙·宗经》篇言:"文能宗经,体有六义",其二就是"风清而不杂"。绮,则是言词采绮丽。以"清绮"评潘诗,意在赞美其言情的美学品位。这与言"情切"以及"情灵摇荡""流连哀思",在性质和层次上都不相同了。试将萧绎对上述曹、陆、潘及小谢诗的品评,与乃兄萧纲在《与湘东王书》中对上述四人的评论稍加比较,就会发现,这兄弟二人对前代和现代的几位重要诗人的评判有多么大的差异:萧绎从思想渊源和美学品位上立论,给曹、陆、潘三位诗人以高度评价,对今体诗代表作家谢朓诗则有所贬抑;萧纲虽然认为曹、陆、潘三家诗风格各异,并肯定他们在诗史上的地位,但他同时认为这已是明日黄花,不应是今人师法的对象;只有小谢诗才是当今"文章之冠冕,述作之楷模"。令人颇值得玩味的是,萧绎对上述四人诗的品评,如果从总体上去衡量,应是与曾在萧纲幕府中任记室的锺嵘在《诗品》中的定位相去不远,而与萧纲的评价有所抵牾。究其原因,这当然不是从贵贱亲疏关系上定其去从,而是由于审美原则相异和趋同不得不使然。

以上我们从《金楼子·立言篇》中的区分四学以及在批评末俗学风中,分析出萧绎并非重文轻质,而是兼善文质;以下再从他在《内典碑铭集林序》中对文与质、华与体、约与润等诸多对立范畴之间的关系,按照中和的原则加以处理和论述,这使我们更能看清他的审美原则的思想倾向性。

夫世代亟改,论文之理非一;时事推移,属词之体或异。但繁则伤弱,率则恨省,存华则失体,从实则无味。或引事虽博,其意犹同;或新意虽奇,无所倚约;或首尾伦帖,事似牵课;或翻复博涉,体制不工。能使艳而不华,质而不野;博而不繁,省而不率;文而有质,约而能润;事随意转,理逐言深。所谓菁华,无以间也。

"内典",即佛经,这是与称儒经为"外典"相对而言的。《颜氏家训·归心篇》:"内典初门,设五种禁;外典仁、义、礼、智、信,皆与之符。"梁武帝崇佛,兼用儒、释二教以治政,二家书都被奉为经典,并以内、外二字相区别。魏晋以来,佛教盛行,至东晋南朝尤烈。其时佛门寺塔林立,寺塔内碑铭之文大兴。碑与铭在当时是两种重要的文体,属于有韵之文,与诗歌更为靠近。萧绎深受乃父的影响,亦精通佛学,又好尚文章,"游心释典,寓目词林",广为搜集镌刻于佛门寺塔内的碑铭文,编为一书,名为《内典碑铭集林》,共三十卷(《梁书》《南史》均作百卷)。这是一部大型的文学选本,其规模应不比《昭明文选》小,从其"不择高卑,唯能是与"的选文原则看,所选是以文章的质量而不是以撰人的地位为依据。原编已佚,此序因收录于《广弘明集》而得存。

体现在这篇序文中的论文思想,并不一定有很深刻的独创性的见解。创作中诸质素之间的关系,陆机、刘勰、萧统和刘孝绰等都曾有言在先。萧绎则就诗文创作中诸多因素互相关系的处理,按照中和的原则,做了较为集中的论述,从中不难看出他的诗学思想的倾向性和承接关系。"夫世代亟改,论文之理非一;时事推移,属词之体或异。"这是言论文的见解与文体的创作都是随着时代的发展而变化的。这"质文代变"的思想,刘勰《文心雕龙》已有《时序》篇专论详述在前。比萧绎年长七岁的昭明太子萧统的《文选序》,就文学发展由质趋文的"随时变改",也做了较为深刻的论述。萧绎则进而把这一论题引入论文领域,认为理论和创作一样,都是随时变化,而不是一成不变的,从而丰富了这一论题的内涵,也符合理论发展的实际情况。这与"时事推移"的论文见解一样,也是为倡导新变、反对拘守旧说服务的,因而与主张只通不变的古体诗派不同。但萧绎的变,与刘勰、萧统一样,是有条件的,"新意虽奇,无所倚约",是他所不取。萧绎反对拘旧,但又要求有所遵从;他推重新奇,但又不能无所倚借;深爱绮縠纷披,同时又要求文能助质,能"叙情志,敦风俗"。所谓"繁则伤弱"云云,都是指文与意、通与变、尊体与变体不能兼顾或处理不当所致。"繁"与"华"是指文采美,过之则"伤弱""失体","伤弱"即质羸,"失体"则是指体制上走样或变异。诗、赋等文体,都有质的规定性,这是不能变异的。"率"与"实"也涉及意与体的问题,"率"是循旧,《诗·大雅·假乐》:"率由旧章。"《笺》:"率,循也……循用旧典之文章。"言只重实和循旧,每除烦而去滥,那就会失去感人心弦的美感力量。至于引事博而无新意,立意新而不依典则,首尾顺帖但言事则失之牵合,事博意广而不中体要,凡诸种种,是需要加以疗救的文病。其中立意与循体等,属于质,这与传统有关,应有所遵从,重在通;而构思、谋篇、引事以及词采声色之美感等,属于文,可以变,而且应该变。通与变的完美结合,包括诗赋在内的各体文章中诸多因素的互相协调,就是萧绎处理文质关系的原则。

萧绎的诗学观点,远师陆机,近承刘勰、萧统、刘孝绰。《文赋》云:"碑披文以相质""铭博约而温润""每除烦而去滥,缺太羹之遗味,同朱弦之清泛"。《内典碑铭集林序》则言:"夫披文相质,博约温润,吾闻斯语,未见其人""率则恨省""实则无味",还进而提出"质而不野,博而不繁""文而有质,约而能润"等与陆机好尚相同的审美要求。萧绎曾致书乃兄萧统,求其文集及其所编《诗苑英华》,萧统则有《答湘东王求文集及〈诗苑英华〉书》,也是以中和思想作为其诗学审美原则。其中有言:"夫文典则累野,丽亦伤浮。能丽而不浮,典而不野,文质彬彬,有君子之致,吾尝欲为之,但恨未逮耳。"曾为太子仆,掌东宫管记并深受太子赏识的刘孝绰,独受太子委托为其编选文集,作《昭明太子集序》,即以中和之美归美太子文:"深乎文者,兼而善之,能使典而不野,远而不放,丽而不淫,约而不俭,独擅众美,斯文在斯。"这种中和的美学思想,正是孔子所倡导的:"子曰:'质胜文则野,文胜质则史。文质彬彬,然后君子。'"(《论语·雍也》)萧统、萧绎兄弟在诗学中所阐述和推崇的美学思想,也就是孔子一再倡导的用中取和即中和的审美原则。至于萧绎批评"失体"和"体制不工"所表现出来的重视明体和尊体的思想,则可能受到刘勰的影响。《文心雕龙》不但在处理奇与正、文与质、典与华和通与变等异质关系时,充分地阐述和运用了儒家的用中取和的方法和原则;在批评失体、讹体等错误时,还把明体和宗经直接联系起来,以"体有六义"作为尊体的内涵。萧统、萧绎的诗歌美学,是与刘勰评文的审美原则相一致的。概而言之,都是本之雅什,兼重缘情绮靡。

现在的问题是,既然萧绎的诗学见解与乃兄萧纲有如此的不同,那么萧纲在《与湘东王书》中,为什么将乃弟引为同调呢? 又,《隋书·文学传序》亦言:"梁自大同之后,雅道沦缺,渐乖典则,争驰新巧。简文、湘东,启其淫放。""启其淫放"云云,是指两人开创了"止乎衽席之间""思极闺闱之内"(《隋书·经籍志集部总论》)的宫体诗,可见唐初史家也是将二萧在诗学上视为一体的。验之于《玉台新咏》,似乎也是如此。该书第七、八卷所录时人所写的宫体诗,萧绎及其部属文士占有很大的比例,还有与萧绎唱和的诗作,数量也很可观。可见萧绎在宫体诗人的群体中,地位很突出,是东宫太子之副。萧纲引以为同调,不是很自然吗? 之所以出现这样的情况,是由于萧绎的诗学观点与创作实践相互矛盾所致呢,还是由于他的诗学思想前后发生变化使然? 要弄清这个问题,就要对萧绎其人知人论世了。据史书所载,萧绎为人,虚矫伪饰,深藏不露,城府很深。《南史·梁本纪下》言其"性好矫饰,多猜忌,于名无所假人""性不好声色,颇慕高名"。他本是采女侍妾所生,在皇室诸兄中地位颇低,加之因病瞎了一只眼,在乃父及诸兄面前,显然是个弱者,处于被怜悯的地位,在政治上也不会对诸兄构成威胁;他为人奉上有方,又才华出众,好学不倦,因此颇受父兄的爱怜。萧统为太子时,他写信求赐文集及所编五言诗,以谦虚好学的面貌出现,这从萧统的《答湘东王求文集及〈诗苑英华〉书》中可见。昭明去世后,萧纲入主东宫,萧绎虽然也好尚诗歌的缘情和词采的声色之美,但"性不好声色",对于"止乎衽席之间"的宫体诗,似乎也不以为然。但为了投合东宫新主人之所好,就违心地追随其后,成为宫体诗人群体中一个重要成员,从而获得萧纲的信赖,并被引为同道,这从萧纲的《与湘东王书》中所述可证。说他的诗歌理论与创作实践相矛盾是可以的,因为从他的一生立身行事看,在关键时候,都是行不顾言的,虽然他在"立言"时,提出"学道不行谓之病",要求"言顾行,行顾言",言与行相一致。说他的诗学思想前后有变化,则似乎依据不足。因为体现在《金楼子》一书中的学术观点和诗学意识前后是一致的,而这部书可以说是他的代表作,是他最为看重的,也是他一生心血的结晶。在"文笔之辨"一节中,我们曾引其言称:诗难于笔,诗优于笔,那是就诗、笔之间对比而言的。诗与子史相较,抑又退居其次。《金楼子序》言:"复有西园秋月,岸帻举杯,左海春朝,连章摛翰。虽有欣乎寸锦,而久弃于尺璧。"这是说,面对良辰美景,写出了一些好诗,但子书的写作,却久弃案头。这"寸锦""尺璧"之喻,说明诗赋和子书的价值,在他的心目中是相差很大的。萧绎之所以特别看重子书,是与他很重视立言垂世有关。《金楼子序》又言:"窃念臧文仲既殁,其立言于世。曹子桓云:立德著书,可以不朽。杜元凯言:德者非所企及,立言或可庶几。故户牖悬刀笔,而有述作之志矣。常笑淮南之假手,每嗤不韦之托人。由是年在志学,躬自搜纂,以为一家之言。""三不朽"云云,见于《左传》,本是儒家立身行事的行为准则,而子史之作,在萧绎看来,也是儒学的一个领地,是由古之儒学分化而来。现存《金楼子》残篇,思想虽较为驳杂,但基本上是以儒家思想为指导,所言之事都是折中于儒学的。而"年在志学"云云,则是说他在十五岁时就开始写作是书了。萧纲的《与湘东王书》,大约写于大同初年(535),其时二萧的年龄在三十二岁与二十七岁左右,萧绎写作是书已经有十二个年头了。萧纲的信,指名批评了裴子野的古体诗风,而在萧绎的书中,裴子野被称为第一知己。其书《立言篇》,借与裴氏的问答,全面阐述其写作子书的用意、不惮艰苦的述作经历以及为何不假他人之手独立完成此书的用心:"恒欲权衡称物,所以隆暑不辞热,凝冬不惮寒。""予之术业,岂宾客之能窥?斯盖以莛撞钟,以蠡测海也。予尝切齿淮南、不韦之书,谓为宾游所制,每至著述之间,不令宾客窥之也。"裴子野死于中大通二年(530),可见在此以前,即萧绎年在二十左右,其子书的写作,不但立意谋篇,草拟就绪,而且不惮寒暑,已经进行述作了。这就是说,萧绎的学术观点和诗学见解,在萧纲为太子前,已经形成,只是不为乃兄所知而已。此书何时完笔,《金楼子·聚书篇》载:"吾今年四十六岁,自聚书以来四十年,得书八万卷,河间之侔汉室,颇为过之矣。"他在被杀前一年,还在补充其书的内容,可知此书在他生前并未公诸世。加之他对书中的内容严格保密,"每至著述之间,不令宾客窥之也"。体现在此书中的学术见解和诗学意识,在萧绎生前,是不被他人所知的。只是因为他参与了宫体诗的写作,才被乃兄引为同调;唐代以及唐以后的史家,也因此将他与萧纲并列,定为宫体艳诗的开创者,视为有罪的带头羊。对于这后一点,萧绎也是始料未及的。有鉴于萧绎宫体诗的写作很可能是出于一种讨好的心态和奉上的权术,而不是出于其真实的意图,在诗论史上,还是应该将他与萧纲分离开来,以《金楼子》一书为依据,恢复他的本来面目。

第五章 南北朝诗论派别的分野(下)

中古文论家表露自己的文论见解,大体上是运用两种形式:一是直接地形诸文字,以理论的形态呈现,像曹丕的《典论·论文》和锺嵘的《诗品》等;一是间接地把自己的艺术见解、审美意识寄寓于所编选的他人的文学作品内,以选本的面目出现,像本书第四章介绍的徐陵《玉台新咏》和本章所述的萧统《昭明文选》。前一种是属于逻辑思维,使人认知;后一种则属于形象思维或情感思维,使人感知。中国文人,自幼就从习作诗文起步,所以首先进入他们视野的,就是一些名家的选本,长期随伴、反复阅读以至于在自己的习作中予以模拟的,也是这些选本中所录的名家的范作,所以选本对文人影响之广、影响之大和影响之深远,是超过文心、文则、诗话、词话之类的理论著作的。鲁迅先生很久之前就说过:"凡是对于文术自有主张的作家,他所赖以发表和流布自己主张的手段,倒并不在作文心、文则、诗品、诗话,而在出选本。"选本既然是选家用以寄寓其艺术见解的重要手段,那么通过对名家选本所选作品的探讨,借以阐明选者的审美意识,也就成为评述诗论发展史中不可或缺的一环。而况这些名家选本,通常都有序言或跋语等理论说明文字,来阐明其编写的体例、选文的标准和审美原则,其理论申述和所选作品两相参照,更能见其艺术见解和诗学意识的底蕴。

本章所评述的《昭明文选》,是中国最为著名的而且是以诗赋作品为主体的文学选本。因为其产生的时间早,流传的面积广,对历代诗赋创作和理论批评的影响较为深远,在诗论史上也就占有比较重要的地位。本章所述的颜之推的《颜氏家训·文章篇》,则是一篇较为重要的理论文章。颜氏是由南入北的人物，他的论述，兼及南北两地诗坛的情况；而对南北朝诗学发展倾向性的评述，在理论上就带有某种总结的性质。

第一节　萧统与《昭明文选》

萧统（501—531），字德施，梁武帝萧衍长子，一岁多立为太子，及冠后曾试理国事，而立之年病逝，谥曰"昭明"。统幼年受儒学熏陶，博通五经，及长兼崇奉佛学，这些都是禀承乃父的意旨并受其影响。性爱文章，多"引纳才学之士，赏爱无倦。恒自讨论篇籍，或与学士商榷古今；闲则继以文章著述，率以为常。于时东宫有书几三万卷，名才并集，文学之盛，晋、宋以来未之有也"（《梁书·昭明太子传》）。这种极浓厚的学术气氛和研究文学的氛围，正是产生名著和名编的重要条件。著有文集二十卷，编著《正序》十卷、《文选》三十卷、《文章英华》（即《诗苑英华》）二十卷。现仅存《文选》，文集为明人所辑佚。

萧统是《文选》的编纂者，这在《梁书》《南史》及《隋志》中都有明确的记载，萧统的《文选序》也有清楚的表述。由于是书规模宏大，选文精审，后人每疑其非出自一人之手，进而推测东宫众学士中有人参与，并实指以文才深受太子信爱的刘孝绰以及王筠等最有可能。唐时东渡来华的日僧弘法大师《文镜秘府论·南卷·集论》引录言："至如梁昭明太子萧统与刘孝绰等，撰集《文选》。"王利器校注说"铃木虎雄以此为《古今秀句序》，其说可从"，并论证此文出台"元兢之《古今诗人秀句序》"。据元氏此序，其书成于唐高宗龙朔至总章年间（661—669），离萧统去世已一百三十余年了。由于此书的编撰，有范履冰、刘伟之参与，窃疑其言刘孝绰等参与编撰《文选》云云，是由此及彼的一种推论，并不一定有所依据。至于宋王应麟《玉海》引《中兴书目》在《文选》条下注言："与何逊、刘孝绰等选集"，把与萧统无甚瓜葛的何逊也拉扯到《文选》编撰者的行列，那就更无从考实了。现存的梁、陈人的文集以及《梁书》《陈书》和《南史》各传，都无片言只字叙及他人参与编撰《文选》事，唐高宗、玄宗两代学人所注《文选》,都具表上闻,两表咸称原编撰者为昭明而不及他人。上述史传及表章类著作,朝廷都要审查,所依据的事实,可信度较高,与一般的私人杂记类著作有所不同。所以仅依弘法大师在中唐时代入唐时所转录的一则材料,将刘孝绰列萧统之后作为编撰《文选》的参与者,已不可取,因为这还只是一个有待考实的问题。至于进而以刘代萧,将萧统排斥在编撰者之外,"从事实际的撰录者是太子以外的人","太子仍然不属于实际撰者",并推论出"实际撰录《文选》的中心人物是刘孝绰","刘孝绰为《文选》撰录的中心人物"①,这就更难使人认同了。清水的文章以当时朝廷或藩王府编著大型类书都由众学士来完成为论据,推论萧统编《文选》亦复如此。其实,即使集体编著类书,也都具其名册,记录在案。如梁武帝诏敕徐勉编《华林遍略》事,《梁书·何思澄传》言:"天监十五年,敕太子詹事徐勉举学士入华林撰《遍略》,勉举思澄等五人以应选。"《梁书·刘杳传》《锺嵘传》等也分叙其事。《南史·何思澄传》则补足这五人的姓名及成书的时间和卷数:"举思澄、顾协、刘杳、王子云、锺嵘等五人以应选,八年成书,合七百卷。"至于《梁书·简文帝本纪》记其撰录《法宝连璧》三百卷,从萧绎的《法宝连璧序》看,包括萧绎、萧子显在内共有三十八人参与,各具姓名、官职和年龄(见《广弘明集》卷二〇)。此序是受萧纲之命而写作的,可见即使是集体写作,也不没其姓名,因为这是一个极为重视文名和尊重作者的著作权的时代。锺嵘《诗品》就把齐释宝月窃据他人的诗作为己有事,记录在册:"《行路难》是东阳柴廓所造,宝月尝憩其家,会廓亡,因窃而有之。廓子赍手本出都,欲讼此事,乃厚赂止之。"宝月虽以厚赂得以避免对簿公堂,但仍受锺嵘的口诛笔伐,可见其时在舆论上对著作权的重视,而把剽窃文名视为可耻的行径。在这种风气下,萧统之弟萧绎著《金楼子》,为了避嫌,在写作时甚至不让他亲近的文士走近身边。萧统当然未见其有这样极端的行为,但自尊自重之心,则是有过之无不及的。

清水凯夫将《文选》的著作权归属于刘孝绰的另一论据是,认定萧统的《诗苑英华》也是刘氏所作。其依据的资料是《颜氏家训·文章篇》有关刘孝

①清水凯夫,韩基国.《文选》编辑的范围[J].佳木斯大学社会科学学报,1989,7(2):65—73.

绰与何逊关系的记述:"何逊诗实为清巧,多形似之言……不及刘孝绰之雍容也。虽然,刘甚忌之……又撰《诗苑》,止取何两篇,时人讥其不广。"清水认为,昭明的《诗苑英华》,就是刘孝绰所著的《诗苑》,是据刘氏之作为己有。进而由此推论,《文选》也是由刘孝绰主笔,昭明不是实际撰者。这些推论,是过于牵强和武断了。古往今来的作者,用同一书名写相同或相近题材的著作,应是不胜枚举。王利器的《颜氏家训集解》注述《文章篇》上段文字时引范德机《木天禁语》言:"唐人李淑有《诗苑》一书,今世罕传。"我们不能因之断言,唐人李淑的《诗苑》,原是刘孝绰所作。而况萧统之书,名为《诗苑英华》,或称"五言之善者为《文章英华》",是一部五言诗选本,又简称《英华》,未见名为《诗苑》。从萧统的《答湘东王求文集及〈诗苑英华〉书》看,所谓"犹有遗恨,而其书已传",这部五言诗选,在萧统生前已流传,为世人所知。身居副君之位且文名甚高的萧统,如果真窃取属官之书为己有,在那极重视真实文名的社会风气下,不就等于是自毁声誉吗?所以这是不可能发生的事。其实,萧统的《诗苑英华》和刘孝绰的《诗苑》以及李淑的《诗苑》都是诗的选本,如同今之唐诗、宋词有多种选本一样,其间有无抄袭和剽窃,没有认真比较,是不能轻率下定论的。更何况还以此为论据,进而剥夺昭明的更为重要的一部选本的著作权呢?

　　萧统是一位博学、勤奋并具有极高文学修养的学者,他既有时间也有志趣和能力完成此项课题。在去世时,梁武帝使王筠写《哀册文》,其中有言:"沉吟典礼,优游方册;餍饫膏腴,含咀肴核。括囊流略,包举艺文;遍该湘素,殚极丘坟。"这不就是赞其博极群书、分类编纂诗文吗?继位太子萧纲,作《昭明太子集序》,颂美其兄有十四德,最后三德是专门赞其广收博览、勤学苦读、手抄精校、孜孜以求的情况:"研精博学,手不释卷";"倚案无休""韦编三绝";"起先五鼓,非直甲夜";"殚兹闻见,竭彼绵缃";"降贵纤尊,躬刊手掇";"长正鱼鲁""己亥无违"。这些描述,很不像一代储君的生活行止,倒极似一位穷年累月、埋首书斋、口诵手录、潜心著述的学者。这样的"竭彼绵缃"的"研精博学",与其"集其清英"编撰出《文选》《诗苑英华》等著名的诗文选本,不是很相符合吗?当然萧统贵为太子,没有发愤著书的境遇,但却有立言传世的驱动力,加之还有浓厚的兴趣和充裕的时间助成其事。其《文选序》言:"余监抚余闲,居多暇日。历观文囿,泛览辞林,未尝不心游目想,移晷忘倦。"东宫聚书三万卷,也为他"历观文囿,泛览辞林"提供了条件。《文选》的成书,正是这些主客观条件集于一身的结果。

萧统的《文选》,与萧衍诏徐勉命何思澄等五学士所编的《华林遍略》和萧纲命萧子显等三十八人所编的《法宝连璧》两书,在性质上是有所不同的。后两书是大型类书,重在"全",以搜罗无遗为能事,编成后分别是七百卷和三百卷。类书可以由多人合作,借群体之力,共成其事。昭明所编,则是一种选本,重在"精",以能否删繁就简、去粗取精为权衡。《文选》成书时只有三十卷;篇幅是《法宝连璧》的十分之一和《华林遍略》的二十三分之一。选本所需要的是独立的审美眼光,所以不能用《华林遍略》和《法宝连璧》由多人合编的事例,来推论《文选》也必定有他人参与。而况萧统是位多产的学者和诗人,除《文选》外,"又著文集二十卷;又撰古今典诰文言,为《正序》十卷;五言诗之善者,为《文章英华》二十卷"(《梁书·昭明太子传》)。所谓"古今典诰文言"之"正序",就是具有深意和文采美的经书的序文,如已选入《文选》的卜子夏的《毛诗序》,孔安国的《尚书序》和杜元凯的《春秋左氏传序》等,都属此体;而所谓《文章英华》,也就是"五言诗选"。萧统除文集外的这三种选本,实际上是互有联系的序列之编:《正序》是熔铸经书内涵之作,是阐释典诰深意的文章,以典正为特色;《英华》是五言诗之秀美者,是"文采之邓林",以华丽著称;而"典"与"丽"的结合,正是体现在《文选》中最重要的审美要求。所以这三种选本是一系统工程,是素有积蓄并经过精心设计的序列之编。在这一系统工程中,《文选》的编撰,当然是主体,而《诗苑英华》和《正序》这两部专体文选则是这一主体的重要支撑,也是编撰者"典"与"丽"相结合的选文原则赖以形成的渊源之所在。《梁书》和《南史》都清楚地记录了这位"文章繁富"的太子在逝世时,既有诗文集二十卷,也完成了上述三部选本。这就证明了萧统不但有能力独立完成《文选》,且行有余力兼顾其他。《正序》和《诗苑英华》虽已散佚不可确考,但我们仍然能从这三部选本当日相辅而行的情况而推测到他编纂时的用心。我们今日评萧统,也不能无视这另外两部选本曾经存在过的事实,而仅谈《文选》不及其他。

再仅就《文选》说,萧统在对其中某些篇目较短量长和去取予夺时,曾与东宫学士商讨过是极有可能的。以文才见重的刘孝绰、王筠等,其审美好尚与太子声气相通。他们在东宫任职期间,对某些篇目提出的意见对太子有所启发,甚至被接纳,这也不排斥,前引太子"与学士商榷古今","恒自讨论篇籍",应该是包括这方面的内容。但是萧统既勤学好问,在学术问题上,愿意倾听他人的意见;同时又好学深思,心知其意,且好立新说,学术个性极强,从不轻易认同他人意见。《梁书》记其在佛理阐释问题上,不愿复述乃父的论题,而是"自立二谛、法身义,并有新意"。他的叔父始兴王萧憺逝世,关于东宫服丧礼的问题,太子仆刘孝绰依据旧礼和常例,提出服丧的形式和时间,这个意见,还得到"仆射徐勉、左率周舍、家令陆襄"的认同,但最后还是被太子所否定。这时候的萧统,还只有二十到二十二岁。萧统是具有独立学术品格的人,他在"遍该缃素,殚极丘坟"后,已成竹在胸,进而"略其芜秽,集其清英",定会按照自己的审美原则去取,决不会让他人越俎代庖,甚至也不会轻易听从他人的建议。试想:像"已亥无违,长正鱼鲁"这类属于校正刊误方面极为繁琐的细活,尚且亲自动手,何况直接关系到"括囊流略,包举艺文"之得失的选文定篇呢?

《文选》从"竭彼绨缃"到"集其清英",要经历很长的时间历程。按照齐、梁的官制,东宫的属官,如同在朝的官员以及王公开府掾属一样,都由朝廷任命,并有一定的任职期限。《南史·吕文显传》:"晋宋旧制,宰人之官,以六年为限。近世以六年过久,又以三周为期,谓之小满。而迁换去来,又不依三周之制。"包括刘孝绰、王筠等在内曾在东宫任职的人员,其任职处所和职务都处于经常的变动之中,很少有人连续三年以上在东宫任职,因而在制度上也就限制了不可能有人长时期在东宫专司选文之责。再从王筠和刘孝绰说,据《梁书》记载,王筠一生官职的变动有十余次,其中较大的变迁有七次。他编次的文集是一官一集,一集十卷,全集共七十卷,其中只有两集二十卷为在东宫任职时所作,另有《尚书》三十卷。王筠是太子最亲近的人物之一,但他大部分时间不在东宫任职,并且有自己的述作任务。至于刘孝绰,其职务变动不下二十次,四次被免职后起用。从萧统逝世前六年亦即有可能是《文选》成书的时限看,普通六年(525),刘孝绰在廷尉卿任上,以不孝罪被御史中丞告发,"坐免官"。普通七年(526),"起为西中郎湘东王谘议","后为太子仆,母忧去职,服阕,除安西湘东王谘议参军"。再为太子仆的时间,应是在任职"西中郎湘东王谘议"三年后,即大通三年亦即中大通元年(529)。据《梁书·刘潜传》,刘孝绰两个胞弟刘潜(孝仪)和孝威在安北晋安王萧纲的掾属任上丁母忧,时间也始于中大通元年。这也就是说,刘孝绰在为太子仆后不久即丁母忧。昭明于中大通三年(531)四月病逝,其时刘孝绰兄弟正在服丧期间。如果《文选》的成书定在中大通元年至二年,这正是刘孝绰服丧期间,因而根本不可能参与其事的。从现存的各种史料推断,《文选》的编纂,只能是出于萧统之手。没有可靠的史料证据,我们是不应轻易地置疑萧统的著作权的。

《文选》编纂的过程和成书的时间,史无明确的记载。考察这个问题,也只能依据其时选文的通例和萧统逝世前几年的经历,做出大致的判断。依据"不录存者"的旧例,其成书的时间,当在普通七年(526)后,因为梁代入选的作家共十人,其中最后去世的陆倕,即逝于此年。而普通七年,又是萧统一生中最重要的转折。是年十一月,其母丁贵嫔重病并逝世,统性至孝,侍疾和服丧三年,几至毁形。又,据《南史》记载,统因为母寻求墓地及墓侧埋鹅等事,使"末年多忌"的梁武帝大为震怒,父与子矛盾激化,"(武)帝密遣检掘,果得鹅等物,大惊,将穷其事。徐勉固谏得止,于是唯诛道士,由是太子迄终以此惭慨"。由此而迄终,大约是四年多时间,太子都处于悲痛和惊恐之中,应是无心顾及选文之事了。那么《文选》的最后定稿,当在普通七年(526),准确地说,就在此年十一月母病之前。如果说萧统是在及冠年(天监十四年正月)就开始纂文,及其成书,前后历时约为十二年。而其文集前十卷的编纂,据刘孝绰《昭明太子集序》言:"粤我大梁之二十一载,盛德备乎东朝。"应是普通三年(522)。所谓"谨为一帙十卷,第目如左……如其后录,以俟贤臣"。初编应是十卷,时年二十二岁。至于后十卷的编纂以及全集合为二十卷,应是在他逝世后编成,这从继位太子萧纲所作的《昭明太子集序》可证。至于《诗苑英华》的编撰,从萧统的《答湘东王求文集及〈诗苑英华〉书》看,应与其初编文集十卷大体同时,即在普通三年前。湘东王萧绎对东宫的信息应是很灵通的,而且是很准确的,其所求之书,一定已经编成。而况萧统在答书中已明言,"其书已传","汝既须之,皆遣送也"。萧绎的求书信和萧统的答函,都应在普通三年后不久。这样看来,萧统的三部选本,《诗苑英华》成书最早,《正序》可能次之,《文选》则是殿后。那么《文选》的编撰,应是在这两部专体文选的基础上精益求精的产物,其选文之精审,也就可想而知了。萧统很短促的一生,有这么多的学术成果,从《文选》看,品位又极高,看来他确实很勤奋。

《昭明文选》作为中国最早的保存完整又最为著名的一部大型的诗文选集,入选诗文共七百六十四篇,分为三十七大类,而以诗赋为主体。赋类子目十五,诗类子目二十三,合为五百零八篇,篇数占全书近三分之二。自周至梁跨时七代八百余年,其间名家及其优秀之作,大都收集于内,被后人称之为"文章之渊薮,述作之楷模"。自隋唐以来,学习和研究《文选》,成为一大热门,唐代文士无不手执一部。隋唐间见于其时史籍的近三十人,其中多数都有著作问世。清代的人数更多,据骆鸣凯《文选学》统计,有四十余人,论著五十余部,这是其时"选学"被视为"显学"的结果。注释则以唐高宗显庆年间的李善注最有盛名。李注分原书一卷而为二卷,合为六十卷,以博考事典和文词的出处为主要特色。全书共征引四部类书籍一千六百八十九种和旧注二十九种,其取材之广,引述之博,后人无与伦比。陆游曾言:"李善注《头陀寺碑》,穿穴三藏;注《天台赋》,消释三幡。至今法门老宿未窥其奥。"(《老学庵笔记》)可见其用力之深。继李善注后,唐开元间又有吕祚延及吕延济等五人注《五臣注文选》,以疏通文字见长。宋以后多合两编为《六臣注文选》。两注均有助于《文选》的流传,代表了唐代"文选学"的最高成就,也集中反映了唐代文选学以重视作家作品的研究和文字音义的疏解为主要特色。

萧选对后世的影响,主要是在所选的作品上,通过所选作品,来影响读者的审美意识。鲁迅在《选本》一文中还说过:"凡选本,往往能比所选各家的全集更流行,更有作用。册数不多,而包罗诸作,固然也是一种原因,但还在近则由选者的名位,远则凭古人之威灵,读者想从一个有名的选家,窥见许多有名作家的作品。"而结果,"则读者虽读古人书,却得了选者之意,意见也就逐渐和选者接近,终于'就范'了"。所以我们研究萧选,固然可以从其序文中了解其选文之用心,同时还要不厌其繁,进而从其选文中"得选者之意",不可远离选者"所赖以发表和流布自己主张的手段"。当然,由于《文选》有选而无评,要从入选众多的作家和作品中,一一分析并概括出其去取的原则,确实很不容易,前人的评述,也常常是见仁见智。但我们依据选者的序文和有关的论述,进而参阅所选的作品并做出评判,则是较为可行的。

"文"生于"用"的文源说和"文"的发展观是萧序论文一个重要出发点。

> 式观元始,眇觌玄风。冬穴夏巢之时,茹毛饮血之世,世质民淳,斯文未作。逮乎伏羲氏之王天下也,始画八卦,造书契,以代结绳之政,由是文籍生焉。《易》曰:"观乎天文以察时变;观乎人文以化成天下。"文之时义远矣哉!若夫椎轮为大辂之始,大辂宁有椎轮之质?增冰为积水所成,积水曾微增冰之凛。何哉?盖踵其事而增华,变其本而加厉;物既有之,文亦宜然。随时变改,难可详悉。

《文选》所选之"文",虽然是以诗赋为主体,但也包括其时被称为"笔"的实用性的文章,是兼含"诗""笔"两大类别的广义性的"文"。其与刘勰的《文心雕龙》赋予"文"的内涵相一致。当然,如前所述,"笔"也需有文采美,包含有"文"亦即诗的某些因素而又不同于诗。刘、萧之作之所以兼重"文""笔",除因其书兼赅众体外,还由于他们都重视文用即文的多种用途有关,特别与重视政治功用相关联。

在文与用的关系上,萧统从文以致用进而提出因"用"而生"文",这是文源说基本的论点。在萧统看来,人类在"茹毛饮血"的原初时代,无治政的条件和必要,因而也就不可能产生"文"。文籍的产生是古圣王缘于"王天下"治政的需要,是一种目的性很强的治政行为。这见解本之于孔安国的《尚书序》及《易》等儒家权威性的著作。全面地阐述经籍的本源以及孔子制礼作乐以整理经书的孔安国《序》，就收录在《文选》之内，这种缘起于治政需要的人为的文源说，与沈约所言"歌咏所兴，宜自生民始也"（《宋书·谢灵运传论》），王融的"宫商与二仪俱生"（锺嵘《诗品序》），以及刘勰"人文之元，肇自太极""与天地并生"（《文心雕龙·原道》）等自然文源说是有所不同的，但与以"文""化成天下"的文用观是一致的。只不过是萧统将文与用更密切地联系在一起，把"文"生于"用"作为前提，从而更进一步强调文以致用而已。应该说，"文"生于"用"的文源说，较之自然文源说，更具唯物主义倾向，以之阐明文以致用的见解，也更有说服力。而文用说也就成为萧统选文的一出发点和权衡去取的一重要原则。

录入《文选》中的大量篇什都与这一选文原则有直接联系：如果说选入《毛诗序》《尚书序》以及《春秋左氏传序》等所谓"典诰文言"之"正序"仅是三十七种文体中的一体，还不能以概其余，那么从《史记》《汉书》等正史中，选出了代表三十七体的诗、赋、杂文三大类一百二十余篇的"经国名文"，就足以包举全体了，且其中有不少篇幅很长，占全书的比重也很大。中国的史官文化功用性是很强的，史书的编写，既记录了历代治政的情况，也是后代治政的重要参考。史官们写作的动机，无一例外都是为了资治通鉴，而且绝大多数都是在朝廷组织领导、密切监视和审查下完成的，其政治倾向性是极为鲜明的。从《汉书》起始移录了较多的"润色鸿业"和颂美匡恶的诗赋，以及对当时治政发生直接影响的诏、令、表章、书论等应用文，无不是为适应这种政治功利的需要。萧统直接从正史中选出这么多的篇什，难道还不足以说明他重在以"用"选"文"吗？唐代《文选》学家对此是十分明确的，李善和吕延济等五人作注时，都分别表奏朝廷，称是书"风雅以来，不之能尚""刊书启衷，有用广化"。而当代的某些美学著作，评及萧选时，往往只强调其尚丽、"多丽"和"感官愉悦"，而对其"风教"的一端，则言是"一种不得不作的说教"，这是不顾及所选之文仅对其某些论述做片面引申的结果。

当然，萧统是尚丽的，文采华丽与否是他选文的另一重要的不可或缺的标准和原则。上述椎轮、大辂和积水、增冰之喻，"随时变改"和踵事增华、变本加厉之论,都意在说明文学的古质今丽是历史发展的必然,也是历史的进步。这见解,不但完全不同于裴子野的去华返质、倒退复古的诗学观,也与刘勰、钟嵘批评齐梁竞今弃古的诗学见解有所不同。从其赞赏踵事增华看,应属于齐梁间崇尚新变这一派的。当然,这种"新变",是仅限于文采增饰上,与尔后萧纲、徐陵等申言可与风雅精神分途的"新变"说不同。

试将自建安至齐梁诸名家诗在萧书中入选的情况与刘、钟之评及徐陵之选做一比较,在同异中见其诗学好尚之趋向。刘勰论文,很重视"文律运周,日新其业",要求诗人"望今制奇",但前提是"参古定法",以求"通而不乏"(《文心雕龙·通变》)。这些原则运用到历代诗人的评价上,对汉魏之诗,颇多褒语;晋宋之诗,抑又其次;南齐以下,多略而不论。去取间多以汉魏"风骨"相权衡,似乎重"通"甚于重"变"。钟嵘品诗,与刘评有许多相通之处,首推建安之杰曹植,兼重以"高风""真骨"取胜的刘桢和"太康之英"的陆机及"元嘉之雄"的谢灵运。四人都是上品中的佼佼者,所谓"曹、刘殆文章之圣,陆、谢为体贰之才"(《诗品序》)。而永明体代表诗人谢朓、沈约都在中品,受到贬抑。其褒贬抑扬之间,是高扬风力而不太看重轻艳流丽,是崇风而对骚体稍有贬抑。与之相较,萧选则有所不同,他既充分肯定古质今丽、踵事增华的诗歌发展趋势,在审美好尚上也能气骨与流丽兼重。从其选文看,曹植入选诗文三十九篇,其中诗二十六首;陆机入选诗文一百一十九篇,其中诗五十一首;谢灵运入选之诗则是三十九首。陆、谢入选之诗均超过曹植。永明诗人谢朓入选诗文二十三篇,其中诗二十一首;沈约入选诗文十七篇,其中诗十三首。沈、谢入选之诗也超过了建安七子之冠冕的刘桢和王粲(两人各十首)。萧统选诗,不薄古今,不拘泥于一端,能兼容并蓄,以具有审美的包容性为特色,其去取间似以风格雅正、构思新巧、文词多丽为权衡。继居东宫的萧纲,命徐陵编《玉台新咏》。虽也是以"弥尚丽靡"见称,但侧重于淫靡和艳情,所以徐选所取,多数是萧选所弃的诗作。当然,徐选是专收女性题材的诗作,而萧选并未受到题材的限制,其间也收录了少数以女性为歌咏对象的诗篇,如曹植的《美女篇》、陆机的《日出东南隅行》和谢朓的《和王主簿怨情》诗等,上述诗篇也被徐选所收录,这两种选本也就出现了交叉情况。但萧选所录的以女性生活为题材的诗歌,多数都是借芳草美人以自况的比兴寄托之作,与宫体诗专一欣赏女性外貌、服饰、起居形态及男女艳情者本不相类,徐选加以转录,只不过借此以大其体而已。这两种选本的区分,在传统诗学里是崇雅正和尚郑声的不同,在审美情趣上,因而也就有了很大的差别。

萧统是典雅与华丽相结合的追求者和倡导者。其《答湘东王求文集及〈诗苑英华〉书》有言:"夫文典则累野,丽亦伤浮。能丽而不浮,典而不野,文质彬彬,有君子之致,吾尝欲为之,但恨未逮耳。""典"有典法、典常意。用之于文,指典正、典雅。言文意,亦言风格。"野"指质木无文,没有文采。"浮"有轻浮和浮浅、浮泛意。"典"与"浮"、"丽"与"野"是两组对立的范畴,萧统排斥"浮"与"野",而力图把"典"与"丽"完美而有机地结合起来,以此作为其最高的审美原则。萧统这种审美好尚,还可以从刘孝绰的《昭明太子集序》中获得验证:"深乎文者,兼而善之,能使典而不野,远而不放,丽而不淫,约而不俭,独擅众美,斯文在斯。"这段话,是对太子诗文的赞美。兼善之言,是不无溢美之词的,但刘孝绰深得昭明的信爱,"太子文章繁富,群才咸欲撰录,太子独使孝绰集而序之"(《梁书·刘孝绰传》)。刘孝绰是在深知昭明在创作上的向往和追求后,投其所好做了这样的颂扬。

兼善"典""丽"是萧统的追求,在创作上虽自恨未逮,而在选文上则必努力贯彻。这就是荀况的赋和陶渊明的《闲情赋》未能入选的原因。荀子是赋体的创始者,萧统是深知其在赋史上的地位,这从《文选序》论赋时言"荀、宋表之于前"可见。但荀子的赋篇,包括五首短赋,都是借物以明理,且质木无文,所以一首也未入选。这就是所谓"夫文典则累野",不符合其选文的原则。萧统深好陶渊明的诗赋,并高度赞美其人品和人德,但在《陶渊明集序》中,尖锐地批评了其《闲情赋》:"白璧微瑕,惟在《闲情》一赋。扬雄所谓劝百而讽一者,卒无讽谏,何足摇其笔端? 惜哉,亡是可也。"《闲情赋》虽有文采,但"卒无讽谏",属"丽亦伤浮"和"丽以淫"之列,因而不予选录。与《闲情赋》有相似之处的宋玉的《神女赋》和曹植的《洛神赋》之所以能入选,是与这两赋在传统认识上已经有了定势有关,言情含蓄委婉也是原因。两赋通过人神之交写男女恋情,宋赋有"讽谏淫惑"意,曹赋亦寓意于政治向往,并借以自通。宋玉是赋体的创始者,曹植则是这一体式的完善人,两人都是婉而含讽诗风的体现者。两赋又都以设想奇特和文采斐然名篇,因而属兼善"典""丽"而入选。《闲情赋》据作者的自序,也是按照"始则荡以思虑,而终归闲正"的模式叙写的,但其中细写对美人刻骨铭心的思念,过于直露和大胆,为不好女色而偏爱含蓄深致诗风的萧统所不满。尽管陶渊明在《闲情赋序》中声称此赋"将以抑流宕之邪心,谅有助于讽谏",但还被深爱其文的萧统以"卒无讽谏"加以否定。从中可见萧统的审美原则有很正统的一面,而且不因私爱有所偏袒。评价萧统对陶渊明诗文的态度,困难处还不在于其书未录《闲情赋》,而在于选录了他较多的诗文。萧统在《陶渊明集序》中,从一个全新的角度对其人其文加以评赞,这反映出萧统的人生态度和审美意识都有高出于时俗的一面。《文选》选入陶的诗文共九篇,其中诗八首,这篇数在东晋诗人中,首屈一指,在南朝宋也仅次于谢灵运、颜延之和鲍照,高出于在当时颇具盛名的谢惠连、谢庄等。所选既无直接的讽谏内容,也不以词采华美丰赡见长。其评陶诗云:"有疑陶渊明诗篇篇有酒,吾观其意不在酒,亦寄酒为迹者也。其文章不群,辞采精拔,跌宕昭彰,独超众类,抑扬爽朗,莫之与京。横素波而傍流,干青云而直上。语时事则指而可想,论怀抱则旷而且真。加以贞志不休,安道苦节,不以躬耕为耻,不以无财为病,自非大贤笃志,与道污隆,孰能如此乎?""尝谓有能观渊明之文者,驰竞之情遣,鄙吝之意祛,贪夫可以廉,懦夫可以立。岂止仁义可蹈,抑乃爵禄可辞。不必傍游泰华,远求柱史,此亦有助于风教也。"(《陶渊明集序》)这"辞采精拔"与"有助于风教"云云,是从文与质两个方面进行的品评,仍可纳入其兼善"典"与"丽"的标准,但已增加了新的内容。所谓"风教",按照《毛诗序》的阐释,是"上以风化下,下以风刺上",即教化和讽谕的两端,这显然不是陶诗意趣之所在。其所著《陶渊明传》,记江州刺史檀道济往见羸饿在床已数日的陶渊明,两人的一段对话,很能说明这个问题。"道济谓曰:'贤者处世,天下无道则隐,有道则至。今子生文明之世,奈何自苦如此?'对曰:'潜也何敢望贤,志不及也。'"①有道则仕,无道则隐,本是儒者理想的处世哲学。陶渊明的思想境界是"不慕荣利""忘怀得失",所追求的是怡情自适和人格的独立,所以说是"志不及也"。他的这种思想境界,与儒家隐仕的原则无关,而与道家的养生学有联系。面对这种完全不同于皇族上层和朝廷显贵的思想境界和人生追求,萧统在思想深处受到了触动。他很想运用体现在渊明诗文中超越荣利的人生追求和审美境界,来针砭其时弥漫在朝廷中并且愈演愈烈的贪婪进竞的风气,所谓"有能观渊明之文者,驰竞之情遣,鄙吝之意祛,贪夫可以廉,懦夫可以立"云云,应是有感而发的。这是对诗的教化作用一种新的解释。自东晋南朝以来,有不少学人认为老庄之学可以补救礼教的弊病,提倡儒道合一。李充的《学箴》篇言:"先王以道德之不行,故以仁义化之,行仁义之不笃,故以礼律检之;检之弥繁,而伪亦愈广。老庄是乃明无为之益,塞争欲之门。""圣教救其末,老庄明其本,本末之途殊而为教一也。"(《晋书·李充传》)李充认为仁义、礼教、礼律有激发争名夺利的副作用,主张用"无为"来"塞争欲之门",加以补救。萧统认为陶诗"有助于风教",用意也在于此。其实,老庄明无为,陶诗淡泊以明志,本无意于助成儒教,李充、萧统等只不过是站在儒学的立场上加以利用而已。

再就陶诗的词采美说,他以异乎时俗的艺术美,独标一帜,空前绝后,在南朝诗坛上虽未获得应有的地位和足够的重视,但确乎受到少数有识者的关注,鲍照和江淹这样的名诗人都有效陶体诗一首。锺嵘的《诗品》,力排时议,拔陶诗于高流②,称赞其诗"文体省静""辞兴婉惬""风华清靡"并兼协风力,多方面肯定和赞赏陶诗的艺术美。这是在诗论史上认识陶诗的价值和提高陶诗的地位的一次重要转折。萧统也很有可能读过锺品,萧书入选陶诗的篇数,与锺书置之中品的地位大体相当。他在分析其诗美特点时,除赞

---

① 萧统的《陶渊明传》,是诗人生平事迹和创作情况最早的也是相当完备的一篇传记,也是《南史·陶渊明传》和《晋书·陶渊明传》之所本。

② 锺嵘《诗品序》,称被入选的诗人为"预此宗流者,便称才子"。批评不能入流的诗人,为"无涉于文流矣"。可见其品诗,首先有一个入流和不入流的界限。对于已入流的诗人,除三品升降外,似乎还有一个高与低的区分。其评嵇康诗:"托谕清远,良有鉴裁,亦未失高流矣。"嵇康诗在中品,可见中品之上都属高流。

美其"辞采精拔"、自然真纯、晓畅流转和跌宕多姿外,还特别推重其诗意的开阔和诗境的高远,所谓"横素波而傍流,干青云而直上"。这是萧统的特识处,后人也很少有人语及。当然,就总的情况看,对陶诗的品评,锺书和萧书,都还没有到位,但又确实是前所未有的。对陶诗既选又评,这是萧书中仅见的特例。这就是说,从《文选》所选诗文中,唯一的可以从他另一书的品评中获到参照系。从这一特殊窗口中,我们既可以窥视到他对所选诗文在权衡去取时是很认真和慎重的,也可以推知他所持的"典"与"丽"相结合的选文标准,审美内涵是极为丰富的,而且具有很大的包容性。从萧统评陶诗的文章中可以看到,他这种独特的富有创造性的审美观点和很强的主体意识,在当日东宫学士中,他人也"莫之与京",莫敢予夺的。

《文选》以能区分并能兼善和囊括众体见长。《文选序》对各体文章源流、特点及其价值所在,做了简明的分析和概括,进而阐明其编撰的意图和去取的原则。

> 尝试论之曰:《诗序》云:"诗有六义焉,一曰风,二曰赋,三曰比,四曰兴,五曰雅,六曰颂。"至于今之作者,异乎古昔,古诗之体,今则全取赋名。荀、宋表之于前,贾、马继之于末。自兹以降,源流实繁。述邑居则有"凭虚""亡是"之作,戒畋游则有"长杨""羽猎"之制。若其纪一事,咏一物,风云草木之兴,鱼虫禽兽之流,推而广之,不可胜载矣。又,楚人屈原,含忠履洁,君匪从流,臣进逆耳,深思远虑,遂放湘南。耿介之意既伤,壹郁之怀靡愬,临渊有怀沙之志,吟泽有憔悴之容。骚人之文,自兹而作。
>
> 诗者,盖志之所之也,情动于中而形于言。《关雎》《麟趾》,正始之道著;桑间、濮上,亡国之音表。故风雅之道,粲然可观。自炎汉中叶,厥途渐异:退傅有《在邹》之作;降将著"河梁"之篇。四言五言,区以别矣。又少则三字,多则九言,各体互兴,分镳并驱。颂者,所以游扬德业,褒赞成功。吉甫有"穆若"之谈,季子有"至矣"之叹。舒布为诗,既言如彼;总成为颂,又亦若斯。次则箴兴于补阙,戒出于弼匡,论则析理

精微,铭则序事清润,美终则诔发,图象则赞兴。又,诏诰教令之流,表奏笺记之列,书誓符檄之品,吊祭悲哀之作,答客指事之制,三言八字之文,篇辞引序,碑碣志状,众制锋起,源流间出。譬陶匏异器,并为入耳之娱;黼黻不同,俱为悦目之玩。作者之致,盖云备矣。……

自姬汉以来,眇焉悠邈,时更七代,数逾千祀。词人才子,则名溢于缥囊;飞文染翰,则卷盈乎缃帙。自非略其芜秽,集其清英,盖欲兼功,太半难矣!若夫姬公之集,孔父之书,与日月俱悬,鬼神争奥,孝敬之准式,人伦之师友,岂可重以芟夷,加之剪截。老、庄之作,管、孟之流,盖以立意为宗,不以能文为本,今之所撰,又以略诸。若贤人之美词,忠臣之抗直,谋夫之话,辩士之端,冰释泉涌,金相玉振,所谓坐狙丘,议稷下,仲连之却秦军,食其之下齐国,留侯之发八难,曲逆之吐六奇,盖乃事美一时,语流千载,概见坟籍,旁出子史,若斯之流,又亦繁博,虽传之简牍,而事异篇章,今之所集,亦所不取。至于纪事之史,系年之书,所以褒贬是非,纪别异同,方之篇翰,亦已不同。若其赞论之综缉辞采,序述之错比文华,事出于沉思,义归乎翰藻,故与夫篇什,杂而集之。远自周室,迄于圣代,都为三十卷,名曰《文选》云尔。

《文选序》以"括囊流略,包举艺文"为全文纲目,这两句话出自王筠的《哀册文》,也可作为萧选最简明的概括,体现了编撰是书的主要意图之所在。编者在贯彻此意图时,是通过选文和作《序》两条线索交织而成。选文是在有鉴于对前文的篇什不能"兼功"的前提下,提出了"略其芜秽,集其清英"的方法,即选精的方法,来以简御繁,以精统粗,以点摄面。《序》则提纲挈领,统摄纲目,从史的角度把三十七类文体综合为赋、诗和杂文三大类别,有重点地论述其源流、沿革和发展变化的情况。纵横交错,"括囊流略,包举艺文"就意在其中了。就序文看,萧统认为,诗赋两体,都由古诗"六义"发展变化而来。赋以荀况、宋玉起始,贾谊、司马相如和扬雄等为继;诗则宗奉风、雅、颂三体,汉代四言、五言分途,韦孟和李陵是代表作家;箴、戒、论、铭、诔等各体杂文,则缘于社会生活各种不同的需求,其特点和价值也因之有别。对上述三大体文章的探源别流,是纵向的论述,带有史论的性质。《文选》对诗赋等大的文体,依据其内容和社会作用,又划分为若干小的类别。对小的类别次第的安排上,是依据其在社会生活中的作用和地位为先后,而不是依其类产生的时代为顺序。如赋体以京都赋居先,郊祀、耕籍、畋猎和纪行为继,以音乐、情类为殿,班固、张衡和左思这东汉和西晋三大赋家的京都之作,赫然前列;楚汉间赋体的创始者宋玉、贾谊、司马相如和扬雄等大赋名家则是或居中或殿后,因为他们的赋作体类在中或在后。诗以补亡、述德、劝励、献诗、公宴等列前,西晋束皙的《补亡诗》六首,从诗艺的角度说,价值是不大的。曹植、刘桢、王粲、陆机和谢灵运等述德、劝励、献诗及公宴类诗作,也非他们的上乘之诗,但都一一前置;而咏史、咏怀、哀伤及乐府类言情的上乘之作,次第往往居中;至于曾被誉为"一字千金"的《古诗》十九首,则归之于"杂诗",居于后列。至于"奋飞于辞家之前"的以屈原为代表的骚体诗赋,本为"词赋之宗",与《诗经》并列,成为中国诗学的两大源头,但在《文选》中的位置,是以"骚"体的名目,附着于赋体与诗体两大类别之后。这种安排与屈赋在诗史上的位置不相称。杂文类也是以诏、册、令、教、文、表等体之经国名文居前,铭、诔、哀、碑、墓志、行状、吊、祭等文体属于个人身家范围内纪念哀悼之作,则居于后。这种在三大类别再分体的顺序安排上,萧统显然是看重那些润色鸿业、经国图远的文章,个人的记事言情之作则退居其次。这是作为一代储君在"包举艺文"时所独具的眼光和价值趋向。文学发展至齐梁,以诗赋为主体的各体文章都"彬彬之盛,大备于时",综论群言,品藻流别,成为其时的一大课题。《文心雕龙》的"论文叙笔""原始以表末",《诗品》的"溯流别"并借以"辨彰清浊",江淹的《杂体诗》三十首,其意亦在"品藻渊流"和兼善众体。刘、锺、江三家之作性质虽各不相同,但从史的角度完成这一课题则是他们共同的选择。《文选序》言"凡次文之体,各以汇聚""类分之中,各以时代相次",似乎也包含了这方面的意图,在诗、赋各体再分类时的次第安排,也体现出对其价值的评判。从其政治功用居前的价值取向看,他在兼善"典""丽"的选文标准时,"典"是居于"丽"先的。

再从"包举艺文"之"艺文"看,萧统所谓"文"的内涵是什么呢?这是探讨其选文时价值取向另一重要方面。清人阮元在《书梁昭明太子〈文选序〉后》说："昭明所选，名之曰文，盖必文而后选也，非文则不选也。经也，子也，史也，皆不可专名之为文也。故昭明《文选序》后三段特明其不选之故，必沉思翰藻，始名之文，始以入选也。"这段话，从必以"丽"才能名之为"文"，方可入选，反映了萧统重视"能文"的一端，有其符合原意的一面。自南朝以来，文笔之辨和言笔之辨，都反映出重文轻笔、重笔轻言的倾向，在萧统身上，也产生了影响。从《文选》中三大文体的安排上诗赋居前可见。《文心雕龙·总术》篇引颜延之言："'笔'之为体，'言'之文也；经典则'言'而非'笔'，传记则'笔'而非'言'。"颜延之显然有重"笔"即重"文"轻"言"的倾向，刘勰予以反驳；萧统则基本上接受了这个见解，将经、子、史传之作都排斥在选文之外。理由就是"盖以立意为宗，不以能文为本"，也就是没有文采美。但是史家之赞论、序述可以例外，"若其赞论之综缉辞采，序述之错比文华，事出于沉思，义归乎翰藻，故与夫篇什，杂而集之"。《后汉书》的作者范晔，就自矜于这一点，其《狱中与诸甥侄书》云："吾杂传论，皆有精意深旨，既有裁味，故约其词句。至于《循吏》以下，及《六夷》诸序论，笔势纵放，实天下之奇作。其中合者，往往不减《过秦》篇。尝共比方班氏所作，非但不愧之而已。""赞自是吾文之杰思，殆无一字空设，奇变不穷，同合异体，乃自不知所以称之。此书行，故应有赏音者。"范晔《后汉书》中诸论赞，被选入萧书的就有五篇，同一文体共选了十三篇，范文占了近一半，萧统可算是范晔百年后的赏音者。试将萧序和范书略加比照，那么"事出于沉思"应是"思精""杰思""裁味""精意深旨"以及"弦外之意，虚响之音"等，意即能体物之妙并通过精心构思获得精意深旨和弦外之音；而"义归乎翰藻"，那就是"笔势纵放""奇变不穷，同合异体""约其词句""殆无一字空设"等侧重于表达上的精确简要、奇变多姿和奇思壮采。萧序所言"赞论之综缉辞采，序述之错比文华"，亦是此意。要而言之，沉思、翰藻云云，是针对史传之论赞和序述这一特定文体所提出的要求，但也与既能立意又以"能文为本"的文章篇什相类，因而也是入选的各体文章的一重要共同点。后人常以此作为萧统选文的标准，是有其理由的，但并不全面。沉思、翰藻，大体上属于陆机所言意称物和文逮意在构思和表达上所提出的审美要求,是由诗赋创作特点所渗透,并体现在"能文"的一面,而不包括立意内涵的价值权衡。文章由"事"见"义",臧否其思想倾向性,还另有尺度在。陶渊明的《闲情赋》未能入选,并非其沉思、翰藻亦即"能文"的一端有欠缺,而是"卒无讽谏"在立意上不合要求。嵇康的《声无哀乐论》是一篇既有"精意深旨",又"奇变不穷",极有新见的一篇奇文。此文之所以未能入选,大约与其批评的矛头直接指向儒家的乐教有关。同理,萧统在归纳各体文章虽各具功用但都不可或缺时,曾以"陶匏""黼黻"为喻,所谓"陶匏异器,并为入耳之娱;黼黻不同,俱为悦目之玩"。这也不能单纯理解为只有观赏审美价值,因为他所言的"箴兴于补阙,戒出于弼匡",是明确申言由用而生文的。"陶匏""黼黻"既然可娱耳悦目,也是礼仪之需。在萧统那里,立意与能文、功用与审美,是密不可分的。

"文"又是历史性的概念,是发展变化的,并带有时代的特征。词采、对偶、用典、声律,是构成中古时代美文的要素。构思、想象、布局谋篇、体势、文气以及奇与正、隐与秀、情与景、事与义等对立关系的处理,前人在这些方面所积累的艺术经验,都应包括在内。至于古诗体、建安体、太康体、元嘉体和永明体等,一如春兰秋菊,各以时兴。而历代名家,也都遣词用心,了不相似,各以其独特的风貌呈现。面对这丰富多采的诗学世界,诗论家和选家以及诗人,既可以是朱非紫,宗南顿而轻北渐;也可以兰桂齐芳,朱蓝共妍。意在"包举艺文"的萧统的《文选》,其审美好尚,显然也属于后者。被萧书选录的江淹的《杂体诗》三十首,以拟体这种独特的形式商榷流别,"具美兼善"汉魏以来在诗史上产生影响的三十种诗体。萧书予以选录,正体现了编撰者对诗体审美的多样性和包容性。江淹的《杂体诗序》言:"夫楚谣汉风,既非一骨;魏制晋造,固亦二体。譬犹蓝朱成彩,杂错之变无穷;宫商为音,靡曼之态不极。故蛾眉讵同貌,而俱动于魄;芳草宁共气,而皆悦于魂。不其然欤?至于世之诸贤,各滞所迷,莫不论甘而忌辛,好丹而非素。岂所谓通方广恕,好远兼爱者哉?及公幹、仲宣之论,家有曲直;安仁、士衡之评,人立矫抗。况复殊于此者乎?又贵远贱近,人之常情;重耳轻目,俗之恒弊。是以邯郸托曲于李奇,士季假论于嗣宗,此其效也。然五言之兴,谅非复古,但关西邺下,既已罕同;河外江南,颇为异法。故玄黄经纬之辨,金碧沉浮之殊,仆以为亦各具美兼善而已。今作诗三十首,效其文体,虽不足品藻渊流,庶亦无乖商榷云尔。"拟古之作原是魏晋以来一重要的写作体式。《文选》录诗,就专有"杂拟"一类,陆机《拟古诗》十二首,是模拟《古诗十九首》之作,谢灵运《拟邺中咏》八首,是拟曹氏兄弟和建安诸子之作,陆、谢所拟,《文选》都予以选录。对拟古诗的写作要求,《文赋》还提出很明确的规范:"必所拟之不殊,乃暗合于曩篇。虽杼轴于予怀,怵他人之我先。苟伤廉而愆义,亦虽爱而必捐。"既是模拟,又是"杼轴于予怀"的创造,不能抄袭,就模拟说,还必须是唇吻酷肖,神形兼似,"必所拟之不殊"。那么为什么要模拟前人之作呢?江淹的《杂体诗序》说:"又贵远贱近,人之常情;重耳轻目,俗之恒蔽。是以邯郸托曲于李奇,士季假论于嗣宗,此其效也。"其《效阮公诗》十五首,用意即在此。据其《自序传》,写此诗是讽谏刘宋建平王刘景素。用拟阮籍《咏怀诗》体,只不过是借阮公之名,以增强讽谏的分量。但作《杂体诗》三十首,显然另有其用意。据江氏的《杂体诗序》,其写作拟体诗,至少有两层意义:其一,创造性地运用了一种论诗形式,表达了其对不同诗体的"通方广恕""具美兼善"的论诗观点,以之品别渊流,商榷前藻。通过拟体的形式,具象性地逐一展示各体之作所特有的美,从而批评了在当时诗坛上具有广泛影响的"论甘而忌辛,好丹而非素"的褊狭的论诗观点。从这个意义上说,江淹的《杂体诗》三十首,是中国最早的一组论诗诗,在诗论史上具有开创性的意义。其二,阐明诗史上出现不同诗体的诗歌,既是诗学发展的进步,也是发展的必然。这就如同绘画和音乐世界一样:五色相宣,多采画卷盈目;五音迭代,管弦之声日新,"譬犹蓝朱成彩,杂错之变无穷;宫商为音,靡曼之态不极"。不同诗体的异质同构,也会促成更加丰富多彩的诗学世界的形成。所以对不同诗体的"具美兼善",不但能丰富和扩大人们的审美眼界,在批评鉴赏领域内有其价值;而且会促进诗体向多元化方向发展,对推动诗歌创作的发展和变化也有其意义。萧统全文选录了江淹的《杂体诗》三十首,既是肯定了其在拟体诗上的写作成就,也是认同了江淹这种具有开拓性的论诗见解。从萧书不选江氏的《效阮公诗》十五首而撰录本组诗看,其用意似乎更侧重于后者。因为《效阮公诗》这组拟体诗,倾注了作者的心血,更具有代表性,这在江淹的《自序传》中已有说明。萧书选录了江淹的《杂体诗》三十首,就如同选录卜子夏的《毛诗序》、曹丕的《典论·论文》和《与吴质书》、曹植的《与杨德祖书》、左思与皇甫谧的《三都赋序》、陆机的《文赋》以及沈约的《宋书·谢灵运传论》等著名的诗论篇章一样,似乎更侧重于在诗学理论上的价值和贡献。今天看来,这些重要的论诗篇什,当日被一一撰录,这正反映编撰者的理论修养、理论兴趣和理论眼光。其中有些最重要的文章,如曹丕的《典论·论文》、陆机的《文赋》以及皇甫谧的《三都赋序》等,依靠萧书的收录,才得留传至今。所以萧选对中古诗论史的贡献也是无与伦比的,其价值和意义至今似乎还未被充分认识。

萧统又是五言诗的爱好者,他所编撰的五言诗选《诗苑英华》二十卷,早在普通初年就已流传,后来虽已散佚,但其所选《英华》之"英华"应是保存在《文选》之中。诗体在《文选》中是一大类,共十三卷,录诗四百八十余首,其中四言、六言体诗三十题四十余首;五言体诗二百四十八题四百四十余首,占所选诗百分之九十以上。再从所选诗歌题材类别看,补亡、述德、劝励、献诗、公宴、应诏等"宜登公堂"之作,虽位居前列,但篇数很少,仅二十五篇,占全部入选诗篇的百分之五左右;占百分之九十五以上的诗篇属于送别、咏史、游览、赠答、行旅、乐府、杂诗和杂拟等类别,大体上都可归属于个人言情咏怀的范围,而且绝大多数是五言诗体。上述入选的各体和各类诗歌统计数字表明:萧统于诗,实际上更为看重写景、状物、咏怀、缘情之作。再从他写给萧纲、萧绎这两个弟弟的信中看,写景咏怀也是他诗歌创作实践上的一种追求。《答晋安王书》云:"炎凉始贸,触兴自高;睹物兴情,更向篇什。"《答湘东王求文集及〈诗苑英华〉书》亦云:"或日因春阳,其物韶丽,树花发,莺鸣和,春泉生,暄风至,陶嘉树而熙游,藉芳草而眺瞩。或朱炎受谢,白藏纪时;玉露夕流,金风时扇;悟秋山之心,登高而远托。或夏条可结,倦于邑而属词;冬雪千里,睹纷霏而兴咏。密亲离则手为心使;昆弟宴则墨以亲露。又爱贤之情,与时而笃,冀同市骏,庶匪畏龙。不追子晋,而事似洛滨之游;多愧子桓,而兴同漳川之赏;漾舟玄圃,必集应、阮之俦;徐轮博望,亦招龙渊之侣。校核仁义,源本山川,旨酒盈垒,嘉肴益俎。曜灵既隐,继之以朗月;高春既夕,申之以清夜。并命连篇,在兹弥博。"所言四季景物变化感诸诗的情景,昆弟亲朋离聚寄诗叙心的哀乐,以及招贤纳士,接舆连席,流觞赋诗,日以继夜的快慰,情之所生,诗之所至,所谓"并命连篇,在兹弥博"。这种文生于情的诗歌创作观念,反映在选诗上,必然会重视个人的感兴咏怀之作和能"穷情写物"的五言诗体。

以诗学为基本点,反视其选文标准,有些传统的看法,就值得商榷了。上引阮元所言"必沉思、翰藻,始名之文,始以入选也"这段话,运用于"以立意为宗"的各体应用文,是恰当的,于诗赋则不完全吻合。"综缉辞采"和"错比文华"的"翰藻"美,从广义上说,是可以适用于体物言情的诗赋的;但从史传的赞、论、序、述中总结出偏重于理性思维的"沉思",就与生于缘情,通过想象、神与物游的艺术思维有所不同了。萧统在选文时,对这两者的区分,应是明确的。其《文选序》言:"诗者,盖志之所之也,情动于中而形于言。"这两句话,既很古老,又很正统,阐明了诗歌创作最基本的特征。诗赋创作当然也要精思和精意深旨,但物色相感,意与情合并寄寓景物之中,与即事见义、重在明义的精意深旨终究有所不同。萧统选文,兼有文、笔,所叙也意在阐明对广义之"文"的要求,而未细分文、笔之别,但这并不等于说视文与笔为一体。我们从其书分类序列时先文后笔,选诗侧重于言情,论诗则言文生于情中可见。当然,缘情也有文野雅俗之别。典与丽的结合,就诗说,实是对情与采在风格上的审美规范。所以我们在评及萧统的典与丽以及沉思与翰藻的选文标准时,仍然需要披文以见情,洞见他突出诗赋在全书的位置并以情选文的用心。进而还要看到他选录了许多论诗的诗文所包含的深层考虑,从而能较为客观地评判萧统的诗学观点和丰富的含意以及其书在诗论上的价值和地位,虽然他在其书序文中均未明言及此。

第二节　颜之推与北朝诗论

　　自晋室东渡,中国判然分为南北两域。两地壁垒分明,政治军事力量的对比,虽然时有此消彼长,但大体上旗鼓相当,所以长期相持不下。但文化特别是在诗学上,东晋至南朝,处于绝对优势的地位。北朝的诗学,除乐府民歌外,与南朝相较,几乎不成比例。庾信的诗赋,是南北朝的冠绝;颜之推的文论,也多有可观之处。但这两人都生活在南北朝后期并由南被逼入北的人物,都深受南朝诗学意识的影响。颜之推的文论见解,在基本点上,是与刘勰、萧统等一脉相承的,虽然在入北后,也显示出地方和时代的特色。

　　南北朝诗学成就的悬殊,前代的史家常从不同的侧面予以总结。令狐德棻的《周书·王褒庾信传论》言:"既而中州版荡,戎狄交侵,僭伪相属,士民涂炭,故文章黜焉。其潜思于战争之间,挥翰于锋镝之下,亦往往而间出矣。若乃鲁徽、杜广、徐光、尹弼之俦,知名于二赵;宋谚、封奕、朱彤、梁谠之属,见重于燕秦。然皆迫于仓卒,牵于战争。竞奏符檄,则粲然可观;体物缘情,则寂寥于世。非其才有优劣,时运然也。"这是东晋时代中原十六国时的情况,所言诗坛寂寥是由"戎狄交侵"所致。石勒、苻坚等十六国首事者,或为生存而抗争,或为争地而杀伐,匈奴、鲜卑等少数民族既无深厚的诗学传统,他们的头人多数文化素养低下,也谈不上有什么诗歌审美好尚。在他们的当政下,诗坛一片荒芜和寂寥原是可以想见的。时至北魏与北周,情况有了较大的改变,可以做某种对比论述了。《隋书·文学传序》云:"暨永明、天监之际,太和、天保之间,洛阳、江左,文雅尤盛。于时作者,济阳江淹、吴郡沈约、乐安任昉、济阴温子升、河间邢子才、钜鹿魏伯起等,并学穷书圃,思极人文,缛彩郁于云霞,逸响振于金石,英华秀发,波澜浩荡,笔有余力,词无竭源,方诸张、蔡、曹、王,亦各一时之选也。闻其风者,声驰景慕。""永明",是齐武帝萧赜的年号(483—493)。"天监",是梁武帝萧衍的年号(502—519)。

这是南朝齐、梁间政治军事相对稳定和诗学高度发展的年代。江淹、沈约、任昉以及谢朓等,都是此时在南朝诗坛上享有盛名的代表人物。"太和",是北魏孝文帝年号(477—499),"天保"是北齐文宣帝年号(550—559)。这是北朝两个相对稳定和强盛的年代,在诗学发展上也有可观的成就。温子升、邢邵和魏收,都是北魏至北齐人,魏的年岁稍后,三人均以才藻见长,为北朝文人称首。三人在诗赋创作上的成就,都有可称道之处,但与江淹、沈约、谢朓和任昉等相较,还是不可同日而语的。大体上可视为北朝追慕和学习沈、任之作并取得一定成就的文士,而且同域操戈,互不相容。《北齐书·魏收传》言:"始收比温子升、邢邵稍为后进。邵既被疏出,子升以罪幽死,收遂大被任用,独步一时。议论更相訾毁,各有朋党。收每议陋邢邵文。邵又云:'江南任昉文体本疏,魏收非直模拟,亦大偷窃。'收闻乃曰:'伊常于沈约集中作贼,何意道我偷任昉!'任、沈俱有重名,邢、魏各有所好,武平(北齐后主高纬年号)中(约572),黄门郎颜之推以二公意问仆射祖珽,珽答曰:'见邢、魏之臧否,即是任、沈之优劣。'"成为一时的定论。可见邢、魏师范沈、任,已达到能入乎其内的境地。但这里所反映的正是南朝的美文渗透到北朝后引起其地文士们的爱好、激赏以至各取所好、竞相模拟的普遍情况,也是北朝诗学起步后一时风气使然。

西魏至北周初年,与北齐的情况有所不同,苏绰在西魏的实际执政者宇文泰的全力支持下,对南朝流入的绮丽文风采取抵制和革除的政策。《周书·苏绰传》云:"自有晋之季,文章竞为浮华,遂成风俗。太祖(宇文泰)欲革其弊,因魏帝(西魏文帝元宝炬)祭庙,群臣毕至,乃命绰为《大诰》奏行之……自是之后,文笔皆依此体。"可见从晋代起始的风靡于南朝的绮丽文风,对西魏也产生很大的影响,并引起当政者的强烈不满。苏绰受命作《大诰》,是质木无文的《尚书》文体,宇文泰用一道行政命令,要朝臣一体遵行,当然也会形成另一种气候。苏绰的文学观与齐梁间裴子野有某种相似点,他们都反对西晋以来的文风。裴氏重在诗论,苏氏兼及文笔,但似乎更重在笔体。其时闻风而依附的还有柳虬、柳庆兄弟。柳庆所作的《贺白鹿表》,深受苏绰的赞许。柳虬作《文质论》,其书已佚,据《北史》言:"时人论文体者,有今古之异。虬又以为时有古今,非文有古今,乃为《文质论》。"文学发展有古今之异,这是南朝论诗者非常普遍的见解,其意在肯定今丽,促进新变,虽然他们赋予"新变"的内涵不尽相同。从"时人论文体者,有今古之异"这句话看,这古质今丽的文学发展趋势,也为北朝多数文士所认同。但柳虬认为,"时有古今,非文有古今",这显然是为了反对新变,为复古之论张目的。北朝提倡文章要复古的首事者宇文泰,后来成为北周实际上的开国君主,在他逝世的第二年,其复古的诏命,就失去了效力,所以这一风气在北朝延续的时间并不长。这正如令狐德棻所言:"然绰建言务存质朴,遂糠秕魏晋,宪章虞夏。虽属词有师古之美,矫枉非适时之用,故莫能常行焉。"(《周书·王褒庾信传论》)无视文学发展的新变化,不能适应时代审美新需求的,虽能借强大的行政命令得以推行,但终究不会有长久的生命力。随着江陵的残破、梁元帝萧绎被杀,继庾信后,王褒等大批文士被俘入洛,南人华丽的诗风,就更直接和更广泛地影响北土了。从庾信、王褒在北朝所受到的礼遇看,长期在南国土地上所培育出来的诗学花朵,刹那间在黄河内外也姹紫嫣红开遍了。虽然也有北土文士对此不满,但也无可奈何。李延寿《北史·文苑传论》云:"既而革车电迈,渚宫云撤,梁、荆之风,扇于关右。狂简之徒,斐然成俗,流宕忘反,无所取裁。"

如果说在北朝后期,温子升、邢邵和魏收这三才子在诗歌创作领域内,还略有异彩,而总结诗歌创作的经验使之升华为理论并运用于批评的,除少数声律论著作以及颜之推的诗论外,已无再可称引的论著了。这似乎与未能充分发育的诗歌创作也不相适应。究其原因,与诗歌创作的发展所给予的推动力不够固然有关;而更深层次的文化思想的原因,即北人固有的学风对理论的发展起了某种制约作用。与此相联系的学界理论兴趣的不浓和批评风气的欠缺,那就更影响结出理论批评之果了。

南北学风的差异,早在东晋时代,就成为学者们议论的话题。《世说新语·文学篇》载:"褚季野语孙安国云:'北人学问渊综广博。'孙答曰:'南人学问清通简要。'支道林闻之,曰:'圣贤固所忘言,自中人以还,北人看书如显处视月,南人学问如牖中窥日。'"褚褒与孙盛均为渡江南下的中原地区的士族官僚,褚为河南人,孙为山西太原人,如以黄河为界划分南北,则孙为北人,褚为南人。褚、孙之言,都是彼此推重对方的赞美之词,但从中可见南北学风确有不同的特点。支遁是河南人,东晋名僧,精通玄学,善作玄言诗。他的解说,对北人的学问具有明显的贬义。刘孝标特为支遁之言作注,更有明显的倾向性。"支所言但譬成孙、褚之理也。然则学广则难周,难周则识暗,故如显处视月;学寡则易核,易核则智明,故如牖中窥日也。"意谓北人治学,就好像在平地上看月亮,所见到处都是月光和朦胧的一片;而南人治学,则如同从窗口中看太阳,虽不见他物,但太阳的形象却极为真切。这两种治学方法的不同,都其来有自:北方谨守的是汉人的旧学,以章句训诂烦琐考据为业,名物典章,草木虫鱼,无所不包,但不得要旨,缺少新见。此即所谓"学广则难周,难周则识暗"。而南人所习的则是东汉末年兴起的经过曹氏父子身体力行和魏晋玄学发扬光大的重在得意的新学,能从点上深入,得其真谛,有所创见,此即所谓"学寡则易核,易核则智明"。《晋书·祖纳传》记纳与梅陶、锺雅说难事,从中亦可见南北学风之异。"时梅陶及锺雅数说余事,纳辄困之,因曰:'君汝颖之士,利如锥;我幽冀之士,钝如槌。持我钝槌,捶君利锥,皆当摧矣。'陶、雅并称,'有神锥,不可得槌'。纳曰:'假有神锥,必有神槌。'雅无以对。"此喻甚有思理,神锥尖而利,能从点上深入,用力少而见效快;重槌钝而厚,可以在面上打击,但用力大而往往收效少。用以比况"妆颖之士"和"幽冀之士",即南人和北人的治学以及行事的差异是很贴切的。祖纳本是"幽冀之士""北州旧姓",但"能清言,文义可观",其言说已是新学,所以能胜出一筹。随着晋室的东渡,颖、洛间大批士族文士也向南迁徙,魏晋间以邺城、洛阳为中心兴起的新学,开始向长江流域转移。这种政治文化的地理环境的变迁,致使起始于东汉末年以黄河为界的南北学风的不同,一变而为以长江为界的治学方法的差异,而且长期稳定下来,一直到南北朝后期还没有明显的变化。《颜氏家训·勉学篇》批评"末俗"治学的弊病:"空守章句,但诵师言……问一言辄酬数百,责其指归,或无会要。邺下谚云:'博士买驴,书券三纸,未有驴字。'……夫圣人之书,所以设教,但明练经文,粗通注义,常使言行有得,亦足为人;何必'仲尼居',即须两纸疏义,燕寝讲堂,亦复何在? 以此得胜,宁有益乎?"文中所言,是谈为学治经的情况,从其所引邺下的谚语看,主要是批评北方士人的学风,所谓"博士买驴,书券三纸,未有驴字",这种经学博士不会书写很简单的应用文所出现的笑话,不正是谨守章句、不通旨要的学风所造成的恶果吗?"'仲尼居',即须两纸疏义",与东汉古文经学家桓谭在《新论》中所指责的,"秦近君说《尧典》篇首两字之说,十余万言;但说'日若稽古',三万言",并无二致。汉代今文经学家的烦琐考据学,正是北人治学之所本。颜之推家世是古文经学,本人又深受南人新学的影响,所以对旧学是持否定态度的。

就单一的经学章句训诂说,北人的学问似乎涉及面很广,"渊综广博",但就经、史、子、集四大部类综合而言,只训说一经,又是很狭窄的。形似广博实为单狭的学风,正是北人治学一大通病。《勉学篇》又说:"俗间儒士,不涉群书,经纬之外,义疏而已。"颜氏接着列举了他入邺后亲自遭遇的两件事,以资证明。其一,治经不读诸家文集,不知《王粲集》中还有《难郑玄〈尚书〉》文;其二,博士不读《汉书》,诧异汉人韦贤也能明经术,以此证明邺中儒士治学的偏颇。综上可见,北人治学,治经则但知章句,不通会要;义疏则但诵师言,有师无我。又专于一书,画地为牢,不能博通经史子集百家之言,知识面很窄,视野也就必然受到限制。在这种学风制约下,是很难有独立见解的学术论著面世的。

与此学风密切相联系的是学人之间关系问题。文人相轻,成为普遍的现象,学派之间,也壁垒分明。对内是仅守门户,严遵师训;对外则不通诘难,拒人于千里之外。学术上的探讨和理论上的争鸣,更无从谈起。就诗学说,没有生气蓬勃的文艺批评,诗学的发展和理论上的建树,都会因为缺少内在的推动力而受到阻滞。长期受到南人学风熏陶的颜之推,在入北以后,对此感触尤为深切。前面介绍的"曹魏诗论",在评述曹丕、曹植兄弟提倡文学批评,反对文人相轻对魏晋以及南朝诗坛产生极为有益的影响时,曾援引过《颜氏家训·文章篇》一段话:"江南文制,欲人弹射,知有病累,随即改之,陈王得之于丁廙也。山东风俗,不通击难,吾初入邺,遂尝以此忤人,至今为悔,汝曹必无轻议也。"这"欲人弹射"和"不通击难"是新旧学风在批评领域内的反映。建安时代,曹氏兄弟反对文人相轻,提倡批评,在诗坛上形成了一种新的风气,为魏晋和南朝文士所承继。"欲人弹射"成为美谈;互通诘难,习以为常。这种良好的批评风气,不但促进了诗歌创作的发展与繁荣,也直接推动了理论的发展和理论形态的完善。这种批评的风气,在魏晋至南朝期间,又为玄学家们所继承并发扬光大。其时名士间清谈之风特盛,专题论难,主客答辩,反客为主,交相论说,有时废寝忘食,日以继夜,引以为乐事。所论析理精微,或数百言至数千言,听众也多达百千人。魏晋的清言,既促进了玄学的发展和变异,也大大提高了文士们的理论兴趣和理论思维的能力和水平。这种理论的兴趣和思辨的风气,进而又影响和渗透到文学和其他学科领域,促进了诗学的发展和新变,并结出丰硕的理论果实。北朝的情况则反是,他们固守汉人的旧学,以封闭性为主要特色,遵循祖传不变的程式和思路。以凿破自家门前的田地为能事,固步自封,夜郎自大,根本不愿转益多师,更拒绝任何外来的批评,学派间和学派内部都"不通击难",这就使得诗歌创作和理论批评都处于停滞状态。学风的差异应是南北朝诗学发展不平衡的一重要成因。

试以沈约、任昉、邢邵、魏收这四位南北朝后期著名文士为例,他们分属于南北两地在诗学成就上颇有代表性的人物。从他们身上,既可以看到南北学风的差异,也能反映出新旧学风对诗人成就所产生的影响。沈约和任昉在齐梁间为一代文宗,又各有所长,被誉为"沈诗任笔"。两人不但都能奖掖后进,包容异己,以勇于接受批评著称;且能互相学习,彼此尊重,取对方之长。前引陆厥在声律问题上致书质疑和甄琛的尖锐批评与沈约的答辩,都是很能说明问题的。陆厥的问难采用公开信的形式,在语气上也相当尖锐,沈约对这位年仅二十,位末名卑者的过火指责,态度相当宽容。在复信中,除提出依据,继续申述自己的见解外,还对前论中某些不恰当的提法,做了修正。北魏定州刺史甄琛的《碏四声》,更是声色俱厉。沈约的《答甄公论》,文字雅训,有理有据,对四声的内涵和价值做更深刻的论述,永明声律理论也因之而得以补充和完善。沈约这种治学的风度和学术涵养,时至今日,也是不多见的。任昉的情况亦类似。任好交友,以知人之长和奖掖后进著称。刘孝标《广绝交论》赞任云："遒文丽藻,方驾曹、王;英特俊迈,联衡许、郭。类田文之爱客,同郑庄之好贤。见一善则盱衡扼腕,遇一才则扬眉抵掌。雌黄出其唇吻,朱紫由其月旦。"任昉在齐梁间,不但才高名盛,而且爱才若渴,荐才唯恐不及,所以门庭车盖辐辏,才士如云,时人谓之登龙门。这种虚己爱才的心胸,正是理论批评者所应具有的。再从沈、任二人关系看,《梁书·任昉传》言:"昉雅善属文,尤长载笔。""沈约一代词宗,深所推挹。"而任昉也深慕沈约的诗名,恨己不逮。锺嵘《诗品》言:"彦升少年为诗不工,故世称'沈诗任笔',昉深恨之。晚节爱好既笃,文亦遒变,善铨事理,拓体渊雅,得国士之风,故擢居中品。"可见任追步沈约,也有很大的长进。虽然沈约的笔翰终不及任昉,任昉的诗名也逊沈约一筹,但两人都能努力向对方学习,以取长补短,这正是南人学风较为完美的一种体现。所以沈、任在诗文创作上既有新的进展,在理论批评领域内,也各有建树。沈论已见前论,任昉也有《文章始》一卷,惜已亡佚。

沈、任在北朝的两个学生邢邵和魏收,则有异于是。他们两人不是互相推重,互相学习,而是互相轻视,互相攻讦,破口大骂,你骂我是贼,我则斥你为盗,而且"更相訾毁,各有朋党"。身居高位,被视为国家大手笔的才子,尚且如此;其影响所及,就更不难想见。这应是紧守门户之见、党同伐异的北人学风最恶劣的表现。前引祖斑言:"见邢、魏之臧否,即是任、沈之优劣。"从邢与魏、任与沈各有所长这一点说,确有其相似之点;但如果从学风的角度和整体的成就看,这个比拟并不恰当,至少是不全面的。

在北国诗歌论坛一片寂寥之中略显异彩的是颜之推的诗论。

颜之推(531—591?),字介,琅邪临沂(今山东临沂)人,南渡士族,侨居江宁,世习《周礼》《左传》。父勰,为湘东王萧绎记室,之推十二岁时即聆听过萧绎聚门徒讲授《老》《庄》,及冠后仕梁为散骑侍郎,梁破,为西魏军所俘,后率妻子涉险奔北齐,官至黄门侍郎、中书舍人等显职。齐亡入周,为御史上士,入隋后,为太子学士。之推身历四代,三次为亡国俘虏,出生入死,只是偶然的机遇得以幸存。因以文才和家世而历仕四代,但主要的仕宦在北齐。之推好学深思,博通古今,善为文章,兼通文字音韵,有文集三十卷,《颜氏家训》(以下简称家训》)二十篇,另有文字音义及因果报应小说多种,以《家训》最有名。文集多佚,今存《嗟我生赋》及少数诗文。

《家训》的写作时间,学界多以为成书于入隋后,这在是书诸篇中都可找到例证,如《勉学篇》记邺平后与子思鲁言勉学事,《终制篇》言"吾已六十余"等,但读《嗟我生赋》后,对此就颇有疑惑了。赋中叙年近五十再次被俘入周时,心情极度沉痛,精神上已临近崩溃状态,几乎完全否定了过去的信念和思想言行。"予一生而三化,而今而后,不敢怨天而泣麟也。"文中对自己苦难的经历和所受到的侮辱,痛心疾首,深悔前此读书学剑,进身仕途。《家训·勉学篇》抨击老、庄,崇尚儒学;此刻则要绝圣弃智,锁仁羁义,向往着殁身于畎亩草莱。西狩泣麟,是孔子悲世乱道穷,其意在匡正扶危,这里则是对济世之志的彻底否定。处于知命之年并有自己的信仰和行为准则的人,在精神上受到严重的创伤是很难治愈的,由此而产生的信仰危机也很难平复。颜之推在进入周、隋后虽然也还颇受礼遇,但无甚作为,他的一生,随着北齐的破亡,已基本上画上了句号。处于这样的境地和精神状态下,是很难写出什么针砭时俗、劝谕济世之作的,所以颇疑颜氏此书写成于其仕齐之时(577前),晚年做了一些补充和修正,甚至也不排斥在之推去世以后,其子思鲁将此书公之于世,并在文字上做了某些顺应时俗的更正(如避讳之类)。

家训之作,并非始于颜氏,嵇康的《家诫》、陶渊明的《责子》,已启其先。之推之作,以涉及面广、论证富博和告诫谆切而著称,被后世尊为家训之祖。书中述立身、处世之道和治家之方,证之以时俗之是非,考之于典籍之出处,学术性强,而非泛泛的教子之文。魏晋以来,文士受儒家立言不朽思想的影响,子书之作颇为风行,梁元帝萧绎更是醉心于此。青少年时代就与萧绎相处并受其影响的颜之推,在这一点并未蹑武其后。这是因为他深感魏晋以来子书,有不少是迭相祖述,屋下架屋,没有多少新见,弊病很多,所以断然采取了另种立言形式,并获得成功。究其原因,除此书内容丰富、处世有方和学术性强等因素外,还适应了其时士族家学广泛而迫切的需求,这可能是促进此书流传的更深层次的原因。中古以来,士大夫家族观念极强,绝大多数文士,把保家和促进家族的和谐、繁荣和发展,放在治国之上。而况修身、齐家又是治国、平天下的前提条件呢？颜之推为此而编著了一部畅销的家学教科书,并因之而受到推崇,这是不难理解的。其诗学观点,当然也会随之而得到广泛流传。

从《家训·文章篇》的题名看,所论似乎是要囊括隶属于诗与笔两类的各种文体的,但主要侧重点是在论诗。文中的一些重要论题,都与诗学有关联,所举的一些例证,绝大多数是诗赋之作,其中五言诗又是主体。从其诗学观点看,他是崇尚儒家诗学的,同时也好尚诗艺美,其意也在把这两者完美地结合在一起,因而也属于刘勰、锺嵘和萧统等论诗派别的,当然各自的侧重点和深广度都不相同。颜氏诗论的最大特色,是侧重于针对南北朝后期诗坛的情况而发的,由于其自身的特殊经历,使他能同时熟悉南北两地诗歌创作和评论情况,有较多的北朝诗坛例证和对比论述,因而视野比较开阔,论述也带有某种总结意味,这在南朝诗论著作中是见不到的。随着大统一的即将到来,颜氏的诗论,可以视为开启隋唐人总结南北朝诗学的先河,虽然颜之推本人不一定有这种自觉。

《家训·文章篇》的开端,即标榜包括诗赋在内的各体文章都原本于《五经》的宗经说。

> 夫文章者,原出《五经》:诏命策檄,生于《书》者也;序述论议,生于《易》者也;歌咏赋颂,生于《诗》者也;祭祀哀诔,生于《礼》者也;书奏箴铭,生于《春秋》者也。朝廷宪章,军旅誓诰,敷显仁义,发明功德,牧民建国,施用多途。至于陶冶性灵,从容讽谏,入其滋味,亦乐事也。行有余力,则可习之。

看到这段囊括众体、近似总论性质的开端,读者都会以为接着就会像刘勰论文一样,在分体上做文章了,至少也会像萧统的《文选序》那样,简要地分述各体文章源流间出的情况,而且还会以"诏、命、策、檄"等"朝廷宪章""牧民建国"的文体作为重点,至于"陶冶性灵"的诗歌,只会在"行有余力"时附带说一下。但颜氏后面的文章,情况恰好相反,对上述具有政治实用价值的文体,大多略而不言;而侧重于评述"入其滋味"的"歌咏赋颂",特别是五言诗。看来颜之推的审美趣味,主要还在诗学上。当然,这并不是说他只标榜宗经,言而不行;而是说他重在论诗,其宗经思想主要体现在论诗上。所谓"歌咏赋颂,生于《诗》者也",既是明其源出,更侧重于承继儒家诗学的讽谏传统,而且还趋于保守和圆滑。《毛诗序》说:"言之者无罪,闻之者足以戒。"老于世故的颜之推,是不相信这一点的,他反复告诫子孙,不能直谏,因诗取罪,所谓"砂砾所伤,惨于矛戟;讽刺之祸,速于风尘。深宜防虑,以保元吉"。他历数自楚汉至宋齐三十六位著名文士的过失,其中固然也有属于文德问题;但也有不少是因诗而得祸的,如屈原、刘桢、孔融、祢衡、阮籍和嵇康等,都是因讽谏而得罪,有的还因之而丧身。颜之推不去责怪当政者,强调言者无罪,闻者足戒;反而指责言者不当,甚至诬其"多陷轻薄",要子孙们不要去效尤,以免重蹈覆辙。他所要求的"从容讽谏",即讽谕极为委婉含蓄,以免触怒当政者而危及身家。这当然也是本着"明哲保身"的诗教,但实为苟合取容的庸人说教。虽然无损于屈原等正直诗人的光彩,却有害于张扬中国诗学以特有的形式干预时政和要求诗人表达深层的忧患意识的好传统,而这正是儒家诗学的闪光点。

颜之推在分析古今文士因文取祸的原因时,言及诗歌创作的特点,其中也有深中肯綮之言,虽然他的导向并不正确。"文章之体,标举兴会,发引性灵,使人矜伐,故忽于持操,果于进取,今世文士,此患弥切,一事惬当,一句清巧,神厉九霄,志凌千载,自吟自赏,不觉更有旁人。"所谓"标举兴会,发引性灵",是言诗人灵感被激发、文思泉涌时的精神状态。而诗人的才思和艺术表达(包括巧句和用事),既具独创性,又富于个性化的特点,诗坛上的百花齐放,日新月异,正有赖于此。诗人常常是珍视自己的才思,重视自我和果于进取,因而往往与世俗的操守和规范相冲突,这是中国诗人遭遇不测的一个原因。当政者往往既欣赏他们的创作才华,而看不惯他们的拔乎流俗,更不能容忍对自己权威的触犯。颜之推是重视甚至要求发展诗才的,但同时又希望磨去诗人个性的棱角,使之与世俗相沉浮,而不喜欢他们过分显露自己的才华。他的一些诗学论题常常陷入自相矛盾之中,"凡为文章,犹人乘骐骥,虽有逸气,当以衔勒制之,勿使流乱轨躅,放意填坑岸也"。"逸气",是俊逸的才气,是诗才的一种表现。曹丕《与吴质书》:"公幹有逸气,但未遒耳。""遒"是一种力的美。曹丕认为刘桢五言诗有俊逸之气,妙绝时人,但劲力不足。这显然是赞美和鼓励诗人放意才思,更有力地表达逸气。颜之推则反是,虽然他也认为诗人必须有逸气才能写好诗,就如同长途旅行,过都越国,必须选择千里马一样,但同时又要用衔勒控制它,勿使出轨和陷入坑岸。李白《宣州谢朓楼饯别校书叔云》诗云:"俱怀逸兴壮思飞,欲上青天揽明月。"试想:如果对李白的逸兴才思加以衔控,他还能写出那么美的具有飘逸之气的诗歌? 颜之推一方面强调写诗要有天才和才思,告诫子孙"必乏天才,勿强操笔",讽刺并州一士族"好为可笑诗赋""流布丑拙"。另一方面,又要衔勒诗人的才思逸气,使其在固定的圆圈内旋转。画地为牢,带着镣铐跳舞,任何善舞者都无法使其技展其能的。这种对逸气的"衔勒制之",结合上文看,不仅是"止乎礼义",防患于肆意直谏而带来的"讽刺之祸",还包括在逞才使气、运思表达甚至在风格特色上所给予的某种制约。在这双重衔勒下,任何诗之骐骥,还有多少奔驰之逸气可言呢?

虽然由于宗经思想和老于世故的处世之道,使得颜之推在诗的思想倾向性和某些创作理论上设置了许多障碍,但并未妨害他在诗艺美的创作上和批评鉴赏领域内提出一些真知灼见,这应是颜氏诗论价值之所在。

颜之推是重视诗的。他尖锐地批评了扬雄否定诗赋的言论,对《法言·吾子》篇中被后世某些崇尚儒学的论诗者视为经典的话,也予以指责,认为不可取。"若论'诗人之赋丽以则,辞人之赋丽以淫',但知变之而已,又未知雄自为壮夫何如也?"所谓"但知变之而已",意谓仅知古今诗赋有变异,但不知如何处理这种变异。扬雄是古非今,意在复古;而之推则是不薄今人爱古人,意在融合古今,使诗学迈上新的台阶。"古人之文,宏材逸气,体度风格,去今实远;但缉缀疏朴,未为密致耳。今世音律谐靡,章句偶对,讳避精详,贤于往昔多矣。宜以古之制裁为本,今之辞调为末,并须两存,不可偏弃也。"颜之推所看重古人之文的,不仅是"质"的内涵,即讽谕的内容,也有

"文"的方面,即体制风格方面的审美要求,即体制的开阔、题材的宏大和风格的明朗及俊逸之气等,这近似《文心雕龙·辨骚》篇赞美屈赋鸿裁、逸步、文气和辞格等。他所不满意于古人之文的,主要是在"疏朴"和不"密致"。他所看重今人之文的,则主要在"丽"上,即词采、声韵、对偶和用事等之精美和细密。在之推看来,古今文之长,正是对方之所短。理想的文章应是"并须两存,不可偏弃"。颜之推一旦脱离了家族的存危和子孙利害攸关的问题时,视野立刻开阔起来,庸人的习气一扫而空。他张扬逸气,而不再要求加以控勒了。

如何才能合古今之长而不偏废呢? 颜氏进而提出他的创作原则,指出今文存在的问题和改革的方向:

> 文章当以理致为心肾,气调为筋骨,事义为皮肤,华丽为冠冕。今世相承,趋末弃本,率多浮艳。辞与理竞,辞胜而理伏;事与才争,事繁而才损。放逸者流宕而忘归,穿凿者补缀而不足。时俗如此,安能独违,但务去泰去甚尔。必有盛才重誉,改革体裁者,实吾所希。

创作论中一个重要问题是正其体制,这涉及正确处理构成文章的诸多因素之间的关系。"理致",义理情致,是文章的内质,生命力的本源,这是兼指文笔两体而言的。"气调",即前文所言"宏材逸气,体度风格",是充满生命力并富于立体感的存在形态。这两者如同人的"心肾""筋骨",是生命之源,也是生命的支柱,属于文章本体的组成部分。而用典、词采、声律等,是诗艺美外在的表现形态,虽然也是诗的生命存在的形式和不可或缺的组成部分,但终究是附属的内容。逐末弃本,也就颠倒了这种主附关系。刘勰也有相似的比喻,《文心雕龙·附会》篇云:"夫才量学文,宜正体制,必以情志为神明,事义为骨髓,辞采为肌肤,宫商为声气。"两者相较,之推增加了以"气调为筋骨"一条。重视"气调",正是北人好尚"宏材逸气"和词义贞刚的表现。又,《文章篇》还记录了北齐官员席毗与刘逖关于诗学价值的一次对话,其结论颇合颜之推的构想:"齐世有席毗者,清干之士,官至行台尚书。嗤鄙文学,嘲刘逖云:'君辈辞藻,譬若荣华,须臾之玩,非宏才也;岂比吾徒千丈松树,常有风霜,不可凋悴矣!'刘应之曰:'既有寒木,又发春华,何如也?'席笑曰:'可哉!'"寒木春华之喻,原是言治政和为诗的价值不可同日语,但可把两者完美结合起来,从中不也透露出一种新的审美倾向吗?从兼善宏材、逸气、词采、用事、声律以及赞赏寒木春华的结合看,受到北人清刚之气感染的颜之推,在他的诗论里,多少也透露出想综合南北诗学之所长的一种倾向,从而开启了唐人完全自觉地总结南北诗歌美学之所长的先河。

在诗学批评与鉴赏领域内,颜之推主要是推崇南人的新学,但也受到北人旧学的影响,呈现出较为复杂的情况。对待文学批评的问题,前引其论南北批评风气的不同,告诫生活在北方的子弟不要轻议他人文章的长短,以免遭人诟病。但他在教导子孙为文时,态度则完全不同:"学为文章,先谋亲友,得其评裁,知可施行,然后出手;慎勿师心自任,取笑旁人也。"两相比较:对他人,可以"不通击难";对自己,则要"欲人弹射"。这两种完全不同的态度,各施其所,反映出颜之推在特殊境遇下的良苦用心,从中还可看出他是心仪南朝的"欲人弹射"的好传统的。从《文章篇》看,他确实弹射了他人的诗文,但批评的对象,主要是魏晋及南朝文士之作,有时也兼及北人。在一些对比的评论中,使我们看到南北朝后期诗歌论坛上的一些情况,这为后人研究南北朝尤其是北朝的诗学提供了较为可靠的史料。

之推评诗,大体上可以概括为实与虚两个字。即一则强调实,一则重视虚。对于字、事、体,则重在征实,坐实;于意,则颇好虚境,如文外情致,意生文外和风格萧散、雍容不迫等。这似乎也兼括了南北诗风的特点。从尚实看,他批评了萧纲、萧子晖诗地名失实,可以为例。"文章地理。必须惬当。梁简文《雁门太守行》乃云:'鹅军攻日逐,燕骑荡康居。大宛归善马,小月送降书。'萧子晖《陇头水》云:'天寒陇水急,散漫俱分泻。北注徂黄龙,东流会白马。'此亦明珠之颣,美玉之瑕,宜慎之。"文中所引《雁门太守行》,据王利器的《颜氏家训集解》考证,是梁代褚翔诗,误归简文名下。"鹅军",阵名,是春秋时宋公子城属下所布军阵,见《左传·昭公二十一年》。"燕骑",燕国的车骑,见《战国策·燕策》。"日逐"是匈奴王名,见《汉书·匈奴传》。"康居""大宛"

"小月"是西汉时西域诸国名,见《汉书·西域传》。这本是借用事典和虚拟夸张的手法,写边界战争的氛围,歌颂战争的胜利。如果把这些在时间上和空间上都跨度很大的事情一一落实,那就很荒唐了。萧子晖的《陇头水》,情况亦类似。"黄龙"与"白马",一在北一在西南,而陇水则在西北,地皆远隔,水流不可能兼及。如果以实考之,当然也就成为"美玉之瑕"了。其他如批评陆机的《挽歌诗》,"多为死人自叹之言",不合诗格;《齐讴篇》先美后刺,于体有违。至于批评魏晋人为文,引事有误;用南北朝人严于避讳例,以律魏晋之作等,都可以归于征实一途。在《文章篇》中,有关的评述占有的篇幅较多,引例也不厌其烦。论者每多以为这是学者论诗的一大特点,这虽然不无道理,但南朝的文论家中也有不少是饱学之士,所论没有如此的繁复。究其原因,很有可能是章句训诂学影响所致。颜之推家世儒学,入北后则进而受此风的熏陶,故论诗有学究式的偏颇,虽然其中也不无可取之处(如言引事有误以及从引例中可见诗风的变化等)。

之推于诗赋鉴赏,则偏爱诗境淡远和风格萧散等,其与坐实事物出处,固守诗格、诗体,不使偏离等,恰成鲜明的对照,成为其评诗另一重要特点。《文章篇》言:"王籍《入若耶溪》诗云:'蝉噪林逾静,鸟鸣山更幽。'江南以为文外断绝,物无异议。简文吟咏,不能忘之,孝元讽味,以为不可复得,至《怀旧志》载于《籍传》。范阳卢询祖,邺下才俊,乃言:'此不成语,何事于能?'魏收亦然其论。《诗》云:'萧萧马鸣,悠悠旆旌',《毛传》曰:'言不喧哗也。'吾每叹此解有情致,籍诗生于此耳。"王籍的"蝉噪"两句写云门、天柱山林之幽静,动中见静,言在动而意在静,之推言"江南以为文外断绝"。《梁书·王籍传》亦言"当时以为文外独绝",言南朝的文士都赞许其诗有意在文外的审美情致,在同类诗中推为冠绝。颜之推进而认为籍诗生于《诗·小雅·车攻》:"萧萧马鸣,悠悠旆旌。"并言,这是从《毛传》"言不喧哗也"得到的启示。但《毛传》重在训释句意,即言周宣王田猎车骑之肃静,颜氏言"每叹此解有情致",这是从《毛传》之解生发,进入了审美鉴赏的层次,与《毛传》原释就有所区别了。意在文外的审美情致,缘起于玄学的言不尽意论,入晋后又迅速进入诗学的审美领域,为多数诗人和诗论家所津津乐道,论诗宗儒者也不例外。刘勰有"情在词外"之言,锺嵘有"文已尽而意有余"之谈,颜之推也是不尚虚谈的。《北齐书·文苑传》言:"(之推)年十二,值绎自讲《庄》《老》,便预门徒。虚谈非其所好,还习《礼》《传》。"《家训·勉学篇》自言对"三玄""亦所不好云"。但这并未妨碍他对"文外独绝"诗境的好尚。论文宗经的颜之推,也是属于儒道互补、儒体道用一派,在诗文鉴赏上,他是与南朝诗人同声共气的。

北朝的情况颇不相同,多数文士专一于章句训诂,习经而不谈玄,言意之辨当然也就不可进入他们的诗学领地。被南朝文士普遍爱赏的王籍的这两句诗,北朝著名文士卢询祖、魏收等仅从字面上求诗意,提出了"此不成语,何事于能"的责难和质疑,既然不知其妙在何处,当然也就"雅所不惬"了。

与爱赏虚境相联系,之推于诗的风格等艺术美上,也偏好萧散、雍容和诗形婉秀,讥刺寒蹇、拘促和雕章琢句。《文章篇》评萧悫诗云:"兰陵萧悫,梁室上黄侯之子,工于篇什。尝有《秋诗》云:'芙蓉露下落,杨柳月中疏。'时人未之赏也。吾爱其萧散,宛然在目。颍川荀仲举、琅邪诸葛汉,亦以为尔。而卢思道之徒,雅所不惬。""萧散",有淡逸、空远意。之推赞美萧悫写秋景的这两句诗风格淡雅,意境空远,诗形自然秀美,状溢目前,宛然在目。此诗的作者萧悫以及之推的同好者荀仲举、诸葛汉,都是由南入北的文士;而出生于本土的北朝文士,则有异其趣,所谓"时人未之赏也""而卢思道之徒,雅所不惬"。这语气中已包含有讥刺之意。其他如称赞刘孝绰诗之"雍容",病何逊诗"多形似之言",有拘泥、寒乞之不足等,都属于此类。南北朝文士在诗艺美的赏好上,确实存在着差异,南人之所重,常为北人之所轻。究其原因,固然与北方诗学滞后,发展层次有别所致,也与尚虚与崇实的学风相关联。

综上可见,南北朝不同的学风,在有着特殊的身世和经历的颜之推身上都留下痕迹,并反映在他的诗论上。他是重视征实的,有一种学究式的态度,在诗体和诗格上也有一种复古主义的倾向,从这一点说,他是不知变的,也可以说是不知诗的。颜之推又颇尚虚诣,讲究一点灵气和超越,赏好诗外远调和萧散、冲淡、雍容、闲雅的诗风,从这方面说,他又是深于诗的。他的诗论,就是这种深于诗和暗于诗的矛盾统一体。颜之推是南北朝末期最后一位诗论名家,历史提供了他总结的时机和条件,但他没有这种识力、自觉和才力。虽然在他的诗论中有一些精彩的片段和闪光的东西,但就总体来说,他对南北朝诗学的总结和融合是不成功的。《文章篇》说:"时俗如此,安能独违? 但务去泰去甚尔。必有盛才重誉,改革体裁者,实吾所希。"可见他对此也有自知之明。全面而深刻地总结魏晋南北朝诗学的成就与得失,只有寄希望于唐代深于诗的有识之士了。

第六章　刘勰的诗学巨著《文心雕龙》(上)

《文心雕龙》是一部体大思精的文论著作,刘氏曾自言其书意在"弥纶群言"(《序志》),章学诚亦称赞其书能"笼罩群言"(《文史通义·诗话》)。"弥纶群言"与"笼罩群言",都是说此书理论的涵盖面广,既囊括了"文"与"笔"两大类别的三十余种文体,也解析了"文场笔苑"内所涉及的几乎是所有的重要论题,所谓"按辔文雅之场,环络藻绘之府,亦几乎备矣"(《序志》)。从这个意义上说,将此书定位于诗学著作,似乎有以点代面之嫌;但刘勰对所论分属于"文"与"笔"两大类别的众多的文体和论题,也不是泛论纤细,平分秋色的,而是"乘一总万,举要治繁"(《总术》)。他所举之"要"和所乘之"一",就文体类来说,是以诗统"文",以"文"律"笔",诗、赋、乐府,居于各体文章的首列,占据突出的位置;就"文"的质素说,又是以情与采论文,特别突出一个"情"字。"万趣会文,不离辞情。"(《熔裁》)"夫缀文者情动而辞发,观文者披文以入情。"(《知音》)"诗缘情而绮靡",本是陆机在《文赋》中对诗的义界,刘勰则以之作为其所论之"文"的最主要的特征,这种很鲜明的以诗律文的倾向性,不是正好标明其论著的诗学性质吗?

视《文心雕龙》为诗学论著,并不是新见,早在1932年,鲁迅先生就有见于此了。他在为当时一青年编辑的《中外论诗》一书所写的《题记》中说:"东则有刘彦和之《文心》,西则有亚理士多德之《诗学》,解析神质,包举洪纤,开源发流,为世楷式……而后治诗学者,庶几由此省探索之劳已。"

我们解析这部体大思精的诗学论著,当然可以有不同的角度,各自依据自己学习和研究的体会,寻找一个切入点,建立起包含有自己独特体会的评价体系,所谓仁者见仁,智者见智。本专题立论于评价他的诗学见解,特以其在书中反复申言的"折衷"说的原则和方法为切入点,了解他的理论体系在宏观上建构的情况,进而剖析他的一些重要理论范畴和理论命题组成的要素和赋予的内涵,以求先入乎其内,认识真相;进而力图出乎其外,予以评判。本专题分为六节,约为两章。第一节言刘勰的生平、思想和著作,侧重叙说《文心雕龙》是作者在特定的人生阶段所产生的思想指导下的产物,以明刘书指导思想的源出;申述姚察的《梁书·刘勰传》是叙说作者生平、思想和著作必须依从的最为可靠的依据。第二节从解说"折中"说的内涵、沿革进而把握构成刘书"文之枢纽"诸要素之间的关系,以及其所处的枢纽地位。第三节言"剖情析采"与"以裁厥中",从"折中"说的原则剖析刘书中所提出的风骨、情采、物色、声律、事类和通变等重要的审美范畴和理论命题的构成情况,评价其理论内涵和价值趋向。第四、五、六各节分述几个重要的专题,即《神思》与创作论,《体性》《定势》与风格论,《知音》与批评鉴赏论。《文心雕龙》涉及的问题很广,包含的理论问题既丰富又深刻,以少总多,举要治繁,虽然是很可取的方法,但也颇难臻于理想的境地,这里只能是勉力为之了。

第一节　刘勰与《梁书·刘勰传》

考察刘勰的生平、思想和著作思想,除应重视其现存的著作外,还须依据《梁书·刘勰传》,这已是多数《文心》研究者的共识。但为什么必须要遵循此传所叙,则言之甚少,以至在对刘勰及其论著的研究中,往往不重视该传所叙身世、生平以及不同阶段相异的人生价值追求与其著作之间的联系;有的旁搜远绍,看似富博,但却与此传所述事迹发展的逻辑线索相抵牾。刘勰及其论著研究中一些重大的分歧,往往也由此而生发。本节想先从这个角度切入,以求对刘勰的身世、生平、思想以及《文心》创作思想的研究,提供较为可靠的凭借,以此作为《文心》研究的先导。

一、《梁书·刘勰传》作者姚察其人

此传之所以最可信，是因为出自曾任梁代史官的姚察之手。姚察与刘勰，都有兼宗儒释的人生经历，刘氏应是姚氏比较熟悉的前辈并乐于为之认真作传的人物。

《梁书》成于唐贞观十年（636），署名的作者是姚思廉。思廉为姚察的长子，《梁书》实为子承父志，续补乃父遗作而后成。姚思廉在《陈书·姚察传》中说："梁、陈二史本多是察之所撰，其中序论及纪、传所阙者，临亡之时，仍以体例诫约子思廉，博访撰续，思廉泣涕奉行。"思廉为了不没其父撰述之功，除了在父传中做以上陈述外，还在两史纪、传的序论中，分别用了"陈吏部尚书姚察曰"和"史臣曰"两个标目，以明作者之归属，前者为父之遗稿，后者则是自己的续作。《梁书·文学传》的后论标有"陈吏部尚书姚察曰"，故知此传包括刘勰在内的二十五位作家传记都是姚察所写。

据《陈书》记载，察本吴兴武康人，与沈约同里。父姚僧垣，颇好文史，精医术，为梁武帝太医正，出入宫廷，熟悉两宫故事，加之诊断精审，故知名梁武代。姚察幼年即好学，年十二，便能属文。父母得两宫丰赐，"皆回给察兄弟，为游学之资，察并用聚蓄图书，由是闻见日博。年十三，梁简文帝时在东宫，盛修文义，即引于宣猷堂听讲论难，为儒者所称。及简文嗣位，尤加礼接，起家南海王国左常侍，兼司文侍郎。除南郡王行参军，兼尚书驾部郎"（《陈书·姚察传》）。姚察青少年时代即涉足宫廷，参与文义讲论并初露头角，到起家为幕府僚佐，正是梁武、简文当政与败亡的最后五年。其时刘勰逝世虽已二十余年了，但他的生活、仕宦的环境，京城的政治文化氛围，士林的习好和君臣吏民佞佛的狂热等都没有变。姚察作为其中的一个成员，他所见所闻和亲身感受，都会印象深刻，并一直保存在他的记忆里。他所广积的图书，当然也包括《文心》和当时已行于世的刘勰文集在内。刘勰燔发自誓进入佛门的传奇般的经历，也应为他所熟知。

侯景之乱中或乱后，姚察随父举家逃出京城，辗转赴荆州依梁元帝萧绎，为佐著作，撰史，开始了史官的生涯。梁史的写作准备，应始于此时。梁亡入陈，时年二十二岁，初经杜之伟、徐陵的推荐，任佐著作，撰史，继前参与

了梁史的编纂。后任秘书监,领大著作和吏部尚书,领衔编著梁史。现存《梁书》属于姚察所撰包括《文学传》上下两篇在内的共二十五篇,成稿应在其仕陈之时;为其子姚思廉续成的其余二十八篇史料,多数也就是姚察在此期间所搜集。陈亡入隋,以熟知梁、陈两代故实而知名新朝,奉诏续修梁、陈二史,未成而卒。

姚察身仕梁、陈二代,又专司史职,长期的史官职务使他便于阅读皇家所聚图书典籍。且陈承梁统,陈代绝大部分官员都曾在梁任职,这就为他博访广采前代史料提供了极有利的条件。加之他又忠于职守,朝夕潜心于斯,所以不但能对不久前发生过的史实材料搜集殆尽,且能熟悉并记忆这些人物的履历及其盛衰变化,言之如数家珍。《陈书》言:“察既博极坟素,尤善人物。至于姓氏所起,枝叶所分,官职姻娶,兴衰高下,举而论之,无所遗失。”这“举而论之,无所遗失”的“尤善人物”,刘勰应是其中一位。

说刘勰是姚察既熟悉又喜爱的传主,除有熟知其事迹条件外,还有相同的兼宗儒释的思想和共同的文学审美好尚。姚察也是一位佛教的信徒,年仅十四岁时,曾就钟山明庆寺尚禅师受菩萨戒,与佛门结下不解之缘,《梁书·刘勰传》言:“京师寺塔及名僧碑志,必请勰制文。”应是他在与僧徒频繁的交往中获得的确切信息,甚至还很有可能在多次拜谒钟山佛寺时亲眼目睹过刘勰所写的碑文。该传又言:“今定林寺经藏,勰所定也。”非亲见者是不会有如此肯切的叙语。

姚察一生虽以治史为业,但也性好文学,造诣颇深。青少年时代即以善属文、才华出众颇受时为东宫太子萧纲的礼遇,后又为其司文郎。入陈后与徐陵、江总并称陈代三大文士。陈后主也颇重其文,尝将所作付察刊定。姚察为文,以散体见长,清赵翼曾言古文始于姚察。虽不为骈俪,但好用新典,推为富博。诗重言情写志和文采美,曾有文集二十卷行于世,惜已不存。丁福保的《全汉三国晋南北朝诗》辑其佚诗二首。《梁书·文学传论》推许范晔《后汉书》开正史设《文苑传》的先河,有功于史,并言:“经礼乐而纬国家,通古今而述美恶,非文莫可也。”这重功用兼及文采美的诗学见解与刘勰是一脉相承的。

　　由于姚察在思想志趣和审美好尚上与刘勰有许多相通之处,加之又先后同仕梁朝,年代相距不远,故能对刘勰作近距离的历史观察。其所传刘勰,更应是"举而论之,无所遗失",是最为翔实可信的。而况姚氏父子兄弟都毕生致力于撰述梁史,据《隋书·经籍志》记载,姚察还有《梁帝纪》七卷,弟姚最有《后梁略》十卷,子思廉续成《梁书》。其间前后历时八十余年,可见姚氏一门对梁代历史责任感之强烈和史学的专攻,其言不苟,由此亦可推知。

　　将李延寿的《南史·刘勰传》与姚书刘传相比照,更可见姚作的可靠性。《南史》刘传全系抄撮删削《梁书》原传而后成,没有增添任何新史料。究其原因,很有可能与姚察已将刘勰主要史料搜集无遗有关。李延寿编著南、北二史,除依据原有的宋、齐、梁、陈、魏、齐、周、隋八部正史外,还参阅了八史以外当时尚存的一千多卷官修和私修的各代史传和其他杂史。李延寿也是一位史官,参加过《隋史》十志的编著,有机会阅读与抄摘全国统一后中央皇朝所聚图书典籍。他的南、北二史,不但对上述八史做了大量的删节,而且也做了许多新的增补,所以李史的价值,有时就超过了原有八史的有关纪、传。但单从《刘勰传》看,李氏从当时尚存的为数众多的各种史籍中,已经找不出可以增补刘传的新史料。李延寿也是本着乃父李大师的遗志修南、北二史的。但李氏本陇西著姓,世居北国,李大师原本欲仿《吴越春秋》编年体写南、北史,因而不大会关注与重大政治事件关系不太密切的文学人物的命运。南、北二史成书于唐高宗显庆四年(659),离刘勰去世大约已超过一百三十余年之久,而其时李延寿还很年轻。"时人见其年少位下,不甚称其书。"(《新唐书·李延寿传》)由于在空间和时间上的长距离,使李延寿既不可能从父亲的遗著中,也不可能从自身的经历以及与其交往的友朋中,获得对刘勰的新的认知。也许正是这些理由,使得李延寿写刘传,只能抄撮删节姚书原传而无法增补。尤其是前者,还可以证明,在初唐时,尚存众多的官修和私撰梁史的情况下,姚书刘传也是其中最完备的专传之一。我们今天评刘勰及其论著也只能依据姚书刘传为权衡。

二、从《梁书·刘勰传》评刘勰及其著作

　　据姚察所叙,刘勰的一生,经历了由积极入世、为官作宰到坚决遁入空

门、超凡脱俗的人生转折,其思想和著作也发生了由宗儒到宗释的质的变化。这前、后期对人生价值的不同追求,在姚书刘传中都留下了有迹可寻的历史演进的逻辑线索。

姚察撰史,极为强调要遵循"体例",《陈书》言:"临亡之时,仍以体例诫约子思廉。"《梁书》各传写作"体例"之一是三段论式,即首叙出身和仕历,中述重要事迹,文学人物则举其著述中的特出成就,末言结局情况,文学人物则兼述其他论著。

所谓出身和仕历,也就是前言叙人物应言"姓氏所起,枝叶所分,官职姻娶,兴衰高下"。刘勰(465—521?),字彦和,祖籍东莞莒(今山东莒县)。西晋永嘉之乱后,刘氏先祖避难东渡,世居京口(今江苏镇江),祖父灵真,是南朝宋司空刘秀之之弟,秀之的从叔刘穆之是刘宋开国元勋之一,卒赠司徒。可见在刘宋初期,刘氏家族地位显赫,应属高门华胄。父尚在南齐为越骑校尉,此职官居四品,与身居"西省"的步兵校尉同列。但比起位列"三公"的先祖家世来,地位已经下降了。勰又早孤,所以及冠后"家贫不婚娶"。"早孤"意味着失势;"家贫"也就无钱财。无钱无势,既不能及时起家为官,也不能适时婚配。因为士族联姻,是要很多钱财的,为官也要钱与势促成,尤其是在"官以贿就"的"永元肇乱"的南齐末年。而"婚宦失类"对门第的损害就更大了。所以刘勰只能等待时机,依沙门僧佑,寄居定林寺(故址在今南京紫金山)。僧佑为定林寺方丈,是当时"德炽释门,名盖净众"的一代名僧。刘勰为之抄校叙录佛学经藏,积十余年,遂博通佛学经典。梁时定林寺之经藏,为刘勰所手定。

刘勰的仕宦经历,始于"天监初,起家奉朝请",终官是步兵校尉,兼任东宫通事舍人。刘勰在天监初才起家为官,是因为经过齐末大动乱后,社会趋于稳定,梁初朝政已走上正轨,加之刘勰在文学与佛学上也颇有声誉。"奉朝请",据《宋书·百官志》(下)言:"奉朝请者,奉朝会请召而已""无员,亦不为官",是参与朝会的一种身份,南朝时也多为中下级士族解褐起家之选。刘勰开始进入仕途,先后任中军临川王萧宏的记室,车骑仓曹参军,太末令,南康王萧绩记室等。记室专掌文翰,是文士的华选;东宫通事舍人,亦是清职;

而步兵校尉,官居四品,职别已经颇高了。可见刘勰居官任职,颇受萧衍父子的信赖,这比出身于士族的诗评家锺嵘幸运。锺嵘终其一生不过是六品的记室。究其原因,很可能是因为刘勰寄居定林寺与僧祐等名僧有特殊关系,并对佛学有较好的修养有关。僧祐等与宫廷交往很密切。萧衍父子更是提倡佛学,而这正是锺嵘所缺少的社会关系和擅长。从姚察叙人物重视交待"官职姻娶,兴衰高下"的情况看,刘勰在任步兵校尉后再也没有升降其他职位了。传中记其政绩主要有两条:一是"出为太末令,政有清绩"。这说明他也长于治政,勤于吏治,与其时某些清谈而不务实事的贵公子不同,这是天监十年(511)前后的事。二是上"表言二郊宜与七庙同改",即郊祭天地由原用牺牲改同七庙祭祖所用的蔬果。这两件事,对于认识刘勰都很重要,特别是后者,因采用其言而改变了朝廷郊祭礼仪的内容,在当时是影响很大的事,刘勰也因此荣升高职。

刘勰是以《文心雕龙》的成就而被列入姚书《文学传》的,所以《文学传》几乎全文录入其书长篇《序志》(《序志》全文共826字,姚文只少录50字),以明刘勰在而立之年的思想志趣,写作此书的动机、意图,全书的主要内容及其意旨之所在等,并引一代文宗沈约的"深得文理"的评价,论定其书。

刘书写于何时,姚察并未明言,但他采用传统写史常用的倒叙手法,在叙其仕历后用一"初"字,来追述仕宦以前的事:"初,勰撰《文心雕龙》五十篇……"由此可以判定姚察是言刘书写于天监初起家为官之前。再证之以刘序申言其年逾而立梦随孔子后即开始著述,这与姚书所记刘勰在婚娶之年依僧祐并与之聚居,积十余年才起家为官事,这两者在时间上也是吻合的。清人刘毓崧在《书文心雕龙后》一文中,依据《时序》篇所加南齐诸帝的尊号,考定其书成于齐明帝永泰元年八月至齐和帝中兴二年四月(498年8月—502年4月)之间。又考姚文所记刘氏自将其书取定于时方盛贵的沈约事,认为沈之显贵也在梁建台后,即萧衍已实际执掌朝政的齐中兴年间。此论经范文澜的阐释和推定,已为多数研究者所认同。今人也有提出异议的,但证之姚书上文所叙,应是可信的。范注还依此推定"彦和之生,当在宋明帝泰始元年(465)前后","未期而卒",事当在武帝普通元年至二年(520至521)

间,"计得五十六七岁",亦大体可信。

　　姚书录刘序叙其书写作缘起时,描述了其幼年和青年时代曾做过两个极具神奇色彩的梦,意味颇深长。梦绕彩云之间,并攀而摘之,是言其对美文的酷爱缘于宿昔之缘。《原道》篇说:"云霞雕色,有逾画工之妙。""彩云若锦",也就是美文的自然呈现。七岁梦摘彩云,这与唐之白居易言其始生六七月即识"之""无"二字,是"宿昔之缘,已在文字中矣"(《与元九书》)意同。梦执礼器,紧随仲尼,是言其年过而立之时,已确定了坚定的人生信仰,对周公、仲尼之道有着强烈的向往和追求。《论语·述而》篇言:"子曰:'甚矣吾衰也! 久矣吾不复梦见周公。'"这是孔子晚年衰老时的感叹,可见孔子在青壮年时代是曾梦随周公的。刘勰步趋孔子,其意义也在表明对仲尼之道的执着。孔子西行不到秦,但南行经陈、蔡而至楚。梦随仲尼南行,其意是想把仲尼之道光大于南国,这志可不小。虽然他并未直接走上阐释儒学的道路,那是因为在他看来,"敷赞圣旨"首选的注经任务,马融、郑玄诸儒早已阐精释宏在先,而本应作为"经典枝条"的文章,当时一些知名的论文者所论常不得要领,虽也各有所长,但都是"各照隅隙,鲜观衢路","未能振叶以寻根,观澜而索源",从而导致了在创作上竞为艳丽、舍本逐末以至于流弊不返。在刘勰看来,文苑艺场是"敷赞圣旨"仅逊于注经的另一重要领域,是亟待运用仲尼之道深入开发的一片邓林,于是宗经论文就成为刘勰在权衡缓急得失后的最佳选择。姚书录其后梦,正是意在说明此书创作的指导思想之所在。

　　刘序是作者在成书后的慎重申言,本应有无可置疑的权威性;姚察为刘勰作传,又几乎是全文引录原序以明其书的意旨,这既是尊重作者的申言,更是熟悉传主的史家的认定,因而具有更大的更深一层的权威意义。这就为后人研究刘勰的写作动机、论著的思想提供最为可靠的以至于不可更替的依据。今之论者,对此常有忽视之处:论列其书的"纲领""毛目",却无视"枢纽"的统帅;评述其"枢纽",又不取"敷赞圣旨"的视角……"枢纽"云云,当然可以有不同的评释,但基本的史实,是应该尊重的,而不应该回避。

　　立言垂世,只是儒家的"三不朽"之一,刘勰的理想志趣,也远不止此。魏晋时,曹植和陆机等著名文士,都不满足于树德建言,而同时汲汲于功名事业,刘勰亦复如此。《程器》篇说:"摘文必在纬军国,负重必在任栋梁","安有丈夫学文,而不达于政事哉!"刘勰本着兼济天下的信条,对文士们所提出的要求和所规范的道路,所谓"奉时以骋绩",以文光国等,不正是他在起家为官后所身体力行的吗? 姚书叙其"政有清绩"以及不断升迁的情况,都可以为此作注脚。

但刘勰并没有沿着"敷赞圣旨""奉时以骋绩"的道路走到底,而是在中途改弦易辙,最后归心佛释,这种情况是怎样产生的呢? 前文曾叙姚书记刘勰在青年时代"依沙门僧佑,与之居处积十余年",潜心抄录经藏的经历,应该说,刘勰的佛学造诣,在青年时代已相当高了。但令人颇感惊异的是,恰是刘勰在定林寺埋首抄录释道经藏时,却做了紧随孔子南行的梦,成为孔门最坚定的信徒,写出了以"敷赞圣旨"为指归的论著。是身在佛寺之中,心存魏阙之下,紧接着起家为官,积极从政。这说明身居佛寺是一种无奈的选择,是因为早孤、家贫不得已而为之。其所博通的经藏,也只是外在的知识性的,最多是理性的认知,并未进入其思想灵魂深处,成为其精神的主宰。而心存魏阙之下,才是他发自内心深处的追求。虽然早期寄居佛寺所受到的影响,经过长期的人生阅历最后被接受,但在当时当地,并未起支配作用。

刘勰最后是归心佛释。以最坚决的态度遁入空门,与天监初年相比,其人生追求发生了根本性的转折,这在姚书刘传中有明确的记载。其转折过程,也留下可资探索的迹象。此传在未叙结局情况时,有些话是很值得寻绎的:"然勰为文长于佛理,京师寺塔及名僧碑志,必请勰制文……文集行于世。"这"然勰为文长于佛理"一句话,是紧接着沈约评《文心雕龙》"深得文理"后的行文转折,这转折语显然是出自姚察的评判。从下文的叙述语看,史家评判所依据的是两条:一是"京师寺塔及名僧碑志,必请勰制文"。前文已述,姚察在青年时代,就很有可能亲眼目睹过这些石勒碑志。二是姚察在读过刘勰文集后对其中文章内容特点所获得的认知,文集中当然也会选入上述碑志。但这部文集早已散佚,现在所能见到的刘勰的长于佛理之文,只有《梁建安王造剡山石城寺石像碑》和《灭惑论》两文,其他有目无文的还有《钟山定林寺碑铭》《建初寺初创碑志》《僧柔法师碑铭》《僧超辩法师碑铭》及

《僧佑法师碑铭》共五篇碑目①。

《梁建安王造剡山石城寺石像碑》载于宋孔延之《会稽缀英总集》卷一六。据碑文言,应是写于天监十五年三月十五日后,文中叙石城寺石像建造过程及雄伟壮观的景象,并杂以神佛应验等不经之言。

《灭惑论》载于《弘明集》第八卷,写作时间已很难确考,今人有成于南齐末和入梁后两说。此文是针对道教徒言佛教有破国、破家和破身的"三破论"所写的驳论文章,而特别集矢于民间道教。文中在阐释佛理时,提出了"明二谛以遣有,辨三空以标无"的论题。这"真俗一体"的"二谛"义,是昭明太子紧步乃父后尘弘扬佛学时所立论。兹引《梁书·昭明太子传》记太子立"二谛"义的情况,并略加说明,以证《灭惑论》写作的时间。此传也是姚察所写。

> 高祖大弘佛教,亲自讲说;太子亦崇信三宝,遍览众经。乃于宫内别立慧义殿,专为法集之所。招引名僧,谈论不绝。太子自立二谛、法身义,并有新意。普通元年四月,甘露降于慧义殿,咸以为至德所感焉。

昭明在乃父大弘佛教时在宫中别设慧义殿以招引名僧讲论佛义,是在梁武帝为其行冠礼后即天监十四年元月朔日后的事。从"招引名僧,谈论不绝"看,是规模较大且延续了一段时间,昭明则是这次讲论的召集者和中心人物。其所"自立二谛"义,也是中心论题之一。《全梁文》载萧统《令旨解二谛义》文,大约就是这次讲论的底稿。"普通元年四月,甘露降于慧义殿",则是记讲论后出现的祯祥,这应是紧接前文不久的事。这就是说昭明"自立二谛"义的时间,应在天监十八年至普通元年前后(519—520)。那么刘勰作《灭惑论》引昭明"自立"的并有"新意"的"二谛"义以明佛理,最多也在此期间或者稍后,其时刘勰正在步兵校尉兼东宫通事舍人任上。昭明"自立二

---

① 这五篇碑目中《僧超辩法师碑铭》和《僧柔法师碑铭》两文,据《高僧传》所记传主去世年代,应是分别写于南齐永明十年和建元元年,亦即都写于入梁之前。但刘勰这两篇碑文,又都是出自释僧佑的授意,与其时沈约等名士为去世的高僧撰写碑文一样,都是一种应命文章。这就与姚书刘传所叙,因其"长于佛理"而"必请勰制文"有所不同。刘勰前后期所写碑文对佛理的认识和感受的深度应是有区别的,虽然因为碑文亡佚而无法对此做出比较。

谛"义与刘勰作《灭惑论》,都是应和与配合梁武帝大弘佛教的一次大规模舆论行为的重要组成部分,而刘勰这时已成为虔诚的佛教信徒了。如果这个推论能成立,那么《灭惑论》应是写于天监十八年或者是普通元年或二年。

刘勰长于佛理之文,还应包括天监十七年八月后所陈"二郊宜与七庙同改"的表文。这篇表章值得特别关注,因为其内容是直接针对儒家的经典。祭祀需要血食并有少牢、太牢等不同的等级规格,在《周礼》等礼书中都有明确的记载,这是儒家礼教的重要形式。"俎豆之事"本是孔子起家的绝活,也是孔门一重要标志。刘勰年过而立梦随孔子南行时手"执丹漆之礼器",其中就有装盛三牲的俎豆,可见当年他对此事之热衷。现在不同了,将其视为亵读佛祖的禁物而坚决要求取缔。当年把包括"三礼"在内的儒家经书奉为"不刊之鸿教"(《宗经》),现在则认为其中有可刊甚至必须加以刊削的内容。"二郊宜与七庙同改"的表文,是现存史料中能证明刘勰已完成由宗儒向宗释转变最为可信的记录。

宗庙祭祀断绝牺牲而改用蔬果,是梁武帝的决定,刘勰的"二郊宜与七庙同改"的陈表也曾被视为上行下效的阿附行为。但这种推论不一定符合刘勰为人的实情。一个论文反复倡导文章应出自真情的人,理应不会矫情伪饰的。《情采》篇对"志深轩冕,而泛咏皋壤,心缠几务,而虚述人外"的作者是很不满的,并尖锐地指出:"言与志反,文岂足征?"立论如此,我们怎能相信他自己会为文而造情呢? 没有可信的史料,是不应该对刘勰的人品和文品产生怀疑的。而况阿附云云,只不过是为了升迁,事实上刘勰已因陈表升了官,但他似乎并未迷恋这个官位,并再求进取,而是从思想转变向最终的身份转变过渡。从姚书所叙刘勰结局的情况看,陈表升迁与奉敕撰经和"启求出家"等几件事,是前后联接的,在时间上相隔也不久。那么坚决要求出家,就是其思想转变后的必然归宿了。

这里须提及的是刘勰的卒年问题,学术界对这一问题争议颇大。彼此提出的时间相距也很长,如有的论者依据宋元僧释所撰佛教史料,推定刘勰卒于中大通四年(532)和大同四年或五年(538—539)①。这里且不说宋元僧释所撰,离梁代已年岁久远,其史料来源,已无从查实,单就《梁书》刘传所叙,结合史书撰写人物的体例和当时的官制即可对此做出判断。前文引姚察叙人物,要求写官职升降,且无所遗漏,所谓"官职姻娅,兴衰高下,举而论之,无所遗失"。这不但是姚察撰史的要求,也是其时写史的通则。由此可见,刘勰的终官,就是步兵校尉兼东宫通事舍人。而按齐、梁官制,每一官职,是有一定任期的,一般是以三年为限。《南史·吕文显传》言齐永明中任官"以三周为期,谓之小满。而迁换去来,又不依三周之制,送故迎新,吏人疲于道路"。刘勰陈表迁官为步兵校尉是在天监十七年(518),而天监十八年后步兵校尉一职已改官他人。《梁书·谢举传》言:"(天监)十八年,复入为侍中,领步兵校尉……(普通)六年(525)复为左民尚书,领步兵校尉。"又,《梁书·刘杳传》言杳于"大通元年(527),迁步兵校尉,兼舍人如故。昭明太子谓杳曰:'酒非卿所好,而为酒厨之职,政为不愧古人耳。'"步兵校尉例职一人,不可能有两人同时充任。天监十八年后谢举、刘杳已先后领任此职,这说明刘勰在此官任上,只任职一年。按照姚察叙事的逻辑联系,早在天监十八年,刘勰即奉敕与慧震沙门在定林寺撰经,课毕,即"启求出家","敕许之","未期而卒"。所以留下步兵校尉的空缺,先后由谢举、刘杳等充任。所谓刘勰在昭明太子去世后才"启求出家"云云,是与史实不相符的。从史书的写作体例、当时的官制以及上述有关史料看,刘勰卒于普通元年或二年的推定,大体上符合史的发展逻辑,是可信的。而把他的卒年推迟到十年甚至十五年以后,很多事情就无法做出合理的说明。

综上可见,姚察叙刘勰,突出《文心雕龙》的地位,并用沈约"深得文理"的评赞来论定其书。但观其文集,又是"为文长于佛理",是一代寺塔和名僧碑文的作手。《文心》所论碑铭文写作的思想原则,在他自己所写的碑文中并未遵循。读过刘勰全部文章的姚察,是深深感受到这种变化并深明其原因,

---

① 李庆甲据家释祖琇《隆兴通论》,定刘勰出家为中大通三年,卒年则定为中大通四年(532)。李庆甲的《再谈刘勰的卒年问题》,对此做了进一步的申述。杨明照依据宋释志磐《佛祖统纪》所载,认定刘勰卒于大同四年或五年(538—539)。

所以在叙其论文和为文之间,用一"然"字加以转折,以明其在不同时期和不同思想指导下,论文和为文两个方面的成就。兼综儒释的姚察,对这两者都是肯定的,虽然侧重点是评介前者。

李延寿的《南史·刘勰传》把《梁书》原传的一千一百一十四字删成三百六十七字。虽未增加新史料,但删节中亦可见史家的认识和某些历史变化情况,这对于我们仍有启示意义。李氏删削之处最可注意的是两点:一是在家世部分去掉"祖灵真,宋司空秀之弟也"两句,一是删去结尾"文集行于世"一句。就第一点说,删去这两句,涉及对刘勰的门第定位问题。在"士庶天隔"的南朝,门资对人物的身份、仕宦、婚娶、交往、行为以及著作的思想等,都会产生影响,因而为研究者所注目。姚察和李延寿撰史,都极为重视传主的家族沿革和仕宦经历。姚察叙刘勰,首言其"东莞莒人。祖灵真,宋司空秀之弟也。父尚,越骑校尉"。据《宋书·百官志》,司空,官居一品,越骑校尉,官属四品,秩二千石。叔祖与父亲,官居一品和四品,门资优越,是士族高门的标志。出身于陇西著姓,撰史也极为重视人物的身世门第的李延寿,其南、北二史,以祖孙父子兄弟合传,就是基于突出家世和门第地位的考虑。基于相同的立场对同一人物世系中的仕宦经历去取上出现差别,当然是有原因的。考《南史·文学传》,对锺嵘,保存了《梁书》原传"晋侍中雅七世孙也"的记载;于刘勰,却删去了其叔祖刘秀之位列三公的原文。这显然不是基于远近关系的考虑和删减文字的需要,而是对东莞莒县刘氏高门士族地位持否定意见。李延寿删去《梁书·刘勰传》上述记载与裁却《宋书·刘穆之传》中"汉齐悼惠王肥后也"一样,都是出自同一机抒。而刘穆之的门第又是考察刘勰门第的参照系数。李延寿为什么有这样的删削,他是基于一种什么考虑,这是值得研究的。姚察和《宋书》作者沈约,都是身处南朝、历任史职的重要史官,又是熟悉谱牒并担任过主持朝廷官员遴选、升降的吏部尚书,沈约还兼任过直接操作士人品第的吴兴中正。他那篇著名的《奏弹王源》文,就是写在官南齐给事黄门侍郎兼御史中丞吴兴邑中正任上。文中弹劾东海王朗七世孙王源为贪图财利嫁女于富阳富户满鸾为妻,是犯了混淆士庶界限、"玷辱流辈,莫斯为甚"的罪过。要求科以刑律,给予"免源所居,禁锢终身"的严厉处分,以做效尤。这篇弹事,也就写在《宋书》成稿之时,即南齐永明年代。对士庶之分持如此严厉态度的沈约,能同时在他的笔下,对刘穆之这样一位重要的历史人物在世系和门第问题上,出现混淆士庶的差错吗? 细审沈约这篇弹事和《宋书·自序》及《陈书·姚察传》,南朝人辨析门资,并不都在远绍秦汉和中述魏晋间分高下,中途没落、贫困等也不是决定性的因素,而在于是否确实是前代为官的先世之所出。沈约的《宋书·自序》,远绍先秦、两汉,历数八代家世,中途数次没落。《陈书·姚察传》记"九世祖信,吴太常卿"后,后续无人为官。这些都并未妨碍吴兴武康沈、姚两姓为士族门第。沈约弹劾王源,稽查簿阅,认定富阳满氏,并非出台"高平旧族,(满)宠、(满)奋胤胄",而是伪托,是门第低下的"管库之人",没有资格与王源家通婚嫁。所以先世是否为官,或者说是否确系为官先世的后代,这是辨别门第的一个重要依据,魏晋南朝的士族有其相对稳定性的一面即因此。另一方面同处于士族阶层,门第的高下,也常常在变化之中,父祖显宦,家族地位也同时升高,子弟也因之而常居高品和起家清选;反之家贫早孤者,虽仍为旧族,但更多的要依靠自己的才德和奋斗才得荣升,进而提高家族的地位。东莞莒县刘氏,先世确居显宦,中途虽没落贫困过,但经过宋、齐、梁三代子孙的努力,有的位居三公,家族的地位当然也提高了。这就是沈约和姚察叙刘穆之、刘勰世系所遵循的原则,也是当时辨别士庶和确定高门华胄所依从的标准。李延寿在两传叙世系时,削去了两个高职衔,很可能是他更为重视祖先在魏晋时的职位。但在魏晋时祖先居高位,宋、齐以后不能继承其业的,家族地位也降低;反之,宋、齐以后荣升高职的,家族地位也随之提高。在士族内部地位的升降,从魏晋至南朝,并非只是个别现象,而是具有某种普遍意义。李延寿叙刘勰,不重视东莞莒县刘氏家族在入宋后的重大变化,删削了其伯祖刘秀之位列三公的职衔,并不一定是妥当的。当然,李延寿也并非认定东莞莒县刘氏原系庶族。在《刘穆之传》中,虽然去掉了《宋书》刘传中"汉齐悼惠王肥后也"一句,但保留了"初为琅邪府主簿"。"主簿"与州郡的中正、功曹、别驾、从事一样,是州、郡掌握重要权力的属官,必须由著姓士族子弟充任。《新唐书·儒学·柳冲传》载柳氏论士族有云:"魏氏立九品,置中正,尊世胄,卑寒士,权归右姓已。其州大中正、主簿,郡中正、功曹,皆取著姓士族为之,以定门胄,品藻人物。晋宋因之,始尚姓已。然其别贵贱,分士庶,不可易也。"《南史》刘传中叙其初官琅邪府主簿,即同时标明其"著姓士族"的身份。在《南史》刘传中叙勰身世,仍保留"父尚,越骑校尉"两句。越骑校尉,并不是地位低下无足轻重的武职或小官,而是官居四品,身居"西省",与步兵校尉同列的重要官职。从西晋至南朝,立国学以别士庶贵贱,入国学就成为士族子弟的特权。按规定,官职五品以上者,即可选送子弟入国学。刘勰的父亲官居四品,肯定是在士族之列,只是不能与高门华胄同列而已。《梁书》《南史》的《文学传》叙吴均,同言其"家世寒贱",那才是指明其为庶族了。南朝史家叙人物,家庭先世显宦,中途没落者,在叙其先世官职后,言其贫困、贫苦或贫寒;先世无为官作宰者,则言其家世贫贱。贫寒与贫贱之分,大体上就是没落士族和庶族的区别。刘勰先世显宦,父死"早孤""家贫",应是属于士族之列。

至于李书删去姚书刘传"文集行于世"一句,应是其时此集已散佚所致。李延寿曾参与《隋书》十志的编撰,其中《经籍志》也未录刘勰文集。看来这部文集在初唐时已经亡佚,李延寿父子都未曾读过刘勰文集。而且李氏也未深察姚氏叙刘勰前期论文和后期为文之间用一"然"字加以转折的用意,将"然勰为文长于佛理"的"然"字删去,把刘勰的论文和为文混为一体,似乎这论文"深得文理"和为文"长于佛理"两者是同时并存的,可以互相依存。今之论者,也有引用刘勰尚存的"长于佛理"之文,来论证《文心雕龙》论文的旨趣,似乎这"敷赞圣旨"并"深得文理"的论文巨著,也兼含甚至同时阐释了佛理,这就重复了李延寿的失误。

三、刘勰对萧统的影响

关于刘勰与昭明太子萧统的关系,姚书刘传中曾叙其数次兼任东宫通事舍人,言:"昭明太子好文学,深爱接之。"论者常结合《文选》的选文与《文心》中所推许的作家作品有许多相合之处,认为两人的文学志趣投合,进而推论出《文选》的选文定篇是深受刘勰的影响,甚至有言刘氏参与了《文选》的编撰。这些推论,在《文心》的研究者中,颇有影响,但疑窦颇多,是很难坐实的。刘勰对萧统,到底有无影响,在哪些方面、多大程度上给予影响,仍是值得认真研究的课题。

刘勰参与编撰《文选》说,是颇为可疑的。首先从刘勰的东宫官职看,东宫通事舍人一职,虽属清选,但在太子属官中,地位是较低的。据《宋书》《南齐书》的《百官志》,东宫的属官分二十五类,各门类例设的官员共一百一十余人。级别最高的是太子太傅、太子少傅和总领太子属官的太子詹事。其次是家令、率更令和太子仆,号称太子三卿。三卿后是太子洗马、中庶子、庶子和门大夫等。《梁书·昭明太子传》记昭明与主要属官讨论东宫礼仪时,参与讨论并发表意见的是太子仆刘孝绰和家令刘襄等。太子舍人中有中舍人和舍人两类,前者设四人,后者为十六人,前者地位高于后者。舍人官七品,多属兼职,且经常变更。据《隋书·百官志》记梁代百官的品位与班次,徐勉为吏部尚书,分官位为十八班,以班多为贵。太子太傅为十六班,少傅为十五班,詹事为十四班,太子中庶子为十一班,太子三卿为十班,太子庶子为九班,太子中舍人为八班,太子舍人为三班,东宫通事舍人为一班。刘勰在东宫所任的官职就是名列一班的东宫通事舍人,在等级森严的宫廷中,这最低班级的官员,是很难直接与太子交往的。

其次从刘勰与太子关系看,《梁书·昭明太子传》言:"(太子)引纳才学之士,赏爱无倦。恒自讨论篇籍,或与学士商榷古今;闲则继以文章著述,率以为常。于时东宫有书几三万卷,名才并集,文学之盛,晋、宋以来未之有也。"论者常引此与前引太子对刘勰"深爱接之"相参照,认为刘勰就是被"引纳才学之士"中的重要成员,参与讨论和编撰《文选》,也就事在必然了。但是遍观《梁书》各传就会得知,当年被萧统引纳的才学之士中,刘勰并不一定名列其中,至少可以肯定不是其中的重要成员。据《梁书·刘孝绰传》和《王筠传》,最受太子喜爱并经常与之交往的文学之士是刘孝绰、王筠、陆倕、殷芸和到洽五人,其中刘、王二人最受青睐。《王筠传》言:"昭明太子爱文学士,常与筠及刘孝绰、陆倕、到洽、殷芸等游宴玄圃,太子独执筠袖、抚孝绰肩而言曰:'所谓左把浮丘袖,右拍洪崖肩。'其见重如此。"《刘孝绰传》言:"太子起乐贤堂,乃使画工先图孝绰焉。太子文章繁富,群才咸欲撰录,太子独使孝绰集而序之。"刘、王因文学的才华和相知受到昭明的爱重,确实非同一般,刘勰是无法与之比拟的。

至于陆倕、殷芸、到洽等人,也都是当时著名的才学之士,在东宫任职的级别也比刘勰高。陆氏为中庶子,到氏为中舍人,与陆氏并掌东宫管记。殷氏为太子家令和东宫学士。三人与太子的交往较多,情谊也颇深。如到洽去世后,昭明在与其弟萧纲的信中,给予很高的评价和深深的悼念。殷芸丁母忧,"居丧过礼",昭明手书殷勤劝慰,这并非君臣之礼,而是朋友的情谊。其他如陆襄、明山宾、到沆、张率等名臣,《文学传》中所叙刘苞、庾于陵、何思澄、刘杳、庾仲容等文学之士,都在东宫担任过舍人以上的职位,与昭明相知也都颇深。如陆襄有高龄老母,昭明"每月常遣存问,加赐珍羞衣服"。庾仲容迁新职时,太子为之饯宴并赐诗,"时辈荣之"。姚察记录这些史实,其意既在写这些人的际遇,同时也在歌颂太子礼贤下士。这么多的文人学士在东宫任职时,都分别受到太子的礼遇和见重,其表现形式也是多种多样。这就能说明,刘勰所受到的"深爱接之",并非是独有的,且程度、分量以及表现形式也都不算很突出,我们是不能据此推论出他参与了《文选》选文的讨论和编撰。

再从刘、萧的年龄差距和《文选》的编纂时间看,刘勰比昭明年长三十五岁以上,《文心》成书后并"负书侯(沈)约于车前"之日,大体上就是昭明出生之时。而刘孝绰、王筠、殷芸、陆倕、陆襄及张苞等在东宫任职时,都相对年轻。昭明及冠之时,他们大体上都在三十五岁上下。梁武帝也有意挑选后进学士到东宫任职。《梁书》在叙写上述后进学士的专传时,往往兼及同列者的姓名。如《刘孝绰传》在叙及昭明好士爱文时,就同时并列出《王筠传》上所提及的陆倕等五人名字,但没有一篇专传中出现过刘勰的姓名,《刘勰传》中也未言及上述文士。这说明,刘勰并不是昭明所经常接近的文士群体中的成员。年龄的差距,有可能是出现这种情况的重要原因。

刘勰兼任东宫通事舍人是在天监十二年至天监十八年(513—519),其时萧统是十三岁至十九岁,属于青少年时代。昭明年逾三十即去世,在他较为短暂的一生中,著述却相当丰富,除文集二十卷和《文选》三十卷外,还有

《正序》十卷和《文章英华》(即《诗苑英华》)二十卷。这些编著完成的准确时间,至今虽无法确考,但前章已述,从萧统的《答湘东王求文集及〈诗苑英华〉书》和刘孝绰的《昭明太子集序》看,已确知文集和《诗苑英华》是其最早完成的两部著作。刘孝绰所编十卷本《昭明太子集》成于普通二年(521),《诗苑英华》大约也成于其时或稍早。昭明在给湘东王的复信中,只字未提及《文选》编撰事,其时此书是否已开始编纂都很难说。而那时刘勰已经出家为僧,甚至可能已经去世,更何况早在天监十七年,刘勰已陈表要求"二郊宜与七庙同改"。如上所言,那时刘勰已成为一个虔诚的佛教信徒,其兴趣已不在此了。从姚察所叙刘勰的经历看,说他参与了《文选》编撰事,确实是很难坐实的。

但姚书刘传中叙及刘勰与太子的关系时,也明白地写道:"昭明太子好文学,深爱接之。"看来太子对这位在东宫属官中班次较低的老臣,是另眼相看的,既有爱重之情,似乎还包含某种敬意。这份较深厚的情意,又是缘于太子本人"好文学"之故。这就与昭明宾礼、亲近刘孝绰、王筠等文学侍臣一样,都是由于其性好文学而兼及文学才士的,只不过是刘孝绰、王筠等都是闻名于时的诗人和诗赋作手。《梁书·王筠传》言筠能压强韵,辞必妍美,受到沈约的赞美和高度评价,誉其诗兼有"丽则,声和被纸,光影盈宇",声、色俱丽,光彩照人,能独步当时。刘孝绰诗也与何逊齐名,并称"刘何"。《梁书》言:"绰辞藻为后进所宗,世重其文,每作一篇,朝成暮遍,好事者咸讽诵传写,流闻绝域。"萧统在青年时代即以"文章繁富"称道,二十岁上下时已经是位多产的作家了。他的二十卷文集虽已不存,但从他与诸弟的复信和当时要求为他编写文集的人所作序文和所写的表章看,昭明亦好缘情体物、写景言情,词采兼有声色之美。诗赋创作好尚上的相投和审美趣味、水平的相近,应是昭明与刘氏、王氏等东宫才士相知与共鸣的基础。刘勰不是一位诗人,至少诗赋创作不是他的擅长。他是以"深得文理"的诗学巨著《文心雕龙》而闻名于世的。被沈约"常陈诸几案"的这部论著,萧统在青少年时代,应是认真阅读过的,东宫聚书三万卷,《文心雕龙》五十卷,应是赫然在目的,昭明甚至也"常陈诸几案",并枕藉而观之。太子应是深好其书而深爱接其人的。如果情况确实是如此，那么刘勰虽然不可能直接参与编纂《文选》，但对昭明诗学审美观念的形成，却会产生一定的影响。譬如典与丽相结合的审美原则的建立，异质同构的中和思想的运用等，在昭明的诗赋创作中、诗文选目定篇的权衡中，以及在有关书、序的理论阐释中，都会起着潜移默化的影响。尤其是昭明对诗学理论的特殊好尚，很有可能直接来自《文心》的启示。

萧统对中古诗论史的主要贡献是什么？或者说对《文选》在中国诗论史的价值和地位应如何评判？这些仍是值得研究的问题。《文选》的价值，首先当然是渗透着选家审美原则的许多优美选文对后世读者所产生的广泛影响：在创作上以示范，并在整体上提高了文士们的阅读能力和鉴赏水平。同时由于这部书将前此的诗学理论重要的单篇论著都囊括进来，这既提高了文士们对诗学认知的能力和鉴赏理论批评的水平，也为中国中古诗论史学科的建立，保存了最为宝贵的不可或缺的理论资料。这两方面的价值和作用都很重要，而选文能见乎此，又是前无古人的。《文选》在这方面的价值和作用，似乎至今还未被充分的认识和给予足够的评价。试想：如果不是昭明对理论的特殊好尚和独具只眼，在曹丕的《典论》中选出《论文》，在陆机的文集里选出《文赋》，我们今天写魏晋诗论史，将处于何种局促的境地。事实上《典论》二十篇除《论文》一篇因《文选》的选录得以保存外，他篇几乎都是残篇断句，有的更是荡然不存。陆机的文章除《文赋》等少数篇章由于《文选》的录入而得以幸存外，他篇也都遭遇同样的厄运。其他如《毛诗序》，曹丕的《与吴质书》，曹植的《与杨德祖书》，左思与皇甫谧的《三都赋序》，陆机的《演连珠》五十首以及沈约的《宋书·谢灵运传论》和江淹的《杂体诗》三十首等，都是文论史上重要的篇章，其中也有不少因《文选》的选录而得以留存。昭明对诗论史史料的保存所做的特殊贡献，我们确实需要重新认识。对上述有的篇章理论内涵的分析和价值评判上，似乎也有待深入和提高，譬如对江淹的《杂体诗》三十首评价上，就体现了这一点。江淹在当时诗坛上日益重视诗体审美独特性的背景上和论诗界对诗体一片是朱非紫的排他性的论争中，用魏晋以来盛行的拟体诗特殊的形式，来倡导诗体的多样性并行。这应是中国诗论史上第一篇论诗诗,而且以三十首长篇组诗的形式出现,确实非同凡响,至今还可以为认识和研究当日各具特性的丰富多彩的诗体提供典型而又形象鲜活的样式,江淹这种对诗体审美多样性的很通达的见解,为明清以来诗词选家所津津乐道,而今之论者似乎对此还未引起足够的重视。又,江淹于诗,固然是以"善于摹拟"著称,但写景言情意深文婉,更是其诗之特色和所长。即以拟体说,《效阮公诗》十五首,将拟古与讽谏紧密联系在一起,既无迹可寻,又显示出写诗的真谛,应是其拟体诗的代表作。《杂体诗》三十首不是缘情,而是说理。提倡对各体诗兼容并蓄,"具美兼善",反对"论甘则忌辛,好丹则非素"(《杂体诗序》)。昭明不选《效阮公诗》,而录入是篇,所看重的正是这一点。《文选》能兼收众体,似乎也就于此。萧统选文,能高瞻远瞩,应是由于他理论视野的开阔;而在他周围的文士中,在诗学理论上,能给予他有益影响的,恐怕非刘勰莫属了。王筠、刘孝绰都颇有诗才,但诗论都不是他们的擅长。刘孝绰心胸褊狭,好诋诃他人,又暗于自见,是文人相轻中很有代表性的人物;王筠音词精密,赏析入微,但理论的心胸并不开阔,他们都不可能在这方面给予昭明以良好的影响和有益的启示。后期的刘勰,偏爱佛理,学术思想志趣虽然已不在此,但他在而立之年所写的体大思精、前无古人的诗学巨著《文心雕龙》,对于在青少年时代就爱好文学的萧统,仍会有极有益的启示,这应是昭明对刘勰"深爱接之"最重要的原因。把萧统在选文中所表现出来的对诗学理论的特殊好尚,与其对《文心雕龙》的爱好并受到影响联系起来,应该说是有一定的依据吧! 至少是一种合理的推测。

第二节　"文之枢纽"与"唯务折衷"

说刘勰的《文心》是以儒家思想为主导,并非言其不杂其他思想异质,而是说,他是在宗经的前提下,尽可能地吸收古往今来一切有价值的思想艺术成果,融入他所提出的许多新的文论范畴和理论命题之中,建构起几乎无所不包的新的理论体系,从而把儒家诗学推进到一个新的境界。这种兼容并蓄、以一总万的理论心胸和理论视野,在其具体的操作过程中所遵循的最重要的方法论原则,就是他在《序志》篇最后一段文章中所慎重申言的"唯务折衷"。

> 夫铨序一文为易,弥纶群言为难,虽复轻采毛发,深极骨髓;或有曲意密源,似近而远,辞所不载,亦不胜数。及其品列成文,有同乎旧谈者,非雷同也,势自不可异也;有异乎前论者,非苟异也,理自不可同也。同之与异,不屑古今,擘肌分理,唯务折衷。按辔文雅之场,环络藻绘之府,亦几乎备矣。但言不尽意,前圣所难;识在瓶管,何能规短。茫茫往代,既沈余闻;眇眇来世,谅尘彼观也。

这是一段成书时所写的甘苦之言,也是一次全面而深层次的理论总结。其中包括"弥纶群言"的用心及其困难之所在;"不屑古今"的独创性与对前论有同有异的因革;"亦几乎备矣"的自我评估与尚存不足的主客观原因的分析等。而"擘肌分理,唯务折衷"这两句很关键性的话,则是他申言因革旧谈以熔铸新论所遵循的原则。这原则,还在全书许多篇章中反复言及。

既然刘勰著论唯务于此,那么作为全书理论之"枢纽"——《原道》至《辨骚》五篇,当然更是舍此莫属了。问题是何谓"折衷",刘勰为何和如何致力于此?"折衷"亦即折中。"折"有裁取、权衡和把握之意,故有时称为"以裁厥中"(《附会》)。折中或裁中,即以"中"为权衡,为判断,为止境,而所谓"中",其基本含意是,在兼取、协调异质以成新说的过程中,于可否去取之间,力避"过"与"不及",前人之作能如是,则誉之为"能执厥中"(《封禅》),反之,则贬为"多失折中"(《奏启》)。这"中",又是从"和"及"中和"发展派生而出的,故刘勰有时又以"和"或"中和"名之。如《章句》篇言:"何不折之以中和?"《乐府》篇说:"中和之响,阒其不还""和乐精妙"。《声律》篇说"异音相从谓之和"等。

不能把刘勰的折中,等同于汉儒所言的折中于圣道,即完全以孔子的言论为权衡。虽然,从方法论说,刘勰的裁中,确与儒家的"中和"思想有承继关系,但又与汉儒重在"总一",亦即偏于趋同的一端有很大的不同。为了弄清刘勰"折中"说的具体内涵及其渊源关系,需要对"中和"思想发展的过程略加考索。

一、"折中"说的渊源

"折中"说并不是汉儒所首倡,寻其端,也不是从孔子起始,而是从孔子之前一种尚"和"的哲学思想发展演化而来的。"和"作为与"同"相对立的范畴,至少在春秋时代已被广泛运用。这在《国语》及《左传》等古代典籍中都有具体的记载。《国语·郑语》记史伯言,《左传》载齐晏婴说,都对"和"与"同"的对立以及"和"的思想和美学价值之所在,做了较为深刻的论述。如《左传·昭公二十年》记齐侯与晏婴的一席对话:"'和与同异乎?'对曰:'异。和如羹焉,水火醯醢盐梅,以烹鱼肉,燀之以薪。宰夫和之,齐之以味,济其不及,以泄其过。君子食之,以平其心。君臣亦然。君所谓可而有否焉,臣献其否,以成其可;君所谓否而有可焉,臣献其可,以去其否。是以政平而不干,民无争心。……先王之济五味,和五声也,以平其心,成其政也。声亦如味,一气,二体,三类,四物,五声,六律,七音,八风,九歌,以相成也。清浊,小大,短长,疾徐,哀乐,刚柔,迟速,高下,出入,周疏,以相济也。……若以水济水,谁能食之? 若琴瑟之专壹,谁能听之? 同之不可也如是。'"晏婴发挥了尚"和"与必须弃"同"的思想,提出了治政应兼听不同的甚至是反对的声音,其中对"和"的构成做了细致和深刻的阐述。按照晏子的说法,"和"即异质同构以成新质。这又可大别为两类:一是平列的异质,如五声、六律、七音等可以相成;二是对立的异质,如清浊、哀乐、刚柔等可以相济。他用宰夫和羹为喻,提出了"济其不及,以泄其过"的命题,不仅有取"中"之意,而且包含有融合异质以成新质,进入了新的更高层次的思想和审美境地。晏婴对"和"的精辟论述,为后代许多哲人和文论家所吸收,虽然他还没有直接提出"中"与"中和"这一美学范畴。

略晚于晏婴的孔子,在整理古代文化遗产中,明确地接受了"和"的观念,并加进了一些新的内容。《论语·子路》篇言:"君子和而不同,小人同而不和。"弃"同"取"和",以之作为君子与小人思想道德的分野。君子取"和"的表现之一是兼融文质。《论语·雍也》篇说:"质胜文则野,文胜质则史,文质彬彬,然后君子。"这不但是君子修身的审美取则,也成为后世许多评文说诗者权衡得失的准绳。如何才能使文与质相成相济,使之臻于彬彬之境呢?孔子把晏婴的"济其不及,以泄其过"的方法,概括而为"过犹不及"(《论语·先进》),即排斥两端,取其适中的原则,并以此作为诗学的审美原则:"《关雎》乐而不淫,哀而不伤。"(《论语·八佾》)《论语集解》引孔安国言:"乐至不淫,哀至不伤,言其'和'也。"这个"和",同时也就是"中"。这种求"和"取"中"的方法和原则,用之治政,即"允执其中"(《论语·尧曰》)。以之评人,则赞美"中行":"不能中行而与之,必也狂狷乎!狂者进取,狷者有所不为也。"(《论语·子路》)狂者与狷者是"过"与"不及"的两个极端,是中行者所不取的。《论语·雍也》篇还言:"中庸之为德也,其至矣乎!民鲜久矣。"中庸即用中或取中,孔子奉之为德治的最高境界,并慨叹其长久失传。这大概是从尧帝"允执其中"的遗训中引申出来的吧!总之,指出"过犹不及",以适度得"中"为至境,是孔子对古代"和"的思想的一种阐发。

孔子赋予"和"的另一要义,是以礼节和,从而使"和"成为儒家政治、道德和诗学的审美原则,也使传统的"和"的思想发生某些质的变化。《论语·学而》篇言:"有子曰:'礼之用,和为贵,先王之道,斯为美。小大由之,有所不行,知和而和,不以礼节之,亦不可也。'"在儒家思想里,礼是用以别异的,即界别君臣、上下等级关系的,这是处理人际关系的第一要义;"和"则是用以合异的,是处于从属地位。既能别异,又能合异,即既能维护等级秩序,又能上下和谐安宁,这是最高境界的治术。如果在处理阶级异质关系时,只知求"和",而不能尊礼,那就不可取了。"知和而和,不以礼节之,亦不可也。"这是孔子的弟子有若的话,所集中反映的是孔门对"和"的一种新的审美规范。

被后世尊奉为孔子之孙子思所作的《礼记·中庸》篇,进而把"中"与"和"相连结,熔铸而成"中和"这一重要的美学范畴:"喜怒哀乐之未发谓之中,发而皆中节谓之和。中也者,天下之大本也;和也者,天下之大道也。致中和,天地位焉,万物育焉。"以情感的抒发得到"中节"释"中和",实质上就是要求以礼节情,所阐发的正是孔门对"中和"说的新的审美规范。

在诗、乐中直接而明确地提出应具"中和"之美的是荀子。其书《劝学》篇说:"诗者,中声之所止也""乐之中和也"。其所谓"中",即权衡礼义。《儒效》篇说:"先王之道,仁之隆也,比中而行之。曷谓'中'? 曰:礼义是也。"这就是说,诗与乐都要折中于礼义。在荀子看来,以礼入乐,就能使乐教发挥最大的效用。"故乐在宗庙之中,君臣上下同听之,则莫不和敬;闺门之内,父子兄弟同听之,则莫不和亲;乡里族长之中,长少同听之,则莫不和顺。故乐者,审一以定和者也,比物以饰节者也,合奏以成文者也,足以率一道,足以治万变。"(《乐论》)"审一以定和"就是在礼义的基础上,使君臣、上下、父子、兄弟、长少、邻里融合无间,臻于和顺,这就是荀子诗乐"中和"说的要义之所在。荀子对"中和"的阐释,打下了儒家思想最鲜明的烙印,作为一种审美范畴,又是基于对诗乐审美特征的正确认识上,并以此为基础,建构并阐释其美学命题。荀子认为,诗与乐都是主于言情的,又具有声与文相结合的艺术形式美,因而为人们喜闻乐见:"夫乐者,乐也,人情所不能免也,故人不能无乐。""君子以钟鼓道志,以琴瑟乐心。"而且乐有感化人心的巨大效用:"夫声乐之入人也深,其化人也速。"(《乐论》)依据这个特点,把礼义的内容渗透进去,所谓节之以礼,"审一以定和",就能依从礼义的导向,在人际关系中,起着"和敬""和亲"及"和顺"的作用,这是单纯的礼教所不能代替的。把"中和"说定位于诗乐美学,赋予其审美的内涵,使其更有效地发挥诗乐的教化作用,这是荀子"中和"说的要义、贡献和局限之所在。

汉人的诗说,如《毛诗序》言"发乎情,止乎礼义",扬雄《法言》说"诗人之赋丽以则"等,都与荀子诗乐"中和"说一脉相承。曹魏时期的"中"说,则是从治政进入诗学领地。前引曹操的《求直言令》中所言的"每惧失中",这"失中"之处,应是指"过"与"不及",而他所求的"直言",则是指在治国治军方略中,能听到不同的甚至相反的声音,以求对事物获得正确的判断。这其实也就是前引晏子所言的"君所谓可而有否焉,臣献其否,以成其可;君所谓否而有可焉,臣献其可,以去其否"。曹操的求"中"之言,实质上也就是先秦哲人们的尚"和"弃"同"之说。受到曹丕赞扬的徐幹的《中论》,除了本着魏武的见解,把循中、得中与求是联系起来外,还把"德"与"艺"相融合,遵循着汉儒论诗的见解,将德主艺从引进诗学,使其"本末"论和文质观显示出儒家论诗的性质,也开启了刘勰的"折中"说思想的先河。

刘勰的"折中"说,正是接受了上述两个方面的传统:既吸收了晏婴等重在异质相济相成的尚"和"的观念,又继承了孔、荀的以礼节"和"的"中和"思想。把这两者熔化为一炉,丰富和扩充其内涵,熔铸而成富有新意的方法论原则。其间组合和逻辑联系,在《定势》和《附会》诸篇中,做了更深层次的阐述。

> 渊乎文者,并总群势:奇正虽反,必兼解以俱通;刚柔虽殊,必随时而适用。若爱典而恶华,则兼通之理偏,似夏人争弓矢,执一不可以独射也;若雅郑而共篇,则总一之势离,是楚人鬻矛誉盾,两难得而俱售也。(《定势》)

> 是以驷牡异力,而六辔如琴;并驾齐驱,而一毂统辐;驭文之法,有似于此。去留随心,修短在手,齐其步骤,总辔而已。(《附会》)

《定势》篇是言"即体成势",而《附会》篇则是说"附辞会义",但两篇所阐释的处理异质关系的理论原则,却都是"折中"说的内涵,即"兼通"与"总一"的有机结合。"兼解以俱通",是融合异质以成新见的基础和前提,无异力,则无合力可言;"总一"使之势合,则是要求制衡异力使之成为合力,不使异力成为离心力。所谓"善附者异旨如肝胆,拙会者同音如胡越。"(《附会》)"兼通"与"总一"这两种对立的方法,也是"执一不可以独射"的,而必须"兼解以俱通"。"兼通"是缘于晏婴等尚"和"弃"同"的思想;"总一"则是受到荀子"审一以定和"的思想启示。这两者都有其渊源,合而为一,并具体运用到诗学理论的建构,则是刘勰的创造,因而也具有全新的意义。

二、"枢纽"与"折中"

何谓"文之枢纽",如何通过"折中"来营建"文之枢纽"呢?

《序志》篇言:"盖《文心》之作也,本乎道,师乎圣,体乎经,酌乎纬,变乎骚,文之枢纽,亦云极矣。"这内容不同,前后又无必然逻辑联系的五篇文章,又何以能成为其文论体系中"枢纽"的一环呢?《正纬》篇说:"经正纬奇。"《辨骚》言:"奇文郁起,其《离骚》哉。"依据这个界定,他把这五篇文章划分为两大类别:《原道》《征圣》落实在《宗经》上,奉为"正";《纬》与《骚》则属于"奇"。把这五篇文章划归一组,其意就在于兼取奇正。奇与正本是《文心》中最为重要的一组对立的范畴,如何处理其间的关系呢?《定势》篇言:"奇正虽反,必兼解以俱通。""旧练之才,则执正以驭奇。""兼解"奇正和"执正以驭奇",正是折中奇正要义之所在。刘勰论文的指导原则,就建立在这一基础之上。所谓"文之枢纽,亦云极矣",其意正在此。

《五经》之文何以为"正"? 经书作为"文"的基本特征和价值取向又是什么呢?《原道》《征圣》和《宗经》三篇,就集中阐释了这个论题。

文原于道虽非刘勰所首创,但立足于论文,对道、圣、文三者的关系做了系统论述的则是从《文心雕龙》起始。郭绍虞先生的《中国文学批评史》引《荀子》中的《儒效》《非十二子》诸篇有关的论述,说明荀子已提出《五经》含道、体道为圣的见解,开后世论文原道、征圣、宗经的先声。以"理懿而辞雅"(《诸子》)归美荀书的刘勰,当然会从中获得启示。但他提出的命题、论据和理论阐释的深广度,则远远超出了荀论的范围。譬如,荀子认为,体现在《五经》中并由周公、孔子主管的儒道,是"人之道",而与天、地之道无涉。"道者,非天之道,非地之道,人之所以道也,君子之所道也。"(《儒效》)这就是说,儒道之所以天经地义,是因为古圣先王行之有效,百王治国中受到检验的缘故。荀子论道、崇道,应该说还保持了原始儒学的质朴性的一面。刘勰则依据《易·说卦》中的天、地、人"三才"说,从天、地之文,推论出人之文,而统归于"道之文",并认为,这都是"自然之道"的表现。这却是前此推崇儒道的人所未曾言的。

"三才"各有文的结论,是用天地的自然景观来推论"人之文",也必然是文采华耀,其意也在强调,"文"是"道"的外显,是"道"的一种重要属性,以服从于其论"文"的需要。至于统归于"自然之道",则是进而说明,"文"的这种属性是无须外饰的,是自然而然的,甚至于是与生俱有的,以此来证明"道之文"的天经地义,是来之于天造地设。同时,"文"的这种自然属性的确立,也为其贯穿全书的"文丽而不淫"这一重要命题提供依据。他所运用的"自然之道"这一老庄语词来界定"道"的一种属性,应是受到风行于当时的玄学影响。但是这"道"的载体,最后还是落实在儒家经书上,而不是见诸庄玄之作。这种言在此而意在彼不太协调的情况,也可以从其遵循的折中说中得到说明。在宗儒的前提下,吸收异质以济或以成其说,本是"唯务折衷"的题中应有之义。

《原道》篇说:"人文之元,肇自太极,幽赞神明,《易》象惟先。庖牺画其始,仲尼翼其终……"这是刘勰的一段重要的论述,由此从原道向征圣过渡,从而建立起原道征圣、宗经的理论纲目和相互间的逻辑联系。其理论资料和话语,大都采自《易》的经传。《易·系辞》云:"易有太极,是生两仪……""太极"云云,本是上古哲人对宇宙生成的一种假设和推断。《易》为儒家五经之首,汉儒注《易》,大都称"太极"为混沌元气,据此而建立起宇宙构成论。《易》又是魏晋时三玄之一,玄学家言《易》,则称"太极"为"虚",为"无",是宇宙万有存在的依据,并由此而建立起玄学的本体论。刘勰所言的"太极",从其所使用的"神明","神理"和"道心"等异称看,显然不是指由物质因素构成的实体,而是一种很神秘的,能预见、预示人间秩序而又是常人所不能体察到的先验精神。从其把"太极"视为精神现象看,其与玄学以"太极"为"无"为"道"的一种精神抽象,有其相似之处,可以同属于客观唯心主义的宇宙观。但刘勰视"太极"为先验的存在,是现实秩序至高无上的主宰者和预示者,这与玄学所言属本体论上之"无",是存在于万有之中的一种哲学思辨又是两回事。从刘勰以先验论为依据来观察和神化"太极"看,论者称他是有神论者是有道理的[①]。但刘勰所运用的神学的事义,如河出图、洛出书之类,都是《易》经传中所固有的,这与直接从佛学经藏中取材论证终究有所不同。不过,既然有取于此,而且还多次运用"神理"这一在当时佛学中流行的话语来说明,就不能说与佛学思想毫无关系。当然,我们也可以说,其取"神理"与

---

① 王运熙,杨明.魏晋南北朝文学批评史[M].上海:上海古籍出版社,1989:345.

取"自然之道"一样,都是为阐明儒学服务的。把"神理设教"与"炳耀仁孝"联系起来,也是兼取异质以成其说的"折中"论的表现。

《原道》篇在描述"道"的转化过程时,以"太极"为中介,把"自然之道"一变而为"神理设教",这不但把预示现实的秩序并兼有文采美的"道"神化了,同时也将儒家的古圣先王特别是孔子体察道心的过程神秘化了。其意当然是在抬高儒家的圣贤及其所整理的经典至高无上的地位,为其论文宗经提供理论依据。刘勰探原儒道以及由此建立起来的道、圣、文三位一体的关系,应该说是很不科学的。他把产生于古代儒家经书中的神话假设与当时流行的玄、佛话语杂糅在一起,把本无必然逻辑关系的一些范畴和命题联系起来而显得不伦不类。其反复申言的"神理设教",其实也就是汉人所言的"神道设教",只不过是一则立论于《易》经传,一则取材谶纬之说而已。所以刘勰论"道",比起具有很强的思辨色彩的玄学本体论和古文经学家的朴素的元气说,还后退了一步。由此可见,刘勰运用"折中"说"缀思"其理论问题,并非都是成功的。这里的缺点和牵强附会之处,用他自己的话说,就是"若雅郑共篇,则两难俱售矣"(《定势》)。评析刘勰的文原论,大可不必对其为论证儒道的神圣性所杂糅的异质物,各执一端加以引申而是此非彼。

"道沿圣以垂文,圣因文以明道"的命题,最后落实到孔子的言论和儒家的经书上,典与华、质与文的异质同构,就是刘勰从儒经中概括出来的"道之文"的最基本的特质,也是他所言的"正言""正文"和"正体"的具体内涵。就"典"与"质"说,侧重从功用论中所体现出来的审美规范;就"华"与"文"说,则是要求有文采美。这两者又须完美结合,是"执一不可以独射"的。《征圣》篇引孔子之言归结成"政化贵文""事迹贵文"和"修身贵文"三端,是用来说明功用的类别和功用与文采可以相得益彰。他总结孔子之言并奉为金科玉律的两句话是:"志足而言文,情信而辞巧",则是进而言说这两者之间的主从关系。

刘勰宗经论文的要义,是重在依经为文,而非依经立意。《宗经》篇并未大谈《五经》的政教内容,而是逐个分析每部经书的写作特点,并进而概括出共同的审美规范。经书的内涵各有指归:《易》谈天,《书》记言,《诗》言志,

《礼》立体,《春秋》叙事褒贬。所写的内容不同,表达的方法也因之而异:"或简言以达旨。或博文以该情,或明理以立体,或隐义以藏用。"(《征圣》)文章的"繁略殊形,隐显异术",是"圣人之殊致,表里之异体"的表现。五经异体云云,其更深层的用意则是要从中梳理并归结出后世各体文章的源头,进而为其在文体论中"正末归本"提供理论依据。

就依经为文的共同的审美规范说,那就是他所提出的著名的"六义"说:"故文能宗经,体有六义:一则情深而不诡,二则风清而不杂,三则事信而不诞,四则义直而不回,五则体约而不芜,六则文丽而不淫。"(《宗经》)"六义"涉及依经为文在六个方面的规范。每个命题都包含树立正义和否定反义的两层含意。命题的建构,是采用孔子的"过犹不及"以取其"中"的方法,甚至于词序的组合,也与孔子评《关雎》"乐而不淫,哀而不伤"(《论语·八佾》)的语序没有两样。但其囊括的范围和论述的深度,则远比孔子以及汉人的有关论述都更为广泛和丰富。他已不仅限于情意和文采的要求,还包括情感形诸文应具有纯真而又充满生气能感人至深的艺术形态;对正其体制的要求,以要约作为各体文章的共同守则;引事证义,能理得而义要,是在于事信而义正等。这些,都是对经书中"文"的质素有了新的体认的表现。这审视经书的新的审美眼光,又是与魏晋以来诗学发展所提供的新的审美经验分不开的。所以刘勰以"体有六义"为"正",已经融入了某些并非经书所固有的至少是并未充分体现出来的艺术经验。刘勰以新的审美眼光审视经书所获得的体验,在此基础上,进而博采和兼融后代诗学的进展所提供的新的异质要素,以扩充和丰富其理论内涵,也就势在必然了。

《楚辞》和纬书,性质完全不同。就文学的审美价值说,也是高下悬殊的。但被刘勰同称为"奇",是因为两者都有异于经典之处,与"六义"的审美要求不相符合。经为常道,反常或异于常则为"奇",所以"奇"也就必然有变异之点和创新之处。"奇"与"正"作为古代交战的两种方法——对阵交锋和半途伏击,可以交互运用,同被肯定。用于治政,汉儒则奉孔学为正,并是"正"而非"奇"。扬雄、班彪和班固都以"好奇"来讥弹司马迁的《史记》,责其褒贬进退之间,"是非颇谬于圣人"(《汉书》)。刘勰在政治观点上,也是不满于"反经好奇"的,但在艺术观上,则是兼重创新,亦即颇为"好奇"的,甚至对某些哲学思想上的新见,也兼容并蓄。他在宗奉依经为文的大前提下,高度赞扬"轩翥诗人之后,奋飞辞家之前"的"奇文"《楚辞》,"按经验纬",斥纬书为伪作,但可拾其事采。宗经与正纬、辨骚相结合,正好可以建立起兼综奇正、以正驭奇、采奇而不失之正的论文总原则。把握这一"文之枢纽",就可以纲举而目张了。

谶纬之作,兴起于西汉末年,盛行于东汉,在魏晋南朝时代,仍有一定的市场。纬书是以大量的符瑞、灾异、天命、神道等异诞的材料来占验当世和预卜未来。它是用神道设教来配合儒家的政教,以证明皇朝统治的合法性。《正纬》篇是从两个方面做出评判的:其一,明其伪作,义不配经,从而与经划界。辨伪所申述的四条理由,特别是"先纬后经,体乖织综"一条,更有说服力。该条从商周符谶早于群经成书的事实,说明纬书既不可能是孔子所作,也不可能是为了配织经书而成。刘勰的"按经验纬",使纬与经相分离,从论文的角度说,其意是在把纬书排斥在文章正体之外。其二,采撷英华,以助成文章。该篇言:"若乃牺、农、轩、皞之源,山渎钟律之要,白鱼赤鸟之符,黄金紫玉之瑞,事丰奇伟,辞富膏腴。"这当然可供为文者学习和采用了。其实,"六义"中就有事义和词采这两项审美规定,融入其内以丰富其内涵,本是"兼解奇正"题中应有之义。从《序志》篇归结此篇为"酌乎纬"这句话看,立此篇的主要用意也在此。

《辨骚》篇论述的角度则有所不同,价值评判更是高下悬殊,但辨析其"奇""正",并进而取"奇"以补"正"则是共同的。如果说《正纬》篇意在证其伪,使之与经分离,只取其艺术表现上某些新奇之处;而对屈宋之作,则是努力寻绎其与经书相联系的共同之点,细致分析和大力推举在艺术上的多方面创新,以此在更深层次上阐明其兼综奇正和以正驭奇的论诗原则,并进而为剖析群言、合胡越为肝胆提供样板和理论依据。

刘勰辨明《楚辞》与经书的异同,是在总结汉人之言的基础上提出自己的评判的。汉人评屈赋,完全以经书为权衡。刘勰也首先从这个角度上对汉人之论做出评价:"四家举以方经,而孟坚谓不合传。褒贬任声,抑扬过实。"意谓双方不同的评价,都是各执一端的片面性的见解,与《楚辞》的实情不符。这"抑扬过实"之处,也就是"过"与"不及"的两端。他列举了《楚辞》同于风、雅的四点,以补正班固所抑的"不及";摘取"异于经典"的四事,以别裁刘安等四家所扬的"过正"。可见刘勰依经权衡屈宋之作,别裁汉人之论,从方法论来说,也是一种"折中"。

刘勰评说汉人之说,"征言"于《楚辞》各篇章,得出了与经书相较有同有异的结论。其意是在说明:《楚辞》是兼具奇正的,既不能与经书等量齐观,而同归于"正";也不能因其有异于经典之处,而贬斥其"奇",而是立论于"正"的基础上兼取其"奇"的。这是刘勰与汉人之论最大的不同点:虽以经书为评说的参照系,但然否得失并非以之为权衡。从论述的角度看,也可以说是从"征言"其"异乎经典"之处到赞赏其创新的转变。《辨骚》篇说:"观其骨鲠所树,肌肤所附,虽取熔经意,亦自铸伟辞。故《骚经》《九章》,朗丽以哀志;《九歌》《九辩》,绮靡以伤情;《远游》《天问》,瑰诡而慧巧;《招魂》《招隐》,耀艳而深华;《卜居》标放言之致,《渔父》寄独往之才。故能气往轹古,辞来切今,惊采绝艳,难与并能矣。"《时序》篇又言:"屈平联藻于日月,宋玉交彩于风云。观其艳说,则笼罩雅、颂,故知炜烨之奇意,出乎纵横之诡俗也。"从这些分析和结语看,《楚辞》除情志忠贞、哀怨深致外,其艺术表达上还有许多独特之处。这长处,可以用奇、伟、艳、切四个字来概括:即构思奇特,取事异诞,结篇宏伟,树骨强劲,词采之丰富与华艳,表情状物和言时之精切和感人等。这些艺术造诣,都是有异于经典的,其艳丽处,甚至还"笼罩雅、颂",亦即高出一筹。这新奇处,也并非缘于取效于经典,而是"风杂于战国"促成的。可见刘勰辨析骚体与经书的相异点,其意并非为否定或贬低,而是探讨其奇异的成因,为立"奇"服务,所以才会有"笼罩雅、颂"这异乎寻常的赞语。

如果我们再试将上述评论与《宗经》篇"体有'六义'"相比照,就会发现,这两者有不少是不相吻合甚至有互相抵牾之处。如"风杂于战国"就和"风清而不杂"相径庭;引事神奇而夸诞,就与"事信而不诞"相背离;至于"艳说""瑰诡而慧巧""耀艳而深华",也与"体约而不芜""文丽而不淫",不相谐合。但刘勰却给予极高的评赞,誉之为"气往轹古,辞来切今,惊采绝艳,难与并能""屈宋逸步,莫之能追",认为是后人难以企及的典范。究其原因,就是因为《楚辞》能兼综奇正,在熔铸经意和奇思壮采两方面都造诣很高,并能执正以驭奇,使两者完美地结合起来。由此亦可见,"六义"并非是刘勰衡文的唯一标准,采"奇"则是他不可或缺的原则。

刘勰重视取"奇",还可以从《知音》篇中获得验证。该篇所标明的评文"六观"说,其中就有"观通变"和"观奇正"两条,而评通变又应是以验奇正为权衡的。篇中还引用屈原的《九章·怀沙》,说明评文能见其异才算是真正的知音。"昔屈平有言:'文质疏内,众不知余之异采。'见异唯知音耳。"刘勰之所以能成为屈赋千载后的知音,就是因为不但能明其文质,更为主要的是能发现其稀世的异采。《辨骚》篇高度赞美了屈赋的异采,并从中总结出"酌奇而不失其贞,玩华而不坠其实"的重要命题,以之作为全书"弥纶群言"的指导性的原则,即有见于此。由此可见,在《宗经》后立《正纬》和《辨骚》两篇,其意主要不在于以经正纬和依经辨《骚》,而是兼取于《纬》《骚》,特别是兼取《骚》体之异采,以之作为评文的典范和不可或缺的重要一环。从《原道》到《辨骚》这前五篇被界定为"文之枢纽",其"枢纽"处就在于兼解奇正和以正驭奇,并用以统率"上篇以上"作为文之"纲领"的文体论,和"下篇以下"被视为文之"毛目"的"剖情析采",其中包括神思、体性、风骨和知音等重要论题。我们评《文心》,当然也要首先把握这一"枢纽",以之作为切入点以入乎其内。

第三节　"剖情析采"与"以裁厥中"

"剖情析采"原是《序志》篇叙"下篇以下"所涉及的问题的首句,也可以说为"下篇以下"二十五篇所冠的总目。本节继上节"文之枢纽"后取题于此,既是为了写诗论史取材的需要;同时也认为,就刘书总体说,应视为诗学论著,"情"与"采"二字作为构成中国诗学的最基本的质素,不但可以贯穿"下篇以下"所有的论题,即使"上篇以上"的文体论,这两个字似乎也是主要的瞩目点。

应视《文心雕龙》为诗论著作,前文已论及,现以情与采为中心和落笔点,再加申述。

其一,刘勰论文,界定"文"含意有二:一为狭义之"文",即有别于"无韵之笔"的以诗赋为主体的"有韵之文"。《总术》篇说:"今之常言,有'文'有'笔',以为无韵者'笔'也,有韵者'文'也。"《文心雕龙》上篇中有文体论二十篇,即采用南朝时"文笔之辨"流行的区分法,以《明诗》《乐府》《诠赋》以下十篇为"有韵之文",《史传》《诸子》《论说》以下十篇为"无韵之笔"。此即《序志》篇所言的"若乃论文叙笔,则囿别区分"。凡此,均属狭义之文。二为广义之"文",这是采用汉魏以来兼收"文""笔"两体,以"雕缛成体""群言雕龙"为共性的对各体文章的总称。《文心雕龙》兼收"文""笔"两体,同称为"文",并以《文心雕龙》名书,即用此广义。以"雕缛成体"即以文采美作为广义之"文"的共性,而文采又是用以表现情意的,与情意密切不可分离。《情采》篇说:"故立文之道,其理有三:一曰形文,五色是也;二曰声文,五音是也;三曰情文,五性是也。""五音",即宫、商、角、徵、羽,泛指文句的声音谐合,既可拘韵,也可不拘于韵,非指永明体后的平仄相协和四声切韵。所以形文和声文,实为文采的两翼,而"情文"则是指用文采表现作者的性情、情意,这是"文"不可或缺的组成部分。可见刘勰所言之"文",实际上是包涵"情"与"采"两大质素,全书所论,都由此而生发。情与采本是中国诗歌两大特质,是缺一不可的组成部分。无论古体与近体,民歌与雅乐,四言、五言、七言与杂言诗,都概莫能外。如果说,在中古时代,"笔"体也须群言雕饰,以文采美为其外观;而言情的质素,就是诗学所专美的,它是不能也无法涵盖以议论、叙事为主的一些文体的。但刘书弥纶群言,却突出一个情字,以之囊括"文""笔"两体各类之作,这正可见其书以诗律文的审美倾向性。据朱迎平所编《文心雕龙索引》统计,全书用"情"字组合的文句凡一百三十四,其中包括由"情"字熔铸而成的审美范畴如情志、情文、情采、情性、情理、情趣、情韵等,由此而构成的理论命题有三十六则,分布在全书的五分之四的篇章内,其他如《正纬》《祝盟》等十一篇文章,虽未见"情"字,但却有"风化""歌哭""因哀而为文"等涉及言情的内容,只是用词不同而已。刘勰重情,更为重要的是以此作为"文"的本质特征和论文最为重要的审美范畴,来阐述他的一些重要的理论命题。如《宗经》篇言:"文能宗经,体有六义",首义即"情深而不诡"。《熔裁》篇标创作"三准",首准于"设情以位体"。《知音》篇谈"六观","观位体"也是居于第一位,而"位体"即"设情以位体"。《知音》篇还把创作和批评做了对比性的概括:前者以"情动"为起始,后者以入情为旨归,而以情为中心的审美体验则是共同的。以情论文,以"文"统"笔",正可见刘书的诗学性质。

其二,刘勰所论之"情",当然不是与"理"相对立,而是与之相依存。《情采》篇说:"情者,文之经;辞者,理之纬。"这里所言的"情"与"理",是互文见义的,实为情与理的融合物,而情与理互相渗透的见解,又是对传统"诗言志"命题的一种阐发。《明诗》篇即引"诗言志"来彰明诗义,并以"情理同致,总归诗囿"为各体诗歌的共同归宿,可见"情理"与"志"含意是等同的。《诠赋》篇言赋是"体物写志",其意亦同此,都是要求以儒家的精神思想来规范情思。如果说《明诗》《诠赋》诸篇,情志等范畴是用来界定诗、赋含意的,那么《熔裁》篇所言"情理设位,文采行乎其中",《附会》篇所说的"夫才童学文""必以情志为神明"云云,那就是进而以此规范各体文章的内涵,也就是以诗律文了。当然,情与思本来就是密切不可分的,刘勰所熔铸的情志、情理等范畴,只不过是标明其倡导的情感的思想性质,而不是以理代情,或情与理平分秋色。所以《神思》篇所言的"登山则情满于山"和"情变所孕",《物色》篇所说的"情随物迁,辞以情发"等,就只用一"情"字,作为感物、称物和达意的载体,可见情志、情理,就其实质说,是情而非理,是用诗的质素来评论和规范各体文章。

其三,"弥纶群言"的《文心雕龙》之所以具有诗学论著的性质,是与齐梁间文笔之辨向诗笔之辨过渡的大背景分不开的。如前面所说的"文笔之辨与诗学日尊"一节里,着重阐明南朝的文笔之辨与诗笔之辨,是在诗学好尚日益升温的社会文化环境中进行的,而辨别的结果,则是促进了各体文章日益诗化。南朝人界别文笔,大体上是从宋齐间的有韵与无韵向梁陈时缘情绮靡与否亦即向诗笔之辨的方向发展。《文心雕龙》一书,就是产生在这一转折过程之中:一方面用"文"的外在形式美之一即拘韵与否来界别两体之作;另一方面又用诗的内质美并兼具形式美即情与采来统帅"文""笔"两体,并规范各体之作,这是当日文笔之辨向诗笔之辨转折的体现。而这后一点,恰又是其后萧绎在《金楼子·立言篇》用以区分文笔的依据。所以我们可以这样说,以情与采为中心来论文,实质上也就是突出诗学的位置,立论于诗歌美学特点的一次理论总结,这应是刘书的理论特点和重心之所在。综上可见,只瞩目于刘书的文体论部分,将其视为文章作法和文章学类的著作,不一定是恰当的;能看到他以"剖情析采"为重心,在总体上将其定性为诗论著作,则似乎更为合适。

情与采既然是中国诗学的两大基本质素,那么这两者所包含的诸多艺术因素各自所处的位置、相互之间的关系,在创作构思中应如何处理呢?《附会》篇言:

> 夫才童学文,宜正体制,必以情志为神明,事义为骨髓,辞采为肌肤,宫商为声气,然后品藻玄黄,摛振金玉,献可替否,以裁厥中,斯缀思之恒数也。

情志即为情,事义、辞采、宫商三者均属采。命意为文,遣词谋篇,首先要明了这四者各自所处的地位,要处理好这四者之间的关系。"文"作为一种存在物,在传统观念里,就是多种质素的组合,这早在春秋时代,已成为士大夫的共识。《国语·郑语》载史伯答郑桓公问,就以"声一无听,物一无文,味一无果,物一不讲"为论据,来论证"择臣取谏工而讲以多物"的正确性,以明为政必须弃"同"取"和"。

刘勰正是本着"声一无听,物一无文"的传统见解,即"文"应是多种质素的组合,依据组成"文"的诸质素发展变化的情况,对其含意作了新的界定:"故立文之道,其理有三:一曰形文,五色是也;二曰声文,五音是也;三曰情文,五性是也。五色杂而成黼黻,五音比而成韶夏,五情发而为辞章。"(《情采》)"五色杂"可成形文,"五音比"可成声文,而情文,既需将喜、怒、哀、乐之情物化而为辞章,还须"声文"和"形文"的协调。《附会》篇所言处理"文"的诸多艺术因素之间的关系,实质上也就是"情文""声文"和"形文"三者的有机组合问题,而"以裁厥中"则是在组合中所必须遵循的方法论原则。其要点,包括"兼通"与"总一"两者的合一,即在创作过程中,在协调情志与事义、辞采、宫商等诸艺术要素之间关系时,其间既要兼容,不能顾此失彼;也要主从分明,各司其职。主与从、从与从之间,都要恰到好处,融合到最佳境地。

"必以情志为神明",即一定要突出情志的主导地位,使儒家思想规范下的情意,成为诗之生命体的灵魂和主宰。其他艺术要素,则是情志的载体,是安顿和显现诗的生命的不可或缺的成分,这情志与诸艺术因素完美结合和主从关系的分辨,也就是兼综奇正和以正驭奇在创作中的体现。所以"宜正体制",也是通过"以裁厥中"来实现的。刘勰还认为,这"以裁厥中"是"缀思之恒数",即在艺术理论思维中具有普遍意义,要一体遵从。"弥纶群言",品列全书,是"唯务折衷";"铨序一文",命篇驭文,也应"以裁厥中"。可见"折中"说在刘勰缀思文论过程中所起的作用和所处的地位,也理应成为今人剖析全书的理论建构和各个环节的一个切入点。

命题为文时应整合的情与采所包含的诸多艺术要素各自的内涵,"下篇以下"特立相应的篇章分别作了专题论述;其所依据"折中"说的原则,提出和阐明的一些重要命题和审美范畴,尤应为我们所瞩目。下文拟就《风骨》《声律》《物色》《比兴》《事类》《通变》诸篇所提出的范畴和论题,作或详或简的阐释,以明其价值之所在。至于侧重从创作构思、才性风格以及批评鉴赏等角度提出的理论命题,拟于下章各节再予评说。

风骨。"风骨"是刘勰所熔铸的一重要的诗歌美学范畴。对其义界,论者的意见分歧很大,这在"龙学"中是很有趣的现象。如果我们能把握刘勰的兼综奇正的观点,来理解《风骨》篇所阐述的风骨与文采相结合的见解,从这个角度来认识"风骨",也许能得其真谛。风与骨都是喻意,从其所喻之意说,应是从儒家经书中提炼和升华而成的,可统归于"正"。"风"可探源于《诗》之"六义","骨"则取义于《周书》。《风骨》篇云:"《诗》总'六义','风'冠其首,斯乃化感之本源,志气之符契也。"《毛诗序》于"六义"释"风",有教化、讽谕二义。《明诗》篇还加上"持人性情"一条,包含有修身的内容。这些,均属"化感之本源",这是"风"的内质,即诗的情意的质的规定性。这情意还必须形诸鲜明、生动感人的艺术形态,即"志气之符契"。"风"当然偏重于富有生气的外在形态,但"化感"人心的内质美又是其生命之源。不能把情意等同于"风",也不能只见"符契"而无视"志气",必须把这两者结合起来认识"风"。"情之含风,如形之包气",意即此。《宗经》篇言经体之文,内含"六义":"一则情深而不诡,二则风清而不杂。"这是对"情"与"风"分别界定的。"情"要深要正,"风"要清要纯。"风骨"之"风",是两者的合一。这是"风"的本源,也是其最基本的质素,由此本源升华而为"风骨"之"风",其内涵又有所扩张。就"情"说,由"情志"而为"志气""意气",实为"情志"和"才气"的结合。《风骨》篇引曹丕、刘桢论"气"之言,为其"志气"说张目。曹丕的"文气"说,是把其时品鉴人物的"才性"说引人文论之中,论证诗人独特的文风,是受其特有的才性、气质的制约。刘勰的"志气"说,显然是吸收了这一异质因素。但曹丕等论"文气",强调个性,至少没有与"志"直接联系在一起。因为儒家所言之"志",是一种群体意识,带有某种共性,与侧重强调个性特征的"气"是相左的。但刘勰却用"气"来补充"志",使之异质同构,相反相成,合而为之"志气"或"意气"。其意是在用"志"来制约"气",或者说是用"气"来体现"志",即用个性来表现共性。从"言志"到言"志气",从儒家诗学理论说,应是一大进展。这进展,也是通过"折中"说来完成的。

再从刘勰赋予"风"的形态特征看,《宗经》篇界定"风"最基本的审美特质是"清",《风骨》篇进而分析"清"的成因:"意气骏爽,则文风清焉。""骏爽"有骏逸、明朗意,这是"志"与"气"两个方面的审美规范,体现在形态上,就是清纯、爽朗,能"风清而不杂"。至于言"深乎风者,述情必显",则是进而要求"风"要有外在形态的显现,使人能观之,才能受到感化,所以"风"是需要因内而符外的。

"骨"则取义于《尚书》。《风骨》篇云:"《周书》云:'辞尚体要,弗惟好异。'盖防文滥也。"此言凡三引,首见于《征圣》篇,《序志》篇总述全书,又引此加以强调。"体要"则有待于树骨。"故辞之待骨,如体之树骸。""骨"之喻意,即由此而生发。"故练于骨者,析辞必精。""若瘠义肥辞,繁杂失统,则无骨之征也。"所以树骨,实质上就是辞尚体要,是体要的一种审美升华。"体要"是对文章体制上的要求,不能"繁杂失统",是从整体上的规范,辞精则是进入体要的重要手段,与体要相依存。所以"骨"包含了"体"与"辞"两个方面的要求,宗经为文的"六义",也有两条与此相联系,即"体约而不芜"和"文丽而不淫"。"体约"是"体要"的重要特征,是从体制上要求和整体上观察,"芜"则是反义,也就是"繁杂失统";"淫"即肥辞,是精的反义。喻之为骨,实际上是包含有骨质的坚实和骨架的完好双重要求。所以刘勰又用树骸、端直、精、坚、刚健等辞补充其义界,并用"捶字坚而难移,结响凝而不滞"等语,明其在遣字用韵时应致力之点。

从《风骨》篇看,"风"重在情志的物化,而物化则有赖于辞采来显现,故有"风辞未练"之说;体要在于树骨,而练骨受到文体的制约,所以又有"辞与体并"之言,可见"风即文意,骨即文辞"之言是不全面的。不能把刘勰所提出的"风骨"问题简单地归结为以辞达意或意辞同构的要求,而是立足于宗经,体现其审美理想,对诗歌创作进行高层次的审美规范。他要求作者接受儒家诗学的传统,能"深乎风""练于骨",使诗作能"风清骨峻,篇体光华""文明以健,珪璋乃聘",具有更高层次的审美价值。

"风骨"作为中古诗学的一重要审美范畴,并赋予独特的审美含义,应是刘勰的创造,虽然"风骨"一词,并非刘勰首创。魏晋南朝文士品藻人物,就常用风度、风姿、风韵和风神等品赞人物的姿态和气质,用"骨"来赞赏其体格骨相。"风骨"连用,则是欣赏其在姿质和形态上兼具上述两种美。这在刘义庆的《世说新语》(包括刘孝标的注)、沈约的《宋书》等书中都有记载。刘勰论文,袭用了这一词语,在审美形式上,显然是受到了启示,但注入的内涵,却并不相同。譬如《宋书·武帝纪》称刘裕"风骨奇特"。沈约用"奇特"一语来颂扬刘宋的开国皇帝刘裕的风姿骨相。而"奇特"在刘勰的"风骨"范畴内是不能容纳的,因为刘氏索源取义于《诗》《书》,经属常道,是无取于"奇特"的。《风骨》篇的"赞曰"中,还用"文明以健"来概括"风骨"美的特色,这也是出自《易·同人·象辞》。可见刘勰言"风骨",起于《诗》《书》,终于《易》,严格按经书界定其美学内涵。他是没有也不可能用魏晋南朝士人品藻人物的话语,作为体现其审美理想的一种源头的。

我们说"风骨"的原质,并不包含"奇特",但这并不是说两者互不相容,恰恰相反,按照刘勰的审美要求,这两者是可以也应该相融相合的。因为刘勰言"风骨",如同《宗经》篇言"六义"一样,是用以构成其审美理想的主导部分和制约机制,而非其审美要求的全部;是其宗经论文的一个基点,而不是其去取的总原则。"风骨"和"六义",都是用来树"正"的,而"正"必须融合"奇"才能大放光彩。在刘勰看来,"正"与"奇",就如同弓和矢,是"执一不可以独射"的,"折中"奇、正,才是刘勰诗论的归结点和总原则。《风骨》篇最后归结到风骨必须与文采相结合,就是这一审美原则的体现。

文采问题,《情采》篇已有专论,"风骨"本身,也有相应的辞采要求,"骨采未圆,风辞未练",即有此意。那么,"风骨"专论,为什么还要强调兼具文采美呢? 这就涉及兼综奇正这一纵向组合原则了。

> 夫翚翟备色,而翾翥百步,肌丰而力沉也;鹰隼乏采,而翰飞戾天,骨劲而气猛也。文章才力,有似于此。若风骨乏采,则鸷集翰林;采乏风骨,则雉窜文囿;唯藻耀而高翔,固文笔之鸣凤也。

刘勰以禽鸟为喻,说明有文采而无风骨,就如同五色相宜的野鸡,羽毛虽美却不能高飞;有风骨而无文采,好比是猛禽鸷鸟,虽能高飞远举,但羽毛形象却不美观。只有两者兼具,才是既绚丽多姿,鸣音如玉,又能翰飞戾天的凤凰,而凤鸟是百鸟之王。这里所言的"文采",应是"形文"和"声文"的概称,包括《物色》《比兴》《丽辞》《隐秀》以及《事类》《声律》等篇所阐明的诸多艺术表现形式。这是诗歌在长期发展过程中不断积累起来的新的艺术质素,是"风骨"本身所不具备的,可以统称为"奇",所以必须兼而有之,这就是兼综的理由。

现在的问题是"兼通"与"总一"的原则在处理"风骨"与"文采"相结合的

关系中,又如何具体运用呢?

　　　　若夫熔铸经典之范,翔集子史之术,洞晓情变,曲昭文体,然后能莩甲新意,雕画奇辞。昭体,故意新而不乱;晓变,故辞奇而不黩。若骨采未圆,风辞未练,而跨略旧规,驰骛新作,虽获巧意,危败亦多。岂空结奇字,纰缪而成经矣。

　　"熔铸经典之范"以"曲昭文体",从"体有'六义'"中升华而成"风骨",这是基点,是第一位的,特立《风骨》专篇,其意也在此。"翔集子史之术",熟悉包括诗赋在内的各种文章的作法和艺术表现技巧,并懂得因宜适变。前者是树"正",后者是驭"奇"。在树"正"的基础上驭"奇",就能"莩甲新意,雕画奇辞",在确乎正式的道路上创新,就能渐臻佳境;如果不能执正以驭奇,在"骨采未圆,风辞未练",即"风骨不飞"的情况下,去"驰骛新作",那就必然是"危败亦多"了。当然,"熔铸经典之范",并不是要抄袭经典语录,而是能取熔经意;"翔集子史之术",也不是步趋前人,而是能"洞晓情变",在自己新的艺术构思中"莩甲新意,雕画奇辞"。在"昭体"的主导下进行新变,就能写出"藻耀而高翔"的"鸣凤"之作了。所以风骨与文采的结合,就如同提倡宗经为文同时又兼综奇文《离骚》一样,都是刘勰执正以驭奇的审美总原则的具体体现。

　　同理,就诗学批评说,刘勰衡文,也不是以风骨一端分高下,而似乎更看重在"昭体"的前提下能"莩甲新意,雕画奇辞"之作。《风骨》篇列举的范作是司马相如的《大人赋》和潘勖的《策魏公九锡文》,而不是建安二祖、陈王和七子之作。但这并不意味着在刘勰眼里,司马相如和潘勖之作就高踞于建安诗人之上,只是因为相如赋志在讽谏,命意高雅,又能"气号凌云",而"潘勖锡魏,思摹经典"、"凭经以骋才"(《代才略》)、"典雅逸群"(《诏策》),所以"风清骨峻"。至于三曹七子之作,其主要特色并不在"凭经以骋才"和"思摹经典"上,而是重在创新。《时序》篇结合其时"世积乱离,风衰俗怨"的社会政治背景,赞美建安诗人"并志深而笔长,故梗概而多气"。这深长的情志,是以建功立业、收拾山河为己任的英雄情怀,并渗透慷慨悲凉的气氛,而诗人的主体意识又是很强的。这就与"志在讽谏"美刺客体不一样了,应是"政化为文"的另一种形态。在艺术表达上,又是以"造怀指事,不求纤密之巧;驱辞逐貌,唯取昭晰之能"(《明诗》)为特色。这与"雅润为本""清丽居宗"的传统诗风也不同。刘勰言"风骨",不列举建安之作,是事出有因的。后人把"风骨"与建安诗歌联为一体,并把首倡之功归之于刘勰,这不一定符合刘氏的本意,且此"风骨",亦非彼"风骨"。当然,这并不是说刘勰不甚看重建安诗歌,而是说他是从兼综奇正的角度和更高层次上赞美建安之作特出的成就和得失之所在。从刘勰评曹氏祖孙三代的乐府诗看,《乐府》篇评"魏之三祖"的乐府诗:"志不出于滔荡,辞不离于哀思. 虽三调之正声,实韶夏之郑曲也。"这评价,也如同《辨骚》篇评"风杂于战国"的《楚辞》"乃雅、颂之博徒,而词赋之英杰也"一样,固然反映了他的"奇正"观中有时偏重于"正"的一面,但同时也可以看出,他也极为看重创新、重视立"奇"的,特别是并未背离"正"的"奇"。从《辨骚》篇可以推论,这"三调之正声"的建安乐府,与"词赋之英杰"的《楚辞》一样,也是后人难以企及的典范。由此可见,刘勰兼综奇正的审美原则,在很大程度上克服了他宗经论文的局限;而"风骨"和"六义"一样,是刘勰别裁各体之作的一个重要的基点,而"折中"奇正才是他衡文的总原则。"风骨"是刘勰评诗论文中一个很重要的审美范畴,我们应从特定的位置上认识其内涵和审美价值。

通变。如果说风骨与文采的有机结合,是刘勰依据兼综奇正的原则,在诗学上熔铸而成的最为重要的美学范畴和审美要求;那么通与变则是侧重要求在诗学本体上的表现方法技巧的承传与革新两者的兼顾。这是创作论中一个大命题,与上述风骨与文采并举一样,都是兼综奇正原则的具体运用,是两类异质的纵向组合。

《通变》篇题名,源出于《易·系辞》:"易,穷则变,变则通,通则久。""化而裁之谓之变,推而行之谓之通。""一阖一辟谓之变,往来不穷谓之通。"《易》是主变的,故有变易一义,认为世间万事万物,到了尽头,停滞不前,就要变化;有了变化,就能畅流不息。变是通的前提,通是变的结果。连缀二字,就有"变通""通变"之言："变通者,趣时也""通变之谓事"等。刘勰将这对哲学范畴移植于文论,赋予其全新的内涵,特设《通变》专篇,作为创作论中的重大命题,阐释其理论意义,用以指导和规范创作。

> 夫设文之体有常,变文之数无方,何以明其然耶? 凡诗赋书记,名理相因,此有常之体也;文辞气力,通变则久,此无方之数也。名理有常,体必资于故实;通变无方,数必酌于新声。故能骋无穷之路,饮不竭之源。然绠短者衔渴,足疲者辍途,非文理之数尽,乃通变之术疏耳。

与《易·系辞》所言的"变"与"穷"相对立,与"通"相辅而行不同,刘勰言"通",是与"变"相对立,侧重言其不变之处。"体必资于故实",这个"体",就是指"诗赋书记"等各种文体在产生和定型过程中所形成的特点。这"有常之体"是"名理相因",也就是体现和定型在"名"与"理"上。刘书文体论二十篇,对各种文体的评述,都有"释名以彰义"和"敷理以统举"两条,就是"名"与"理"的内涵。"名"与"义"是相联系的。"理"与"体"则不可分。如《诠赋》:"赋者,铺也;铺采摛文,体物写志也。"这是因名以释义。"原夫登高之旨,盖睹物兴情。情以物兴,故义必明雅;物以情观,故词必巧丽。"这义雅词丽的要求,是"立赋之大体",也就是他统举立赋之理了。可见各体文章体制上的特点,不但与所表达的情志有联系,更为重要的还在于要有相应的表达要求和风格规范。从写志这一端说,《通变》篇评及"九代咏歌"时,认为自黄帝至商、周,虽有质朴和华丽的不同,但"序志述时,其揆一也"。这所写之"志",当然也就是"诗言志"之"志",与"述时"是相联系的。这就是说,九代诗人所叙写的情志,既是儒家的理想怀抱,又有时代的针对性。诗人依据所处的时代和自身的独特感受,发而为诗,可美可刺,可群可怨,内涵和意蕴就各不相同了,当然在艺术表现上也会各有特点和相应的差异。《时序》篇所言的"质文沿时"和"文变染乎世情"的规律,即是指此。

再从侧重于表达所显示出的体制特征看,《通变》篇列举了自枚乘至张衡五家大赋对名山大川宏伟气象的描写,加以比较,说明他们都是本着赋体

"铺采摛文"以"体物"的要求,"并广寓极状"和"夸张声貌""虽轩翥出辙,而终入笼内"。虽然夸张有点过头,但仍在赋体状物所允许的范围内,能显示出大赋的特色。所以自枚乘以后,司马相如等"莫不相循",几乎是"必所拟之不殊"(《文赋》)。这就是"参伍因革,通变之数也"。这里所言的"因革""通变",是偏义于"因""通",即"体必资于故实"的一种表现。

这诗歌体制所包括的质与文、情与采两个方面的规范,又是以情志为主导的。体以情立,情因体显。"凭情以会通",就是要求诗人本着言情的需要,选择相应的诗体。《熔裁》篇所言"履端于始,则设情以位体",就是此种用意。

上述各种诗体内外相映的特征和因情立体的原则,按照刘勰的看法,又是《五经》之文开启而形成的。《宗经》篇分类条述诸多文体,一一探源于《五经》,并言各体文章争奇斗胜,其实都在经文笼圈之内:"并穷高以树表,极远以启疆,所以百家腾跃,终入环内者也。"《征圣》篇还分析了《五经》之文多种重要的表现方法,都是为了更好地表达内容而采用的,所谓"文成规矩,思合符契"。这"规矩",理应为后之习作者所师范:"故知繁略殊形,隐显异术,抑引随时,变通适会,征之周孔,则文有师矣。"可见,"体必资于故实",是以宗经思想为指导,并直接与之挂钩的,而"宗经"云云,如"文之枢纽"一节所析,是为树"正"服务的。《通变》篇还针对其时体不资于故实而产生的讹滥文风,提出了"矫讹翻浅,还宗经诰"的治弊之方,以正未归本,其立意也在此。

变,"数必酌于新声"。数,是技、术。《广雅·绎言》引《孟子·告子》:"今夫弈之为数……"注:"技也。"本句的"数",是指诸多艺术手段和文词表达技巧。"酌于新声",是指要斟酌采用诸多新的艺术表达手段,如声律、事类和丽辞等。这些都是中古诗人的新创获。至于物色、比兴、隐秀以及安章、宅句和练字等传统手法,后代也都有新的发展和变化,也要注意吸收。这些,在其书中也有相应的专篇做了较为系统的阐述。

合而言之:"体"是"有常"的,必须遵循;"数"是"无方"的,亦即"无常"的,是可以变化,而且是必须变化的。"方"即常,《论语·里仁》:"游必有方。"郑玄注:"方,常也。"诗艺是处于发展变化之中,所以是无常的,不能一成不变。如何变?就诗人说,变是"负气以适变","气"是才、气、学、习四种主观因素的合称,不是单指禀性气质。这是要求作家在"酌于新声"时,要依据各自体性的特点,发挥学养和才能上的专长,在诗艺上进行变化和创新,在"无方之数"中,增添新质,以促进诗学的变革和发展。

《通变》篇以"望今制奇,参古定法"八个字概括其不同的特点,从时空的角度上界定其运作的范围。通,是会通于古的,要"参古定法"。这个"法",是指源出于经文形成为体制的常规写法。在刘勰看来,这常道也就是"正","参古定法",也就是法"正"。变,是适变于今,"望今制奇"。"奇"是"无方之数",是有常之体即经体所不具备的,故称为"奇"。反映在通与变上的有常和无方的关系,也就是正与奇的关系,是必须兼解以俱通的。如果是只知通而不知变,或者是能适变而不能会通,那就是"龊龊于偏解,矜激乎一致,此庭间之回骤,岂万里之逸步哉!"创作也就很难根深叶茂,写出雄视千古之作了。兼解通变,是刘勰所规范的诗学发展的通途。

《通变》篇所提出的处理"有常之体"与"无方之数"之间关系的命题,不仅直接涉及文学发展过程中古与今、因与革这类大的论题,而且也几乎可以涵盖和贯穿诗学中诸多艺术因素横向融合的问题。我们也可以这样说,这是刘勰从一个重要角度提出一个带有纲领性的命题,来"弥纶群言",纵横交错以融合多种艺术异质成为新的艺术载体,也是"折中"性原则的体现。《风骨》篇提出风骨与文采相结合所遵循的理论原则与《通变》篇同,但这一命题侧重解决的是审美原则问题。这一审美原则当然很重要,是一大重点,但终究是个子目,是理论网络中一大纽结,而《通变》篇所阐述的理论原则,却是可以涵盖和联结各个子目和纽结的纲领。譬如说《风骨》篇谈风骨与文采的结合,最后归结为"洞晓情变,曲昭文体",这实际上是要求处理好"通"与"变"之间的关系,两者都必须兼顾,风骨与文采的完美结合才有可能。"昭体,故意新而不乱;晓变,故辞奇而不黩。""昭体",即明体、尊体,"体必资于故实",重在"通";"晓变"善变,要"雕画奇辞"、"酌于新声"。要使文变"不乱""不黩",就必须在"昭体"的基础上进行。这不就是"通"与"变"的原则的具体运用吗?就全书看,《通变》篇和《风骨》篇一样,是刘勰为了贯穿和落实"文之枢纽"中兼综奇正和以正驭奇论文总原则的一重要环节,是为文者在宗经明体的基础上,为尽可能地吸收新质在艺术上进行创新提供理论依据。从《通变》《风骨》反观《原道》至《辨骚》五篇文章,也可以更清楚地看到刘氏在宗经的同时兼取《纬》《骚》以建构其"文之枢纽"的用意之所在。

当然,由于刘勰提倡的"变"、"制奇"、创新,是以树"正"为前提条件的,因而其新变必然要受到宗经思想的制约。譬如,诗要"言志","志"又有其特定的内涵,而"嗤笑徇务之志"的玄言诗,就为他所不取。其实"崇盛忘机之谈",也不是完全写不出好诗的,陶渊明就写过此类性质的佳作。诗主言情,是"志之所之",汉乐府有不少诗重在叙事,是优美的叙事诗,也为他所不屑言。汉乐府和玄言诗,都不以情志为神明,在诗体上都有某种开创性,但都是体不资于故实,因而也就不为他所认可了。同理,我们也不能把刘勰的通变论与今之继承和革新等同起来,因为刘氏是在以正驭奇的原则下论通变的;他所谓"通"——"体必资于故实",诗体本身是不能新变的;他所谓"变"——"数必酌于新声",其中就包含有继承。因为"新声"是特指正体所不能包括的艺术技巧和艺术手段,其中多数都是魏晋以来诗人的新创获。斟酌采用之、变革之,其中不也包括继承吗?所以,对通变,我们只能在兼综奇正的原则下阐明其内涵,评析其价值取向和得失之所在。

如果说上述风骨与文采、通与变的联结,是刘勰在兼综奇正原则指导下,跨时空的纵向组合;那么,兼解情文、声文和形文诸艺术要素之间的联系,则是一种横向的融合;把上述各种异质要素纵横交错有序地联结在一起,就是刘勰在"折中"说方法论的指导下建构起来的诗论网络。

声律。《声律》篇成功之处,首先是在对平仄相协做准确概括的基础上,阐述其以声入诗的原则。

> 是以声画妍蚩,寄在吟咏;吟咏滋味,流于字句;字句气力,穷于和韵。异音相从谓之和,同声相应谓之韵。韵气一定,则余声易遣;和体抑扬,故遣响难契。属笔易巧,选和至难;缀文难精,而作韵甚易。

这段文字是在对以声入诗的价值作了肯定以后,进而分析与概括"选和"与

"作韵"的不同特点及其难易之别。"异音相从",即四声相间,这是"和";"同声相应",即隔句押韵,近似"同"。"作韵甚易"而"选和至难",是说明以声入诗重点和难点之所在。运用传统的"和"的概念来概括四声相间的特点,是极为准确和前所未有的,是刘勰的一大创造。四声的创始者沈约在《宋书·谢灵运传论》中说:"若前有浮声,则后须切响。一简之内,音韵尽殊;两句之中,轻重悉异。妙达此旨,始可言文。"这"浮声""切响"和"轻重悉异"云云,与其《答陆厥书》中所言"十字之文,颠倒相配"一样,都是指四声相间。这种不分声与韵的差异和同意反复的阐述,较之刘勰所析,就显得笼统、繁琐且不甚准确。刘书成于离永明时代很近的南齐末年,其时或稍后,永明体虽很风行,但也有不少人持怀疑以至于反对的态度。前引陆厥曾作书公开问难,锺嵘的《诗品》也提出异议,而北魏甄琛的《磔四声》,更是彻底否定,且声色俱厉。刘勰并不是竟陵文友中的人物,对审字定音似乎也还未完全掌握,至少在操作上不甚熟练,这从《声律》篇称曹植、潘岳之作都符合声律,"无往而不壹"可证。但刘勰不但没有反对而是迅速接受了这一诗学发展中的新事物,写出《声律》专论,概括其特点,阐明其美学价值。在传统的"物一无文"的命题中,增添一新异质,从而能给"文"增添了新的内涵。凡此,固然是基于他对"音律之始,本于人声"的科学认识,以及对诗的审美这一重要特点"吟咏滋味,流于字句"有深刻体验有关;同时也要归功于立论于"中和"思想,能迅速发现并吸收异质因素以丰富其理论内涵,是这一开放性的理论思维导致的结果。"见异唯知音耳"这一新的观念,使刘勰成为永明体最早的知音者。

从谐音的角度说,协律固然是近体诗中不可少的,但这既不是诗的主体,更不能代表全体。沈约情有独钟地说:"妙达此旨,始可言文",这就未免以偏概全了。前引刘勰言"文",是以"情志为神明""宫商为声气"的。情与声相协,是以情主声从定位的。"选和"之所以"至难",也就难在以声传情上。刘勰曾用调弦和谐声相比较说:"良由外听难为聪也,故外听之易,弦以手定;内听之难,声与心纷,可以数求,难以辞逮。"这"内听之难"是难在"声与心纷"上,即声律要与纷纭复杂、曲折微妙和变化万千的喜怒哀乐的情意相协调。诗的情意是靠文辞表达的,文字的四声相间和病犯的规律,也是"可以数求",是有迹可循的。但要使文字既能表情达意又能"声不失序",使情、辞、声三者完全相协,文情与声情并茂,并能相得而益彰,这就很难了。刘勰以四声相间界定"和",突出"选和"的地位,进而对情、辞、声三者异质相协做了深刻的分析和论述,这些都是他在声律理论上"擘肌分理,唯务折衷"的具体表现。

《声律》篇重在以声传情,属于"声文";"写气图貌"的《物色》篇,"拟容取心"的《比兴》篇,"据事以类义"的《事类》篇等,都可以归于"形文"的范围。情与物、容与心、事与义等异质相协,"物虽胡越,合则肝胆"(《比兴》),就是刘勰在这些篇中理论上致力之所在了。

物色。心与物在中国诗学中是一对最基本的范畴,处理好两者之间的关系,在诗歌创作中又有某种奠基意义。《明诗》篇言"感物吟志",《诠赋》篇说"体物写志",感物、体物、状物、写物等等,都是以写志为旨归的。所以志主物从,"必以情志为神明",是刘勰创作论中最基本的立论点。当然情志固然起主导作用,但情志又必须落实到状物、写物上,以物象、物容来显现,所以写物同样是很重要的。如何状物? 刘勰在其书中用不同的命题多角度、多层次的予以阐述。譬如,《神思》篇言"神与物游",是谈构思中的心物交融问题;《物色》篇言状物,即形象化的显示,并侧重于写自然景物;《比兴》篇的"拟容取心",实质上也是状物以明意。这个"物"是广义的,可以包括社会事物,并具有社会意义和讽谕作用。《事义》篇的"据事以类义",这个"事"是专指见诸典籍的古代的社会事物,是可资借鉴的事典或古典,借古事申今情也是状物以明意的一种手段。至于《情采》《丽辞》《夸饰》和《章句》诸篇,所言都可以归结到"辨雕万物"上,万物的形态,都是要用文辞来表达的,所谓"情以物迁,辞以情发"(《物色》)。这些都可以用"形文"来涵盖。

《物色》篇侧重言写自然万物的景象,也就是后世所言的写景问题。中国早期的诗赋,以写景状物为言情写志的主要手段,所以物色问题,是中国诗学中所特有的一个重要论题。刘书特设专篇予以集中论述,在理论上侧重解决心与物,即情与景如何相融相合和相依相成的问题。《明诗》篇言:"人禀七情,应物斯感,感物吟志,莫非自然。"这是言情在物先,状物吟志,为心与物、情与景的关系定下基调。《物色》篇说:"物色之动,心亦摇焉……物色相召,人谁获安?"万千的景象,亦有感人的效应。情之感物,物之感人,情与物能交相感召,正是诗人乐意通过感物以吟志的缘由。但情与物终究是两种不同的质素,写志和状物也有不同的要求,所谓"吟咏所发,志惟深远;体物为妙,功在密附"。如何使两者融合无间,相得而益彰?"是以诗人感物,联类不穷;流连万象之际,沉吟视听之区。写气图貌,既随物以宛转;属采附声,亦与心而徘徊。"心与物的交融,缘起于诗人以情感物,以情入物,且触物而长,联类不穷。"流连万象之际,沉吟视听之区",进入到诗情画意的审美境界之中。表达上,既要随物宛转,描绘出物象本来的生动形态;而物象的本身,又心灵化了,是诗人情感的物化,即"与心而徘徊"。物象渗透着诗人的情感,要通过文辞来表达,所谓"情以物迁,辞以情发"。这文辞是包括文采的润饰和声韵的谐合两个方面,所以"写气图貌"与"属采附声"是不能分离的。这物象、文采、声律和情意相融合,就是"既随物以宛转""亦与心而徘徊",使心与物、情与景相生共妍。刘勰以心物为中心,"折中"诸艺术要素,使之成为诗之生命机体的要义,大率如此。

《物色》篇是专谈写景状物的,对此当然也要有相应的写作要求和审美规范。如写气图貌,随物宛转。"以少总多,情貌无遗""体物为妙,功在密附。故巧言切状,如印之印泥,不加雕削,而曲写毫芥"等,既要准确逼真,又要鲜明生动;既能曲写毫芥,间入毛发,又能要言不繁,以少总多,还能引人入胜"。能瞻言而见貌,即字而知时",使人有认同感,产生感染力。凡此均可见刘勰很重视景物的描写和形象化的显示。但刘氏同时又明确地提出反对"文贵形似":"自近代以来,文贵形似,窥情风景之上,钻貌草木之中。"《明诗》篇还直接批评自刘宋以来盛行的巧构形似的山水诗:"情必极貌以写物,辞必穷力而追新,此近世之所竞也。""窥情风景之上,钻貌草木之中","情必极貌以写物",也就是物色。在刘勰看来,专一于写景状物是不可取的,以形涵情才有其价值,"物色尽而情有余者,晓会通也"。"晓会通也"即能会通于古,通晓古人为文将无限的深远的情志寄寓在有限的文字之中;又能望今制奇,吸收今人物色之所长,折中情物,吸收玄学言不尽意之旨,以"物色尽而情有余"为最高境界。这较之后人所言一切景语皆情语的名句,也并不逊色。

比兴。《物色》篇的写景切情,是专指对自然景物的真切描绘,《比兴》则是从更为广泛的领域内摄取物象以明意,而不限于眼前的景物。所明之意,则偏重于讽谕教化的内容。从以物象明情意说,仍属心物关系的范畴。"比"与"兴"本是儒家诗学的"六义"之二,宗经论文的刘勰,为此设立了专篇。虽然他仍坚持比兴必须与诗教相联系,但已不像汉人论诗那样,把比兴直接与美刺挂钩,而更为重视取物切象以明意,并进而具体分析兴、比两体既有喻意上深浅和大小的不同,在表现上也有深婉和直露的区别。《比兴》篇言:"比则畜愤以斥言,兴则环譬以托讽。""斥言"则显露,"托讽"则深隐,所以有"比显而兴隐"之别。何谓"隐"?《隐秀》篇释"隐",就有复意重旨和"义生文外"两义。以此释"兴",就已经吸收了玄学言不尽意的内容。这就比汉人所言的托物起意,亦即后人所解说的"先言他物以引起所咏之事",意义更深一层,这也是对异质的一种吸收。

兴与比虽有托旨大小和表现上的隐与显之别,但从方法论说,借物取譬切象以明意则是共同的。故其言"兴":"观夫兴之托谕,婉而成章,称名也小,取类也大。"其言"比":"夫比之为义,取类不常,或喻于声,或方于貌,或拟于心,或譬于事。""凡斯切象,皆比义也。"比与兴都要通过取物切象以明意,都属于处理好心与物关系的问题;而明意又通过托谕,故有"讽兼比兴"和"诗人之志有二"之说。刘勰之所以特别称赞兴体,他认为兴体托旨远大,内涵深婉,而且能"环譬托讽"、义生文外,以多重形象展示,意味无穷,以此来体现其诗学审美新的理想。其实,这些新的内涵,是刘勰吸取其时新的思想观念所做的一种阐释,汉人所言的兴美而比刺的传统论说,已被其遗弃,虽然他是打着宗经的旗号。

《比兴》篇总结说:"诗人比兴,触物圆览。物虽胡越,合则肝胆。拟容取心,断辞必敢。攒杂咏歌,如川之澹。"诗人的情志,通过比兴,首先是"触物圆览",进而"拟容取心"。"触物圆览",取物切象,对物要仔细观察。成竹在胸,写物功在密附,观察不细密,表达也就不会很准确。但写物,其意不仅在于状物,而更重在言心,状物只是手段,言志才是目的。心与物又各有其质的规定性,两者有可能风马牛不相及,使其异质同构,相融相合,"物虽胡越,合则肝胆",功夫就在切象以明意上。《物色》篇所言"写气图貌,既随物以宛转;属采附声,亦与心而徘徊"。诗人比兴,也完全适用。所谓"拟容取心""写气图貌"即"拟容";"与心而徘徊",实为"取心"。"拟容"是体物之妙,"取心"是揭示物象的现实意义。这意义,也就是诗人的寓意,从比兴体说,特指讽谕意义。掉过头来说,就是诗人的情志,借截取物象的某个侧面,寄寓其中,予以准确、生动和鲜明的表现。这样,心与物就能融合无间,"物虽胡越,合则肝胆"了。物象的显现有赖于文采和声律,"属采附声"和"断辞必敢"也就必不可少。

《比兴》篇与《物色》篇是刘勰心物论中的两个子目,所论各有侧重,各有专攻:《物色》篇专叙景物,《比兴》篇则是方法论的专论,是中国诗教中包含有讽谕意义的需要加以标举的两种方法,两篇都涉及心物关系的处理原则。就共同点说,既可以相互印证,也可以交相沿用。譬如说,《比兴》篇所言的"拟容取心",是《物色》篇所述的"随物以宛转"和"与心而徘徊"最简明的理论概括,而"宛转"云云,又是"拟容取心"生动而形象的展示。两者都是言心物交融,以物言心,合胡越而为肝胆。《明诗》篇赞美"古诗佳丽","婉转附物,怊怅切情,实五言之冠冕也"。这与"与心而徘徊"云云,表述虽异,而含意则同。在刘勰看来,心物能如此融合,就能臻于诗学审美的最高境界了。

"拟容取心"既然是刘勰用以处理心物关系的总的原则,可用于写景言情,也适用于借物喻意。对于同为借物喻意的比与兴两种手法说,当然更要一体遵循,因为这本来就是《比兴》篇最后总结两体的共同特点而提出来的。论者有以为比体只是"拟容",兴体则是"取心",即揭示物象的现实意义,以此来区分比兴两体的高下。但这不一定符合刘勰的原意。证之以《比兴》篇所论义例,如引析"贾生《鵩赋》云,'祸之与福,何异纠缠',此以物比理者也;王褒《洞箫》云'优柔温润,如慈父之畜子也',此以声比心者也",三股绳相缠,萧声温润,此是"拟容",祸福相承之理,慈父养子之心,则是"取心"。这"理"与"心",就是赋家所想表达的情志。这就如同兴体所示"关雎有别,故后妃方德;尸鸠贞一,故夫人象义"一样,前句是"拟容",后句是"取心",是借物言心。"拟容"与"取心"兼顾,使两者相融相合,合胡越而为肝胆。就心物关系说,比与兴遵循着同一原则,而不是各取一端,并由此而分其高下。当然,比兴两体虽同属于"六义",但按照传统的见解和刘勰所述,确有高下之分。刘氏的区分,如上所述,是托旨的大小,含意的深浅,表达的深婉、直露亦即隐与显等方面的不同,而不是"拟容"与"取心"之别。比兴两体与物色等艺术手段一样,都是为诗赋的"体物写志""感物吟志"服务的,都要借客体之物来表达诗人主观的情志,使主客融合,物与心同一。物之容所揭示的现实意义,实质上就是诗人所寄寓的情意,不能把比兴与中国传统抒情诗的言志缘情分离开来,以比兴为艺术形象,将"拟容"之"容"释为"客体之容","取心"之"心"释为"客体之心"。离开中国诗论中的心物关系的论述,是不能把握比兴之要义的。

事类。《比兴》篇所言"切类以指事"和"或譬于事"之"事",与《事类》篇中所说的"事"有相通之处:都属于"物"的一类,指的是社会事物,其与《物色》篇特指自然之"物"有所不同。《比兴》篇借物喻意,篇中"触物圆览""物虽胡越"之"物",包括自然景物和社会事物两大类别,这与诗赋的"感物吟志"和"体物写志"之"物",内涵完全吻合,刘书中的"物"是可以涵盖"事"的。但《比兴》篇所譬之"事",与"事类"之"事",又有所不同,后者是专指古事兼及成辞。《事类》篇释义:"据事以类义,援古以证今。"引用古事以类今情,虽然在取材上有所不同,但在方法论上,其与比兴体出自同一抒机:都是包含有处理好心物关系的问题。

"据事以类义"一条,在刘勰的文论结构中,占有一席很重要的地位。前引《附会》篇言"才童学文"宜遵循的原则,在"必以情志为神明"后,就是要以"事义为骨髓"。《宗经》篇标"六义",其中就有"事信而不诞"和"义直而不回"两条。《知音》篇谈"六观",其一就是"观事义"。"事义"是取事明义,或以事示义,两者的关系,与今之所言题材与思想的关系有某种相似处。只不过事义不能自成体系,而是在诗的体系中的重要纽结,起着某种连结、衬托和显现作用;也可以说是诗人情志在作品中安顿的落实点,刘勰以"骨髓"喻之,以明诗的生命是赖以支撑的。

"据事以类义,援古以证今",这援以证今的古事,本是文章以外而非诗文本身所固有的。一旦援引入内,"亦有包乎文",即成为诗的有机组成部分。合胡越而为肝胆,注入了新的肌体,使诗的生命产生新的律动,这是引事明义价值之所在。诗歌创作中引古事申今情,本是中古诗人一大创获,宋齐以来,形成一种风气,在理论批评上,也是其时一大热门话题。钟嵘的《诗品序》,本着"自然英旨"说,曾予以抨击,这是针对其时五言诗创作中"竞须新事"的流弊而发的,自有其积极意义,但完全否定其价值,也就难免有矫枉过正之处。刘勰在其书中则设《事类》专篇,予以总结、规范和提倡。显然他认为这是一种新的表现手段,用之可增强诗的表现力,丰富和扩充诗赋形文的内涵。所以他要求作者要博通经史百家之作,从古籍群书中渔猎膏腴,吸取之,以滋补自己文章的机体,把前人创作中所积累起来的丰富成果,变成后人在新的创作中可利用的生动素材。用事可以助成文章,为文必须以学问为辅佐,都是立论于此。

刘勰虽然提倡用事,但与当日诗坛上以数典为工,捃拾细事,争疏僻典成为风气又是相左的。他要求"据事以类义""取事贵约,校练务精,捃理须核,众美辐辏,表里发挥"。即文章要以立意为主,因义取事,以物明心,使义与事、心与物交相映发。用事要贵约尚精,词约旨丰,以少总多,以增强美感和表现力为权衡。同时还提出"用人若己""用旧合机,不啻自其口出"等严格要求,使所用旧典成为新的机体中不可分割的部分,虽用事却看不出一点痕迹。集千腋而成裘,而不见针线之迹,谈何容易,这有赖于作者对旧典的择取、提炼、剪接,融入自己的文思,进行新的创造和语言上的创新,而不是堆积事典、夸富逞博所能办到的。这些理论阐述和相应的规定,应该说也是针对当日创作流弊所进行的正面规范,与钟品相比,同样具有很高的理论价值和在创作实践中的指导意义,而况从唐宋以来诗词用典成功的经验证明,刘氏之言,更是一种卓识。这种理论眼光和能集前人之成的理论心胸,从方法论说,仍是重视吸收异质的"折中"说促成的。

上述兼解情文、声文、形文,即情与采中诸艺术要素,使之融为一体,是刘勰"立文之道"的横断面;而贯穿于这情、声、形三者即情与采之间的通与变,亦即创作过程中因与革的合一,则是一种纵向的连结。在"文之枢纽"中所阐明的兼综奇正和以正驭奇论文总的原则指导下,把这横向联系和纵向组合有机地结合在一起,就是刘勰的"体大思精"论文体系中的一个框架。风骨与文采的完美结合,集中体现了刘勰在诗学上的美学理想,也是"剖情析采"在审美上的升华。他如"附辞会义"的《附会》篇,"控引情源,制胜文苑"的《总术》篇,"规范本体"和"剪裁浮词"的《熔裁》篇等,无不是以裁中情采为指归。至于《时序》篇谈"质文沿时"的文学发展观,《才略》篇评创作得失的作家论,以及下章所侧重评述的创作、风格和批评鉴赏等专论,虽然评论的角度不同,论述的专题有别,但"剖情析采",仍是一重要切入点和需要把握的很关键的一环。所以揭橥裁中情采,既可以囊括刘书各重要子目,亦有助于进入其理论堂奥。

第七章　刘勰的诗学巨著《文心雕龙》(下)

上章侧重评析刘勰运用"折中"说的原则营构"文之枢纽"和"剖情析采",建立起"笼罩群言"的理论体系和阐释诸多重要的范畴和理论命题;本章拟就今人所运用的现代文艺理论命题从中概括出创作、风格和批评鉴赏等专论,做一些评述,以见刘书"体大思精"之一斑。这评述角度的转换,也会涉及其所遵循的方法论原则。

第一节　以构思为中心的创作论
——《神思》兼及《养气》

前文已言,刘勰在处理情志、事义、宫商以及辞采等艺术因素之间的关系时,提出必须以情志为主导,把诸多艺术要素融为一体。而如何融合,使之孕育生长成新的艺术生命机体,这就有赖于"情往似赠,兴来如答"(《物色》)、心与物交融的艺术构思了。《神思》篇云:"神用象通,情变所孕。物以貌求,心以理应。刻镂声律,萌芽比兴。结虑司契,垂帷制胜。"这是对艺术构思起迄过程及其所涉及的问题做的极简明概括。而主宰和贯穿这一过程的就是"神思"——"结虑司契,垂帷制胜"。

一、神思的特点

神思,本是一种思维形式。刘勰论神思,既言这种思维形式所具有的共性,又侧重阐述作为文学"神思"所特有的个性及其在创作中的作用。

古人云:"形在江海之上,心存魏阙之下。"神思之谓也。文之思也,其神远矣。故寂然凝虑,思接千载;悄焉动容,视通万里;吟咏之间,吐纳珠玉之声;眉睫之前,卷舒风云之色,其思理之致乎!

这段话,包括前述两层含意。就共性说,神思,即神驰之思,精神飞驰到远方的一种思维活动,今人常称为想象。想象本是一种心理活动,也是人类思维的一种形式。人们在多种情况下,都有可能产生这种心理活动,自觉或不自觉地运用这种思维形式,因而具有一定的普遍性。文中引《庄子·让王》篇记前人所言身在江湖、心存好爵的一段话,就意在比喻、说明这种思维形式是以形神相分离为特点的,而不是说这行与志反的表现就等同于文学的神思。就个性说,文学的神思,是一种有目的性和创造性的艺术思维。不但思维活动的范围更为广泛,"文之思也,其神远矣",能跨越无限的时空界限,"思接千载""视通万里";而更为主要的是还伴随着优美的音节和五彩缤纷的画面,有形有体,有声有色。这就是说,"想"是与特定的"象"紧密地联系在一起的,是一种具有美的内涵、沿着美的历程和进行美的创作的形象思维活动。所以文学的神思,既不是随意性的无边无际的遐想,也与一般的科学幻想有别。虽然,就思维形式说,都是以神驰形外为共同特征的。

文学创作缘于艺术构思,需要想象、虚构和布局谋篇等。陆机的《文赋》在论述物、意、文之间关系时,已有较系统的阐述。刘勰在这个基础上,对艺术想象做了更为明确的界说;对于构成这种想象的诸多要素及其互相关系,有更为精确的辨析,还进而提出一些重要的理论范畴和命题,加以提炼、囊括和贯穿,如"神与物游""志气统其关键""辞令管其枢机""杼轴献功"和虚静、率情等,连结和阐释这些范畴和命题,就能见其艺术构思理论的严密性和系统性。

"神与物游",这是刘勰用以概括构思的内涵及其过程所提出的最重要的命题。其中包括创作主体之"神"与借以表现主体思想的客体之"物",以及两者之间的能动关系,是对"思理之致"极为简明的概括。"神"是指诗人的精神主体,内含有情志、才气等主体精神要素。"神思",本质上是一种情思,是以作家的情志为内核为导向的运思,"登山则情满于山,观海则意溢于海,我才之多少,将与风云而并驱矣"。这逐物运思的诗人情意、才气,都融会在神思之内了。"物"应是指一切可以寄托主体情思的外境,包括物境、事境以及由此而派生出来的情境与理境。范文澜注《文心雕龙·神思》篇,释物为外境,其中含有事、理二义,应是有道理的。论者有以为可释为"外境",但不应含"事"与"理"二义,也有论者认为,"物"即《物色》篇之"物",指自然景物,不应他释,但这些解释都不一定切合作者的原意,也与其时创作实际情况不相符契。

"物"与"事"在刘书中属使用频率很高的两个概念。一般来说,"事"是指社会人事,"物"则是人事以外的物类,这两者都是作者用以寄托其情思的素材。刘勰在分叙时,常做如上区分:《物色》篇之"物",就专指自然景物;《事类》篇之"事",则是特指古书中所叙人事典故。但这两者都是诗人运思的对象,当需要总述时,也就可以用"物"统"事",或以"事"概"物"了。诗之"感物吟志"和赋之"体物写志",这两句中所言之"物",是不能只理解为景物而排斥社会人事的。魏晋南朝的诗赋,固然是以写景状物为重要的艺术手段,但同样也有直接抒写自己的遭际或借写前人事迹以咏怀,而且还大量运用事典,以据事类义。如《明诗》篇评及建安时期邺下文士诗酒唱和时曾言及:"并怜风月,狎池苑,述恩荣,叙酣宴……造怀指事,不求纤密之巧;驱辞逐貌,唯取昭晰之能。"这"造怀指事",就是叙事以咏怀,包括"述思荣,叙酣宴","驱辞逐貌",则是状物以言情,"怜风月,狎池苑",当然也在咏物之中。建安诗人抒怀吟志,是写物叙事、指事造形并用的。

《比兴》篇结语说:"诗人比兴,触物圆览。物虽胡越,合则肝胆。"这两个"物"字都是以"物"统"事"的。比、兴两体虽有明喻和托讽之别,但取喻以言所咏之事则是共同的。这所取之喻,既可以用"物",也可言"事"。如其言"比",既说"写物以附意",又称"切类以指事","写物""指事"都可入喻。至于"兴"之托谕,其"称名也小,取类也大"。"名"为托谕之"物",也可指"事"环譬。这就是说,"事"与"物"都可以构成比、兴的喻体,刘勰统称为"触物圆览",就是以"物"兼"事"了。此其一。其二,比之"切类",兴之"取类",都是类义所喻的人事,其与喻体之"物"与"事"之关系,是通过诗人的构思,从相殊相离到相融相合的进程,刘勰拟之为"物虽胡越,合则肝胆",这更是以"物"来涵盖"事"了。

"物"固可以统"事","事"当然也就可以兼"物"。《神思》篇言:"拙辞或孕于巧义,庸事或萌于新意,视布于麻,虽云未费,杼轴献功,焕然乃珍。"把粗制的材料织成精美的成品的比喻,意在说明神思的"杼轴献功"的功能。这能萌生新意的"庸事",也可以指代常物,都是指创作运思中的素材。其与"神与物游"、以"物"统"事"一样,都是用以概括神思的外境基础的。

神思需要凭借"事"与"物",刘书在一些专论中虽针对着不同的对象,但也有大体上相似的阐述。《物色》篇说:"若乃山林皋壤,实文思之奥府……然则屈平所以能洞监《风》《骚》之情者,抑亦江山之助乎?"《事类》篇言:"夫经典沉深,载籍浩瀚,实群言之奥区,而才思之神皋也。""事"与"物"都是才思的对象,文情的寄托,但获得的途径又有所不同。《神思》篇将"积学以储宝"和"研阅以穷照"作为诗人应具的学养和进入神思时的条件。这"研阅以穷照",是侧重于观照、取象于山川物类;而"积学以储宝",则专指穷究经史百家所记社会人事经历了,在创作时两者都具有重要地位。

刘勰对"事"类的重视,还不仅是视其为重要的艺术手段和可以择取寄托主体情思的一种特定的素材,还与这种思维形式的特点有密切联系,因为神思是以积累众多的表象为前提条件的。这就是说,艺术想象作为一种思维形式和心理活动,必须有赖于此才能进行。文学的运思是不能局限于"登山""观海"身经目及的有限范围内,而要超越时空的局限,进入到无限的领域,刘勰称之为"思接千载""视通万里"。神思为什么能进入其亲身从未经历过甚至根本不可能经历到的领域呢?所谓"秀才不出门,能知天下事",只不过是从书本上获得间接的认知而已,以此来弥补直接认知的不足。前人在载籍中所记述的"事"与"物"以及从中表述的"情"与"理",就能为后之阅读者所认知,成为无数表象,长期储存在脑海之中,以备应用。陆机、刘勰论超越时空为特点的艺术想象,就是在其通过直接和间接的途径获得的无数的表象中进行的,所谓"夫神思方运,万涂竞萌,规矩虚位,刻镂无形"。这艺术的虚构和创新,全赖对众多的表象进行改造、加工和重新制作。通过直接的途径亲身感受和认知现实的表象是有限的,因为要受到时空的制约;从阅读中认知表象是无限的,因为不受时空的限制。所以"积学"和"博学"作为进入创作的前提条件,也就必然会被强调了。

综观刘勰所论构思素材,既言"造怀指事",直接写人事遭际和感触;也谈"登山""观海",借景言情;还可"据事以类义""用人若己";更应"博而能一",从一个新的角度对已知的表象重新加工制作,"独照之匠,窥意象而运斤"。这些通过直接与间接途径被认知并用以创造新的意象的各类表象,都为"神与物游"的"物"字所囊括。这"物"字的丰富意蕴,不是耳闻目及的景物所能范围的。

二、"志气统其关键"

这"神"与"物"如何交游相合呢?《神思》篇言:

> 神居胸臆,而志气统其关键;物沿耳目,而辞令管其枢机。枢机方通,则物无隐貌;关键将塞,则神有遁心。

就"志气统其关键"说,这"志气"的"志"即"诗言志"之"志",也就是《附会》篇所说的"必以情志为神明"的"情志"。而"气"则是《体性》篇所言的"肇自血气"之"气",是指个人先天所具有的气质和才性。文学运思所必须投入的情感,是要受到某种规范的思想主导,是谓善;同时还烙有个性所特有的印记,是谓真。"志气"也是对情感的真与善的审美的要求,刘勰认为,这是猎物运思关键之所在。

诗中的情意,本是诗人经历了由物感到感物,即情感的产生到情意的表达两个可以互相衔接的阶段。《明诗》篇言:"人禀七情,应物斯感,感物吟志,莫非自然。"就是对这一全过程的描述。这"应物斯感",就是言人之情感缘起于外境的触发。《物色》篇说:"物色之动,心亦摇焉。"《时序》篇称:"幽厉昏而《板》《荡》怒,平王微而《黍离》哀。"都是在描述自然和社会人事能触发人们喜怒哀乐之情感。上引三诗中所表现出来的哀、怒之情,既包含有理性的批评,也体现出体性的不同。在刘勰看来,诗人在一定的思想主导下,基于本身的气质,通过物感而产生的"志气",是神思的起点,也总摄"神与物游"的全过程。如果"志气"不清或情志转移,就会中断神思的过程,即所谓"关键将塞,则神有遁心"。所以刘勰论神思,既注重情感先行:"登山则情满于山,观海则意溢于海。"还强调情感的贯穿与专注,所谓"情者,文之经"(《情采》)、"情往似赠,兴来如答"(《物色》),都有此意。

但诗人之志气又必须通过感物进而物化其情志,以实现和完成其主导作用。因此,以心赠物,以物见心,使心与物合,是"神与物游"的另一要义。《物色》篇言:"是以诗人感物,联类不穷;流连万象之际,沉吟视听之区。写气图貌,既随物以宛转;属采附声,亦与心而徘徊。"这是从写景立论,描述心与物交融中所处的最佳境地。《事类》篇言"据事以类义",引事既要依其真,得其要,又要用事明志,使事与义合,"用旧合机,不啻自其口出"。一切"改事失真",引喻失义皆不可取。这与言心物交融,以物言心之理,是同一杼机。

刘勰论"神与物游",对心与物的两端都非常重视。从对情志的严格的界定看,反映出其对心的一端更为强调,这是"志气统其关键"这一命题更深层的用意之所在。《物色》篇对南朝山水诗的批评就反映出这一点:"自近代以来,文贵形似,窥情风景之上,钻貌草木之中。"山水诗固然重在写景,所谓"情必极貌以写物"(《明诗》),并非没有寄寓情意,只不过是缺少"顺美匡恶"、讽谕教化的意蕴,不符合"吟咏所发,志惟深远"的严要求,所以才有"文贵形似",状物而心无理应的讥评。论者有以为《物色》篇意在总结山水诗的美学经验,这恐怕是不确的。虽然,南朝新兴的大量的山水诗,确实有助于刘勰开拓理论视野;许多山水诗中对景物的成功描述,使《物色》篇生动而精确的理论概括成为可能,并给予启示。但从全篇的立论基点看,从全书的有关论述看,南朝山水诗是属于其"正末归本"的范围之内的。不愿从纯粹意义上肯定山水诗的美学价值,正是论文宗经的刘勰所必然产生的一种局限。

刘勰用"志气统其关键"来分析和把握心物交融的过程,这也是其用"兼解"与"总一"的方法深入分析创作构思所获得的理论成果。至于其拘泥于

"志惟深远"的一端在理论上产生了某些偏颇,也可以从儒家以礼节和的"中和"思想中得到说明。

三、"辞令管其枢机"

这是给词语在神思中定位,并说明其职责和功能之所在。"枢机",是支配开塞的机关。意谓情意物化后能否显现出来,全赖于此。情与辞,本是刘勰用以概括诗学的两大构成因素,"万趣会文,不离情辞"(《总术》)。这两者的关系,刘书中也多有论述:"情固先辞"(《定势》),"辞以情发"(《物色》),"情者,文之经;辞者,理之纬"(《情采》)。辞令如何去综织物化后的情意呢?这正是"管其枢机"云云所要具体论述和解决的问题。

文辞之重要以及达意之难,陆机已深有感受。《文赋》言:"恒患意不称物,文不逮意。"为了解决遣辞达意的问题,陆机除提出立警策、出秀句等表现手段外,还要求对于词与意细微不协调处严加审视,加以修改,使词与意合。至于"因宜适变"问题,陆机认为这有赖于作者在创作实践中加以把握和解决,并申言这在理论上是无法言明的。刘勰正是在这些认识的基础上做了更为细致的分析,在关键处还突破陆氏所论范围,有许多新创获。从"枢机方通,则物无隐貌"之言看,他是很明确地肯定了辞令是能够状物言心的,这是刘勰谈言意关系的一重要立论点。当然他也同时强调要做到这一点,是很不容易的。因为构思想象与语词的表达,终究是运思中的两个不同的阶段,文思的侧重点和思维方式也会随之而变化。前者是猎物运思,重在对表象的寻觅、选择、组合和创造,使心与物合,以拟容取心;后者则是选择、运用词语,兼取其音、义,要"断辞必敢",在词序新的组合中予以呈现,其中包括缝合修饰意与词、词与声龃龉不安处,此即所谓"然后使元解之宰,寻声律而定墨;独照之匠,窥意象而运斤"。

对于构思和表达这两个不同的思维阶段,如果对其认识不足或处理不当,就会遇到意想不到的困难,甚至会导致创作过程的中断。北宋诗人陈与义在《春日》一诗中就描述过这种情况:"朝来庭树有鸣禽,红绿扶春上远林。忽有好诗生眼底,安排句法已难寻。"陈与义在"安排句法"即语词表达时出现了"神有遁心",似乎并不常见,而更多的是成文后与文思时的情况有强烈的落差。刘勰侧重论及这一点,并分析其原因:"方其搦翰,气倍辞前;暨乎篇成,半折心始。何则? 意翻空而易奇,言征实而难巧也。"构思是重在想象和虚构,所谓"神思方运,万途竞萌,规矩虚位,刻镂无形"。这"万途竞萌",就包括"思接千载"和"视通万里"超越时空的想象,所以"意翻空而易奇";表达则是"窥意象而运斤""寻声律而定墨",其中包括选词、捶字、偕声、宅句、安章等,使之贯一而偕合,务求昭晰而绵密,所以"征实而难巧"。创作思维这种由"翻空"到"征实"即由"疏"到"密"的变化,应如何把握并适时地加以转变呢? 刘勰紧接上文,分析并找出意与思、言与意的联结点,其意就是要求把握住这联结点,使之前后衔接:"是以意授于思,言授于意,密则无际,疏则千里。""意授于思",言文意源出于神思,由心物交融、"情变所孕"而为意象;"言授于意",即"窥意象而运斤",把体现文意的意象形诸文字。前文已言,神思方运时,本是以"翻空"即以"疏"为特征的,但刘勰也在强调要"密",所谓"密则无际",这应是指运思的结果和意象形成时的思维状况。这就是说,意象的孕育,也有个由"疏"到"密",由模糊、朦胧到清晰、鲜明的过程。如果要停滞在文思的粗疏阶段,徜徉于上天入地、五彩缤纷的想象而不知返,满足于恍惚迷离的感觉而不究其竟,那么形诸言辞,就会"半折心始",甚至是"疏则千里"了。刘勰把思致精密作为神思成熟的标志而加以强调,从意密再求言密,"拟诸形容,则言务纤密"(《诠赋》),以期最后达到"辞共心密""弥缝莫见其隙"(《论说》)的最佳境地。刘勰论想象,要求从"翻空"走向缜密,使意密顺利过渡到言密或文密,应该说,这是把握到创作思理一重要关键。

再就"言"与"思"这两者关系看,上引可见,"言"似乎并未参与"意授于思"的进程。"言授于意",是专指"言"对"意"的表达,这就是说,"言"的功能是限于表"意"的。但《声律》篇所论,似乎又不尽于此;"故言语者,文章关键,神明枢机。"言语的功能从表达作用进入到思维领域。这虽然是从声律的角度上论述的,但语音又是"声与心纷",语音与语意如影随形是不能须臾分离的,所以《声律》篇称言语有"文章关键"和"神明枢机"的双重功能,即不但在文章的表达上起关键作用,而且也是开启文思的凭借。在一千五百多年前,对语言在思维中的功能有如此的认识,是非常难能可贵的。可惜这种见解,没有进一步表述,也没有在全书其他篇中贯彻。在刘书中,心、思、情志与言、语、辞令等是两组不同性质的概念,前者是用以界定人的内在的思维和情感活动,后者则是用以表达可供耳闻目睹的外在符契,语言文字是以传达的功能而被强调。虽然《神思》《比兴》《物色》《事类》诸篇所论心物交融合一的过程时,都把"事"与"物"作为文思的对象而突出其地位,这"事"与"物"都是以语言为中介参与文思进程的。刘勰言未及此,很可能是与在传统的诗学中言语的功能有明确的定位有关。按照《毛诗序》的"在心为志,发言为诗,情动于中而形于言"的表述,语言的功用是固定在表意的位置上的。重视会通儒家诗学的刘勰,在其书中也常以此为立论的基础。但即使如此,《声律》篇中所提出的语言是"神明枢机"的新见,也可以视为试图突破传统语言学见解所做的努力,所获又极具创新价值。而这一新见,一直到近现代才获得明确的认识和详尽的阐发。

思维固然离不开语言而存在,但语言在思维活动和表意中的作用,终究是不能等同的;意密固然是言密的基础和前提,但了然于心并不等于能了然于口,更不用说是能了然于手了。究其原因,这是与文思在不同阶段侧重点有所不同,对语言的要求也应有别。前者重在得意,而对形成新意的语言材料不一定很在意;后者重在达意,就必须在原有文思语言材料的基础上提炼、加工,词序的变动和语词上的创新,也是不可少的,有时还要反复多次才能完成。《附会》篇言"改章难于造篇,易字艰于代句"的情况,在"意授于思"时是不会遇到的,而况指事造形,穷情写物,有声有色的诗学语言,在"言授于意"时,修正和润饰的功夫,就必不可少了。刘勰以"文心雕龙"名书,而"雕龙"就包含有"语言雕龙"之意。为了贯彻这一写作意图,书中列有《附会》《声律》《丽辞》以及《练字》《章句》等专篇,分别予以更细致的论述。刘勰特别重视辞令的表达功能,是缘于其书论文的性质决定的。我们是不能离开刘勰所侧重论述的诗学语言的审美功能及其所取得的成就,而只从其在语言的思维功能上未能进一步申述去权衡其得失。

至于刘勰是否受到庄玄的影响,阐述了言不能尽意之旨,这是近年来龙学研究中颇为时兴的话题,且多数论者都持肯定意见,但这不一定是可信的。言能否尽意,是与对语言达意功能的认识有密切联系。从上引"枢机方通,则物无隐貌"之言以及"窥意象而运斤"和"寻声律而定墨"等话看,刘勰应是言能尽意论者。但他同时又说过:"至于思表纤旨,文外曲致,言所不追,笔固知止。至精而后阐其妙,至变而后通其数,伊挚不能言鼎,轮扁不能语斤,其微矣乎!"这段话,看来是在申说言也有不能尽意之处,但其实也包含了可以使之尽意的用意。"杼轴献功"云云,已对神思的功能做了很形象和精确的描述,至于申明还有诸如"思表纤旨,文外曲致"之类的情况,是"言所不追,笔固知止",有不能尽意之憾。这就如同《文赋》所论"因直适变,曲有微情"那部分难于表述一样,两者都是特指某种微妙的体验,而不是指创作的主体和一般的情况。陆、刘均引用轮扁语斤的寓言,也都是为这一论旨服务的。当然刘勰较之陆机,也有不同之处,就是他在提出某些有不尽意之憾后,还分析了造成此种情况的原因,指出有可致力于改进之处,即"至精而后阐其妙,至变而后通其数",意谓能够领会其"至精"处,就能阐述其奥妙;通晓"至变"后,就能解说其技巧的真谛。对精微处言能否尽意,关键还在于是否知之深;知之深,就能言之切。从这个角度说,"伊挚不能言鼎,轮扁不能语斤",归根到底,还是由于未能理解个中的奥妙所致。刘勰的这种见解,就与道家及魏晋玄学之言有原则区别了。

《老子》开卷即言:"道可道,非常道。"《庄子·天道》篇借轮扁语斤,意在说明圣人之精华是不可传,所传者是"古人之糟粕"。魏末著名的谈玄者荀粲说:"盖理之微者,非物象之所举也。今称立象以尽意,此非通于意外者也;《系辞》焉以尽言,此非言乎系表者也。斯则象外之意,系表之言,固蕴而不出矣。"此论最后的归结点是"六籍虽存,固圣人之糠秕"(《三国志·魏书·荀彧传》注引《晋阳秋》)。庄玄论者认为精微之意不可以言传,都意在否定儒家经书的可信度。

刘勰之论,则与之相反,其宗经论文,就建立在言能尽意的基础上。《原道》篇提出了"道沿圣以垂文,圣因文以明道"的重要命题,其中文能明道,就是一重要的支撑点。这"文"即五经,而"道"按照刘勰的界定,是涵盖面极广、含意极为精深的"三极彝道",是"恒久之至道,不刊之鸿教"(《宗经》)。这样博大精深之道,正是有赖于圣人的体验并形诸文(五经)的。可见,在刘勰看来,任何精深微妙之意,都是可以言传的。

《序志》篇结语言:"文果载心,余心有寄。"这两句话可视为此书已尽其意的申言。虽然他同时还说道:"言不尽意,圣人所难;识在瓶管,何能矩矱。"这是引用《易·系辞》中孔子之言所做的表述,意在强调尽意之难,并陈述自己识见的不足。后者显然是谦逊的表示,这与《神思》篇所言只有知之深才能言之切的见解完全一致。所以我们不能把刘勰侧重论述言尽意之难与庄玄论者否定言能尽意之旨相提并论。

四、虚静其心与循情而发

虚静是言创作时应具的心境:恬淡以致远;循情则是说文思的发展应依循其自身的逻辑,不可揠苗助长。这两种创作心境,都是对积极的艺术思维提供一种条件,或者是给予某种制约。

神思本是一种异常活跃的动态思维,刘勰则要求心境要虚静:"是以陶钧文思,贵在虚静,疏瀹五藏,澡雪精神。"虚,是空灵状态,静,是停滞状态,要求诗人在创作时"贵在虚静",思想上处在一种空灵而静止的状态。这显然不是指正在进行中的文艺思维活动本身而言的,而是指能有助于集中思维的一种心理条件。下文接着说:"研阅以穷照,顺致以怿辞"云云,就是写文思在排除杂念的情况下,单向指发,所以虚是为了助成实,静是为了指向于专一的动,前者能促成后者。充实而能动的神思,是有赖于此时此地心境上相对的虚静。

其实,不仅神思有赖于虚静,任何有成效的思维,都需要思想专一。先秦诸子常从不同侧面强调了这个问题。《孟子·告子上》篇言,"弈之为数",必"专心致志"。《庄子·达生》篇言,"痀偻者承蜩",是"用志不分,乃凝于神"的结果,都是其例。这"用志不分",也并非易事,需要不断地清除缘于内外因素的影响油然而生的诸多杂念。虚静其心,使之用心专一,就是除尽杂念的结果。

在先秦诸子中,强调并系统论述虚静的,首推庄周和荀卿。在《庄子》一书中,有多处把虚静、心斋、坐忘等心境涵养作为致道的必经之途。《知北游》篇借孔子问道事说:"孔子问于老聃曰:'今日晏闲,敢问至道。'老聃曰:'汝斋戒,疏瀹而心,澡雪而精神,掊击而知!'"在庄学者看来,儒者要改换门庭,必须彻底破除原有思想知识体系,纯化其心,才有可能。荀子倡言学儒道,也是以解蔽为前提的:"人何以知道? 曰:心。心何以知? 曰:虚壹而静。"何谓"虚壹而静"?"不以所已臧害所将受谓之虚","不以夫一害此一谓之壹","不以梦剧乱知谓之静"(《荀子·解蔽》)。虚静使之一,就能察道、体道和知道。庄、荀都把虚静作为致道之途,他们所言之道,是各道其所道,但是将这种心境作为认识事物和某种哲理的途径说,则是一致的。由于庄先荀后,从方法论说,荀论应是受到庄论的影响,但荀子提出"虚壹而静"的命题,应是对此做出了更为完整和准确的表述。

　　将虚静心理用于创作构思,首见于陆机的《文赋》:"其始也,皆收视反听",就是要求排除耳闻目睹日常琐事的干扰,使之精神专注。至于"心懔懔以怀霜,志眇眇而临云"云云,则是把立言写作视为一种神圣的事业,进而要求作者精神纯美净化。刘勰显然受到陆机之论的启示,并吸收了庄、荀之书的思想语言资料,对此做了更为明确的阐释,"是以陶钧文思,贵在虚静"。虚静是为了"陶钧文思",即为酝酿文思服务的。这文思的孕育和行文的工巧,既包括"研阅以穷照,驯致以怿辞",而更集中于"使元解之宰,寻声律而定墨;独照之匠,窥意象而运斤"。所以这虚静就不是指思维的停滞或脑海中一片空白,而是为了给丰富、充实而能动的文艺思维提供空间。虚静所留下的思维真空地带,是让生动而异常活跃的神思来填补。从这个意义上说,虚静实质上是一种文思,是荀子"虚壹而静"的命题在创作构思上的具体运用。至于"疏瀹五藏,澡雪精神"云云,则是进而追求文思本身的纯净和美化。其取语虽然源于《庄子》,但赋予的内涵和用意则是有异其趣的。庄语"澡雪精神",是针对"掊击而知",即破除儒家思想体系而发的,意在恢复人性的本初状态,以利于灌输道家思想。而刘勰的神思,是"志气统其关键","疏瀹""澡雪"云云,意在清除非儒学的思想异质,使情志更为纯美,诗才能"风清而不杂"。这就与庄周的用意相左了,我们不能把袭用其词语与汲取其思想等量齐观。刘勰之言,与陆机的"怀霜""临云"之喻有相通之处,都包含有对情志审美规范的用意。把纯化情志作为致虚静的一项重要内容来强调,也是把"虚壹而静"的命题运用于创作构思中在理论上的进展和审美升华,而这正是刘勰虚静说的特点和贡献之所在。

虚静其心,如上所言,其意是在使文思专一和纯化;循情而发,则是要求遵循文思自身演进的规律进行写作,瓜熟蒂落,水到渠成,不烦不躁,在思路受到阻滞时不要竭情强思,此即所谓"秉心养术,无务苦虑,含章司契,不必劳情也"。《神思》篇本是从构思的角度言为文之用心的,这里所说的"无务苦虑""不必劳情",并不是说可以不用心,而是说不应强用心。当文思受阻滞时,应该"秉心养术",去其疲乏,蓄其精神,养其锐势,以便调整思路,寻找新的切入点,为更有效地用心提供良好的心理条件,获得新的写作契机。所以暂时的放心,是为文之用心全过程不可或缺的环节。

文学创作是一种富有创造性的高层次的精神活动,自始至终都受到作者的创作意识的主导和支配,但这只是问题的一面;另一方面,在思路受到阻滞时,又常常不是作者当下依靠主观的强意识所能疏通和超越的。这就是说,文思的开塞问题,还有自身的规律在。陆机在创作中曾受到这个问题的困扰,《文赋》在记录此事时,还发出深深的慨叹:"虽兹物之在我,非余力之所戮。故时抚空怀而自惋,吾未识夫开塞之所由。"文思开塞既在我又不完全受我支配的特点,陆机虽深有体会,却不明其原委,说明他对此还处于不自觉的状态。陆机很想解决却未能如愿的文思开塞的论题,以及"是故竭情而多悔,或率意而寡尤"鲜明对比的经验记录,对后之论者都极富有挑战性和理论诱惑力。古往今来众多的作者因思虑过分而在精神生命上受到损害的教训,使刘勰加深了对竭情强思不但无益而且有害的认识。王充晚年作养性之书以"养气自守""爱精自保"(《论衡·自纪篇》),也给刘勰以启示,为其解决和阐释这一论题提供一种新的理论思路。其书特设《养气》专篇,从率情与苦思两种创作心理对精神体气和创作的成败所产生的不同影响,来论证良好的心境是疏导和开拓文思的前提条件。《神思》篇所反复告诫的"无务苦虑"和"不必劳情"都是立论于此。

刘勰从心理因素来分析文思开塞的成因,从养气亦即养心的角度来解决长期困扰作家们的文思阻塞问题,不失为一种新的思路,也比较符合创作的实际情况,并具有一定的科学意义。但文思的开塞也涉及灵感的有无问题,因而受到多种因素的影响。良好的心境固然很重要,而竭情苦虑,朝思暮想,常常是促进灵感降临的催化剂。"相如含笔而腐毫,扬雄辍翰而惊梦",这是赋家锐意苦思取得成功的先例。"桓谭疾感于苦思,王充气竭于思虑",也可以说明,正是由于桓谭怯于苦思,终于不能像扬雄那样以辞赋名家。如果王充早年不是"置砚以综述",而是像晚年那样"养气自守""爱精自保",他的名著《论衡》也就很可能不能问世了。所以在文思不畅时,提倡"烦而即舍",排斥苦虑劳情,也不一定是很全面的。

贵虚静与重率意都是属于创作心理的范围,是艺术构思的心理条件,两者的要求虽各有侧重,但排除繁杂之念和烦躁之情则是共同的。所谓"水停以鉴,火静则朗",这对促进积极的艺术思维,确实是不可少的。

第二节　对体制风格的认知与创作规范
——《体性》与《定势》

《体性》篇侧重论述文学体貌的主观成因,要求作者摹体定习和"因性练才";《定势》篇则是言文章体势是由特定文体所生发,同时也深受作者习好的影响。作者应习雅弃郑,循有常之体,即体成势。体貌与文势的成因虽各不相同,但都是指文章外在的形态,而且都是某种多样性的统一,这就要求作者在兼解俱通的基础上一其体势。因性循体与兼解定势的内含虽各有其规定性,但在形成与规范文章的体制风格上又是互相依存的,同属其体论中的有机组成部分。

体论在刘书中占有重要的位置。姚察在《梁书·刘勰传》中说:"勰撰《文心雕龙》五十篇,论古今文体,引而次之。""次"是辨其差异和第其高下。宋晁公武《郡斋读书志》言:"《文心雕龙》评自古文章得失,别其体制,凡五十篇。"也是此意。姚、晁以评第古今文体来概括刘书的要义,是有其会心的。

刘氏在《序志》篇中指陈文坛时弊为"文体解散",《风骨》篇则进而把"洞晓情变,曲昭文体"作为创作的前提,可见纠弹讹体以昭明文体,确实是刘勰论文一重要旨归。其所明之体,又是与探源经籍相联系,这是前此辨体论者所未曾进入的领域。

重视文体的辨析,由来已久。魏晋时随着文体的发展和对文学研究的深入,更日益受到人们的关注。其时所谓"体",大体有两层含意:一是体类,二是体貌。体类是文章体制的分类,今人所言的体裁,就是体类的一种。曹丕在《典论·论文》中所言的"文非一体"及其所区分的四科八体,陆机在《文赋》中进而把文章区分为十体,都是属于体裁的分类。体貌则是体类的外在表现形态,是基于特定的体类写作要求而显示出的特色,也是用于区分体类的重要标志,这就近似今人所言的风格了。所以"体"的双重含意,实际上就是一个范畴的两面,是表里相依存的。拿诗赋两体说,曹丕视为同一体类,以"丽"为其形态特征,以此与奏议、书论和铭诔相区别。陆机则将诗赋别为两体,以"缘情而绮靡"释诗,"体物而浏亮"诠赋,以此来界别这两体的不同特点和相异的形态。曹、陆对诗赋两体的划分和体貌的辨析,反映了其时论者对诗学的认识深度。

自魏晋至齐梁,文体的划分愈来愈细,愈来愈精密,既扩大了分体的范围,增加了分体的门类,还进而在辨体问题上是朱非紫,以昭明一种体制,显示出一种体派的倾向性。后者正是齐梁间体论的一大特色,刘勰的体论,正是如此。其书把宗经的体式,贯穿到多种体类和体貌的辨析之中,高扬一种体派,意在形成一种体统,以此来兼融和主导与之相异的体式,这是刘书体论要义之所在。其书被称为"文之枢纽"的前五篇,包含有这样两层含意:其一,从论证各体文章的源出来标举《五经》的文章体式,把探明经体的特色作为辨析各体文章的前提,概括出经体的体义是"情深而不诡""风清而不杂"等"六义",即所谓"文能宗经,体有六义",而"六义"也就成为经体的审美内涵。"下篇以下"所论"风骨",实际上就是融会"六义"而形成的一种风格美,以之作为经体的最为鲜明的体貌特征,这就是刘勰从体类和体貌两个方面对正体所做的界定和美学规范。其二,高扬正体,进而兼融并主导他体,是

"文之枢纽"更深一层的含意。以正驭奇,以典兼华的原则即缘此而提出。这正与奇、典与华正是刘勰用以概括和区分经体以及与之相异的体类之体貌或体势的最为重要的范畴。从方法论说,这以正驭奇,以典兼华,也就是在体制风格上总一性与兼融性相统一的"唯务折衷"的表现,而这正是刘勰用以贯穿众体以救弊树正的途径和归结点。

刘书用经体来条贯众体所论列与辨析的体类涉及面是较广的,体性的分类与体势的分类是其中重要的两项。《体性》篇立论于作者习性有别影响到作品的体貌即风格的差异,这是因人因性以辨体;《定势》篇所言即体成势,主要是从文章体裁的不同论及体势的区别,这是依体别体。论者多以为前者是风格的主观成因,后者为风格的客观成因。这虽能言之成理,但并不准确,因为这两者都要涉及体制的规范。而体制的规范所依据的是客体(经体),所规范的则是主体,是用客体作用于主体。所以这两篇的论述,都涉及对主客体因素的认识以及两者关系的处理,这是刘勰的体论以树正祛谬为旨归所决定的。

一、对习与性的认知及体性的规范

体性之"体"为体貌,指文章的外在风貌,即今人所言之风格。"性"为才性和习性,指作者的生理质素和习养而成的行为趋向。体与性的关系是体由性出,性因体现。因为作者的心性因素是个人所特有的,形诸文章的风貌也会因人而异,具有其个性特征。《体性》篇开宗明义,即述是理。

> 夫情动而言形,理发而文见,盖沿隐以至显,因内而符外者也。然才有庸俊,气有刚柔,学有浅深,习有雅郑,并情性所烁,陶染所凝。是以笔区云谲,文苑波诡者矣。故辞理庸俊,莫能翻其才;风趣刚柔,宁或改其气;事义浅深,未闻乖其学;体式雅郑,鲜有反其习;各师成心,其异如面。

从文学的外在风貌探讨作者禀性的内蕴,从气质的不同来评述文风之异,这并非从刘勰起始。早在汉末至曹魏期间,由于曹操唯才是举的选举政策的提出,促使人们对人的才能特长的认识与辨析以及这种特长与其内在气质对应关系研究的重视。这种研究从人事选举进而延伸运用到诗学批评中来,曹丕的"文气"说和刘劭的"才性"说,都是运用曹操人才偏至的思想进行研究所提出的新课题。《典论·论文》言:"文以气为主,气之清浊有体,不可力强而致……虽在父兄,不能以移子弟。""文以气为主"的"气",体现在作者身上的就是禀性气质,形诸文学的就是风格。"应玚和而不壮,刘桢壮而不密""孔融体气高妙""徐幹时有齐气"等,都是文气即风格不同的表现。曹丕的"文气"说,所论实为创作个性的表现及其成因。这是一全新的课题,在中国诗学上具有开创意义。刘勰的《体性》篇,是对"文气"说理论的直接承继并有重要的发展。

《人物志》成书大约在魏明帝青龙至景初间(237—239)。据《三国志·刘劭传》记载,刘氏曾于黄初中奉命编纂供曹丕阅读的《皇览》,但其仕宦主要是在曹叡在位时期。刘氏有关朝章国典和文学方面的著作,也大都成于此时。汤用彤在《读〈人物志〉》中言:"刘劭主《都官考课》之议;作七十二条及《说略》一篇,则《人物志》之辅翼也。"《都官考课》是考核官员治绩的条例,奉诏作于景初中。《人物志》为朝廷选官提供理论依据和操作规范,两书同属于完善朝廷吏治的论著而相互辅翼,写作时间也应大体同时或前后相距不远。这就是说,《人物志》较之《典论》的成书要迟十年以上。

《人物志》是以曹操的人才思想为主导并为其唯才是举的人事政策服务的,是从正面论述人才的特点及其表现形态。从其才性说的内容看,也与曹丕的文气说一脉相承,但论述更为具体和深入。刘劭论才性之别,也是以体气之异为立论的基点,所谓"人禀气生,性分各殊"。这性分之殊,是缘于阴阳二气融合的不同和金、木、水、火、土五行相合有别所致。《人物志·九征第一》言:"凡有血气者,莫不含元一以为质,禀阳阴以立性,体五行而著形。苟有形质,犹可即而求之。"这是从外在之形求内在之质。《体别第二》则把人物个性气质分为强毅、柔顺等十二类。《流业第三》是把人物才能分为十二种类型,并依据才性之别评述其所宜授之职。以血气、元气为构成的基因,评析人物才性的区别,进而论证其所应授之职,就是刘劭才性说的逻辑思路。从人才的外见之形验内藏之质,因内而符外的论述,正是上引刘勰论体性立论的基点。曹丕对体气的认识并运用到诗学批评中来,使人们对诗人的创作个性获得新的认识;刘劭对人才形与质对应关系的研究和论证,对诗学的研究也极富有启示性,并具有开创意义。但两人对文气和才性不可更易的观点,又使他们容易陷入先验性的困境。而事实上,文气和才性在一定条件下都是可以发生某种变易的。刘勰对创作个性和风格的论述,就是在继承和运用前人有关资料的基础上,同时又做了某些重要的补充、更正和新的论述。

《体性》篇对"性"的认知与界定,既吸收了"文气"说和"才性"说的"气"与"才"这两种质素,又加进了"学"与"习"两种新要素,从而构成"性"的四种要素,并界别为两大类:"气"与"才"是先天性生成的,是"情性所烁";"学"与"习"是后天的培养,是"陶染所凝"。这就是刘勰对能外化为文章体貌的作家内质的"性"的内涵所做的新界定。按照传统的见解,"性"应是指先天性的资质,是与生俱有的。《荀子·正名》篇言:"生之所以然者谓之性。"曹丕的"体气""文气",刘劭的"体别""才性",都是从这个意义上言"性"的。"学"与"习"本是后天所得和陶染所成,与才性、气质应是一组相对立的范畴,似乎是不能合为一体的。但儒家同时认为,"性"虽然是与生俱有的自然资质,却又不是凝固起来一成不变的,能使"性"的内质发生某些变化,就有赖于"学"与"习"了,特别是持之以恒的"学"与"习"。《论语·阳货》篇言:"性相近也,习相远也。"这是说"习"可以改变"性"。《尚书·太甲上》:"兹乃不义,习与性成。"这是说"习"与"性"一样,都能决定人的思想和行为趋向。而荀子,更是大力倡导通过后天的学习来改变先天性的资质。《荀子·性恶》篇言:"人之性恶,其善者伪也。""伪"指人为,而非性之本然,意谓改性恶为善,则必须依靠学习先王之道。宗经论文的刘勰,应是从这里受到启示,把"学"与"习"作为规范体性的必经之途。但荀子意在通过"学"与"习"改造性,并未把"学"与"习"所得称之为性。"生之所以然者谓之性"这一传统的界定,为秦汉、魏晋以来的论者所认同。刘勰则有所不同,他除了把先天性的"才"与"气"作为"性"的基本质素外,同时把"学"与"习"所得也视为"性"不可或少的基因,通过学习形成的习性是"性"重要的有机组成部分。这就是说,《体性》篇的"性",是把传统的先天性的"性"和后天的"习"这两种不同质的因素融为一体,亦即将"情性所烁"的"才"与"气"和"陶染所凝"的"学"与"习"之所得合而为一。习性是刘勰的才性论一重要内涵,融习性于才性,也是其才性论一重要特点。

刘勰对形成人之才性的先天和后天诸多因素互相作用的论述,是建立在对人之心性原初的质素与其可塑性的特点全面认识的基础之上的。习之能成性,在人们生活实践中也可以得到验证。人们常言:习以为常,习以成性和习惯成自然等,都可说明长期养成的习性,可以相对稳定下来成为某种定性。学与习所得与所成是可以充实、丰富、发展甚至可以改易某些天性。才性的可塑性与能动性全赖于习性的参与。刘勰的才性说能有效地克服曹丕、刘劭的禀性才气说先验性和不可更易性的欠缺,使其创作个性论建立在更为科学和全面的基础之上,就是与他对习性的认知和对学与习的强调分不开的。

刘勰对形成才性的后天因素的重视,从深层意义说,也是出于在体制上宗经论文的需要。他所说的"学"与"习",并非无所指向的泛泛而谈,而是有其特定的内容,是以在体式上宗经为导向为旨归的。《体性》篇在论及才性与习性的关系时,对"学"与"习"的内容和要求做了很明确的界说:"夫才由天资,学慎始习,斫梓染丝,功在初化,器成采定,难可翻移。故童子雕琢,必先雅制。沿根讨叶,思转自圆。"在刘勰的风格词典中,典雅是居于首位的,后生们的学习,应先务于此。这先入之习性,可以为形成雅正的风格奠定不易改变的基础。所谓"学慎始习""必先雅制"云云,即是此意。至于成年的学者习雅弃郑,则必须持之以恒,学而时习之,也能收到潜移默化的功效,"学亦凝真,功沿渐靡"。持久不移的努力,形成习性,外化为纯正的风格。从上述突出雅制的地位以及对学与习的具体安排,可以看出刘勰想用经体来规范体性的用心。

既然循雅定习如此重要,那么先天性的才性关系在创作中又如何处理呢?刘勰总结说:"故宜摹体以定习,因性以练才,文之司南,用此道也。"这

"摹体"之"体",并不是指不同的体裁各自的写作要求,而是指与讹体相对立的正体即雅体体制的规定性。定习于雅体,是习作者首要的任务;在此前提下,唯才是适,因性练才,努力培养与发展个人所特有才性之所长,使所作既风格纯正而又个性鲜明,"各师成心,其异如面"。在相异的风格中,体现出雅正的共性。这就是刘勰的创作个性论的最后归结点。

刘书的《体性》篇,突出创作个性的地位,全面而系统地论述创作个性的成因、表现形态以及在繁荣创作中的功用等,都是很可取的;其习与性关系的辨析,要求用共性规范个性,通过个性表现共性,也有其理论意义。但以经体为共性进行规范,也必然会带来对创作个性的制约,并显示出体派的倾向性,这应是刘勰的体性论最主要的局限。

二、"数穷八体""其异如面"和"会通合数"

《体性》篇把"性"分解为"情性所烁"的才性与"陶染所凝"的习性两大类,与之相对应的文学的体貌也就有侧重于个性和侧重于共性的界分以及这两者的"会通合数"问题。"数穷八体"则是指风格的类型,是提供学与习参照系数的体貌的分类,是属于共性的区分。

> 若总其归涂,则数穷八体:一曰典雅,二曰远奥,三曰精约,四曰显附,五曰繁缛,六曰壮丽,七曰新奇,八曰轻靡。典雅者,镕式经诰,方轨儒门者也;远奥者,馥采典文,经理玄宗者也;精约者,核字省句,剖析毫厘者也;显附者,辞直义畅,切理厌心者也;繁缛者,博喻酿采,炜烨枝派者也;壮丽者,高论宏裁,卓烁异采者也;新奇者,摈古竞今,危侧趣诡者也;轻靡者,浮文弱植,缥缈附俗者也。故雅与奇反,奥与显殊,繁与约舛,壮与轻乖,文辞根叶,苑囿其中矣。

这"功乃学成"的"八体",是刘勰对古往今来全部文章体貌类别的概分,而不是指"各师成心,其异如面"创作个性的分类。典雅是经体最基本的体式,作者可以通过"镕式经诰,方轨儒门"而获得。远奥、精约、显附和繁缛四体,实际上也是属于经体的"繁略殊形,隐显异术"的范围。《征圣》篇就把经体约分为四类："或简言以达旨,或博文以该情,或明理以立体,或隐义以藏用。……故知繁略殊形,隐显异术,抑引随时,变通适会,征之周孔,则文有师矣。"这经体的"繁略殊形,隐显异术"之分,不就是上引八体之间的"奥与显殊,繁与约舛"吗?如果说后世包括诗学在内各体文章在体貌上有某些发展和变化,那也只不过是在经体的"殊形""异术"体式范围内的演进和自然延伸。

这里就"远奥"一体略加申说。"远奥"在"八体"中名列第二,论者多以为这"馥采典文,经理玄宗"的"远奥",为庄玄之作固有的文风,是深藏的形而上的哲理使然,但这是不确的。"奥"是"隐"的同义语,其反义词都是"显"。《总术》篇言"奥者复隐,诡者亦曲",可见"奥"有深隐委曲之意。意远而深隐,也是刘氏视为经体的一种表现形态。《征圣》篇言:"四象精义以曲隐,五例微辞以婉晦,此隐义以藏用也。"《易》之"四象"和《春秋》之"五例",以隐曲为表达形式,已启其先。《隐秀》篇释"隐":"夫隐之为体,义生文外,秘响旁通,伏采潜发,譬爻象之变互体,川渎之韫珠玉也。"这里仍以《易》之"互体变爻,而化为四象"证"隐",以明隐体之渊源。可见这"馥采典文,经理玄宗"的"远奥"与《隐秀》篇言"隐"是"深文隐蔚,余味曲包"意同。其中还有来自《易》之"曲隐"与出自《春秋》之"婉晦",所谓"馥采典文",意似指此。而"玄宗",即意深文远,并非特指玄学。

以"高论宏裁,卓烁异采"释"壮丽",是对包括屈赋在内的同类诗文体貌特征的概括。《辨骚》等篇高度赞美屈赋之宏裁、气骨、伟辞、异采以及"气往轹古""壮志烟高"等表现形态,都可视为对"壮丽"风格的描述和论定。

刘勰论体数,最为看重的是经体和骚体。《定势》篇言:"是以模经为式者,自入典雅之懿;效骚命篇者,必归艳逸之华。"上述六体,前五体,如《征圣》《宗经》等篇所析,都可视为"以模经为式";壮丽一体,则可归于"效骚命篇"之列。经体与骚体两大体式,在刘书摹体定习的要求中,处于最为重要的地位。至于新奇、轻靡两体,则是魏晋至南朝文坛上追求新变的产物。刘勰有时直称为讹体、谬体,有明显的贬意,所谓正其体制,也是针对此而发的。

"新奇"是以"摈古竞今"为主要特征,"危侧趣诡"是对其贬抑,意谓追求险僻诡异的趣味。摈斥古体即远弃《风》《骚》,竞今趋新则是追求新变。《明诗》篇指陈宋初文咏是"俪采百字之偶,争价一句之奇",就是其时新变的一种表现形态。"轻靡"是以浮巧轻艳为特色,"浮文弱植,缥缈附俗",是言以浮诡轻柔、华靡妖冶等审美趣味以投俗好。《乐府》篇指陈的"艳歌婉变"和"淫辞在曲"之作,亦类此。要而言之,新奇是对经体的变异和创新,轻靡则是在格调上与正体殊趣,有似于郑声。这两体均与经体不类,故刘书中常有奇正、雅郑之对称。

八体概分了古往今来包括诗歌在内的各体文章体貌的类别,文苑中的千姿百态、殊形异术之作也都不出此范围。"数穷八体"之言既鸟瞰了文苑体数的全貌,也为摹体定习者提供了适其所好的选择。八体的排列是以典雅居首,远奥等次之,新奇、轻靡殿后,这种次第和安排,体现了其审美宗尚和创作导向。从他同时提出"童子雕琢,必先雅制"看,典雅不但应居首选,而且也被视为进一步学习和兼融他体的基础和前提。奥、显、繁、约诸体都源出于《五经》,典雅也就必然成为这四体的共性。壮丽新奇诸体也应以雅兼丽,以正驭奇为旨归,"酌奇而不失其贞,玩华而不坠其实"(《辨骚》)的论文原则,也就是基于此而概括出来的。可见"八体"的论列,是以学与习为基本出发点,并以正其体制为旨归。文家的习好,对其风格的形成影响是很大的,《定势》篇引桓谭叙"文家各有所慕",又引曹植言:"所习不同,所务各异",都是其例。陆机在《文赋》中说:"故夫夸目者尚奢,惬心者贵当,言穷者无隘,论达者唯旷。"这也是在说明,作者的文风,是缘于其平素的习好使然。刘勰论列八体,通过指导学、习来影响和形成作者的习好,以此来规范其创作,而不是听任行其所好。这是理论家对风格的形成具有某种自觉意识的表现。当然定习于一尊,也就难免使人受到约束,不能完全扬其所长,这对繁荣创作也会产生不利的影响。

数穷八体是风格类型的分类,而不是创作个性的划分。"八体"作为风格形态,如上所述,都可以通过学与习而臻其境,但其中任何一体,都不能视为某一作家独特的创作风格。因为"八体"属于类型风格,每类所概括的是同一类型文风的基本共性;但每一作家的艺术风格,又都为"八体"所概括,不能离开这"八体"而独立存在。"八体"与创作个性的不同,是共性与个性的区别。这就是说,作者学习"八体"要择其所好,选择好与自己性情相近的某一体类,将这一体类某些风格共性,融入自己的创作机体之中,与特有的才性相结合并加以显现,从而形成特有的艺术个性。《体性》篇言:

> 若夫八体屡迁,功以学成;才力居中,肇自血气。气以实志,志以定言;吐纳英华,莫非情性。是以贾生俊发,故文洁而体清;长卿傲诞,故理侈而辞溢;子云沉寂,故志隐而味深;子政简易,故趣昭而事博;孟坚雅懿,故裁密而思靡;平子淹通,故虑周而藻密;仲宣躁锐,故颖出而才果;公幹气褊,故言壮而情骇;嗣宗俶傥,故响逸而调远;叔夜俊侠,故兴高而采烈;安仁轻敏,故锋发而韵流;士衡矜重,故情繁而辞隐。触类以推,表里必符,岂非自然之恒资,才气之大略哉!

这里所列举的自两汉至魏晋十二位名家的文章体貌与其"性"对应关系的论述,意在说明"体"与"性"是表里相须,"因内而符外"的。这里的"性"既指先天性的"才"与"气"相结合的才性,也包括通过后天"学"与"习"所形成的习性,让才性渗入习性,使习性也打上个人的烙印。由此"性"所形成的"体"已不是"八体"本初规范的形态,而是将其重要的成分融合在作者艺术个性之中,显示出个性的特色。所以不同作者的文章虽然有可能同属于"八体"中某一体类,但为文的体貌,却会因人而异。譬如同属于"远奥",扬雄和陆机体貌各异:"子云沉寂,故志隐而味深","士衡矜重,故情繁而辞隐"。同是"繁缛",司马相如与张衡的风格有别:"长卿傲诞,故理侈而辞溢","平子淹通,故虑周而藻密"。总之,"八体"的共性,都是作者通过其特有的艺术个性显示出来的,是"各师成心,其异如面"。所以摹体定性和因性练才,对于创作个性的形成,两者都不可偏废。

摹体定习之于创作并非要求作家只能师从一体,而是可以兼融数体,并与自己的才性气质相结合,以形成独特的风格。风格的独特性并不是体貌的排他性,而是风格多样性的统一。《体性》篇说:"八体虽殊,会通合数,得其环中,则辐辏相成。""数穷八体"是说文章的体貌可以大别为八种类型,每位作家作品的体貌,都不能越出此范围,但这并不等于说,每篇诗作只能从属其中的一体。体裁划分中,体物写志的赋体,不能掺杂缘情绮靡的诗,五言诗中不能兼有四言或七言的诗句,对体貌类型的要求,并非如此。作者在同一篇作品中,是可以而且应该兼融数体的。如上引《征圣》篇言,《五经》之文,就有繁、略、隐、显四体。《宗经》篇言:"《尚书》则览文如诡,而寻理即畅;《春秋》则观辞立晓,而访义方隐。此圣人之殊致,表里之异体者也。"据此可知,《尚书》和《春秋》的表与里即形式和内容是异体的,分属于不同的体类。《尚书》表为远奥,里为显附;《春秋》的体貌则与之相反,表为显附,里为远奥,两书的体式又同属于典雅。两汉魏晋名家的体貌亦类此,譬如班固"裁密而思靡",即文词精约而切理显附;刘桢"言壮而情骇",即奇思壮采,兼有壮丽和新奇;陆机"情繁而辞隐",即文词繁缛而情意深隐,凡此均可视为表里异体的表现。

为文者如何才能兼综数体呢?"会通合数"就是应遵循的原则。《征圣》篇在总结《五经》之"繁略殊形,隐显异术"之成功经验时说:"抑引随时,变通适会,征之周孔,则文有师矣。""抑引随时,变通适会",也就是"会通合数"之意,即依据表达的需要,灵活采用,可通可变,可分可合,务使完美地显现。从方法论说"会通合数,得其环中,则辐辏相成",也就是异质同构,"总一"与兼综的"折中"说的原则。当然"会通合数"又是以通晓"八体"为前提的,拘泥于一端,是不能臻于此境的。前引"童子雕琢,必先雅制"云云,那是对初学者来说的;既成格调之后,兼综群体,"会通合数"就是渐臻佳境必经之途了。

"会通合数"不但使艺术表达更为完善,也能使作品风格更趋多样化,所谓"笔区云谲,文苑波诡",以争奇斗艳,即有赖于此。就一篇作品说,异质同构而成新质,也能使作品的体貌发生质的变化,形成新貌。譬如"典雅",在"八体"中原居首位,评价也很高,但若爱典而恶华,就显得单纯了。虽有典雅也不足称道,因为这是不完美的。又如"新奇",在"八体"中位置殿后,被贬斥为"危侧趣诡",但如能和典雅相结合,并能以雅驭奇,这新奇就会变成新的体貌中一大亮点,而备受礼赞。所以"会通合数"与《通变》篇所言的"变通适会"一样,都是对异质的"兼解"与"总一",并能"以裁厥中"的表现。"八体虽殊,会通合数,得其环中,则辐辏相成"的意旨,亦在于此。

综上可见,刘勰的"数穷八体",第一次从体裁以外的体貌表现来区分文章的体类。由于受到宗经思想的影响,刘勰对风格类型的区分、界定和品评,不一定很准确,也不一定很得当,譬如对"新奇""轻靡"两体的贬抑,就包含有某种偏见。但他在体论中提出一些新的论题,涉及面较广,而且很有深度,从而在风格论的研究中开创了一个全新的局面。其中特别是对摹体定习、因性练才以及与会通合数之间的关系的论述,来阐明创作个性形成的原因和使风格日趋成熟、渐臻佳境的途径,都很有理论深度;至于"会通合数"和"得其环中"的论述,更在很大程度上克服了宗经的偏见。刘勰风格论的理论成就,前所未有。即使唐宋间风格类型和创作个性论者,如皎然、司空图和严羽等,虽各有所成,但从总体上看,涉及的问题也没有这样广,某些理论的阐释,也未达到这样的深度,所以尤其难能可贵。

三、定势与总群势

在刘书的风格论中,《定势》《体性》两篇"始末相承",前后衔接。《定势》篇言:"夫情致异区,文变殊术,莫不因情立体,即体成势也。"这"因情立体"之"体",是涵盖各体类之体貌,既包括所选文体之体貌,也包括所用某种风格类型及其表现形态。上述各类体貌都是作者性情的外化,是"情动而言形,理发而文见"使然。"即体成势"是说因不同的体貌而形成相应的体势,体势是体貌的必然延伸。体势之于体貌,如影随形,不可须臾或离。所以"性情→体貌→体势",是作品风格形成中的逻辑发展线索,体势是这条长链的归趣之所在。

什么是"势"和"体势"呢? 该篇言:

> 势者,乘利而为制也。如机发矢直,涧曲湍回,自然之趣也。圆者规体,其势也自转;方者矩形,其势也自安;文章体势,如斯而已。

以"乘利而为制"释"势",原是依从其古义。《孙子·计篇》说:"势者,因利而制权也。"这大约是许慎的《说文》以"盛力权"释"势"的由来。"因利而制权"就是要充分地把握和利用有利的时机和发展趋势来制服强敌。用兵任势以及后世之审势、度势以及因势利导等,都与此意有关。刘勰移植这个范畴来论文,是对本义的延伸,以此来界定文章的体势,即体貌应具的态势和风格趋向。"机发矢直,涧曲湍回"的比方,意在说明,文章的体貌不同,所呈现的态势和风格趋向也因之有别,这就如同机弩射出的箭是直线前行的,山涧曲水流势必回旋反复一样。"赋颂歌诗,则羽仪乎清丽""连珠七辞,则从事于巧艳",体裁不同,体貌和体势也因之有异。势随体出,体形生而体势成,是不能离开文体之体貌而言文势的。把体势界定为文体之体貌所派生的态势和风格趋向,是基于在"势"的本义基础上的生发。

体貌与体势虽互相依存,但体实而势虚,"虚"是"势"的重要特点。审势、度势,都是现实的情况对未来的发展趋向做出的估量和预测,体势作为一种态势亦复如此。"规体"和"矩形"都是有形的实体,"自转""自安"则是这方、圆的有形之体所产生的态势和发展趋向。所谓"态势"是一种悦泽的美的形态,势是需要悦泽的,所谓"势实须泽"意即指此。悦泽能给人以美感,"自转""自安"标示着一种趋向,一种自然的动态美的呈现,是"自然之趣"。这种美的趋向性的呈现,并不是实指和量化的存在物,而是存在于意象构成的无限空间之中。这体有限而势无限,所谓"辞已尽而势有余",就是体实而势虚的表现。所以文势既是风格态势美可以感受到的悦泽形态的显示,也能使这种审美感受从有限向无限方面延伸。当然体势之虚性和无限性又是在体貌之实性和有限性的制约之下,体势的无定性是在体貌的有定性的指向之中,无定而有定,是定势一大特点。势是有定性和无定性的统一,还涉及定势和总群势的关系。"势"既然是由"体"所派生的,"体"的多样性就决定了"势"的多样性。"体"有动、静、刚、柔之别,"势"也因之。论者有以为"势"是一种"力"的表现,这是不确的,是对"势"的多样性认识不足有关。"矩形""其势也自安"和"槁木无阴"之喻,显然不是力的表现。"文之任势,势有刚柔,不必壮言慷慨,乃称势也。"这就很明确地指明,体势有多样性的呈现,并不限于壮言慷慨的一端。当然壮言慷慨刚性的形态,也是体势的一种表现。体势的多样性的特点,要求"渊乎文者"总揽群体,囊括群势,在铨别与兼融中—其体势。

《定势》篇所论列的群势,主要有两大类别,即体裁的分类和体数的区分。囊括群势的前提首先在于能铨别,即善于区分各种体裁之文的体势特色:

> 是以括囊杂体,功在铨别,宫商朱紫,随势各配。章表奏议,则准的乎典雅;赋颂歌诗,则羽仪乎清丽;符檄书移,则楷式于明断;史论序注,则师范于核要;箴铭碑诔,则体制于宏深;连珠七辞,则从事于巧艳。此循体而成势,随变而立功者也。虽复契会相参,节文互杂,譬五色之锦,各以本采为地矣。

这里从二十篇文体论中所论列的一百五十余种大小文体,择其要者为二十余体,划分为六大类,进而铨别这六大类文章体貌与体势之差异。其中典雅、清丽、明断、核要、宏深和巧艳,就是六类文章的体貌特征。从"循体成势"和"形生势成"的原则看,这六类文章的体势,就是上述六种体貌的衍生形态和风格趋向。所谓"准的乎""羽仪乎"云云,都是言文势是随体裁风貌的差异而产生不同的风格趋向,并不是说体貌等同于体势。

就体裁方面即体成势,其意也在于阐明定势的原则:即铨别和总一的结合。就铨别说,都有其相应的体势,所谓"宫商朱紫,随势各配",上述"准的乎""羽仪乎"云云,就是即体铨别的结果。通过铨别所定的体势,又是总一以兼融他势的基础。因为任何一体之势形诸创作,又不是很清纯和固定不变的,其间有兼融同构和发展变化,"契会相参""节文互杂"和"随变而立功"。但交杂适变又不能离其本,变其宗,"各以本采为地",使体势成为既具有本色的态势,又能融合异势的有机体,从而更为丰富和完美。譬如说"赋颂歌诗",既以清丽为宗,又有典雅的风范和宏深的构势。三者兼融同构,其体势就会明丽宏深而多姿了。兼能铨别与总一文章的体势,在创作实践上,即使对于"渊乎文者",也是高难的要求。曹丕曾说过:"文非一体,鲜能备善","能之者偏也","唯通才能备其体"(《典论·论文》)。刘勰则言:"渊乎文者,并总群势。""总群势"是以兼众体为前提条件的。曹丕之言,是立论于反对文人相轻,自有其意义,但也有可能使作者安于一端,自守于一体;刘勰则进而提出,即使为了写好一体,也必须能"总群势"而善众体。因为体势的形成,需要"契会相参,节文互杂",即善于兼构异势才有可能。这是基于对体势形成的正确理解而从严提出的要求,对于开拓作者的视野,发展其多种艺术才能,提高其创作水平,都会起促进作用。

铨别体裁的体势,还只是定势的一个方面;区分体类的体势,也是文家形成体势不可或缺的组成部分。刘勰论"势",对此也有论及。

> 是以模经为式者,自入典雅之懿;效骚命篇者,必归艳逸之华;综意浅切者,类乏酝藉;断辞辨约者,率乖繁缛。譬激水不漪,槁木无阴,自然之势也。
>
> ············
>
> 桓谭称:"文家各有所慕,或好浮华而不知实核,或美众多而不见要约。"陈思亦云:"世之作者,或好烦文博采,深沉其旨者;或好离言辨白,分毫析厘者;所习不同,所务各异。"言势殊也。

上引两段,共列出典雅、艳逸、浅切、酝藉、辨约、繁缛、浮华、实核、要约、烦博、远奥和精约等共十余种类型风格,删其重复,大体上等同于《体性》篇所言的"数穷八体"中除"新奇"外的七体。"新奇"一体是意在讥刺穿凿取新和讹势所变。上述典雅、艳逸等体势风格,都可以通过学与习而获得。刘勰认为,习好对创作的影响是巨大的,作者的风格常常是由于长期习好而形成,而且很难变易,所谓"镕范所拟,各有司匠,虽无严郛,难以逾越",所以要学慎始习。习好对创作另一种不利的影响是偏嗜于一端,不能兼融圆该,"龊龊于偏解,矜激乎一致"(《通变》),终究受到很大的局限。刘勰认为,体势的形成,也需要异质同构而成新质。作者必须总群势,运用兼解和总一相结合的方法定其体势。

> 渊乎文者,并总群势:奇正虽反,必兼解以俱通;刚柔虽殊,必随时而适用。若爱典而恶华,则兼通之理偏,似夏人争弓矢,执一不可以独射也;若雅郑而共篇,则总一之势离,是楚人鬻矛誉盾,两难得而俱售也。

这里用奇正、典华、刚柔和雅郑四组对立的范畴,来标示性质不同、含义相反的体势。这四组范畴按其性质又可分为三类:奇正、典华两组可以划归一类,这是刘勰兼综群势的主要原则和基本架构。经体及其典雅之体势,谓之"正";一切异于经体,如《骚》《纬》及其他新变之体势都可归之于"奇";各类文章的有常之体属于"正",各体可以变易的无方之数则可称为"奇"。典雅与采丽繁缛的华艳之体势,是正与奇的一种表现,可以归于一类。刚健与柔婉是属于文章气质上的差异,由于作者个性的不同以及表情的需要而显示出的差别。刚柔与奇正及典华一样,都是可以而且应该兼融并用的。雅郑一组则不同,雅为典雅,属于经体之正;郑是郑声,即郑卫之音,是淫靡的浮文弱质的俗体。在儒者看来,雅与郑势不两立,不能共篇,两者体势之间互相排斥,不能形成统一的完整的风格。可见,这"总一"与"兼通"的原则是在以正驭奇的基础上依据表情的需要而兼融他势的,题名"定势",其意也在此。

从刘勰所提出的以正驭奇、以典兼华和尚雅斥郑的主张看,这种折中异势的方法论原则,集中地体现了儒家的诗学要求,是儒学在诗学理论上尽量吸收异质以丰富其理论内涵的一种表现。刘勰运用折中法的思想研究体势风格所取得的新的理论成果,也是诗学的发展进入了一个新阶段的标志。当然,排斥民歌俗体,典雅的诗风就会缺乏新的活力的刺激和灌输,就不能生机盎然,诗学的发展就会受到阻滞。雅郑不能共篇,这是儒者的偏见,与诗歌以至于文学发展的实际情况也是不相符合的。

第三节　批评论中的"圆照""博观""六观"和"见异"
——《知音》

文学批评论是刘书的重要组成部分,其理论的阐述,则集中于《知音》一篇。刘勰以《文心雕龙》名书,"文心"与"雕龙",就是论创作构思和艺术表达,顾名思义,其书是以创作论为主体的。《知音》篇被界定为"毛目"中的一项,属于兼及的论题。把刘书中许多篇章都纳入批评论内,是有违作者的写作用心的,也与书中所述实际情况不符。当然刘书在文原论、文体论和创作论等篇章中,已涉及对历代作家和作品抑扬褒贬的评价,而且所占分量还较大,但这只是为论证各专题的重要论点提供论据,或者说是用来说明和检验这些理论在创作实践中的表现。这就是说,书中从不同的侧面对众多的作家和作品进行评述,是为其创作理论建构服务的。这样的理论建构,就与锺嵘的《诗品》将批评理论和批评实践相结合建立起三品论诗的批评体系完全不同。所以不能将刘书中许多篇章甚至全书五十篇都列入批评论内。但创作与批评在理论形态上关系又极为密切,《知音》篇说:"夫缀文者情动而辞发,观文者披文以入情。""缀文"之论已阐述在前。那么"观文"的要求只需倒转过来,而不必对其中许多重要论题的内容再做具体的界说。这就是说,《知音》篇所论述的批评要目,是以文原论、文体论和创作论等为铺垫的,在评述其批评论的内容时,必须时时和前论相联系。《知音》篇既是其批评论的纲目,又是全书的有机组成部分,其意义也就在此。《知音》篇是以"博观"为基础,以"圆照""六观"为方法和途径,以"见异"为一重要归结点的批评论要领。兹以此篇为主,结合前文,予以评述。

一、偏见、偏好与圆照、圆该
面对"篇章杂沓,质文交加"的各类作品,观文者在进行评判前,首先要有个正确的态度,要持平、公正和圆该,力避偏见和偏好,只有这样,才有可能对作品有切合实际的评判。至于影响批评公正、持平的错误态度,《知音》

篇归纳为四类：一是贵古贱今，二是崇己抑人，三是信伪迷真，四是审美的偏好。对于前三种偏见，刘勰都列举前代的事例，予以验证：

> 故鉴照洞明，而贵古贱今者，二主是也；才实鸿懿，而崇己抑人者，班、曹是也；学不逮文，而信伪迷真者，楼护是也。酱瓿之议，岂多叹哉！

这"贵古贱今"的"二主"，指的是秦皇、汉武对韩非和司马相如的著作始重而后轻的态度。此事《史记·韩非传》和《汉书·司马相如传》都有记载。把这两人联系在一起并指陈其事的始见于《抱朴子·广譬卷》："贵远而贱近者，常人之情也；信耳而遗目者，古今之所患也。是以秦王叹息于韩非之书，而想其为人；汉武慷慨于相如之文，而恨不同世。及既得之，或不能拔，或纳说而诛之，或放之乎冗散。"刘勰则据此而论证贵古贱今之误，认为二主始读韩非、相如之作，"恨不同时；既同时矣，则韩囚而马轻"。这就是这种错误观点影响所致。

"崇己抑人"的"班、曹"，指的是班固轻视与其文在伯仲的傅毅和曹植深责陈琳、刘修事。前者见于曹丕的《典论·论文》；后者则来自曹植本人的《与杨德祖书》中有关的陈述，刘勰从其抑扬当时文士中得出曹植也有文人相轻的毛病。"信伪迷真"的楼护及其"轻言负消"事，已不知所出，从篇中所陈述的情况看，是指长于言谈的西汉人楼护，其实并不懂得学问文章事。其信口开河、妄加评论的无根之谈，是不可取的，受到后世有识者的讥笑。这些都是偏见，其评论当然不可能是知音。至于艺术好尚的不同而影响到评论持平的情况，则更为普遍。《知音》篇说："慷慨者逆声而击节，酝藉者见密而高蹈，浮慧者观绮而跃心，爱奇者闻诡而惊听。会己则嗟讽，异我则沮弃，各执一隅之解，欲拟万端之变，所谓东向而望，不见西墙也。"这种全凭一己的艺术偏好而定作品的优劣，当然不可能有客观公正的评价。刘勰认为，上述诸多偏见和偏好，都会影响到对作品价值的正确认知和客观评判，也就无从成为作者的知音。这些评述，指出了古往今来文学批评中的种种弊端，并进而分析其原因，应该说是有其积极意义的。

论文指陈偏见和偏好的影响,这并非刘勰所首倡。曹丕在《典论·论文》中就明确地提出:"常人贵远贱近,向声背实;又患暗于自见,谓己为贤。"且"各以所长,相轻所短"。上引葛洪《抱朴子·广譬卷》所陈秦皇、汉武事,就是用来论证曹丕之言,所谓常人"贵远而贱近""信耳而疑目"(即"向声背实")。葛洪还进而归结说:"此盖叶公之好伪形,见真龙而失色也。"可见曹、葛之论,就是刘勰所指陈的贵古贱今、崇己抑人和信伪迷真之失的由来。

至于偏好的不同带来的艺术审美的差异,前人也多有论述,《定势》篇言"文家各有所慕"。引桓谭、曹植之言以证文势之殊,即是其例。陆机《文赋》亦言:"故夫夸目者尚奢,惬心者贵当,言穷者无隘,论达者唯旷。"这也是说文家的偏好对其创作和评论的影响。但是把偏好于一种风格美明确地指陈为偏见,定为批评的误区,应是刘勰的特见。这种不偏于一端,要求"圆该"的审美见解,曾被论者批评为忽视审美个性和差异性,是理论上不成熟的表现,但这是不确的。因为刘勰要求"圆照",兼重多种风格美,这既对促进批评和创作发展有利,在审美的包容性的前提下,审美的个性和差异性也得以形成。试想:如果批评者都是"会己则嗟讽,异我则沮弃",这不就是曹丕所批评的"各以所长,相轻所短"的一种表现形式吗? 如果容忍这种现象长期存在,那么任何一部作品、一种体势,都很难被多数人所认同,这对促进创作和批评的繁荣和发展,当然是很不利的。而况任何一部作品的写作,其体性风格,都不是以单一的形态呈现,而是殊形异术交会兼融的结果。所以《定势》篇要求作者能兼解众体,依据表情的需要,"契会相参,节文互杂","宫商朱紫,随势各配"。面对这样一些作品,批评者怎能"执一隅之解,欲拟万端之变"呢? 所以批评论中的"圆该""圆照",与创作论中的"兼解""会通"相表里。观文能兼重众体,是审美胸襟开阔的一种表现;而审美的包容性,正是审美的个性和审美的差异性得以形成和发展的必要条件。

综上可见,刘勰在反对错误的批评态度时,有不少地方是综合"旧谈"的,但他在分析形成这些错误的原因和提出纠正的办法时,有许多见解就"异于前论"了。最早提出反对"文人相轻"口号的曹丕,把文学批评中认识论的问题,归之于文德问题。认为只有具备君子的道德修养,才能从根本上革除这种毛病,"盖君子审己以度人,故能免于斯累而作论文"。而君子的品性,不是所有文士都能轻易具备的。刘勰显然是把批评态度上的差错,仍归结为认识论的问题,归咎于方法上的不当和习好的偏颇,所以提出用"圆该"和"圆照"的方法来纠正偏见和偏好的欠缺,倡导用博学与多习的方法来解决问题。这样的论析,也确有其道理,端正态度、改变方法和勤学苦习,对多数人来说,也还易于施行。这对于开展正确的批评,是有其裨益的。

二、博观与六观

观文者如何才能"圆照"呢? 刘勰进而提出通过"博观"和"六观"等方法和途径,使之臻于此境地。

> 凡操千曲而后晓声,观千剑而后识器。故圆照之象,务先博观。阅乔岳以形培塿,酌沧波以喻畎浍。无私于轻重,不偏于憎爱,然后能平理若衡,照辞如镜矣。是以将阅文情,先标六观:一观位体,二观置辞,三观通变,四观奇正,五观事义,六观宫商。斯术既行①,则优劣见矣。

在刘书各篇中,多次用"博见""博览"和"博观"等同义词,以明广读群书和熟精作品在创作和批评中的重要性。《神思》篇言:"博见为馈贫之粮。"《事类》篇说:"将赡才力,务在博见。"《通变》篇云:"先博览以精阅。"这些篇中所言的"博见""博览"等,大抵都是指博极群书、熟读精品、博知典故和博通事理,以此作为进入创作的必备条件。本篇所言之"博观",就是指博览和精阅各类文章,尤其是高水平的作品,以提高鉴别能力。所谓"阅乔岳以形培塿,酌沧波以喻畎浍",就是用以比喻通过阅读高价值和高水平的作品,以提高阅读水平和审美能力。再读其他作品,对其高下得失,也就比较容易判别了。杜甫有诗云:"会当凌绝顶,一览众山小。"(《望岳》)所喻也有这层意思。审美能力提高了,也较为容易走出偏见和偏好的误区。

至于落实到所评论的具体作品,还需要从多角度和全方位进行阅读和

---

① 原作"形",依王利器《文心雕龙》校证,改为"行"。

研究,这就是"六观"。"六观"既是精阅,也是一种"博见";不是从一点上深入,而是对作品丰富的内涵,做全面而深入的考察。"六观"作为方法论,是指示观察的方面和研究的途径,但每一观又有特定的内涵和审美价值取向,这在刘书相应的篇章中都有详细阐述。要根据这些要求和价值取向来评判作品的高下,所以"六观"又是衡文的标准和尺度。

六观是从六个方面评析一部作品,因此可以分别看待和逐一测定。这六个方面又各处于一定的位置,不能颠倒和错乱;但互相间又密切联系,不能分割,必须从整体和互相联系的观点来评析每一观的内容。《附会》篇说:"夫才童学文,宜正体制,必以情志为神明,事义为骨髓,辞采为肌肤,宫商为声气。"这里所论,已涉及位体、置辞、事义和宫商等四观以及各自的位置和互相间的关系,这是从整体上看的,是铨序一文和弥纶一篇;"六观"则是将其拆散,分别考察。现依其次第,分述如下:

一观位体。《熔裁》篇言创作"三准",首准于"设情以位体",这与本篇所言"一观位体"恰成对应关系。"设情以位体"亦即《定势》所言"因情以立体"。创作论中的"情"与"体"的关系,就是根据情意的性质和表达的需求来选择"体",用"体"来安顿情和显示情。位体和立体之情是情理,"情理设位,文采行乎其中"(《熔裁》)。"设位"亦即"位体"。《情采》篇言:"设模以位理,拟地以置心。""设模""拟地",即立体,"位理""置心",就是安顿情理。情理有时又称为志和情志,《情采》篇言:"况乎文章,以述志为本。"《附会》篇说:"必以情志为神明。"志、情志、理和情理,都是儒家诗学最基本最重要的范畴,要求用理——儒家理想怀抱和价值观来调节和规范情感。居"六义"之首的是"情深而不诡"(《宗经》),"不诡"就是纯正,完全符合儒家的思想规范。至于情意之真和深,也只有纯正的前提下才有其意义。这就是刘勰对情意的界定和要求。

宅情和位情之"体",是指体裁和体数。不同内容和不同性质的情意,要选择相应的体裁来表达,要用与之相适应的体裁所派生的体貌和体势来显现。体数是指风格的类型,即《体性》篇所言的"数穷八体"。"八体"是繁约殊形、奥显异术、雅奇质乖和轻壮气别的,所以也应依据情意的性质和发展变化的情况做相应的选择。位体和立体的总原则是对群体既能兼解,又要总一,既要以"本采为地",又要能"契会相参,节文互杂"(《定势》),使纯正、真、深而又复杂变化的情意能更好地显现。

从批评论的角度说,观位体,首先遇到的是作者所选择的体裁及其所形成的体数、体貌和体势,是否有效地表达了情意,其间有无生涩和不协调之处,并进而对作品的情意是否纯正和真、深做出评判。缀文者因情以择体,观文者则是见体以知情,所以观位体也就成为观文者首要的注目之点。

二观置辞。作品的情意,是要文辞来表达的。《熔裁》篇说:"万趣汇文,不离情辞。"置辞是否得当,成为观文的另一要义。刘书论如何用辞在全书中占有很大的比重,所论涉及文辞的构成、用辞的原则、辞与情的关系和用辞中的弊病等,这些都应该成为观文者评判作品置辞得失的原则和参照系数。《原道》篇言:"《易》曰:'鼓天下之动者存乎辞。'辞之所以能鼓天下者,乃道之文也。"辞能达道,并有鼓天下人心的巨大作用,就是因为辞有文采美。《宗经》篇引《易·系辞》言《易》道是"旨远辞文","辞文",亦即言辞有文采美。辞语如何才能算是有文采美呢?《丽辞》篇析骈俪对偶,《物色》篇状山水景物,《隐秀》篇言隐体复意重旨、秀体状溢目前和文若春花,《夸饰》篇言能"喻其真"的"壮辞"等,都是饰采的途径和有文采的表现。《情采》篇则进而概括出"形文""声文"和"情文"为"立文之道"的三理,即构成文采美的三种类型,主要也是言文辞在言情状物时所显示出的声色之美。所以辞令有无文采美,是观文时判别其置辞高下得失的一条准则。

观置辞,不但要审其"辞文",而且还要见其"体要"。《征圣》篇说:"《书》云:'辞尚体要,弗惟好奇。'……体要所以成辞。"《序志》篇又说:"盖《周书》论辞,贵乎体要。""体要",即体现要义,亦即辞贵精约,能要约写真,其反面就是文辞繁冗、烦琐、虚饰和浮滥。刘勰反复引《尚书》之言以明其旨,其意就在想改变充斥当时诗坛的浮滥文风。但辞尚体要不等于质木无文,而是析辞尚精。精可以与巧和丽相结合,可以"以少总多,形貌无遗"(《物色》)。体要可以"结言端直",使诗有骨力。体要还可以兼有委婉含蓄,所谓"体要与微辞偕通""微辞婉晦,不害其体要"(《征圣》)。所以体要并不与文采美相矛盾,而只是反对文辞烦滥。"体约而不芜""文丽而不淫",是宗经之文"体有六义"之要旨。能以少总多,文丽不淫也就成为判断置辞得失的另一重要尺度。

文辞是用来表达文意的,彰明和显现情意是用辞的第一要义。辞有繁缛与简约、质朴与华美之分,采用何种性质的辞语,是要看表情达意是否得体为权衡。辞与情是互相依存的,文附于质,质有待于文,以情意为主体处理好情与辞的关系,是创作论中的要义之所在。《情采》篇说:"情者文之经,辞者理之纬;经正而后纬成,理定而后辞畅:此立文之本源也。"辞的文采美既然是致力于表达情理,而位体又服从于宅情的需要,那么置辞与位体之间就有密切联系了。《熔裁》篇言:"情理设位,文采行乎其中。"宅情位体,最终要靠文采来显示。所以能否指事造形、穷情写物以及辞文、体要等,就成为观文者权衡置辞得失的重要原则和参照系数。

三观通变,就是观察与评判作品在因与革、循体与创新这两方面的成败得失。创作论中言通变,是指"体必资于故实"和"数必酌于新声"的兼顾;批评论中观会通与适变,就是看是否循有常之体并兼能在文辞技巧和风格表现上的发展和创新。循有常之体与观位体关系密切,都涉及对立体问题的评价。但观察的角度和评述的内涵却有所不同,观位体是侧重评其是否因情立体,观会通当然也要考察其是否"凭情以会通",即是否因情定体。但更为重要的是看在表达情理时是否依循特定文体体式的规定性和常规作法,各文体的"名理相因"的内涵在作品中是否得到遵循和体现,以及其在表达上的工拙得失。可见观位体是从作品中所表达的情感性质、类别看其选体是否得当,情与体关系是否协调;而观会通则是侧重看表达情理的形态、技巧和方法等是否符合特定文体在体制上的规定性。观位体是从情与体关系的整体上评其立体的得失;而观会通则是要看对所选文体的特有的表情形式和方法的把握情况及其具体运用中的工拙得失。所以对这两者评判的角度和内容是各有所侧重的,但这两者都涉及对情与体关系的处理问题,关系极为密切,且互有影响,所以必须从互相联系的关节点上去把握。

观适变,则是看在循体的基础上的变异和创新。创作论中谈适变,主要体现在两个方面：一是"负气以适变"，一是"数必酌于新声"。"气"是禀性才气，就是要发挥才性之所长，能体现出独特的创作个性。《才略》篇说："嵇康师心以遣论，阮籍使气以命诗，殊声而合响，异翻而同飞。""师心"同"使气"，亦即"负气"，这是用来赞美阮、嵇充分发挥自己才性之所长，在创作风格中能显示出独特的风貌。至于"数必酌于新声"，则是要求诗人必须斟酌采用如声律、事类和丽辞等新的表现技巧，使情意的呈现更为形象、生动、新颖和富有感染力。"变文之数无方"，诗的艺术表现技巧的发展变化是没有止境的，全靠作者辛勤的耕耘，充分发展其创造性的才力，使诗歌呈现新貌。批评论中观适变，就是要考察作品在文辞气力上能否吸取新的艺术成果，有无独特的创造和浚发于巧心的新变化，以此来评判其工拙和高下。会通与适变两者又是不可分离和或缺的。观通变既要看其循体，又能见其创新。只通不变，只有旧貌而不见新颜，因循守旧，固不足取；变而不通，完全离开旧制，在刘勰看来，就是失体成怪了。将两者合而观之，以评其高下，这是刘勰观通变理论的全貌。

四观奇正，就是看作品在位体、置辞、通变和事义等方面能否兼具奇正，并能执正以驭奇。文原论中言奇正，所谓"经正纬奇"，是言经体代表常道、正体，是谓"正"；《骚》《纬》之作则异于常道，是谓"奇"。骚体宏裁华艳，《纬》体事丰奇伟，都是"奇"的表现，能助成于文章，需要吸取。刘勰立论于"正"，兼取于"奇"。《辨骚》篇说："酌奇而不失其贞"；《定势》篇言："奇正虽反，必兼解以俱通。"如何"兼解"？要"执正以驭奇"，不能"逐奇而失正"。这在"文之枢纽"和"剖情析采"两节中有详细的阐述。

批评论中观奇正，需要把"六观"和"六义"界别开来。"六义"概括了经体的内涵，"风骨"是熔铸经体的审美内涵提炼出来的最为重要的审美范畴。"六义"和"风骨"都体现了"正"，而不包括"奇"。"正"体现了刘勰论文立论的基础，而不是其评判作品高下的最完整的原则。"观奇正"是"六观"之一，同时又体现在"观位体""观置辞""观通变"等数观之中，是从一个总的原则或者说是从一新的角度对构成作品的诸要素提出一种共同的要求。所以观奇正，就是从兼解奇正，并能执正以驭奇的角度，对其他五观的对象做出新的审视。譬如说,《风骨》篇要求风骨与文采的完美结合,这实际上已涉及对位体和置辞两观中情与辞两个方面的审美要求。风骨是"正",文采华艳是异于经体的语言风格的"奇",这两者完美的结合,就是在情与辞两种艺术要素中兼解奇正的体现。对于宗经论文的刘勰来说,观奇正应是他评文的一项总原则,具有某种独特的意义。

五观事义。就是看作品所取之事与所明之义是否协调,能否因事明义。事与义的关系,应是近似今人所言题材与思想的关系。对事与义的规范及两者关系的处理,在刘书中占有较重要的位置。《宗经》篇言"六义",其中"事信而不诞"和"义直而不回"两条,就是正体对事与义的规范。《附会》篇以骨髓喻事义,说明事义是作品的艺术生命的支撑点。《熔裁》篇标创作"三准",其二是"举正于中,则酌事以取类"。"酌事以取类"与《事类》篇所言"据事以类义"有相似点,即因事类义,使之产生相同的联想。因义取事,因事明义,事与义有其内在的联系,不过《事类》篇是言引用古事以类今情,是援古以证今,专指引用事典。而《明诗》篇言建安诗人"造怀指事",《比兴》篇言"切类指事",《神思》篇言"庸事或萌于新意"等,这数例所言之"事",显然都不是指用典。上引以事义为骨髓和"举正于中,则酌事以取类"两例,似乎也不能说是专指用典。所以"事义"之"事",是可兼用古今的,重在类义和示义,即有效地表达作者的情思。批评论中观事义,主要是看所写之事能否类义,引发联想,以示情思,使事有尽而意无穷。至于引用古事以申今情,则重在恰当、准确以及用事贵约,以少总多,用人若己,不啻口出等,以此来评价高下得失。

六观宫商,主要是考察作品的声韵协调情况和以声传情方面的得失。《声律》篇言:"异音相从谓之和,同声相应谓之韵。""异音相从"即四声相间,"同声相应"即隔句押韵。"作韵甚易"而"选和至难",说明调四声是作诗的难点之所在,其原因之一是诗歌押韵为传统的手法,诗人们都习以为常,所以"作韵甚易";以声入诗,四声相间,是永明诗人的新创获。对这一新事物,诗人们不但在认知和接受上有个过程,在掌握和操作上,也不是一下子就能运用自如的,所以"选和至难"。因此评诗者观宫商,应该把重点放在看"选和"的得失,即看协调四声是否得当。又,"选和"之所以至难,还有一个"声与心纷"的问题,即文词的四声安排,要与复杂而变化着的情意相协调,既能"声不失序",又能以声传情。观宫商,权衡诗歌在声律上的得失,最终还要看能否以声传情和声情并茂。

"六观"涉及对形成作品诸多因素的全面考察,要求从观位体等六个方面去权衡。论者有以为"六观"是侧重从艺术形式方面来评述作品优劣的,与作品的思想内容无涉。此言似有可商榷之处。"六观"虽然是侧重从艺术表达上考察作品的得失,但这些形式又必然与诗人的情意即作品的思想内容联系在一起。而且评价这些艺术形式运用是否得当,其基本立论点就是看是否完美地表达了作品的情意。所以与其说"六观"是侧重从艺术形式角度考察作品的优劣,无宁说是从把握思想与艺术形式相结合的关节点上权衡作品的高下。譬如观位体,如前所述,重在看体式、体貌和体势,但宅情位体、因情立体则是前提。又如观置辞,文附于质,质待于文,文质彬彬,文采能完美地表达情意,是置辞的最高境界。观事义,因事示义,引古事申今情;观宫商,声与心纷,以声传情等,都是与情意相联结。至于贯穿在观位体等四观之中的观通变、观奇正,不但与情意相联结,而且还很鲜明地显示出这种批评观的思想倾向性。所以评"六观"不能只见其"文",不见其"质"。"六观"是对作品全方位的价值评判,是艺术与思想相结合的审美标准。《知音》篇说:"斯术既行,则优劣见矣。"即是此意。

三、"见异,唯知音耳。"

通过"六观"既可判别作品的优劣,那么,把"见异"作为"知音"的最后归结点,则是将批评引入更深的层次和进入更高的境界使然。

> 故心之照理,譬目之照形,目瞭则形无不分,心敏则理无不达。然而俗监之迷者,深废浅售,此庄周所以笑《折扬》,宋玉所以伤《白雪》也。昔屈平有言:"文质疏内,众不知余之异采。"见异,唯知音耳。扬雄

自称："心好沉博绝丽之文。"其不事浮浅,亦可知矣。夫唯深识鉴奥,必欢然内怿,譬春台之熙众人,乐饵之止过客。盖闻兰为国香,服媚弥芬;书亦国华,玩绎方美;知音君子,其垂意焉。

"见异,唯知音耳",这是个极为深刻的历久弥新的命题,对所有的科学评判都能适用,而不仅限于文学批评,因而具有普遍意义。

"见异",并不是在"六观"之外,而是包含在其中。"观通变"之"变","观奇正"之"奇",也就是"见异"。所以"见异"实质上是把"六观"中观创新的问题突现出来,以此作为"知音君子"必具的才能和批评实践中的最高境地。"见异"的批评观是与文学的发展观联系在一起的。刘勰认为,文学创作是日新其业的,作者只有重视创新,才能跟随文学发展的步伐,推动这个事业前进。《通变》篇说:"文律运周,日新其业。变则可久,通则不乏。趋时必果,乘机无怯。望今制奇,参古定法。"这总结通变论的八句话中,就有六句是在言变。批评论中推重"见异",与创作论中要求"制奇"是相对应的。

"见异"与"制奇"一样,是很难达到的境地。陆机在《文赋》中说:"虽浚发于巧心,或受嗤于拙目。""务嘈囋而妖冶,徒悦目而偶俗。"这种嗤庄悦谐的低层次的审美趣味,不正是刘勰所喟叹的"此庄周所以笑《折扬》,宋玉所以伤《白雪》"吗?可见在文学接受的群体中,"深废浅售"的情况是相当普遍的,且由来已久,自古皆然。"知音其难哉!音虽难知,知实难逢,逢其知音,千载其一乎!"正是有鉴于此而发出的慨叹。针对这种情况,刘勰提出批评者要务先"博观"和"深识鉴奥"的问题,这就是要努力加强文学艺术和思想理论的修养,以提高自己的鉴赏水平。"阅乔岳"和"酌沧波",不但可以"形培塿"和"喻畎浍",也能在登泰山后,道出三山、五岳、五湖、四海的不同景观。他称赞扬雄"心好沉博绝丽之文"而"不事浮浅",肯定傅毅、王粲和嵇康等遣论能"师心独见",也是基于此而发的。

刘书在文体论和"剖情析采"的各专论中,涉及对历代作家作品成败得失的评价,也无不着眼于"见异"。《才略》篇纵论"九代之文"的变异,谈到其间许多名家最突出的成就和各具的特色。《体性》篇则历数自两汉至魏晋十二位著名诗人文章风格的各有异采。《时序》篇述"蔚映十代,辞采九变",开创了论时代风格的先河,至于评建安诗人慷慨任气、志深笔长之言,《才略》篇谈"嵇康师心以遣论,阮籍使气以命诗"之语,都是独具只眼的千古不易之论。由于刘勰有深厚的诗学修养,欣赏异采,看重师心独见,在具体的批评实践中,也能别有会心。这"见异"的批评观,还往往能突破其以正驭奇的儒家诗论的框架,尤其难能可贵。

第八章　锺嵘的评诗专著《诗品》

锺嵘的《诗品》,是中国第一部诗评专著,其理论批评上的成就,可与刘
勰的《文心雕龙》并称。但锺品又不同于《文心雕龙》:其一,锺品以五言诗为
品评的对象,属于纯诗学性质的评著;刘书则兼论文、笔两体,是泛诗学性质
的论著。其二,《文心》意在研究为文之用心,侧重于论创作;《诗品》则是"三
品裁士",立足于诗学批评。郭绍虞先生曾言:锺品"较偏于赏鉴的批评",刘
书则"常倾向于归纳的和推理的批评"。"赏鉴的批评",是品评;"归纳的和推
理的批评",是论证。品评与论证的不同侧重,正是锺、刘两书在理论形态上
界别之所在。唐以后的诗式、诗品,宋以后的诗话、词话,绝大多数都是承继
锺品评诗的传统,走纯诗学鉴赏批评的路子。章学诚言:"诗话之源,本于锺
嵘《诗品》。"(《文史通义·诗话》)其意即在此。考察中国诗学所特有的审美
形态,应首先瞩目于此。

第一节　锺嵘的身世和《诗品》的体例

锺嵘(?—518),字仲伟,颍川长社(今河南长葛)人。颍川长社锺氏,在
东汉时代即为"郡著姓氏"和"四海通望,"(《后汉书·锺皓传》)。锺嵘的先
祖,在汉魏期间多位居清要,地位显赫。如锺繇在建安中即为尚书仆射,曹
魏代汉后进位相国,迁太尉,位在三公。锺繇子锺毓为御史中丞、侍中、廷
尉,是九卿之列。毓弟锺会,官至司徒,位亦列三公。后虽因反叛被诛杀满

门,但司马氏父子仍念锺繇父子佐命之功,特赦免了锺毓之子锺峻、锺迅,官爵如故(《三国志·魏书·锺会传》),使这个大士族家族得以延续。据《梁书·锺嵘传》,嵘之七世祖为锺雅,雅于西晋末携家族避乱东渡。据杨明照《梁书·刘勰传笺注》考证,东渡后的长社锺氏,侨居地"或即为吴兴长城"(今浙江湖州)。锺雅为东晋一代名臣,历仕元帝、明帝、成帝三代,累官至尚书左丞、御史中丞和侍中等清要之职。苏峻之乱,死于国难。史家誉为"忠贞攸履""寒松比操",所以名高当代。雅之子锺诞,为中军参军,早卒。据《新唐书·宰相世系表》,锺诞之后的四代是:锺靖,官颍川太守;锺源,官后魏永安太守;锺挺,官襄城太守,封颍川郡公;锺蹈,官南齐中军参军[1]。蹈即锺嵘之父。

　　据《梁书》记载,锺嵘兄弟三人,兄锺岏,官建康平,著有《良吏传》十卷,是位历史学家。弟锺屿,官永嘉郡丞,是当时著名的学者。天监十五年,受诏编纂大型类书《华林遍略》,是同时受诏的五学士之一。兄弟并有文集。又锺嵘的从祖锺宪,官南齐正员郎,是属于典雅派的诗人,《诗品》下卷评其诗并引其言来论定南齐谢超宗、檀超等七家诗人之作。综上可见,颍川长社锺氏,在汉魏之际最为强盛,魏晋易代之时受到沉重的打击,元气受损,东晋至齐梁间又开始兴盛起来。锺嵘兄弟正在此期间以文史和学术成就闻名于世。

　　锺嵘于永明中为国子生。其时入国学为士族子弟的特权。据《南齐书·礼志》记载,汉有太学而无国学,立国学始于西晋惠帝元康三年,是为专收士族子弟而设立的。

> 晋初太学生三千人,既多猥杂,惠帝时欲辨其泾渭,故元康三年始立国子学,官品第五以上,得入国学……太学之与国学,斯是晋世殊其士庶,异其贵贱耳。然贵贱士庶,皆须教成,故国学、太学,两存之也。

---

[1] 按:锺嵘的曾祖锺源、祖锺挺为何在北朝为官,而父锺蹈又返回南朝;曾祖与祖父仕宦的朝代,也不见记载;锺氏家族政治变迁情况仍不是很清楚,需要做更进一步的考察和研究。

自西晋至南朝,国学与太学同时并存,但等级悬殊。把国学等同于太学,认为太学生即国子生,与其时礼制不符。南齐承继晋制,立国学,殊贵贱,以维护士族子弟的特权。

> 建元四年正月,诏立国学,置学生百五十人,其有位乐入者五十人。生年十五以上,二十以还,取王公以下至三将、著作郎、廷尉正、太子舍人、领护诸府司马谘议经除敕者、诸州别驾治中等,见居官及罢散者子孙。悉取家去都二千里为限。太祖崩,乃止。

> 永明三年正月,诏立学,创立堂宇,召公卿子弟下及员外郎之胤,凡置生二百人。其年秋中悉集。

从《南齐书·礼志》这两段记载看,齐高帝于建元四年(482)正月,首次诏立国学,提出置生的人数、入学者父祖官职级别以及学生的年龄和地域的界限等条件,但这次立学因萧道成病逝而未施行。第二次诏立国学是在三年后的齐武帝永明三年(485)正月,入学的条件和三年前的要求相同,从"其年秋中悉集"看,是生员满额和如期开学了。《梁书》和《南史》均言,"嵘永明中为国子生"。今之论者多引证上述记载,认定锺嵘在永明三年入国学,并根据当时国子生入学年龄的界限,推断锺嵘的生年就在宋泰始二年至七年(466—471)之间,但这一被今人普遍认同的大体上的考定,仍不是很可信的。因为"永明三年"与"永明中"并不是一个等同的时间概念。《梁书·良吏传》记丘仲孚"永明初,选为国子生"(《南史》丘传记载同)。由于南齐永明三年前未立国学,那么丘传中的"永明初",应是永明三年。而锺传所言"永明中",就不是永明三年,而应是永明五年或六年了(永明为齐武帝萧赜的年号,前后共十一年)。又《南史·徐勉传》言勉"年十八,召为国子生"。《梁书·徐勉传》言勉"大同元年卒,时年七十"。大同元年为535年,从这个卒年推算,徐勉入国学,也应在永明初年。国子生入学,还有个修业时间和更替的问题。齐梁间国子生并无统一的修业和结业的年限,最快的一年内即可射策,如获高第,就能起家为官①。至于更替和纳新,则是通过荐举、选拔和召补等形式进行的。永明三年,一次性的置生并录入二百人,是开创性的盛举,并不是定期性的常例。其后陆续选补的国子生,也未受"十五以上,二十以还"的年龄限制。《南史·谢几卿传》,记谢"年十二,召补国子生"。谢几卿为谢超宗之子,超宗被杀在永明元年,时几卿年八岁,年十二,应是永明五年。可见谢几卿也是在永明中(即永明三年立学后)为国子生的。入学时,国子监祭酒王俭受文惠太子之命,亲自策试经义后才录取。锺嵘在永明中入国学,其程序与谢几卿相比,应无二致。据《梁书》和《南史》各传的记载,在永明中入国学的,还有萧洽、江革和诸葛勖诸人。确认锺嵘入国学的时间为永明五年或六年,人学年龄可以起点为十二岁,以此来推算他的生年,应在宋泰始三年至元徽五年(469—477)之间,而不是上限为466年,下限在471年之前了。

朝廷立学,无论是两汉时的太学,抑或晋以后的国学与太学并举,都是以儒家经典培养治国人才的。所谓"精选儒官,广延国胄"(《南齐书·高帝本纪》),"贵贱士庶,皆须教成"(《南齐书·礼志》上),都是此意。《南齐书·陆澄传》评及建元、永明儒教复兴的情况说:"建元肇运,戎警未夷,天子少为诸生,端拱以思儒业,载戢干戈,璿诏庠序。永明纂袭,克隆均校。王俭为辅,长于经礼,朝廷仰其风,胄子观其则,由是家寻孔教,人诵儒书,执卷欣欣,此焉弥盛。"锺嵘正是在这个崇儒风气盛行的背景下进入国学的,并开始了更为系统地学习儒家经典,接受其影响。而后评诗崇尚典雅,就是与其青年时代受到儒学思想影响有关。

其时兼任国子监祭酒的卫将军王俭,对国子生要求颇严,每十日一试。也许是由于锺嵘少有文才,并好学,有思理,因而受到王俭的赏识,并推举他为本州秀才,从此进入了仕途。初为南康王萧子琳的侍郎,历仕抚军行参军,安国令、司徒行参军。入梁后,任中护军临川郡王萧宏行参军。衡阳王萧元简任会稽太守时,引为专掌文翰的宁朔记室。天监十七年(518),被选为西中郎将晋安王萧纲的执掌文翰的记室。萧纲是梁武帝的第三子,昭明太子去世后,被立为太子,后即位为简文帝。其时萧纲在梁室诸王中是最有

---

① 《南史·周舍传》记任周弘正,年"十五,召补国子生","以春季入学,孟冬应举",即是其例。

权势的亲王,能高选僚佐,又素以文才见称,锺嵘充当萧纲的心腹之任,其文学声誉和社会地位也相应地提高了。凭借这些条件,本来是可以再图宦达的,但不幸年寿不济,锺嵘就在任萧纲记室这一年去世了,终其一生是一个六品的幕僚,后人称之为锺记室。

锺嵘从齐建武初至梁天监十七年(494—518)约二十四年内,史书记其参与朝廷事务的有两件事:一是在南齐任南康王侍郎时,齐明帝在位。齐明帝对朝廷以至郡县大小事务,都一一亲自处理,因而产生许多流弊。《南史·锺嵘传》言:"时齐明帝躬亲细务,纲目亦密。于是郡县及六署九府常行职事,莫不争自启闻,取决诏敕。文武勋旧,皆不归选部。于是凭势互相通进。人君之务,粗为繁密。"锺嵘时任王国侍郎,一个九品的幕僚,"位末名卑",竟敢针对政弊,上书直言进谏。提出皇帝的职责应是"揆才颁政,量能受职",即决定大政方针,颁布政令和量才选用官吏,而不应越俎代疱,去处理六署九府以至于郡县的日常行政事务。齐明帝看了这份奏疏,很不高兴,幸亏有人替他解说,才未受到处分。从这次奏事中可以看到,青年时代的锺嵘,既有一定的识力,又敢于说话,是很有胆略的。

锺嵘参与朝政的第二件事,是在天监初年,上表要求整肃吏治。由于梁承齐统,齐末的政治混乱和吏治腐败,在梁初也因袭下来。锺嵘上表,指陈政弊,分析其成因,并要求严加整治:"永元肇乱,坐弄天爵,勋非即戎,官以贿就。挥一金而取九列,寄片札以招六校。骑都塞市,郎将填街。服既缨组,尚为臧获之事;职虽黄散,犹躬胥徒之役。"(《南史·锺嵘传》)他对此十分不满,提议要采取最坚决的措施,对"吏姓寒人""侨杂伧楚","宜严断禄力,绝其妨正"。锺嵘这次上书,被梁武帝采纳了,"敕付尚书行之",在当时的朝政中产生了较大的影响。从这次建议的本身及其结果看,他反对"官以贿就"和主张整肃吏治,应是有其积极的意义的。但从他对"吏姓寒人"和"侨杂伧楚"极端蔑视的态度看,确实也反映了他的士族政治偏见。

从锺嵘上述两次上书看,其可贵之处,还不在于他所提出的问题和建议本身的价值,而在于他对其所见到的问题,敢于直言批评。上不避权贵,甚至敢于直陈皇帝的差错;对下也"不恤众口",即使犯众怒也无所顾忌,这种直言不讳的精神品格和不隐约其词的语言风格,正是《诗品》评诗的一大特色和亮点之所在。

锺嵘作为一位很著名的诗评家,他对诗歌有特殊的爱好,素有学养,首先是富于思辨能力和理论批评的擅长。《梁书》言其"好学,有思理","明周易"。《易》本为儒家《五经》之首,魏晋以来,又是谈家的口实,奉为"三玄"之一,郑玄和王弼的两家注,就集中体现了儒、道两家在《易》学上的分野。据《南齐书·陆澄传》,永明年间国学所置之《易》,改变前此的"黜郑置王"的传统,恢复了郑注在《易》学中的地位,这是其时国子监祭酒王俭和国子博士(后为祭酒)陆澄为在国学中"大弘儒风"所采取的一项措施。王、陆都极为重视《易》,并在《易》学中持以郑注为主兼取王说的态度,这必然对深好《易》的年轻的国子生锺嵘产生重大的影响。锺嵘的学术思想很活跃,善于思理,敢于持论,并能博采众长,探本求源,这是与其学通《易》,从这部具有丰富的哲理的著作的不同的阐释中受到启益有关。

锺嵘爱好文采美,能写出一手富于词采美的好文章,在当时颇有知名度,这也是他具有诗学修养的一种表现。《梁书》记其在为会稽太守衡阳王萧元简记室时,奉命为何胤写了篇《瑞室颂》,获得奖赏,并因此升了官。"时居士何胤筑室若邪山,山发洪水,漂拔树石,此室独存。元简令嵘作《瑞室颂》以旌表之,辞甚典丽。迁西中郎晋安王记室。"何胤在南齐时曾为国子祭酒,在学界和政界都声名显赫,入梁后隐居会稽若邪山,与梁武帝、昭明太子及朝廷显贵者有交往。锺嵘受命为何氏山室写颂文,说明其在时人眼中已非等闲手笔。《梁书·何胤传》亦详记此事,并言萧元简命将此文"刻石以旌之",这说明在萧元简眼中,此文应旌石传世,与何氏及其山室同为不朽。《梁书》反复记述此事,说明其事其文在当时影响是很大的。《梁书》还将此文与锺氏"迁西中郎晋安王记室"事直接联系起来,这更说明此文在当时流传中的巨大反响。《瑞室颂》惜已不存,从其创作中好尚"典丽"看,是与其诗评中的审美趣味相表里的。

锺嵘对诗歌的特殊的好尚并加品评,从现有材料看,至少在永明中入国学后已经开始了。《诗品》评及谢朓诗曾言:"朓极与余论诗,感激顿挫过其文。"考察谢、锺的交往,当始于谢朓任王俭的幕僚东阁祭酒时,亦即锺嵘为国子生的永明中。其时谢朓已是颇负盛名的青年诗人,而锺嵘只不过是受到国子监祭酒王俭"颇赏接之"的一名国子生而已。所谓"朓极与余论诗",一个"极"字,就说明两人交往的频繁,论诗的广泛、深入和趣味相投的程度。锺嵘认为,谢朓对诗的鉴赏和对诗意的阐发,中肯深致,顿挫有风味,其启人深思和感人之处,已超过他的诗作。《诗品》在评及梁虞羲诗时,还直接引用了谢朓的赞叹之言。谢、锺的交往,既可以说明,锺嵘的诗歌好尚,曾受到谢朓的影响;同时还可推知,早在永明中,锺嵘就对品评诗歌有浓厚的兴趣,并为谢朓所重视。

锺嵘于永明中后期在诗论界已经相当活跃,还可以从他与王融的交往中得到验证。《诗品序》在批评永明体声律问题时,记叙了王融亲自告诉他对声律问题的看法:"齐有王元长者,尝谓余云:'宫商与二仪俱生,自古词人不知之……'尝欲进《知音论》,未就。"王融为王俭的从侄,是永明体创始者之一,死于永明十一年(493),所言当在此以前。永明体创始于永明中,开始盛行于永明末年。《梁书·庾肩吾传》言:"齐永明中,文士王融、谢朓、沈约文章始用四声,以为新变。"《南齐书·陆厥传》:"永明末,盛为文章。吴兴沈约、陈郡谢朓、琅邪王融以气类相推毂……约等文皆用宫商……世呼为永明体。"锺嵘正在这期间进入国学,受到京师重视诗学风气的影响,开始参与诗歌的评论。谢朓、王融,出身高门,是贵公子孙,既是其时政界显贵,又是诗坛领袖,开创诗学新风气的人物。锺嵘能与他们频繁交往,对诗学问题的讨论又相当深入,这足以说明,早在永明中后期,锺嵘作为国子生和后进文士,已置身其时诗学名流之间,参与诗学的评议和诗歌的讨论了。

锺嵘何时开始写作《诗品》,史无明确记载。《诗品序》言南齐诗人刘绘,"欲为当世诗品","其文未遂,感而作焉"。这就是说,《诗品》的写作,是受到刘绘的启示,是为了完成其未竟的事业。刘绘在齐永明年间是政界和诗坛上都非常活跃并有一定代表性的人物。《南齐书·刘绘传》言:"永明末,京邑人士盛为文章谈义,皆凑竟陵王西邸。绘为后进领袖,机悟多能。时张融、周颙并有言工,融音旨缓韵,颙辞致绮捷,绘之言吐,又顿挫有风气。时人为

之语曰：'刘绘贴宅，别开一门。'言在二家之中也。""永明末，盛为文章"，是
指五言诗创作风气很兴盛。那么"永明末，京邑人士盛为文章谈义"，当然是
指诗歌评论的风气很盛行了。由于审美鉴赏观点的不同，京都的诗歌评论
大体可分三派，刘绘赏好"顿挫有风气"，即重视风骨美，与张融偏爱"音旨缓
韵"，即音情舒缓的诗风和周颙的"辞致绮捷"，即重视词采的声色之美都有
所不同，而与谢朓、锺嵘的欣赏诗的音情顿挫，即好尚诗的风力美有共通之
处。刘绘死于齐和帝中兴二年(502)，从永明末到中兴二年这十年时间内，
京邑人士仍盛行"文章谈义"。参与"谈义"的人数增多了，范围扩大了，且相
互之间的争论更趋激烈。《诗品序》言："观王公缙绅之士，每博论之余，何尝
不以诗为口实，随其嗜欲，商榷不同。淄渑并泛，朱紫相夺，喧议竞起，准的
无依。近彭城刘士章，俊赏之士，疾其淆乱，欲为当世诗品，口陈标榜，其文
未遂，感而作焉。"永明末年，作为后进文士领袖的刘绘，在诗论界只能与周
颙、张融二人鼎足而三，而此后期间，周、张二人，已先后去世了。论诗雅有
风则的刘绘，"欲为当世诗品"，以一其视听，惜年寿不济，而"其文未遂"。锺
嵘决心并开始《诗品》的写作，应始于此时。所谓"感而作焉"是言带有某种
使命感。至于其书写成于何时，限于资料，很难确考。今人多从《诗品序》所
叙"不录存者"的体例，对照入品诗人中最后一位去世者沈约是卒于天监十
二年的史实，推定成书应是在513年之后，这大体是可信的。从锺品某些评
语看，其书成稿也有可能在此之前。因为书稿写成后，还有一个修订和补充
的过程。如其评宋尚书令傅亮诗云："季友文，余常忽而不察，今沈特进撰
诗，载其数首，亦复平美。"这似乎是言：傅亮诗的入品，是在看到沈约所选诗
集中的傅诗后才加进去的。沈约官加特进(位从公)，又是在天监十年至十
一年之间，即511—512年。沈约所选诗集，今已不传。《隋书·经籍志》言：
"《集钞》十卷，沈约撰。"有可能即是此书。由于沈约名高当代，他所选的诗
集，会流传很快，锺嵘很有可能就在当年即沈约生前就读到这部诗选，并将
其中锺氏平素所忽略的傅亮诗，重新品录；至于将沈约归品，那更是天监十
二年(513)以后之事了。这就是说，锺品中加入傅亮和将沈约入品，都是《诗
品》成书后的补充。这种补充和修订，很有可能持续到518年即锺氏去世时

为止。总之,锺嵘的《诗品》,主要是他中年后的精心构制。从他由齐入梁素有积蓄的情况看,也可以说是他一生诗学心血的结晶。

锺书原名《诗评》,《诗品》是在流传过程中的衍生名,并最后代替了原名。《梁书》言:"嵘尝品古今五言诗,论其优良,名为《诗评》。"考此传的作者姚察,曾为梁代史官,熟悉梁代史典、人物,其成书当是在陈代,是现存史书中评及锺氏及其著作的最早和最为可信的记录。证之以隋唐人著作,也是一依此名。日僧遍照金刚所著《文镜秘府论》引隋人刘善经《四声论》云:"锺嵘之作《诗评》,料简次第,议其工拙……"刘氏是在批评锺嵘否定永明声律论的言语而引录其书的,对其书名的记录应该是很慎重的。姚、刘两书的记叙可证:锺书原名《诗评》,且从梁陈到隋代,历年垂百无变化。对锺书名称的记叙开始有变化是成书于唐高宗时代的《隋书·经籍志》:"《诗评》三卷,锺嵘撰,或曰《诗品》。"在这里《诗评》仍是正名,《诗品》只不过是一异称而已。值得注意的是,参与编纂《隋书·经籍志》的李延寿,在他的专著《南史》中,却未兼及这一异称。李书《锺嵘传》言:"嵘品古今诗为评,言其优劣。"这两句话实为上引姚书锺传那三句的缩写,所以《南史·丘迟传》在评丘诗时引锺评言:"时有锺嵘著《诗评》云……"李延寿撰《南史·锺嵘传》,除依据姚书史料外,还参阅当时尚存的众多梁史,对锺氏的史迹做了几点重要的补充,但对锺书的名称,仍一依原名。这是史家在锺嵘去世一个半世纪以后面对出现异称的情况下所做的慎重的认定。自《梁书》至《南史》的记叙可见,《诗评》是锺书的原名,《诗品》是后人赋予的书名。但自唐以来,锺书的原名和衍生名长期混用,且有后来居上之势。至民国以后,衍生名代替了原名,《诗评》之名遂废。今之论证《诗品》是锺书本名的,大都依据当时在九品论人的社会风气影响下,评书、画、棋艺之作,多以"品"名书,如书品、画品、棋品之类,锺书分品评诗,必以之为名,但这个推论是不可靠的。梁阮孝绪分品叙历代隐士,书名却为《高隐传》。《梁书·阮孝绪传》言:"乃著《高隐传》,上自炎、黄,终于天监之末,斟酌分为三品,凡若干卷。"《南史·阮孝绪传》则进而叙其书分品的依据:"乃著《高隐传》……斟酌分为三品:言行超逸,名氏弗传,为上篇;始终不耗,姓名可录,为中篇;挂冠人世,栖心尘表,为下篇。"共评一百三十七人（后增至一百四十人）。阮氏评隐逸，采取的方法也是"三品裁士"，但并未以"品"名书，为什么《梁书》《南史》所记之锺氏《诗评》，就一定是误记呢？当然，我们这样说，并无意于为此书再重新正名。而是叙其真相，并意在说明，锺书的重心是在评议上，"品"也是评的一种形式。而且锺氏还申言，这些品第，也不是定评："至斯三品升降，差非定制，方申变裁，请寄知者尔。"所以评述其书，固然要兼及其定品的得失，但更要重视其诗歌评论，应侧重评鉴其诗学批评的论述和审美的见解。

《诗品》由正文和序论两部分组成。正文品评了自汉至齐梁五言诗作家一百二十二人（另有无名氏《古诗》一组），分为上、中、下三品，其中上品十一人（另有《古诗》一组），中品三十九人，下品七十二人。每品一卷，共三卷，序论部分的组合及其在书中的位置，由于历代的刻写本差异较大，评论者至今也还无统一的见解。大抵有三种看法：一是三卷本，每卷前各有序；二是合三序为一序；三是将序与论分置，以原上卷序为前序，原中卷序和下卷序为上卷和中卷后的附论。据姚察《梁书·文学传》，当以第三说为是。姚察撰《梁书·文学传》，常全文引录某些有重要价值的书、序、文、论，于刘勰，录《文心雕龙·序志》篇；于庾肩吾，录萧纲的《与湘东王书》；于锺嵘，则录其《诗评序》。这首序文，只有前序，这可证后人所言的中、下品之序，不在其列。锺书前有序言，正文中附有事典、声律等专论，应是为贯彻其写作意图而加强对当代诗坛某些风气批评的一种表现，在体例上也做出了这异乎寻常的安排。前序和上、中品后的附论，虽然在篇章安排上不应前后联成一气，但两者都带有诗歌通论性质，又可视为一体，姑且名之为《诗品序论》，以便与正文中对诗人逐个作具体品评相区别。

就《诗品序论》的内容说，前序着重叙述诗的起源和五言诗的发展史，标举了建安、太康和元嘉三个时代的诗作及其代表作家，其中曹植、刘桢、陆机和谢灵运更为杰出，所谓"曹、刘殆文章之圣，陆、谢为体贰之才"。曹、刘风力，则更为首出。前序还包括：与四言诗相较，则以五言诗为正宗，为全书以五言诗人为评论对象张目；确立五言诗的正宗，以建安诗歌为风范，以扭转当代创作和批评的不良风气；论述诗的特点、诗的作用和表现手法，以阐明其诗学观点和审美原则,并以滋味即美感作为品评和鉴赏诗歌的另一要义;叙述和批评其时诗歌创作和批评的不良风气,以明其写作的起因和著作的意图之所在。

附论则是基于其对诗歌特点和审美价值的认识,对风行于现当代诗坛上的事类诗和永明体进行指名道姓的批评,同时叙述其书撰作体例,辨明其书与已往的诗论有不同的特点。已往的诗论共同之处是"曾无品第"和"不显优劣",而这正是锺氏用力之处和其书特点之所在。锺书的撰作凡例,从其自叙中看,最主要是两点:其一是在同一品中的次第安排上,是"略以世代为先后;不以优劣为诠次"。《诗品》评诗人,是以显优劣为旨归的,但其"显优劣"的形式是"三品裁士"和"掎摭利病",而不是在同一品中再以优劣排座次。这是因为,在锺嵘看来,"三品升降,差非定制",即就其大较而言的,并非不可移易;那么在同一品中,再去"考殿最于锱铢",就更无此必要了。其二是"不录存者",即在世的诗人,都不入品。这是其时普遍遵循的史传写人物的原则。入品之人,都已与世长辞,能"盖棺定论",而所写之书,也就成为"录鬼簿"了。《南史·隐逸·阮孝绪传》载:"初,孝绪所撰《高隐传》中篇所载一百三十七人,刘歊、刘訏览其书曰:'昔嵇康所赞,缺一自拟;今四十之数,将待吾等成邪?'对曰:'所谓荀君虽少,后事当付锺君。若素车白马之日,辄获麟于二子。'歊、訏果卒,乃益二传。及孝绪亡,訏兄絜录其所遗行次篇末,成绝笔之意云。"《高隐传》最后三篇,是等待刘歊、刘訏死后才补成其二,及孝绪卒,再由后人补成其数而成绝笔。这既是遵循"不录存者"的体例,也说明其时一部作品撰成常和作者相终始。由此我们推断:锺嵘的《诗品》,很有可能早在沈约去世(513)之前已经成书,而最后的完稿,则在此以后,甚至也很有可能如阮孝绪写《高隐传》一样,是锺氏最后绝笔之作。上述两条写作体例,都是针对正文的书写而说的。至于末附五言诗佳作的目录,都是其所评上品和中品诗人的代表作,用以与正文的具体品评相佐证。上品和中品诗人均属于"高流"①,所录作品,当然都是典范之作了。

《诗品》的正文对诗人的品评大体上涉及评风格、溯流别和定品第三项

---

① 这在赞美位在中品的嵇康诗为"高流"可见。

内容。评风格是重在评析诗体特征,并掎摭利病。对诗体特点和得失的评析,涉及所有被评的诗人,是《诗品》正文的主体;溯流别基于诗体的特点,从传统的继承关系中探讨这种诗体形成的原因,并划分其流派。当然只是择要探索,起举一反三的作用,而非一一指明其师承。定品第,就是三品裁士,第其甲乙,这是锺氏显示诗人优劣高下的一重要形式和归结点。尤其是下品以及少数中品中的某些诗人,品评之语极少,只能从品第中见其高下,所以这是锺氏评诗的一大特点。评风格、溯流别和定品第三位一体,构成锺氏对入品的每一位诗人总的评价,前后联贯,也可以寻绎出汉魏六朝五言诗发展变化的某些轨迹。

就上述诗论和评诗两部分内容看,虽各有侧重,并能自成体系,但两者的关系又非常密切。就总的来说,“论”是为“评”服务的,是对具体诗人进行品评在审美原则上提供一种理论上的指导和认知的角度;而“论”又是在广泛评论的基础上在理论上的总结和升华,所以两者互为条件,互相依存。从另一个角度说,“评”固然可以说受“论”的指导并可进一步验证“论”,但品评中丰富多彩、具体而微、涉及面极广的审美内容,又远非“论”所能囊括。所以我们评析《诗品》,既要重视“论”,更要重视“评”,互相参阅,融会贯通,以求对锺氏的诗歌批评理论和审美意识,有较为深入的分析和公正的评价。

第二节 明体与评诗的理论体系

《诗品》的评诗体系,应是以明体为中心的,而辨体则是实现这一意图的主要途径和方法。其所言之“体”,首先是指诗的体裁特质,即立论于诗体所固有的言情质素。基于言情的要求,来权衡五言体与四言体之得失利弊,扬五言之长,为其书“止乎五言”张目;《诗品》所明之“体”,更为主要的是在五言诗体范围内,评析各家以至于各派的诗体特色。正文中分品裁诗,从溯其源流,析其流派,掎摭其利病,到明其体变与所遭遇的世情的关系等,无不是基于对诗体特征的辨析上;至于序论中所言辨彰清浊,确立五言诗体之正宗,对玄言、事类、声律以及各种庸音杂体的批评,也都是以缘情与自然英旨等诗体特质为权衡的,所以对锺书可以一言以蔽之曰:"明体"二字而已矣。以明体为标目,辨体、评体与溯源品流,是锺氏评诗体系中互相依存的组构部分,其间对各家诗体特色的辨析、界定和品评,则是这个体系建构的基点,而推源所出,则既是以其所见之"体"为参照系数,又是进而为明其所评之"体"为旨归。所以辨体、明体、循体溯源和依源评体,是一个回环反复、不断深化的过程,以期能加深读者对其所明之"体"的认识,并进而对其所品评之"体"的认同。从其所建构的这一评诗体系的形式看,溯源即首论其源出自某家之类,似乎是这一评诗过程的起点,而实际上则是其辨体后的一种延伸。因为推源所出,是建立在辨体的基础之上的。所以真正的起点,则是从辨析诗体特征起始的,而辨体与推源所出,又都是为其评体提供依据。试以锺书所评《古诗》一则,以见其体例。

> 其体源出于《国风》。陆机所拟十四首,文温以丽,意悲而远。惊心动魄,可谓几乎一字千金!其外《去者日以疏》四十五首,虽多哀怨,颇为总杂。旧疑是建安中曹、王所制。《客从远方来》《橘柚垂华实》亦为惊绝矣!人代冥灭,而清音独远,悲夫!

这是《诗品》第一篇诗评。首句突出"其体"二字,是表明评《古诗》,首先要辨析其诗体特色。至于言"其体源出于《国风》"的论断,这既非先验之见,更不可能亲见其师承,而是基于对《古诗》风格的辨析并与《国风》相比较而得出的结论。这正如清人李怀民所说的"记室亦特就诗论诗,明其体格相近,非真见其一脉相传也。"在《重订中晚唐诗人主客图说》中锺嵘所见《古诗》,包括"陆机所拟十四首"和"其外《去者日以疏》四十五首"两类,而以前者为主。"陆机所拟"的《古诗》,其中有十一首今存《文选·古诗十九首》之内。锺氏以"文温以丽,意悲而远"八个字来概括和赞美其特色,即诗风婉丽,诗意悲远。"其外《去者日以疏》四十五首",虽诗体总杂,不可以一概论,但大都是以"哀怨"为其共性,其中少数诗篇如《客从远方来》《橘柚垂华实》等是以"惊绝"即惊采绝艳为特色的。锺嵘所见这两类六十余首《古诗》,以陆机所拟十余首最为杰出。其"文温以丽,意悲而远"的风格,集中体现了《古诗》之所长,代表了《古诗》的体貌特征。这特征,就近似于《国风》。所谓"其体源出于《国风》",就是从比较这两种诗体有某些相近似之处所做出的推论,以明后者受到前者的影响,至于"惊心动魄,一字千金"的赞语,则是依据诗体特色及其美感所做出的审美评判,定位上品,又是这一评判的必然归宿。可见,推源所见,显优劣,定品第,都是在评析诗体的基础上进行的,对各家诗体的界定,是《诗品》评诗核心之所在,但后之评《诗品》者,则似乎更为看重锺氏推源所出之言,如这段见于清人章学诚《文史通义·诗话》篇的评论。

> 《诗品》之于论诗,视《文心雕龙》之于论文,皆专门名家,勒为成书之初祖也。《文心》体大而虑周,《诗品》思深而意远;盖《文心》笼罩群言,而《诗品》深从六艺溯流别也。(如云某人之诗,其源出于某家之类,最为有本之学。其法出于刘向父子)论诗论文,而知溯流别,则可以探源经籍,而进窥天地之纯,古人之大体矣。此意非后世诗话家流所能喻也。(锺氏所推流别,亦有不甚可晓处。盖古书多亡,难以取证。但已能窥见大意,实非论诗家所及)

章氏所赞赏的"溯流别""推流别",指的就是推源所出,即"云某人之诗,其源出于某家之类"。他从宗经的观点出发,认为论诗能"深从六艺""探源经籍",以《风》《骚》为源头,就是"最为有本之学",即使其中"亦有不甚可晓处",也无妨碍,因为能识大体,就可以不避小疵,就是"实非论诗家所及",但是章氏这些礼赞有加之言,并不一定就是锺氏评诗中最得意之笔。考察章学诚用以赞美锺品的"溯流别"一词的由来,很有可能取义于挚虞的《文章流别集》。挚虞按文章的体裁分类来选文和评文,溯源析流,并以"流别"名书。明人张溥曾评论说:"《流别》旷论,穷神尽理,刘勰《雕龙》,锺嵘《诗品》,缘此起议,评论日多矣。"挚虞宗经论文的思想和方法,对刘勰和锺嵘确实产生过影响,章学诚的"流别"云云,也应是"缘此起议"的,至于章氏指出"其法出于刘向父子",那只不过是进而再推源其所出而已。

但章氏所评锺品的"溯流别",与锺嵘曾自言其评诗是"致流别",其意是不尽相同的。《诗品序》在批评当代的不正诗风时,曾以泛泛的虚美之词,来回避对当朝皇帝梁武帝萧衍的诗歌做实质性的评论时说:"谅非农歌轩议,敢致流别。"这"流别"二字,就不单是溯其源出,而是直指对诗人的品评。寻绎锺氏赋予这"流别"二字之意,"流"是"预此宗流"和"无涉于文流"之"流",入流,即被选入真诗人之行列。只有进入文流,成为诗人,才有资格被品评。"别"是别其次第,"辨彰清浊,掎摭利病",以显其优劣,定其品第。可见锺氏所言"致流别",是包括辨体(辨析诗体特色和优劣得失)、溯源和定品三项内容,溯源只是其中的一项,且与辨体相依存。以下就锺氏以明体、辨体和评体为中心,包括溯源和定品几个方面内容的评诗体系,稍加阐释。

一、辨体与评体

辨体是指辨明诗人因人而异的诗的体貌特征,评体则是评其优劣,言其高下。辨体与评体在锺品中是前后承接的。这里所言之"体",是指诗的体制或体格,近似今人所说的风格。诗的风格,是指诗的内容、表现技巧、运用的形式以及词语特色等诸因素所构成的诗的外在风貌,带有个性特色并从整体上呈现出来。由于诗体常因人而异,所以严羽称之谓"家数""一种样子",叶燮则说是一副"面目"。当然,诗的体制,不仅因人而异,体裁、流派及时序的不同,诗的体貌也常常因之而别。魏晋南北朝对诗体的辨析和研究,涉及面很广,分类也日趋细密和多样化。如诗的体裁的分类,就是在文章体裁分类的基础上演进的。曹丕《典论·论文》的四分法,陆机《文赋》的十分法,都是面对所有的文章,区分其不同的体裁,诗,只不过是其中的一体。诗的特征由"丽"演进而为"缘情而绮靡",这其实就是诗的共性。刘勰《文心雕龙·明诗》篇论及四言、五言和三六杂言诗的差异,所论已涉及由于诗的字数的不同,风格也因之有别了。锺品当然很重视诗体言情的共性特征,并依据这个特质来辨彰清浊,批评各种不正诗风;同时也依据诗的表情功能,比较了四言和五言两体的差别和优劣,但也只是引入正题的前导,而非全书主体之所在。

　　诗体流派的分类,是其时体数研究中另一项重要内容。成书于南齐永明年间沈约的《宋书·谢灵运传论》,论述自两汉至曹魏以诗赋为主体的文学发展史,就是以体制的变化来阐述其演进的轨迹:"自汉至魏,四百余年,辞人才子,文体三变。相如巧为形似之言,班固长于情理之说,子建、仲宣以气质为体……""相如巧为形似之言"云云,本是对一家或数家以诗赋为主体的文章体貌特征的概括,但由于"一世之士,各相慕习",就成为一种主导流派,并主宰一世文风,而体派的变化,也就成为诗学发展演进的标志。沈约的"文体三变"说,不但开辟了流派体论的先河,而且以此为独特的视角,举要治繁来研究诗史。如果说沈约的体派说,还只是重在体派的界别,还未涉及高下的评判;那么齐梁间诗体派别的论列,更多的是表现在流派之间的是朱非紫的论争上。

　　与锺嵘大体同时的萧子显的《南齐书·文学传论》,将其所批评的诗风也概括为"三体",即"托体华旷"的谢灵运体,"缉事比类"的傅咸、应璩体和"雕藻淫艳"的鲍照体。这"三体"对南齐以至于梁代的诗坛都有很大的影响。萧子显批评这"三体",意在提倡"滋润婉切""芬藻丽春"更富有审美意味的今体。晚于锺品的萧纲的《与湘东王书》,则是集中笔墨抨击了被他认为是"巧不可阶"的谢灵运体和"质不宜慕"的裴子野体。这位东宫太子对谢、裴两体在当时京都诗坛上仍有强大的影响异常不满,他所赞赏的是沈约、谢朓所开创的永明体,以及由他倡导的弥尚绮靡的宫体。萧子显和萧纲的文章在褒贬抑扬之间,都是以体派的分野为纲目的。

　　锺嵘的辨体,虽然也包括某些诗人间一些共性的把握,如类别《风》《骚》两系,即属此。锺品也涉及诗坛派别的纷争,如曾评及颜(延之)陆(机)体,鲍(照)休(汤惠休)体,并尖锐地批评了以沈约、谢朓和王融为代表的永明体,表现出对诗体派别的某种审美倾向性。但锺书的重点,还是放在辨析各家诗体的特色上,尤其是对上、中品中一些重要诗人更是如此。

　　至于《文心雕龙·时序》篇以"文变染乎世情"论述"雅好慷慨"的建安体和"篇体轻淡"的正始体的成因,这是研究社会政治风气对一个时代诗风所产生的巨大影响问题,也是诗体论中的新论题。锺嵘也很重视时代学术风气对诗体的形成所产生的影响(如论玄言诗),但他似乎更为重视诗人的特殊的政治遭际对其诗体形成所产生的独特的影响。要而言之,锺嵘辨体,重在立足于辨识诗人——特别是一些重要诗人所各具的创作个性,当然他也兼及了类别《风》《骚》两系及其下各支派诗体所包含的某些共性。

对诗体个性的辨识,当然不是从锺嵘起始。曹丕在《典论·论文》中所提出的体气说,所谓"气之清浊有体","应玚和而不壮,刘桢壮而不密"云云,就是对体气的认知和对诗人诗作体貌的界定。陆机《文赋》论文,有关"体"与"物"对应关系的论述,"体有万殊,物无一量","其为物也多姿,其为体也屡迁"等。这随物赋形、变化万千的"体",不单是指以诗赋为主体的文章体裁的多样性,也应包括不同的作者之间对相同的题材在表达形式和语言风格上的千差万别。至于略早于《诗品》写作的刘勰《文心雕龙》之《体性》《定势》诸篇,则是更进而探讨了体貌独特性的成因,是缘于诗人才性的差异,并提出了因性成体、即体任势的论题,对此在理论上做出了前所未有的阐述。与刘勰在体性、体势上做较深入的理论探讨有所不同,锺嵘的辨体与评体,是对众多诗人的诗体特色及优劣得失做了较全面而深入的辨析。刘、锺二书在体论上各具特色,各有千秋,但都代表了当时在诗体评论上的最高成就。

锺书辨体的进程,应是经历了去粗与评精两个不同的阶段。该书在《序论》中说:"嵘今所录,止乎五言。虽然,网罗今古,词文殆集。轻欲辨彰清浊,掎摭利病,凡百二十人。预此宗流者,便称才子。"从这段话看,锺氏写作此书,是在研究自两汉至齐梁六百余年的五言诗发展史,搜集与研究了数以千计的诗人及其作品的基础之上进行的。这入选的一百二十余位诗人,是经过很严格地挑选,而不是轻易择取的。这前期工程,也就是把一切"庸音杂体"都排斥在外的一次大规模的辨体过程。对入品诗人的品评,是辨体与评体相结合进行的。所采用的是史书纪传体所常采用的独传与合传的两种体制,正面的评述与侧面的比较两种方法进行的。就每位诗人说,独传与合传只能择取其一,而两种方法则可交互运用,归趣点都在明体和评体。

独传的结构,绝大多数都是运用于成就突出、地位重要和特色明显的诗人。评述的文字也较多,上品的全部(计十一人,另加《古诗》一组)和中品的十四人,都有独立的评文,就属于此类。下品的绝大多数都是合传,但也有五人另行评述,那是因为其有某种特殊的情况和遭际,不一定言其在诗体上有独特的可称道之处。合传的有两人到七人不等,一般都有可以归类的相似点。独传的固然要评其主要特色和得失之所在,合传的也常兼评其相异处。

从上、中卷的独传的情况看,同属于建安体的代表诗人并都列为上品的曹植、刘桢和王粲三家诗,就是侧重从正面评述他们各自的特色。其评曹植:"骨气奇高,词采华茂,情兼雅怨,体被文质。"用怨情雅意、奇思华采、气骨风力等能体现出高价值的审美范畴,来界定和赞美曹植诗体的特色和成就。从"体被文质"这句具有高度概括性的赞语看,既是言曹植诗上述特色和成就是其诗因内而符外的最完美的结合在诗体上的体现;也可见锺氏评诗,是兼言文与质,即内容和形式两个方面能完美结合来评定。至于言其"粲溢今古,卓尔不群","譬人伦之有周、孔"和诗国的圣哲等最高的评赞,也都是依据其诗体的特色和成就所做的价值评判。

刘桢的诗体特色则与之不同:"仗气爱奇,动多振绝。真骨凌霜,高风跨俗。"高情雅意,气骨峥嵘遒劲,是刘桢诗体最鲜明的特色和所长。但气骨与文采不能兼融俱美,所谓"气过其文,雕润恨少",这既是其诗的特点,又是其诗的不足。从评刘桢诗看,辨体、明体和评体,是紧密地结合在一起的,其间几乎是无迹可寻。

王粲诗体,又另具特色:"发愀怆之词,文秀而质羸。在曹、刘间,别构一体。"王诗情意凄惋深长,诗形秀美,但气骨不足。"质羸",并非指其诗意弱或意浅及文字不质朴,而是指缺少能振起诗意的峥嵘的气骨。曹丕评王粲:"惜其体弱,不足起其文。""体弱"即诗体质弱,气骨不足,不能振起全篇,也是这个意思。至于言王诗"在曹、刘间,别构一体",这既是言王诗在体制上有别于曹、刘诗,同时也说明这三家诗体各具面目,可以鼎足而三。如用文质关系来衡量,曹诗"体被文质",刘诗质胜于文,而王诗"文秀而质羸",即质不逮文。其间高下之意亦寓焉。从方法论说,这是从正面的评述后,再用比较的方法进行归纳,以见其相异处。这"在曹、刘间,别构一体"的表述形式,不禁使人联想起上引《南齐书·刘绘传》所记刘绘的"文章谈义",在周颙、张融间"别开一门"的评述。永明末年,作为后进领袖的刘绘在京都独树一帜的"文章谈义",成为一时的美谈,这肯定为与之交往颇密的青年文士锺嵘留下极深刻的印象,以至于在他的著作中遇到相似的情况时,有意无意间在表述时予以袭用。这重视立异的观点,也与其时诗坛上追求新变的风气分不开的。

锺书在评述太康时代潘、陆两家诗体时,也立足于见其异。曾被沈约认为"律异班、贾,体变曹、王"的陆机、潘岳两家诗,是以"缛旨星稠,繁文绮合"为两人的共同特色。锺嵘则是从其华艳的共性中,析其差异,见其个性。其评陆机:"才高辞赡,举体华美","咀嚼英华,厌饫膏泽,文章之渊泉也"。所言是陆诗宏丽富赡、浓抹重采的一面,这也是陆诗之所长。其所短:"气少于公幹,文劣于仲宣。尚规矩,不贵绮错,有伤直致之奇。"这是兼用比较和直陈的两种方法,言陆诗气骨、秀丽、绮错以及直致自然之不足,褒与贬完全融合在辨体的进程之中。评潘岳诗,则引"《翰林》叹其翩翩然如翔禽之有羽毛,衣被之有绡縠,犹浅于陆机"之言,又引谢混的"潘诗烂若舒锦,无处不佳;陆文如披沙简金,往往见宝"之语,状其清华秀美,遍体轻绮之态。潘、陆同具文采美,但秀与艳、淡与浓是有别的。锺氏评潘岳,侧重引用前人之评进行比较鉴别,并认同了李充的潘诗"浅于陆机"之语,做出了"陆才如海,潘才如江"的评判,以见其高下。

与陆机诗同属于雅体但位居中品的颜延之诗,也有其鲜明的特色:"尚巧似。体裁绮密,情喻渊深。动无虚散,一句一字,皆致意焉。又喜用古事,弥见拘束。虽乖秀逸,是经纶文雅才。""体裁绮密",沈约称之谓"体裁明密"(见《宋书·谢灵运传论》),意谓其诗风格细密、工致、整饰和精巧,这也是一句一字致力于骈俪化的结果,同时又好用古典,绮密中更显得深奥和拘束。这就与陆机诗词采富赡、文若泉涌和举体华美高下有别了。锺嵘倡导自然英旨,反对用典和声律,所以颜诗只能退而居其次,虽然他与陆机诗属于同一流派,有文雅意深、有乖秀逸的共同的优缺点。

拓体渊雅,同好用事,并有乖秀逸,与颜延之同居中品的任昉诗,也有不同于颜诗的特色："晚节爱好既笃,文亦遒变,善铨事理,拓体渊雅,得国士之风。""得国士之风",这是以人格才能喻诗。司马迁《报任安书》言李陵:"仆以为有国士之风。"这是言其人格才能在国中都居于上流,有大家风度,以之喻诗,即言宜居高流。但任诗在风格上又不同于颜诗,以善叙事、明人情物理为特色,且文风遒劲。任昉本工于为笔,晚节欲倾沈约,转而攻诗,其"善铨事理"已显露出以文为诗的痕迹。锺嵘肯定了这一点,他对诗歌的作用——陈诗展义和长歌骋情是并重的。评诗能兼容众体,这是难能可贵的。

与颜、任之雅体相对立的是鲍照、汤惠休之美文。鲍、休两人都好尚侧艳,曾同被颜延之贬为俗体。但两人的诗作,不但成就高下悬殊,风格上也有明显的差异。锺品评鲍照:"善制形状写物之词,得景阳之诙诡,含茂先之靡嫚,骨节强于谢混,驱迈疾于颜延。总四家而擅美,跨两代而孤出。"评汤惠休:"惠休淫靡,情过其才。世遂匹之鲍照,恐商、周矣。""靡嫚"与"淫靡"均指善于写男女之情,并带有民歌风味的侧艳之词。惠休仅以此一端取胜,艺术表达的才能也很有限,所以是"情过其才"。而鲍照则兼有遒劲、奇巧、明快、豪迈和变异等多方面的擅长,"总四家而擅美,跨两代而孤出"的评赞,正是依据鲍照诗体丰富的内涵和艺术表达上显示出的多方面的才力所做出的结论。单就美文这一端说,鲍诗出之于壮丽,有"发唱惊挺""倾炫心魂"(萧子显《南齐书·文学传论》)异乎寻常的感染力;惠休诗则偏于柔美,是绮靡而伤情,这两体也是有异其趣的。锺书在中品和下品中分别予以品评,侧重指出这两者不相匹配,不能同列。所谓"恐商、周矣",商不敌周,是与诗体内涵丰富多彩和贫乏单调密切相关的。

再就中下品合传的情况看,对多数合传的诗人,是侧重概括阐明他们在诗体上具有某些共同的特色。中品中秦嘉、徐淑诗的"凄怨",郭泰机、顾恺之、谢世基、顾迈和戴凯诗之"气调警拔",下品中孙绰、许询等玄言诗之"恬淡",王融、刘绘诗之"英净",王巾、卞彬、卞铄诗之"文体剿净"和"爱奇崭绝"等。合传中在评及他们的共同特色时,有时也较其得失次第,如言中品之谢瞻、谢混、袁淑、王微和王僧达诗"殊得风流媚趣",即诗形秀美,婉丽多姿,同时又对这五人的次第,加以比拟。谢瞻、谢混才力相当,可以分庭抗礼;王微、袁淑稍弱,只能殿后;王僧达最为突出,居于前列。又如下品中评及"檀、谢七君",都"傅颜、陆体",以雅致为共同的特色,而其中颜延之的次子颜则"最荷家声",较为突出。合传中也有不少辨析诗体之异的,如中品评范云、丘迟诗:"范诗清便宛转,如流风回雪;丘诗点缀映媚,似落花依草。"范、丘诗以秀逸为共同的特色,但范诗清新便捷,宛转流丽;丘诗则善于点缀词采,能相映成趣,给人以不同的审美感受。下品合传中也有言其异的,如评及南齐时两位女诗人。鲍令晖之"崭绝清巧",韩兰英之"绮密",前者是言明快洁净,清丽工巧;后者则是说韩诗绮丽密致,二媛的诗风是有明净和细密之分的。又如下品合传中评及江祐兄弟诗:"祐诗猗猗清润。弟祀,明靡可怀。"一则清秀,一则明丽,虽同属于秀美,但美感也有差别。

综上可见,在锺书中、下品合传中,无论是概括他们诗体某些共同点,抑或是辨析其同中之异处,其与上、中品中独传体一样,都是以辨明其诗体特色为旨归的,虽然,独传重在辨明诗体的个性,而合传则常兼及数家的某种共性。明其共性,也是诗家辨体的一个重要方面。所以从辨体、明体到评体,是锺氏评诗体系中最为重要的一环,也是全书主要特色之所在。又,本节侧重言辨体,评体之语虽间有言及,但未做系统阐述和理论归纳。评体云云,详见于下节。

二、辨体与溯源

前文已言,锺氏所言"致流别",包括辨体、溯源和定品三项内容。三位一体,互相联系,并以辨体为中心。因为溯源是从继承关系的角度,探索其所受到的影响,以说明其体形成的一种原因,同时也是界定这种诗体特色的一条佐证。溯源是为明体服务的。锺品的推源所出,据章学诚说:"其法出于刘向父子。"刘向、刘歆父子校群书而别七略,主要是考竟各类书籍的学术渊源,锺氏在序论中曾批评其有名实不符的欠缺,但他在探索各家诗体的成因时,显然也从这种方法中受到启示,并力求名实相称。

魏晋至南朝的文论,追溯传统的影响,受到选家和论者普遍的重视。桓范的《世要论》、挚虞的《文章流别志论》、李充的《翰林论》、沈约的《宋书·谢灵运传论》和刘勰的《文心雕龙》等,无不关注文章的渊源所始。锺品的探源,当然也会受到这种学术理论风气的影响,但所论与上述论著又有所不同:其一,《文章流别志论》和《文心雕龙》等都重在探索各体文章渊源所自,并都归源于儒家的《五经》;锺品则仅在五言诗范围内探讨传统对各家诗体形成的影响。虽然最后也归源于《诗》《骚》两体,但后者并不属于经书之列。这就是说,锺品的溯源,是重在探讨诗人艺术风格的来龙去脉,而不全是基于宗经思想来规范诗人的创作。其二,沈约、刘勰在评述诗学渊源时,都提出过同祖《风》《骚》的问题。《宋书·谢灵运传论》在总结历代名家的诗体,既有共同的源出,又有不同的风貌时说:"源其飙流所始,莫不同祖《风》《骚》;徒以赏好异情,故意制相诡。"《文心雕龙·辨骚》篇言骚体"其衣被词人,非一代也"。《明诗》篇则言《诗经》的影响是"兴发皇世,风流二南","英华弥缛,万代永耽"。这些都是言《诗》《骚》的典范意义及其对后代诗学的巨大影响。沈、刘之言,侧重于言后代诗人有师范《诗》《骚》的共性,是概而言之的。锺嵘虽然也是宗奉《诗》《骚》为后代各家诗体的源头,但同时也言明历代诗人也有递相师祖的变化,从而形成各自不同的特色。当然,沈约是首先提出过诗人之间的"递相师祖"和"意制相诡"的问题,但只概而言之,均未实指。锺嵘则是进而将一些重要诗人诗体的不同缘于多种渊源,都一一落到实处,而诗体的独特性和源出的多样性是有某种必然的联系的。从考竟溯源的传统说,锺氏对诗体的溯源,固然可以上溯到刘向、刘歆父子的影响,但从锺书的具体评述看,更为直接的应是来之于沈约的"同祖《风》《骚》"和"递相师祖"之论的启示,虽然锺嵘对沈约的诗歌好尚有过相当尖锐的批评。

《诗品》的溯源,把汉魏至齐梁的五言诗人,分别归属于三个源头,即《国风》《小雅》和《楚辞》。《小雅》为《诗经》的组成部分,所以实为《诗》《骚》两系。由于后世诗人"递相师祖"和"异轨同奔"的情况的不同,两系之内,又可分别划分为若干小的流派。以下就诗体的源出及历代诗人之间的"递相师祖"的错综关系,列表以示于后(见表8-1)。

表8-1　诗体的源出及诗人之间的关系

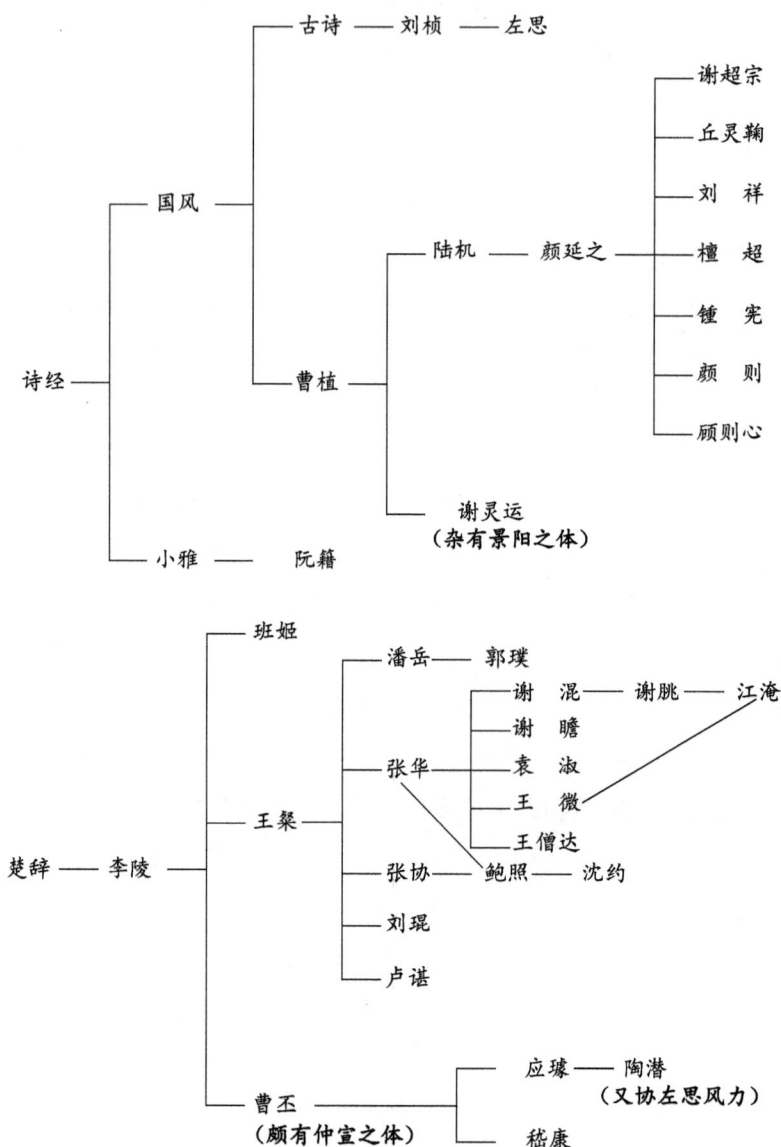

```
                        ┌── 古诗 ── 刘桢 ── 左思
                        │                           ┌── 谢超宗
             ┌── 国风 ──┤                           │
             │          │                           ├── 丘灵鞠
             │          │                           │
             │          │          ┌── 陆机 ── 颜延之├── 刘  祥
             │          │          │                │
诗经 ────────┤          └── 曹植 ──┤                ├── 檀  超
             │                     │                │
             │                     │                ├── 钟  宪
             │                     │                │
             │                     │                ├── 颜  则
             │                     │                │
             │                     │                └── 顾则心
             │                     │
             │                     └── 谢灵运
             │                        (杂有景阳之体)
             └── 小雅 ── 阮籍
```

```
             ┌── 班姬
             │              ┌── 潘岳 ── 郭璞
             │              │              ┌── 谢  混 ── 谢朓 ── 江淹
             │              │              │
             │              │              ├── 谢  瞻
             │              │              │
             │              ├── 张华 ──────┤── 袁  淑
             │              │              │
楚辞 ── 李陵 ┤── 王粲 ──────┤              ├── 王  微
             │              │              │
             │              │              └── 王僧达
             │              │
             │              ├── 张协 ── 鲍照 ── 沈约
             │              │
             │              ├── 刘琨
             │              │
             │              └── 卢谌
             │
             │              ┌── 应璩 ── 陶潜
             └── 曹丕 ──────┤         (又协左思风力)
                (颇有仲宣之体)└── 嵇康
```

注:表内所有线,表示源流关系。括号内录《诗品》原文,是说明其兼受其他作家的影响。

上表所类别的《诗》《骚》两大派系,是各有其主要特色的。《文心雕龙·定势》篇言:"是以模经为式者,自入典雅之懿;效骚命篇者,必归艳逸之华。"钟嵘类别两系的依据,也有相似之处,但他同时重视同一宗系中的诗人,由于"递相师祖"的不同,在诗体上有"意制相诡"的一面。

属于《诗经》一系的共十五人,大体上以叙怨情而兼有雅意,在表达上以含蓄深婉为共同的特色。下分《国风》和《小雅》两支派,而以《国风》一派为主。《国风》以下又分曹植和《古诗》两支。曹植诗是以风力与词采并茂、文质兼优为特色,成就最高。承之者陆机、谢灵运次之。陆诗举体华美,思深词丽,但风骨与秀美不足。谢诗清丽高洁,但"颇以繁富为累"。曹、陆、谢三家诗出自一系,又同居上品,但各有其特色。承接陆机的是颜延之诗,"体裁绮密,情喻渊深",文与质均有所成,但好用事典,刻镂过甚,所以风格不但与陆诗有异,成就上也有逊一筹了。至于在南齐时"傅颜、陆体"的"檀、谢七君",虽以雅致为共同之长,但却"固执不如",没有创新,成就也就远不如颜、陆了。同出《国风》与曹植并列的还有《古诗》、刘桢和左思一派。《古诗》哀怨温丽,思深意远;刘桢情高词壮,风力遒劲;左思哀怨精切,协有风力。两人均质胜于文,辞采华美不足,因而与曹植一系有别。与《国风》并列的是《小雅》一系,只有阮籍一人,其诗志在讥刺,言近旨远,文多隐避,这与《国风》一系各体都有不同,但共同处都是情意高远,洋洋乎会于风、雅。《楚辞》一系各派都上承李陵诗,其主要特征是抒发怨情,清厉凄惨,意激言质,雅意不足。文词典雅和含蓄深婉与否是锺嵘区分《诗》《骚》两系的主要标尺。《楚辞》一系下分三派,而以王粲一系为主体,王诗发愀怆之情,诗形秀美而骨力不足。承之者有潘岳、郭璞和张协、张华以及刘琨、卢谌等三派。潘、郭诗词采绚丽。潘诗篇体轻华,郭诗则时有艳逸,并颇多慷慨。张协、张华均巧构形似,文秀词丽。刘琨、卢谌诗则文情凄戾,清拔刚健。至于鲍照与沈约,谢朓与江淹等齐梁间著名诗人,都是上承张协、张华与王粲的。鲍照诗遒劲明快,沈约诗则以工丽见长,谢朓诗时出奇警,江淹诗则体物入微。

上承李陵并与王粲平列的还有班姬和曹丕两系。班姬诗怨深文绮。曹丕、应璩和陶潜一系,并旁及嵇康诗,都是以语言质朴为基调,曹诗直率如偶语,应诗善用古语,陶诗则文体省净。上述三家诗还时有华靡可讽味之处,至于嵇康诗则在质朴中包含着锋利峻切之语。

锺嵘对《诗》《骚》两系诗人的评析，既重视上下前后之间的某种共性，以见其间承传的关系，而更注意突出各自的创作个性和某些异质，以见其同中之异，这是与他立足于评述各家诗体特征相一致的。他对这两大诗体的体系及其所属各诗派诗人的价值评判，就总体说，是比较看重《国风》一系，并以之为正宗，曹、刘、陆、谢四大诗人，其源都出自《国风》；对《骚》体一系的名家，则有所贬抑。如批评嵇康诗"过为峻切，讦直露才"，说鲍照诗"不避危仄，颇伤清雅之调"等，都是证明。这说明，锺嵘的诗学观点，颇有宗经的思想倾向，而这种审美意识，又很有可能受到班固的影响。班氏在《离骚序》中，曾批评过屈原的直谏是"露才扬己"，非明哲之举。锺嵘常以此为权衡，来区分风、骚两大体系并进行褒贬的。但由于溯源是以辨体为参照系数，最终又是为辨体服务，一些较为著名的诗人，由于其"递相师祖"情况的不同，其诗体常受到风、骚两系的交叉影响，呈现出较为复杂的情况。譬如"其源出自陈思"，属于《国风》一系的谢灵运诗，又"杂有景阳之体"，而景阳即西晋张协，"其源出自王粲"，属《楚辞》一系；又如"其源出于应璩"，属于《楚辞》一系的陶潜诗，"又协左思风力"，而左思诗，"其源出于公幹"，属《国风》一系。至于"总四家而擅美"的鲍照诗，其中张协、张华、谢混三家，属于《楚辞》一系，而颜延之诗，"其源出于陆机"，则归于《国风》一系了。所以上表所列风、骚两系诗人的归属，仅就其大较和主要特点说的，这两系并非泾渭分明，互为水火，而是可以兼融并存于一家诗体之中。评体则依据其总体上所取得的成就，做出判别和权衡。从中亦可见，锺氏的溯源，与其说其意是在区分流派，不如说是重在探索诗体复杂的内涵及其成因。这就是说，锺品的溯源是辨体的一种途径和方法，最终是为辨体服务的。

从辨体的角度考察溯源，溯源固然是辨体的一条重要途径，但又不是不可或缺的方法和手段，我们可以对全书溯源的情况，再做具体的分析，以见其在辨体中所处的地位。

见于上表者，凡三十七家（包括不明作者的《古诗》），都具体指明其源出于某，宪章于某和祖袭于某等。这三十七家中，居上品者凡十二，居中品者凡十八，属下品的仅有七家。合数不足于已入品诗人的三分之一。未列入上表的还有八十七家,其中居中品的凡二十一,属于下品的凡六十六,合占已入品诗人的三分之二强。从这个统计数字看,上品的全部、中品中的一些独传的著名诗人(除极个别外),都一一溯其源出,这可以说明,溯源确实是锺品评诗体系中重要的一环。同样值得注意的是,锺品中还有三分之二以上的诗人,其中包括过半数中品即属于高流的诗人,并未明其源出。这也说明,溯源并未贯穿全书的始终,从人数看,甚至也未涵盖多数。怎样来看待这一问题呢?这实际上涉及溯源在锺品中到底处于何种地位,以及应该怎样予以评价的问题。今之论者,大都在肯定章学诚所言"深从六艺溯流别"是"最为有本之学"的前提下,对其偏而不全之处,做出了种种见仁见智的推论。罗宗强在《魏晋南北朝文学思想史》中提到,这可能是因为"这些作者的艺术风貌较不易把握,难以察知其所受之影响"。其实,所谓"较不易把握"和"难以察知其所受之影响",多半是由于其风格较为独特,或者是由于其诗体内涵较为复杂和源出的多样性所致。而这,恰是锺品辨体探源时最为用力之处。锺嵘正是通过对这些较为复杂、歧义较多和难于把握的诗体做较为全面而细致的辨析,界定其特色,寻绎其所受到的影响,并从源出上说明其成因。这应该就是锺书对全部上品和中品中较有影响的诗人一一辨明其体源出之所在的原因。溯源对于辨体的功用和价值,也就在此。所以对于某些诗体内涵较复杂和难于把握,评论歧见也较多的诗人,也是锺氏溯源辨体最致力之点,譬如对鲍照和沈约的"致流别",就是如此。

鲍照诗从问世以来,就受到正统派诗人的多方贬抑。与鲍照同时代的颜延之,就是将其与汤惠休视为一体,"故立休、鲍之论"。汤惠休诗是以"淫靡"为特色的,被士大夫视为可以"委巷中歌谣"的俗体。颜氏对鲍诗这种评价,一直影响到齐梁时代。锺书在评及汤惠休诗时,仍言"世遂匹之鲍照"。与锺嵘大体同时的萧子显,在《南齐书·文学传论》中,称"鲍照之遗烈",就是淫靡和险仄的诗风,所谓"发唱惊挺,操调险急,雕藻淫艳,倾炫心魂",是以紫夺朱的郑、卫之音。锺嵘评鲍诗则反是。他首先从鲍诗善构形似之言立论,言其体源出于张协、张华,能巧构形似,正是鲍诗与汤惠休诗以至于郑、卫之音的重要界别。鲍照诗体内涵的丰富性和复杂性,还缘于他受到多方面的影响,并有自己独特的表现形式,所谓"得景阳之诫诡,含茂先之靡嫚,骨节强于谢混,驱迈疾于颜延。总四家而擅美,跨两代而孤出"。即吸收了张协、张华等四家之长,有奇诡、华艳、骨劲和明快等多种特色,当然他也还有不同于上述四家的"险俗"和"危仄"的一面。鲍照诗体受过多方面的影响,他的艺术成就和风格上的丰富性、复杂性和难于把握性,在晋宋两代诗人中,都显得很突出。对鲍诗能疏其渊源,明其"递相师祖"之处,能举重若轻,那么,解析其他诗体的源出,理应是不在话下了。

对于沈约诗体的难于界定和不易察知其源出处,似乎还不在于其诗体内涵的复杂性和难于把握处,而在于评者有无突破时人之见的理论勇气。这是因为沈约在一个较长的时间内处于诗坛宗主的地位,并受到相当普遍的推誉,有很大的影响力,当然与时人对鲍照诗体的陈见也有直接的关联。《诗品》评沈诗:"详其文体,察其余论,固知宪章鲍明远也。"说沈约诗体"宪章鲍明远",实为"发唱惊挺",石破天惊之论。在"休、鲍之论"甚嚣尘上之时,将一代文宗诗伯也划归其名下,在当时所产生的震撼和强烈的反弹是可想而知的。《南史·锺嵘传》言锺氏借评沈约诗以追报"宿怨"。如果时人真有此看法,那么原因很可能不在其给予定位中品,而主要在于其言沈约诗体"宪章鲍明远"这句话上。锺氏言沈诗源出于鲍照,当然也有他的依据。所谓"详其文体,察其余论",其诗体,是"不闲于经纶,而长于清怨"。"经纶"是指雅体,而非指奉和、应制之作。锺品评颜延之诗"固是经纶文雅才",可证。"清怨"是指清凄怨愤之情,不同于怨而不怒、含蓄深婉的雅怨和哀怨,而后者正是雅体言情的特征。所以"长于清怨"也就必然"不闲于经纶"。在锺嵘看来,沈诗是以"长于清怨""工丽"为主要特色,这就与鲍照诗有相似之处。所谓"察其余论",从《宋书·谢灵运传论》看,他赞美情文和"遒丽之辞",《宋书·刘义庆传》附叙鲍照,言鲍诗亦以"文甚遒丽"见称,可见两人对诗体的审美好尚是有相同之点的。锺嵘赞美鲍诗"总四家而擅美,跨两代而孤出",是晋宋两代很特出的诗人。那么说沈约诗"宪章鲍明远",当然不是贬抑,而是对其诗体的一种评赞和定位。这种赞誉和定位,大体上也符合沈诗的实际情况。在"休、鲍之论"的思维定式下,把"宪章鲍明远"视为一种贬抑,并言这是出于报"宿怨",这也是可以理解的,但并不能为后人所认同。锺品既然是以辨体为中心,那么辨明比较复杂的和不易把握的艺术风格,追寻那难以察知的诗体源出,都是不能回避的。从上述评鲍照和沈约诗可见,这正是锺氏最用力之处。那么锺书对中品和下品中的多数诗人,未一一明其源出,只能做另外一种推测:即有举重以见轻之意。同时似乎也可以说明,溯源虽然是辨体的一种重要形式和方法,但并非对所有的诗人的品评都是必需的,这要看辨体的需要来去取。

三、辨体与定品

定品第以示诗人之甲乙,是锺氏评诗另一重要形式,这也与辨体有直接关联,是评体后的一种定位。从评判诗体之高下得失进而定诗人的品第,并写成专著,这是锺诗的一种创造。但用分品来轩轾人物,却由来已久,于魏晋尤甚。班固作《汉书·古今人表》,将西汉以前的历史人物分为九等,以简驭繁来褒贬历史人物。魏陈群制"九品官人法",为当代士人定品,以适应曹魏选官的需要。"九品官人法"与士族门第相结合,对魏晋至南朝社会政治生活产生了极为重大的影响,几乎起着支配作用。旁及判别学术水平之高下和技艺之高低,也常以分品为形式,为尺度。如南齐谢赫的《古画品录》,分画家为六品;梁庾肩吾的《书品论》,分书法家为九品;梁阮孝绪之《高隐传》,将历代隐士,判为三品。至于沈约的《棋品》,虽品目不详,也应是分品评其棋艺之高下的。至于刘绘"欲为当世诗品"和锺嵘承志继作并完成《诗品》,都是在这种社会政治学术风气影响下,将分品论人的形式创造性地运用到诗学评论领域中的产物。

锺嵘分品论诗,既然深受魏晋以来九品裁士的政治制度和社会学术风气的影响,那么出身名门士族又极为重视士庶之别的锺嵘,是否也以门第为标准,参之以门第的高下和社会政治地位来品评诗人的优劣呢? 今之论者,有的就认为锺氏品诗,是以此为重要的参照系数:"表现在他给诗人评诗定品的问题上,自觉不自觉地以门第贵贱、社会影响作为定品的依据之一。""'三品裁士'不公的秘密"也就在此。但此论与锺氏定品的实际情况是不符的。锺嵘确实出身于名门士族,门第观念很强,在社会政治生活中,很重视士庶之别,这已见前论,但他并未把门第观念渗透到评诗中来,以士庶之别作为品诗的参照系数。以建安时代的曹氏家族说,按照其时的门第标准,这个家族是不能登大雅之堂的。如果说曹操是宦官的后代,赘阉遗丑,出身下贱,所以被列为下品,那么同样出身在这个家族的曹操的两个儿子曹丕和曹植,为什么一点未受到株连却都置身高流,被列为中品和上品呢?从政治地位和社会影响说,曹操是汉丞相、魏王,独掌朝政,曹丕则进而为魏文帝,较之受压抑、被禁锢的平原侯曹植,不啻有天壤之别。而曹植不但定位上品,还进而被奉为诗国的圣哲,远远地高出于乃父乃兄之上。曹氏父子兄弟分别定于下、中、上三品(曹植的侄儿魏明帝曹叡和弟白马王曹彪也在下品),显然不是门第标准和政治地位、社会影响起作用,而是依据诗本身的价值来权衡。

由于魏晋南朝期间,士族在政治生活中处于绝对统治的地位,在学术文化领域和诗国里,也就必然会独占鳌头,他们以"士"冠族,以学术文化传家和以诗美自诩。在这种文化氛围中,其时诗人绝大多数都出身于士族是不难想见的。锺书中入品的诗人有不少都来自名门华胄之家并位居王侯三公九卿及朝廷中的清要之职,也就不足为奇。我们不能因此而论定锺嵘是以门第和职位作为品诗的一重要依据。而应该看到,在士族的审美好尚影响下和文士们普遍对诗歌有特殊好尚的氛围中,也有一定数量的出身于庶族以至干吏之家的诗人脱颖而出,在诗国里放出异彩。他们被锺嵘简拔出来,以"预此宗流",进入诗人的行列,并在锺嵘的论诗专著中,与出身于华胄之家的诗人一样,平等地占有一席之位,这尤其难能可贵。譬如出身寒庶的左思,就与高门华胄的谢灵运同列上品;"才秀人微,故取湮当代"的鲍照就与来自王、谢华族的名诗人王微、谢朓同居中品。至于本是胡人,充任"干吏",身份更为下贱的南朝宋诗人区惠恭,父子以"贩绘为业",被目为小人的戴法兴,也与锺嵘的恩师,东晋南朝天字第一号的世家大族,并位居台辅的王俭以及王俭的堂侄王融同列下品。凡此,都能说明,锺书中入选的诗人及其所定的品第,都是以诗为权衡,与出身门第了不相涉。正因为锺氏品诗没有门第偏见,公正无私,这是锺书得以留传的一个重要原因。

如果说,锺氏的定品与士族观念了不相涉,那么其与溯流别,即与诗体流派分野的评判,有无必然联系呢?应该说有一定的联系,但不起主要作用,更无决定性的影响。因为溯源只是辨体的一种途径,是明体的一种参照系数,而诗人风格的形成,是来自多方面的影响,并有自己独特的创造,这才是定品的依据。这就是说,锺氏的定品,是他辨体的归宿。从溯源对定品的某些影响看,前文已言,锺氏诗学观念,受到宗经思想的影响。比较看重《国风》一系的诗人,对《骚》体一系的诗则稍有贬抑。如在上品诗人中,属于《国风》一系的共有六人,再加上《小雅》一系的一人,属于《诗经》一系的就占上品诗人十二分之七,即一半以上。在诗国中被誉为"文章之圣"和"体贰之才"的曹、刘、陆、谢四大诗人,都是属于《国风》一系。在《楚辞》一系中,著名的诗人很多,但定为上品的只有五人,而像郭璞、陶潜、鲍照、谢朓和江淹等著名诗人,都位在中品。从中似乎可以看出,锺氏在定品时有某种偏尚《国风》一系的审美倾向,但这只是问题的一面,而且并非主导的一面。因为锺氏定品时,是依据各家诗体本身所达到的境界,即诗体在文与质两方面所取得的成就,而不是依据诗体某一方面派别的属性。譬如锺氏所看重的《国风》一系的诗人,既有奉为上品,推为典范的曹、刘、陆、谢四家诗,也有列在中品的颜延之诗,至于"傅颜、陆体","欣欣不倦"但却"固执不如"的"檀、谢七君",只能等而下之,退居下品了。又如,属于《楚辞》一系的鲍照诗,居于中品,而他所宪章的张协、张华两家诗,前者居于上品,后者列在中品。至于被称为"鲍、休美文",理应与鲍诗同一体派的汤惠休诗,锺氏认为他在诗体上的成就不足以方鲍照,就抑为下品。上述各类同一流派的诗人,在定品上高下有别,就足以说明,溯流别,明其诗体源出某家之类,侧重是为了辨析其诗体某一种特点,而远非总括其诗体的全貌。源出的特点,当然与辨体以至于评体有一定的联系,但不能以偏概全,作为其定品的主要依据。

溯源所出在定品中不处于很重要的地位,还可以从定为中品的三十九位诗人的情况中获得验证。这三十九人中只有十八人言其源出,还有二十一人未明其诗体的由来。中品的地位,虽然不及上品,但也被锺氏视为高流,是不轻易冠予的。锺嵘在授予这一组仅次于上品的品第时,或独传或合传，都一一辨析其诗体的特色并掎摭其利病，但却有半数以上的诗人未明其源出，这也说明定品第是辨体与评体的归宿，与溯流别并无必然的联系。

前文已论，《诗品》的评诗体系，是以辨体、明体和评体为中心的，那么定品第就必然与之有密切联系，并是这个体系中的重要一环。辨体是重在辨析诗家风格的个性特色，这特色，既有复杂而丰富的内涵，又是因内而符外的整体呈现。锺氏曾用文与质两大范畴来概述他们的某些特色，以及所长和所短、所得与所失。而“体被文质”，就是锺氏对曹植诗的最高礼赞，以明其诗体兼有文质之长，完美无缺。“譬人伦之有周孔，鳞羽之有龙凤”，不但定位上品，而且是诗国的圣哲，地位至高无上。当然，文与质只是锺嵘为了便于辨体和评体时的一种概分，两者各有其所涵盖的方面。锺嵘对质文的好尚又有其独特的审美趣味，在具体品评时，也还有不同层面上的要求和两者相离相合、此消彼长程度上的把握。所以锺氏对诗体的辨析、评判和品第的定位，包含有不同的方面、多种角度和相异层面上的内容，但定品是基于对诗体的辨析则是共同的。

定品与辨体的依存关系，试以上品和中品若干例证，再加申述。上品中“举体华美”的陆机诗和“文体华净”的张协诗，都是将品第与其诗体总的特点直接联系起来。陆诗的“举体华美”，主要是言其诗以词采丰硕、华丽为重要特色，也包括对其诗思深意雅的肯定。所谓“举体”，是立体性的全方位的观察，是对诗体文与质两方面的肯定，是文质兼而有之的整体性的呈现，而非仅言其词采丰美的一面。这是定陆诗为上品并仅次于曹、刘的主要依据。但陆诗又“气少于公幹，文劣于仲宣”，在文秀与气骨两方面都有欠缺，这两者又分属于文与质中的部分内涵。所以陆诗的“举体华美”，是不能与曹植诗“体被文质”等量齐观的。张协诗的“文体华净”，与陆机诗的“举体华美”又有所不同，张诗不是以词采丰硕、富丽和雅致见长，而是以清新、秀丽、俊逸和浏亮取胜。景阳诗风流调达，文不灭质，较之陆机诗，文雅意深稍有不足，虽能与陆诗同居上品，但不能争冕“太康之英”。

在中品中，“其体华艳”的张华诗，“文体相晖”的郭璞诗，“文体省净”的陶潜诗，“体裁绮密”的颜延之诗，“拓体渊雅”的任昉诗等，定位中品，居于高流,也都与在体制上有某些独特的成就有关。张华诗的"其体华艳",是侧重言其"务为妍冶"的一面,即巧丽有余,而典雅不足。所谓"兴托不奇",是说有寄意而深度稍逊,在表达上又缺少变化。"千篇""一体"的批评,就是对张诗在诗体表现形式上所做的界定。"季、孟之间"的定品,即缘于此。从锺氏对张华诗的品评看,他更为看重诗体的独特性和稳定性与体式上的多样性即表达上的出奇制胜,使两者相融相合,相得而益彰。至于郭璞诗的"文体相晖,彪炳可玩",是言郭诗以文采绚丽为主要特色,使人赏心悦目,可与潘岳的绮丽诗风互相辉映。郭诗的创造性和在诗史上的位置,一是改变了东晋的玄言诗风,"始变永嘉平淡之体",恢复了"诗缘情而绮靡"的传统,所以是"中兴第一";二是以《游仙》体咏怀,这也是对诗体的创新,而且"辞多慷慨",具有风力之美。"始变永嘉平淡之体"的还有以"华绮"著称的谢混、殷仲文二家诗,但质地美均不及郭诗。所以郭璞诗是"中兴第一",定位中品,视为高流,即由于此。陶潜诗"文体省净,殆无长语",是言陶诗以古朴、自然、真纯和简净为主要特色,还兼有风力和清秀之美,这也是从文与质两个方面兼而言之的。在以词采华美为诗美的极致的时代风气里,锺氏能力排众议,将世人斥为"田家语"的陶诗,擢为中品,与郭璞、谢朓和沈约等名诗人同列,这说明锺氏评诗,是不拘泥于一格的。兼爱众体的审美包容性,也是深于诗的体现。对"体裁绮密"的颜延之诗和"拓体渊雅"的任昉诗的定品,是锺氏评体不私于偏爱的另一种表现。颜诗的"绮密",是言其以工致、明丽、整饰和华赡为主要特色,这与质朴自然、不经意为之的陶潜诗体,形成鲜明的对照。颜诗的"绮密",也间有可采,特别是其诗意"情喻渊深",更为锺氏所喜爱。在南朝时代里,"颜、谢腾声"(《宋书·谢灵运传论》),颜诗与谢灵运诗均有高誉,并在同一层次,本可列为上品,方驾陆机与谢灵运,但因用典繁密,有乖秀逸,所以不顾时人之见,降格以待,定为中品。同样好用事典,又爱以笔为诗的任昉,较之颜延之、沈约,就是等而下之,时人也有"沈诗任笔"的定评,但锺氏认为,任诗能"拓体渊雅,得国士之风",有大家的风度,再加上能"善铨事理",在体制上有自己的创造,视其为向上一路,"故擢居中品"。至于言张翰、潘尼等诗体"文采高丽",是诗美的高格,"虽不具美",仍可"事同驳圣,宜居中品"。而郭泰机、顾恺之、谢世基、顾迈和戴凯五人诗,"文虽不多,气调警拔",立论于评赞诗体,且重质甚于重文,并从前瞻性的角度予以高度的评价:"吾许其进,则鲍照、江淹未足逮止。越居中品,盒曰宜哉!"凡此均可见,锺氏在评体定品时对诗人的进退,既有对诗体得失整体性的把握,也有对诗体中局部高格,"虬龙片甲,凤凰一毛"之美做前瞻性的预测,而不顾及时人之见,并突破了"其人既往,其文克定"的评诗体例,完全是以诗体的审美价值为尺度。锺氏曾申言:"至斯三品升降,差非定制,方申变裁,请寄知者尔。"似乎是不甚经意于此,俯仰之间,还很有伸缩的余地。但从上述定品时的权衡以及其所下的判语看,他实际上是很自信,不容置疑,而且也很慎重,能臻于陆机所言"考殿最于锱铢,定去留于毫芒"(《文赋》)的境地。

当然,锺氏的定品,并非尽如人意,后人每讥其种种失当之处,譬如斥曹操为下品,屈陶潜、鲍照和谢朓为中品,尊陆机为上品等。看来,在定品上这些失当之处,主要不是在辨体和明体上出了问题,而是在评体上出现了差误。对于诗体的"辨彰清浊,掎摭利病",并评判其高下,是与评者所持的评诗标准和审美原则联系在一起的,关于这一点,拟在下节着重予以评述。

第三节　评体与评诗的标准和审美原则

《诗品序》在叙及当代诗歌论坛评诗的风气很盛行,而评诗的见解却很"淆乱"时说:

> 观王公缙绅之士,每博论之余,何尝不以诗为口实?随其嗜欲,商榷不同,淄渑并泛,朱紫相夺,喧议竞起,准的无依。

锺氏认为,诗歌论坛上评诗的见解之所以如此"淆乱",就是因为"准的无依",即没有一个被大家所认同的评诗标准:"随其嗜欲,商榷不同。"由于人们的审美爱好和审美观点不同,评诗的见解也就必然产生巨大的差异。那么锺嵘所依据的评诗"准的"是什么呢？他的"嗜欲",即对诗歌的宗尚和审美原则有些什么新的内容？也就是说,他是依据什么审美原则来"辨彰清浊,掎摭利病"的？我们在弄清他辨体的内涵后,就需要进一步探讨他的评体的审美依据了。

一、论诗的宗尚与评诗的标准

《诗品序》在总结历代五言诗发展过程时,有几段带有结语性的评论,是颇值得注意的。

> 故知陈思为建安之杰,公幹、仲宣为辅;陆机为太康之英,安仁、景阳为辅;谢客为元嘉之雄,颜延年为辅。斯皆五言之冠冕,文词之命世也。……
>
> 干之以风力,润之以丹采,使味之者无极,闻之者动心,是诗之至也。

中国五言诗的起始,大约在东汉中期,至齐、梁时代,应该有四个半世纪之久。锺嵘纵论四百五十余年五言诗发展史,突出了建安、太康和元嘉这三个时代其中的八位诗人,特别是曹、刘、陆、谢四大诗人,被奉为这三个时代冠冕群彦的代表。从"曹、刘为文章之圣,陆、谢为体贰之才"的评语看,以曹植、刘桢为代表的建安诗人,更是诗国的圣哲、后世的典范了。锺氏从建安诗歌中总结出其所具有的风力之美,从太康和元嘉诗歌中看到他们诗作形象秀美和词采华茂的长处,以"干之以风力,润之以丹采"作为诗歌美的极致并以此为标准,权衡古往今来各体诗作的优劣得失。锺氏突出建安诗歌在诗史上的位置,是以五言之作独秀众品为立论的基础的。如以四言为正体,五言为流调,那么建安的五言诗,就不能登大雅之堂;如以五言为正体,"五言居文词之要",那么建安五言诗的成就及其开创者的地位就显现出来。锺嵘正是在认定五言是新时期诗歌的主流的前提下,肯定建安诗歌无与伦比的历史地位。这是前此的论诗者所未曾言的。

建安诗歌当然也兼有文采美,但风力之长则是他所独具的,这是锺嵘的特见。唐代陈子昂和李白想克服南朝诗风的流弊,提出过"汉魏风骨"和"建安骨"的问题,那是二百年以后的事了。这里还要稍加辨明的是此前刘勰所论风骨问题。《文心雕龙》特设《风骨》专篇,其所言之"风骨",如前章所论,"风"是源出于《毛诗序》,是情志的物化;"骨"则取义于《尚书》,是对体与辞的规范。"风"与"骨"的联缀,是他宗经论文,在"体有六义"的基础上的审美升华,是刘勰宗经论诗的审美基点。他列举的范作,是潘勖的《策魏公九锡文》和司马相如的《大人赋》,而不是三曹七子之作。在刘勰看来,潘文"思摹经典""典雅逸群"(《文心雕龙·诏策》),相如赋志在讽谏,命意高雅。他们都能"溶铸经典之范""确乎正式",所以"风清骨峻"。至于建安乐府诗:"志不出于滔荡,辞不离于哀思,虽三调之正声,实韶夏之郑曲也。"刘勰未把风骨与建安之作直接联缀在一起,是事出有因的。今人论《文心雕龙》之"风骨",往往把这两者直接连接起来,这不一定符合刘勰的原意。但并不是说,刘勰不甚看重建安诗歌,他对潘勖、司马相如诗文的评价,高出于三曹七子之作,而是说这是刘勰赋予"风骨"内涵不同所致。首倡建安风力,并不始于刘勰。

钟嵘对诗歌的审美要求则有所不同。他更为重视诗歌的言情质素,强调要体现"自然英旨",要求"真美",提倡"直寻",反对补假经籍,摹依经诰,当然钟嵘也深受儒家思想的影响。评诗中也渗透了儒家诗学的审美意识,主要体现在对诗体即风格上的委婉深致诗风的爱好上。以曹植、刘桢为代表的建安诗作,正好体现了这一点,所以钟嵘无保留地加以赞扬,并以"建安风力"概括其审美特点。刘勰对建安文学某些深刻的剖析和精到的论述,有助于我们加深对建安文学特点的理解和把握,但是把"风力"和建安诗歌直接联系起来,首倡"建安风力"之功,不能不归之于钟嵘①。

钟嵘以风力与丹采相结合的观点,来品评历代各家诗体的优劣得失,这两者又包含哪些审美内容呢?"风力"和"风骨",是齐梁以来文论家经常使用的术语。一般说来,"风"是和情意分不开的,重在以情感人;"骨"与"力"则与"文气"有联系,体现在文中的气势是义理所派生出的精神力量,但又不是

①裴子野的《雕虫论》亦言"曹、刘伟其风力",裴著大约成于梁天监初,略早于锺品,但对此言未加阐述。

义理的实体。诗气盛言宜,语言质朴刚劲,就能显示出气骨峥嵘的风貌。所以"风力"或"风骨",是因内而符外的美学范畴。

在锺品中对"风力"二字并未专加阐释,但我们可以从他对建安诗人的品评中,探讨他赋予"风力"二字的内涵。建安时代最杰出的代表是曹植和刘桢,那么曹、刘诗作,应是"建安风力"最完美的体现者。《诗品》评曹植:"骨气奇高,词采华茂,情兼雅怨,体被文质。"评刘桢:"仗气爱奇,动多振绝。真骨凌霜,高风跨俗。"从"干之以风力,润之以丹采"看,文采是风力以外的东西,那么,"建安风力"至少应包括怨情、雅意和气道三个要素。兹略加申述,以见其在评体中的具体运用及其意义之所在。

托诗以怨。抒发怨情,悲歌慷慨,是建安诗歌一个重要的特点。曹植尝自称:"雅好慷慨。"慷慨,也就是悲慨和叹息之意。建安诗人,三曹七子,饱经时代沧桑,发而为诗,述丧乱之事多,发慷慨不平之音。他们悲歌慷慨,大体包含有两方面的内容:一是对时代沧桑中的社会怨情有深切的体验和感触,二是个人坎坷的遭遇所产生的不平之音。这两者在他们的优秀诗作中常常是交织在一起的。《序论》末附五言诗范作,曹植的《赠白马王彪》和王粲的《七哀》诗即冠于首位。这两首诗,既有个人的厄运,也有忧国忧民的慨叹,并交织在一起。而陈思与七子的"怜风月,狎池苑,述恩荣,叙酣宴"的篇什,如《公宴》《侍太子坐》等,则并未被选录,这可见锺氏是重视诗情悲慨的。

诗可以怨,是孔子提出来的,诗应重在怨则是从锺嵘起始。孔子言诗有兴、观、群、怨四种作用,怨刺列在最后。两汉诗论家谈诗的抒情内容,也是哀、乐并重的。在中国文学批评史上,第一个强调写书是为了抒发怨愤之情的是司马迁。司马迁的发愤著书说,认为西汉以前的重要论著,其中包括《诗经》和《楚辞》,都是作者"意有所郁结,不得通其道","退论书策以抒其愤"(《报任安书》)。这些著作不朽的价值,也就在此。锺嵘的特出之处,就是把这一论题引进诗歌评论中来。他总结了建安诗歌慷慨悲歌的长处,认为诗歌的审美价值,首先就在于抒发怨情,此言贯穿到其诗论和对各家诗体的评论之中。在对诗体探源时,突出了《国风》《小雅》和《楚辞》的怨刺传统,而对《大雅》《周颂》《商颂》和《鲁颂》等颂诗的源流,一概弃之不顾,这正是锺氏以怨诗的源流建构其品诗体系的一种表现。锺氏在论述诗歌作用时,把"寄诗以亲"和"托诗以怨"相提并论,但他所引证的事例,所谓"至于楚臣去境,汉妾辞宫;或骨横朔野,魂逐飞蓬"等,除"女有扬蛾入宠"最后一例外,其余的全是需要"托诗以怨"的。锺书对上品和中品评价较高的诗人和诗作,如《古诗》、李陵、班姬、曹植、王粲、阮籍、左思、秦嘉夫妇、刘琨、郭璞以及沈约等,都肯定他们长于叙怨情。同是抒怨情,但感恨的深浅不同,表达上工拙有别,再依之而评判其高下。譬如西汉的班姬、东汉的徐淑和南齐的鲍令晖三位女诗人,在《诗品》中,分别属于上、中、下三品。班姬的《怨歌行》,"怨深文绮",高居上品;徐淑的《答秦嘉诗》,"文亦凄怨""妇人居二",列为中品;鲍令晖《拟客从远方来》,借拟古叙别情,所表达的是少女初恋时的淡淡哀愁,居于下品。当然这也仅就言情和感人的深度来说的。

锺嵘提倡怨诗,在理论上有何意义呢? 诗可以怨,本是儒家诗学中一个传统的见解,《毛诗序》对此也有所阐发,但仅限于怨刺上政;而锺嵘所肯定的怨诗,反映社会生活面要广阔得多。《毛诗序》称此类诗为变风、变雅,微露贬意;锺嵘则从正面予以肯定,给怨刺讽谕之诗以正统的地位,这就为尔后针贬现实弊病的诗歌的发展,开辟了道路。唐宋人所言的"诗穷而后工",甚至是"愈穷而愈工",与锺氏"托诗以怨"的理论是有某种承传关系的。

拓体渊雅。诗情渊雅,是建安风力另一重要内涵,崇尚典雅,也是锺嵘的审美原则。雅,本是诗体的名称,《大雅》和《小雅》,就是《诗经》的重要组成部分。按照传统的解释,雅就是正的意思,雅诗、雅乐就是正声,与郑声相对立。儒家认为,雅诗有典则、温顺和深厚的含义,而郑声则是浅俗、邪僻和淫靡的同义语。重雅的观点,在魏晋南北朝的诗论家中影响颇大。陆机《文赋》言"悲而不雅",是抒情诗的一大弊病。锺嵘尚雅的思想,和陆机是一脉相承的。诗体渊雅,是一种风格特征,侧重指雅意深笃,情喻渊深,诗风婉顺,能缘以雅体,饰以雅词。刘熙载曾说过:"质而文,直而婉,雅之善也。"(《艺概·诗概》)在锺嵘看来,"体被文质"建安诗歌,正是如此。

锺嵘是盛赞诗情渊雅的。如评曹植:"情兼雅怨。"评刘桢:"高风跨俗。"评应璩:"雅意深笃,得诗人激刺之旨。"其他如称赞曹彪、徐幹诗"闲雅",阮瑀诗"平典不失古体",何晏诗"风规见矣"等,都是肯定他们的诗体包含有典雅的质素。魏武屈居下品,就很有可能是因其诗未能"质而文,直而婉",即与雅之不善有关。

钟嵘极为重视诗情渊雅的建安篇什,我们还可以从他所推举的建安五言诗的范作中,得到验证。"陈思《赠弟》",意在规讽其兄,针砭其事。其依违讽谏,紧要处,不指切实事,意直而言婉,体现出风人之旨。"仲宣《七哀》",写处乱世而思明君之治。"公幹《思友》",写处士厉节守正,不轻易与世苟合。在钟嵘看来,这些都是风雅精神的体现,所以值得称道。

尚雅的观点,也是钟氏品评历代诗人的尺度。如评左思:"文典以怨,颇为精切,得讽谕之致。""文典以怨",也就是"情兼雅怨"。"太冲《咏史》",也被列为五言诗的范作。左思借咏史以抒情,表达了对名门甲族垄断仕途的不满。这种怨情之所以符合典则,就是因为深得孔孟进退用藏之意。进则立功名,骋良图;退则为处士,归田庐。这大概就是左诗"文典以怨","得讽谕之致"的真实含义。所以"左思风力"也包含有"文典以怨"的内容。其他如称赞《古诗》和陆机的《拟古》诗的文温意远,赞美阮籍"咏怀之作"的意境能"洋洋乎会于风、雅,使人忘其鄙近,自致远大"。说谢灵运诗"譬青松之拔灌木,白玉之映尘沙"般的"高洁",以及言颜延之诗"情喻渊深","是经纶文雅才",任昉诗"拓体渊雅,得国士之风"等,都是肯定他们的诗歌有情深意雅的优点。反之,批评嵇康诗"伤渊雅之致",说鲍照诗"险俗","颇伤清雅之调"。对失雅诗体的批评,也是贵雅的表现。这里还须稍加辨明的是雅与怨的关系。前文已言,钟氏评诗,重视怨情,但怨情必须与雅意相结合,才更值得称道。他把怨情划分为两大类别:雅怨属于一类,其源出自《国风》,其特点是情感蕴藉深厚,怨而不怒,不伤雅致。曹植诗"情兼雅怨",左思诗"文典以怨",都属此类。凄怨和清怨属于另一类型,其源出自《楚辞》,其特征是清厉凄怆,怨愤横生,言词激切。李陵诗"文多凄怆,怨者之流",即属此。嵇康、鲍照诗怨而不雅,也受到贬抑。

钟嵘崇尚典雅,提倡风人之旨,就其艺术观的基本点说,是深受儒家诗教的影响。这种审美意识,也使其评诗的眼界受到局限。譬如他看到了鲍照诗那么多优点,却不能把他列为上品;他看到了任昉诗那么多缺点,但仍然把他"擢居中品"。他自称"网罗今古,词文殆集",似乎所有的五言诗都是他评论的范围,但对汉魏南朝五言体乐府民歌,却不屑一顾。魏晋以来,文人的诗作,都深受乐府民歌的影响,但锺嵘在诗体探源时,却不愿正视这一事实,他对"农歌轩议"抱有很深的士大夫偏见。虽然,他以变风、变雅为正宗,比汉人论诗已前进一步,但过分推崇怨而不怒的雅诗,贬抑怨愤激切之作,终究是不可取的。

气格遒劲。骨气奇高,气调警拔,诗中包含有一种精神力量,具有气骨峥嵘之美,这是锺嵘所概括的建安风力另一重要内容,也是锺氏评诗的一重要尺度。

气,在我国古代哲学里,又称元气,是充塞于宇宙之间的自然物质,是万物产生的本源。锺氏认为诗歌也是由气的作用而产生的,所谓"气之动物,物之感人,故摇荡性情,形诸舞咏"。把"气"视为一种精神力量并对后世诗学产生影响的是孟子的"养气"说。锺嵘以"气调""气骨"论诗,与孟子论气的观点有某种渊源关系。锺氏纵论诗史,以"风力"二字来概括建安诗体的特征。风,是指诗的抒情性,重在以情感人。建安诗歌言情的特点,就是"情兼雅怨""高风跨俗"。气,是气势,是一种力的美。《吕氏春秋·审时》篇高诱注:"气,力也。"锺氏认为,建安风力,集中而完美地体现在曹植和刘桢的诗作里。曹植诗的"骨气奇高",是以"戮力上国,流惠下民,建永世之业,流金石之功"(《与杨德祖书》)为精神支柱的。譬如他的《薤露行》,这本是乐府古辞中的一首挽歌,借以安抚死者的,但曹植却从年寿易尽引出应及时建功立业的要求。"人居一世间,忽若风吹尘。愿得展功勤,输力于明君。怀此王佐才,慷慨独不群。"完全改变了乐府古辞悲伤的基调,呈现出壮怀不已的风貌。而《赠白马王彪》,则是一种要求建功立业的思想和被压抑的悲慨不平之气交织在一起,形成一种肝肠气骨的诗风,回环反复,激荡不已。这些应是曹植诗"骨气奇高"的具体表现。

锺嵘评刘桢,更是侧重从"骨气"上予以赞美:"仗气爱奇,动多振绝。真骨凌霜,高风跨俗。""高风跨俗",言诗情高雅,情之含风,其他三句都是赞美刘诗骨力之美。刘桢才清词雅,文气飞动,前人曾引用他的诗句"文雅纵横飞",来称赞他的诗作。刘诗健笔凌云,似乎与他的品性也有一定的联系。秉性耿介、卓荦多才的刘桢,虽归命许京,仍保持独立的人格,在诗文中常常流露出不驯的傲骨。终因平视甄后,被曹操以不敬罪判以"减死输作"的重刑。"公幹(思友)",也被列为五言范作。其《赠从弟》三首,属于"思友"题材的范围。这三首诗既盛赞其从弟品行的高洁,也有身世的感叹和自伤的内容,流露出对处境的不满。这大概是刘诗"真骨凌霜"的表现。在南朝文士中,第一个欣赏刘诗骨气的是谢灵运。谢氏在《拟魏太子邺中集序》中,称"刘桢卓荦偏人,而文最有气,所得颇经奇"。锺嵘高度评价刘桢诗,显然是受到谢灵运意见的影响。秉性耿介,直言不忌上讳,不恤众口的锺嵘,平生也是很不得意的。他特别赞赏曹、刘诗的"骨气",将怨情和骨力作为"建安风力"的内核,加以标举,看来也是事出有因的。

锺氏以"风力"和"骨气"为尺度,来品评其他诗体,还有很多例证。如评陶潜:"又协左思风力",这说明左诗有豪放的特点,也说明陶诗有气骨峥嵘的一面。又如评刘琨诗"刘越石仗清刚之气","善为凄戾之词,自有清拔之气",则是赞美其诗体清拔、刚劲,具有风力之美。评鲍照诗言:"骨节强于谢混,驱迈疾于颜延",实际上就是赞赏鲍诗的骨力之美。至于评晋宋之际的郭泰机、顾恺之、谢世基、顾迈和戴凯五人诗言:"观此五子,文虽不多,气调警拔。吾许其进,则鲍照、江淹未足逮止。越居中品,金曰宜哉!"郭泰机等"五子"之诗,数量不多,诗名也不是很大。锺氏仅因其诗体有"气调警拔"即气骨遒劲之长,即做出前瞻性的意在拔高其品位的一种测评,而不顾及曾作过的"其人既往,其文克定"的申言,并自信所品能为有识者所认同。"越居中品,金曰宜哉!"这完全是对诗体力的美偏爱的一种表现,也是前所未有的。至于评王粲诗"文秀而质羸",批评张华诗"儿女情多,风云气少"等,也都是以其诗体气骨不足为憾。褒贬之间,都是以气格遒劲为权衡的。

总之,从锺品的具体品评看,诗情悲慨、拓体渊雅和气格遒劲,是构成建安风力的三种主要质素,并集中而完满地体现在曹、刘的诗歌中,又以此为准的,来评价历代诗人之作的高下得失。

文贵奇错、秀丽多姿和词采华茂。锺嵘品诗,除了要看上述"风力"所包含的诸要素外,还要看诗的外在形态有无美感。"润之以丹采",也是进入诗的审美境界所必需的。"丹采"有时又称"文采",《诗品序论》末附五言范作,称之谓"篇章之珠泽,文采之邓林"。"文采"是五言范作的指代称谓,可见这是很重要的特征和必备的条件。"丹采""文采"和"文"并不等同于词采。从锺氏的具体品评看,大体上包括文贵奇错、秀丽多姿和词采华茂三个方面,概而言之,即奇、秀、采三者。

诗贵奇错,是魏晋至南朝新的审美意识。奇,在西汉时代的学术评论中是一贬语,与"正"相对立的,而"正"与经学相联系,所以要守"正"而抑"奇"。自王充作《论衡》,赞美"超奇":"文墨验奇,奇巧俱发于心。"奇思异采,也就日益受到重视创新的文士们的关注。上章已言,执正以驭奇,是宗经论文的刘勰用以衡文的一条最为重要的原则。锺嵘趋奇,也常与尚雅相联系,所以特别赞赏以曹、刘为代表的建安诗作。曹植诗的"奇高",在于命意不凡,意境能纵深开拓,跌宕多姿,出人意表。《赠白马王彪》将叙事、写景、言情和说理融为一体,使诗的容量和境界大为开拓。明王世贞在《艺苑卮言》中说:"吾每至'谒帝'一章[1],每数十过不可了。悲惋宏壮,情、事、理、境,无所不有。"这确实是前此的赠别诗所未曾有的。鲍照诗亦以超奇取胜,得到锺氏的赞赏。锺品评鲍诗:"得景阳之淑诡。""淑诡"即奇谲,也就是雄奇多变,出人意表。如列入五言范作的"鲍照戍边"——《代出自蓟北门行》,将乐府中的言情诗体,写成征战讨伐、雄奇壮烈的边塞诗,这是一种创体,一大变异。诗中叙事、言理、写景、状物,扣紧边塞,直取真境,造境奇谲,意气纵横。陆时雍的《诗镜总论》,言其"如五丁凿山,开人世所未有"。雄奇多姿的唐人边塞诗,就深受其影响。锺氏认为,鲍诗的"淑诡",与张协诗有某种渊源关系。张协也善于变体,其代表作《杂诗》十首,重在写景状物,这和西晋前以咏怀为主的杂诗,在体例上有所不同。"景阳(苦雨)",也被列为范作。《杂诗》第十首写大雨之景象及其为害之烈,气象开阔,词意俱新,是前此所未有,这和鲍诗也有相似之处。其他如赞美谢灵运、谢朓诗有奇章迥句,批

---

[1]《赠白马王彪》首句为"谒帝承明庐"。

评陆机诗"尚规矩,不贵绮错,有伤直致之奇",言张华诗"兴托不奇",并引谢灵运语加以批评:"广张公虽复千篇,犹一体耳。"凡此,都是贵奇的表现。当然,锺氏尚奇,受到重雅观点的制约,与雅相较,奇则退居次要的位置。陆机崇尚典雅,不贵绮错,列为上品;鲍照擅长趋奇,而失之典雅,只能退居中品,这是最明显的例证。同为"诙诡"的张协和鲍照,鲍诗的奇巧又过于张诗,但锺氏认为,鲍诗趋奇,不避诡仄,有伤清雅,失之险俗;而张诗这方面的欠缺不明显,所以列张协为上品,高居于鲍照之上。锺嵘以雅统奇的审美原则,与刘勰的执正以驭奇一样,都是深受儒家诗学影响的表现。

诗之秀美流丽,主要是指状物之妙,得其风流媚趣;文体华净,诗句自然婉约。爱秀,也是锺嵘一项很重要的审美原则。秀,本是禾穗生花,一切草木之花也称秀。"英华曜树",就是秀美的表现。刘勰曾释"秀":"情在辞外曰隐,状溢目前曰秀。"[①]"状溢目前",即形象鲜明、生动、逼真。《文心雕龙·隐秀》篇又说:"秀也者,篇中之独拔者也。"秀句挺拔,也是文秀的表现。

锺嵘和刘勰一样,很重视诗歌之形象秀美,这集中体现在对诗体的具体品评之中。他认为在建安诗人中,以文秀见称的是王粲:"文秀而质羸,在曹、刘间别构一体。""文秀",即诗形秀美,这与曹植评王粲诗"文若春华"意同。王粲诗与曹、刘二家诗相比,是别具一格的。曹植诗"体被文质",刘桢诗以气骨胜出,王粲诗则以绘形如画擅长。"仲宣《七哀》",也被选为范作。《七哀》诗第一首是写董卓之乱后长安附近一副悲惨的社会图景,论者曾拟之为一副难民图。不假申诉,而哀情自见。王粲的《杂诗》写初夏的自然景观:"幽兰吐芳烈,芙蓉发红晖。百鸟何缤翻,振翼群相追。"明丽如画,欢乐之情,溢于言外。与《七哀》相比,色泽不同,情调各异,但绘形如画,同出一手,这是锺氏所推许的建安诗"文秀"的代表作。

以之来品评历代诗作,张协、谢灵运、张华、鲍照、谢朓以及范云、丘迟诗,都受到赞扬,颜延之、任昉诗则受到批评。"巧构形似之言"的张协诗,其《杂诗》写自然景观,文体华净,而风貌俱出。锺氏赞其善于描绘,"风流调达,实旷代之高手"。"杂有景阳之体"的谢灵运诗,以写山水自然景物擅长。

———————

① 这两句是《文心雕龙·隐秀》篇佚文,见宋张戒的《岁寒堂诗话》引文。

鲍照曾赞其诗"如初发芙蓉,自然可爱"(《南史·颜延之传》),锺氏以之与张协相较,"尚巧似,而逸荡过之",艺术功力极强,"内无乏思,外无遗物",任何景物在他的笔下,都能栩栩如生地表达出来。其诗秀句迭出,"譬犹青松之拔灌木,白玉之映尘沙",显得特别秀美和高洁。"其源出于王粲",且名高当代的张华诗,亦以文秀见称。善于写儿女之情,"巧用文字,务为妍冶",虽"风云气少",但秀美可观。"其源出于二张(张协、张华)"的鲍照诗,亦"贵尚巧似","善制形状写物之词",其《代结客少年场行》写京都气象和王侯蝇营狗苟,宛然在目,当时后进文士,模拟而不可企及。锺氏曾予讽刺:"而师鲍照,终不及'日中市朝满'。"其他如用"流风回雪"的比喻,赞美范云诗婉转多姿,清秀可爱;用"花依草"的姿态,形容丘迟诗点缀映趣,妩媚可亲。至于谢混、谢瞻、袁淑、王微和王僧达等五人诗,虽诗意清浅,但能"殊得风流媚趣",即诗的形象特别秀丽可亲,所以位列中品,置之高流。而"其源出于谢混"的谢朓诗,其"奇章秀句,往往警遒,足使叔源(谢混字)失步,明远变色",其诗秀丽多姿,就更胜出一筹了。反之,批评颜延之诗有"乖秀逸",说任昉诗秀美不足,这褒贬之间,都是以"文秀"与否为权衡的。

爱好诗的形象秀美,赞美善于巧构形似之言,是魏晋至南朝诗坛上的普遍风尚,得其形似,也是诗人的一大能耐。中国诗歌,从言志缘情到写景状物,从形似到神似,从诗形到诗境,是逐步升华而成。锺嵘予以总结和强调,对诗歌创作和理论批评,都会起促进作用。

喜爱词采华茂,是锺嵘诗学审美观中的重要组成部分。文秀与词丽,是两个不同的范畴,一指形象秀美,一指词采富丽。锺氏重视文秀,更好尚词丽。在中国古代诗学里,重视词采美的传统,较之文秀,更是源远流长。孔子就是主张"修饰"和"润色"词采的,占统治地位的两汉的儒家诗学,虽都强调讽谕命意,但也不忽视词采美。时至建安,在曹丕、曹植兄弟倡导和身体力行下,更成为一时风尚,自西晋至南朝,此风愈炽。锺嵘的审美意识,也深受此影响。在《诗品》中,他所标举的三个时代中冠冕群彦的大诗人,都是以词采富丽见长的。"建安之杰"的曹植,是"词采华茂";"太康之英"的陆机,是"才高辞赡,举体华美";"元嘉之雄"的谢灵运,也是"才高词盛,富艳难踪"。

其中尤其是陆机诗,缺点很多,"气少于公幹,文劣于仲宣,尚规矩,不贵绮错,有伤直致之奇"。在锺氏的六项审美原则中,有气骨、文秀和奇巧三项不足,锺品都一一指出,但仍位居上品。究其原因,除认为陆诗情深意雅外,就是词采富丽一条。可见重视词采美,在锺氏审美意识中所处的地位。对其他各家诗体的品评,亦多以此为权衡。譬如言《古诗》"文温以丽",班姬诗"文绮"。与陆机齐名的潘岳诗,则引谢混的评语,赞其"烂若舒锦,无处不佳"。 其他如张协诗的"词采葱蒨",张华诗的"其体华艳",颜延之诗的"体裁绮密",谢惠连之"绮丽",鲍照之"靡嫚",沈约之"工丽",谢益寿、殷仲文之"为华绮之冠",王融、刘绘之"词美英净"等,就词采美这一条说,都受到赞赏。反之,说刘桢诗"雕润恨少",阮籍诗"无雕虫之功",左思诗"野于陆机",班固《咏史》"质木无文",曹丕部分诗作"率皆鄙直如偶语"等,都是批评他们的诗缺少词采美或以词采不足为憾。

锺嵘品诗,以词采华美与否作为一重要依据,在品评曹操和陶潜诗时,表现最为明显。曹操,尤其是陶潜,诗歌的艺术成就都是很高的,锺品置曹操为下品,陶潜为中品,理由是"曹公古直",陶诗是"世叹其质直"。"古直"或"质直",都是说没有华丽的词采。《诗品》的品第,后人每讥其失当,其中尤其是斥曹操于下品,屈陶潜于中品,尊潘、陆为上品,议论更多,锺氏这样的措置,很多都与重视词采美有关。

锺嵘品诗,很重视词采美,我们应如何评价呢?从美学观点说,诗歌是应该具有文采美的。如果说,文学是语言的艺术,那么诗歌的语言,就更应精美和富有文采。但诗歌的语言,是否一定要华丽,我们当然不能这样说。南朝的士族文士,普遍爱好艳词,前文已言,这很有可能与其时士族文士爱好外饰的审美情趣有关。锺嵘作为其中的一个成员,也深受此风气的影响,这种诗学的审美意识,显然是有欠缺的。拿陆机来说,他的拟古诗不重在立意命篇,而重在涂饰丹采,要求"遣言也贵妍",这当然不全是可取的。即使陆氏在遣言造句、增强诗句的表达功能上,做出了一定的贡献,就总体说,是不应该给予那样高的评价的。从诗歌美的发展情况看,魏晋起始重视词采的风气,经历东晋、南朝至隋唐,一直到盛唐时代,才逐渐衰微下去。品诗的尺度,才开始发生变化,陶潜和曹操的地位,逐渐提高;陆机和潘岳的品第,才开始下降。我们在批评钟嵘评诗有过分重视词采美的偏颇时,不能不注意到诗学的审美意识有一个时代风气的影响和历史发展变化的过程。

综上所述,我们试将"风力"与"丹采"相结合的评诗标准,解析为六项审美原则,并验之于其品诗的实践。在这六项审美原则中,怨、雅、气属于质;奇、秀、词属于文。"质羸",他是不满意的;"文野",也是他所不取。他要求"体被文质",即符合儒家思想的纯正的感人的内容和他所认为的最完美的艺术形式相结合。当某些诗人的诗体文质有所偏重时,其权衡的尺度往往是重质甚于重文。"干之以风力,润之以丹采",他在诗论中把两者的关系摆得很明确,在诗评中也是这样品评的。有的学者撰文释"建安风骨",认为钟嵘评诗,文采高于风力。这样的判断,与钟氏品诗的实际情况是不相符合的。

二、"自然英旨""真美"与"辨彰清浊"

钟嵘在提出"干之以风力,润之以丹采"作为诗的最高境界的同时,又提出"自然英旨""真美"等新的审美原则:

> 属词比事,乃为通谈。若乃经国文符,应资博古;撰德驳奏,宜穷往烈。至乎吟咏情性,亦何贵于用事?"思君如流水",既是即目;"高台多悲风",亦惟所见;"清晨登陇首",羌无故实;"明月照积雪",讵出经、史?观古今胜语,多非补假,皆由直寻。颜延、谢庄,尤为繁密,于时化之。故大明、泰始中,文章殆同书抄。近任昉、王元长等,词不贵奇,竞须新事。尔来作者,寖以成俗,遂乃句无虚语,语无虚字,拘挛补衲,蠹文已甚。但自然英旨,罕值其人。词既失高,则宜加事义,虽谢天才,且表学问,亦一理乎?

前文曾言,钟嵘是以"风力"与"丹采"相结合,作为评诗的标准,此段又提出,好诗应是"自然英旨"和"直寻""胜语",这两者之间,有无抵牾之处呢?"英旨"有精美之意,是对诗的"文"与"质"两个方面的审美要求,"自然英旨"是指诗的内容和形式,既要精美,又出之自然,是真纯的呈现,无丝毫矫揉做作之处;平易流美,没有语障和事障。"自然英旨"虽然是针对其时诗坛上用典成风而提出来的对诗的一种新的审美要求,同时也是基于他对诗的本质的一种看法。"自然英旨"提出的角度虽然与"风力"和"丹采"相结合的评诗原则有所不同,但两者可以相承相合,甚至可以相得益彰。

诗"吟咏情性",这是中国诗学很古老的命题,锺嵘以此为诗的最本质的特征,这也是他诗歌理论立论的基础。在他看来,诗的产生,是"气之动物,物之感人,故摇荡性情,形诸舞咏"。写诗就是诗人有表达情感的需要:"至于楚臣去境,汉妾辞宫……凡斯种种,感荡心灵,非陈诗何以展其义? 非长歌何以骋其情?"所谓"嘉会寄诗以亲,离群托诗以怨",是言人生的喜怒哀乐之情,都是可以寄之于诗的。而所谓"使穷贱易安,幽居靡闷",诗的这种慰藉的功用,也是以真情的抒发或从诗情中获得共鸣为前提条件的。所以诉衷情、写真情、有感而发,是对诗人写诗的最基本的要求,而无病呻吟之作,是不能称谓诗的。锺嵘所言的"英旨""真美"即以此为内核。至于是否能抒怨情,怨情是否包含有雅意,能怨而不怒,并志深笔长、慷慨多气,则是对抒情者思想境界的一种要求和对其所言之情更高层次的审美规范,但这也必须是发自真情。所以"建安风力"也是以真情为基础的,是真情的一种表现,或者说是在特定思想规范下对真情的一种审美升华。

诗中的真情,需要借助一些景象,创造出一种意境以及运用语言技巧、艺术方法和词采等加以显现。这种显现,使真情更形象生动、富于美感,使真与美相融合,成为"真美";是自然而然的呈现,而不是错采镂金,雕绘满眼。当然,所谓"自然英旨",并不是没有文采美。文学是语言的艺术,诗的语言,就更应精美和富于文采,所以词采要润饰甚至于要雕琢,但这润饰和雕琢,要使之近于自然天成。李白所言的"清水出芙蓉,天然去雕饰"《经乱离后天恩流夜郎忆旧游书怀赠江夏韦太守良宰》),庶几近之。

如何才能臻于此境呢? 锺嵘摘句赞赏了徐幹的《室思》诗、曹植的《杂诗》、张华的《行路难》和谢灵运的《岁暮》诗。认为徐诗"思君如流水,何有穷尽时",曹诗"高台多悲风,朝日照北林",张诗"清晨登陇首,坎坎行路难",谢诗"明月照积雪,北风劲且哀"佳句,都是在深切感触的基础上,即目所见,即景命诗,直寻胜语,使语与兴驱,势由情起,写景言情,直而不迫,自然佳致,使诗具有真美的价值。这不是任何寻经问史、数典补假所能达到的境地。当然,即目所见,并非是寓目辄书和自然主义的摹写,而是能应物斯感,情景相生,藻思绮合,浚发巧心,有时还须要"笼天地于形内,挫万物于笔端"(《文赋》)的艺术的概括和艺术创造。至于词语的修饰、提炼和创新,那更是不可少的。诗人的感物和写物的艺术才能,锺嵘称之为"才",而诗人则被称为"才子"。以用典为能事的学问家,"虽谢天才,且表学问",是没有"天才",即没有诗才的表现,是不能称为诗人的。所以"自然英旨""真美",并非是排斥文采美,以为有了"真"也就有了"美",而是以"美"来显现"真",使"真"与"美"和谐统一。在锺嵘看来,一切艺术形式和艺术美,都是为了显现真情,至少是不能影响和妨害诗情的表达,这就是锺嵘对诗的艺术形式美去与取的最基本的界限。那么,在"自然英旨"和"真美"的原则下,有哪些艺术形式美能与之融合并能相得益彰呢?前文已言,锺氏赞赏"丹采"美,主要包括意奇、文秀和词丽三项艺术要素。这三项艺术美,是前代诗人特别是建安、太康和元嘉三个时期的一些著名诗人的艺术创造和艺术积累。锺氏予以总结和肯定,认为能有助于表达真情,使诗的情景更错落有致,出人意表,点缀映媚,明丽可亲,所以值得称道。总之,"自然英旨"和"真美"的审美原则,与"风力"和"丹采"相结合的评诗标准,是并行不悖的,是可以相融相合的,只是评述的角度不同,针对性有别,命题的侧重也因之有异而已。

不无巧合的是,在锺书稍前的刘勰《文心雕龙·风骨》篇,也提出了"风骨"与"文采"相结合的审美原则:"若风骨乏采,则鸷集翰林;采乏风骨,则雉窜文囿。唯藻耀而高翔,固文笔之鸣凤也。"前文已述,刘勰的"风骨"与锺嵘的"风力",内涵是不尽相同的。这里还须指出:刘氏所言的"文采"与锺嵘所说的"丹采""文采",歧义就更多了。从《文心雕龙》的《情采》《物色》《隐秀》和《附会》诸篇看,刘氏所言的"文采",除奇思壮采、意隐文秀等艺术因素外,还有"声律"和"事义"两项内容。这两者是南朝诗人所创造、所倡导的新的艺术因素,而这正是锺嵘论诗时所竭力排斥的。所谓"自然英旨""真美""直寻""胜语"云云,就是针对此而发的。当然刘勰是兼论文、笔两体,是泛诗学论著,而锺书是诗论专著,两者评论的对象有所不同。但永明体也就是一种新体诗。至于"事义",锺嵘固然也主张在笔体中可以广泛用典,但反对在诗中"用事";而刘勰则认为"事类"既是笔体所需,"亦有包于文",写诗也是不可少的。所以刘、锺二人对声律和事典在诗中的价值的认识是有很大差异的。锺嵘正是基于"自然英旨"和"真美"等新的审美原则,对前代和当代有悖于这些原则的诗体流派,一一予以批评。《序论》中所言"辨彰清浊,掎摭利病",也包含这方面的内容。其所批评的诗体流派,包括玄言诗、事类诗、永明体和一切庸音杂体。兹对其所评得失之处,略加辨析。

　　锺嵘对玄言诗的批评,是基于对诗的本质特征的认识和把握上。"理过其辞"的玄言诗,是与"吟咏情性"相悖离的。玄言诗的兴起,原是玄学风行的派生物。玄学是一种本体论的哲学,也是一种社会政治学,产生于魏末正始年间,风行于两晋和南朝时代。这有其特定的政治背景,是适应其时士族文士政治和思想文化的需求。关于这一点,本编在《概说》中已有所阐述,但玄言诗的出现,并非是与玄学的兴起同步的。玄言诗起始于何时?南朝的诗论家的认识也不尽一致,沈约与刘勰大抵都认为产生于东晋时期。《宋书·谢灵运传论》言:"有晋中兴,玄风独振,为学穷于柱下,博物止乎七篇,驰骋文辞,义殚乎此。"《文心雕龙·明诗》篇在分析东晋诗风不同于西晋时说:"江左篇制,溺乎玄风,嗤笑徇务之志,崇盛忘机之谈。"《世说新语·文学》刘孝标注引檀道鸾《续晋阳秋》则言:"故郭璞五言始会合道家之言而韵之,(许)询及太原孙绰转相祖尚。"这似乎是言,郭璞是玄言诗的首始者,许询、孙绰则是承继人。锺嵘的看法,则有异于此。《诗品序》言"永嘉时,贵黄、老,稍尚虚谈,于时篇什,理过其辞,淡乎寡味。爰及江表,微波尚传,孙绰、许询、桓、庾诸公诗,皆平典似《道德论》,建安风力尽矣。"《诗品》下卷以王济、杜预、孙绰、许询为一组,评其诗云:"永嘉以来,清虚在俗。王武子辈,诗贵道家之言。爰洎江表,玄风尚备。真长、仲祖、桓、庾诸公犹相袭。世称孙、许,弥善恬淡之词。"

　　从上引两段评论看,锺氏认为,统治东晋诗坛的玄言诗,在西晋末年"永嘉(308—313)时",已成气候,其起始时间则可能更早。锺嵘将王济和杜预排在这一组玄言诗人的前列。这两人都是西晋初年太康(281—289)时代人。但杜预是否确系玄言诗人,是颇可怀疑的。从《晋书·杜预传》看,预是平吴名将,功勋卓著,后又以经学名家,撰《春秋左氏经传集解》,成一家之言。预又不善为诗,不好老庄之道,列其为玄言诗早期作家,窃疑是传抄之误。至于王济,《晋书·王济传》言其"善《易》及《庄》《老》,文词俊茂,伎艺过人,有名当世",又"善于清言,修饰辞令",至今还留存诗数首。锺嵘言"王武子(王济字)辈,诗贵道家之言",其名在玄言早期作家的行列,应是可信的。

从太康到永嘉,历时不过二三十年,但西晋政权经历了八王之乱后,已发生了由盛到衰的根本性的转折,诗坛上的创作风气,也产生了前所未有的重大变化。按照锺嵘的描述,太康时代,中国诗学是处在"勃尔复兴"的五言诗的"中兴"时代,在诗坛上占据中心位置的,是承接"建安风力"所谓"踵武前王"的"三张、二陆、两潘、一左"。"诗贵道家之言"的"王武子辈",虽然也侧身其时,但并未被多数诗人所认同。到了永嘉时,情况就完全不同了。其时王济也如同"三张、二陆、两潘、一左"一样,都已作古,但诗歌的创作,却沿着"贵道家之言"的创作路子向前发展,并成为一时的风尚:"于时篇什,理过其辞。"虽然在两晋之交也出现过某些转变的迹象,"郭景纯用隽上之才,变创其体;刘越石仗清刚之气,赞成厥美。然彼众我寡,未能动俗"。与世风相悖离的所谓"世极迍邅,而辞意夷泰"的玄言诗风,在东晋初年,仍以不可逆转的态势向前推进。"真长、仲祖、桓、庾诸公犹相袭。世称孙、许,弥善恬淡之词。"孙绰、许询、刘惔、王濛、桓温、庾亮等都是东晋时有名的玄言诗人和士族文士,多数也是政界显贵。其中庾亮历仕元帝、明帝和成帝三朝,属东晋前期人;桓温等则主要仕宦于穆帝至简文帝时代,属东晋中期。所谓"犹相袭",是指他们承袭了西晋永嘉时代所形成的"理过其辞"、平淡典则的玄言诗风,孙绰、许询更擅长这种诗体,是玄言诗的代表作家。

锺氏又言:"逮义熙中,谢益寿斐然继作。元嘉中,有谢灵运,才高词盛,富艳难踪,固已含跨刘、郭,凌轹潘、左。""晋、宋之际,殆无诗乎!义熙中,以谢益寿、殷仲文为华绮之冠,殷不竞矣。"从这两节评述看,东晋的玄言诗风,到义熙(405—418)中才开始改变,义熙后再过两年,东晋就被刘宋所代替了。转变玄言诗风的作家是谢混和殷仲文。两人虽同为"华绮之冠",但"殷不竞矣",谢在中品,殷在下品。这种评述,与沈约在《宋书·谢灵运传论》所言"仲文始革孙、许之风,叔源大变太元之气"是相一致的。而所谓"谢益寿斐然继作"是言谢混上承刘琨、郭璞的《诗》《骚》传统,这种传统,被两晋时代"诗贵道家之言"所中断,至此才承接过来。宋元嘉(424—453)时谢灵运的山水诗,"含跨刘、郭",诗歌又进入了一个新的时代和新的境界。

锺嵘对玄言诗史的评述,有两点颇值得注意:其一,对玄言诗的起始、形成、转折和发展变化的情况,论述比较完整,特别是对起始时间的考订和发展变化情况的记述,所论更为具体和明确,也较为可信。玄言诗的发展史,按照沈约在《宋书·谢灵运传论》的说法,"自建武暨乎义熙,历载将百",也就是从东晋初年到东晋末年,限于东晋一代;锺嵘则言,从永嘉至义熙,这已经是跨越两晋了。如果再从"王武子辈,诗贵道家之言"算起,那就是从太康至义熙,这就不是"历载将百",而是纵贯两晋,历时近一个半世纪之久了。至于檀道鸾的"故郭璞五言始会合道家之言而韵之"之说,那更是判断上的差错。因为郭璞诗是"宪章潘岳,文体相辉,彪炳可玩","辞多慷慨,乖远玄宗","始变永嘉平淡之体,故称中兴第一"。在"溺乎玄风"的江左诗坛上,郭璞是东晋时想改变玄言诗风,"变创其体"并取得成就的第一人,而不是玄言诗的首始者,当然也不是推波逐浪的随声附和者。沈、檀之言都值得商榷。

锺嵘对玄言诗史的评述之所以可信,寻绎其原因,首先是由于他对诗史的微观研究,亦即对历代各家诗作的研究比较全面、细致和深入。这正如他自己所申言的那样:"嵘今所录,止乎五言;虽然网罗今古,词文殆集。"虽然所品评的仅限于五言诗人,但对古往今来的诗人诗作,他都收罗无遗,研究殆尽。这就为他的诗史研究打下坚实的基础,提供可靠的依据。同时,锺嵘的"辨彰清浊,掎摭利病",是立足于对诗体的辨析。辨析诗体的特色,既可以对各家之作探源析流,明其各相师祖之处,也可以在各体之作的比较中见其特色,明其所长和所短,所得和所失。这既为品评诗人提供理论依据,也可以连点成线,看出各种诗体发展变化的轨迹,玄言诗史正是依此而被清理出来。至于史家的褒贬和倾向性,则常常寄寓在像"彼众我寡"这样一些叙述语言之中。

其二,诗史的记叙与玄言诗人的入品,也存在着某种依存的关系。按照钟嵘对诗的本质特点的把握和自然英旨、真美以及风力与丹采相结合的评诗的审美原则,"平典似《道德论》"的玄言诗,理应是"无涉于文流",不能入品的。但两晋的玄言诗人,不但其代表作家孙绰、许询"预此宗流",就是刘谈、王濛、桓温、庾亮以及"王武子辈",也都是入于下品或名列在册。"下品"固然是在入品诗人中级别最低的,但仍属于"才子",有诗人的桂冠。倡导诗贵言情和自然英旨,并以《风》《骚》传统为旨归的钟嵘,在他精心安排的诗人画廊里,为什么还会给这些放言哲理,不重言情,尊奉玄宗,背离《风》《骚》传统的人留下一席位置呢? 而且对这些玄言诗家从史的记叙到体的辨析,几乎没有一句肯定的词句。《诗品》中这种品与评的矛盾现象,很有可能与其史的观念有关。玄言诗是一种特殊的诗体,从起始到终了,历时达一个半世纪之久,在晋代诗坛上,自永嘉以迄义熙,几乎都处于统治地位,并与之相终始,其间出现了一大批诗人,这是历史的事实,应该予以承认,并应给一定的位置,但这并未影响他依据其审美原则,对玄言诗在总体上予以批评和否定。

钟嵘对事义诗的批评,也是基于倡导"自然英旨""真美"的审美原则上。其言"自然英旨,罕值其人。词既失高,则宜加事义,虽谢天才,且表学问,亦一理乎!"是对以"加事义"为能事者的一种讽刺。

"事义"又称"事类",即以事类义。《文心雕龙·事类》篇言"据事以类义,援古以证今者也。"意谓引用古典以类比今义,故又称用事、比事、隶事、据典、用典和数典等名称。诗中用事,并非始于南朝,曹操作诗就爱用事典,其《短歌行》云:"青青子衿,悠悠我心。但为君故,沉吟至今。"即出自《诗经·郑风·子衿》。《子衿》是对同学的追思怀念,曹氏则引用为对贤才故旧的思慕。旧事与今义有类同点,所以叫据事类义。曹操虽间或用事,但未以此相尚。用事繁密,并以此为博,则始于刘宋颜延之、谢庄,继之者是任昉、王融:"颜延、谢庄,尤为繁密,于时化之。故大明、泰始中,文章殆同书钞。近任昉、王元长等,词不贵奇,竞须新事。尔来作者,寝以成俗,遂乃句无虚语,语无虚字,拘挛补衲,蠹文已甚。""虚"是"实"的反义,故实,就是指用典。"无虚语"就是有故实,每字、每句都在用典上下功夫,这对诗学的毒害也就太大了。颜延之就是这方面的始作俑者,张戒的《岁寒堂诗话》云:"诗以用事为博,始于颜光禄。"《诗品》评其诗云:"动无虚散,一句一字,皆致意焉。又喜用古事,弥见拘束。"讲究对偶——不散,处处用事——不虚。一字一句,都在不虚、不散上下功夫,又特别好用古事僻典,诗句就更显得深奥晦涩,这就与自然英旨背道而驰了。谢庄也是以喜用事典著称的。《南齐书·谢瀹传》记齐武帝"尝问王俭:'当今谁能为五言诗?'"王俭举出谢庄的儿子谢朏和江淹两人:"谢朏得父膏腴;江淹有意。""膏腴",丰满雍容,也就是用典富博,当时是以此为高的。在王俭看来,谢朏五言诗用典,得其父谢庄的真传,所以能与江淹齐名。

　　齐梁间,诗坛上用典的风气更为盛行,锺嵘的恩师齐尚书令王俭和梁武帝萧衍以及沈约等都带头提倡。《南史·王摛传》言:

　　　　(摛)以博学见知。尚书令王俭尝集才学之士,总校虚实,类物隶之,谓之隶事,自此始也。俭尝使宾客隶事,多者赏之。事皆穷,唯庐江何宪为胜,乃赏以五花簟、白团扇。坐簟执扇,容气甚自得。摛后至,俭以所隶示之,曰:"卿能夺之乎?"摛操笔便成,文章既奥,辞亦华美,举坐击赏。摛乃命左右抽宪簟,手自掣取扇,登车而去。俭笑曰:"所谓大力者负之而趋!"

数典隶事,以决文章的高下,不但用于策士,有时皇帝和大臣们也参与进来,一比高低。《梁书·沈约传》言:

　　　　约尝侍宴,值豫州献栗,径寸半,帝奇之,问曰:"栗事多少?"与约各疏所忆,少帝三事。出谓人曰:"此公护前,不让即羞死!"帝以其言不逊,欲抵其罪,徐勉固谏乃止。

梁武帝是一代开国的皇帝,沈约则是梁代开国的第一位功臣,两人也都是当时著名的诗人,他们居然在栗子的数典问题上,争高较低,互不相让,可见一时风气之盛。

齐梁诗坛上以富博闻名于世的是任昉和王融。锺品评任诗:"昉既博学,动辄用事,所以诗不得奇。少年士子,效其如此。弊矣!"其评王诗:"至于五言之作,几乎尺有所短。"其所短也就在"句无虚语,语无虚字",即用典过于繁密上。明张溥评王融诗,虽"词涉比偶,而壮气不没"。"词涉比偶",也就是致意于比事对偶,不虚不散。从刘宋到齐梁,从颜延之、谢庄到任昉、王融,从萧子良、王俭到萧衍、沈约,这些帝王将相、诗坛的显贵和高门华胄们的提倡和推波助澜,以用事为工,并竞用新典,成为这一时期诗坛创作一大特点,一种新潮。一些少年文士更争相仿效,流弊很大。

锺嵘对此极为不满,认为诗是吟咏情性的载体,自然英旨是诗的本色,表达上应以流美为工,"竞须新事""拘挛补衲",是诗的大害。并对此进行了嘲讽,说这些人没有诗意和新语,只好用陈言、典故来补衲、拼凑;缺少诗才,想在学问上露一手;所写的不是诗,而是事典的汇编,类书的摘抄,是不可取的。

当然,锺嵘也并不是说笔体的文章不能用典,他认为像"经国文符"这样的治国文献、"撰德驳奏"这样的政论文章,是可以引经据典,作为立论的依据的,而"吟咏情性"的诗歌,就不应该以用典为贵。他摘句赞赏了魏晋以来五言诗的名篇佳句,做出了"观古今胜语,多非补假,皆由直寻"的论断。

锺嵘这些意见,应该说是有一定道理的,特别是针对当时用典成风的时弊,他敢于提出这个问题,应该说是有识力,并很有理论勇气的,有些批评见解,也是中肯有力的。但是写诗是否完全不能用典呢?古今佳句胜语是否都是即景命诗,直寻而来的呢? 这恐怕也不尽然。就拿曹植的《杂诗》"高台多悲风"说,诗的第二句是"朝日照北林"。"北林"即是事典,出自《诗经·秦风·晨风》:"䲭彼晨风,郁彼北林。未见君子,忧心钦钦。"曹植写"北林",并不是写实景,而是借用典写出怀人之情,点明怀人的主题,以少总多,言近旨远,这个典故是用得好的。刘琨的《扶风歌》和《重赠卢谌》,是锺嵘列为范作的

"感乱"之篇。这两首诗,都引用了经史中的典故,特别是《重赠卢谌》,刘琨引用了很多的历史事典,来抒发幽愤,表达自己的壮烈情怀。全诗一气呵成,随笔倾诉,文字也自然流美,没有补衲的痕迹,千百年来,被人传颂,激励了很多爱国志士。锺嵘对此诗也很赞赏,可见用典也能写出好诗。中国诗史上的名篇佳作,完全来合"直寻"胜语和即景命诗的,并不很多,如果真的用这条标准取舍,那么好诗就不多了。章炳麟《国故论衡·辨诗》篇说:"诗又与议奏异状,无取数典,锺嵘所以起例,虽杜甫愧之矣。"岂只杜甫,唐宋以来诗词名家亦复如此。不过,这并不能证明社诗的欠缺,反而可以说明锺嵘"直寻"的要求有欠妥之处。纵观诗史,用典而不拘挛的,历代都不乏高手。本编第三章谈诗体的律化时,曾引梁代武将曹景宗的《华光殿侍宴赋竞病韵》一诗为例,阐明四声切韵的情况。此诗亦可证当日用典的风气。诗云:"去时儿女悲,归来笳鼓竞。借问行路人,何如霍去病?"这首绝句,前三句是"直寻",后一句则是用典,事见《史记》和《汉书》。霍去病平匈奴有功,汉武帝为之建造府第,霍辞谢曰:"匈奴未灭,无以家为?"曹景宗以此自拟,能以少总多,将当日得胜回朝,功高自诩,狂喜和得意的神情逼真地表露出来,非用此典不足以包含如此丰富的内涵,非用此典不能臻于此境界。诗,为了言近旨远,含蓄深致,有时也贵于用事。刘勰的《文心雕龙·事类》篇在肯定用典的同时,提出了"用旧合机,不啻自其口出"的规范,以克服用事拘挛的弊病,是可取的。锺嵘的"直寻"胜语云云,固然有其意义,但不应过分拘泥,不能看得太绝对。

锺嵘对永明体的批评,也是基于"真美",亦即"自然英旨"的审美原则的基础之上的。但从他对永明体的批评中所出现的偏颇,也可见他对"自然英旨"的内涵的理解是褊狭的。

关于锺嵘对永明声律论批评的意见,在前面有关声律论的论争部分已有所阐述。这里侧重言及的是在词语表达亦即选词造句上如何才算是符合"自然英旨"的审美原则。按照锺嵘的见解,诗是吟咏情性的,至于词语的表达,应遵循"直寻""胜语"的原则。这"胜语"自然要有文采美,至于声韵的协调,为适应吟咏"讽读"的需求,只要文从字顺、琅琅上口就可以了,所谓"但令清浊通流,口吻调利,斯为足矣",能做到这一点,就是"自然英旨",就能臻于"真美"之境。为了论证此言之正确,锺氏又将今之调声律与古之谐五音加以类比,认为古之诗颂,是为了入乐歌唱,所以必须谐五音;今之诗歌,只是供吟咏"讽读"而不能入乐弹唱,所以在协调四声上孜孜以求,务求精密,就完全没有必要了。"今既不被管弦,亦何取于声律耶?"当然四声和五音并不是一回事,古之五音是"与世之言宫商异矣",但锺氏认为,这两者可以类比,即既不入乐,就没有必要在谐声问题上要求那么精密,过分拘泥于声病,就有害于言情,锺嵘的批评,应该说是有一定道理的。他确实看到当日永明体的一些诗人有离情言声的倾向,并在创作上产生一些弊病:"于是士流景慕,务为精密,襞积细微,专相陵架,故使文多拘忌,伤其真美。"离情言声,是舍本逐末,有害于真情的表达,那当然就失去了"自然英旨"。永明体的一些著名诗人,除个别作家如谢朓外,大都有这方面的欠缺,更不用说当日那些追随者了,锺嵘批评的针对性及其价值也就在此。但是情与声、以文传情与谐四声这两者并非绝然对立,而是可以和谐地统一在一起。四声平仄是汉语言文字本身所具有的,是字的音、形、义中"音"的组成部分。见其"形"知其"义"和识其"声",在使用汉字时是可以有机地统一在一起的,联字成句与协调句中字词的声韵是可以并行不悖的。如果说西晋的诗人在以文传情时,还依靠口舌之功,"始踟蹰于燥吻,终流离于儒翰"(陆机《文赋》),那么时至齐梁,四声切韵已被一些语言学家所发现,并被一些诗人运用于创作。调声既已有术,锺嵘却视而不见,仍固执于"口吻调利",那不是对诗学中的新生事物太不敏感和过于守旧了吗? 这永明体的调"和"之术,更能自觉地把握和遵循汉语言文字本身所固有的特点和规律,使之自然天成。通过汉语言文字所特有的声音节奏和情韵之美来表达真情,较之"口吻调利"的"清浊通流",应是更高层次的"自然英旨"和"真美"。谢朓以及唐以后一些很优秀的近体诗人的声情并茂之作,证明了这一点。早期的永明体诗人离情言声之作,虽然有欠缺,但他们在声律问题的研究上,却做出了重要的贡献,这是中国近体诗发展上不可或缺的重要一环,为唐以后声情并茂的近体诗作的产生提供了条件。从这个角度说,锺嵘对永明体的批评确有某种片面性,但是他在重视诗的形式美的时代的诗学氛围中,特立独见,提出了"自然英旨""真美"等以突出诗的质地美的重要地位的审美要求,这对诗歌美学的发展,仍起了促进作用,应该予以充分肯定。

至于对庸音杂体的批评,则主要基于对诗之言情这一本质特点的认识上。锺嵘反复强调,诗是要吟咏情性的,要"穷情写物""长歌骋情"。情是诗的生命,也是"自然英旨"和"真美"的核心内涵。在齐梁时代,诗歌的爱好,虽风靡一时,但创作倾向却与此相背离。务采色,夸声音,成为时尚。

> 今之士俗,斯风炽矣。才能胜衣,甫就小学,必甘心而驰骛焉。于是庸音杂体,人各为容。至使膏腴子弟,耻文不逮,终朝点缀,分夜呻吟。独观谓为警策,众睹终沦平钝。次有轻薄之徒,笑曹、刘为古拙,谓鲍照羲皇上人,谢朓今古独步。而师鲍照,终不及"日中市朝满";学谢朓,劣得"黄鸟度青枝"。徒自弃于高明,无涉于文流矣。

在南朝诗坛上,写诗成为一种时尚,但崇今陋古的风气很浓厚。鄙弃传统,追求新变,丢掉缘情写志的传统,追求形式的新变,这正如刘勰所说,"体情之制日疏,逐文之篇愈盛"(《文心雕龙·情采》)。所逐之"文"则主要是"俪采百字之偶,争价一句之奇,情必极貌以写物,辞必穷力而追新,此近世之所竞也"(《文心雕龙·明诗》)。影响所及,一些少年士子、膏腴子弟,"耻文不逮,终朝点缀,分夜呻吟"。诗应是有感而发,他们则是无病呻吟,为作新诗强说愁。诗应重在艺术构思,应物斯感,情与物游,他们则重在点缀词采,追新斗艳。"于是庸音杂体,人各为容。"似乎每人都能自成一"体",而其实每人都不成其"体",不像样子。通过苦吟点缀而成的诗作,自以为是可以引人注目的"警策",拿出来一看,则都是一些平庸的货色。这些轻薄文士,鄙弃建安诗歌的传统,嘲笑曹植、刘桢的诗歌是"古拙"而不合时宜,纷纷推尊鲍照和谢朓,认为鲍照是诗国的始祖,谢朓更是"今古独步",无与伦比,最值得师范。

以曹、刘为代表的建安诗人,他们的诗歌情深意长,是具有风力之美的典范。锺嵘认为,背离了这个传统,诗歌创作就会走入歧途,这点前文已经评及。受到当代文士推尊的鲍照特别是谢朓的诗歌,在锺嵘看来,较之曹、刘之作,虽然不可同日而语,但仍不失为高流。他们最大的长处,是承继了骚体的传统,善于抒怨情,并能以情纬文、以文被质,诗中有真情在,所以感人至深。后进的文士,往往是弃其所长,猎其所短,在雕藻险俗和精密细微上下工夫,所作只能等而下之,不能入流了。

"而师鲍照,终不及'日中市朝满'",这是鲍照拟乐府《代结客少年场行》中的一句。诗中写出了游侠儿一生的遭际和不平,寄寓了诗人对世事的愤慨以及企求和惝怅之情。"去乡三十载,复得还旧丘。升高临四关,表里望皇州。九衢平若水,双阙似云浮。扶宫罗将相,夹道列王侯。日中市朝满,车马若川流。击锺陈鼎食,方驾自相求。今我独何为,坎壈怀百忧。"写皇城的气象,王侯将相的豪华、显赫和蝇营狗苟,既有一种企慕,也流露出愤慨和轻视,还包含有某种身世之感和无可奈何的惝怅,情感比较复杂,但真切、平实、自然,诗境比较开阔,似乎也没有操调险急之态。这是"师鲍照"者所远不及的。

"学谢朓,劣得'黄岛度青枝'。"谢朓写"宫怨":"夕殿下珠帘,流萤飞复息。长夜缝罗衣,思君此何极!"(《玉阶怨》)情文相生,思与境谐,圆转流丽,没有一点痕迹。虞炎的《玉阶怨》就大为逊色了。"紫藤拂花树,黄鸟度青枝。思君一叹息,苦泪应言垂。"紫藤花树,黄鸟青枝,已尽点缀词采之能事,但这并非宫中苑囿所特有,这明丽的景色,与宫女的怨情,亦极不协调,"苦泪"云云,词句也很生涩,为文造情,情既失其真,文采也不能与情合,"伤其真美",当然也就不能"预此宗流"了。虞炎在南齐时颇有诗名,并得到文惠太子的宠信,但人是文非,锺嵘仍将其从诗人的行列中排斥出去,其去取之间,是以有无"自然英旨"为权衡的。

综上可见,"自然英旨""真美"和"直寻""胜语"等诗学的审美见解和创作原则,是锺嵘反对两晋特别是齐梁间某些诗体和诗风提出来的,其得失之处,如上所言,是可以分别看待的。其中对事类诗和永明体的批评,虽不无偏颇,与中国诗学的发展和艺术积累,并不完全同步,但是锺氏这一与南朝诗风相背离的新的审美要求,在唐以后却得到了不少有识者的认同。锺嵘的见解,应该说是开风气之先的。唐宋以后的诗论家们在克服了锺氏某些绝对化和片面性的观点以后,使"自然英旨""真美"这一新的审美意识内涵更为纯净,也更有生命力。

三、关于诗的"滋味"说

锺嵘品诗,提出"滋味"说的问题。诗有无滋味,是个比喻,是用直觉的生理感受比喻抽象的心理感受。辨诗于味所要说明的是:诗,能否给人以美感享受,进入审美体验,能否经得起品味。诗的滋味,是以诗的形象、情韵、意境以及词采等美的质素给人的感染程度作为判别依据的,所以有无滋味,是个审美评判。而"滋味"说则是锺嵘对诗歌创作和鉴赏提出的一项审美要求,是以美感的程度作为判别诗歌好坏的另一尺度。它与上述评诗标准有密切联系,但又不能等同于一般的评诗标准。与其说它是囊括各项批评标准的总要求、中心标准或中心原则,毋宁说是从审美感受的角度作为判别诗之优劣得失的另一尺度。品诗于味是属于鉴赏的范围,与纯理论批评是有所不同的。前引郭绍虞先生言,锺品"较偏于赏鉴的批评",即理论批评中包含有鉴赏的成分,与《文心雕龙》"常倾向于归纳的和推理的批评"是不一样的。"赏鉴的批评"有艺术审美的内容,而审美是一种情感认识活动,属形象思维,这与纯理性分析和评价的逻辑思维是有区别的。虽然艺术审美和艺术评价的逻辑思维是有区别的,但艺术审美并不排斥艺术评价。就《诗品》说,理论分析和艺术评价仍是主体,但其中包含的鉴赏成分,有其特色,应另行评说。

锺嵘是精于诗的,对诗的感知和鉴赏能力很强。他说:"诗之为技,较尔可知,以类推之,殆均博奕。"诗艺的评判,当然要高于对"博奕"的认知,而"滋味"说的提出,正说明他很重视对诗艺美的体验,对诗美有很强的感知能力。这正是他深于诗的一种表现。

品评文学艺术,重视审美感受,提出有味问题,并不是从锺嵘起始,而是有所承接,并源远流长。《论语·述而》篇:"子在齐闻《韶》,三月不知肉味。曰:'不图为乐之至于斯也。'"孔子把听乐时在心理上所产生的美感与甘美的肉味在生理上所获得的快感加以类比,认为前者超过了后者,并对音乐有如此大的美感效力感到十分惊奇。这就开了后世以"味"即以美感论诗乐的先河。《礼记·乐记》论音乐之美感,也是用肉味相比喻:"清庙之瑟,朱弦而疏越,一唱而三叹,有遗音者矣;大飨之礼,尚玄酒而俎腥鱼,大羹不和,有遗味者矣。"陆机在《文赋》里论文病,也是用肉味相比拟的。"或清虚以婉约,每除烦而去滥,阙大羹之遗味,同朱弦之清泛。虽一唱而三叹,固既雅而不艳。"陆机之论,应是从《乐记》之文中获得启示,不过一则譬诸音乐,一则延引到诗文。《乐记》认为雅乐有大羹之遗味,陆机则认为,雅而不艳,则"阙大羹之遗味",两者之间的审美趣味显然是有差别的,但以肉味喻美感,强调艺术美要有遗味,有回味的余地,则是共同的。进入南北朝时代,用"味"比喻诗文的美感的,则更为普遍,刘勰、锺嵘和颜之推的著作中,都时有运用。《文心雕龙·宗经》篇谈运用旧典,能"余味日新",《隐秀》篇言诗之含蓄之美是"余味曲包",《史传》篇赞赏班固的《汉书》序赞"儒雅彬彬,信有遗味",《明诗》篇赞美张衡的《四愁诗》"清典可味",《体性》篇说扬雄的辞赋是"志隐而味深",《声律》篇说诗歌"吟咏滋味,流于字句"等。颜之推的《颜氏家训·文章篇》言:"至于陶冶性灵,从容讽谏,入其滋味,亦乐事也。"认为包括诗歌在内的各体文章,除"敷显仁义"等政治社会功用外,还有"陶冶性灵"的审美作用。刘勰、颜之推都援引了"味""滋味"等味觉的生理感受用语,来描述心灵上的审美体验。从此,"味""余味""遗味""滋味"等生理感受的概念,成为中国诗学重要的审美范畴。锺嵘"滋味"说的提出,既受到传统诗乐理论的影响,也与那个时代在诗学中普遍重视审美体验有关。锺嵘在这方面的贡献,主要是结合创作,依据诗的特点,论述了诗的审美价值,从而阐明了"滋味"这一审美范畴的含意,并且广泛地运用到五言诗各家诗体的评论中来,使评论与鉴赏相融合,形成了他诗评的一重要特色。

前面已言,《诗品》是一部诗歌理论批评著作,是以辨体和评体即"辨彰清浊,掎摭利病"为主旨的。但"滋味"说却首先是从创作的角度上提出,从赞美五言诗具有丰富的表现力来阐明这个问题的。为什么?大概是想从诗的滋味的来源,即诗的美感产生的源泉入手,来说清这个问题;然后作为一项重要的审美要求,一项具体可感的尺度,对古往今来各家五言诗体进行品味。

其一，五言诗是最有滋味的。《诗品序》说："五言居文词之要，是众作之有滋味者也。"为什么？"岂不以指事造形，穷情写物，最为详切者耶！"即五言诗更能形象地叙事状物，穷情展义。所谓"详切"，是言情意表达的深度和广度。五言诗到锺嵘时虽已有了四百来年的历史，但较之四言诗，究竟是一种新兴的诗体，比起四言体来，有很大的优越性。四言体的代表作《诗经》以及《楚辞》中的《天问》《招魂》《大招》中，不乏"文约意广"的佳作。但时代前进了，诗中反映的生活面广阔了，诗的表现技巧也丰富了，人们对诗美的要求也和过去有所不同。诗歌的发展，由质朴趋向华丽，从简约走向丰满。诗歌写景状物，情态要生动；叙事抒情，要详尽而真切，仅有质朴和简约，是不足以适应诗歌表达上的新要求的。如果从增加诗句找出路，就会流于冗长和拖沓，出现"文繁意少"的毛病。由于四言诗使诗人的情意不能充分而完美地表达，新的技巧运用起来也受到限制，局限性很大，所以诗人都不愿多写四言体诗了。五言诗每一句中，虽然只增加了一个字，但在词语组合上要灵活得多，能构成多重意象，从而扩大诗句的容量。一般说来，四言诗常常需要两句才能表达一个完整的意思，而五言诗在第三字或第五字上加一个词，就不但能在五字一句中表达一个完整的意思，而且还可以包孕句式，写出事物的多重意象，如"漫漫秋夜长，烈烈北风凉"（曹丕《杂诗》）、"明月照积雪，朔风劲且哀"（谢灵运《岁暮》）。这四句诗每句都是一个完整的意思，而且两联的最后一句都写出同一景物的两种特质。诗人较为复杂的感情意向，通过景物多重特质的描写，就能较为充分地表达出来。至于像"野旷沙岸净，天高秋月明"（谢灵运《初去郡》）之类的句式，五字中写出两种事物的情态，构成一新的意境，这在四言诗中就更不容易做到了。由于五言句式在词语组合上有回旋的余地，加上诗人炼字的功夫，即使在"文约意广"这一点上说，也常常是四言体所不及的。至于词采的增饰、词气的婉转、韵语的悠扬，以及绘形、绘影、绘声、绘色，以构成丰富多彩的形象，更是五言体的擅长。所以自从五言诗兴起并显示出优越性以后，诗人学子都很爱好，并乐于采用这种新的诗体进行写作。

钟嵘从创作的角度上认同五言诗,从诗体的表现力上说明五言诗是最有滋味的,但这并不是说只要运用了五言体就能写出好诗,就能给人以美感享受,而是说"指事造形,穷情写物,最为详切"的五言之作,才是有滋味的,合乎逻辑的推论是:一切"指事造形,穷情写物,最为详切"的诗篇,都是有滋味的。这样就不但从诗的特点、诗的美学价值的角度肯定五言诗体,为其品评历代五言诗歌提供依据;同时也从诗的形象性、诗的美学意义上说明诗的滋味的含义及其来源。所谓滋味,就是诗的情韵、形象以及诗艺给读者带来的美感享受。

其二,斟酌采用兴、比、赋三义,使诗更有滋味。诗的滋味,既然源于诗的形象美,而形象的构成,则必须重视诗的作法,钟嵘正是从这个角度上,阐明兴、比、赋三义的。

风、赋、比、兴、雅、颂是诗之"六义",汉人论诗,将"六义"视为一个整体,侧重强调其与社会政治的关系。钟嵘将"六义"区分为二:在诗的内容上,重视贯彻风雅精神;兴、比、赋作为写诗手法,从"六义"中划分出来,称之为"三义",从穷情写物的角度上阐明其含意。钟嵘对"三义"的解释也和汉人不同。汉代的注经家,有的从字的本义上解释赋、比、兴,如郑众认为赋是"直陈其事",比是"比方于物",兴就是开头,用相关的事物引发联想(孔颖达《毛诗正义》引),有的则从其政治作用来阐明意义。如郑玄认为,赋是铺陈政教的善恶,比是用比喻进行批评、讽刺,兴则是用相关的好事来赞美、劝谕(见《周礼》郑玄注)。钟嵘总结了汉魏、两晋和南朝五言诗创作的丰富经验,对"三义"作了新的不同于前人的解释:兴要寓意于言外,要写出言近旨远、余味无穷的诗境;比要"因物喻志",赋要"寓言写物",比和赋都要通过写出事物的形象来抒情写志。钟嵘摒弃旧说,侧重从形象思维的角度来揭示三种手法的共同特点,就是必须用形象来显示意义,使诗歌形象鲜明,饶有滋味。但三法又各有不同的特点,在穷情写物中可以各派用场。在词序排列上,钟氏突出了兴体手法。兴是托物起兴,余味曲包,言有尽而意无穷,使诗含蓄深婉;比之借物喻志,重在物、情吻合,喻生巧义;赋之直陈其事,事能脉络分明,又能形态生动,意寓事中。"三义"各有特点,诗人可以依据所写的题材和艺术擅长斟酌采用,写出具有自己特色的诗情画意的诗篇。

"三义"是诗歌创作中行之有效的不可或缺的方法,诗人可以合而用之,不可轻加轩轾,厚此薄彼。从锺氏的诗评看,他很欣赏意在言外、托谕清远的诗作,对文温意远、情喻渊深的诗歌评价都比较高。而善于兴会、擅长托谕,常常能写出较为深远的意境,这是比兴体运用得好的一种表现。但是如果专用比兴,诗意就会由深转涩,隐晦艰深,以至于意旨不明。阮籍的《咏怀诗》,"可以陶性灵,发幽思","使人忘其鄙近,自致远大",精神境界为之升华,但其诗意旨不明,"厥旨渊放,归趣难求",就是一大欠缺。陆机的某些比兴体诗,务求窥深,出现词繁情隐的毛病,也与比兴手法运用得不当有关。赋,作为诗歌创作中的一种基本手法,着眼于实写。诗人将自己细致观察到的和深切感受到的事物,形象地和如实地描述出来,就必须用赋,这是比兴手法所不能代替的。王粲的《七哀诗》,除了个别地方用了比兴外,基本上是用赋体写成的,这是锺氏所赞赏的"文秀"的代表作。秦嘉夫妇的赠别诗,写他们夫妇离别和怀念的感情,也是基本上采用赋体手法写成。这些诗叙事清楚、情感真切、形象鲜明,很有感人力量。明人胡应麟在《诗薮》中说:"秦嘉夫妇往还曲折,具载诗中,真事真情,千秋如在,非他托兴可以比肩。"锺嵘列为中品,视为高流,这些都是运用赋体的成功之作。锺嵘也正确地指出,如果"但用赋体",或者拘泥于注经家对赋的解释,只会直陈,不善于曲写形象,那么诗意就会发露浮浅,文字就会松散而不凝练,平淡芜杂而缺乏深意。谢灵运有时"寓目辄书",所以有"繁富为累"的缺陷。傅亮诗虽平美,但缺少深意,也是只用赋体或赋体运用得不好所致。锺氏主张三种手法合而用之,诗意在不深不浮之间。像《古诗》和曹植诗那样,既能文温意远,含蓄深婉;又能形象鲜明,自然流畅,使读者能产生"味之者无极,闻之者动心"的审美效果。所以正确地运用"三义",是诗能"指事造形,穷情写物"的必经途径,也是诗歌具有滋味的必备条件。

其三,包含风力,润饰丹采,使诗滋味无穷。《诗品序》言:"干之以风力,润之以丹采,使味之者无极,闻之者动心,是诗之至也。"风力与丹采相结合的评诗原则,也是从创作的角度上提出来的,并与"滋味"紧密地联系在一起,是诗有无滋味的重要内涵。锺氏的鉴赏批评和他对诗美的评价是一致的,都源出于他的审美原则,只是在具体品评时,如上所言,表现在思维形式上有所区别而已。

关于风力与丹采的内涵,前文已有评说,兹不重述。这里需要指出的是,风力与丹采,都不是独立于形象之外的东西,而是包含在诗意之中,显示于诗形之上。风,是对诗的抒情性的要求,在锺嵘看来,"情兼雅怨",就是有风的验证。力,是文章的气势,诗歌陈诗展义,由义派生出精神气势。诗中有正气激荡其间,"骨气奇高",就是力的美的体现,但是怨情有雅俗深浅之分,骨气有强弱盛衰之别。"干之以风力",在创作上对诗的内容提出了审美要求,认为做到这一点,诗意就会深厚有滋味。"润之以丹采",是锺氏对诗的形式美提出的要求,即诗的语言要富丽,色彩要鲜明,使诗的形象具有华美的外饰,表达上能新颖奇巧,出人意表。锺嵘认为,这也是诗歌有滋味的重要条件。风力与丹采的结合,就能使诗歌滋味无穷。

以上三点,都是从创作上谈的,是他创作论的一个纲要,从写物以穷情开始,到重视艺术构思和形象的表达,进而要求包孕风力、润饰丹采。有滋味的诗作,正是从这一创作过程中孕育和生长出来。锺嵘正是从这个角度上阐明了诗的滋味,即诗的美感的来源和含意,而判别一首诗有无滋味,也就有了标准和依据,所以他的创作论是为他的批评论和鉴赏论服务的。

什么样的诗才能给人以美感享受呢?或者说什么样的诗才算有滋味呢?这在当时,人们在诗美好尚上,是有很大差异的。其时写诗和品诗的风气都很盛行,从文人学士到王公贵族,都竞相学诗,雅好论诗,但诗艺修养不同,审美趣味各别。就写诗者说,都自以为是,敝帚自珍,"独观谓为警策";就品诗者说,亦各有偏好,"随其嗜欲,商榷不同"。玄言诗的爱好者,是以平淡的语言深析老庄的哲理为最有味。孙绰的《兰亭诗》云:"时珍岂不甘,忘味在闻《韶》。"他把玄言诗和《韶》乐相比拟,认为比时珍之味还要甘美。事类诗的好尚者,则矜言数典,咸夸富博,以捃拾细事,争疏僻典为最有味。任昉诗动辄用事,诗不得奇,但却为京都文士所嗟慕,并争相仿效。永明体的提倡者和追随者,以精通四声、不犯八病和妙解音律为最有味。沈约诗声韵精密,唇吻遒会,都下文士皆宗附之,并见重间里,诵咏成音。崇尚典雅的,则竞效陆机、颜延之诗体,欣欣不倦,并固执不移;偏好风情与绮靡的,则"鲍、休美文,殊已动俗"。艺术爱好的千差万别,正是接受者审美观念和美学趣味不同的反映。各种不同的诗味论,各执一端,党同伐异,"淄渑并泛,朱紫相夺,喧议竞起,准的无依"。诗歌审美当然允许有不同的爱好,但是总应该有一个区分诗歌有无美感的基本尺度。锺嵘正是针对这种情况,依据诗体的特点和缘情的质素以及他所特有的审美好尚,确定诗美的内涵,以此作为品评诗歌有无滋味的具体可感的尺度。这样就比较容易攻破那些离开诗体的特点和诗的形象美,完全依据个人嗜好而形成的各种各样错误的诗味论,并能为多数人所认同。这大概就是锺嵘为什么从创作论的角度提出"滋味"这一重要审美范畴的原因吧!

现在的问题是,《诗品》中是否真实地存在着能贯穿全书的审美原则"滋味"说呢?或者说"滋味"说在《诗品》评诗中是否具有某种普遍意义呢?日本和韩国的《诗品》研究者似乎对此心存疑虑。日本学人清水凯夫在《〈诗品〉是否以"滋味说"为中心——对近年来中国〈诗品〉研究的商榷》一文中,提出了质疑:"这个'滋味说',在中国以外的地方,漫说欧美国家,就连锺嵘《诗品》研究有相当进展的日本和韩国也全然没有议论过,可以说'滋味说'是中国独自感兴趣的论题,是中国《诗品》研究的一个特点。"①为什么日本和韩国学者对"滋味说"这一论题,不感兴趣,"全然没有议论过"呢?清水接着说:"我认为日本和韩国的研究者大概是否定'滋味说'的存在。现在只要坦率地读一下《诗品》,绝对看不出是企图建立以'滋味'为中心的创作原理和批评理论。"那么如何才能证实其存在呢?清水认为,要"以确凿的证据证实

---

① 此文发表于《文学遗产》1993年第4期。文中对20世纪后期中国学人所集中论述的关于锺嵘《诗品》"滋味说"的十余篇论文有关的内容提出质疑。清水的批评,是可以再商榷的,但这篇文章最可贵之处,是勇于直言批评,指陈其人其理,不旁敲侧击,不模棱两可。这种批评的精神,是推动学术研究前进所不可少的,也是我们所欠缺的,非常难能可贵。他针对所批评的文章,提出:"总之不知是什么原因,使人怀疑各研究者是不参考相互有关联的他人论文","而做出的结论往往几乎都是相似的。"认为:"不言而喻,对《诗品》的研究者也要求其知晓以前的研究成果,避免'屋上架屋'的愚蠢举动。"文章甚至还说:"在现代中国,结论相似的论文很多。"这些批评,似乎都深中肯綮,值得我们深思。

其存在。即分析《诗品》上、中、下三品的各条诗评,从中归纳'滋味说'的存在"。清水研究了二十世纪六十年代至九十年代中国学人所写的关于钟嵘《诗品》的"滋味说"共十六篇论文,归纳出这些论文的共同点是:"都认为钟嵘提出了'滋味说'作为'批评的美学标准和创作的美学原则'的中心理论,并不加考证就分析研究'滋味'的涵义",认为这是"大有疑问的"。

把"滋味说"作为《诗品》"批评的美学标准"的"中心理论",应该说是不很精确并有欠妥之处的,因为这混淆了理论批评和艺术鉴赏之间的区别。"滋味"是谈对诗的审美感受,是属于艺术鉴赏的范畴。《诗品》是以品评历代诗人之作的得失为主体,是一部诗歌理论批评著作,虽然其中也包含有诗歌鉴赏的内容,但并不以审美鉴赏为主体,审美感受也就不能成为评判的主要依据。如前文所言,钟品是以辨体和评体为中心的,要辨析各家诗体的特色、源流师承、得失利病,在"辨彰清浊,掎摭利病"的基础上,定其品第,这些都需要理论分析和理论评判,而不是依据滋味的多少即艺术感染程度来划分的。虽然,对诗的审美感受,即诗味问题,钟氏在具体评判诗体得失时,也常常言及,但滋味的深浅,即诗的美感程度,终究很难作定量分析的。钟品的"三品升降",并不是据此而裁定的。清水的文章,要求我们"分析《诗品》上、中、下三品的各条诗评,从中归纳'滋味说'的存在"。这就是要求从诗味的角度,找出或者考证出对各家诗作定品的依据,以此证实"滋味说"的存在。这样的要求,显然不合情理,因为"滋味"说并不是以这样的形式存在于《诗品》之中的。

《诗品序》在论及五言诗的创作问题时,提出了"滋味"说,即诗的美感问题。而在《诗品》的正文即上、中、下三品的一百二十余人的诗评中,除少数条目外,大多数都未提及"滋味"或"诗味"这个概念,这是否就意味着"滋味"说在《诗品》的正文中实质上是不存在的,或者说不处于中心位置和不具有普遍意义呢?回答应该是否定的。因为《诗品》的正文,虽然是以评体即以理论批评为主体,但也包含有对诗体的艺术鉴赏内容。艺术鉴赏和艺术评价虽然在思维形式上有区别,但同时又统一在其审美原则和审美理想的基础之上。譬如说,风力和丹采相结合的审美原则,如上节所言,是钟氏评诗的主要标准,而风力和丹采,又可解析为怨、雅、气、奇、秀、丽六项审美要素,并体现在上、中、下三品一百二十余条诗评之中。锺氏在具体品评时,又常常和其审美感受即品味联系在一起。所以在锺品多数品诗条目中,虽然并未直接使用"滋味"或"诗味"等审美范畴,但在《诗品序》中所提出的构成"味之者无极,闻之者动心"的多种审美要素,以及统率这些审美要素的审美观念,是渗透在上、中、下三品的各条诗评之中的,这是不难证实其存在的(详见本章本节"评诗的标准"部分)。从这个角度说,锺氏的"滋味"说,是贯穿在全书之中的,具有普遍意义,虽然其思维的形式存在的特点有所不同。

"滋味"说是锺嵘对诗歌艺术美在鉴赏时的一种审美评价,它和评诗标准一样都受其审美观点的制约,都能体现其审美理想,但艺术鉴赏中的审美评价,带有很浓厚的情感色彩,而不同于纯理性的科学评价。譬如说对诗美的欣赏,常常借助于想象和夸饰,而想象与夸饰,常渗透着情感色彩并借助于形象的认识活动,属于形象思维的范畴。带有情感色彩的认识活动,应该说属于感性认识,从人们认识应遵循由感性到理性的一般发展过程说,感性认识是理性认识的基础,是认识过程的初始阶段。但诗歌是诉诸形象,伴随着情感的,是诗人的审美意识和审美情趣的形象结晶,所以对诗歌形象美和意境美感知的深度,又是对诗艺美认识的升华,这里还要有相应的鉴赏美的能力。从这个意义说,"滋味"说作为对诗歌的审美认识和审美评判,应属于更高层次的审美要求。《诗品》在三品裁诗时,理性的评价常与对诗艺美的感知和审美评判联系在一起,审美主体沉浸和陶醉于审美客体的诗情画意、宛转映媚之中,使审美主体神清气爽,思想境界获得某种升华。这正是艺术鉴赏的入神之处。以下就正文中对诗艺美的鉴赏情况,择要予以评说。

其一,惊叹意境深远之作。

锺嵘品味诗篇,很赞赏那些言近旨远、意境深沉之作。对《古诗》的评赏,即属于此:"文温以丽,意悲而远,惊心动魄,可谓几乎一字千金!""'客从远方来''橘柚垂华实',亦为惊绝矣!人代冥灭,而清音独远,悲夫!"这则诗评,有一大半文字都是品味鉴赏的语言。"文温以丽,意悲而远",是对《古诗》的诗情、诗境、诗风、诗语亦即诗体特点的辨析和评赞。诗情温顺,诗意悲远,在评者思想深处产生了强烈的震撼,发而为"惊心动魄""一字千金"这样一种具有强烈感情色彩的赞语。至于"客从远方来""橘柚垂华实"两首,也是惊采绝艳、美不胜收的佳作。《古诗》所产生的年代和作者,早已冥灭难详,这些诗歌的美感,却一代又一代地触动人们的心灵,由此而引出评者深长的感叹:人生易老,而诗的生命力长存! 这些都是钟嵘对《古诗》的审美体验,也就是此诗的滋味。梁启超在《中国之美文及其历史》一文中,对《古诗十九首》的赏析,与钟嵘之言有相通之处:"十九首之价值,全在意内言外,使人心醉。""专务'附物切情'","随手寄兴,辄增妩媚。至于《迢迢牵牛星》(即陆机曾模拟过的一首)一章,纯借牛女作象征,没有一字实写自己的情感,而情感已活跃句下"。"优饫涵讽,已移我情","养成我们温厚的感情,引发我们优美的趣味"。梁启超和钟嵘一样,他们对《古诗》的评判,都包含有美的感知和审美体验,都渗透了情感的因素。

钟嵘欣赏意内言外、意境深远之作,还可以从他对阮籍诗的品评中得到印证。阮籍的《咏怀》诗,刘勰言其"阮旨遥深"(《文心雕龙·明诗》篇),"响逸而调远"(《文心雕龙·体性》篇);钟嵘亦评其"厥旨渊放,归趣难求",这些都属于理性的评价。与此同时,钟嵘又从鉴赏的角度谈阮诗给予他情感上的感染和意境上的熏陶:《咏怀》之作,可以陶性灵,发幽思,言在耳目之内,情寄八荒之表,洋洋乎会于风、雅,使人忘其鄙近,自致远大。"钟嵘用直觉的体验,谈阮诗能陶冶人们的性情,触发联想,启迪人们思考许多更深远的问题。进入阮诗的境界,能使人去掉许多凡俗的思想,精神纯正而眼界自宽。应该说,钟嵘对《咏怀诗》意境美的体验是很深切的,这也就是阮诗有"滋味"的内涵之所在。至于评陶潜:"每观其文,想其人德。"从赞美其诗境的高洁,联想到诗人思想的清纯和人品的高尚。评郭璞诗"文体相辉,彪炳可玩"。这《游仙》诗体,在郭氏手中,一变而为文采鲜美,小巧适观,所谓"翡翠戏兰苕,容色更相鲜"。这固然能使人赏心悦目,美不胜收,而在写"列仙之趣"中,包含许多弦外之音,流露出诗人的忧患意识和人生感怀,引发出人们更深层的遐想,这就更能使人反复玩味,从中获得无穷的滋味了。凡此,均能看出钟氏对诗歌审美情趣之所在。

其二,喜爱讽味华靡之篇。

讽味华靡,是锺嵘对诗歌的审美情趣又一重要内容。"华靡",锺氏有时又称"风华清靡"。风华,指有文采的能感人的外在形态;清靡则是言清秀细腻。这是言诗的形象清新秀美,娟丽多姿,分外感人,是诗的形象美和风格美的一种表现形式。《诗品》评曹丕:"唯《西北有浮云》(《杂诗》之一)十余首,殊美赡可玩,始见其工矣。"对于"祖袭魏文"的应璩诗,锺氏的评语有:"至于'济济今日所',华靡可讽味焉。"而"其源出于应璩"的陶潜诗,锺嵘的评语有:"至如'欢言酌春酒'(《读山海经》其一)、'日暮天无云'(《拟古》其七),风华清靡,岂直为田家语耶?"

按照锺嵘的辨体与循体探源,应璩诗和陶潜诗,其体都源出于曹丕,那么,应、陶的"华靡"之作,当和曹丕"美赡可玩"的《杂诗》之一《西北有浮云》风格相似。曹丕的这首诗,借浮云飘移,写游子的遭遇,所表达的是思乡的感情。诗的词采并不富赡华丽,但文笔轻盈,文词流美清绮,情词凄惋,动人心弦,以浮云比游子,附物切情,亲切自如,诗中所显现的形象,娟秀美好,婉约多姿。锺嵘认为这类诗"美赡可玩",富有滋味。

"祖袭魏文"的应璩诗,是以善于讽谕的《百一诗》为代表作的。应诗绝大多数均已散佚。其"济济今日所",已不知出自何诗,想应璩当日也有华靡婉娟之作。

至于"其源出于应璩"的陶潜诗,锺氏特选出《欢言酌春酒》《日暮天无云》两首,作为"风华清靡"的代表作,加以玩赏。《欢言酌春酒》是陶渊明《读山海经》组诗中的一首,所写的是他辞官归田、耕读自娱、陶然自乐的感情。

> 孟夏草木长,绕屋树扶疏。众鸟欣有托,吾亦爱吾庐。既耕亦已种,时还读我书。穷巷隔深辙,颇回故人车。欢言酌春酒,摘我园中蔬。微雨从东来,好风与之俱。泛览周王传,流观山海图。俯仰终宇宙,不乐复何如。

乡村孟夏自然的景色,安静的环境,衬托出诗人恬静愉悦的心境,人与自然完全融合成一体。文笔轻松流利,语句自然亲切,用白描的手法,写出一片真情真景,没有一点雕饰。钟嵘将这类自然秀美的诗作,称之为"风华清靡",加以玩赏,这正是他在创作上要求直寻胜语、以真美为工的审美观点的反映。其他如用"流风回雪"的姿态,比喻范云诗婉转多姿,清秀可爱;用"落花依草"的比喻,赞美丘迟诗点缀映应,妩媚可亲。凡此均可见,钟嵘在诗歌审美鉴赏上,是喜爱讽味华靡之篇的。

其三,咀嚼英华,厌饫膏泽。

这是钟嵘对陆机诗的赞语,也集中反映了他对诗美的另一方面的笃好,即特别喜爱文采美。他认为诵读文采美的诗歌,如同咀嚼品味丰腴甘美的时珍佳肴,其味无穷,余香满口。钟嵘对文采美的好尚,是与陆机一脉相承的。《文赋》言:"游文章之林府,嘉丽藻之彬彬。""文徽徽以溢目,音泠泠而盈耳。"对词采所深好的是既富且丽,有声有色。

《诗品》评张协:"词采葱蒨,音韵铿锵,使人味之亹亹不倦。""词采葱蒨",即词采华茂,富有色泽美。以花木为喻,一如《文赋》所言:"播芳蕤之馥馥,发青条之森森。"而"音韵铿锵",则指声音美。张协《杂诗》,写景状物,巧构形似,有声有色,富有生气,为钟嵘所激赏。《杂诗》中像"金风""清气""白日""丹霞""绿竹""翠林""青苔""黄荣"以及"风激""雨啸""虎咆""鹤吟"等写声状色之词,比比皆是,且能随物宛转,与心徘徊,读者也能循声得貌,披文见时,钟嵘言其"实旷代之高手"。所谓"音韵铿锵",指的是诗的自然音韵,能清浊通流,口吻调利。张协的《杂诗》,都是两句一韵,其声韵关系,当然没有也不可能与永明体的声律相一致,但能自然调利,讽读起来,也能音韵和谐,琅琅上口,娓娓动听。钟嵘说"味之亹亹不倦"。钟嵘所言的"滋味",包含有在讽读中的品味,与一般的仅从文字上寻章摘句鉴赏有别。

钟嵘对诗歌词采美的鉴赏,特别倾心于"文藻宏丽,独步当时"的陆机诗。陆诗的词采,既富且丽,所谓"才高词赡,举体华美"。譬如他对拟古诗的创作规范,既要在风格体式上不走样,又能以词采新丽见长:"或藻思绮合,清丽芊眠。炳若缛绣,凄若繁弦。必所拟之不殊,乃暗合乎曩篇。虽杼轴于予怀,怵他人之我先。苟伤廉而愆义,亦虽爱而必捐。"(《文赋》)他的

《日出东南隅行》,是模拟汉乐府《陌上桑》的。这首诗在体式风格上与旧作有相似之处,但联词结采,与旧作完全不同。诗中写美女的住所、姿容、服饰、歌喉、舞姿等,与其在春游时的山水景色相互辉映,极尽渲染增饰之能事,其词采之富丽,色泽之鲜艳,在陆机以前的诗歌中是很少见的。锺嵘认为讽读这类诗歌,是"咀嚼英华,厌饫膏泽",会获得极大的审美愉悦和满足。陆机的一些诗逞才使技,以涂饰词藻为能事,却能使锺嵘获得如此大的美感愉悦并给予如此高的审美评价,这正反映了锺氏审美观中包含有某种偏颇。

综上可见,锺嵘的"滋味"说,从形象的创造、词采的增饰到意境的形成,说明诗味的含意和美感的来源;从感性的认识活动、审美主客体情感的交汇,谈诗的艺术美给予人们美的感受和熏陶,这些都是比较符合艺术思维规律的,尽管他的鉴赏论还谈不上有完整和严密的理论体系。他对诗歌的审美赏析,虽然有一些较深刻的美感体验,但多数只是概括地谈一点审美感受,甚至只是说了一些感叹的言词,使人感到不满足。他的一些审美观点,如上所言,也还有一些偏颇。但毋庸讳言,我们可以明确地申言,锺嵘的"滋味"说,确实渗透在他的诗评之中,是客观的真实的存在物。锺氏以"滋味"品诗,丰富和发展了中国诗歌审美鉴赏的内涵,在中国诗论史上,是很值得认真地书写一笔的。

以忠实之心著朴实之文（代后记）

　　当下网络时代，快餐文化触目皆是，学术研究也时或不能例外。某些学人往往略涉其中，稍有所感，即堆垛材料，充其篇幅，于是一本本"厚重"的著作甚至丛书即纷纷面世，将学术研究本来需要的从容含玩、厚积薄发抛诸脑后。然而读者翻检其书，得到的往往是似曾相识的材料、似曾相识的观点。所以学术著作的繁荣与学术的繁荣并非是同一个概念，此深可思者也。

　　案头三厚册的《中国诗论史》（黄山书社2007年版）粗阅一过，想起了两个词语：一个是忠实，一个是朴实。两个词语其实体现的是一种精神。王国维在《人间词话》手稿本第102则中说："词人之忠实，不独对人事宜然。即对一草一木，亦须有忠实之意，否则所谓游词也。"所谓"忠实"，就是以真诚之心、专注之意对待其所关注对象的本来面目，并予以准确而深度之反映；而朴实更多地指向一种行文的风格。作者在《中国诗论史·后记》中说："我们研究中国古代诗论的原则，或者说方法，其实也就是两千多年前西汉人就已提出的'实事求是'这四个字了。……在撰写中，我们力求从原原本本的材料出发，贴近材料本身和材料所存在的历史环境进行阐释，以得出我们认为正确的结论，不去作无根的引申、推衍。在表达上，我们力求用朴素、平实的语言进行论述。我们力求把《中国诗论史》写成一部既'信'且'达'的书。"看来正是由于作者这种自觉的研究理念才给我带来了"忠实"与"朴实"的感觉。

　　忠实是一种著述的精神。读这部150万字的大书，真是感慨纷纭，其对于学术的忠实之心令我动容。譬如从最初的资料梳理到撰成专著，前后费时居然有近20年之久。为《中国诗论史》奠定基础的是以下三本书：《中国古代文论名篇详注》《中国近代文论名篇详注》《中国历代诗词曲论专著提要》。先拈出名篇名著，理出文论纲要；再细读文论文本，补充血肉。在此基础上再来撰述中国诗论，自然能骨骼端正、肌理细腻了。若无这一番敬畏学术之心，以漆绪邦、梅运生、张连第三位前辈学者之学力，何需费这种"笨功夫"？我将之理解为对学术具忠实之心，亦以此也。

忠实是一种裁断历史的胆识和魄力。中国诗论素来奉风、骚为两大来源。刘勰《文心雕龙·定势》云："模经为式者，自入典雅之懿；效骚命篇者，必入艳逸之华。"钟嵘《诗品》将汉魏六朝的五言诗人也大体划为《诗经》与《楚辞》两系，即体现了古代文论家兼重风骚的理论取向。不过自来研究诗论的学者，对于由《诗经》一脉而渐次形成的尚礼乐文化、重群体感情的北方文化关切殷殷，而对以《楚辞》为代表的偏重创作主体、讲究个性情感的南方文化重视不够。其实在20世纪初，刘师培和王国维即分撰《南北文学不同论》和《屈子文学之精神》，对于南北分别以风、骚为代表的文学精神，予以了宏观分析。在诗论史中专列《屈原诗论》一节，系统梳理屈原的诗歌理论，揭示出其"重著以自明"（《惜诵》）、"聊以自救"（《抽思》）的创作特色，这与中原儒家把诗歌带上陈诗以谏、正俗化民的意图，自然是分途而异趋的。在批评史著述中增入屈原的专论，并非由此创格，但将其作为诗论源头之一并与以《诗经》为代表的北方礼乐文化形成双水并流的学术态势，却是这部诗论史所特别强调的，这无疑是对中国古典诗学本体精神的一种"忠实"。

忠实是一种对历史语境的直接切入。对历史的判断往往因着不同的时代而各有选择，这才有了历史不能任人打扮的棒喝。陈寅恪提出了学术研究的"同情之了解"，也是从最真实的历史角度来说的。清代编的词论部分便显示出这一份识力来。作者在引言里已然在说："影响当日词坛并对其时词学发展其推波助澜作用的，主要还不是这类词话之作，而是流布面很广、受体众多的词学选本。"选本之与文学批评之关系，在古代文论学术史，并非一直不受重视，譬如方孝岳的《中国文学批评》便特别提到了选本的理论价值，其对萧统《文选》和方回《瀛奎律髓》的分析，也一向被认为是其中精彩的篇章。但除此二者,对选本的关注其实还是不够的,特别是在以选本来彰显一个时代的文艺思潮方面,遗留的空间依然很大。《中国诗论史》以两章的篇幅来专析清代词论,正是以诸多选本为基本切入角度的。如分析以王士祯为代表的广陵词人群,便对《倚声集》用力甚深,因为《倚声集》才是他们在清初词坛留下的主要影响所在。这与汪懋麟在《棠村词序》中将"本朝词学"的开端系于《倚声集》一编的说法正是彼此呼应的。其他若分析阳羡词派关注陈维崧等合编的《今词苑》,分析浙西词派关注《词综》,分析常州词派关注《词选》《宋四家词选》,等等。都是这一学理的反映。参诸清代词学思想发展演变的轨迹,这一关注重点的转移确是最切合历史语境的。

忠实是一种对细节的精微勘察。大历史的梳理、宏观的把握,固是一部诗论史必须具备的,这也是通史的气度所在。但细节却更能见其精神和精妙之处,很难想像一本没有杰出细节、精微感受的著作能够享有强盛的生命力。譬如刘勰《文心雕龙》和其他论文之间到底是怎样的关系? 一直以来两者纠缠其中,难得明辨与确解。作者对姚察《梁书·刘勰传》的考量,堪称精细入微,特别是对姚察在引述沈约评《文心雕龙》"深得文理"一语之后,接以"然勰为文长于佛理"一句,作了细密的追索。这种语气的转折,不仅显示了姚察对于刘勰著述的阶段性的认知,其中也隐含了一种主体思想的转变意识,所以作为"论文"的《文心雕龙》的主导思想与作为"为文"的偏长佛理,就不能简单等同,这是我们在考量《文心雕龙》和考量刘勰其他文章如《灭惑论》等时,需要区别对待。后来李延寿的《南史·刘勰传》在压缩姚察原文的同时,把极为关键的"然"字删掉,则不免显得唐突而模糊了。作者说:"李氏也未深察姚氏叙刘勰前期论文和后期为文之间用一'然'字加以转折的用意,将……'然'字删去,把刘勰的论文和为文混为一体……今之论者,也有引用刘勰尚存的'长于佛理'之文,来论证《文心雕龙》论文的旨趣,似乎这'敷赞圣旨'并'深得文理'的论文巨著,也兼含甚至同时阐释了佛理,这就重复了李延寿的失误。"这种能在常见文献中看出不常见的问题,当然是更见学力和锐识了。读来餍心切理,得理性之酣畅。

以"诗学"名书者,年来不一而足。但"诗学"的概念其实面临着中西两种不同的学术背景，不易厘清；本书以"诗论"标明，庶几可超脱于概念之争。《中国诗论史》容纳了部分词曲理论，则所谓"诗"乃取其广义，近于"韵文"。除了清代词论部分的内容颇为充实之外，唐宋以来之词论及曲论尚嫌单薄。古代诗论概念、范畴众多，彼此或承传或互补，则"索引"一项，既助互勘，亦可省读者翻检之劳，实不宜省略。"参考文献"也能方便有兴趣的读者还原文本语境，同样也宜增补进来。此数项皆为"通史"之常例，或可期待于修订之时也。

同名为《中国诗论史》的著作，此前已有铃木虎雄的一本，虽然主要是论诗的，但实际上"史"的脉络是不完整的，只有《周汉诸家的诗说》《魏晋南北朝时代的文学论》和《格调、神韵、性灵》三篇连缀而成。这当然与铃木认为中国文学理论的繁荣主要集中于六朝与明清之际两个时期的观念有关。不遑说唐宋金元四朝的诗论被冷落掉了，即清代嘉庆、道光以后的诗论也不见踪影。所以铃木的"诗论史"颇有名实不符之感。其译者说："由于著者的精到识见与深入理悟，使中国三千年诗论史的发展概况与主要脉络得以简约而明晰的呈现。"（《中国诗论史译者序》）读来真是瞠目结舌。其实并非只有明清时期的诗论"构成堂堂理论阵营而对峙相持"（铃木虎雄《中国诗论史序》），唐宋时期的诗论也有异样出色之处的。但我们不能苛求铃木，因为他的《中国诗论史》初版于1925年。1925年是什么概念？那是中国文学批评史尚未形成一门独立的现代学科之前，两年后才有陈钟凡的《中国文学批评史》的出版，即此我们可以估量出铃木此书的开创意义；尤其是以"诗论"来为中国文学批评史学科导夫先路，更堪称是一种卓识。前修未密，后来深沉。霍松林先生主编的这部诗论史，不仅颇为完整地展现了中国诗论的发展历史，而且以忠实之心著朴实之文，在展现历史中不囿成说，从容裁断，其益人神智的理性魅力当会伴随着历史的延续而徐徐散发开来。

附记：

本文草撰于2008年5月，同年6月10日发表于《光明日报》，原题为《以忠实之心著朴实之文——读〈中国诗论史〉》。撰写这样一篇书评，并非仅仅因为此书乃由业师梅运生先生主撰，而是自我入读安徽师范大学不久，就已经参与到这部著作的前期编写之中。换言之,这部书其实凝结着我们师生的一段学术情缘,在我也恍然有一种甘苦其中的感受在内。

这部书,运生师断断续续写了近二十年的时间——如今,还有谁愿意付出二十年的心力去写这样一本书呢?故再捧此书,也一时仿佛走进了陌生而清冷的时代,令我寂然凝虑,悄焉动容,神往起那一段灯火可亲的温暖岁月。

我1995年岁末南下广州后,曾数度借参加学术会议的机会,到僻居赭山脚下的先生府上拜访。在我的一点私心,当然是可以如总也毕不了业的老学生一般,请老师继续点拨开悟我的冥顽;额外的收获,便是饶有兴趣地听老师谈关于这部书的种种"发现"。平时近乎木讷的老师,会突然变得滔滔不绝,双目炯炯,神采飞扬。我知道,那一刻的老师其实沉浸在满满的幸福之中。

我在补写这篇"附记"的时候,恩师已经去世半年多了。幽明境中的时光,也许不再含玩新的学术。但我知道,若记忆还在,灵魂不灭,这部书便会一直陪伴着老师。

没有什么比这种"陪伴"更有力量的了,我坚信。

张玉平

2016年10月22日